औघड़

(उपन्यास)

औघड़

नीलोत्पल मृणाल

हिन्द युग्म

ISBN: 978-93-87464-50-6

प्रकाशक :
हिंद युग्म
सी-31, सेक्टर-20, नोएडा (उ.प्र.)-201301
फ़ोन- +91-120-4374046

मुद्रक : थॉमसन प्रेस
कला-निर्देशन : विजेन्द्र एस विज

पहला संस्करण : जनवरी 2019
दूसरा संस्करण : मार्च 2019
दसवाँ संस्करण : अप्रैल 2026
मूल्य : ₹299

Aughad
A novel by *Nilotpal Mrinal*

Published By
Hind Yugm
C-31, Sector-20, Noida (UP)-201301
Phone- +91-120-4374046
Email- sampadak@hindyugm.com
Website- www.hindyugm.com

First Edition: Jan 2019
Second Edition: Mar 2019
Tenth Edition: Apr 2026
Price: ₹299

मैंने कोई उपन्यास नहीं लिखा है, मैंने अपने मारे जाने की जमानत लिखी है। आप चाहे किसी भी धारा के हों, किसी भी वाद के वादी हों, किसी भी समुदाय से हों, किसी भी वर्ग से हों, किसी भी जाति के हों... मैं जानता हूँ आप मुझे छोड़ेंगे नहीं। और मैंने भी पूरी कोशिश की है, किसी को न छोड़ूँ। धन्यवाद। जय हो।

औघड़

1.

गर्मी जा चुकी थी, ठंड अपना लाव-लश्कर ले आई थी। भोर के चार बजे थे, रात के सन्नाटे का एक टुकड़ा अभी भी बचा हुआ था। हल्की-हल्की शीतल हवा चल रही थी।

मुरारी साव एक घियाई रंग की पतली डल वाली भगलपुरिया चादर ओढ़े अपनी चाय दुकान पर पहुँच चुका था। दुकान क्या थी, एक टाट की झोपड़ी थी, उसी में माटी का एक चूल्हा था और उससे लगा एक लकड़ी का बक्सा। दोनों तरफ एक-एक बेंच रखी हुई थी।

मुरारी साव की चाय की दुकान गाँव के बस स्टैंड वाले मुख्य चौराहे पर ही थी।

गाँव में लोग अक्सर सूरज से पहले जग जाया करते, उसमें भी सबसे पहले भोर मुरारी साव की चाय दुकान पर ही होती। 5 बजे सुबह से ही गाँव के रास्ते सवारियों का आना-जाना शुरू हो जाता। गाँव से होकर गुजरने वाली गाड़ियों की सवारियों के लिए मुरारी की दुकान की मिट्टी के कंतरी वाले असली दूध की बनी चाय सुबह-सुबह की एक आदत-सी बन गई थी। यही कारण था कि मुरारी तड़के दुकान खोलने पहुँच जाता।

जब तक गाँव के लोग सो-उठकर सूर्य देव के दर्शन करते, तब तक मुरारी ठीक-ठाक लक्ष्मीदर्शन कर चुका होता था। रोज की तरह आते ही मुरारी ने बक्से का ताला खोल बर्तन निकाला। हालाँकि, लकड़ी का वो बक्सा इतनी जगह से टूटा हुआ था कि बिना ताला खोले भी बर्तन निकाला जा सकता था पर ताला एक भरोसा देता है और ये गाँव का ही माहौल था कि भले दीमकों ने बक्से की लकड़ी खा ली थी लेकिन एक जंग खा रहे छोटे से ताले के भरोसे की लाज आज तक कायम थी। न आज तक मुरारी का ताला टूटा, न भरोसा और न एक चम्मच तक चोरी हुआ। होता भी कैसे ? गाँव के भले से लेकर उचक्के तक सब के लिए सुबह मीठी करने का इंतजाम मुरारी ही तो करता था। जिस दिन मुरारी की दुकान न खुले, कुछ लफुए तो सुबह से ही ताड़ी पीने निकल जाते। वो तो मुरारी की मस्त चाय थी जिसने उन्हें अपनी ओर खींचे रखा था वर्ना सुबह उठकर चाय पीने का रिवाज अब गाँव से भी

धीरे-धीरे जाता रहा था।

मुरारी निकाले हुए बर्तनों को बगल के सरकारी चापाकल पर ले जा मिट्टी से रगड़कर धोने लगा। चारों ओर पसरे भोर के सात्विक मौन के बीच बर्तन पर मिट्टी के रगड़ की घरड़-घरड़ की आवाज, मानो गाँव अपने आँगन में सुबह का संगीत बजा रहा हो। कुछ मिनट बर्तन धोने के बाद मुरारी चूल्हा जलाने के लिए बोरी से कोयले के कुछ बड़े टुकड़े निकाल अपनी छोटी हथौड़ी से उसे तोड़ने लगा। ठक-ठक की आवाज अभी गूँजी ही थी कि बगल के आम वाले पेड़ से चिड़ियों का एक झुंड फड़फड़ाकर उड़ा। मानो इन चिड़ियों को रोज मुरारी की ठक-ठक सुन जगने की आदत हो गई हो। जल्दी-जल्दी कोयला तोड़ उसे चूल्हे में डाल माचिस मारी और चूल्हे के पास बैठ बाँस का पंखा हौंकने लगा। चंद मिनट बाद धुएँ का फुटबाल-सा गोला उठा। अब चुल्हा जल चुका था। इसके बाद वह दौड़कर एक बाल्टी पानी भर लाया। अब तक कोयला जलकर लाल हो चुका था। अब मुरारी ने चूल्हे पर भगोना चढ़ाया और दूध गरम करने लगा। चूल्हे की दूसरी आँच पर मिट्टी की कंतरी चढ़ा दी जिसमें दूध लबालब भरा था।

तभी उसे कोई आहट सुनाई दी।

"कौन? जग्गु दा?" मुरारी ने चूल्हे से निकल रहे धुएँ से मिचमिचाए आँख को मलते हुए पूछा।

"हाँ मर्दे, और के आवेगा एतना भोरे?" दुकान में घुसते ही बाल्टी में मग डालते हुए जगदीश यादव ने कहा।

जगदीश यादव गाँव पछिया टोला से थे। उम्र यही कोई 52-53 साल। ठीक-ठाक खेती थी। छोटी-मोटी ठेकेदारी करते। कभी-कभार ईंट-भट्ठा लगाने का भी काम करते। एक ट्रैक्टर खरीद रखा था बैंक से लोन लेकर। उसे किराये पर चलाते थे। यदुवंशी खेतिहर होने के बाद भी घर में गाय-भैंस नहीं पाले थे। कहते थे, "गाय रखिए तऽ देखना भी पड़ता है। सेवा करना होता है, सानी-पानी भी देना होता है समय पर, तब न दूध खाइएगा। हमसे नहीं संभलेगा अकेले गाय-भैंस, बेच दिए इसलिए तो।"

जगदीश यादव ने गाय भैंस भले बेच दिया हो पर दूध और चाय की आदत थोड़े गई थी। रोज मुरारी की दुकान पर सुबह-सुबह आना और दो-तीन घंटे

की बैठकी में तीन-चार कप चाय पीना दिनचर्या बन गई थी।

''चलो पिलाओ एक कप, आज कोय आया नहीं का?'' जगदीश यादव ने बेंच को गमछी से पोंछते हुए कहा और बैठ गए।

''पाँच मिनट रुक जाइए जग्गु दा, तनी खौला देते हैं दुधवा को। अभी तुरंते चढ़ाए हैं।'' मुरारी ने चूल्हे में लगातार पंखा हौंकते हुए कहा।

''ठीक है। तब तक तनी खैनी खिला दो।'' जगदीश यादव ने जेब से खैनी की डिबिया निकाल मुरारी की तरफ बढ़ाते हुए कहा। यह इसी देश के गाँव वाली चाय की दुकानों में ही संभव था कि जब तक चाय बने तब तक चाय बनाने वाला आपके लिए खैनी भी बनाकर परोसता था। मुरारी डिबिया से खैनी-चूना निकाल बड़े जिम्मेदारीपूर्वक रगड़े जा रहा था और जगदीश यादव एकटक रगड़ खाती हथेलियों को देखते तल्लीन बैठे थे। भागती-कूदती दुनिया के बीच एकदम फुर्सत और शांति का ऐसा दृश्य केवल गाँव ही रच सकता था।

''लीजिए देखिए बैजनाथ भैया आ गए।'' मुरारी ने जगदीश यादव को खैनी देकर, हथेली पर पानी लेते हुए कहा।

''का मुरारी, का हाल? और जगदीश दा तो हमसे पहले पहुँच गए आज?'' बैजनाथ मंडल ने बेंच पर बैठते हुए कहा।

''अरे, आओ बैठो बैजनाथ। हाँ का करें, रात नींद आता नहीं। सोते हैं तऽ लगा रहता है जल्दी बिहान हो तऽ निकलें। घर में बाल-बच्चा हो या हमरी जनानी सब तऽ ऊ टीभी देखने में लगे रहते हैं। किससे बतियाइएगा घर में?'' जगदीश यादव ने बड़े सूने स्वर में कहा।

''एकदम यही हाल सब घर का है। दिन भर सब टीभी में घुसल रहता है। जब से साला ई डिस एंटिना आया है तब से जान लीजिए चौबीसों घंटा कुछु-ना-कुछु देते रहता है टिभिया पर। सिनेमा के तऽ इज्जते नहीं रहा अब। जब देखिए तब्बे एगो सिनेमा दे रहा है दिन-रात। हमरा लड़कवा दिनभर घुसल रहता है टिभिए में। एक दिन तो लतियाए चोट्टा को। न पढ़ना न लिखना। साला, धरमेंदर बनेगा जैसे सिनेमा देख के।'' बैजनाथ मंडल ने एक साँस में कहानी घर-घर की बयाँ कर दी थी।

''तुम भी कनेकसन ले लिया डिस का? हाँ, तीस-चालीस रुपिया लगता

है। काहे न लोगे!'' बैजनाथ मंडल गाँव के पछिया टोला से ही था। लंबा शरीर, गहरा साँवला रंग। हड्डी पर काम भर का माँस। यही बनावट थी बैजनाथ की। थोड़ी-सी खेती थी। सब्जी उपजाता था और शहर बेच आता। छोटे-मोटे स्तर पर मवेशी बेचने का काम भी करता था। बकरी पालना-बेचना पुस्तैनी काम था उसका।

इतने में बन चुकी चाय छानते हुए मुरारी भी चर्चा में कूदा, ''अरे, सिनेमा छोड़िए। सीरियल देखे हैं? केतना गंदा देखाता है! एक ठो पति के तीन ठो पत्नी तऽ एक पत्नी के दू ठो मरद। मने क्या से क्या देखा रहा है ई लोग। घर समाज बिगाड़ रहा है ई सब।''

मुरारी ने अपने इस सार्थक वचन के साथ ही चर्चा को एक नया फलक प्रदान कर दिया था।

चाय पर चर्चा, देश को कितनी सार्थक दिशा दे सकती है, यह यहाँ आकर देखा और समझा जा सकता था। दूरदर्शन और उसके समाज पर प्रभाव के इस सेमीनार का सत्र चल ही रहा था कि मस्जिद से अजान की आवाज आई, ''अल्लाह हू अकबर...अशहदो अन्न मोहम्दुर्रसूलुल्लाह...''

''लीजिए अजान हो गया। बैरागी पंडी जी के आने का हो गया टाइम।'' मुरारी ने चाय का कप बढ़ाते हुए कहा। असल में बैरागी पंडी जी गाँव के ही मंदिर में पुजारी थे। मंदिर के ठीक पीछे ही कुछ दूरी पर मस्जिद भी थी। गाँव में मंदिर-मस्जिद में बहुत दूरी नहीं होती।

अजान की आवाज अल्लाह तक जाने से पहले मंदिर के देवी-देवाताओं को मिल जाती थी। बैरागी पंडी जी को वर्षों से अजान की आवाज सुनकर उठने की आदत थी। यही उनका दैनिक अलार्म था। अजान सुन उठने के बाद बैरागी पंडी जी झट नहाते-धोते और फिर शंख और घंटी की ध्वनि से पूरा वातारवरण ऊर्जामय हो जाता। यह ध्वनि मस्जिद तक भी जाती। यह एक गाँव को ही नसीब हो सकता था जहाँ ईश्वर-अल्लाह दोनों एक-दूसरे की बड़े प्रेम से सुन लेते थे।

पंडी जी का पूरा नाम बैरागी पांडेय था और गाँव के मंदिर में ही तीन पीढ़ी से रह रहे थे। इनके परिवार में पत्नी और एक 21-22 वर्ष का लड़का चंदन पांडेय भी था। बैरागी पंडी जी दिखने में गोरे, मध्यम कद-काठी के और

पिंडनुमा पेट वाले थे। सर के बाल जितने भी थे सफेद हो चुके थे।

पंडी जी पूजा-पाठ कर धोती-कुर्ता पहन कंधे पर गमछा डाल रोज की तरह जब तक चाय की दुकान पर पहुँचे तब तक वहाँ कई तरह के मुद्दों पर बहस से माहौल अपनी सामाजिक सोद्देश्यता के चरम को छू चुका था। इसी बीच वहाँ गाँव के मस्जिद टोला वाले लड्डन मियाँ भी पहुँच चुके थे।

"प्रणाम बाबा, प्रणाम। आइए। आप ही का इंतजार हो रहा था।" पंडीजी को देखते ही जगदीश यादव ने अभिवादन किया।

"बैठिए पंडीजी, बनाते हैं स्पेशल वाला इलायची दे के।" मुरारी ने कटोरे से भगोने में दूध डालते हुए कहा।

बैरागी पंडी जी अभी बेंच पर बैठे ही थे कि अचानक बेंच के नीचे से जोर की आवाज आई। पंडी जी लगभग चीखते हुए उछल कर बगल बैठे हुए बैजनाथ मंडल के गर्दन पर लटक गए। बैजनाथ मंडल को सुबह-सुबह बिना मतलब ब्रह्म गोद लेने का सौभाग्य प्राप्त हो गया जिसे लेते ही वह अकबका गया था।

"अरे का हुआ। हाय रे बाप!" बैजनाथ पंडी जी को संभालते हुए जोर से बोला।

"हा हा। अरे ददा कुछ नहीं। ई मोतिया पर पाँव पड़ गया महराज पंडीजी का।" मुरारी ने भगोने में चीनी डालते हुए कहा। जहाँ पूरा दौर-जमाना पहचान के संकट से जूझता-लड़ता दिखाई देता था वहीं यह गाँव ही था जहाँ आम कुत्ते भी मोती, हीरा, शेरा के नाम से जाने जाते थे। कई लोग तो उन कुत्तों के व्यवहार और दिनचर्या तक से परिचित होते थे। कौन कुत्ता कितने बजे मंदिर के अहाते में बैठेगा और कौन अस्पताल के आगे पाए पर मूत देगा, तक भी बता देते थे।

मुरारी फिर हँसते हुए बोला, "आज तऽ जतरा बन गया इसका भोरे-भोर। पंडी जी से एतना भारी आशीर्वाद पा लिया। डायरेक्ट माथा पर लात धर कल्याण कर दिए बैरागी पंडी जी।"

मुरारी ने सही ही कहा था कि जब लगभग 90 किलो के आदमी का पाँव एक मरमराए से कुत्ते की गर्दन पर पड़ जाए तो उसे हल्का आशीर्वाद नहीं कह सकते। मोतिया सड़क पार जा खड़ा हो दुम झाड़ रहा था। शायद अप्रत्याशित

मिले इस आशीर्वाद को फील कर रहा था। उसने दो-तीन बार टाँग पटका, एक-दो बार सिर को झाड़ा और फिर पुनः चाय दुकान के पास आ खड़ा हो गया। इधर बैरागी पंडी जी की छाती अभी तक धड़क रही थी, धीरे-धीरे वे सामान्य होने के प्रयास में थे। हाथ में चाय की कप लिए पहला घूँट पिए तब आवाज निकली।

"बताइए, भैरवबाबा की कृपा कहिए कि काटा नहीं। नय तऽ एक कप चाय के फेर में अभी चौदह ठो सूई लेना पड़ता!"

मुरारी साव, बैरागी पंडी जी से चाय के पैसे नहीं लेता था। उसका मानना था कि बड़े भाग्य से तो एक ब्राह्मण को भोरे-भोरे चाय पिलाने का मौका मिलता है। इससे बड़ा पुण्य क्या होगा भला! हाँ, दिन भर में एक दुकानदार को दुकान पर ही बैठे-बैठे, पैसे के साथ पुण्य कमाने का भी मौका मिल जाए तो इससे अच्छा क्या होता। पूरे दिन एक भी कप की गिनती नहीं छोड़ने वाला और दादा के पिए गए उधार चाय को पोते तक से वसूल कर लेने वाला मुरारी वर्षों से बैरागी पंडी जी को सुबह की चाय बड़ी श्रद्धा से निःशुल्क पिलाता था। यही उसके जीवन का अर्जित पुण्य था। उसके पास हिसाब वाली दो बही थी। एक, जिसमें वो उधार चाय पीने वालों के हिसाब रखता था और दूसरी उसके मन में होती थी, जिसमें वो पंडी जी को पिलाए गए चाय के पुण्यों का जमा हिसाब रखता था, जिसके भरोसे ही मुरारी को यकीन था कि ऊपर जाने के बाद यही पुण्य उसे स्वर्ग में कट्ठा-दो कट्ठा जमीन दिला ही देगा।

इधर पंडी जी भी मुरारी को पुण्य कमाने का कोई मौका गँवाने नहीं देते थे। चाहे आँधी, तूफान चले या बिजली गिरे पर बैरागी पंडी जी एक भी सुबह अनुपस्थित नहीं होते थे। कभी-कभार खुद मुरारी नहीं आता दुकान खोलने पर पंडी जी जरूर उसकी दुकान पर आते और बेंच पर बैठते। यह सोचकर कि क्या पता देर-सबेर मुरारी पुण्य कमाने आ ही जाए।

चाय दुकान पर बतक्कड़ी जारी थी। सब अपनी-अपनी चुस्की घोंटने के साथ ही एक नई चर्चा उतार देते गिलास में। अब दिन भी साफ होने लगा था। दुकान पर और भी ग्राहकों की भीड़ आने लगी थी। तभी एक बस ठीक मुरारी साव के दुकान के सामने आ रुकी और उससे एक करीब 30-31 वर्ष का साँवला-सा युवक कँधे पर बड़ा-सा बैग, दोनों हाथों में सूटकेस लिए उतरा।

एकबारगी इतने सामान से लदे आदमी को बस से उतरता देख सबकी नजर उस पर पड़ी। वह युवक बस से उतर सामान कंधे से उतार दुकान से ठीक दस कदम दूर खड़ा हो गया और जेब से पर्स निकाल उसमें कुछ टटोलने लगा। इधर पूरे चाय दुकान की नजर उस पर थी। गाँव उतरे किसी भी नये आदमी को ये लोग इतनी नजर गड़ाकर देखते कि साधारण कलेजे का आदमी तो लजाकर मर जाए। यह मंडली एक तरह से गाँव घुसने वालों के लिए द्वार पर लगी स्कैनिंग मशीन की तरह थी। क्या मजाल कोई भी चीज उन लोगों के सामने से बिना उनकी दृष्टि जाँच के गुजर जाए। सड़क से ट्रक पर लदी गाय-बकरी भी गुजरती तो उसकी नस्लों पर चर्चा कर यह लोग बातों-ही-बातों में उसका दूध तक निकाल लेते थे। अब तक उस युवक की चर्चा शुरू हो गई थी।

"कौन है? किसके यहाँ का है ई आदमी?" बैजनाथ ने ऊपरी जेब से खैनी निकालते हुए कहा।

"लोकल तो नहीं बुझाता है। किसी घर का दामाद-ऊमाद है क्या?" जगदीश यादव ने अपने अनुभव से कहा। तभी उस युवक की नजर भी एक बार चाय दुकान की तरफ गई पर फिर झट उसने अपनी आँखें हटा लीं। शायद उसे भी अंदाजा हो गया था कि पूरी दुकान की नजर इधर ही है। इतने में उसे कुछ याद आया। उसने अपने एक बैग का ऊपरी चेन खोल उसमें से एक भरी हुई पॉलीथीन निकाली जिसमें एक ब्रेड का पैकेट और कुछ आधे बचे बिस्किट के पैकेट थे। युवक ने उसका रैपर निकाल उसे पास बैठे कुत्ते की तरफ बढ़ा दिया। कुत्ते ने लपककर ब्रेड पर मुँह मारा और आँख मूँद खाने लगा। उधर हर सीन पर चाय दुकान पर बैठे लोगों की कैमरे-सी नजर लगी हुई थी।

"अरे हई देखिए मोतिया का किस्मत। भोरे-भोरे पावरोटी पा लिया और बिस्कुट भी।" लड्डन मियाँ खिलखिलाते हुए बोले।

"हम बोले थे न आज पंडी जी का आशीर्वाद मिला है। तऽ जतरा बनबे करेगा मोतिया का।" मुरारी भी उछलकर बोला। सब हँसने लगे।

वह युवक कंधे पर बैग डाल, सूटकेस उठा गाँव के पूरब तरफ निकल गया। इधर सब पंडी जी के नाम पर एक-एक कप और चाय देने को बोल चुके थे। पंडी जी मंद-मंद मुस्कुराते कभी मोतिया को देखते तो कभी अपने परम किस्मती लात को। जीवन भर सौभाग्य की बाट जोहते पंडी जी का मन

कर रहा था कि किसी दिन सुबह-सुबह उठ खुद अपने ही गर्दन पर यह लात रख दें। तत्काल उन्होंने बैंच पर बैठे ही अपना दाहिना लात उठाया और उसे अपने खाली हाथ पर रख न जाने देर तक क्या सोचते रहे! हाथ में लात का यह दृश्य विडंबना गढ़ रहा था कि चिंतन बुन रहा था, समझना कठिन था थोड़ा।

2.

दिन चढ़ चुका था। गाँव के एकमात्र चिकित्सक डॉ. बालेंदु अपनी डिस्पेंसरी खोल खुद ही झाड़ू लगा रहे थे। हालाँकि, उन्होंने कंपाउन्डर के रूप में एक लड़के को रखा था पर उसके आने और जाने का कोई तय समय नही था। लड़का मनमौजी था, कभी आता कभी नहीं भी आता। इस कारण अक्सर डॉ. साहब को खुद ही डिस्पेंसरी की सफाई और पोंछा लगाने का काम करना पड़ता था। डॉ. बालेंदु बगल के गाँव मनहरा के रहने वाले थे पर मलखानपुर की बड़ी आबादी देख डिस्पेंसरी यहाँ खोलना ठीक समझा था। उनका अंदाजा था कि यहाँ ज़्यादा मरीज मिल पाने की संभावना रहेगी। वैसे मलखानपुर में एक बिना डॉक्टर वाला प्राथमिक स्वास्थ्य केंद्र सरकार द्वारा स्थापित था। डॉ. बालेंदु ने मलखानपुर बीच बाजार में ही एक कमरा किराये पर ले नर्सिंग होम की शक्ल देने में कोई कसर नहीं छोड़ी थी। कमरे के बाहर एक टीन का बोर्ड बनवा उस पर 'डॉ. बालेंदु घोष' लिखवाया था और उसके नीचे अंग्रेजी में कुछ डिग्री टाइप भी लिखवा रखा था। एक बड़ा-सा लाल रंग का प्लस चिह्न भी सफेद गोले में बनवा रखा था। कमरे के अंदर बीचो-बीच एक हरा पर्दा डाल उसे दो भागों में बाँट दिया था। पहले भाग में खुद की टेबल कुर्सी लगाई थी, दूसरे भाग में अंदर की ओर एक पतली-सी चौकी डाल दी थी जिस पर लिटाकर वो मरीज का पेट भोंककर मर्ज देखते थे और जीभ पर टार्च मारकर बीमारी का पता लगाने की ईमानदारी भरी कोशिश करते थे। हरे पर्दे के पास ही दीवार पर एक पोस्टर चिपकाया था जिसमें एक गोल-मटोल बालक का चित्र था और उसके नीचे लिखा हुआ था, 'कृप्या शांति रखें, अंदर ऑप्रेशन चल रहा है।' यह पोस्टर पढ़ अक्सर देहात के कई जिज्ञासु मरीज डॉ. साहब से नजर बचा पर्दा हटा अंदर झाँकने की कोशिश किया करते थे कि आखिर ये ऑपरेशन होता कैसे है? काश! ये दुर्लभ मेडिकल लीला देखने का सौभाग्य मिल जाए। पर हर बार चौकी खाली ही मिलती। एकाध मरीज कभी लेटे भी तो फिर उन्हें उठने की जरूरत नहीं पड़ी, वे उठ गए थे। बदले में भारी हर्जाना देकर किसी तरह अपनी जान बचाई थी डॉ. बालेंदु ने। उसके बाद से सावधान डॉ. बालेंदु केवल चलते-फिरते मरीजों का ही इलाज करते थे। लेटने वालों को तुरंत

हाथ जोड़ दुआ देकर शहर रेफर कर देते थे। वैसे डॉ. बालेंदु ने कब, कहाँ से मेडिकल की पढ़ाई की और कब डॉक्टर बने यह वैसे ही अज्ञात था जैसे डॉ. राजेंद्र प्रसाद जी का दीवार से चूना निकाल खैनी बना खाते हुए एग्जाम देने का किस्सा। लाल बहादुर शास्त्री जी का उफनती नदी पार स्कूल जाने का किस्सा। ईश्वरचंद विद्यासागर जी का स्ट्रीट लाइट में पढ़ने का किस्सा। ये सब घटनाएँ किसी ने देखी नहीं पर प्रचलन में थीं और मान ली गई थीं। उसी तरह डॉ. बालेंदु को डॉक्टर मान लिया जा चुका था। डॉ. बालेंदु अभी झाड़ू मार लाइफबॉय साबुन से हाथ धो गर्दन में आला पहन बैठे ही थे कि एक हीरो-होंडा बाइक आकर खड़ी हो गई और जोर-जोर से हॉर्न बजने लगा। डॉ. बालेंदु हड़बड़ा उठे।

"क्या बात है भाई?"

"अरे जल्दी चलिए सर, उठाइए अपना बैग। प्रधान जी के घर चलना है। हार्ट अटैक आया है।" बाइक सवार ने बाइक स्टार्ट रखते हुए ही जल्दी-जल्दी कहा।

हार्ट अटैक! यह सुन एक बार तो जैसे लगा डॉ. बालेंदु को ही हार्ट अटैक आ गया है। गाँव के सबसे प्रभावी घर की बीमारी का बुलावा आ गया था, कुछ ऊँच-नीच हो गया तो। यह सोच हाथ-पाँव काँप रहे थे डॉ. बालेंदु के। जल्दी-जल्दी बैग लिया अपना। सुबह-सुबह डिस्पेंसरी खुलते ही मरीज का आ जाना यूँ तो किसी भी डॉक्टर के लिए खुशी की बात होती है पर ऐसे घर से और इतनी बड़ी बीमारी आ धमकेगी इलाज करवाने, और इतनी कयामत भरी बोहनी के बारे में सोचा भी न था डॉ. बालेंदु ने। सर्दी, खाँसी, बुखार तक तो ठीक था पर सुबह-सुबह हार्ट अटैक को संभालना, अपने डॉक्टरी जीवन में पहली बार मेडिकल के इम्तेहान को फेस करने जा रहे थे डॉ. बालेंदु वह भी बिना मेडिकल की किताब का मुँह देखे। अभी असल में मुँह तो डॉ. बालेंदु का देखने लायक था। माथे पर पसीना लिए, सूखते कंठ से बगल की दुकानवाले से जरा डिस्पेंसरी पर ध्यान देने को बोल गोद में बैग धर वे बाइक पर बैठ गए। वे इतने तनाव में थे कि अभी तक यह भी नहीं पूछा था कि अटैक आया किसे है?

अभी बाइक पर बैठे ही थे कि सामने से जगदीश यादव आते दिख पड़े।

डॉक्टर साहब को देखते ही टोक दिया, "अरे डागडर साब, कहाँ एकदम सबेरे-सबेरे?"

डॉ. बालेंदु के बदले बाइक चालक ने कहा, "अरे पुरुषोत्तम बाबू को हार्ट अटैक आया है। वहीं जा रहे हैं।"

सुनते ही जगदीश यादव जैसे बाइक के सामने आ खड़े हुए। एकदम हड़बड़ाते हुए पूछा, "क्या? हाय भगवान! कल तो ठीक थे! अरे हाँ हाँ चलिए जल्दी। भगवान ठीक करे सब। एज भी तो हो गया है उनका।"

पुरुषोत्तम सिंह मलखानपुर की सबसे रुतबेदार हस्ती थे। इनके पिता पूर्व में गाँव के प्रधान थे और ये खुद भी दो बार प्रधान रह चुके थे। अब इनका बेटा फूँकन सिंह विरासत को सँभाले हुए था। जमाना बदलने पर खेती-बाड़ी थोड़ी कम हो गई और जमीन का कई हिस्सा भोग-विलास में बिक भी चुका था। रुतबा पहले की तरह तो नहीं था पर अभी भी धाक ठीक-ठाक ही थी। इसका कारण यह भी था कि पुरुषोत्तम सिंह के दादा तीन भाई थे। इस कारण इनके अपने बड़े खानदान का पूरा कुनबा इसी गाँव में साथ ही बसा था। जिसमें आस-पास के 6-7 घर थे। इन घरों को मिलाकर कम-से-कम 10-12 हट्ठे-कट्ठे जवान पुरुषोत्तम सिंह के भतीजे और पोते के रूप में हमेशा एक आवाज पर लाठी लेकर खड़े हो जाते थे। सामंती दौर गुजर जाने के बाद भी भारतीय लोकतंत्र में उस परिवार की अहमियत कभी कम नहीं होनी थी, जिसके पास लोग भी थे और लाठी भी। जब तक लोकतंत्र था तब तक पुरुषोत्तम सिंह के जैसे बड़े घर बहुत छोटे कभी नहीं होने वाले थे।

जगदीश यादव पुरुषोत्तम बाबू के हार्ट अटैक की खबर सुन रोमांचित हो रहे थे या भयंकर दुखी, इस महीन अंतर को पकड़ना मुश्किल था। असल में, बड़े आदमी का जीवन और मरण दोनों देखने लायक होता है। सदा आम जन को आकर्षित करता है। जगदीश यादव पुरुषोत्तम बाबू का वैभवशाली जीवन देख चुके थे। आज इतने बड़े आदमी के हार्ट अटैक को भी इतने नजदीक से देखने का मौका वे छोड़ना नहीं चाहते थे। कितनी बड़ी बात होती कि वे अपने पोते-पोतियों तक को सुनाते यह ऐतिहासिक किस्सा, अरे पुरुषोत्तम बाबू हमारे आँख के आगे चल दिए थे रे बच्चो। हमारा तऽ हाथ धर लिए थे और बोले थे, "जगदीश अब जाते हैं। घर-परिवार को जोगना, देखना।"

यह सबकुछ एक झटके में सोचते-सोचते डॉ. बालेन्दु को आगे खिसका उछलकर बाइक में पीछे बैठ चुके थे जगदीश यादव।

"जल्दी चलाओ भाई। स्पीड में चलो।" जगदीश यादव ने घोड़ा हाँकने वाले अंदाज में बाइक चलाने वाले से कहा। तेज चलती बाइक में सवार बाइक चलाने वाले और जगदीश यादव के बीच दबे से बैठे डॉ. बालेंदु खुद एक मरीज की भाँति दिख रहे थे। उनके हृदय की उथल-पुथल केवल वही जान रहे थे। उनका चेहरा बता रहा था, जैसे किसी बकरे को बाँध हलाल करने ले जाया जा रहा हो। बाइक के पुरुषोत्तम सिंह के दरवाजे पर रुकते ही जगदीश यादव उछलकर नीचे उतरे और फिर डॉक्टर बालेंदु का बैग पकड़ उन्हें हाथ का सहारा दे नीचे उतारा। पता नहीं कैसे जगदीश यादव डॉ. बालेंदु के बदन की कँपन को महसूस कर चुके थे। शायद तभी हाथ का सहारा दे दिया था। पुरुषोत्तम सिंह घर के बाहरी बरामदे से सटे कमरे में ही रखे हुए थे। अंदर घुसते ही डॉ. बालेंदु ने देखा कि पुरुषोत्तम बाबू लेट कर पपीता खा रहे हैं। कटे सेब की कटोरी भी सिरहाने धरी हुई थी। पुरुषोत्तम बाबू को आराम से फलाहार करता देख डॉ. बालेन्दु को थोड़ी राहत महसूस हुई। भले कभी मेडिकल की किताब न पढ़ी हो पर कलकत्ता में कई डॉक्टरों के यहाँ झाड़ू, रुई-डिटॉल लगाते इतनी डॉक्टरी तो आ ही गई थी कि हार्ट अटैक का मरीज आराम से लेटकर पपीता तो नहीं खाएगा। फिर भी डॉ. साब पूरी तरह निश्चिंत हो जाना चाहते थे।

"प्रणाम पुरुषोत्तम बाबू, क्या हुआ आपको ? ठीक तो हैं आप ?" डॉक्टर बालेंदु ने शुभ-शुभ बोला।

"अरे, आइए डागडर साहब। देखिए न थोड़ा छाती में पेन हो गया था। अभी साँस लेने में थोड़ा-थोड़ा दुखाता है।" पुरुषोत्तम बाबू ने पतीते का आखिरी टुकड़ा मुँह में डालते हुए हाल सुनाया।

"अच्छा। रुकिए न, ठीक हो जाएगा। फ्रेस फ्रूट खा ही रहे हैं आप। बेजोड़ चीज है हेल्थ के लिए।" डॉ. बालेंदु ने कटे सेब की कटोरी की तरफ देखते हुए कहा।

अब तक डॉ. बालेंदु को यकीन हो चुका था कि इनको चाहे जो बीमारी हो पर हार्ट अटैक तो नहीं था और न ही मरीज को जान का खतरा। डॉ. बालेंदु

ने यह सोचते-सोचते सामने रखा पानी का गिलास उठाया और गट-गट कर खुद पी गए। थोड़ी राहत महसूस हुई, तो उन्हें कलकत्ता में अपने मालिक, जिसके यहाँ सफाई स्टॉफ के रूप में 8 साल तक काम किया था, उन डॉक्टर का कहा एक सूत्र वाक्य याद आया, "मरीज को दवा बचाती है, डॉक्टर को उसका आत्मविश्वास बचाता है।" आज डॉ. बालेंदु ने अपने जीवन का समस्त आत्मविश्वास निचोड़ जमा किया और अब बड़े गंभीर अंदाज में आला निकाल उसे पुरुषोत्तम बाबू के छाती पर धर दिया।

"जरा जोर-जोर से साँस लीजिए। अंदर खींचिए और छोड़िए।" डॉ. साहब ने मँझे हुए अंदाज में कहा।

"डागडर बाबू दर्द करता है मीठा-मीठा छाती में।" पुरुषोत्तम बाबू ने लंबी-लंबी साँस लेते हुए कहा।

"हूँ। देखिए अटैक तो था पर एकदम टाइम पर बुला लिए आप लोग हमको। घबराइए नहीं, अटैक रोक देंगे एक ठो टेबलेट में।" डॉ. बालेंदु ने बैग से एक टेबलेट निकालते हुए कहा।

"इसको तुरंत खाइए, 15 मिनट में राहत मिलेगा।"

अब तक कमरे में कई लोग जमा हो चुके थे। लड्डन मियाँ भी साइकिल लिए पहुँच चुके थे, साथ में बैजनाथ मंडल भी।

"सर, कौन टेबलेट दिए?" लड्डन मियाँ ने जिज्ञासावश पूछ दिया।

"गैस और पेन का मिक्स था। गैस के कारण ब्लॉक हो गया था छाती का पाइप। उसका एयर बाहर करना जरूरी है न जी। इसी में न बड़ा-बड़ा डाक्टर मिस कर जाता है। ऊ देने लगेगा सीधे हार्ट अटैक का दवाई और इसी में रोगी का जा़न चला जाता है। हम तो यही न ध्यान दिए! चलिए अब कोय खतरा नहीं है।" डॉ. बालेंदु ने एक सफल चिकित्सक के फ्लेवर में कहा। असल में तीन साल पहले ऐसी ही किसी टेबलेट के दिए जाने से लड्डन मियाँ की एकमात्र बेगम अल्लाह को प्यारी हो चुकी थीं। सो, आज फिर उसी हाथ से टेबलेट दिया जाता देख लड्डन मियाँ से रहा न गया था और पूछ दिया था।

पर अभी पूरा कमरा डॉ. बालेंदु के चिकित्सकीय चमत्कार से अभिभूत था। सबकी एक ही चर्चा, डागडर बाबू बचा लिए आज पुरुषोत्तम बाबू को। यमराज के मुँह से खींच लाए। ऐसा डॉक्टर है गाँव में तो समझिए सौभाग्य

है हम लोग का।

तब तक भर प्लेट बिस्कुट, दालमोट और मिठाई आ चुका था डॉ. बालेंदु के लिए। डॉ. बालेंदु अंदर-ही-अंदर मुस्कुरा रहे थे। आज कुछ तो भाग्य ने और कुछ उनके आत्मविश्वास ने बाजी पलट दी थी। पुरुषोत्तम सिंह के पुत्र फूँकन सिंह ने मारे खुशी के सौ के दो नये नोट डॉ. बालेंदु के हाथ में रखते हुए कहा,

''ये लीजिए डागडर साहब! पहला बार फीस दे रहे हैं किसी डागडर को अपने दुआर पर। काहे कि आप जान बचा लिए बाबू जी का।''

डॉ. बालेंदु ने नोट ऊपर की जेब में रखते हुए हल्की मुस्कुराहट के साथ कहा, ''अरे फीस क्या! आशीर्वाद है आपका यही समझ रख ले रहे हैं।''

डॉ. बालेंदु के लिए सच में, मिले हुए नोट फीस नहीं बल्कि उनकी डॉक्टरी का प्रमाण पत्र थे। उन्हें अपनी डॉक्टरी का सिक्का गाँव-जवार में जमने की खुशी थी।

3.

मौसम बदलने लगा था। सुबह की धूप अब जरूरी लगने लगी थी। डॉ. बालेंदु की दवा और दुआ दोनों के काम कर जाने के बाद पुरुषोत्तम सिंह की तबियत भी अब ठीक हो चली थी। वैसे भी गैस का गोला कितने दिन रहता पेट में! पुरुषोत्तम सिंह घर की खुली छत पर कुर्सी लिए इत्मिनान से बैठे रेडियो सुन रहे थे। तभी हाथ में मोबाइल लिए फूँकन सिंह भी छत पर पहुँचा। इस समय तक मोबाइल गाँव के इक्का-दुक्का लोगों के पास ही था। उसमें भी गाँव में पहला मोबाइल फूँकन सिंह के पास ही आया था। अक्सर नेटवर्क की दिक्कत होने के कारण फूँकन सिंह अपने दूमंजिले घर की छत पर जा नेटवर्क धराने की कोशिश किया करता। फूँकन सिंह जब अपने छत पर टहल-टहल मोबाइल पर जोर-जोर से बात करता तो दूरसंचार क्रांति का यह मोहक दृश्य दूर-दूर तक खेतों में काम कर रहे लोग अपनी कुदालें छोड़ एकटक देखते।

फूँकन सिंह की आयु यही कोई 40-42 साल की रही होगी। पुरुषोत्तम सिंह की विरासत का भार अब इसी के कंधे पर था। उसने इस लायक अपना कंधा बनाने में अथक लगन के साथ मेहनत भी की थी। बचपन से ही कसरत करना, पुरकस खाना और भरपूर सोना उसकी दिनचर्या रही। उसने बचपन से लेकर जवानी तक में जरा भी समय पढ़ाई-लिखाई या कला-संगीत इत्यादि अनुत्पादक और अनिश्चित परिणाम देने वाले कार्यों में नहीं गँवाया। जहाँ भी समय दिया, तुरंत कुछ पाया। वह खेलता भी था तो क्रिकेट, कबड्डी जैसे फिजूल के खेल नहीं बल्कि जुआ खेलता था जिसमें तुरंत कुछ अर्जित किया जा सके। अर्जन करने की यह लत उम्र बढ़ने के साथ बढ़ती गई। उसने बिना डिग्री सब अर्जित किए रखा था। बिना दरोगा बने लोगों को रस्सी से बँधवा देता था। बिना जज बने फैसला सुनाता था। बिना कलेक्टर बने साहब कहाता था। पिछली बार प्रधानी का चुनाव लड़ा पर चुनाव में धांधली की शिकायत हो जाने पर चुनाव रद्द हो गया था और उसे अब आने वाले चुनाव का इंतजार था।

साल भर पहले गाँव के बाहर ढाबे पर दारू पीते वक्त उसकी बाहरी गाँव के कुछ लड़कों से बहस हो गई थी जिसपर उन मनबढ़ू लड़कों ने फूँकन सिंह के रुतबे की परवाह किए बगैर उस पर दस-बीस लात-घूँसे बरसा दिए

थे। इस घटना के बाद सिंह परिवार की हैसियत का ग्राफ थोड़ा गिर गया था। लोग कहने लगे थे, अब नया जमाना आ गया, पुराना फुटानी और ठसक नहीं बर्दाश्त करता है नया लौंडा लोग। तब से फूँकन सिंह थोड़ा फूँक-फूँककर ही कदम रखता था।

फूँकन सिंह छत पर एक कोने से दूसरे कोने नेटवर्क खोजते टहल रहा था कि अचानक उसकी नजर घर के पीछे वाले दीवार पर पड़ी। उसने देखा एक आदमी अपना सिर गोते दीवार से सटे पेशाब कर रहा है। यह देख चेहरा तमतमा गया फूँकन सिंह का। वह जोर से चिल्लाया,

"कौन है रे बेटीचोद, साला हमरे दीवाल पर मूतता है रे!" मूतने को तो एक भारतीय चीन की दीवार पर भी मूत दे पर मलखानपुर गाँव में पुरुषोत्तम सिंह-फूँकन सिंह की खानदानी दीवार पर मूत देना बड़ी बात थी।

फूँकन सिंह को चिल्लाता देख पुरुषोत्तम सिंह भी कुर्सी से उठ खड़े हो छत की रेलिंग से झाँके। फूँकन सिंह ने गुस्से में आँख लाल किए इधर-उधर दो-चार कदम चल वहीं सामने पड़ी लकड़ी का एक टुकड़ा उठाया और नीचे पेशाब कर रहे आदमी पर जोर से फेंककर मारा। लकड़ी का टुकड़ा उस आदमी के ठीक बगल में गिरा। यह वह दौर था जब सामंतवाद का निशाना चूकने लगा था। अब किसी ठाकुर साहब के हाथ से चली लाठी ठीक निशाने पर नहीं भी लगने लगी थी। लाठी के जमीन पर गिरते ही पेशाब करता आदमी अकबकाकर पैंट सँभाले बगल हटा और छत की तरफ सिर उठाए लगभग चिढ़ाते हुए बोला,

"का फूँकन बाबू! अरे सदियों आपके पुरखे केतना गरीब गरुआ के डायरेक्ट कपार पर मूते पर कोई उफ्फ नहीं किया। हम साला पिछवाड़े के दीवाल पर मूत दिए तऽ विरासत ढहने लगा आपका? गजबे करते हैं आप मालिक!"

"अरे साला हरामी, तुम है रे बिरंचिया! तुम ढाहेगा भैरो सिंह, पुरषोत्तम सिंह के विरासत को रे साला! ठहरो नीचे आते हैं तऽ बताते हैं।" इतना कह फूँकन सिंह सीढ़ियों की ओर उतरने को बढ़ा।

तब तक गोली की तरह बिरंची की एक और आवाज टनटनाते हुए कान में गई फूँकन सिंह के,

"आप नीचे आ गए हैं। आपको पते नहीं है तऽ हम का करे।" इतना बोल

बिरंची लंबी-लंबी डेग भर तीन खेत फलाँग लगा वहाँ से निकल चुका था।

बिरंची कुमार मलखानपुर गाँव का 33-34 बरस का नौजवान था। इतिहास से बी.ए. पास कर एम.ए. की पढ़ाई कर ही रहा था कि एक हादसा हुआ और जिंदगी भर के लिए उसका कलम पकड़ना असंभव हो गया। हादसा भी ऐसा, मलखानपुर और बगल के कटहरा गाँव के बीच क्रिकेट मैच में झगड़े के दौरान पुलिस केस हो गया। दबंगों की पैरवी थी, सो पुलिस उठा ले गई। वहाँ रात हाजत में खूब पीटा। एक लाठी दाहिने हाथ की कलाई पर लगी और तर्जनी और अंगूठे की हड्डियाँ बाहर आ गईं। सरकारी नौकरी की चाहत में कई सरकारी फॉर्म डाल चुका था बिरंची, पर झूठे केस और कलम न उठा पाने के सदमे में पहले तो एक मनोरोगी की तरह घर के एक कमरे में बंद रहा और जब साल भर बाद बाहर निकला तो जैसे वो बिरंची था ही नहीं। कलम छूटी और उसकी जगह चिलम आ गई। बायें हाथ से चिलम उठाकर उसे दाहिने हाथ का सहारा दे सारा अर्जित ज्ञान को धुएँ में उड़ाने लगा वह। पढ़ाई-लिखाई छोड़ दिन भर घूमते गाँजा-ताड़ी पीना और अपने अधूरे सपनों को कोसना-गरियाना, यही दिनचर्या बन गई उसकी। लोग उसे गँजेड़ी, थेथर और पागल कहते। कभी-कभी कड़वी जुबान के कारण पिट भी जाता था। अक्सर लोग उसे लतखोर बोल छोड़ देते।

आज तो फूँकन सिंह ने ही सीधे देख लिया था अपनी दीवार पर पेशाब करते हुए। जुबान से आग उगल हवा की तरह उड़ निकला था बिरंची मूतने के बाद। उधर फूँकन सिंह को आग की लपट की तरह सीढ़ी से नीचे उतरता देख पुरुषोत्तम सिंह तेजी से चलते हुए गरजे,

"ए फूँकन, खबरदार जो मारपीट किया तो। छोड़ो उस गँजेड़ी को। रुको, एकदम नहीं जाओगे उस नीच के पीछे।"

उम्र और अनुभव ने पुरुषोत्तम सिंह को क्रोध पीना सिखा दिया था जबकि फूँकन सिंह की तो अभी कुछ और ही पीने की उम्र थी।

"बाबू जी तऽ कपार पर मुतवाएँ और हम लोग?" फूँकन सिंह ने पीछे की तरफ मुड़ झल्लाते हुए कहा।

"कपार पर मूता है क्या? दीवारे पर न मूता है!" पुरुषोत्तम सिंह एकदम नजदीक आकर बोले।

"बाह, बाह रे दिमाग आपका! मने कपार पर मूतवाने का इंतजार करें घरे बैठके हम! जब मूत देगा तब बोलेंगे और लड़ेंगे!" फूँकन सिंह ने मुट्ठी पीसते हुए कहा।

"सुनो, जरा ठंडा दिमाग से काम किया करो, समझे। ऐसे गर्मी दिखाने और उधियाने से राजनीति नहीं होता है। अभी मारोगे बिरंचिया को तऽ माहौल बिगड़ेगा। जल्दिए पंचायत चुनाव आने वाला है। थोड़ा बर्दाश्त कर लो, फेर देख तो लेंगे उस दोगला को।" बाप ने राजनीति के सधे खिलाड़ी की तरह पुत्र को समझाते हुए कहा।

"देखिए, भाँड़ में जाए पोलटिक्स। साला हम हिजड़ा बन के नहीं करेंगे राजनीति। आपको पता है ई बिंरचिया का मूतना। इसमें टोटली पोलटिक्स है। ये कोई करवा रहा है। चेक नहीं करेंगे तो मन और बढ़ेगा इन हरामियों का।" फूँकन सिंह ने सीढ़ी पर से खड़े-खड़े कहा।

"अच्छा तुम जाओ। पानी पीओ और शांत हो जाओ। हम पता करते हैं न। दस जूता मार के भी क्या बिगाड़ लोगे उस लतखोर का?" यह कहते हुए पुरुषोत्तम बाबू सीढ़ियों से नीचे उतर आए। तब से खुद को सीढ़ियों पर ही रोके फूँकन सिंह भी पीछे-पीछे सीढ़ियों से सनसनाता हुआ नीचे आ गया।

राजपूतों का खून जल्दी गर्म नहीं होता और गर्म हो गया तो जल्दी ठंढा नहीं होता। बचपन से ही फूँकन सिंह घर में अपने बाप-दादा से राजपूतों का यह विशेष रक्तविज्ञान पढ़ता आया था। पुरुषोत्तम सिंह इसलिए जल्दी गर्म नहीं होते थे और फूँकन सिंह जल्दी ठंढा नहीं होता था। नीचे उतर फूँकन सिंह बरामदे में रखी कुर्सी पर बैठ गया।

"मालिक चाय लाते हैं।" लटकु भंडारी की धीमी आज्ञाकारी आवाज आई। लटकु भंडारी पुरुषोत्तम सिंह के घर का वर्षों पुराना वफादार था। इसके बाप-दादा नाई का काम करते थे पर लटकु ने परंपरा से विद्रोह करते हुए उस्तरा-कैंची छोड़ प्रधान जी के घर थरिया-बर्तन, कप-ग्लास उठाने का काम पकड़ लिया था। वह दिन भर घर के काम देखता और शाम होते ही जब फूँकन सिंह की मजलिस जमती तब काँच के गिलास सजाता, पानी में रंग घोलता और जाम बनाता। इन सब कार्यों में उसने गजब की विशिष्टता हासिल कर ली थी। पानी में दारू की कितनी मात्रा कितना असर बनाएगी इस काम को वह इतनी

गंभीरता से अंजाम देता जैसे वह कोई नोबेल पुरस्कार विजेता रसायनशास्त्री हो और मानवता के कल्याण के लिए पोलियो या रेबीज का कोई नया टीका तैयार कर रहा हो। उसे पता होता था कि फूँकन बाबू कितने पेग के बाद बैठे रहेंगे और कितने के बाद उलट जाएँगे। कई महत्वपूर्ण मौके पर जब फूँकन सिंह का शाम या रात को किसी जगह उपस्थित होना आवश्यक हो जाता था तब वह बिल्कुल हल्का असरकारी आपातकालीन लाइट पेग भी बनाने का सिद्धहस्त था। फूँकन सिंह को लटकु के पैग-रसायन ज्ञान पर उतना ही भरोसा और गर्व था जितना इसरो को अपने वैज्ञानिकों के ज्ञान पर होता है।

लटकु की इन्हीं अतिरिक्त योग्यताओं ने उसे टोले के अन्य नाइयों की अपेक्षा ज्यादा बड़ा स्थान दिला दिया था। सीधे फूँकन सिंह के दिल में जगह बना ली थी। पूरा टोला उसे फूँकन बाबू का पीए कहता और लटकु इस पद की आभा से लहालोट हो जाता और गौरव से भारी होकर कभी-कभी बिन पिए भी खटिया पर घोलट जाता। फूँकन सिंह के पीए होने में जो नशा था वह भला दारू में कहाँ? टोला में उसके कहे का वजन था। फूँकन सिंह की मजलिस में दरोगा, बीडीओ सब आते-बैठते थे। लटकु सबको गिलास में अपने हाथ का हुनर परोसता था। मामूली संगत थोड़े थी। इस तरह नाइयों के उस्तरे से कई गुणा ज्यादा उसने अपने हाथों को धारदार बना लिया था जिससे वह पेग बनाता।

फूँकन सिंह ने अनमने ढंग से चाय ले आने का इशारा किया।

"का रे? का बेवस्था है साँझ का?" फूँकन सिंह ने चाय की पहली सुड़की के साथ कहा।

"जी, देसी मुर्गा वास्ते बोल दिए हैं माधो को।" लटकु ने कहा।

"और बोतल रे?" फूँकन सिंह ने कप रखते हुए पूछा।

"जी, ऊ ग्रामसेवक शंभु जी ले के आएँगे आज। एक ठो काम भी था उनको बीडीओ साहब से।" लटकु ने रात का इंतजाम पक्का करते हुए कहा।

अभी-अभी भयंकर गर्म हुए और जल्द ठंढा नहीं होने वाले ठाकुर फूँकन सिंह के खौलते खून को कूल करने की जिम्मेदारी लटकु की थी जिसकी व्यवस्था में वह लग गया था।

4.

बिरंची मूत्रकांड करके अपने रोज के साथी लखन लोहार की झोपड़ी वाली दुकान की तरफ निकल गया था। लखन लोहार गाँव के एकदम उल्टे छोर पर अपनी फूस की झोपड़ी में लोहारी का छोटा-मोटा काम करता था। हल बनाना, कचिया-हँसुआ बनाना, चाकू-कैंची में धार तेज करना यही सब उसके काम थे। कभी-कभार किसी इंदिरा आवास वाले बनते घर में ढलाई का छड़ बाँधने का भी छिटपुट काम मिल जाता था। बिरंची पूरा गाँव बौखने के बाद अक्सर उसकी झोपड़ी में बैठता। एक तरफ लखन लोहार की भट्ठी जलती रहती और दूसरी तरफ गाँजा सुलगता रहता। बिरंची अक्सर बैठ के पिटते हुए लोहे और उस तपती हुई भट्ठी को एकटक देखता। जब कभी उसकी आँच कम होती तो खुद भी कोयला डाल देता और पंखा हौंक के उसे तेज कर देता। कभी-कभी तो जलती भट्ठी से गर्म कोयले निकाल हथेली पर रख लेता। लखन यह देख कहता, ''अरे बिरंची दा, जादा चढ़ गया है का? हाथ जर जाएगा महराज।''

इस पर बिरंची मुस्कुराकर गर्म कोयले को वापस भट्ठी में डालते हुए कहता, ''बेटा लखन लोहार। पागल नहीं है हम बे। सुनो जलने और तपने में अंतर होता है। हम जलेंगे नहीं।''

बिरंची की ऐसी बातें लखन के सिर के ऊपर से निकल जातीं।

पर लखन बिरंची की इज्जत करता था और उसकी समझ न आने वाली बात भी इतने ध्यान से सुनता और समझने की कोशिश करता, जैसेकि बिना दाँत का आदमी मसूड़े से सुपाड़ी तोड़ने की कोशिश कर रहा हो। बिरंची के प्रति उसके सम्मान का सबसे बड़ा कारण यह था कि एक बी.ए. पास आदमी एक अनपढ़ लोहार के साथ गाँजा पीता था। लखन के लिए इससे अच्छा जमीनी और चिलमनी उदार साथी कौन होता भला!

सच्ची सामाजिक समरसता तो हिन्दुस्तान के गाँव में ही दिखती थी। जहाँ एक ही चिलम से पूरा गाँव गाँजा पी लेता था। यहाँ धुआँ उड़ाते दीवानों के बीच कभी न जाति की दीवार होती थी, न ही विषाणु का जंजाल। एक लंबी टान और फूँक से सब खतरा धुआँ-धुआँ हो जाता था। जात-पात, छुआ-छूत, बीमारियाँ तो होश की बातें थीं। बेसुध मतवाला गाँव स्वर्ग होता था। गाँजा

पीते वक्त लखन की झोपड़ी गाँव की सामाजिक समरसता के लिए एक समतामूलक तीर्थस्थली जैसी थी, जहाँ राह से गुजरते पंडित बैरागी पांडेय भी साइकिल से उतरकर भोलेनाथ का जयकारा लगा अपने सामाजिक समरसता के कर्तव्य की एक-दो चिलमटान आहुति देते थे।

भारत के लगभग गाँवों में जात-पात, छुआ-छूत के रहने के बावजूद भी ऐसी दो-चार झोपड़ियाँ मिल ही जाती थीं जो रामराज्य की आदर्श कल्पनाओं का खुला म्यूजियम थीं। यहाँ सभी जाति-पाति के लोग लाख आपसी बैर के बावजूद आपस में हँसी-ठिठोली करते दिख जाते थे। काश! ये होश में भी ऐसे होते तो सच में रामराज आया होता।

रोज की तरह लखन लोहा पीटकर हँसिया बना रहा था कि तभी हाँफता हुआ बिरंची पहुँचा झोपड़ी पर।

"अरे बिरंची दा बड़ा हाँफ रहे हैं। का बात है? कुछ किए का?" लखन ने हथौड़ा रखते हुए पूछा।

बिरंची हँसते हुए सामने पड़ी छोटी बाँस की मचिया पर बैठते हुए बोला, "आज फेर मूत दिए फूँकन सिंह के दीवाल पर।"

लखन तुरंत बोला "अरे दादा, का करते रहते हैं! मूतने से क्या होगा?"

बिरंची ने सामने फटी चटाई के पास पड़ी खैनी की डिब्बी उठाई और उसमें से खैनी निकाल बनाने लगा। कुछ क्षण के बाद खैनी को हथेलियों के बीच रगड़ते हुए बोला

"देखो लखन, पेशाब में नमक होता है। समझे, नमक होता है। अगर रोज किसी दीवाल पर मूतो तो धीरे-धीरे उसमें खोल कर उसे गिरा देता है।"

लखन की आँख अब स्थिर हो बिरंची के चेहरे पर टिक गई। कान केवल बिरंची को सुन रहे थे, चलती हवा की साँय-साँय भी नहीं। बिरंची अभी किसी समाजशास्त्र के प्रोफेसर की भाँति बोले जा रहा था और लखन किसी रसायनशास्त्र के फ्रेशर विद्यार्थी की भाँति बिना पलक झपके सुन रहा था।

तभी उसके मुँह से निकला, "दीवाल गिरा आए का दादा?"

बिरंची बोला, "भक भोसड़ी के, एक-दो दिन में थोड़े गिरेगा बे। रोज लगना होगा।"

लखन की जिज्ञासा फिर उछली, "सकिएगा गिराने में बिरंची दा?"

बिरंची रगड़ चुकी खैनी को मुँह में डालते हुए बोला,

"देखने में का जाता है! रोज करेंगे। एक न एक दिन तो गिरबे करेगा न। तुम भी साथ दे दो तो जल्दी गिरा देंगे।" लखन तो जैसे पता नहीं किस समाधि को प्राप्त कर चुका था। कई सत्संग में बड़े-बड़े साधु-संतों को भी सुन चुका था लखन, पर पेशाब पर ऐसी निर्मल ज्ञान वाली बात न सुनी थी कभी।

बिरंची इस तरह लखन को मुँह बाए अचरज में बैठा देख हँसा और उसे दोनों हाथों से जोर से झकझोरते हुए बोला, "हा हा हा! का हुआ बे लखना? अरे होश में आओ अब। चलो, साथ दोगे न?"

इतना सुनना था कि लखन ध्यान से उछलकर बोल पड़ा, "ए बिरंची दा। ई महान काम आप ही कर लीजिए। हमको मत जाने बोलिए। हम बाल-बच्चा वाले गरीब आदमी हैं। पकड़ा गए तऽ पेलाऽ जाएँगे।"

दोनों जोर से हँसे।

"जरा पानी पिलाओ हमको अब, बहुत दौड़े हैं आज।" बिरंची ने गमझे से माथा पोंछते हुए कहा।

लखन अपनी बोरी से उठा और घड़े से लोटा भर पानी निकाल बिरंची की तरफ बढ़ाया। बिरंची ने लोटा उठाया। एक साँस में आधा लोटा पानी गटक गया। लोटा रखते ही बिरंची ने फिर बोलना शुरू किया,

"अच्छा, लो पानी से याद आया। हम फूँकन सिंह के आगे वाला नल से ही पानी पी पिछवाड़े कर देते हैं।" बोलते ठहाका मार उछल पड़ा बिरंची। लखन भी जोर से हँसा और बोला"ई तऽ गलत बात है बिरंची दा। आप उसी का पानी पी उसी पर कर देते हैं। ई तऽ नमकहरामी हो जाएगा दादा।"

"अबे झाँट नमकहरामी होगा लखन बाबू। पूरा गाँव के सब चापानल खराब है, एक भी नहीं बनवाया फूँकन सिंह। ऊपर से अपने दुआर पर दो ठो नल गड़वा लिया है पी.एचडी विभाग से बोलकर। आधा गाँव फूँकन सिंह के दुआर से पानी लेता है। निचलका टोला से दिन भर बहू-बेटी जाती हैं पानी लाने तऽ कभी बैठ के ताड़ेगा तऽ कभी कुछो टोक बोल देगा। ई सब नय दिखता है तुमलोग को?"

पर लखन भी आज अपनी सारी जिज्ञासा शांत ही कर लेना चाहता था शायद। झट से बोला,

"लेकिन पानी तो है फूँकने सिंह का न। ऊ ऊहो न दे पानी लेने तऽ पानी बिन मर जाए आधा गाँव।" इतना बोल उसने जलती भट्ठी में एक लोहे का टुकड़ा गर्म करने को डाला। इधर जैसे बिरंची गर्म होकर धधक गया। आँखें लाल हो गईं अचनाक। वह अपनी बाँस की मचिया लेकर लखन के और करीब सट गया और बोलना शुरू किया,

"किसका पानी? किसी के बाप का पानी है का? पानी तो धरती के नीचे है और सबका है। अरे ऊ तऽ हमारे हिस्से का पानी अपना चापाकल लगा निकाल रहा है और हमारे घर की बहू-बेटी लाइन लगैले है उसके दुआर पर। साला फ्री के सिनेमा देखता है ऊ दुआर पर। चाहे तो सारा चापानल बनवा देता गाँव का, पर नहीं करता है। कोई बात नहीं, हम तो जो कर सकते हैं, करबे करेंगे न। मूत देते हैं साले के दीवार पर।" बोल के एक लंबी साँस ली बिरंची ने।

"बाप रे! एतना दिमाग नहीं है बिरंची दा हमरे पास।" लखन ने भट्ठी हौंकते हुए कहा।

बिरंची भी अब मूड बदलना चाहता था। उसने जेब से चिलम निकाला और बगल में रखे लोटे से पानी ले उसे धोया। एक गँजेड़ी अपने चिलम को ऐसे धो-पोंछ और लाल कपड़े से लपेटकर रखता था जैसे वह कोई चलता-फिरता भैरव जी का मंदिर हो।

"सुनो, छोड़ो अब बकचोदी। बूटी निकालो।" बिरंची ने कुर्ते से चिलम पोंछते हुए कहा। बूटी का अर्थ गाँजे से था। अक्सर गाँव में लोग गाँजा को बूटी, संजीवनी या प्रसाद जैसे पबित्तर और महिमामयी संज्ञा से ही विभूषित कर उसे बड़ी पवित्रता और पुष्ट नैतिकता से लेते-देते थे। लखन भट्ठी छोड़ उठा और कोने पर रखी बाल्टी से पानी ले अपना पैर-हाथ धोया। फिर गमझे से पोंछ वापस अपनी बोरी पर आया। और बोरी के नीचे से एक पुड़िया निकाल बिरंची की तरफ बढ़ाया। उसने जिस श्रद्धा से हाथ-पाँव धो-पोंछ दाहिने हाथ में पुड़िया ले उसे बाएँ हाथ से स्पर्श कर बढ़ाया। इतनी श्रद्धा और पवित्रता से कि बहुत-से लोग शायद देवताओं की संझा-बाती भी न करते होंगे।

बिरंची ने पुड़िया खोल बूटी को हथेली पर लिया और उसे थोड़ा साफ करने और चुनने बिनने लगा। उसकी यह तन्मयता देख चावल से कंकड़

चुनती कुशल गृहणी भी लजा जाती। तभी लखन ने आखिरकर फिर एक सवाल दाग दिया, "अच्छा एक ठो लास्ट बात पूछें बिरंची दा?"

"लास्ट काहे। जेतना पूछना है पूछो, हम मर थोड़े रहे हैं अभी।" बिरंची ने हथेली में बूटी मसलते हुए कहा।

लखन बोला, "ई बताइए, ये फूँकन सिंह के दीवाल गिराने से क्या होगा! इसका का फायदा?"

"भक बे साला भकलोल! हाँ इससे देश का प्रधानमंत्री थोड़े बदल जाएगा। देश थोड़े बदल जाएगा बे!" बिरंची ने हँसते हुए कहा।

लखन तुरंत बोला, "वही तो, का फायदा देवाल गिरने से! ई पागलपंती का क्या फायदा?"

अबकी लखन ने असल में चिलम से पहले बिरंची को सुलगा दिया था। बिरंची ने मिनट भर कुछ नहीं कहा। गाँजे को चिलम में भरा, माचिस मारा और एक लंबी फूँक मारी। फिर दूसरी फूँक से पहिले जोर से जय भोलेनाथ का एक झोपड़ीभेदी जयकारा लगाया। अगर बस घंटी बजा दी जाती तो लगता ही नहीं कि दो गँजेड़ी गाँजा पी रहे हैं, लगता कैलाश पर्वत पर साक्षात शंकर जी नंदी के संग सुबह का नाश्ता कर रहे हैं।

दो-तीन फूँक लेने के बाद पूरी झोपड़ी दिव्य धुएँ से भर गई थी। एकदम आर्गेनिक धुआँ। अब चिलम लखन की तरफ बढ़ा दिया बिरंची ने और मचिया से उतर बोरे पर पसरकर बैठ गया।

"हाँ तो का पूछे थे लखन कुमार, का फायदा दिवाल गिराने से? तो सुनो, दीवार गिरा देने से गाँव की भूखी बकरी को प्रधान जी के गार्डेन का हरा घास मिल जाएगा खाने, आम और अमरूद का हरा पत्ता मिल जाएगा खाने। दीवाल गिर जाने से लगना महतो के भुखल भैंस को पुआल मिल जाएगा खाने जो फूँकन सिंह के हाता में पड़ल सड़ता रहता है। चमरटोली की मुनिया और चँदवा जैसी छोटकी बचिया के बेला और गेंदा का फूल मिल जाएगा बाल में लगाने के लिए। फाटल पैंट पकड़ गुल्ली डंडा खेलते बच्चों को आँधी में दौड़ के चुनने के लिए आम मिल जाएगा। मीठा एकदम गछपक्कू आम। दीवार गिर जाने से, जैसे हम सबके बहू-बेटी को फूँकन अपने दुआर देखता टोकता है, हम सब भी इनके घर देख पाएँगे। चाची को प्रणाम करेंगे, भौजी को प्रणाम

कर पाएँगे। अबे एतना कुछ हो जाएगा एक दीवाल गिरने से, ई का कम है बे। और तुम कहते हो क्या होगा दीवाल गिरने से?''

लखन ने कुछ बहुत ज्यादा न समझते हुए भी हाँ में सिर हिलाया और ऐसा जताया कि जैसे उसे सब बातें समझ में आ गई हैं और वह सहमत भी है।

सुबह से गप्प करते-करते कब दुपहर भी ढल गई और शाम आने को हो गई पता भी नहीं चला। गाँवों में अक्सर पहर बीतते हुए शोर नहीं मचाता। सुबह से शाम इठलाते हुए हो जाती है। आज बिरंची के दर्शनशास्त्र वाले मूत्रविशेष प्रवचन के चक्कर में लखन दुपहर का भोजन भी करना भूल गया था। आज दोनों फलाहार में रह गए केवल बूटी लेकर।

''अरे केतना बज गया रे लखन?'' बिरंची अचानक बोला।

''लीजिए, साढ़े तीन बजने लगा, कैसे बज गया हो?'' लखन पीछे बाँस पर टँगी घड़ी देख बोला।

''हाय रे! तुम हमरे फेर में खाना भी नय खा पाया।'' बिरंची मचिया से उछलता हुआ बोला।

''आज एतना चीज खिला दिए आप, का का समझा के। भूख एकदम बुझाया ही नहीं।'' लखन बाल्टी में लोटा डालते हुए बोला।

दोनों को भूख का ध्यान ही न रहा था। असल में पीठ पर दिन भर के काम का बोझ और मेहनत की चाबुक पड़ने से उपजी भूख पेट पर जोर देती है, दर्द देती है इसलिए मजदूर छूटते ही रोटी की तरफ दौड़ता है। यहाँ तो पड़ते हथौड़े और गर्म भट्ठी की धौंक से पल-पल पेशाब और दीवार के बहाने विचारों की चिंगारी फूट रही थी। पेट बिरंची के जलते मस्तिष्क के आगे शांत बैठा था। सारी हलचल दिमाग में थी, पेट में एक गुड़गुडी भी नहीं उठी आज। बिरंची विद्वान बौद्ध भिक्षुक नागसेन की तरह बोलता और लखन यूनानी राजा मिनांदर की भाँति सुने जा रहा था। लखन की झोपड़ी में तो आज जैसे नया मिलिंदपाहों रचा जा रहा था।

5.

समय खेत जाते बैल की तरह चला जा रहा था। किसी को ढोते हुए तो किसी को जोतते हुए। गाँव में जिंदगी एक गाय थी और संघर्ष उसका चारा। इसके अलावा चारा भी क्या था! एक बात थी कि भले सुविधाएँ चाहे कम या मंद गति से पहुँची थीं गाँव में, पर प्रकृति ने अपनी ओर से इतने मन से गाँव को सजाया था कि शहरों की लाखों बत्तियाँ और रोपे गए कृत्रिम सजावटी पार्क कभी उसका मुकाबला नहीं कर सकते थे।

मलखानपुर सहित पूरे इलाके में अभी बसंत चढ़ ही रहा था और फगुनाहट की आहट आने लगी थी। आम के बौर इत्र की तरह गमक रहे थे। पलाश के लाल नारंगी फूल अपना शामियाना तानने की तैयारी में थे। कोयलों ने कुहुक-कुहुक विविध भारती गाना शुरू कर दिया था। गाँव के पूरब में एक कचनार का पेड़ था। जब जब पूरवईया बहती, पूरब से चली हवा गाँव के पश्चिम-उत्तर-दक्षिण तीनों, कोने के पोर-पोर गमका देती।

एक ऐसे ही गमकउआ मौसम में गाँव का गणेशी महतो अपनी सायकिल से चले जा रहा था। सीधे लखन की झोंपड़ी के पास रुकी उसकी सायकिल।

"आइए गणेशी चचा, आप ही का कुदाल बना रहे थे। खुरपी तो तैयार कर दिए।" लखन ने गणेशी महतो को देखते ही कहा।

"अरे हाँ। ऐ लखन, तनी आज साँझ तक दे दो बेटा, अलुआ कोड़ना है कल भोरे से।"

गणेशी महतो, गाँव के ही निचलका टोला में रहने वाला किसान आदमी था। उम्र यही कोई 60 बरस के करीब सटने को थी। लगभग 6-7 बीघे की खेती थी। मेहनती आदमी था। खुद से खेती कर जिंदगी की गाड़ी किसी तरह खींच ले रहा था। खेती से इतना हो जाता था कि दो टाइम एक सब्जी के साथ भात-रोटी आराम से खा सके और पर्व त्योहार में चमचमुआ कुर्ता के साथ नई धोती पहन मेला घूमने जा सके। बड़ी उम्र में हुआ एक 20-22 वर्ष का बेटा था, नाम रोहित महतो। उसको भी अभी इंटर तक पढ़ा चुका था गणेशी महतो। आगे की पढ़ाई करना या न करना बेटे पर ही छोड़ रखा था।

इस बार आलू की फसल अच्छी हुई थी। गणेशी महतो कुछ सहयोगी

मजदूर खोजने निकला था जो सुबह आलू कोड़ने में उसकी मदद कर सकें।

बेटे रोहित की खेती-बाड़ी या घर के काम में हाथ बँटाने की इच्छा कभी रही नहीं और न गणेशी महतो ने उसे इसमें घसीटने की जबरदस्ती की।

एक अकेला बेटा था और वो भी जवानी की सीढ़ी चढ़ता नौजवान लड़का। इस देश में चाहे अमीर का बेटा हो या चाहे किसान-मजदूर का, पर इकलौता होने का जो विशिष्टबोध होता है वह सब में समान होता है। उसके सारे नाज-नखरों का औसत समान होता है। फसल वृद्धि से ज्यादा वंश वृद्धि की फिक्र में गणेशी महतों जैसा किसान पिता भी बेटे को इकलौते होने के आनंद भाव से साराबोर हो वो सब कुछ करने की छूट दे देता है जो शायद उसकी औकात से बाहर का भी हो। रोहित के रहन-सहन की शैली गणेशी महतो की कल्पनाओं से आगे की थी। डिजाइनदार जींस पर चाइनीज कॉलर की शर्ट और सफेद जूता पहने रोहित को हरदम टिप-टॉप अंदाज में देख गणेशी अक्सर खेतों में गमछे से पसीना पोंछ रोहित में अपना चमचमाता फैशन भरा भविष्य देख मन-ही-मन बड़ा सुकून पाता था।

अपने दादा-बाप की ही परंपरा से खेती कर ठेहुने भर की धोती में जिंदगी निकाल देने वाले गणेशी महतो के लिए बेटे के तन पे जींस तक का सफर एक बार तो दिन बदलने का संतोष दे ही देता था। रोहित अपने मिजाज में गणेशी की खेती-बाड़ी की विरासत का विद्रोही था। उसके टोले के अन्य हमउम्र जहाँ खेत में बाप संग हल जोत रहे होते, वह गाँव के संपन्न घर के हमउम्र साथियों संग किसी लाइन होटल वाले ढाबे पर दाल तड़का और मछली पर कुरकुरी रोटी तोड़ रहा होता। पिछले 4 साल से इंटर पास कर आगे की पढ़ाई का प्लान बना रहा था और इसी गंभीर योजना पर विमर्श हेतु रोज सुबह 10 बजे निकलता और रात को 10 बजे घर पहुँचता। दिन भर अपने दोस्तों की बाइक पर पीछे बैठ सिर पर टोपी लगा जब वह गाँव की कच्ची सड़कों पर धूल उड़ाते, गाना गाते निकलता तो कोई भी देखने वाला आसानी से कह सकता था कि भारत दुनिया में सबसे खुशहाल किसानों वाला देश है। जीवन भर हल चला किसी तरह जीवन का हल निकाल घर चलाने वाले गणेशी का बेटा लगभग हर तरह की बाइक पर सफर कर चुका था जो गाँव के अन्य शोहदे लड़कों ने अपने-अपने बाप से पैसा वसूल, खरीद रखा था। हालाँकि, रोहित अभी खुद बाइक

चलाना नहीं जानता था पर सीखने की प्रबल इच्छा थी। कई बार दोस्तों से कहा पर शायद उसे नहीं पता था कि बड़े घर के लड़के अपनी लगाम छोटों के हाथ नहीं सौंपते। उसे हमेशा पीछे बैठना ही नसीब था अब तक।

गणेशी महतो जब अपने बेटे रोहित को गाँव के अन्य संपन्न लाडलों की संगत में उठता-बैठता देखता तो उसे लगता कि आखिर उसने अपने भविष्य को इस खेत के कादो-कीचड़ से निकाल पक्की जमीन पर खड़ा कर ही दिया जहाँ बाइक है, ढाबा है, बड़े घरों में आना-जाना है। रोहित का कुछ तो ऐसे लड़कों से भी संबंध था जिन लड़कों को उनके बाप के रसूख के कारण गणेशी महतो ही प्रणाम करता था और वे लड़के गणेशी महतो को महतो कह पुकारते। कुछ ऐसे भी थोड़े प्रगतिशील बालक थे जो दोस्त के पिता होने के कारण गणेशी को चाचा बुलाते थे पर बाद में उन्होंने अपने बचपन की नादानी सुधार ली।

पर चाहे जो हो, इन लड़कों के साथ अपने प्रिय रोहित को बराबरी में बैठता, खाता, पीता देख गणेशी अपना वर्तमान और भविष्य दोनों सार्थक समझता।

उधर गणेशी महतो बगल के देहात से आलू कोड़ने को दो आदमी जुगाड़ कर वापसी में लखन के पास से खुरपी-कुदाल लिए वापस घर आ गया था। रोहित का एक दोस्त उसे बाइक से छोड़ने आया था। बाइक स्ट्रार्ट ही थी और दोस्त बोले जा रहा था,

"आज ठीक नहीं किया दीपू तुम्हारे साथ। साला, एतना बेज्जती जरा-सा बात के लिए! हम तो नय बरदाश्त करते यार।"

रोहित ने हाथ बाइक के हैंडल पर धरे कहा"अच्छा देखना न हम भी बता देंगे उसको अपना औकात। हम भी असली कुर्मी हैं।"

गणेशी दोनों की बात सुनकर भी अनसुनी कर अंदर चला गया। वह जानता था बड़े संगत में छोटी-मोटी बात तो होती रहती होगी और फिर उसका बेटा भी तो इतने बड़े-बड़े संबंध निभाता है। ऐसे में मुझ जैसे छोटे आदमी के बीच में घुसने का कोई मतलब नहीं।

तब तक बाहर से बाइक के फुर्र से निकलने की आवाज आई और रोहित घर के अंदर आकर खाट पर बैठ गया था।

"का बात है? कौनों टेंशन है का?" गणेशी ने कुदाल में बेंत की लकड़ी

डालते हुए पूछा।

"कोय टेंशन नय है। टेंशन का रहेगा! ई कुछ लोग बड़ा होने का घमंड देखाता है हमको। छोड़िए न हम देख लेंगे। ऐ माय खाना लगाओ।"

रोहित ने खटिया पर बैठे-बैठे जूता उतार के फेंकते हुए कहा।

मुँह से खाना शब्द निकला ही था कि माँ थरिया लिए दौड़ी रोहित की ओर। थाली में पड़ी ठंढी रोटी छूते ही रोहित का मूड गर्म हो गया।

"का ठंढा रोटी दे देती हो! साला का खाएँ खाना ई घर में!"

माँ ने हँसते हुए कहा, "अब बिहा कर लो। जनानी आएगी, वही खिला देगी गरम-गरम बना के।"

यह सुनते गणेशी महतो ने भी हँसते हुए एक सुर में कहा, "एकदम ठीक बोले। उमर हो गया अब जिम्मेदारी लेने का। गृहस्थ जीवन टाइमे पर ठीक लगता भी है।"

रोहित यह सब सुनने के लिए घर नहीं आया था। वह बगल वाली कोठरी में घुस चौकी पर लगे अपने बिस्तर पर लेट गया। पीछे-पीछे माँ रोटी गर्म कर ले आई। रोहित ने चुपचाप बिना किसी ना-नुकुर के खा लिया और वापस लेट गया।

तड़के सुबह उठ गणेशी महतो कुदाल खुरपी ले आलू कोड़ने खेत की तरफ निकल गया। वहाँ पहले से दोनों आदमी भी पहुँच चुके थे। बड़ी मुश्किल से बगल देहात के अपने साढ़ू के लड़कों को समझा-बुझाकर लाया था गणेशी महतो। असल में काम ज्यादा था और अगर जल्दी आलू निकाल मंडी पहुँचा देता तो अभी नये आलू के अच्छे दाम मिल जाते। मजदूर तो मिलने से रहे और रोहित खेत आता नहीं! ऐसे में अपने संबंधों में से ही मान-मनुहार कर आदमी जुगाड़ करना पड़ा था, गणेशी महतो को। बदले में गणेशी को भी उनकी फसल बोआई के समय मदद करने जाना तय हुआ था। गणेशी अपने साढ़ू के दोनों लड़कों के साथ आलू निकालने में भिड़ गया। गणेशी ने आज जाना था, मुश्किलों में अपने नहीं, साढ़ू के बच्चे काम आते हैं। खेत में काम करते करीब दो-तीन घंटे बीत चुके थे। सुबह का सूरज अब धीरे-धीर गर्म हो चला था कि तभी गणेशी की नजर दूर से खेत की तरफ आते रोहित पर पड़ी।

"अरे वाह! आज तऽ रोहित भी आ गया खेत।" गणेशी ने खुरपी मेढ़ पर रखते हुए पानी की बाल्टी की तरफ जाते हुए कहा।

"आएगा काहे नहीं! अब बड़ा हो गया है! जिम्मेदारी समझ आने लगता है ई उमर में।" गणेशी के साढ़ू के लड़के ने आलू बोरी में भरते हुए कहा।

तब तक रोहित खेत के किनारे पहुँच चुका था। वह अब आलू भरी एक बोरी पर बैठ गया और मुँह से नाखून कतरने लगा। गणेशी ने उसके बैठते ही पूछा, "अरे का हुआ। तुमहुँ पहुँच गए आलू कोड़ने? बाह! चलो, जल्दी समेटा जाएगा तब तो काम।"

रोहित हल्की-सी मुस्कुराहट के साथ तुरंत बोरी से उठा और गणेशी के करीब आके बोला, "बाबू जी, एक ठो बात बोलना था आपसे।"

"हाँ बोलो न" गणेशी ने गमझे से मुँह पोंछते हुए कहा।

"देखिए इज्जत का सबाल है। और इज्जत से ज्यादा है कि काम का बात है। इससे आपको भी फायदा होगा।"

"का इज्जत। का फायदा? राते से तुम मुँह फुलइले है। कुछू बोलवो तऽ करो।"

इस बार रोहित एक झटके से बोला, "जी उ हमको मोटरसायकिल खरीदना है।" गणेशी महतो आलू की बोरी सर उठाए किनारे कर रहा था पर यह सुनते वहीं बोरी हाथ से छूट गई।

"का, मोटरसायकिल! का रोहित का जरूरत है इसका अभी?" गणेशी रोहित की तरफ देखकर बोला।

"देखिए बाबू, ई खरीदना होगा। साला कल संपुरन भगत का लड़का दिपुआ बीच बाजार बेज्जत कर दिया बीस आदमी के सामने। बोला औकात है तऽ अपना मोटरसायकिल खरीद के चलाव। ई बार आलू बेच के पहला काम जा के मोटर सायकिल खरीदना है।" रोहित हाथ में दो-तीन नये आलू उठाते हुए बोला।

"अरे बेटा, अब जरा-जरा-सा बात पर मोटरसायकिल खरीदना ठीक है का?" गणेशी महतो ने सब समझते हुए भी समझाते हुए कहा। तब तक गणेशी के साढ़ू के दोनों लड़के भी पास आ गए।

"का करें? ठीक रहेगा का मोटरसायकिल लेना?" गणेशी ने जनमत

वाले अंदाज में उनसे पूछा।

''देखिए मौसा, आज के टाइम में एक ठो गाड़ी तऽ घर में होना ही चाहिए। आने-जाने का मरजेंसी में बहुत जरूरत पड़ता है गाड़ी का।'' एक लड़के ने रोहित के पक्ष में बिना फीस लिए वकील की तरह जोरदार वकालत में कहा। अब रोहित को मौसेरे भाइयों का साथ मिल गया था।

''वही तो। घर के खातिर ही जोर दे रहे हैं खरीदने का। फसल भी मंडी ले जाना हो तऽ मोटरसायकिल से आराम से चल जाएगा। तीन पाकेट आलू या सरसों आराम से जाता है मोटर सायकिल पर।'' रोहित ने बाइक के घरेलू और कृषि संबंधी विभिन्न उपयोग पर प्रकाश डालते हुए कहा।

''ठीक है। अब हम का बोलें! एक तऽ इज्जत वाला बात, आ दुसरा कि जब सब कह रहा है कि एतना जरूरी चीज है, तऽ ठीके है। खरीद लेना। ई आलू निकलने दो। इसको बेच खरीद लेना। और का बोलेंगे!'' गणेशी ने कुदाल उठाते हुए कहा।

इतना सुनते ही रोहित के चेहरे पर खुशी की लहर हिलोर मार उसे लाल कर गई। उसने मन-ही-मन संपुरन भगत के लड़के को परास्त कर दिया था। वह मुट्ठी भींच नाच रहा था मन-ही-मन।

मारे खुशी के हाथ में दो नये आलू उठा उसे उछालकर कैच करता पैदल जब फलाँग मार खेत से निकला तो लगा जैसे फूल और काँटे फिल्म में अजय देवगन बाइक से स्टंट करता निकला है। गणेशी महतो हाथ में कुदाल लिए एकटक उसे खेत से दूर जाता देख रहा था। गणेशी निर्णय नहीं ले पा रहा था कि वह अभी क्या करे। बेटे की इज्जत और मन की लाज रख लेने की खुशी मनाए या कमाने से पहले तय हो गए खर्च पर किलसे ? गणेशी ने बिना किसी निष्कर्ष पर पहुँचे पानी भरी बाल्टी के पास रखे लोटे से भर लोटा पानी पिया और खेत में वापस काम पर लग गया। वह कुदाल की चोट के साथ अब मोटरसायकिल कोड़ के निकाल रहा था।

6.

रोज की सुबह की तरह मुरारी की चाय दुकान पर जगदीश यादव, बैजनाथ और बैरागी पंडी जी एक ही अखबार के अलग-अलग पन्ने लिए देश-दुनिया की खबरों को अपने-अपने स्वर में पढ़े जा रहे थे। गाँव में अक्सर ऐसे लोग मिल जाते जो अखबार को जोर-जोर से बोलकर पढ़ते। इस लाउडस्पीकरी सस्वर पाठ के पीछे उनका एक सामाजिक दायित्वबोध होता कि बाकी लोगों को बिना अखबार पढ़े अधिक-से-अधिक जानकारी मिल जाए।

"लीजिए, पढ़िए समाचार! नकली दूध पकड़ने वाला मशीन बन गया है!" जगदीश यादव ने लगभग सबको जागरूक करते हुए ऊँचे स्वर में कहा।

दूध-दही से संबंधित एकदम घरेलू समाचार को सुनते सभी जगदीश यादव की तरफ देखने लगे।

"कैसे पकड़ता है?" बैजनाथ ने लुँगी उठा पैर को बेंच पर ऊपर समेटते हुए पूछा।

सारे लोग मशीन के बारे में आगे की कहानी जानने को उत्सुक थे।

जगदीश यादव ने लगभग मिनट भर बड़े ध्यान से बुदबुदाते हुए समाचार को पढ़ा और गंभीर हो बोले,

"इसमें ऐसा सिस्टम लगाया है कि मशीन को भर बाल्टी दूध में डूबा दीजिए और फिर चेक कर लीजिए। अगर मिलावट हुआ तो लाल बत्ती जल जाएगा और दूध असली हुआ तो हरा बत्ती। मने एक बूँद भी पानी हुआ तऽ खटाक लाल बत्ती जल जाएगा।"

इतना सुनना था कि मुरारी के दोनों कान खड़े हो गए।

उसे यह समाचार उसकी निजता का हनन जैसा लगा था।

क्योंकि अभी थोड़ी देर पहले ही तो उसने अपने बेहद निजी क्षणों में खुशी-खुशी तीन लीटर दूध में दो लीटर पानी फेंटा था। यह बात अलग थी कि उसी अर्धपानीश्वर दूध को वह जब मिट्टी के कंतरे में घंटों खौलाता तो उसकी सोंधी खुशबू सौ फीसदी वाले असली दूध पर भारी पड़ती थी। अब उसे लग रहा था कि उसका यह खास हुनर ऐसी ही कोई मशीन पकड़ न ले एक दिन।

तब तक लड्डन मियाँ भी पहुँच चुके थे। उसने एक कनखिया मुस्कान

के साथ मुरारी को देखा।

मुरारी ने मुँह घुमा अपनी आँखें चाय के खौलते पतीले की तरफ कर ली।

तभी खैनी का डिब्बा निकाल बैरागी पंडी जी ने उत्सुकता के चरम को छूते हुए पूछा, "दाम कितना है इसका?"

यह सवाल पूछते वक्त पंडी जी जिस गंभीरता से खैनी रगड़ रहे और देख रहे थे कि लग रहा था अगर दाम ठीक-ठाक रेंज में रहा तो पंडी जी अभी के अभी यह मशीन खरीद न आएँ।

"अच्छा ये लोहा का है कि अल्मुनियम का?" बैजनाथ ने मशीन के तकनीकी बनावट से संबंधित सवाल पूछा।

"15 हजार दाम है इसका। लोहा कैसे होगा मर्दे, दूध में लोहा घुसेगा तो फट न जाएगा जी दूध। फोटो दिया है, देखिए न सब लोग भाई। हमको तो अल्मुनियम भी नहीं, कोनो मजबूत फाइबर बुझाता है।" जगदीश यादव ने एक अनुभवी धातुकर्म विशेषज्ञ की तरह बताया।

इन सब चर्चाओं के बीच मुरारी चुपचाप अपने ग्राहकों को चाय दिए जा रहा था। बीच-बीच में हुलककर अखबार में उस मशीन की फोटो देख लेने की कोशिश भी कर ले रहा था।

आज ऐसा पहली बार था कि जब वो अपनी दुकान पर हो रही चर्चा में शामिल नहीं था। वह तो मन-ही-मन बस यह सोच रहा था कि कहीं गलती से भी ये मशीन कोई गाँव में न ले आए। साला! साला, सब लाके हमरे ही भगोना में डुबो देंगे मशीनवा को।

मुरारी इसी अकल्पनीय भय से मुरझाया चाय बेच रहा था। एक ऐसा भय जिसका संभव होना असंभव था। पर भय तभी तक ही तो भय है जब तक कि प्रकट न हो जाए। जब प्रकट हो ही गया तो फिर भय कैसा! फिर तो सामना करना होता है वत्स।

गप्प की पूँछ और लंबी हुई जा रही थी कि तभी गणेशी वहाँ सायकिल लिए पहुँचा। गमझे से पसीना पोंछ सबको राम राम किया।

"का गणेशी दादा, आलू कोड़ा गया?" देखते ही बैजनाथ ने पूछा।

"हाँ बैजनाथ, आलू तऽ मोटा-मोटी कोड़ लिए। बड़ा खटनी हो जाता है। अकेले ई किसानी पार नहीं लगने वाला अब। अब तऽ न जन मजदूर मिलता

है न ही सस्ता खाद बीज। साढू के लड़का को पकड़ के लाए तब जा के आलू निकाले कोड़ के।" गणेशी ने ऊँघती आवाज में कहा।

"अरे तुम्हरा लड़कवा भी तो है?" बैरागी पंडी जी ने सार्थक सवाल दागा।

"आजकल के लईका-बच्चा खेत में जाना चाहता है का पंडी जी? हम भी बोले कि छोड़ो भाई, पढ़ा-लिखा के काहे आलू कोड़वाएँ खेत में। हम तो चाहते हैं पढ़-लिख कहीं छोटा-मोटा भी नौकरी पकड़ ले तो ई किसानी से जान छूटे। अब किसानी में कुछ रखा नहीं है पंडी जी। ऊपर से हमरे लड़कवा का संगत भी एतना हाय-फाय हो गया है कि अब उससे कुदाल-खुरपी छुअल भी नहीं जाता है।" गणेशी ने दास्तान-ए-किसानी और किस्सा-ए-बेटा सुनाते हुए कहा।

इतना सुनते ही बैरागी पंडी जी का भी बैराग्य फूट पड़ा जैसे।

"हाँ, ठीक कहे गणेशी। नया जुग का लड़का पुराना काम नहीं करना चाहता है भाई। हमारा लड़का भी बोला कि पूजा-पाठ का धंधा नहीं होगा हमसे। बताइए, ब्राह्मण के संस्कार को धंधा कहता है। हम भी बोले कि जाओ साला, जब ले हम हैं धर्म-कर्म निभा देते हैं। लड़का को जो दूसरा काम-पानी देखना होगा देखेगा। इतना जजमानी कोई नहीं संभालने वाला। जाएगा ये सब, का करेंगे कपार पीट के।" बैरागी पंडी जी ने भी अपना दर्द साझा करते हुए कहा।

"चाय पीना है का गणेशी दा?" जगदीश यादव ने अपनी ओर से धीमी आवाज में पूछा।

गणेशी तक शायद आवाज नहीं ही पहुँची थी।

एक लंबी साँस लिए गणेशी अब अपने आने के प्रयोजन पर बोला, "अरे सुनिए न सब लोग। हम एक सलाह लेने आए हैं आप लोग से हो। ई हमारा लड़कवा जिद कर दिया है एक ठो मोटरसायकिल वास्ते। अब ई बताइए कौन कंपनी के गाड़ी ठीक रहेगा?"

"बड़ा तगड़ा आलू हुआ है अबकी गणेशी चाचा के।" बड़ी देर बाद हँसते हुए बोलता दिखा मुरारी।

गणेशी पहले तो जरा-सा झेंपा और फिर हँसते हुए बोला,

"अरे नहीं मुरारी। उ कल रोहितवा के बड़ा बेजत्ती कर दिया सिकंदरपुर

के कुछ लड़का सब। संपूरन भगत के लड़कवा है कोई, उहे कह दिया कि अपना गाड़ी खरीदने का औकात नहीं है तऽ दूसरे के मोटरसायकिल पर काहे चढ़ते हो? दूसरा कऽ गाड़ी प फुटानी न करो। यही सब उल्टा-पुल्टा खूब बोला है। अब एतना भी बेजत्ती कोई सहेगा हो? खाना-पीना सब छोड़ले है घर में लड़कवा हमार। हम बोले चलो खरीद लो भाई। पैसा साला इजत से बढ़ के थोड़े है। गाड़ी भी घर-दुआर के काम ही तऽ आएगा।''

''ओ हो तो ई बात है! एकदम, एकदम खरीदिए साला, काम ताम छोड़िए। साला जब इज्त्ते नहीं रहेगा तऽ पैसा जमा करके का होगा चाचा। जान लीजिए, फसल एक बार खराब हो जाए तऽ अगले साल फेर उग आएगा लेकिन इज्जत एक बार खराब हो गया तऽ दुबारा नहीं ठीक होता है।'' मुरारी ने जोरदार समर्थन कर इज्जत के महत्व को जिस आक्रामक अंदाज में सुनाया कि गणेशी महतो की खुली मुट्ठी बँध गई।

दिन भर गाँव में इज्जत के एक शब्द सुनने को तरस जाने वाले गणेशी को सभी ने मिल आज इज्जत की मोटरसायकिल पर चढ़ा दिया था। मुरारी के चूल्हे से निकले कोयले के धुएँ के आँख में जाने के बाद भी गणेशी ने पलक नहीं झपकाया। उसकी आँखों में अब इज्जत बचाने का मिशन था। उसे अपने निर्णय पर भितरे-भीतर भयंकर फख्र होने लगा था। अंदर खुशी थी और बाहर चेहरे पर मोटरसायकिल खरीदने की गंभीरता।

वहाँ बैठे सभी लोगों ने इस मुद्दे पे अपना खुला समर्थन दे गणेशी के मोटरसायकिल खरीदने के निर्णय को एकदम संपुष्ट कर दिया। बैरागी पंडी जी ने तो पूरा इज्जत पुराण बाँचते हुए बकायदा कई धार्मिक प्रसंग कहे कि कैसे कुल की मर्यादा और सम्मान हेतु कितने देवताओं और महापुरुषों ने भी सब कुछ दाँव पर लगा दिए थे। कितने त्याग और बलिदान किए। यहाँ तो गणेशी का काम बड़े सस्ते में निपट जाना था।

केवल एक साल के आलू की फसल की ही तो बात थी।

इस महँगाई के जमाने में भी मात्र तीस-चालीस हजार में कुल की मर्यादा बच जाए और क्या चाहिए एक आम आदमी को! अब गणेशी बेटे से ज्यादा उतावला हो चुका था।

''ये बताइए आप लोग कि कौन गाड़ी लें? सस्ता में बढ़िया बताइए।''

गणेशी ने अधीर होकर पूछा।

"बजाज लीजिए, बेजोड़ अभरेज है।" बैजनाथ ने तपाक से कहा।

"अरे भक्क्क, एकदम नहीं। गाड़ी साल भर में झनझना जाएगा। खटहरा हो जाएगा।" मुरारी ने बताया।

"आँख मूँद के हीरो हौंडा लीजिए आप। जब चाहिए बेच दीजिए, पौने दाम में बिकेगा। रिसेल भेलु बहुत है हीरो हौंडा का।" बहुत देर से खैनी रगड़ रहे लड्डन मियाँ ने खैनी गणेशी की तरफ बढ़ाते हुए कहा।

लगभग सभी का जोर इस बात पर ज्यादा था कि कौन-सी कंपनी की गाड़ी लेने के बाद उसे बाद में बेचने पर दाम ठीक-ठाक मिल जाएगा। असल में गाँवों के देश भारत में मानसून भारतीय कृषि के साथ जुआ है यह बात ऐसे ही नहीं कही जाती। यहाँ कब किस वर्ष का मानसून किसान को मोटरसायकिल खरीदवा दे और किस बार खरीदा हुआ बिकवा दे, कोई नहीं जानता। शायद इस बात की एक स्वाभाविक समझदारी गाँव के किसानों, मजदूरों या छोटे-मोटे कामगारों के दिमाग में स्वतः घुसी हुई थी।

कुल-मिलाकर हीरो होंडा के सीडी डॉन बाइक का खरीदना तय कर दिया गया। यह मत सर्वसम्मति से पारित कर दिया गया कि जल्द-से-जल्द बाइक खरीद सिकंदरपुर जा संपूरन भगत को खबर कर जवाब दे ही दिया जाए। संपूरन भगत के विरुद्ध निंदा प्रस्ताव को सेलिब्रेट करने के लिए सबके लिए गणेशी की तरफ से चाय का ऑर्डर दिया गया।

सभी अभी चाय के कप पकड़े ही थे कि घर्र-घर्र करती एक काली राजदूत मोटरसायकिल ठीक दुकान के सामने खड़ी हुई।

जगदीश यादव ने अदब से उठकर प्रणाम किया। बाकी लोगों ने भी अभिवादन किया।

यह कामता प्रसाद थे। हाई स्कूल में इतिहास के शिक्षक थे। अभी भी गाँव के समाज में शिक्षकों के लिए एक विशेष सम्मान का भाव बचा-खुचा था। उसमें भी कामता बाबू तो पढ़े-लिखे शिक्षकों में थे। अक्सर लोग चर्चा करते, डबल एम.ए. किए हैं।

इससे पहले बस हाल ही में सिकंदरपुर के प्राइमरी स्कूल से प्रधानाध्यापक के पद से रिटायर हुए चंद्रभूषण बाबू के बारे में ही कहा-सुना जाता था कि

डबल एम.ए. हैं।

गाँव-देहात में अक्सर ठीक-ठाक पढ़े और स्नातक, स्नातकोत्तर कर लिए आदमी के साथ डबल तो अपने-आप ही जुड़ जाता था।

यह लोग एक बार एम.ए. करने के बाद फिर दूसरी बार एम.ए. क्यों करते थे यह रहस्य कोई न जान पाया था, न कोई पूछता था उनसे। यह भी एक संयोग ही था कि ऐसे अधिकतर विद्वतजन बस स्कूल से लेकर जिला कार्यालय में किरानी तक के ही पद पर पाए जाते थे।

ऐसे लोगों को अंग्रेजी का भी थोड़ा इल्म होता था। यह लोग अँग्रेजी भले न बोल पाएँ पर अंग्रेजी ग्रामर पर पकड़ का इनको भयंकर आत्मविश्वास होता था और यही बात इनको गाँव-समाज में विशेष स्थान दिला देने के लिए काफी थी।

प्रजेंट टेंस, पास्ट टेंस और फ्यूचर टेंस का इस्तेमाल कर ट्रांसलेशन बनाने की इनकी पकड़ उतनी ही मजबूत होती थी जितनी गेंद को स्पिन कराने में अनिल कुंबले की।

इन सब योग्यताओं से लैस कामता बाबू कई विषयों के ज्ञाता थे। भले एक हाई स्कूल में शिक्षक हों पर देश-दुनिया की तमाम खबरों में रुचि रखना और पढ़ना उनकी आदत में था। एक पुत्र और एक पुत्री के पिता कामता प्रसाद ने अपने बच्चों की शिक्षा पर खास ध्यान दिया था।

पढ़ाई-लिखाई के प्रति इसी सजगता का नतीजा था कि उनका बेटा शेखर राजनीतिशास्त्र में एम.ए. करते हुए दिल्ली के एक सम्मानित विश्वविद्यालय में पढ़ रहा था और बेटी विद्या बनारस के किसी विश्वविद्यालय में।

"प्रणाम सर, आइए बैठिए। बड़ा जल्दी निकल दिए हैं! कहाँ का जतरा है?" जगदीश यादव ने खड़े-खड़े ही पूछा।

"अरे प्रणाम प्रणाम, बैठिए सब। अरे का बताएँ यादव जी। उधर कुछ दिन वाइफ के इलाज के लिए दिल्ली चले गए थे। इधर साला जिला शिक्षा अधिकारी घुस गया स्कूल और अपसेंटी मार दिया हमारा। कार्यवाही के लिए भी लिख दिया। अब वही खबर भिजवाया है कि आ के साहेब से मिल सब किलियर कर लीजिए जल्दी, नहीं तो बाद में बात बढ़ा तो ज्यादा खर्चा हो जाएगा। नौकरी का तीन-चार साल बचा है, नहीं चाहते हैं कि कोनो दाग लगे

लास्ट-लास्ट में।'' कामता बाबू बेंच पर बैठते हुए बोले।

"आपका रेकाड बेदाग रहा है सर। खुदे अधिकारी किया होगा का डबल एमे? वैसे ई जिला शिक्षा अधिकारी भला आदमी है सर, जैसा कि हम सुने हैं। पैसा भी जेनवीन ही लेता है। तंग नहीं करता है। एक-दो मास्टर साब तो 6 महीना अपसेंटी मार के भी मिले थे इनसे। बेचारा किलियर कर दिया। नहीं किया तंग।'' जगदीश यादव ने एक भले अधिकारी के परोपकार का किस्सा सुनाते हुए कहा।

"हाँ, अब भाई फँसे हैं तो देना ही होगा, चाहे अधिकारी जैसा हो। खैर, और का हाल हो गणेशी लाल? इंटर तऽ पास कर गया न बेटा''? कामता बाबू ने गणेशी की तरफ देखते हुए इज्जत और बाइक की चर्चा से इतर अपने मिजाज का सवाल पूछा।

"हाँ मास्टर साब, आप सब के आशीर्वाद से इंटर कर लिया पिछलहिं साल। दू बार में किया लेकिन कर लिया। अभी तऽ उसी का चर्चा हो रहा था। एक मोटरसायकिल खरीदने का जिद कर दिया है। उसी खातिर थोड़ा जानकारी के लिए आए थे यहाँ।'' गणेशी ने अपने लक्ष्य और योजना पर से बिना हिले-डुले कहा।

"वाह! चस्का लग गया तुम्हरे भी बेटा को, आँय! हाँ, देखते हैं हरदम घूमता रहता है कुछ हीरो लड़का लोग के साथ। ई सब तो ठीक है गणेशी लाल। लेकिन पढ़ा-लिखा लो बेटा को। बड़ा मुश्किल से तो आज कोई किसान, मजदूर, गरीब-गरूआ का लड़का पढ़ लिख पा रहा है। अगर कुछ पूँजी है तो पढ़ाई में लगा दो। एक बार लगाओगे तो जीवन भर लाभ पाओगे। शिक्षा से ज्यादा मूल्यवान कोई फसल नहीं है गणेशी।'' इतना कहते हुए कामता बाबू अपनी मोटरसायकिल तक पहुँच चुके थे। सबने तब तक चाय पी ली थी। गणेशी के गिलास में चाय आधी बची रह गई थी। वह एकटक मोटरसायकिल से जाते कामता बाबू को देख रहा था। उनके ओझल होते उसने बची ठंडी चाय एक बार में गटकी और खाली कप बेंच के नीचे रख अपनी साइकिल ली और चुपचाप निकल गया। शिक्षा सबसे मूल्यवान फसल है, यह अभी-अभी जाना था गणेशी ने। लेकिन अब करता भी क्या बेचारा! एक ही जमीन थी और उसमें वह मोटरसायकिल बो चुका था।

7.

शाम खेत से काम निपटा गणेशी महतो आज जल्दी ही घर पहुँच चुका था। बरामदे पर कुदाल-खुरपी रख बाल्टी से पानी ले पहले मुँह हाथ धोया। तब तक पत्नी रमनी देवी को आवाज लगा चाय बनाने को बोल दिया।

"का बात है? अभी तक रोहित नय आया है का घर?" गणेशी ने अंदर घुसते इधर-उधर देखते हुए कहा।

"नय, उसका अभी टाइम कहाँ हुआ है! नौ बजे से पहिले कहिया घुसा है घर!" पत्नी ने चाय छानते हुए कहा।

"अच्छा कोई बात नहीं। ऊ उसका मोटरसायकिल खरीद देंगे। गाँव में भी सबसे पूछे, सब बोला खरीद देने में ही ठीक है। माल-दाना ढोने में काम आएगा। आजकल बहुत जरूरी है घर में एक ठो गाड़ी रहना।" गणेशी ने अंदर आँगन के मोखे पर बैठते हुए कहा।

गणेशी ने मोटरसायकिल खरीदने के पीछे अपनी इज्जत और मर्यादा वाला कारण पत्नी को नहीं बताया। बताता भी भला कैसे! पिछले दो साल से इज्जत की खातिर ही तो पत्नी ने घर में शौचालय बनवा देने को कहा था, पर आज तक गणेशी से यह हो न सका।

रमनी देवी ने कई बार कहा था कि रात-बिरात हरदम बाहर जाना पड़ता है। सुबह खेत जाओ तो लाज लगता है। कल के दिन घर में बहू आएगी तऽ ऊहो का ऐसे ही खेत जाएगी? काम भर के खाने-पीने का फसल हो ही जाता है। क्या घर में एक ठो लैटरिंग रूम नहीं बन सकता? गरीब और किसान घर की औरत का इज्जत-पानी नहीं है का? एक दिन रात को बलेसर के पतोह को दू-चार लफुआ मोटरसायकिल के लाइट मार रहा था। बेचारी कैसहूँ इज्जत ढक भागी। काहे नहीं बनवा देते हैं घर में लैटरिंग रूम? खाली साड़ी से मुँह ढके से इज्जत बनता है का जब बाकी सब कुछ उघारे हो।

गणेशी कई बार यह सब सुन चुका था और इसी बात पर कई बार रमनी ने गर्म तावा उठाकर आँगन में फेंका भी था। सो, गणेशी ने इस बात का ध्यान रखा था कि मोटरसायकिल के पीछे जो इज्जत वाली बात है वह छिपी ही रहे वर्ना हाथ में मिली गर्म चाय कहीं देह पर गिरी न मिले।

गणेशी ने चाय पीकर गिलास नीचे रखा ही था कि दरवाजे पर किसी मोटरसायकिल की आवाज सुनाई दी।

''रोहित आ गया।'' गणेशी ने दुआर की तरफ देखते हुए कहा।

आज रोहित साढ़े सात बजे ही घर पहुँच चुका था। भला आज उसका क्या मन लगता बाहर घूमने में! आज तो वह इतनी उत्सुकता से घर घुसा था जैसे कोई मैट्रिक का परीक्षार्थी अपने परिणाम जानने के लिए स्कूल में घुसता है।

''के था मोटरसाकिल पर?'' गणेशी ने पूछा।

''मदन भैया थे। मदन बाबा, बीचवा टोला वाले।'' रोहित ने जूता उतारकर चौकी के नीचे फेंकते हुए कहा।

''मदन बाबा के? जगदा बाबा के लड़का! ऊ तऽ तुम से बहुत सीनियर है रे। उससे कैसा दोस्ती तुम्हारा!'' गणेशी ने महीन मुस्कान मिश्रित आश्चर्य से पूछा।

''हाँ, ऊ जगदंबा लाइन होटल में मदन बाबा भी आते-बैठते हैं। साथे खाना-पीना भी होता है। वहीं से हो गया है दोस्ती।'' रोहित ने शर्ट उतार खूँटी पर टाँगते हुए कहा।

''जगदंबा लाइन होटल, ऊ गाँव के पुरब वाला का? अरे ऊहाँ तऽ फूँकन बाबू उठते-बैठते हैं!'' गणेशी के मुँह से निकला।

''हाँ, फूँकन चाचा तऽ रोज आते हैं वहाँ। ऊ लोग का तऽ इसपेसल बैठकी बना है पिछवाड़े में। वहाँ अलग से टेबुल-कुर्सी लगा हुआ है। वहीं खाते-पीते हैं अपना ऊ लोग। हम लोग से कोई मतलब नहीं। हम लोग तऽ बाहर बैठे, अपना मुर्गा-ऊर्गा खाए और निकले। एक दिन तऽ हमको पूछे भी फूँकन चाचा, का रोहित का हाल है रे। हम बोल दिए एकदम ठीक है चाचा। एक दिन तऽ डायरेक्ट हमको बुलाए और मोटरसायकिल के चाभी दे बोले, जाओ चौक पर से हमरा नाम बोल के एक ठो बोतल लेते आओ। हम जब बोले कि चाचा हम मोटरसायकिल चलाने जानबे नहीं करते हैं तऽ हँसने लगे।''

रोहित ने इस तरह पूरा जगदंबा पाठ करके सुना दिया था गणेशी को।

इतने में रमनी देवी से रहा न गया। वह चूल्हे से रोटी सेंकते वहीं से बोली, ''तुम दारू लाके देता है रे लोग को! करमजरुआ साला पीता-खाता है का रे!''

यह सुनते ही गणेशी बचाव में कूदा,

"अरे चुप रहो। ई काहे पिएगा! अब फूँकन बाबू बोल दिए तऽ का करेगा ई बेचारा उसमें। वैसे भी सिंह परिवार सबसे बोलाबाजी करता है क्या? सबको नहीं टोकता है फूँकन बाबू। आज तक हम लोग सामने खड़ा हो बात नहीं किए। उ तऽ रोहित के उठना-बैठना है, पढ़ाई-लिखाई है कि ई सब देख के बोल भी दिए दारू लाने। नहीं तो उसके पास आदमी का कमी है का बोतल लाने के लिए!"

जगदंबा लाइन होटल की सारी कहानी सुन गणेशी को अपने रोहित पर साक्षात जगदंबा का आशीर्वाद मिला प्रतीत हो रहा था। मदन बाबा जैसे उच्चकुलीन मित्र पाने से लेकर फूँकन बाबू जैसे दबंग से रोहित के हेलमेल ने गणेशी को अहसास करा दिया था कि नया जमाना रोहित जैसे नौजवानों का ही है, जो खेत न जाकर लाइन होटल जाता है। रोहित इतनी जल्दी सामाजिक सोपान की सीढ़ी चढ़ जाएगा यह गणेशी ने नहीं सोचा था।

मदन बाबा अपने से घर छोड़ने आ रहे हैं। फूँकन सिंह दारू मँगवा रहे हैं। एक छोटे-मोटे किसान के बेटे को और क्या चाहिए! धीरे-धीरे लड़का अब तो आगे ही बढ़ेगा न! गणेशी को आज आत्मग्लानि भी हुई कि उसी की वजह से बेटे की रफ्तार थोड़ी धीमी है। अगर समय से मोटरसायकिल खरीद दी होती तो लड़का और तेजी से आगे बढ़ता। क्या पता कल को फूँकन सिंह को भी अपनी मोटरसायकिल पर बिठाकर घुमाए। गणेशी ने कुछ ही मिनट में मन-ही-मन में अपने पुत्र हेतु दारू-मुर्गा-मोटरसायकिल समेत एक मनोहरी भविष्य का चित्र खींच डाला था आँगन में बैठे-बैठे।

रमनी देवी ने जब उसके सामने खाने की थाली रखी तब जाकर ध्यान टूटा गणेशी का। उधर चौकी पर रोहित अपने खाने की थाली लिए बैठ गया था।

अब बारी सबसे महत्वपूर्ण बात करने की थी। गणेशी महतो ने पहला निवाला मुँह में डालते ही रोहित से पूछा, "तब कब लेना है मोटरसाकिल?"

रोहित तो यही अमृतवाणी सुनने को बेचैन था तभी से।

"आलू आज पहुँच गया मंडी क्या? दाम मिल गया?" रोहित ने एकदम जिम्मेदार पुत्र की भाँति एक साथ दो जिम्मेदारी भरे सवाल पूछे गणेशी से।

"ऊ सब छोड़ो, ऊ पैसा आने में हप्ता भर देर होगा। हमरे खाता में है

काम भर पैसा। तुम जाके कल ही खरीद लाओ। अभी पैसा है, खरीद लो। देर करोगे तऽ फेर दूसरे काम में न ओझरा जाएँ।'' गणेशी ने उसे सारी जिम्मेदारी से मुक्त करते हुए कहा।

रोहित तो यह सुनते जैसे रोटी हवा में लहराकर मुँह में डालने वाले मूड में आ गया था।

''ठीके है बाबू जी, आप बोलते हैं तो कल ही जा के ले लेते हैं। चिंता एकदम मत करिए। हम आज बोल के भी आए थे सबको कि कल से परसों तक में औकात दिखा देंगे संपूरन भगत के बेटा को।'' रोहित ने पिता को चिंता से मुक्ति देते हुए कहा।

''सुनो, हीरो होंडा के लेना है, सब वही बताया।'' गणेशी ने अंतिम निवाला मुँह में डालते हुए कहा।

''हाँ उसी का लेंगे, इसपलैंडर आता है एक। इसका फेर बेचने पर भी अच्छा दाम मिल जाता है।'' रोहित ने अपनी व्यावसायिक समझदारी के प्रति आश्वस्त करते हुए कहा।

''हाँ वही, वही तुमको तऽ सब पता ही है। वैसे एक बार खरीदा चीज बेचना थोड़े है। मदन बाबा को भी साथ ले लेना। भोरे हमहुँ जा के बोल आएँगे मदन बाबा से।'' गणेशी ने खाने पर से उठते हुए कहा।

खाना खा बाप-बेटे दोनों सोने चले गए। आज दोनों अपने-अपने सपनों की दुनिया में खोने, सोने जा रहे थे। चौकी पर सोया रोहित जहाँ बाइक उड़ाते हुए मलखानपुर से सिकंदरपुर बाजार की सैर पर था वहीं खटिया पर लेटे गणेशी महतो पड़े-पड़े अपने बैंक खाते का नंबर याद करने की कोशिश में था। वह यह भी याद करने की कोशिश कर रहा था कि मोटरसायकिल खरीद लेने के बाद कितना पैसा बच जाएगा खाते में या कुछ बचेगा ही नहीं। गणेशी महतो नींद में था। सपने में रह-रह बैंक खाता आता और जाता। जिंदगी ख्वाब में भी हिसाब कर रही थी।

8.

सुबह करीब सात बजते गणेशी महतो अपनी साइकिल उठा जगदानंद मिसिर के घर पहुँच चुका था। जगदानंद मिसिर गाँव के बीचवा टोला के रहने वाले थे। ईश्वर की अनुकंपा से इनको दो रत्नों की प्राप्ति हुई थी। बड़ा बेटा विनोद नोएडा में कहीं जॉब करता था और छोटा मदन गाँव में ही मदन बाबा के रूप में घर-समाज की सेवा में लगा था। पुरानी खेती-बाड़ी भी थी। खुद सचिवालय में बड़ा बाबू से रिटायर हुए थे। गाँव में खूब सम्मान था इनका। रोज सुबह अपने बरामदे में बैठ नौकरी के दिनों का रोमांचक किस्सा सुनाते तो सुनने वाले दो कप चाय पीने तक उनके हर किस्से पर उछल-उछल वाह करते। वे बताते कि कैसे बड़े-बड़े ऑफिसर की फाइल भी उनके टेबुल पर पानी माँगती। यह किस्सा तो वो लगभग रोज सुनाते कि कैसे एक बार सन् 1992 में उन्होंने राज्य के सबसे बाहुबली मंत्री की फाइल भी रोक ली थी। चूँकि सुनने वाले को चाय मिलने की गारंटी थी इसलिए आज तक किसी ने उनसे ये जायज सवाल नहीं पूछा था कि आखिर वो ऐसे कौन से महाबली के पद पर थे जहाँ हर प्रभावशाली नेता-मंत्री और आला ऑफिसर उनसे पनाह माँगते थे। किसी ने यह जानना जरूरी नहीं समझा कि सचिवालय का किरानी किस युग में इतना शक्तिशाली रह चुका है जितना अंग्रेज जमाने में गवर्नर जनरल।

गणेशी ने पहुँचते ही देखा, जगदानंद मिसिर अपनी चौड़ी-सी चौकी पर बैठे खुले बदन पर सरसों का तेल घस रहे थे। पेट के बीचों बीच सफेद जनेऊ जो अब भूरे रंग का हो गया था, विषुवत् रेखा की तरह पेट को दो भागों में बाँट रहा था और उसके नीचे के कोर में एक बड़ी-सी लोहे की चाबी बँधी हुई थी। चाबी की आयु कहीं से भी जगदानंद मिसिर की आयु से कम नहीं लग रही थी। चाबी का वृहत आकार बता रहा था कि वो मिसिर जी के किसी पुश्तैनी बक्से की चाबी थी पर उस पर पड़ गए पीले दाग से यह भी साफ दिख रहा था कि पुरानी चीजों पर अब धीरे-धीरे जंग लगने लगी थी, चाहे वो चाबी हो या पुश्तैनी परंपरा। चाहे कुछ भी हो पर जगदानंद मिसिर न जाने कई दशकों से यह चाबी जनेऊ से बाँध लटकाए रखे थे। कई बार सोते वक्त यह चाबी पेट में, पीठ में चुभ भी जाती थी, पर उन्होंने इसे जनेऊ से नहीं खोला।

असल में यह बस जनेऊ और चाबी भर की बात थोड़े थी, यह तो परंपरा की डोर से बँधी विरासत लटकी हुई थी।

इधर गणेशी ने करीब जाकर पहले जगदानंद मिसिर को दोनों हाथ जोड़ लगभग डेढ़ फीट गर्दन को नीचे झुकाकर प्रणाम किया। जगदानंद मिसिर आज भी वहाँ पहले से बैठे बैजनाथ मंडल और उसके संग आए एक और रिश्तेदार को अपना सरकारी कारनामा सुना रहे थे। गणेशी के प्रणाम पर उन्होंने एक नजर उसकी तरफ देखा और उसे हाथ से बैठने का इशारा कर अपने रौ में चालू रहे। जगदानंद मिसिर अब ज्यादा प्रसन्नता के साथ किस्सा सुनाने के मूड में आ गए क्योंकि श्रोता वर्ग में गणेशी के प्रवेश के साथ ही संख्या बढ़कर तीन पहुँच गई थी। पिछले घंटे भर से जगदानंद मिसिर किसी मुद्दे पर सुनाए जा रहे थे, उसी संदर्भ में किसी बात पर बैजनाथ मंडल बोला,

''आजकल खाली खेती पानी और जमींदारी से जिंदगी नहीं चलता जगदा बाबा। ऊ जमाना चला गया जब आधा किलो सतुआ खा के दिन भर खट लेते थे।''

''अरे हाँ एकदम। हमारे ही घर देखो न। ऊ तऽ हमारा सरकारी नौकरी था, फेर विनोद प्राइवेट में पकड़ लिया तऽ जाके अभी भी डाउन नहीं हुए हैं ओतना।'' जगदानंद मिसिर ने ढहती जमींदारी को प्राइवेट सहारा देते हुए कहा।

''लेकिन एक बात है जगदा बाबा! ई दुआर हमेशा अन्न-धन्न से भरा रहा है।'' गणेशी ने अपनी उपस्थिति याद दिलाने के लिहाज से कहा।

''अरे अब तऽ तनी कम हो गया है। थोड़ा खेत-बाड़ी भी बेच दिए। नोएडा में फलेट खरीदना था विनोद को। कुछ पैसा दिए खेत के हटा के। आखिर का होगा यहाँ पड़ल जमीन का। एक जमाना था ई साला पूरा हाता गेहूँ, चना और सरसों से भरल रहता था। खुदे गणेशी से ही पूछो न। एकर तऽ बाप भी हमारे यहाँ काम किया है। ईहें का खा के मरा बेचारा बुढ़वा।'' गणेशी ने मुस्कुराते हुए अपने पिता के इतिहास पर सहमति में सिर हिलाया। बैजनाथ मंडल अभी सर दूसरी तरफ घुमाए कुछ देख रहा था कि तभी जगदा बाबा ने इतिहास का एक और पन्ना पलटा।

''अरे ई बैजनथवा का बाप भी! हमरे यहाँ का गाय-बैल देखना, चारा-पानी

देना सब रूसन मंडल ही तऽ करता था। बड़ा सीधा आदमी था बेचारा, तोर बाप रे बैजनाथ। आजकल वही काम करने का 100 रुपया रोज माँगता है मजदूर। पर रूसन को जो दे दीजिए संतोष करता था। पाँच-पाँच किलो धान में भी खुश था बेचारा। बड़ा सरल आदमी था।'' जगदानंद मिसिर ने इतिहास के पिता हेरोडोटस की तरह हर पन्ने खोल के रख दिए थे। हाल यह था कि अभी सामने से जो भी गुजरता, तय था कि उसके भी बाप को यह इतिहास में अपने यहाँ काम किया हुआ बता देते। बैजनाथ मंडल तो यह सोच रहा था, धुर रे साला किस मूहूर्त में निकले थे घर से ?

आपस में अक्सर गाँव में इस तरह की बातें चलती रहती थीं, पर आज का मामला रिश्तेदार के संग रहते हो गया था तो थोड़ा लजा गया था बैजनाथ। कहाँ तो वो अपने रिश्तेदार के सामने जगदानंद मिसिर को अपने खास भाई-बंधु जैसा बता उनके यहाँ ले गया था और यहाँ तो जगदानंद मिसिर ने मालिक-नौकर का गौरवशाली इतिहास बाँच बैजनाथ के वर्तमान को पानी-पानी कर दिया था। असल में उसके रिश्तेदार को सचिवालय में किसी छोटे-मोटे काम हेतु कुछ जानकारी चाहिए थी, इसलिए बैजनाथ उसे जगदानंद बाबा के यहाँ ले गया था। पिछले एक घंटे से जगदानंद बाबा लगातार अपने कारनामे और अनुभव सुनाते जा रहे थे। अभी तक बैजनाथ और उसका रिश्तेदार अपनी बात नहीं रख पाए थे जिसके लिए वे गए थे। अपनी ओर से जगदानंद बाबा ने उनको मिनट भर का भी गैप नहीं दिया जिसमें वे अपनी बात बता भी सकें और न खुद उनके आने का प्रयोजन ही पूछा। बगल में गणेशी महतो की चुकूमुकू बैठा था चुपचाप। दोनों को क्या पता था कि आज जगदा बाबा इन दोनों के बाप-दादा का उद्धार करके छोड़ेगे। अचानक बैजनाथ को लगा कि अब जगदा बाबा बाप से आगे बढ़ दादा के इतिहास पर प्रकाश न डालने लग जाएँ। उसने झट से खैनी की डिब्बी निकाली और चर्चा का मुँह जगदानंद बाबा की तरफ मोड़ते हुए पूछा, ''अच्छा जगदा बाबा, आजकल मदन बाबा का क्या हाल है। नौकरी-चाकरी के चांस ले रहे हैं कि नहीं ?''

''मदन अपना मगन है। बी.ए. कर लिया है, ऊ भी दर्शनशास्त्र जैसन हाड विषय से। मने हमको नहीं लगता है कि इलाका में कोई होगा ई सबजेक्ट से बी.ए किया हुआ। दू बार स्टेट कंपटीशन में भी बैठ गया है। बाभन का बच्चा

है। सो ई जमाना में आसानी से तऽ नहिए मिलेगा न नौकरी। ऐतना जात-पात, घोटाला और ऊपर से आरक्षण। दिक्कत है थोड़ा। लेकिन ई जान लो बैजनाथ, मदना में दिमाग के कमी नहीं है। बस थोड़ा स्थिर हो जाए तऽ एतना बाधा में भी बाजी मार देगा।'' जगदानंद बाबा ने पहले की अपेक्षा कम होते उत्साह के साथ कहा।

ऐसा होना स्वाभाविक भी था। क्योंकि आदमी को जो आनंद अपने गौरवशाली इतिहास को सुनाने में आता है वह मजा वर्तमान का संघर्ष बताने में तो नहीं ही आता है। जगदा बाबा जब तक अपने पुराने खेती-बाड़ी, बाप-दादा और अपने कारनामों का किस्सा सुना रहे थे तब तक बहुत तेज था उनकी वाणी में लेकिन अब बात जब आज पर हो रही थी तो आवाज थोड़ी मद्धम-सी हो गई थी उनकी।

जगदानंद बाबा के मुँह से स्टेट कंपटीशन शब्द सुन बैजनाथ को कुछ याद आया। उसने दिमाग पर हल्का-सा जोर दिया और उसके मुँह से निकला, ''ऐ जगदा बाबा, आप सुने हैं कि नहीं? सुने कि डोमा गाँव का कोई हरिजन का लैका है। अबकी बी.डी.ओ. बना है। अब सब जात पढ़ने लगा है। लेकिन मेहनत करेगा तऽ डोम, चमार हो या ठाकुर, बाभन सब बराबरे हो रहा है अब। नौकरी-चाकरी का दुआर सबके खातिर खुल गया है। है कि नहीं जगदा बाबा?''

जगदानंद मिसिर यह सुन पहले तो मिनट भर चुप रहे। सरसों तेल की कटोरी में तर्जनी उँगली डूबोया और सिर ऊपर करके नाक में चार-पाँच बुँद टपकाया। फिर जोर की छींक के साथ धोती के कोर से मुँह पोंछा और एक हल्की-सी अटकी हुई मुस्कान के साथ कहा, ''ऐ बैजनाथ, एक बात बोलें! कोई बी.डी.ओ. बन जाए चाहे कलेक्टर। नौकरी तऽ पा लेगा, लेकिन संस्कार? संस्कार कहाँ से पाएगा जी! ऊ आज भी हम लोगों के पास ही है समझे। अरे लाख नौकरी कर लीजिए लेकिन संस्कार नहीं तऽ समझो आदमी कुछ नहीं। और यह भी जान लो कि संस्कार कोनो कॉलेज या स्कूल में नहीं मिलता है। न इसको आरक्षण से पा लेगा कोई। ई सब खानदानी चीज होता है मर्दे। ई जनेऊ देख रहे हो न, इसको खाली सूतली और धागा नय समझना बाबू। एक-एक धागा में एक-एक ठो बेद गुँथा हुआ है।''

गणेशी, बैजनाथ और उसके रिश्तेदार की नजरें अपने आप जगदा बाबा के भूरे पीले हो चुके जनेऊ पर जा टिकी थीं। इन तीनों ने कभी वेद को आँखों से देखा नहीं था। आज सीधे जनेऊ में गुँथा हुआ जान उसे देखना चाह रहे थे पर उनको कुछ दिखा नहीं। उनको शायद समझ आ गया था कि इतनी महीन बुनावट देखने के लिए जिस दिव्य दृष्टि की जरूरत होती है वह साधारण लोगों के पास कहाँ से होगी!

इधर जिस समय जगदा बाबा संस्कार पर अपने प्रवचन का धागा खोले जा रहे थे, ठीक उसी समय उनके चारदीवारी के ठीक बाहर एक आदमी खड़े होकर सब लपेटे जा रहा था। लगभग पंद्रह-बीस मिनट से वो आदमी ओट ले सब कुछ सुने जा रहा था। जगदा बाबा ने अपनी बात खत्म ही की थी कि बाहर से एक जोर की आवाज आई"अरे बाबा प्रणाम। अहो बाबा जरा हनुमान जी के चबूतरा पर से अपना संस्कार को उठा लाइए। एतना भर गया है कि ओभरफ्लो कर रहा है वहाँ संस्कार। मदन बाबा जिंदाबाद।"

बात पूरी कहते-कहते बोलने वाला आदमी वहाँ से कुछ दूर निकल भी चुका था। यह आवाज सुनते ही सभी हड़बड़ाकर दीवार की तरफ मुड़े। जगदा बाबा ने चौकी पर खड़े हो चारदीवारी के बाहर की तरफ देखा तो बोलने वाले को पहचान गए। वैसे आवाज से भी सबने उसे पहचान ही लिया था।

"अरे साला चोट्टा, कुत्ता साला बिरंचिया रे! साला गँजेड़ी पागल हमरा संस्कार देखेगा तुम रे! एतना औकात हो गया रे! हरमजादा साला!" बोलते-बोलते जगदा बाबा का शरीर क्रोध से हिल रहा था।

होंठ से दबी खैनी बाहर आ गई थी। चौकी से उतर उन्होंने बरामदे पर ही खूँटी पर टँगी कमीज उतारी और उसे पहन चारदीवारी से बाहर आए। साथ में गणेशी और बैजनाथ और उसके रिश्तेदार भी हो लिए।

हनुमान जी के चबूतरे पर पहुँच देखा कि वहाँ मदन मिसिर बरगद पेड़ के नीचे लुढ़के पड़े हैं। मुँह से लार गिर रहा है और उल्टी हो चुकी है। उठकर चला नहीं जा रहा था पर इतनी आँख खुली थी कि सामने खड़े लोगों को पहचाना जा सके। मदन बाबा के साथ दो और नवयुवक भी थे जो हर संपन्न कार्यक्रम और कोर्स में मदन बाबा के अनन्य सहयोगी थे पर जगदा बाबा को हनहनाता हुआ आता देख वहाँ से सरक लिए थे।

मदन बाबा की हालत देख गणेशी चबूतरे पर रखी बाल्टी मग लेकर बगल के चापानल से पानी लाने दौड़ा। मदन बाबा पर दो-तीन मग पानी डालने के बाद वह थोड़े गति की अवस्था को पकड़ने लायक हो चले। बैजनाथ ने मदन बाबा की शर्ट पर लगी उल्टी को पानी से साफ किया। उन्हें पकड़कर अब चलने खातिर खड़ा किया गया। इन सब के दौरान इतनी देर जगदानंद मिसिर एकदम चुप सिर्फ चार कदम दूर खड़े एकटक बेटे को देखे जा रहे थे। हाथ में गमछा चाबुक की तरह लटक रहा था। चेहरा था तमतमाया हुआ और दाँतों के पीसने की रगड़ वाली आवाज आ रही थी।

"कोय चिंता के बात नहीं है। ऊ खाली पेट ताड़ी पर गाँजा लेने से हो गया है थोड़ा-सा। बढ़िया-बढ़िया से बरदास नहीं होता है कब्बो-कब्बो।" बैजनाथ ने मदन को खड़ा करते हुए अपने अनुभव के हवाले से कहा।

तब तक गणेशी भी एक तरफ का हाथ थामे मदन बाबा को ले आगे बढ़ने लगा। जगदानंद मिसिर ने अपनी जगह से ही खड़े केवल गर्दन घुमाई, "हाय रे कुल कपूत, सब नाश कर दिया रे। बताइए साला कौन कहेगा ई बाभन का बच्चा है। बताइए ई जगदानंद मिसिर का औलाद का संस्कार है? सब माटी में मिला दिए साहब। जिस घर में लहसुन-पियाज नहीं चढ़ता था पचास बरस पहले, ऊहाँ लड़का दारू-गाँजा पी के उलट रहा है।" जगदानंद मिसिर एकदम बिफर पड़े थे। उनसे अबकी रहा न गया। अचानक पीछे से दौड़कर गए और गमछे का कोड़ा बना तीन-चार बार मदन की गर्दन पीठ और सिर पर दे मारा। कपार पर कोड़ा पड़ते ही मदन बाबा को हल्का होश आया। मदन बाबा चबूतरे पर अपना छूटा हुआ गमछा ले आने के लिए बड़बड़ाने लगा, "ऐ बाबू जी, जरा हमरा गमछा ले लीजिएगा।" बैजनाथ के रिश्तेदार ने मदन का गमछा उठाया और इधर बैजनाथ ने जगदानंद मिसिर को पकड़कर थोड़ा शांत कराया।

"शांत जगदा बाबा, शांत! अरे होता है थोड़ा-सा पीना-खाना। गाँव में भला कौन नहीं खाता-पीता है! अरे थोड़ा कम और थोड़ा बेसी, यही न!"

बैजनाथ ने वहीं चबूतरे के पास ही जगदानंद मिसिर को हाथ जोड़ समझाते हुए कहा।

"बस यही तो बात है। साला, ई गाँव का संस्कार ही खत्म हो चुका है।

यहाँ सोना भी पीतल होई जाए। मने बताइए, साला जगदा मिसिर का लड़का ई हाल बनाएगा, सोच भी नहीं सकते हैं। सब साला गाँव के राड़-चुहाड़ का काम है। संगत में ले जाकर बिगाड़ दिया। सबसे बड़ हरामी तऽ ऊ बिरंचिया है। ऊ साथे पिलाया होगा और देखो उलटे हमरे दुआर जा हमीं को खबर सुनाता है।'' जगदा बाबू ने गमछा चबूतरे पर पटकते हुए कहा।

अभी थोड़े मिनट पहले जब जगदा बाबा मदन को सोंटा से पीट गरिया रहे थे उस वक्त एक सहज बाप बोल रहा था, अभी जब वह अपने बेटे के बिगड़ने का मूल गाँव के भटके संस्कार में खोजने लगे थे तो असल में अभी बाप के रूप में सजग कुल रक्षक बोल रहा था। जिनका मानना होता है कि उनके उच्च संस्कारी कुल-खानदान खुद नहीं बिगड़ते बल्कि वे तो किसी गाँव समाज के संगठित षड्यंत्र से बिगाड़े जाते हैं। जैसा कि आज जगदानंद मिसिर बता रहे थे। जगदानंदा मिसिर एक तरफ से गाँव के सभी ज्ञात-अज्ञात गंजेड़ियों का नाम ले उसे जुबानी गरिया-गरिया सलटाये जा रहे थे। इसी दौरान दिवंगत हो चुके कुछ पुरातन पियक्कड़ों और गंजेड़ियों का नाम ले उन्हें भी गाली भरी श्रद्धांजलि दिए जा रहे थे, जो उस हनुमान जी के चबूतरे वाले गाँजा पट्टी की स्थापना करने वाले शुरुआती सदस्यों में से थे।

हनुमान जी का चबूतरा उत्तर भारत के लगभग सभी गाँवों में सामान्यत: दिख ही जाता था। अक्सर गाँव के लोग यहाँ ताश-लूडो खेलते नजर आ जाते थे। हनुमान जी कंधे पर गदा लिए चुपचाप अपने सामने यह खेल होता देखते। बीच-बीच में चबूतरे पर बैठे लोग आपस में हँसी-मजाक, गाली-गलौज करते, जिसे हनुमान जी को इग्नोर ही करना होता। आदमी के बीच रहने में इतना तो देवता को भी सहना ही पड़ता। गाँव के लोग भी ऐसे वाले हनुमाने जी से कुछ खास नहीं माँगते थे। यहाँ आज तक कि किसी विद्यार्थी को आई.ए.एस, आई.आई.टी या चिकित्सक बनने खातिर मनौती माँगते नहीं देखा गया था, न ही किसी दुखिया को पुत्र प्राप्ति के लिए। असल में इतने व्यावहारिक सोच वाले भक्त भारत के गाँव में ही पाए जा सकते थे, जिनका मानना था कि जब हम हनुमान जी को दिन भर में एक बताशा भी नहीं देते तो बदले में बेचारे से माँगें ही क्या?

ऐसे हनुमान उपयोग में बस तभी आते, जब कभी ताश खेलते लोग पत्ते

की हेरा-फेरी के संबंध में आरोप लगने पर खुद को पाक-साफ बताते हुए हनुमान जी की कसम खाते।

गणेशी और बैजनाथ अब तक मदन बाबा को घर तक पहुँचा चुके थे। अंदर आँगन वाले बरामदे की बिछी चौकी पर मदन बाबा को सुलाया गया। जगदा बाबा थोड़ा भारी कदमों से चलते हुए पीछे से आए।

"अरे इसको नींबू-पानी दीजिए। नहा-धोआ के तब कहिए सो जावेगा।" जगदा बाबा ने अंदर घुसते ही पत्नी को आवाज लगाते हुए कहा। जगदा बाबा की पत्नी बड़े इत्मिनान से गिलास भर नींबू पानी लाई और मदन को हल्का झकझोड़ते हुए गिलास थमाया। उनके हाव-भाव को देख लग रहा था कि वो मदन को अक्सर ऐसे नींबू पानी देने की अभ्यस्त थीं। जगदानंद मिसिर भी मदन बाबा के कारनामों से इतने अनजान न थे पर चूँकि आज ये सारा कांड ठीक उनके सुनाए संस्कारी प्रवचन के बाद हो गया था और वह भी एकदम बीच चबूतरा पर सारे गाँव समाज के सामने ही तो ऐसे में थोड़ा ज्यादा असहज हो जाना स्वाभाविक था।

अंदर मदन को एक नजर देखने के बाद वह गणेशी और बैजनाथ को ले बाहर निकल आए। अब उनको यह ख्याल आया कि गणेशी और बैजनाथ को जल्द छोड़ देना चाहिए, क्योंकि अभी तक उनके अर्जित संस्कारों का अच्छा-खासा प्रचार-प्रसार हो चुका था। उन्होंने बाहर बरामदे पर पहले खड़े-खड़े ही कहा, "अच्छा छोड़ो पीने-खाने का बात। आज से तऽ सुधर ही न जाएगा। आज इसको एहसास हो गया है कि गलत रास्ता पकड़ लिए थे। आँख नहीं देखे मदन का, समझ गया है कि अब ई सब चीज को हाथ भी नहीं लगाना है।"

गणेशी और बैजनाथ ने सहमति में सिर हिलाते हुए एक स्वर में कहा, "ठीके बोले। ठीके बोले बाबा।"

एक तो अभी-अभी आहत हुआ बाप और चौकी पे उल्टा सपूत, ऐसे में गणेशी और बैजनाथ ने तत्काल इस मुद्दे पे चुप रहना ही ठीक समझा और सब कुछ समझते हुए भी यह नहीं समझाया कि अभी तक उन्होंने जितने भी पीने वालों को देखा था उनका पीना उनके दुनिया छोड़ने के साथ ही छूटते देखा था।

आज खुद बैजनाथ जगदा बाबा के चक्कर में लेट हो गया था।

जगदानंद मिसिर बात करते-करते चारदीवारी के दरवाजे तक आ गए। गणेशी और बैजनाथ तो अब तक शायद यह भूल चुके थे कि वे आखिर यहाँ आए ही क्यों थे।

तभी जगदा बाबा ने खुद ही कहा, "अरे तुमलोग जाने लगा जी! ई तो बताओ कि आया काहे था? कोई काम था क्या हमसे?"

"हाँ जगदा बाबा, भोरे से अभी ग्यारह बज गया बोलते-बोलते। लगा के अब बोलें, अब बोलें लेकिन ऊ बीच में मदन बाबा वाला...।" बैजनाथ ने अभी आधा ही कहा था।

"अरे छोड़ो न फालतू के बात। काम का था बताओ।" जगदा बाबा ने हल्की खीज के साथ कहा।

"जी ई हमारा बड़का साला हैं। इनका सचिवालय में काम फँसा है। आप पुराना आदमी रहे हैं वहाँ के। बड़ा धाक था भी आपका वहाँ। तनी आप कुछ मदद करवा देते तऽ बड़ा किरपा हो जाता बाबा।" बैजनाथ ने चार घंटे में पहली बार दाँत निकाल जबरदस्ती की काम निकालन हँसी के साथ कहा।

"देखो बैजनाथ वैसे नाम तऽ हमारा आज भी है सचिवालय में। लेकिन दिक्कत ये है कि अब सारा पुराना आदमी का बदली हो गया है वहाँ से। नयका-नयका स्टाफ सब पैसा का भुखल होगा। भ्रष्टाचार का बोलबाला हो गया है, जानते ही हो। बड़ा-बड़ा पैरवी का भी मतलब हो गया है कि पैसा दीजिए तऽ काम हो। मने ऊ हमरा वाला टाइमे नहीं रहा।" जगदा बाबा ने काँख खुजलाते हुए अपने समय के सचिवालय वाले स्वर्ण युग को याद करते हुए कहा।

यह सुनते ही बैजनाथ ने अपने रिश्तेदार की तरफ देखा और रिश्तेदार ने बैजनाथ की तरफ। दोनों अब तक शायद अपनी आँखों से एक-दूसरे से कह चुके थे कि अब काम जाए भाँड़ में, भगवान् के लिए अब कम-से-कम यहाँ से चलें। बैजनाथ ने जगदा बाबा को बेहद झल्लाई-सी हँसी के साथ प्रणाम किया और उनके मुँह से बदले में बिना कुछ सुने दरवाजे से बाहर निकल आया।

पीछे-पीछे बिना प्रणाम किए उसका रिश्तेदार भी निकला। निश्चित रूप से इस वक्त तेज-तेज कदमों से चल रहा बैजनाथ मन-ही-मन जगदा बाबा

को बेछूट गाली दे रहा था।

इधर उन दोनों के चले जाने के बाद जगदा बाबा ने गणेशी की तरफ देखा।

''तुम्हारा क्या काम था जी गणेशी ? बड़ा भोरे-भोरे आए थे तुम ?'' जगदा बाबा ने पीठ खुजलाते हुए कहा।

जब कोई आदमी देह, हाथ या कोई भी ऊपर-नीचे का अंग-विशेष खुजलाते हुए कोई बात पूछे या कहे तो यह समझ लेना चाहिए कि वह आदमी उस बात में कतई रुचि नहीं ले रहा, न सुनना चाह रहा है और जल्द-से-जल्द उसे टालना चाहता है। क्योंकि अभी वह केवल नोचनी का आनंद लेना चाहता होता है और वो चाह रहा होता है कि सामने वाला आदमी जाए यहाँ से।

गणेशी महतो भला इन सब इशारों को क्या जाने! उसने बड़े आराम से कहा, ''हम तऽ मदन बाबा से ही भेंट करने आए थे। ऊ एक मोटरसायकिल लेना था तो सोचे बेटा को मदन बाबा के साथ ही भेज देंगे। मदन बाबा रहेंगे तो एगो गारजियन हो जाएगा मोटरसायकिल खरीदने में।'' गणेशी ने मदन बाबा की वर्तमान दशा को बिल्कुल ही बीच न लाते हुए बड़ी विनम्रता और भोलेपन से कहा।

''बाह रे गणेशी! मोटर साइकिल लेगा ? बाह! तब देखिए तो, दिन बदलना इसको न कहता है। तोर बाप पैदल चल के मर गया, आँय! तुम सायकिल के पैडल मारत मरत रहता है। तोर बेटा मोटरसायकिल चढ़ेगा। कोयरी-कुर्मी खेती बाड़ी के रास्ते खूब उन्नति कर रहा है। हाँ, अपने से खेत में मेहनत भी तो करते हो। हम लोग के जैसन मजदूर भरोसे नहीं है न तोर सब के खेती।'' जगदा बाबा ने गणेशी के खानदानी सभ्यता का विकास क्रम बताते हुए कहा।

''अरे जगदा बाबा, सब आप लोग के आशीर्वाद है। ई बार आलू ठीक-ठाक हुआ है। बेटा भी पढ़ने-लिखने जाता है बाहर-भीतर। हमको भी जरूरत पड़ता है धान-गेहूँ ढोने में। सो, सोचें एक ठो ले लेते हैं।'' गणेशी ने झेपते हुए कहा।

''अरे तऽ जब ले रहा है तऽ बढ़िया मुहुरत में लो। अभी पंचक चल रहा है। इसमें मत लो। अगला महिना लो। बढ़िया दिन में लोगे तऽ सामान खूब अच्छा चलेगा।'' जगदा बाबा ने अच्छे मुहुर्त का लाभ बताते हुए कहा। गणेशी

उनसे ही कोई अच्छा मुहुर्त बता देने को बोल सायकिल उठा निकल आया। हालाँकि, जगदा बाबा ने यह नहीं बताया कि मदन का जन्म भादो मास के कृष्ण पक्ष अष्टमी जैसे महाशुभ मुहुर्त में हुआ था।

कभी-कभी शुभ मुहुर्त का माल भी गड़बड़ा जाता है।

9.

बैशाख का महीना था। सुबह के छह बज रहे होंगे। पुरुषोत्तम बाबू घर के बाहर ही अपने चौड़े बरामदे पर कुर्सी लगाए अखबार पढ़ रहे थे। तभी सामने से किसी के आने की आहट सुनाई दी। उन्होंने चेहरे के सामने से अखबार हटाकर देखा तो एक 25- 26 वर्ष की आयु का साँवला-सा लड़का हाथ में कुछ लिए आया था।

"का है जी? किसके यहाँ से आए हो?" पुरुषोत्तम बाबू ने देखते ही पूछा।

लड़के ने आते ही पुरुषोत्तम बाबू के पहले दोनों पाँव छुए और फिर हाथ में लाए कार्ड को पुरुषोत्तम बाबू को थमाया।

पुरुषोत्तम बाबू ने एक हाथ से कार्ड ले उसे बिना देखे ही पूछा, "किसके घर शादी है रे?"

"जी बाबू, हमरा नाम परमोद दास है। बाप का नाम फुचन दास। नीचे वाला हरिजन टोला से आए हैं। आपके यहाँ तऽ खूब कमाए हैं। पीछे वाला दीवाल खड़ा करने में दुनो बाप बेटा तऽ खटे थे।" लड़के ने अपना परिचय दिया।

"हाँ तो किसका बिहा है? तुम्हारा है क्या?" पुरुषोत्तम बाबू ने हाथ में लिए कार्ड को नीचे कुर्सी के पाये के पास रखते हुए पूछा।

"बिहा नहीं है बाबू, उ काली मंदिर के उद्घाटन है। हमरे टोला नया मंदिर बना है। उसी का निमंत्रण काड है बाबू।" प्रमोद दास ने हाथ जोड़ कहा।

"काली मंदिर! कौन मंदिर। के बनवाया जी? कैसे मर्दे! कब बन गया मंदिर?" पुरुषोत्तम बाबू चौंकते-चौंकते एक साथ चार-पाँच सवाल पूछते हुए बोले।

"जी पबितर दास बनवाया है। हमरे बड़का बाबू का लड़का। चार-पाँच महीने पहिले तऽ आया है कमा के आसाम से।" प्रमोद ने स्थिर अवस्था में ही खड़े-खड़े कहा।

"ठीक। ठीक है जाओ। वाह! मंदिर बन गया इतना जल्दी, कुछ पते न चला। ठीक है। चलो जाओ ठीक है।" पुरुषोत्तम बाबू ने पहले हल्का-सा

भभककर फिर बुझते हुए मन से कहा।

प्रमोद दास एक पॉलीथिन में कार्ड लेकर पूरे गाँव में निमन्त्रण बाँटने निकला था। वहाँ से निकल वो अगल-बगल के घरों में भी गया। उसके निकलते ही पुरुषोत्तम बाबू ने लटकु को आवाज लगाई, "अरे लटकु, जरा एक लोटा पानी ले आओ रे।"

लटकु आवाज सुनते पानी लेकर दौड़ा।

"लाओ जरा डाल पैर प पानी, साला भोरे-भोरे कौन-कौन ओह।" यह बोल पुरुषोत्तम बाबू कुछ-कुछ बुदबुदाने लगे। वह क्या बुदबुदा रहे थे इसे बिना सुने भी आसानी से समझा जा सकता था। लटकु ने उनके पाँव पखार उन्हें पुनः तेजमयी कर दिया।

तभी अपनी बाइक लिए जगदीश यादव वहाँ पहुँचे।

"परनाम पुरुषोत्तम बाबू।" जगदीश ने बाइक से उतरते हुए कहा।

"परनाम, का हो जगदीश! का हाल?" पुरुषोत्तम बाबू ने अखबार समेटते हुए कहा।

"आपकी किरपा है मालिक। जरा फूँकन बाबू से मिलने आए थे। ई दारोगा बड़ा तंग किए हुए है। बार-बार ट्रैक्टर पकड़ ले रहा है। अब फूँकने बाबू से तय करवा जो भी उचित होगा एक ठो महीना बाँध दें ई। फिर आराम से काम हो तब।" जगदीश यादव ने धंधे और उस पर दरोगा के अत्याचार की संक्षेप में व्याख्या करते हुए बताया।

"अच्छा, अरे दरोगा पासवान तऽ बढ़िया आदमी है भाई। ठीक है फूँकन सेट कर देगा। अभी तऽ बीडीओ साब के साथ गया है शंकरपुर। झिलुआ वाला पुलिया के साइट पर। वहीं तनि जाँच का फोरमलटी करने गए हैं। भाई डीएम आ गया है नया, तुरंत पैसा माँगता है नहीं तो जाँच के आदेश। साँझ को आओ, हो जाएगा काम। यहीं पार्टी है। दरोगा, बीडीओ साब सब रहेंगे।" पुरुषोत्तम बाबू ने अपनी धोती सरकाकर जाँघ खुजलाते हुए कहा।

पुरुषोत्तम बाबू वहीं रखे पानी के पाइप से गमले में पानी देने लगे।

"अरे फूँकन बाबू का काम तऽ एक नम्बर चल रहा है। लोकल पत्थर बेचने वाला के भी कल्याण हो जाता है फूँकन बाबू के कारण। हम उसी में तऽ पत्थर-बोल्डर सप्लाई कर रहे थे पर दरोगा साला सुनबे नहीं किया। बोलता

है कि समुच्चा पहाड़ तोड़ के बेच दिए और हमारा हिस्सा गायब! जबकि एक-एक पैसा का हिसाब कर के दिए। अब उनको रेट हेतना हाई चाहिए कि सब कमाई उन्हीं को दे दें क्या? सबको खाना कमाना है मालिक। एक उचित हिसाब से सेट कर दें।'' जगदीश यादव ने बताया।

''अरे, दरोगा जी को पता नहीं होगा। फूँकन को कान में दे दो बात, फेर तोड़ो न भाई आराम से पत्थर। अभी चार पुलिया उसी रास्ते बनना है। बहुत पत्थर सप्लाई का जरूरत पड़ेगा।'' पुरुषोत्तम बाबू बोले।

''ठीक है मालिक अब कल आएँगे। आज जरा एक काम से बाहर भी जाना है।'' जगदीश यादव ने समझदारी के साथ कहा। क्योंकि उन्हें अंदाजा था कि अगर मामला आज दरोगा के सामने ही डील हुआ तो आज की महफिल का सारा खर्चा उन्हीं के कपार पड़ सकता था।

''अच्छा जी, एक बात बताओ जगदीश कि ई हरिजन टोला में इधर हाल में कौनो मंदिर बना है का?'' पुरुषोत्तम बाबू ने गमला सींचते हुए पूछा। सुनते ही जगदीश यादव गति के साथ उठ खड़े हुए और पुरुषोत्तम बाबू के एकदम नजदीक आ गए जहाँ वह गमले में पानी दे रहे थे। नजदीक आते ही पुरुषोत्तम बाबू ने पानी वाला पाइप जगदीश यादव को पकड़ा दिया और सामने कुर्सी पर जा बैठे। अब गमले में पानी जगदीश यादव दे रहे थे जिसके बारे में उन्होंने अभी क्षण भर पहले तक सोचा भी नहीं था।

''अरे क्या बोले मालिक, क्या बताएँ। एक से डेढ़ महीना में बनकर तैयार। 14 दिन बाद उद्घाटन रखा है। सब घर कार्ड गया है लेकिन देखिए कौन जाता है। हरिजन टोला का बात है। वैसे देवी-देवता का बात है लेकिन जात भी तऽ देखना होता है न। धरम बचाइए के न पूजा पाठ भी होगा।'' इतना बोलते-बोलते, बोलने में अपना पजामा भिगा लिया था जगदीश यादव ने। जिंदगी भर खेत में पटवन करने का आदती आदमी जब गमले में पानी देने जैसा क्लासिक कार्य करे तो उसके हाथों में वैसा संतुलन और लालित्य आना तो मुश्किल ही था जैसा कि इस क्लासिक कार्य को करने वाले भद्र जेंटिल लोगों के हाथ में होता था। खेत में पानी देने में मेहनत चाहिए, गमले में पानी देना हो तो नजाकत वाला अंदाज चाहिए क्योंकि जरा-सी मोटी बौछार पड़ जाने से कोमल पौधों की जड़ें हिल सकती हैं।

"ये बताओ कौन बनवाया रे मंदिर? सुने कौनो हरजन लड़का है। कहाँ से ई अचानक से कितना कमा के ले आया मर्दे?" पुरुषोत्तम बाबू ने बड़े कौतूहल से पूछा।

"लीजिए, देखे तऽ हमको भी आसचर हुआ पहले। फेर जान गए। आपको याद है मालिक आज से बाईस-तेईस बरस पहिले आपके ईंट भट्ठा में एक लेबर जल के मर गया था?" जगदीश यादव ने इतिहास की गाँठ खोली।

"हाँ, हाँ जतरु दास नाम था उसका।" पुरुषोत्तम बाबू के मुँह से निकला।

"हाँ एकदम सही, तऽ फेर याद है न कि कैसे उसकी औरत मुआवजा का हंगामा की यहाँ दुआर पर और पूर्व विधायक जनारधन प्रसाद के भाय भुनेसर नेता के बहकावा में आ आप पर केस भी करने को तैयार हो गई। फेर अगर उसकी औरतिया भी अपने मरद जतरु दास के पास न गई होती तऽ आपके जैसा महापुरुष के भी जेल का कलंक लगा ही देती ऊ बदमासीन।" जगदीश यादव ने भींगे पजामे को घुटने तक मोड़ते हुए कहा।

"अरे ऊ तऽ बड़का एक्सीडेंट था समझो जिंदगी का। बड़ा संभाले थे तुम लोग ऊ मामला में। उतना बड़ा काम बिना समाज के सहयोग के संभव नहीं था। ये बात तो है भाई। तुम लोग तऽ तभिये के वफादार हो। अच्छा तऽ ई बताओ उसका मंदिर से का लेना?" पुरुषोत्तम बाबू ने एक दबी साँस ली और कहा। पुरुषोत्तम बाबू ने अभी-अभी पुरानी यादों की कालिख को अपने सफेद कुर्ते पर साफ महसूस किया था।

"अरे लऽ, उसी से तऽ लेना है। ये मंदिर उसी का लड़का बनवाया है, पबितर दास नाम है उसका। इसको इसका चाचा आसाम ले के भाग गया था। सात-आठ बरिस के होगा तब ई लड़का। अब मोटा-मोटी बीस-बाईस बरस पर लौट के आया है। उसी के घर पर आगे एक टूटल चबूतरा था काली माय का। उसी पर बड़का मंदिर बनवा दिया है।" जगदीश यादव ने एक जासूसी उपन्यासकार की तरह मंदिर निर्माण के रहस्य को परत-दर-परत किस्तों में खोला।

"ओहो, अरे साला। तो ई जतरुआ का ही बेटा है। अरे तऽ ढेर कमा के ले आया है इसका मतलब?" पुरुषोत्तम सिंह ने एक बिना बात की हँसी के

साथ कहा।

बाईस साल पुराने ईंट-भट्ठे की आग अभी अचानक जल उठी थी और उसके साथ ही दो-दो लाशों का धुआँ भी भर रहा था पुरुषोत्तम सिंह की यादों में। बेखयाली में ही बहुत दूर तक सोचे जा रहे थे पुरुषोत्तम सिंह।

तभी जगदीश यादव ने आगे बोलना शुरू किया, "पैसा तऽ खूब लाया ही है मालिक। कौनो गलते काम करता होगा। दू नम्बर का पैसा है तब न उड़ा रहा है यहाँ। चंदा-चिट्ठा भी खूब देता है। ऊपर से ई हरामी बिरंचिया वहीं बैठा रहता है दिन-रात। वही तऽ सनका के मंदिर बनवाया और ये उद्घाटन और भोज सब उसी का दिमाग है। पता नहीं का राजनीति कर रहा है साला? कहता है हरिजन सबको कि तुमलोग यूनाइट रहो। कोयरी टोला को भी भड़काता है यूनाइट होने के लिए। रोज बीस बच्चा ले के पढ़ाने बैठ जाता है जैसे पढ़ा के कलेक्टर बना देगा।" जगदीश यादव ने एक मँझे हुए वफादार की तरह हर जरूरी बात कह दी।

"अरे कलेक्टर नहीं, अपने जैसा गँजेड़ी पागल बनाएगा।" पुरुषोत्तम बाबू ने यूँ ही कहा।

"और देखिए न 14 दिन पहले कार्ड बाँट रहा मंदिर का। क्यों? क्योंकि खूब चर्चा हो गाँव-इलाका में। बहुत बड़ा राजनीति खेलता है ई बिरंचिया।" जगदीश यादव ने एक अनछुए पहलू को दबाकर कचोटते हुए कहा।

"अरे चार दिन का फुटानी है। पैसा खतम होते धरती पर आ जाएगा। ऐसा बहुत देखे हैं हम। राड़ लोग है साला। समय पर सब लाइन में खड़ा रहेगा, चिंता न करो।" पुरुषोत्तम बाबू ने आगे की नियति खुद लिख उसे सत्यापित करते हुए कहा।

तभी एक कुत्ता दौड़ता हुआ आया और अकबकाता हुआ पुरुषोत्तम बाबू के धोती में जा घुसा। वहाँ घुसते कुत्ता ज्यादा अकबका गया। डर के उसने सिर बाहर निकाला। पुरुषोत्तम बाबू चिल्लाते हुए उछले। देखा तो दो लड़के कुत्ते को ढेला मार दौड़ा रहे थे।

"अरे काहे दौड़ा रहा है रे?" जगदीश यादव ने ताव में पूछा। पुरुषोत्तम बाबू तो कुछ बोलने की जगह हाँफ रहे थे चौकी पकड़।

"चाचा ई मंदिर में घुस चबूतरा चाट रहा था। तब न मार के भगाए।"

लड़कों ने फिर एक ढेला फेंकते हुए कहा।

पुरुषोत्तम बाबू के ही मुहल्ले में एक अर्धनिर्मित मंदिर था जिसका पूर्ण निर्माण दशकों से न हो पाया था। गाँव के कई प्रतापी लोग इसी मुहल्ले में रहते थे। पुरुषोत्तम बाबू ने अपने दरवाजे पर पंचायती कर न जाने कितने टूटे घर जोड़ने का काम किया था पर उसी मोहल्ले का एक टूटा-फूटा मंदिर आज तक जुड़ने-बनने की आस में था।

असल में जहाँ खुद पंच परमेश्वर वास करते हों वहाँ पत्थरों के परमेश्वर ऐसे ही उपेक्षित हो ही जाते हैं।

10.

जगदीश यादव, पुरुषोत्तम सिंह के घर से वापस लौट ही रहे थे कि रास्ते में एक सफेद बुलेरो दिखते ही उसे हाथ दे रुकवाया। बुलेरो के रुकते ही आगे के सीट की खिड़की का काला शीशा नीचे उतरा।

''का हाल जादव जी? कहाँ दौड़ा रहे हैं हीरो होंडा?'' खिड़की से सिर निकाल फूँकन सिंह ने पूछा।

''अरे परणाम, परणाम फूँकन बाबू। बस आप ही के पास गए थे। पता चला आप हइये नहीं हैं।''

जगदीश यादव ने बाइक से कूदकर उतरते हुए कहा।

''हाँ जरा साइट पर गए थे। शाम के पार्टी भी है बीडीओ साहब और पारस बाबू दरोगा का। आइए शाम में। आजकल आपका ट्रैक्टर माल काहे नहीं ढो रहा? साइट पर नहीं जा रहा है?'' फूँकन सिंह ने गुटखा चबाते हुए कहा।

''अरे फूँकन बाबू, यही वास्ते तऽ खोज रहे थे। ई दरोगा पारस बाबू पता नहीं हम पर काहे खफा हैं। ले-दे के हमरे गाड़ी पकड़ लेते हैं जबकि हम कभी मनाही नहीं किए हैं सेवा करने से।'' जगदीश यादव ने दर्द सुनाया।

''देखिए कमाई बढ़े तऽ सेवा भी बढ़ाइए। दरोगा जी का भी तऽ घर-परिवार है जी। ऊ कोनों दान में नहीं न छोड़ देंगे अपना अधिकार को। जेतना उनका नियम से बनता है उतना कर दीजिए। जो जेनविन है ऊ तो करिए। हम पहले ही आप लोग सब ट्रैक्टर वाले का बहुत कम पर सेट करा दिए हैं। पर सुने हैं कि इधर आप और भी काम पकड़े हैं। बाबतपुर का पूरा पहाड़ तोड़ कहीं और सप्लाई कर दिए आप। ई सच बात है का?'' फूँकन सिंह ने गुटखा थूकने के बाद कहा।

''हाँ फूँकन बाबू ऊ थोड़ा, अब का बताएँ। साला गलती हो गया। थोड़ा पैसा ऊ ठीक-ठाक दे दिया और हमको तभी बड़ा जरूरत था तऽ बस वही...। बाँके बिहारी सिंह के लड़का डिगा सिंह के सप्लाय कर दिए थे। गलती हो गया फूँकन बाबू। अब छोड़िए, माफ कर दीजिए। हम और भी सस्ता में सप्लाय करेंगे आपको। बस एक मौका और दे दीजिए।'' जगदीश यादव ने हँसते, घिघियाते, लजाते हुए कहा।

''पैसा का जरूरत तऽ दरोगा जी के भी है जादव जी। तऽ अब दीजिए न उनको। साला आप लोग जिंदगी भर बैठिएगा हमरे दुआर पर, कुछ ऊँच-नीच जरूरत पड़े तो दौड़िएगा हमरे दुआर पर और जा के धंधा करिएगा बाँके बिहारी सिंह के साथ। एक आप ही होशियार हैं, बाकी दुनिया चूतिया है क्या? लास्ट वारनिंग दे देते हैं, सुधर जाइए।'' फूँकन सिंह ने गुटखे का नया पैकेट फाड़ते हुए कहा।

''सुधर जाइए नहीं, सुधर गए। हम कल से माल पहुँचाते हैं आपके साइट। पहले से भी कम दर पर।'' जगदीश यादव ने गले से गमछी उतारते हुए कहा।

''चलिए ठीक है। जाइए, आज शाम ही को बोल देंगे दरोगा जी को। सुनिए, पारस बाबू ललका पानी के भयंकर शौकीन हैं। जाइए शाम के बेवस्था में लग जाइए। चलिए आज से दुख दूर आपका।'' फूँकन सिंह ने यह कहने के बाद एक बौछारी थूक पिचकते हुए ड्राईवर को गाड़ी बढ़ाने का इशारा किया।

उड़े थूक में से गुटखे का कुछ कण जगदीश यादव के मुँह गाल पर भी आ सटा उसे पोंछने को एक क्षण जगदीश यादव का हाथ उठा पर फूँकन सिंह के सम्मान में तत्काल उसे पोंछा नहीं।

जगदीश यादव ने कुछ दूर तक धूल उड़ाती गाड़ी को एकटक देखा। तभी उनकी नजर चापानल पर पड़ी। तेजी से झटककर चापानल के पास गए और वहीं पास में ही खेल रहे कुछ बच्चों में से एक को आवाज देकर बुला चापानल चलाने को कहा। लगभग दस मिनट तक पानी चलवा जगदीश यादव मुँह धोते रहे। गाल, मुँह पर लगा गुटखा तो धुल गया था पर इतने देर से लगातार पानी मारने पर भी वो घिनहापन नहीं धुल पा रहा था। आदमी पानी से तन की गंदगी तो धो लेता है पर पानी से मन के एहसास कहाँ धुल पाते हैं! इतने में पानी चला रहे बच्चे ने जोर से चापानल का हैंडिल पटका और वापस खेलने भाग गया। शायद उसे भी बेमतलब हो रहे पानी की बर्बादी का अंदाजा हो गया हो। जगदीश यादव ने गमझे से मुँह पोंछा और अपनी बाइक स्टार्ट कर वहाँ से निकल गए।

रास्ते में और भी कुछ काम करते-निपटाते, घर पहुँचते दोपहर के खाने का समय हो चुका था। पत्नी ने देखते ही खाना लगाने को पूछा। अनमने ढंग से

हाँ बोल वह लुँगी बदल चौकी पर बैठ गए। शाम को फूँकन सिंह की पार्टी में पीने की व्यवस्था की जिम्मेदारी ने आज खाने की इच्छा मार दी थी। जैसे-तैसे खाना निपटा जगदीश यादव सीधे लेटने चले गए। थोड़ी देर वहीं सामने दीवाल पर टँगी घड़ी को देखते रहे और फिर न जाने कब आँख लग गई।

जगदीश यादव जब उठे तब उन्होंने देखा कि घड़ी में शाम के पाँच बज गए थे। कब तीन घंटे सो लिया, पता भी न चला। जल्दी-जल्दी उठकर पैंट पहनी और खूँटी पर टँगी शर्ट डाली। वहीं आँगन में पत्नी बर्तन माँज रही थी।

"आज हमारा खाना मत बनाना रात में।" जगदीश यादव ने गले में गमछा लेते हुए कहा।

"काहे? कहीं भोज है का? कहाँ जाइएगा रात के!" पत्नी ने बिना जगदीश यादव की तरफ देखे ही बोला।

"हाँ, फूँकन सिंह के यहाँ पार्टी है। सब रहेगा वहाँ। दरोगवा भी आवेगा। तऽ उसी में फूँकन सिंह बड़ा जोर डाला कि आप भी आइए। हम कहे चलिए आते हैं।"

जगदीश यादव ने बिना नजर मिलाए कहा और बाहर निकल बाइक स्टार्ट करने लगे।

घर से निकल जगदीश यादव सबसे पहले बाजार पहुँचे। वहाँ बिजु चौरसिया की दुकान पर पान खाया। तभी उनकी नजर डॉ. बालेंदु पर गई जो अकेले डिस्पेन्सरी में बैठे एक पॉलिथिन से चीनी की मीठी गोली निकाल उसे छोटी-छोटी शीशियों में भरने में व्यस्त थे। डॉ. साहब की इस व्यस्तता का खालीपन देख जगदीश यादव पान चबाते वहीं पहुँच गए।

"क्या डागडर साब! परणाम! क्या कर रहे हैं?" जगदीश यादव ने कुर्सी खींच बैठते हुए कहा।

"अरे आइए जगदीश जी। थोड़ा-सा दवा को भर रहे थे शीशी में। आज स्टाफ नहीं है इसलिए खुद कर रहे हैं। दिन में इतना भीड़ हो जाता है पैसेंट का कि दवा कम पड़ जाता है।" डॉ. बालेंदु ने अपनी डॉक्टरमयी गरिमा की लाज रखते हुए कहा।

"एकदम ठीक कर रहे हैं। कोय भी काम छोटा नहीं होता है डागडर साब।

और आपको तऽ हम देखे हैं कि हमेशा आप अपना काम खुद करते हैं। कय बार आपको झाड़ू भी मारते देखे हैं डिस्पेनसरी में। आदमी को ऐसा ही होना चाहिए। आपको डागडर होने का जरा भी घमंड नहीं है।'' जगदीश यादव ने पान में थोड़ी चुहल घुलाते हुए कहा।

''हाँ, देखिए हमको अपना काम खुद करना अच्छा लगता है और ये हम सीखे हैं लाल बहादुर शास्त्री जी से। वो अपना कपड़ा खुद धोते थे।'' डॉ. बालेंदु ने बड़ी गंभीरता से कहा।

''अरे बाप! लाल बहादुर शास्त्री जी तऽ एक नम्बर आदमी थे। अब आज के टाइम में कहाँ पाइएगा वैसा लोग। तभी का खान-पान का भी असर था डागडर साब। एक से एक आदमी हुआ है उस टाइम। सुभाष चंद बोस आई.ए.एस का नौकरी छोड़ दिए, लात मार दिए। ऊ सब गजबे आदमी था डागडर साब। अजी अपने गाँधी जी के ही देख लीजिए न। बचपन से वही एक धोती पहिन जिंदगी गुजार दिए।'' जगदीश यादव ने इतिहास के गुम हो चुके पन्ने खोलते हुए कहा।

''रुकिए जरा चाय ले आते हैं, एक एक कप।'' डॉ. बालेंदु ने चर्चा को और गर्म करने की योजना से कहा।

''अरे रुकिए न, यहीं से बोल देते हैं, पहुँचा देगा। यही सब थोड़ा-थोड़ा काम के लिए कम-से-कम एक स्टाफ तऽ चाहिए ही। है कि नहीं ?'' जगदीश यादव ने पान थूक चाय पीने की तैयारी के साथ कहा।

''हाँ जगदीश जी, रखे तो हैं ही। अब वो एतना ज्यादा छुट्टी मार देता है कि क्या बताएँ। जवान लड़का है, थोड़ा बात भी कम सुनता है किसी का। यहीं का तो लोकल लड़का है। जीतू साह नाम है।'' डॉ. बालेंदु ने दराज से पाँच का नोट निकालते हुए कहा।

''अरे लीजिए, आपने लड़का ही रखा है एतना बड़ हरामी को। अजी वो बनिया का बच्चा है सर, आपको बेच के खा जाएगा। काशी साह का बेटा है ऊ, आपका क्या सुनेगा! पैसा लेने टाइम कपार पर चढ़ जाता होगा। आप बंगाली आदमी, नहीं सकिएगा बनिया का बच्चा से। अरे महराज, कोनों हरिजन या कोयरी के लड़का के रख लेते तऽ तनी डाँट-डपट के काम भी कराते। पैसा भी कम लेता ई लोग और काम भी जेतना मन ओतना कराइए।'' जगदीश यादव

ने पान की पीक निगलते हुए कहा।

"अरे जगदीश जी, हमको जात-पात से क्या लेने का और देने का है! डाकटर का धर्म तो बोलता है कि बस मानुष का सेवा करो, चाहे तो कोई भी जाति हो। हम हिंदू, मुस्लिम बनिया सब से एक फीस लेते हैं, एक बिहेवियर करते हैं। स्टाफ चाहे बनिया हो या कोई अदर जात हो, कोई फरक नहीं हमको।"

डॉ. बालेंदु ने डॉक्टर होने के संपूर्ण नैतिक गुणों का बखान करते हुए कहा।

"ओहो। आप बुझे नहीं मेरा बात। जात-पात तो हम भी नहीं मानते हैं। सब ऊँच-नीच सबको मिल के रहना चाहिए। कोय जात छोटा नहीं। जादव क्या राजपूत से कम हैं क्या? इसलिए जात-पात तो एकदम गलत बात है। हम तो बस आपको हर जात का एक जातीय गुण बताए। बाकी आपको अपना उसी हिसाब से सोच-विचार कर काम करना होता है। बनिया का गुण है कि काम कम करेगा और नफा जादा खोजेगा। हम लोग जादव लोग इज्जत के लिए जान दे सकते हैं। हरिजन लोग केतना भी आगे बढ़ जाए लेकिन पंडित, ठाकुर, जादव या बंगाली से दब के ही रहेगा। उसका नेचर है सर। इसमें जात और छुआछूत का बात नहीं। हम खुद इसका बहुत बड़ा विरोधी हैं।"

"अरे नहीं जगदीश भाई, अब बड़ा दिक्कत है। कोई किसी से दबने नहीं चाहता है। और आप बोलते हैं हरिजन का लड़का स्टॉफ रख लो, बाप रे उसको जरा-सा डाँट देंगे तो कब हरिजन एक्ट में जेल करवा देगा, पता नहीं। उन लोग का तो ज्यादा मन बढ़ा है।" डॉ. बालेंदु ने आँख गोल-गोल घुमाते हुए कहा।

"हाँ, सही बोले देश में क्या जात-पात खत्म होगा! यहाँ कानून ही एतना जात-पात करके बना है। देखिए न, सतयुग में पंडित राजपूत का मौज था और कलियुग में ये हरिजन आदिवासी को इतना छूट है। साला सबसे खराब तऽ हम लोग ओबीसी का ही हाल है। छोड़िए, हम लोग को क्या मतलब जात-पात से।" जगदीश यादव ने टेबुल पर रखी शीशियों को देखते हुए कहा।

अब जिस एक चाय पीने की बात पर यह चर्चा शुरू हुई थी उसका ध्यान आते ही दोनों ने जातीय चर्चा पर विराम लगा दिया। वैसे भी भारत में अक्सर

लोग इसी तरह से अपनी जीभ से बोल जात-पात खत्म करते और चुप होते ही अपनी सोच और व्यवहार में उसे सदा बहाल रखते थे। यहाँ भी अभी-अभी जात-पात का भेद खत्म कर डॉ. बालेंदु चाय लाने चले गए थे और जगदीश यादव वहीं कुर्सी पर बैठे जात-पात से बिना कोई मतलब रखे मन-ही-मन ओबीसी समुदाय के खराब हालात पर सोचते हुए खैनी मल रहे थे। बातचीत के दौरान दोनों से जितना हो सका, जात-पात को उतना मिटाने की भरसक कोशिश की। अब चूँकि जगदीश यादव को भी फूँकन सिंह के घर शाम की पार्टी के इंतजाम के लिए निकलना था सो, वह अब जल्दी से एक कप चाय पी वहाँ से निकल लेना चाहते थे। तब तक डॉ. बालेंदु दोनों हाथों में एक-एक हाफ कप चाय वाली गिलास लिए आ गए। जगदीश यादव ने झट कुर्सी से उठ डॉ. साब के हाथ से एक गिलास पकड़ा। ठीक उसी क्षण जगदीश यादव को ख्याल आया कि क्यों न थोड़ा अपने स्वास्थ्य पर चर्चा कर लें डॉ. साब से। वैसे भी जान-पहचान के खाली बैठे ज्योतिष को उसी की चाय पी हाथ बढ़ा के रेखा दिखाने की और परिचित किसी खाली बैठे डॉक्टर को देख झट हाथ बढ़ा नाड़ी दिखाने की पुरानी परंपरा रही थी। जगदीश यादव ने भी इसे जारी रखते हुए सबसे पहले चाय सुड़का और गिलास वापस टेबुल पर रखते हुए बोला, "अच्छा डागडर बाबू, इधर हमारा बलड पेशर गड़बड़ाया है क्या? बड़ा जल्दी थकान हो जाता है। काम-धाम में मन नहीं लगता है। कभी-कभी तऽ खूब पसीना छोड़ता है और कभी-कभी हाथ-पाँव ठंडा हो जाता है। कभी लगता है कि छाती में कुछ घुस गया है और कभी-कभी लगेगा कोई पीठ में मार रहा है। पेन होता है सर?"

जगदीश यादव ने मेडिकल साइंस को एक नया केस स्टडी देते हुए कहा।

"हम्म परहेज से रहिए, परहेज सबसे बड़ा इलाज है जगदीश जी। आप जो सिमटम बता रहे हैं ये तो बड़ा कम देखने मिलता है मेडिकल में। लाइए जरा नाड़ी दिखाइए।" डॉ. बालेंदु ने डॉक्टर का रूप धारण करते हुए कहा।

इस वक्त माहौल एकदम गंभीर हो चला था। जगदीश यादव के शरीर की स्वाभाविक गतिशीलता भी कुछ पल के लिए ठहर-सी गई थी। डॉक्टर तो डॉक्टर ही होता है चाहे वह डॉ. बालेंदु ही क्यों न हों। जगदीश यादव के

हाथ की नाड़ी पकड़े डॉ. बालेंदु बड़े गौर से दीवाल पर टँगी घड़ी देख रहे थे और उतने ही गौर से जगदीश यादव डॉ. बालेंदु के चेहरे को। साफ लग रहा था कि आज भारतीय चिकित्सा पद्धति को कुछ नया मिलने वाला था, क्योंकि जिस तरह की समस्या जगदीश यादव ने बताई थी वो सुनना शायद बहुत कम डॉक्टरों के नसीब रहा होगा। ब्लड प्रेशर की समस्या से शुरू होकर किसी मरीज की छाती में किसी का घुसा होना और फिर पीठ पर ऐसा लगना जैसे कोई मार-पीट कर रहा हो, इस तरह की मेडिकल समस्या वाले मरीज से देश दुनिया के डॉक्टर भी शायद ही रूबरू होते होंगे। ऐसे मरीज गाँव-देहात में अक्सर झाड़-फूँक वाले ओझा-गुणी और मौलवियों के पास इलाज कराते मिल जाते थे। पर आज इस बीमारी का सामना सीधे चिकित्सा विज्ञान से हो गया था। अब तो नजरें इस पर टिकी थीं कि क्या डॉ. बालेंदु इसका समाधान निकाल आज भारतीय चिकित्सा पद्धति को एक नयी खोज से नवाज पाएँगे।

अब डॉ. साब जगदीश यादव को अपने ऑपरेशन वाली ऊँची चौकी पर लिटा उसकी पीठ पर टार्च मार देख रहे थे। जगदीश यादव पेट के बल पड़े हाथ में अपना कुर्ता पकड़े पसीने से नहा चुके थे। बात-ही-बात में इतने गंभीर मेडिकल जाँच से गुजरना होगा, सोचा भी नहीं था जगदीश यादव ने। डॉ. बालेंदु इस वक्त स्टील का एक छोटा-सा कोई रॉड लिए उसे जगदीश यादव की पीठ पर हल्का-हल्का ठोंक रहे थे। इसी बीच पड़े-पड़े ही जगदीश यादव ने कुछ बोलना चाहा पर डॉ. बालेंदु ने उसे तुरंत चुप हो जाने का इशारा किया। हरे पर्दे से ढँका एक कमरा, उसका भी एक सँकरा-सा कोना, घुप्प अँधेरा, उसमें लेटा हुआ मरीज और हाथ में टार्च लिए उस अँधेरे में बीमारी खोजता हुआ डॉक्टर। अभी दृश्य कुछ ऐसा लग रहा था जैसे एक तांत्रिक अँधेरी गुफा में उस प्रेत को खोज रहा हो जो जगदीश यादव के पीठ पर लात मारा करता था। तभी डॉ. बालेंदु ने आगे जा जगदीश यादव के मुँह पर टार्च मारी। जगदीश यादव का मुँह इस वक्त मुँह लग ही नहीं रहा था। जाँच की आँच से जैसे झुलस-सा गया था। जगदीश यादव असल में तनाव में थे कि इतने गहन जाँच के बाद पता नहीं कौन-सी बड़ी बीमारी का पता चल गया हो। मात्र कुछ ही मिनटों में उन्होंने पिछले जीवन के जिए हर एक दिन की दिनचर्या का स्मरण कर लिया था और सोच रहे थे कि कहाँ, कौन-सी गलती

हो गई हो। उन्हें सबसे ज्यादा चिंता कुछ साल पहले की गई एक विशेष गलती की हो रही थी। वह सोच रहे थे कि काश! उस दिन उस ठेकेदार के चक्कर में न पड़ रात चुपचाप घर ही आ जाता तो ये हाल न होता। क्या पता उसी रात की सजा मिली हो, कोई भयंकर बीमारी तो नहीं हो गया। जगदीश यादव पसीने से नहाए लगातार सोचे जा रहे थे। जीवन भर साधु जैसा बिताया, एक रात की गलती क्या कर दी, उसी को न भुगतना पड़ जाए। वह यह याद कर जैसे काँप गए थे कि उसका वह ठेकेदार-मित्र पिछले साल ही किसी बीमारी के कारण चल बसा था।

तभी अचानक टार्च बंद कर जोर के झटके से डॉ. बालेंदु ने हरा पर्दा हटाया। ऐसा डाक्टर सब कुछ जान लेने के बाद करते थे। पर्दे के हटते ही थोड़ी-सी रोशनी और थोड़े ऑक्सीजन दोनों ने उस कोने में प्रवेश किया जहाँ अभी उठकर जगदीश यादव लंबी-लंबी साँसें ले रहे थे। पर्दा हट जाने के बाद बाजार की सड़क से ही डॉ. बालेंदु की ऑपरेशन चौकी को साफ देखा जा सकता था। उस पर शर्ट उतारे बैठे जगदीश यादव भी स्पष्ट दिख रहे थे। डॉ. बालेंदु चौकी के पास से निकल अपनी कुर्सी पर आ बैठे जगदीश यादव भी चौकी से उतर शर्ट हाथ में ही लिए बाहर निकल डॉ. साहब की बगल वाली कुर्सी के पास खड़े हो गए। असल में वहाँ एक छोटा-सा टेबुल पंखा रखा हुआ था, जगदीश यादव वहीं खड़ा हो अपना पसीना सुखा लेना चाह रहे थे।

"क्या डागडर बाबू! कोई विशेष टेंशन है क्या? कोई बड़ा दिक्कत है क्या? साला अच्छा हुआ कि संयोग से आज आपके पास आ गए।" जगदीश यादव ने खड़ी अवस्था में ही पूछा।

"देखिए जगदीश जी। बीमारी कोई छोटा-बड़ा नहीं होता है, नसीब बड़ा या छोटा है आदमी का। कितना लोग बड़ा-बड़ा बीमारी के बाद भी जिंदा है और कितना लोग एक छोटा-सा फुंसी के चलते मर जाता है।" डॉ. बालेंदु ने तपे हुए तपस्वी के अंदाज में कहा।

"जी डागडर साब, तऽ हमारा क्या है बड़ा। बीमारी कि नसीब?" जगदीश यादव ने उसी अवस्था में खड़े-खड़े ही पूछा।

"घबराने का काम नहीं है। आप शट पहन के बैठ जाइए आराम से। देखिए बीमारी तो गंभीर है लेकिन कंट्रोल हो जाएगा। आपका बलड प्रेशर

कभी ऊपर भाग जाता है तो कभी नीचे भाग जाता है। आपको इसको बीच में लाना होगा। इसके लिए एक दिन नमक खूब खाइये और एक दिन खूब मीठा खाइए। और दारू तो एकदम छूना नहीं है।'' डॉ. बालेंदु ने बीमारी की जड़ हिलाते हुए कहा।

''जी डागडर साब। एकदम खान-पान का नियम बाँध लेते हैं। दारू तो हम बस कभी-कभार ही पीते हैं। नशा का कोई आदत कभी नहीं रहा हमको।'' जगदीश यादव ने शर्ट की बटन लगाते हुए कहा।

''देखिए, दारू ओकेजनली पीने में हर्ज नहीं है। दिक्कत रोज पीने से है। चलिए आपको कुछ दवा भी दे देते हैं। होमियोपैथी से ही ठीक कर देंगे आपको। अभी महीना भर का खुराक दे देते हैं।'' डॉ. बालेंदु ने टेबुल पर सजी चीनी गोली की शीशी में से तीन शीशियाँ उठाते हुए कहा।

अभी डॉ. बालेंदु शीशियों को लिफाफे में डाल ही रहे थे कि उनका सहयोगी जीतू पहुँच गया। जीतू को देखते ही डॉ. बालेंदु पहले तो थोड़ा झल्लाए लेकिन फिर थोड़ा संयमित होते हुए बोले''क्या जीतू, ये क्या समय है आने का! दिन भर में चार घंटा भी तो ड्यूटी दो। जब देखो तब गायब रहते हो। यहाँ मरीज संभालना होता है। इसीलिए न रखे हैं तुमको। समझे कि नहीं?''

''हम तो टाइम पर ही आ जाते हैं सर। मरीज भी आए तब न। इधर थोड़ा घर में टेंशन है, उसी में रहना पड़ता है। यहाँ मरीज तऽ आप भी संभाल लीजिएगा। घर हमको अकेला देखना पड़ता है सर। बाबूजी पंद्रह दिन खातिर थोड़ा बाहर गए हैं। अब घर देखें कि डिस्पेंसरी देखें आपका? वो तो हम ही हैं जो इतना कम पैसा में भी आ जाते हैं।'' जीतू ने भर मुँह गुटखा लिए बड़े आराम से कहा।

''ठीक है, ठीक है। जाओ जरा एक बाल्टी पानी तो ला के रख दो। मरीज आता है तो पीने का पानी तक नहीं होता है।'' डॉ. बालेंदु ने चिढ़कर कहा।

''ला देते हैं। जरा दू मिनट थिरा तो लेने दीजिए। पानी तो आप अपने भी ला सकते थे। ओह! ई सब काम के लिए भी मेरा असरा देखते हैं। कैसा डाक्टर हैं आप सर?'' जीतू ने बेधड़क हो कहा।

''बाप रे, क्या बोली चाली है। बोलिए, ई स्टाफ का बोली है! मालिक से ऐसे बात करता है कोई?'' जगदीश यादव ने बुदबुदाते हुए धीरे से कहा।

पर जीतू कान का पक्का था और अपने मिजाज का टेढ़ा। उसने जगदीश यादव की बात सुन और समझकर भी ऐसा जताया कि जैसे कुछ समझा नहीं, कुछ सुना नहीं।

तभी उसकी नजर डॉ. बालेंदु से मिली और अगले ही पल उसने जगदीश यादव की तरफ देखते हुए बोला, "अरे जगदीश चाचा को प्रणाम। बीमार हैं क्या?"

"हाँ, हाँ थोड़ा सीरियस दिक्कत हो गया है जगदीश जी को। दवा दिए हैं। बलड प्रेसर का प्रॉब्लम है। साँस और छाती में दिक्कत है, इन्फेक्शन न बढ़ जाए, होमियोपैथी चलाए हैं। देखते हैं क्या होता है।" डॉ. बालेंदु ने कहा।

यह सुनते तो जीतू लगभग चिल्ला उठा, "क्या सर, जगदीश चाचा हमारे घर-गाँव के हैं। आप होमियोपैथी दे के रिक्स काहे ले रहे हैं? होमियोपैथी से बहुत दिन लग जाएगा और क्या पता ठीक हो भी नहीं। और आप हमेशा बलड प्रेसर से होने वाला हर बड़ा बीमारी में इंजेक्शन देते हैं, इनको होमियोपैथी दे दिए। अरे, सौ पचास रुपया हाथ का मैल है सर। उसका चिंता न करिए। अंग्रेजी दवाई और इंजेक्सन दीजिए सर।" जीतू ने अपने चाचा के लिए भयंकर चिंता में कहा। यह सुन डॉ. बालेंदु सिर को हिलाते हुए एकदम-से गंभीर हो उठे। इधर जगदीश यादव भी एक बार डॉ. बालेंदु को देखें तो एक बार जीतू को। उनको अभी यह समझ नहीं आ रहा था कि वह जीतू की बात को चुहलबाजी समझें या एक अनुभवी और कर्तव्यबोध से भरे मेडिकल कम्पाउंडर की जिम्मेदारी भरी सजगता समझें, जिसने डॉक्टर को उसकी खास विशेषता याद दिलवा उस इंजेक्शन की याद दिला दी हो जिससे उनकी बीमारी को जाना था।

जगदीश यादव अभी इसी उधेड़बुन में ही थे कि डॉ. बालेंदु ने जीतू की तरफ देखते हुए कहा, "अरे जीतू, बात तो तुम ठीक कह रहे हो। देना तो चाहिए ही इनको इंजेक्सन। लेकिन जहाँ तक हमको याद आया कि वो इंजेक्सन था नहीं पास और लोकल में उतना महँगा और असली इंजेक्सन मिलना भी मुश्किल है इसलिए नहीं दिए जगदीश जी को।"

"क्या बात कर रहे हैं सर! ये देखिए, यहीं तो हम रखे थे एक डब्बा। ऊ चरसी गाँव के उस मरीज वास्ते मरजेंसी के लिए।" जीतू ने तुरंत सामने के

छोटे आलमारी से एक इंजेक्सन का डब्बा निकालते हुए कहा।

"आहा, लीजिए मिल गया। बाह क्या संयोग है! वाह बेटा जीतू! जीतू एकदम जागरुक लड़का है। मेडिकल का जो जानकारी इस उमर में है इसको, ई बड़का-बड़का में नहीं। अच्छा केतना दाम है डागडर साब इसका?" जगदीश यादव ने लगभग चहककर कूदते हुए एक साँस में यह सब कह-पूछ लिया था।

जगदीश यादव को तो जैसे लगा कि उजड़े पहाड़ में भी हरी संजीवनी बूटी मिल गई हो।

जगदीश यादव अभी अपने मन को जीतू के लिए केवल अच्छा सोचने देना चाहते थे। वह मन-ही-मन सोच रहे थे—भले बनिया का बच्चा है पर है साला तेज। इसका अनुभव के कारण ही हमारा इलाज तो हो जाएगा अब ठीक से। नहीं तो पता नहीं, होमियोपैथी से क्या होता मेरा?

"आप न चाचा दाम और पैसा का छोड़िए और चुपचाप पहले आइए लेटिए चौकी पर। चलिए पजामा सरकाइए, बाँह में दर्द करेगा इसलिए चुत्तड़ में देना होगा।" जीतू इतना कहते-कहते जगदीश यादव को धकेल चौकी में लिटा चुका था।

"ऐ जीतू, लेकिन फिर ऊ बुढ़वा का क्या करोगे फिर अगर आ गया तो?" डॉ. बालेंदु ने एक और मरीज के लिए चिंतित होते हुए पूछा।

"सर, यहाँ मेरा चाचा मर रहे हैं और आपको बुढ़वा का चिंता है। उसका हम ला के देंगे इंजेक्सन। आप इनको दीजिए पहले जल्दी। गोड़ पकड़ते हैं आपका।" जीतू ने भावुक अपील की डॉ. बालेंदु से।

अपील पूरी होने से पहले ही डॉ. बालेंदु सुई में दवा डाल उसकी नोंक को खड़ा कर दो-चार बूँद निकाल सीरिंज की हवा चेक कर चुके थे। जीतू ने तुरंत सरके पजामे को थोड़ा और सरकाते हुए एक नियत जगह पर रुई में स्प्रिट लेकर घसा और अगले ही क्षण डॉ. बालेंदु ने अपने यशस्वी हाथों से उस स्थान पर सुई भोंक जगदीश यादव की नसों में दवा उतार दिया था। यादव जी उल्टे पड़े थोड़ा-सा चीखे। उन्हें लगा जैसे महाभारत के मैदान से भटका कोई नुकीला तीर पिछवाड़े आ गड़ा हो।

"चाचा तनी 5 मिनट चुत्तर पर रुई को रगड़ते रहिए। जादा पावर का

एंटीबायटिक सुई था इसलिए थोड़ा दर्द करेगा। पाँच मिनट में ठीक हो जाएगा।'' जीतू ने बाहर पानी से हाथ धोते कहा।

पाँच मिनट बाद जगदीश यादव पजामा की डोर बाँधते पर्दे के बाहर वाले बेंच पर बैठे। उनके एक तरफ से उठकर टेढ़े अंदाज में बैठने से साफ समझा जा सकता था कि उनके सूई वाले स्थान का दर्द अभी गया नहीं था। जगदीश यादव को अभी फूँकन सिंह के यहाँ पार्टी में जाना था सो वह दर्द को ले थोड़ा चिंतित हुए कि वहाँ कैसे बैठूँगा? फिर अगले ही पल सोचा, कौन-सा वहाँ बैठना है? वहाँ दरोगा, बीडीओ और फूँकन सिंह जैसा बड़ा आदमी लोग रहेगा। उनके सामने तऽ खड़े ही रहना है।

जगदीश यादव अभी यही सब सोचते हुए सामने टँगी घड़ी की तरफ भी देख रहे थे। तभी जीतू ने कैलकुलेटर निकाल उसे डॉ. बालेंदु की तरफ बढ़ाया।

इधर जगदीश यादव ने भी अपनी दाहिनी जेब में हाथ डाल अंदाजन टटोल के तीन नोट निकाले। तीनों सौ-सौ के नोट निकल आए थे, हालाँकि उन्होंने निकाला पचास का नोट समझकर था। कैलकुलेटर टीप-टीप करते एक नजर डॉ. बालेंदु ने जगदीश यादव की तरफ देखा और उसके बाद सामने रखी अपनी डॉक्टरी वाली रसीद पर फीस की राशि लिख उसे कलम से गोल कर जगदीश यादव की तरफ बढ़ा दिया।

"चलिए ये लीजिए जगदीश जी, फीस तो बहुत हो गया लेकिन आपके लिए तो छोड़ना होगा ही न। आपका हुआ टोटल तीन सौ पैंतीस रुपया। लेकिन आप हमको दीजिए सिर्फ दो सौ साठ रुपया। इसमें एक रुपया भी नहीं कमाना है हमको, आपका रोग ठीक हो जाए बस इसी से मतलब है हमको और भगवान से दुआ माँगते हैं आपके लिए।'' डॉ. बालेंदु ने घनघोर आत्मीयता और बंपर छूट देने के साथ कहा।

जगदीश यादव के पास बताए गए फीस को देने और डॉक्टर बालेंदु की दी दुआ लेने के अलावा चारा ही क्या था! जगदीश यादव अब तुरंत निकलना चाहते थे।

एक कप चाय और कुछ मिनट के गप्प के चक्कर में जितना होना था, उतना हो चुका था। जगदीश यादव ने झट से हाथ में रखे तीनों नोट डॉ. बालेंदु

की तरफ बढ़ाए। डॉ. बालेंदु ने पैसे ले अपना दराज खोला और उसमें से चार दस का नोट निकाल जगदीश यादव की तरफ लौटाया। जगदीश यादव बचे पैसे लेते उठ खड़े हुए। एक झटके में खड़े-खड़े नमस्कार किया और बाहर आ गए। पीछे से डॉ. बालेंदु भी उठ खड़े हो आए और आगे से स्वास्थ्य पर ध्यान देने और दारू न पीने की याद दिलाते हुए पुनः अंदर आ अपनी कुर्सी पर बैठ गए।

अंदर जीतू गिलास से पानी पी रहा था। गिलास रखते बोला, ''क्या सर, चलिए दीजिए जल्दी हमारा पचास रुपया। बोलिए एक घंटा में ही ऐसा दो मरीज आपको मिल जाए तो का दिन-दिन भर माला जपना बैठ के सर। पूरा दो सौ कमाए कि नहीं अभी?''

यह सुन डॉ. बालेंदु जोर से हँसे और पचास का एक नोट दराज से निकाल जीतू को थमाया।

''लो भाई जीतू। बात तो सही बोले तुम! तब न तुम्हरा नखरा सह के भी तुमको रखे हैं!''

फिर डॉ. बालेंदु ने जीतू के बारे में जगदीश यादव द्वारा कही सारी बात भी जीतू को बताई। दोनों आपस में खूब हँसे और जीतू बीच-बीच में जगदीश यादव को गाली भी दिया।

''हा हा साला जादव जी बोलते हैं, बनिया का बच्चा हैं हम। हमारा तऽ काम है, काम कम नफा ज्यादा। तऽ लीजिए वही कर के दिखा दिए। याद रहेगा कोई बनिया का बच्चा से भेंट हुआ था।'' कहते हुए जीतू फिर जोर से हँसा। डॉ. बालेंदु भी लगातार हँस रहे थे। हँसना स्वास्थ्य के लिए लाभदायक होता है।

11.

शाम ढलने को थी। जगदीश यादव बड़ी तेजी से बाइक उड़ाते फूँकन सिंह के घर पहुँचे। बाइक से उतरकर उन्होंने सामने बैठे पुरुषोत्तम सिंह को हाथ जोड़ प्रणाम किया। तभी अंदर से फूँकन सिंह बाहर आया।

"का जादब जी! एतना देर करने से काम चलेगा! आपको जल्दी बुलाए थे न! सब बेबस्था हो गया है?" फूँकन सिंह ने सामने रखी एक कुर्सी खींचते हुए पूछा।

"एकदम फूँकन बाबू। माल ले लिए हैं, डिग्गी में है गाड़ी के। थोड़ा बीमारी से परेशान हैं, वही इलाज में फँस गए थे। इसलिए जरा लेट हो गया नहीं तो चार बजे ही हाजिर होते हम।" जगदीश यादव अभी बीमार दिखने जैसी कराह का थोड़ा अंश लिए बोले।

"पहले यहाँ का इलाज करवा लीजिए आज ठीक से। दरोगा ट्रैक्टर धर के थाना में सड़ा देगा तऽ फेर इसका इलाज मुश्किल है। बीमारी से तऽ बाद में, पहले थाना दौड़ते-दौड़ते मर जाइएगा।" फूँकन सिंह ने अपना मोबाइल निकालते हुए कहा।

"अरे आपके रहते कैसे मर जाएँगे फूँकन बाबू! किसका औकात है जो हाथ डाल देगा आपके आदमी पर। जब आपका कृपा है तो कोई फिकिर नहीं है।" जगदीश यादव ने ऊपरी जेब से खैनी का डिब्बा निकालते हुए कहा।

जगदीश यादव को पता था कि दारू का नशा तो दो-चार घंटे में चढ़कर उतर भी जाएगा लेकिन अगर कायदे से चम्मच बन चापलूसी का घोल तैयार कर चरणवंदन का घूँट पिला दिया जाए तो यह नशा सालों तक रहेगा। जगदीश यादव ने बातों-बातों में वही जाम पिलाया फूँकन सिंह को।

जगदीश यादव अभी लगातर अपने चेहरे पे एक छेछड़ी-सी समर्पित हँसी बनाए हुए थे और रह-रहकर बिना किसी औजार के फूँकन सिंह की शान में जितने कसीदे गढ़ सकते थे, गढ़ रहे थे। जीभ से गढ़े कसीदे औजारों के काम पर भारी पड़ जाते हैं कभी-कभी।

फूँकन सिंह ने जगदीश यादव को सामने रखे बेंच पर बैठने का इशारा किया। तब तक पुरुषोत्तम बाबू अंदर जा चुके थे। उम्र भर चापलूसों की फौज

पाल चुके पुरुषोत्तम सिंह के लिए फूँकन सिंह की शान में जगदीश यादव द्वारा लगाए जा रहे भारी-भरकम जयकारे का कोई मतलब नहीं था। वे इस तरह के कपूर से होने वाली आरती की माया खूब समझते थे।

लेकिन फूँकन सिंह तो पुरुषोत्तम सिंह की विरासत को संभाले अभी नया-नया पंच परमेश्वर बना था। एकदम नया देवता था अपने खानदानी देवमंडल का, सो उसे अपनी प्रशंसा में होने वाली पूजा-आरती सब खूब भाती थी। ऊपर से जगदीश यादव तो वहाँ के पुराने पंडा थे जिन्हें पता था कि किसको कब, कितना, क्या भोग चढ़ाना है।

जगदीश यादव अच्छी तरह जानते थे कि फूँकन सिंह जैसे खानदानी आदमी का मन लाल-पीले बोतलों से नहीं, उसकी शान में कही बातों से मोहा जाता है।

"एक बात बोलें फूँकन बाबू? बुरा तऽ न मानिएगा?" जगदीश यादव बोले।

"अरे बोलिए मर्दे। क्या?" फूँकन सिंह ने कहा।

"नहीं फूँकन बाबू, आप चाहे तऽ चार जूता मार लीजिएगा लेकिन ई बात आज हम कह के रहेंगे।" जगदीश यादव ने रोमांच बढ़ाकर कहा।

"अरे जादब जी अब कहिए भी।" फूँकन सिंह ने एक मखमली झुंझलाहट के साथ कहा।

"फूँकन बाबू हम पूरा इलाका और समाज घूमते हैं। दस तरह के लोगों से बात होता रहता है। लोग का एक ही बात कहना है कि इस खानदान में फूँकन सिंह जैसा आदमी दूसरा कोई न हुआ। मने जान लीजिए, पंचायती पुरुषोत्तम बाबू भी करते आए हैं सदा से, लेकिन जो खुशी और संतोष लोग को आपसे मिलता है वो बड़का मालिक से नहीं। किलियर बता दे रहे हैं हम आपको। चाहे जो लगे आपको।" जगदीश यादव ने हाथ हिलाते आँख-मुँह सब से भाव-भंगिमा बनाते हुए कहा।

"हट मर्दे! बाबूजी का अलग इज्जत है जादब जी। पुराना जलवा है।" फूँकन सिंह ने जगदीश यादव से सहमत होते हुए भी टोका।

"बस ये आप बोले एक नंबर सही बात, उनका पुराना जलवा है। हम उनके इज्जत में कमी का कोई बात ही नहीं बोल रहे हैं, आज भी उनके आगे

सर नहीं उठता है हम लोग का। हम तऽ बोल रहे हैं कि आज के जमाना के अनुसार जो बात-बेवहार और जो विचार होना चाहिए, वो आप में है। आपका एक अलगे परभाव है जनता पर। दसरथ के तऽ चार बेटा थे न, लेकिन राम जी के एगो अलगे बात था कि नहीं! आप वही हैं इस खानदान का। आपके दादा जमाने से देख रहे हैं तब बोल रहे हैं।" जगदीश यादव ने अचानक से चमचई का नया राष्ट्रीय रिकॉर्ड स्थापित करते हुए कहा।

फूँकन सिंह को तो इस वक्त जैसे मलखानपुर अयोध्या-सा दिखने लगा था। जिस प्लास्टिक की कुर्सी पर वह बैठा था वह अचानक उसे राजसिंहासन-सा फील देने लगा था। एक ऐसा राजसिंहासन जो बिना लंका विजय के झंझट बगैर ही मिल गया था। उसका मन कर रहा था कि उसके हाथ से कोई मोबाइल छीन ले और कंधे पर तीर धनुष टाँग दे। सामने सड़क से आ जा रहे ग्रामीण सब उसे अयोध्यावासी और सामने बेंच पर बैठे जगदीश यादव पजामे में ही भक्त हनुमान दिखने लगे थे।

फूँकन सिंह में फिर आगे कुछ और सुनने की उत्सुकता अंदर से लात मार रही थी। वह चाहता था कि जब राम बना ही दिया है जादब जी ने तो आगे की कहानी में क्या पता सीता जी का स्वयम्बर और लंका विजय भी करा ही दे।

"और क्या-क्या बोलता है पब्लिक?" फूँकन ने कुर्सी पर पसरते हुए मुस्कियाकर पूछा।

"परसों का बात बताते हैं आपको। मलखानपुर छोड़िए, सिकंदरपुर, इंगलिसपुर, पीपरा, डोमा, चकिया में लोग बोल रहा था कि फूँकन बाबू को विधायकी लड़ना चाहिए। एकतरफा जीत मिलेगा। का लटपटाए हैं ऊ खाली मलखानपुर के परधानी के फेर में!" जगदीश यादव ने अपने ही पुराने रिकॉर्ड को ध्वस्त करते हुए कहा।

जगदीश यादव ने आज अपना सर्वश्रेष्ठ उड़ेल दिया था।

कुछ लोग चम्मच होते हैं पर जगदीश यादव के आज का चापलूसत्व विस्तार लेते हुए कलछुल जितना विराट हो चुका था। एक कलछुल में बीस से अधिक चम्मच-चमचागिरी आ सकती है।

जगदीश यादव अपना मैक्सिमम दे चुके थे। अब बाकी तो दरोगा के आने के बाद पता चलना था कि उनका जादू चला कि नहीं।

तभी दो बाइक दरवाजे पर आकर रुकीं। ग्रामसेवक शंभु जी और उनके साथ तीन छोटे-मोटे ठेकेदार थे जो बीडीओ साहब की अगुआई के लिए स्वत: आए थे। इधर अंदर से तभी लटकु और काशी साह भी बाहर आए जो पिछले घंटे भर से पिछवाड़े में मुर्गा-मछली की रेसिपी तैयार करने में लगे थे। दरवाजे पर अब गहमा-गहमी बढ़ गई थी। लटकु ने कुर्सियाँ सजा बीच में दो टेबल रख दिया था। साथ खड़े लोग उसकी मदद कर रहे थे। काशी साह को देख जगदीश यादव तो उछल-से गए थे। अभी कुछ देर पहले तो बेटे जीतू ने बताया था कि वो बाहर है, फिर यहाँ कैसे?

इतना देखते कुछ ही मिनट में तो अब कई बातों पर दिमाग जा रहा था जगदीश यादव का। अचानक पीछे पड़ी सुई की चुभन को एक बार पुन: महसूस किया जगदीश यादव ने।

लेकिन मन में चल रही सारी उथल-पुथल के बाद भी अभी चुप रहना ही उचित समझा।

काशी साह दोपहर से ही देशी मुर्गा का जुगाड़ कर उसे छीलने-काटने में लग गया था।

काशी साह जंगल से लकड़ी काट बेचने का काम करता था। ऐसे में आज दरोगा जी की सेवा में उपस्थित रहना उसका मूल कर्तव्य बनता था। उसके साथ दो और लक्कड़कट्टे भी लगे थे।

मलखानपुर गाँव के पीछे की बेला-पहाड़ी को साफ कर एकदम नंगा कर दिया था इन तीनों की तिकड़ी ने। काशी साह तो हमेशा सुनाता भी रहता था कि कैसे किन-किन बड़े अधिकारियों के बेटे-बेटियों की शादियों में दिए पलंग, सोफे और अन्य फर्नीचर की लकड़ी के लिए असली शीशम और सखुआ का पेड़ काट-काट पहुँचाया था उसने। हाल ही में दरोगा पारसनाथ के पलंग के लिए लकड़ी दी थी उसने।

तीन बड़े-बड़े सखुआ के पेड़ काट गिराए थे उस दिन काशी साह ने। पर मौके पर ही दरोगा पारसनाथ ने धर लिया था। अंत में नए पलंग पर सुताने का वादा कर लकड़ी छुड़वाई कानून के लंबे हाथों से काशी साह ने। तब फिर लकड़ी पुलिस की निगरानी में मंडी पहुँची क्योंकि पारसनाथ नहीं चाहते थे कि डबल बनने वाला पलंग किसी और पुलिस वाले से शेयर करना पड़े।

इसी के बाद अपने सबसे अच्छे बढ़ई से पलंग बनवा भेजा काशी साह ने। उसी में से एक सिपाही घर के लिए बच्चों के पढ़ने खातिर टेबल बनवा गया था।

खैर, दरोगा पारसनाथ के थाने वाले आवास में बिछी उस पलंग की नक्काशी देखने लायक थी। जिस पेड़ पर कभी सैंकड़ों चिड़ियों का घर था, उनकी सुरीली चुचुँआहट थी, आज उसी पेड़ से बने पलंग पर दरोगा जी साँड़ की तरह घोलट-घोलट खर्राटे लेते थे।

इधर अब पार्टी की सभी तैयारियाँ पूरी हो चुकी थीं। फूँकन सिंह वहीं दरवाजे पर टहल लगातार मोबाइल टीप रहा था। नेटवर्क आ-जा रहा था।

"हेल्लो... हेल्लो सर, कहाँ तक पहुँचे? हाँ, हाँ फूँकन सिंह बोल रहे हैं। हेल्लो... हेल्लो। और कितना देर सर?" इतना कहते नेटवर्क फिर चला गया।

गाँव में मोबाइल तो अब धीरे-धीरे कई हाथों में आने लगा था पर नेटवर्क किसी-किसी जगह ही आता। कई बार तो एक से अधिक लोग एक ही जगह इकट्ठे हो जाते मोबाइल लगाने के लिए। एक-दूसरे की बातें तीसरे को प्रेषित हो जाती थीं चिल्ल-पों में।

यह विकास का अपना शार्ट कर्ट आगमन था जहाँ मोबाइल था, नेटवर्क नहीं। डिस एंटीना था, बिजली नहीं। पानी की टँकी थी पर पानी की आपूर्ति नहीं।

"सर लीजिए न, हमरा फोन में टावर पकड़ रहा है। इससे लगाएँ क्या?" ग्रामसेवक शंभू जी ने एक भारी भरकम मोबाइल निकालते हुए कहा।

"अरे रहने दीजिए। आने वाला होगा सब। अरे लटकुआ सब तैयार करो जल्दी। और एक चौकी निकालो बाहर। ई सब पार्टी का खाना-पीना टेबुल में होगा रे? इतना गिलास बोतल रहेगा। खाना-पीना भी है।" फूँकन सिंह के इतना कहते ही एक सफेद टाटा सूमो सामने से आती दिखाई पड़ी।

"लीजिए साहब आइए गए। बाप रे गजब अंदाज है फूँकन बाबू आपका। मान गए आपको।" ग्रामसेवक शंभु जी ने एक ऊटपटांग हँसी के साथ बेमतलब की बात कही।

"दरोगा बाबू लेट करेंगे क्या?" जगदीश यादव ने अपने मतलब का सवाल बुदबुदाया।

इधर सूमो से उतर बीडीओ साब भी कुर्सी पर बैठे ही थे कि जगदीश यादव की आत्मा की पुकार पर एकदम तभी ही थाने की जीप घरघराती हुई दरवाजे पर आ रुकी।

"आइए, आइए सर। लीजिए दोनों लोग एकदम साथ ही आ गए। ए जादब जी, जरा कुर्सी खींचिए न इधर पारस बाबू के लिए। आप भी इधरे आइए न सर। इधर पंखा का हवा आ रहा है। ए शंभु जी जरा दौड़ के भीतर के एक और टेबुल फैन ले के आइए तो, लगाइए बीडीओ साब पर।" फूँकन सिंह ने अपनी लुँगी समेटते हुए चौकस मेजबान की तरह कहा।

बीडीओ हरि प्रकाश मंडल ने दरोगा पारसनाथ प्रभु को देखते ही हाथ मिलाकर अभिवादन किया, "देखिए एकदम ऑन टाइम पहुँचे हैं पारसनाथ जी।" बीडीओ हरि प्रकाश मंडल ने एकदम चुटीले अंदाज में कहा।

"अरे बीडीओ साब, पुलिस तो लेट से आने के लिए बदनाम है। अब कहीं-कहीं तो पहुँचना ही होगा ना टाइम पर। महाराज पुलिस के साख का सवाल है। ऐसा मौका पर भी टाइम से न पहुँचे तो किस बात का पुलिस! क्या जी, ऐ तुम लोग भी बताओ, ठीक बोले कि नहीं?" दरोगा पारसनाथ ने बाकी खड़े लोगों की तरफ भी सिर घुमाकर कहा। पूरे माहौल में ठहाका गूँजा। सबने दरोगा पारसनाथ की इस बात पर अजीब-सी हँसी चेहरे पर लिए समवेत स्वर में, 'सही बात सर, सही बात' कहा।

जगदीश यादव तो बाकियों के रुक जाने के बाद तक भी सिर हिला रहे थे। उन्होंने तय कर रखा था कि दरोगा कुछ न भी बोले तब भी उसके सम्मान में उसकी अनकही बातों में भी हमें सिर हिलाना है। महफिल सज चुकी थी। राज्य सरकार द्वारा प्रचारित एवं प्रसारित ध्येय वाक्य 'प्रशासन आपके द्वार' का अद्‌भुत नजारा इस वक्त साक्षात देखा जा सकता था।

चौकी पर गिलास सजा लटकु भंडारी अंदर फ्रिज से बर्फ लेने चला गया। काशी साह भुनी हुई मछली का प्लेट सजा चुके थे। लटकु भंडारी ने जगदीश यादव को अपनी आँखों से इशारा किया। जगदीश यादव दौड़कर मोटरसायकिल की डिग्गी से जरूरी सामान निकाल लटकु को दे आए। अभी

मछली का एक-एक टुकड़ा ही मुँह में डाला गया था कि लटकु ने अपने शर्ट की दोनों बाँह चढ़ा लीं। अब पार्टी का सबसे महत्वपूर्ण दौर शुरू होने वाला था। लटकु भंडारी के हाथ का हुनर गिलास में उतरने वाला था। ग्रामसेवक शंभू जी एक बड़े से थाल में चना और मूँगफली, भुजिया में प्याज टमाटर मिला चटकदार चखना लिए आए और बीच चौकी पर लाकर रख दिए। वहाँ उपस्थित हर एक व्यक्ति अपना यथासंभव योगदान दे रहा था महफिल की रौनक बनाए रखने में। एक भी व्यक्ति ऐसा नहीं था जो वहाँ बिना किसी वजह के लगा हो। सबके उपस्थित होने का कुछ न कुछ मतलब था। बेमतलब वहाँ कुछ भी नहीं था। न दारू, न मुर्गा, न जुते हुए लोग।

"हमारा थोड़ा हल्का ही बनवाइएगा फूँकन जी। रात को डीएसपी साहब के यहाँ एक मीटिंग में जाना है। जान जाएँगे कि दारू पी के आया है तो फिर बोतल लेकर जाना होगा। बड़ा गजब नियम बनाए हैं डीएसपी साहब। जो दारू पीके ड्यूटी पर मिलेगा उसको जुर्माना में डबल दारू देना होगा। अब देखिए इस डर से विभाग में बहुत कंट्रोल है। हम लोग पीते हैं तो बचके ही पीते हैं।" दरोगा पारसनाथ ने चखना उठाते हुए कहा।

"बताइए क्या दिमाग भिड़ाए हैं डीएसपी साहब! ऐसे थोड़े अधिकारी बना है उ सब आदमी! दिमाग है तब न चला रहे हैं प्रशासन को! पूरा जिला देखना पड़ता है उनको।" फूँकन सिंह ने भरी गिलास बढ़ाते हुए कहा।

"अरे हम तो उनके साथ एक बार इलेक्शन ड्यूटी में काम किए हैं। खाने-पीने का एकदम दिलदार आदमी है डीएसपी साहब। कोई घमंड नहीं। सिपाही के साथ भी पी लेगा, रोड किनारे ताड़ी भी पी लेगा। ऐसा नहीं है कि कोई तामझाम चाहिए उनको। माई डियर आदमी हैं एकदम।" बीडीओ हरि प्रकाश ने डीएसपी की उदारता और सादे जीवन से संबंधित संस्मरण सुनाते हुए कहा।

वहाँ उपस्थित सभी लोग अभी जिले के डीएसपी साहब के पुलिस प्रशासन को चुस्त-दुरुस्त रखने के उनके अपने मौलिक डबल दारू लाओ मॉडल की भूरि-भूरि प्रशंसा कर रहे थे। सब का मानना था कि ऐसे 2-4 अधिकारी और आ जाएँ तो जिला का पुलिस प्रशासन राज्य में सबसे टॉप पर आ जाए। जगदीश यादव ने तो पूरे राज्य में यही नियम लागू करने की जोरदार वकालत

करते हुए लपककर मुर्गे की टांग वाली कटोरी दरोगा पारसनाथ के सामने रख दी। पारसनाथ ने कटोरी बीडीओ हरि प्रकाश के तरफ सरका दी। बीडीओ साहब एक हाथ में गिलास पकड़े बड़े तल्लीन होकर लात खाने लगे।

''एक लात और दें सर?'' ग्राम सेवक शंभू जी ने उचककर पूछा।

''हाँ लाओ न जी 2-4 ठो और ले आओ। अं...तुम लोग मुर्गा का टाँग को लात बोलता है रे साला! बकचोदी करता है!'' बीडीओ हरि प्रकाश ने मस्ती में लड़खड़ाती जुबान से कहा।

सभी ने जोरदार ठहाका लगाया सिवाय ग्रामसेवक शंभू जी के।

लगभग घंटे भर का समय बीत चुका था। अभी तक कोई मतलब की बात शुरू नहीं हुई थी। दरोगा पारसनाथ जाने को पैंट में बेल्ट बाँधने लगे थे। उन्होंने आवाज लगा जल्द अपने सिपाहियों और ड्राइवर को खाना खाकर तैयार होने को कहा। ठीक इसी क्षण जगदीश यादव ने बेचैन दृष्टि से फूँकन सिंह की ओर देखा। चौकी पर रखी जगदीश यादव के द्वारा लाई गई तीनों बोतलें खाली हो चुकी थीं। अभी चौथी बोतल ग्रामसेवक शंभू जी की लाई हुई खुली हुई थी।

कि तभी फूँकन सिंह ने मुँह खोला, ''अच्छा पारस बाबू, ई हमारा एक आदमी है जगदीश जादव। इसका ट्रैक्टर चलता है कभी-कभार पत्थर ढोने में।''

लेकिन दरोगा पारसनाथ ने बीच में ही टोकते हुए कहा, ''ओ ये जादव जी को न? अरे इसको तो हम जानते ही हैं। बड़ा होशियार आदमी है। आप भी सावधान रहिएगा।''

''नहीं हुजूर, ऐसा कोई गलती हो गया हो तो माफ करिएगा। कभी बात नहीं उठाए हैं आपका। वह आपका सिपाही झूठ बोला था आपसे कि हम पैसा देने से मना किए हैं। उ अलग से पैसा माँग रहा था।'' जगदीश यादव ने बिना कुछ सोचे-समझे जो मन में आया बोल डाला।

''जरा देखिए, देखे इनका होशियारी! सिपाही को भी झूठा बोल दे रहा है।'' दरोगा पारसनाथ ने भौं चढ़ाकर कहा।

''अरे आप बहुत बकर-बकर काहे कर रहे हैं जादव जी? जो हुआ सो सुधार कर अब से ठीक से काम करिए न। आप सिपाही और प्रशासन पर

अंगुली उठा दीजिएगा? चल जाइएगा भीतर एक दिन, यही रवैया रहा तो।'' फूँकन सिंह ने मामला संभालते हुए कहा।

''जी, गलती हो गया फूँकन बाबू।'' जगदीश यादव ने हाथ जोड़ कहा।

''ए सुनो भाई। अब फूँकन जी का पैरवी है तो एक मौका देते हैं फिर से। इस बार सुधार कर लीजिए अपना लेन-देन में। अरे हम लोग तो खुद साला चाहते हैं कि पब्लिक का सेवा करें, लेकिन आप लोग को भी तो ख्याल रखना चाहिए पुलिस प्रशासन का। ताली एक हाथ से थोड़े बजेगा जादव जी?'' दरोगा पारसनाथ ने मूड बदलते हुए कहा।

''एकदम एक सौ पर्सेंट सही बात है। अरे प्रशासन आपसे कोई भीख थोड़ी माँग रहा है जी। इनका जो अधिकार बनता है वह दे दीजिए और आराम से अपना काम करिए। कौन है फिर रोकने-टोकने वाला!'' फूँकन सिंह ने लगभग मामला फाइनल करने का इशारा देते हुए कहा।

''सुनिए जादव जी। आप एक काम करिएगा। थाना में जाकर एक सिपाही होगा भोला सिंह, उससे मिल लेना। और उसी से अपना लेन-देन का बात कर लेना। आप लोग पाँच ठो हैं पत्थर वाला गाड़ी। सब एक साथ मिलकर बात कर लेना। काम कोई भी नियम से करिए तो ठीक रहता है। एक ट्रिप में तीन सौ रुपया कमाते हैं आप लोग। अब उसी हिसाब से जो उचित होगा भोला सिंह बता देगा।'' दरोगा पारसनाथ ने पुनः बेल्ट टाइट करते हुए कहा।

''हाँ ये सही है। अरे जादव जी, मोबाइल है न आपको?'' फूँकन सिंह ने पूछा।

''हाँ पिछला महीने ही तऽ लिए हैं। घरे रखते हैं। कहीं टाबरे नहीं पकड़ता है।'' जगदीश यादव ने अब लगभग चैन की साँस लेते हुए कहा।

''सब पकड़ेगा टावर, नहीं तो अपना पकड़ लीजिएगा। आप दरोगा जी के नंबर रख लीजिए और अपना नंबर जाकर भोला सिंह को लिखा दीजिए। जब भी कोई सेवा-पानी होगा तुरंत करिएगा। अरे सेवा करके देखिए, उतना से 10 गुना ज्यादा कमा लीजिएगा। चिंता मत करिए। जाइए तोड़िए पहाड़ बेफिकर होकर।'' फूँकन सिंह ने दरोगा जी की तरफ से लगभग शासनादेश निकालते हुए कहा।

''चलिए भाई, हम अब निकलते हैं। जादव जी का मैटर सलट गया। काशी का भी बोल दिए हैं लोकल सिपाही को। लकड़ी कटवा के थाना एरिया

के बाहर तक पहुँचवा देगा। आगे का गारंटी नहीं क्योंकि एसपी साहब कड़ा आए हैं। उनके हाथ पकड़ा जाने पर लंबा माल देना होगा। चलिए हमको जल्दी निकलना है। बीडीओ साहब अभी एनजोय करेंगे आधा रात तक।'' कहते-कहते दरोगा पारसनाथ अपनी जीप तक पहुँच गए। उसके पीछे-पीछे फूँकन सिंह, जगदीश यादव, काशी साह भी दरोगा को जीप तक छोड़ने आए। हालाँकि, पुलिस और इन लोगों का संबंध तो ऐसा था कि न यह दरोगा को छोड़ सकते थे न दरोगा इन सबको छोड़ता था कभी। दरोगा पारसनाथ को भाव-भीनी विदाई दे फूँकन सिंह और बाकी लोग पुनः महफिल की ओर लौटे। बीडीओ हरि प्रकाश अब तक कुर्सी से उठ चौकी पर पालथी मार बैठ चुके थे। यह किसी भी पीने वाले सज्जन की ध्यानावस्था मुद्रा होती है जिसमें अब पीने वाले को इस बात का ध्यान नहीं होता कि उसने कितना पी लिया है और अभी और कितना पिएगा। इस अवस्था में वाइज बस साकी से एक ही विनम्र निवेदन करता रहता है, ''आप देते जाएँ, हम लेते जाएँ।'' बीडीओ हरि प्रकाश इसी सूत्र वाक्य को देसी वर्जन में बुदबुदाए जा रहे थे,

''फूँकन जी आप ढारते जाएँ, हम मारते जाएँ। दे गटागट। दे गटागट।''

पेय पदार्थों में दारू सबसे समाजवादी और समतामूलक चरित्र का होता था। शायद यही कारण है कि दारू हमेशा से मार्क्सवादियों, समाजवादियों में सबसे प्रिय पेय रहा था। यही एक ऐसा पेय था जिसे पीने के बाद आदमी का दिमाग चाहे जितना आसमान उड़े पर शरीर अक्सर जमीन से जुड़ा, जमीन पर लेटा हुआ मिलता था। जमीनी ड्रिंक था दारू। दारू बड़े और छोटे का फर्क मिटा देता था।

अब बीडीओ हरि प्रकाश अपने शर्ट का ऊपरी दो बटन खोल, पैंट का बेल्ट ढीला कर चौकी पर लगभग विष्णु भगवान वाली परम आराम आसन मुद्रा में लेट चुके थे। वहीं सामने कुर्सी पर बैठ चौकी पर हाथ रखकर फूँकन सिंह भी पसर गया था। ग्रामसेवक शंभु जी भी अब याराना अंदाज में चौकी पर ही चुकूमुकू बैठ गए थे। अभी उनमें कौन बीडीओ है और कौन मामूली ठेकेदार या ग्रामसेवक यह अंतर मिट चुका था। शंभु ग्राम सेवक समेत 2-3 आए बेहद मामूली बिचौलिए भी अब सीधे बीडीओ साहब से गिलास चियर्स कर पी रहे थे। प्रशासन और आम जनता के बीच संबंधों का इतना भीषण

मानवीय रूप देख गाँव का वातावरण भी भाव विह्वल हो उठा था। लग रहा था कहीं गरज के साथ छीटें न पड़ने लग जाए भादो से पहले ही।

दारू पियन विज्ञान कहता है कि दारू पीते वक्त आदमी और दारू के संबंध में तीन अवस्थाएँ आती हैं। पहली, जब आदमी दारू को पीता है। दूसरी, जब दारू आदमी को पीने लगती है। तीसरी और आखरी अवस्था जब दारू आदमी को पी चुकी होती है।

बीडीओ हरि प्रकाश अभी दूसरी और तीसरी अवस्था के बीच में ही कहीं थे। इसमें भी एकदम सटीक तौर पर वह कहाँ थे, यह पूर्णतया पुष्ट हो बताना मुश्किल था थोड़ा। बीडीओ हरि प्रकाश का मन अब मुक्त इलेक्ट्रॉन की भाँति घूम रहा था। कहाँ जाएगा? क्या सोचेगा? और क्या कर देगा कुछ नहीं पता। तभी अचानक से हरि प्रकाश झटके से उठ पुनः बैठ गए।

"अरे यार फूँकन सिंह जी। भाई एक बात बताइए हो। ये मधु लता देवी है क्या कोई आपके गाँव की?" बीडीओ हरि प्रकाश ने हाथ में गिलास उठाए ही पूछा।

"हाँ सर, है। तो? यही नीचे टोला में घर है उसका। आँगनबाड़ी में काम करती है।" फूँकन सिंह ने पैर चौकी से वापस समेटते हुए कहा।

"ओ अच्छा। आप ही के गाँव की है। हमको बोला एक आदमी। हम बोले कि फूकने सिंह से पूछ काहे ना लें!" बीडीओ हरि प्रकाश ने एक लंबी साँस लेते हुए अपने सामने के दाँत से मछली का काँटा खींचते हुए कहा।

"काहे सर। कोई बात हुआ का?" फूँकन सिंह ने अपनी उठाई गिलास को चौकी पर रखते हुए पूछा।

"नहीं नहीं। कोनो बात तो नहीं हुआ है। लेकिन यह बताइए कि क्या हिसाब-किताब है इसका? कैसा है इसका रिकॉर्ड? हम देखते हैं जब देखिए तब हमारे चेंबर में घुस जाती है। मने बिना पूछे, साला। कई बार मना भी किए लेकिन मानबे नहीं करती है। हम तो साला साधु आदमी। अब लेडीस है, आप कुछ कह भी नहीं सकते।" बीडीओ हरि प्रकाश ने एकदम आज के साधु वाले मन से कहा। इतना सुनते ही दरोगा पारसनाथ के जाने के बाद से ही एकदम निष्क्रिय से बैठे जगदीश यादव के शरीर में अचानक फुर्ती का संचार हुआ। वह कुछ कहना चाह रहे थे। इस चर्चा में हिस्सा लेने को मन लपलपा-सा रहा

था उनका। इधर बीडीओ हरि प्रकाश मुस्कुराहट जैसी कुछ छेछड़ी-सी हलकी हँसी लिए एक-एक कर वहाँ बैठे हर आदमी की तरफ नजर घुमा-घुमा देख रहे थे। पीले काले दाँत के बीच बड़ी देर से बार-बार काँटा खींचने का प्रयास करते हकलाते बीडीओ हरि प्रकाश की आँख में एक अजीब-सा गाढ़ा पानी उतर आया था जो निश्चय ही आँख का पानी तो नहीं ही था कम-से-कम। हरि प्रकाश की लाल हो चुकीं सवाली आँखें उत्तर खोज रही थीं।

जगदीश यादव सरककर एकदम से आगे आते हुए बोले,

"एकदम सही पकड़े हैं आप सर। बहुत चालू लड़की है मधुआ। थोड़ा-सा इंटर तक पढ़ क्या ली है, बाप रे बहुत कानून बतियाती है। हमारी वाइफ का होना था इसके जगह पर आँगनबाड़ी में लेकिन पता नहीं का-का करके अपना नाम चढ़वा ली। ढेर तिरिया चरित्तर है इसका।"

"कितना एज है उसका। आप लड़की बोल रहे हैं। शादी हो गया है ना शायद?" बीडीओ हरि प्रकाश ने गणित की कक्षा के जिज्ञासु छात्र की तरह उछलकर सवाल पूछा।

"अरे सर, एजवा थोड़े ज्यादा है। यही 26-27 साल होगा और का। बिहा हो गया है लेकिन इसका स्वभाव ऐसा है कि पति बेचारा कम ही आता है। कितना बार ले जाना चाहा साथ में, लेकिन जाती ही नहीं है। इतना आजादी तब फिर नहीं मिलेगा न। चेंबर में कैसे घुसेगी फिर जब मन तब। अरे इसका सब कहानी हमसे पूछिए ना सर, एक-एक हाल जानते हैं इसका हम। जात की धोबिन है, किसका क्या साफ कर देगी कोई ठिकाना नहीं है सर।" जगदीश यादव ने हाथ में भुनी मछली का एक टुकड़ा पकड़े-पकड़े कहा।

यह सब सुन बीडीओ हरि प्रकाश ने एक बार फिर फूँकन सिंह की तरफ देखा और काली-पीली दाँत चियार हँसते हुए कहा,

"अरे वाह जादव जी तो पूरा जन्मपत्री ही जानते हैं मधु लता का। काम का आदमी रखते हैं आप फूँकन जी, बाह।"

बीडीओ हरि प्रकाश ने सामने एक खाली रखी गिलास में दारू डाली, पानी मिलाया और उसे अपने हाथों से उठा जगदीश यादव की तरफ बढ़ाया। जगदीश यादव तो एकदम से अचंभित से हो गए थे। बिना एक पल गँवाए तुरंत पहले बीडीओ के हाथ से गिलास लिया और फिर तब गिलास सहित

हाथ जोड़ बोले,

"माफी चाहेंगे सर, हुजूर हम दारू छोड़ दिए हैं। डॉक्टर एकदम आज से मना कर दिया है। पहले तो पीते ही थे सर।"

"हट मरदे, साला हमारा बात काट दोगे जी? तुमको बुझा रहा है कि नहीं यादव जी? अरे बीडीओ साहब खुद पीने बोल रहा है और तुम ना-नुकुर कर रहे हो जी?" बीडीओ साहब ने बात को दिल पर लेते हुए कहा।

जगदीश यादव अब गिलास पकड़े सोचनीय अवस्था में पड़ गए। उनका मन समाधान खोज रहा था। तभी याद आया, डॉक्टर ने कहा था कि ओकेजनली तो पी सकते हैं। जगदीश यादव के दिल से आवाज आई,

'फूँकन सिंह का द्वार, बीडीओ साहब का साथ, अंग्रेजी दारू, मछली और मुर्गा और ऊपर से खुद एक कर्तव्यनिष्ठ पदाधिकारी द्वारा निवेदन स्वरूप दारू पीने को कहना। भला इससे भी बड़ा कोई ओकेजन होता है क्या? पी लेता हूँ। डॉक्टर और बीडीओ साहब दोनों के बात रह जाएगा।'

इतना बस मन में आया ही था कि पूरा गिलास एक घूँट में गटक लिया जगदीश यादव ने। पिछले कई घंटे की प्यास ने उन्हें वैसे भी अंदर से तैयार ही रखा था इस मौके के लिए। ऊपर से एक सम्मानित राजपत्रित पदाधिकारी के हाथ से पेग लेते हुए जगदीश यादव को ऐसा महसूस हुआ जैसे किसी श्रेष्ठ विश्वविद्यालय के किसी दीक्षांत समारोह में महामहिम के हाथों मानद उपाधि प्राप्त कर रहे हों।

"वाह यह हुआ ना बात! लीजिए और लीजिए। साला दारू कहीं डायरेक्ट छोड़ा जाता है? कौन बकलंड डागडर बोल दिया जी, एकबारगी छोड़ दो दारू। दारू का नियम है कि धीरे-धीरे छोड़िए। हम लोग भी साइंस पढ़े हैं। डॉक्टर ही पढ़ा है क्या खाली?" बीडीओ साहब ने एक सीनियर डॉक्टर की तरह बताया। लोग उनके मेडिकल के इस गुप्त ज्ञान को देख दंग थे। लोग मन-ही-मन सोच भी रहे थे कि एक ऑफिसर बनने के लिए कितना कुछ पढ़ना पड़ता है? शराब छुड़ाने को लेकर जो व्यावहारिक ज्ञान बीडीओ साहब ने दिया था वह भारतीय परंपरा में सबसे प्रभावी और लोकप्रिय तरीका था। यहाँ पीने वालों में लगभग 90 फीसदी लोग इसी तरह दारू छोड़ने की प्रक्रिया में लगे पी रहे थे। और इस प्रक्रिया से दारू की लत छूट भी जाती थी लेकिन केवल उन्हीं की जो दुनिया

छोड़ चुके होते।

अब खाना परोसा जा चुका था। बीडीओ साहब ने गले तक पी रखा था इसलिए अब खाना मुश्किल ही था। फूँकन सिंह के लगातार आग्रह पर माँस का एकाध टुकड़ा हाथ में लिए बीडीओ साहब पीते हुए अब गले से ऊपर तक पहुँचने वाले थे। पी तो सब ने रखी थी लेकिन सब ने अपने काम भर का होश बचाए रखा था, सिवाय बीडीओ हरि प्रकाश के। बीडीओ साहब अब फना होने के हाल में थे कि फूँकन सिंह घर के अंदर गया और एक फाइल में रखे कुछ कागजात लेता आया।

''जरा-सा लीजिए, बिलवा सबको किलियर कर ही दीजिए सर।'' फूँकन सिंह ने कागज बढ़ाते हुए कहा।

''अरे लाइए महाराज। कितना साइन चाहिए? लावा सब किलियर कर देते हैं हम अभी। तुरंत अभी।'' बीडीओ हरि प्रकाश ने हिलते हाथों से दस्तखत करते हुए लड़खड़ाती आवाज में कहा।

यह देखना था कि ग्रामसेवक शंभु जी ने भी अपने साथ आए दोनों ठेकेदारों को इशारा किया और उनसे एक कागज ले उसे भी बीडीओ की तरफ बढ़ाया।

''सर, थोड़ा इस पर भी कृपा कर दीजिए।'' शंभु जी ने कहा।

भला इस अवस्था में भी बीडीओ साहब कृपा न करते तो कब करते! ऐसे ही कुछ मौकों पर तो प्रशासन जनता के लिए कुछ भी कर गुजरती है। बोतल गटक-गटक मन और तन झूम-झूम मस्त कलंदर हो चुका था उनका। ग्रामसेवक शंभु जी के बिल पर दस्तखत करते ही कलम हाथ से छूट कर गिर गई बीडीओ साहब की। इस तरह से जिन-जिन महत्वपूर्ण प्रयोजनों को लेकर इस महायज्ञ का आयोजन किया गया था वह सब पूरा हुआ। जगदीश यादव की दरोगा जी से अवैध पत्थर ढुलाई हेतु सेटिंग हो गई। फूँकन सिंह ने बिना काम किए बिल की रसीद पर दस्तखत करा लिए। शंभु जी ने भी बिना कुआँ और पोखरा खोदे ही नरेगा के मजदूरी के भुगतान का फर्जी बिल निकलवा लिया था। अब यज्ञ के मूर्ति विसर्जन की बारी थी। यानी अब बीडीओ साहब को विदा करने की वेला आ गई थी। वह जिस तरह चौकी पर बेसुध उलट गए थे, फूँकन सिंह का तनाव बढ़ता जा रहा था। वह चाहता था कि अब यह मजमा

खत्म हो। बीडीओ हरि प्रकाश चलने की हालत में नहीं थे। बीडीओ साहब को जगदीश और शंभु ने कंधे पर उठाया। पीछे से फूँकन सिंह और काशी साह ने हाथ और टाँग पकड़ा। इस तरह भक्तों ने भगवान को लाद के टाटा सूमो में चढ़ा दिया। टाटा सूमो में बीडीओ साहब का सबसे पसंदीदा गीत उनका ड्राइवर लगाकर इंतज़ार कर रहा था। सूमो में बीडीओ साहब के रखाते ही उसने गीत का वॉल्यूम तेज कर दिया, ''लोग कहते हैं मैं शराबी हूँ। तुमने भी शायद यही सोच लिया। हो हो हो हो। लोग कहते हैं... ।''

12.

गणेशी महतो के घर रोहित ने तहलका मचा रखा था। घर का आधा सामान उलट-पलट के आँगन में छितरा दिया था। माँ रमणी देवी लगातार गालियाँ बक थक-हारकर बरामदे बैठ में गई थी। गणेशी महतो एक कोने में खड़ा हो वहीं से रोहित को समझाने का भरसक प्रयास कर रहा था।

"अरे बेटा, अभी ठीक मुहूर्त नहीं है। भद्रा चल रहा है। 15 दिन बाद ले लेना। इतना इतना पैसा लगाएँगे तो थोड़ा दिन जतरा तो देखके खरीदो ना।"

"साला, आप लोग को कुछ बुझाता है? हमारा कितना बेज्जती होगा? हम सबको बोल दिए कि कल तक मोटरसायकिल खरीद सिकंदरपुर बाजार को रौंद आएँगे और आपको भद्रा सूझ रहा है? आप तो उ बनिया का बच्चा से भी ज्यादा बेज्जती करवा दीजिएगा हमारा।" रोहित झल्ला कर बोला।

"अरे तो दुनिया को दिखाने के चक्कर में साला हम अपना 40000 पानी में बहा दें? बिना कोई जतरा-पतरा देखे खरीद लें? एक बार ऐसे ही ले लिए थे पंचक में एक पंपिंग सेट। साला आज तक ठीक से नहीं चला। खराब हो गया और हमको फेंकना पड़ा। अब मोटरसायकिल में भी वही हाल करें क्या?" गणेशी ने थोड़ा तल्ख होते हुए कहा।

"आप तो बाबूजी एकदम देहाती का देहाती ही रह जाइएगा। ई बाभन पंडित ही देखता है बैठकर जतरा-पतरा। खुद ही मदन बाबा के मोटरसायकिल हरदम खटहरा रहता है। उ तऽ पतरा देख खरीदे होंगे ना, तब काहे खराब होता है बेर-बेर? हम साला मोटरसायकिल पतरा देख कर खरीदें और ऊ संपूरन भगत का लड़का हमरा बेज्जती कोई पतरा देखके किया था क्या?" रोहित को किसी भी कीमत पर जल्द से जल्द मोटरसायकिल चाहिए था।

वह मोटरसायकिल के लिए इतना ही बेचैन था जितना राजकुमार विरेंद्र विक्रम चंद्रकांता के लिए। वह अभी तलवार निकालकर सब कुछ तहस-नहस कर देने के मूड में था और उसी मंशा से छज्जे से रजाई उतार उसमें पानी डाल दिया था। खटिया का दो पाया तोड़कर उसे आँगन में उल्टा दिया था।

बड़ी मुश्किल से मान-मनौव्वल कर गणेशी महतो ने अपने इकलौते चिराग को लाड़-दुलार का तेल दे समझाया। और रोहित अंत में इस शर्त पर

माना कि चलो, "जैसे 40000 वैसे ही कुछ पैसा और सही लेकिन अब तुम शांत हो जाओ और खाना पीना खाओ। ठीक है मोबाइलो खरीद लेना।" गणेशी महतो ने खटिया को खड़ा करते हुए कहा।

गणेशी बेचारा अपनी खटिया खुद ही खड़ी कर रहा था। एक तो मोटरसायकिल का खर्चा ऊपर से रूठे एकलौते बेटे को मनाने के लिए मोबाइल की भी शर्त माननी पड़ी उसे। यही वह समय था जब एकदम से देश में संचार सेवा के रिलायंस काल का आगमन हुआ। अभी तक मोबाइल गाँव-कस्बों में पहुँच तो गया था पर असली क्रांति तो तब हुई जब अंबानी की रिलायंस कंपनी ने सस्ते मोबाइल सेट बाजार में उतार उसे रिलायंस से रिलायंस के नेटवर्क पर बात करना एकदम मुफ्त कर दिया। अचानक से अब मोबाइल गाँव के प्रधान से लेकर चरवाहे तक के हाथ में देखा जाने लगा था। सिर्फ एक बार पैसा चुका देने पर मिली इस मुफ़्त बातचीत की सेवा ने एक तरह से सामाजिक क्रांति ही ला दी थी। न जाने संवाद और संपर्क के कितने आयाम खोल दिए इस मुफ्त सेवा ने। गाँव में लड़कों का झुंड मोबाइल लेकर बैठ जाता और यूँ ही किसी अनजान नंबर पर कॉल लगा देता। तब तक लगातार कई नंबरों को लगाया जाता जब तक कि किसी महिला या युवती को फोन न लग जाए। उधर से महिलाएँ या युवती भी बड़े चाव से इस साकार हो चुके संचार क्रांति का हिस्सा बनीं। वेद-पुराण या स्मृतियों के काल में दबकर रह गई इन नारियों की आवाज को मोबाइल क्रांति की एक कॉल ने अब खोल दिया था। घूँघट में मुँह छुपा जब कोई नारी चुपके से फोन पर बतकही करती दिख जाती तो समझ जाना होता था कि यह रिलायंस का कोई खोजी कॉल है जिसने अपने-अपने मतलब का वार्ता पार्टनर खोज लिया है। ऐसे लोग बिना बात एक-दूसरे को बिना जाने भी बतियाते और रिलायंस मुफ्त सेवा की अवधि समाप्त होते ही ऐसे संबंध उसी सेवा के साथ खत्म हो जाते। इस दौर में गाँव-देहात ने पहली बार न जाने कितने नव डिजिटल युगलों को पैदा किया जो अब स्कूल से निकलती लड़कियों से घंटों इंतजार के बाद बड़े खतरे उठा जमाने से नजर बचा फेंककर दी गई चिट्ठी में अपने दिल की बात नहीं करते बल्कि अब यह एक बार हिम्मत कर सीधे मोबाइल नंबर पूछ लेते और फिर कनेक्टिंग इंडिया का प्यार रिलायंस टू रिलायंस परवान चढ़ता जाता। यही

वह दौर था जब अनजाने और अचक्के में ही चौखट के अंदर, रसोई के अंदर और चारदीवारी के अंदर वाली नारी या लड़की की जबान खुलने लगी थी। वह साड़ी या ओढ़नी का आड़ लिए अपने कान से फोन लगाए बड़े आजाद ख्याली के साथ हँसना, बोलना और बतियाना सीखने लगी थी। मलखानपुर में तो एक घटना ऐसी भी घटी थी जिसमें पछिया टोला की एक 45 बरस की महिला रोज अकेले में फोन पर किसी से बतियाती थी। एक दिन किसी बात पर महिला उस फोन करने वाले से नाराज हो गई और अपने पति को यह बता दिया कि एक आदमी मुझे रोज फोन कर गंदा-गंदा बतियाता है, तंग करता है। बहुत पता करने पर यह मालूम हुआ कि वह फोन बगल के चरसी गाँव से आता था और फोन करने वाला मात्र 13 बरस का एक लड़का था। इतने दिनों तक इन दोनों में क्या-क्या अच्छा-गंदा बतियाया था यह केवल वे दोनों और रिलायंस ही जाने। रिलायंस ने ऐसे कई रोचक जोड़ियाँ मिला रखी थी गाँव-देहात में। मलखानपुर गाँव जैसे देश के कितने गाँव ने अभी तक केवल मोटोरोला और नोकिया कंपनी के बड़े-बड़े आकार वाले भारी-भरकम मोबाइल सेट और BSNL के दुर्लभ सिम कार्ड और उससे भी दुर्लभ नेटवर्क ही देखा था। लेकिन अब अचानक से केवल 500 में मोबाइल सेट उतार रिलायंस ने कमाल कर दिया था। यह बात दीगर थी कि उसका नेटवर्क क्षेत्र अभी-अभी विस्तार ही पा रहा था और उसकी सेवाएँ भी एक खास अवधि के लिए ही थी।

इसी लहर में मोबाइल खरीद चुके लटकु भंडारी की तो दिनचर्या ही जैसे बदल गई थी। वह सुबह उठ अपनी खटिया द्वार पर निकालता और बैठ मोबाइल पर कुछ-कुछ बटन टीपता रहता। बीच-बीच में कॉल लगाकर हेलो-हेलो भी बोलता। जब वह जोर से हलो-हलो बोलता तभी अचानक से नाई टोला के कई जवान और बच्चे सब उसकी ओर देखने लगते। वह कहाँ फोन लगाता और किसको हेलो कहता यह हमेशा रहस्य ही बना रहा। लटकु जब शौच के लिए मैदान जाता तो अब एक हाथ की जगह उसके दोनों हाथ भरे रहते।

उस दिन सुबह-सुबह पानी का डब्बा लेकर निकला था। अपने घर से लगभग 40 मीटर की दूरी वाले खेत में बैठने से पहले उसने खेत की मेढ़ पर खड़े हो इधर-उधर देखा। उसे सामने एक टूटी हुई ईंट का आधा टुकड़ा दिखाई दिया। उसने उसे उठा अपने बैठने के सामने मेढ़ पर रखा और मोबाइल

उस ईंट पर रख फिर इत्मीनान से करने बैठ गया। कुछ ही मिनट हुए थे कि उसे कुछ आवाज सुनाई पड़ी। वह एक झटके में हड़बड़ाकर उठा और लुँगी को उठाए मोबाइल की तरफ लपका। देखा तो आवाज उससे नहीं आ रही थी। छेदू भंडारी अपने खेत में घुसी भैस को भगा रहा था। असल में लटकु ने जब से मोबाइल लिया था तब से कोई भी इधर-उधर की आती-जाती आवाज पर वह चौंक जाता और उसे लगता उसके ही मोबाइल की घंटी बजी है।

गाँव के लोग आपस में भला फोन पर क्या ही बात करते! गाँव के एक कोने से जरा जोर से कही गई अच्छी-बुरी खबर मिनटों में गाँव के दूसरे कोने पहुँच जाती। हालाँकि अब गाँव भी इस मायने में बड़ा होने लगा था। अब एक अगर बुलाए तो दूसरा इतनी भी आसानी से नहीं सुन लेता था। एक-दूसरे को सुनाई पड़ने वाली आवाजें क्षीण पड़ती जा रही थीं। भीड़-भाड़ वाले कोलाहल करते शहर की तरह गाँव के भी कान के पर्दे मोटे होते जा रहे थे। आज तक भी गाँव में किसी भी घर में होते शादी ब्याह या अन्य कार्यक्रम हेतु नाई के द्वारा निमंत्रण भिजवाने की परंपरा कमोबेश जिंदा थी। पर उसी परंपरा के अंग लटकु भंडारी के हाथ में आज मोबाइल को देख अब यह अंदाजा लगाया जा सकता था कि आने वाले कुछ सालों में गाँव अपनी एक और विशेषता खो ही देगा। अब संवाद और नेवता के लिए नाई की आवश्यकता का होना, न होना एच्छिक था। गाँवों कस्बों में जहाँ फोन कंपनियों के नेटवर्क ठीक थे वहाँ निमंत्रण का काम अब फोन कर देता था। हालाँकि संचार की इन तकनीकों ने कुछ काम बिल्कुल आसान तो कर दिया था पर तकनीक को अभी भी सामाजिक मान्यता नहीं मिली थी। पिछले साल ही जगदानंद मिसिर के छोटे बेटे के जनेऊ के आयोजन में उनके खुद अपने बहनोई और साढ़ू नहीं आए क्योंकि उन्होंने घर जाकर कार्ड से निमंत्रण देने के बजाय फोन पर निमंत्रण दे दिया था। साढ़ू ने फोन पर ही कह दिया था कि अगर इतना ज्यादा एडवांस हो गए हैं आप लोग तो अब हमसे रिश्ता खत्म ही समझिए, लगाते रहिए अपना मोबाइल। गाँव-कस्बे में जीवन की बुनियादी सुविधाएँ भले ही कितनी भी धीमी गति से पहुँच रही हों लेकिन परंपराओं में बदलाव की गति अपने रफ्तार में थी। पान-सुपारी लेकर हर घर नेवता देने की परंपरा तो नई पीढ़ी ने देखा भी नहीं थी। हालाँकि अब भी कुछ बड़े सामाजिक आधार रखने वाले

परिवारों द्वारा कभी-कभार सुपारी से नेवता भिजवाने की परंपरा का भी पालन किया जाता था। इससे एक तो अधिक मात्रा में कार्ड छपवाने में होने वाले खर्च की बचत हो जाती और साथ साथ पुरानी परंपरा और विरासत को जीवंत बनाए रखने का फोकट में यश भी मिल जाता। खुद फूँकन सिंह की शादी में पुरुषोत्तम सिंह ने सारे निमंत्रण पान सुपारी भेज के दिलवाए थे। उस समय लटकु तो कम उम्र का रहा होगा और इसके बाप तेजू भंडारी को पूरे इलाके में न्योता बाँटने का जिम्मा मिला था। पुरुषोत्तम सिंह के इस काम की खूब सराहना हुई थी। लोग कहते थे चलिए पुरुषोत्तम बाबू फिर से पुरानी परंपरा को जिलाए। उसको बचाने का काम किए। हालाँकि तभी गाँव के ही जगदा बाबा और कुछ अन्य लोगों का दबे जुबान से यह अंदाजा था कि इस होशियारी भरे निर्णय से कम-से-कम तीन से चार हजार रुपिया सीधे बचत कर लिए होंगे पुरुषोत्तम बाबू।

लटकु इधर अपने घर के दरवाजे पहुँच चुका था। खाली डिब्बे को घर के सामने वाले बाँस के झुरमुट में फेंक कुएँ पर हाथ-पाँव धोने लगा। सुबह की ठंडी हवा गर्म होने चली थी। पूरब दिशा से मंदिर के लाउडस्पीकर से लगातार हनुमान जी का भजन सुनाई दे रहा था। 9 बजने को थे। आज लटकु को काफी देर हो चुकी थी अपनी ड्यूटी पर जाने में। मन-ही-मन सोच रहा था आज बड़ी गाली सुनना पड़ेगा फूँकन बाबू से। साथ ही मलकाइन सब्जी लाने बोली थीं। ऊपर से आज फूँकन बाबू का दाढ़ी भी बनाना था। जल्दी-जल्दी हाथ-पाँव धो उसने फुलपैंट शर्ट पहना और अपनी कैंची उस्तरे को एक मटमैले हो चुके तौलिए में लपेटा और फूँकन सिंह के घर की ओर चल पड़ा। अभी अपनी गली से निकल मंदिर के पीछे वाले रास्ते पर पहुँचा ही था कि मंदिर के हाते से कुछ जोर-जोर की आवाजें आने लगीं। लटकु ने अपने कदम रोक ध्यान से सुनने लगा। उसे लगा कोई चिल्ला रहा है।

बीच-बीच में बैरागी पंडित जी की पहचानी हुई आवाज भी सुनाई पड़ रही थी। लटकु को लगा पक्का कुछ तो गड़बड़ है। क्यों न पता करता चलूँ? फूँकन बाबू को सुनाने के लिए कुछ तो मजेदार मिल जाएगा जिससे इस देरी के लिए गाली सुननी नहीं पड़ेगी। उसने मंदिर पहुँचने का जो सबसे शार्ट रास्ता हो सकता था वही पकड़ा। खेत टपने में उसकी फुलपैंट में थोड़ा कीचड़

भी लग गया था। वह मंदिर की तरफ लगभग दौड़ते हुए जा रहा था। अब तो लाउडस्पीकर से आती हनुमान चालीसा की आवाज भी बंद हो गई थी और मंदिर के हाते से आती आवाज और साफ सुनाई पड़ने लगी थी। अभी वह मंदिर के मुख्य द्वार पर पहुँचा ही था कि एक जोरदार तरीके से फेंकी गई चप्पल उसके कपार पर आकर लगी। वह हड़बड़ाकर काँपते हुए नीचे की ओर झुका पर चप्पल निशाने पर लग चुका था। पहली बार किसी इंसान को मंदिर पहुँचते ऐसा प्रसाद मिला था। लटकु स्तब्ध था कि आखिर हुआ क्या? और वह अपने कपार आज क्या लिखवाकर चला है? अब क्या फूँकन सिंह को यही सुनाएगा कि मंदिर के द्वार खड़ा होते ही चप्पल खाकर आ रहा हूँ! मात्र दो से चार पल में ही उसने यह सब सोच अभी खुद को संभाला ही था कि अंदर से बैरागी पंडित जी बाहर आए।

"अरे बाप रे बाप! का बताएँ रे लटकु? परेशान हो गए हैं रे, एक घंटा से। हे भगवान!" बैरागी पंडित जी ने हाथ से जनेऊ पकड़े हुए ही कहा।

"अरे हुआ क्या है बाबा? ये तो बताइए। साला अभी खड़ा हुए हैं और सीधे चप्पल मुँह पर आकर लगा है। हमको तो हार्ट अटैक आ जाता। एकदम से अनचोक्के में कोई इस तरह आप पर कुछ चलाकर मार दे तो बचेगा हो बाबा कोई?" लटकु ने अभी भी भयंकर अचरज में हिलते हुए कँपकँपाते हृदय से कहा।

"अरे बाप रे! पूछो मत। सब सामान फेंक दिया है रे भीतर। चंदनवा के भूत पकड़ लिया है मरदे। वही चलाया चप्पल भी। हम का जाने कि तुमको आकर लग गया। भोरे 4:00 बजे टहलने निकला था और अभी 8:30 बजे वापस आया है। जब से आया है तब से गाली-गलौज उल्टा-सीधा बकबक कर रहा है। कोई होश नहीं है। किसी को नहीं पहचान रहा है।" बैरागी पंडित जी ने पसीना पोंछते हुए कहा।

"अरे भगवान! तब ना! बताइए हम तो बाबा आवाज सुने हैं और बिना दतवन किए बिना खैले-पीले दौड़े हैं कि क्या हुआ मंदिर में? अभी का हाल है? आपके आगे कैसा भूत बाबा? मंदिर में औकात है कोई भूत उत्पात करे? आइए न भीतर, देखते हैं चंदन बाबा को।" लटकु मंदिर में प्रवेश के लिए आगे बढ़ा।

"अरे अरे। रुको रुको? मरदे अभी वहाँ उसको थोड़ा शांत किए हैं मंत्र से। धूप पूजा करके रखे हैं और तुम बिना नहाए जैसे-तैसे घुस रहा है? मने चप्पल लगा कपार पर मगर संकेत नहीं समझ आ रहा तुमको?"

सुनते ही लटकु का तो माथा जोर से ठनका जैसे। दुनिया में शायद पहली बार किसी आदमी को अपने चप्पल खाने का इतना स्पष्ट कारण इतनी जल्दी पता चल गया था और वह इससे हजार फीसदी सहमत भी था। लटकु को याद आया कि उसने शौच से आने के बाद नहाया तो था नहीं। ऊपर से पैर में कादो-कीचड़ लिए सीधे मंदिर घुस रहा था। भला हो भूत का कि बस चप्पल से ही मारा नहीं तो न जाने क्या-क्या अनर्थ और करता मेरे साथ। लटकु यह सब खड़ा सोच भी रहा था और उसे किसी भी कीमत पर चंदन बाबा को लाइव भूतखेली करते हुए देखना भी था। उसकी जिज्ञासा बढ़ती जा रही थी कि किसका भूत है? क्या चाहता है? क्या लेने आया है? क्या लेकर अब छोड़ेगा? आगे भूत का फिर क्या प्लान है? कहाँ रहता है? उसने हिसाब लगाया कि ऐसे कई सवालों का जवाब पाने के लिए झट से पास के ही चापानल पर जा एक बाल्टी पानी डाल लेना बहुत महँगा सौदा नहीं है। उसने यही किया। उसने आव देखा न ताव और चापाकल पर रखी बाल्टी में पानी निकाला और देह पर डाल लिया। हालाँकि उसको अब भी इसका पूरा होश था कि उसका मोबाइल न भीग जाए, सो उसने मोबाइल को अपने तौलिए में डाल किनारे रख दिया था। पानी डाल अब काम भर पवित्र हो बैरागी पंडित जी के साथ अंदर घुसा। अंदर चंदन एक चौकी पर लेटा हुआ था। थका हुआ लग रहा था। आँखें अधखुली थीं। सिरहाने एक मुट्ठा अगरबत्ती जलाकर रख दिया गया था और उसकी माता पैर की तरफ बैठी लगातार सुंदरकांड का पाठ कर रही थी। लटकु को लगा चंदन बाबा को थोड़ा नजदीक से देखे। तभी उसे अचानक ध्यान आया और उसने तौलिए से कैंची निकाल उसे हाथ में रखा और फिर धीरे से चंदन बाबा के सिरहाने बढ़ा। असल में गाँव में ऐसी मान्यता थी कि लोहे से भूत परहेज करते थे। इसी सूत्र को ध्यान में रखते हुए उसने सुरक्षा के लिहाज से लोहे की कैंची हाथ में दबाकर रख ली थी।

लटकु ने चंदन के ठीक कान के पास खड़े होकर धीरे से कहा, "बाबा। चंदन बाबा। हमको पहचाने बाबा? चंदन बाबा देखिए ना हम लटकु

भंडारी।''

चंदन ने अधखुली आँख से उसे देखा पर कहा कुछ नहीं। लटकु का कैंची प्रभाव दिखा गया था शायद।

लटकु ने बैरागी पंडित जी की तरफ देखते हुए पूछा, ''किसी को पहचान रहा है कि नहीं? सेंसलेस तो नहीं है? अच्छा कोई बीमारी-उमारी तो नहीं था न बाबा इनको पहले?''

लटकु भंडारी ने अभी इतना कहा ही था कि जोर की आवाज गूँजी, ''हाँ रे भोसड़ी वाला लटकुआ। भाग्ग साला दलाल। दलाली करके खाता है रे प्रधान के दूवार पर। साला हमारा सेंस दिखाता है रे असतूरा छाप दलाल। भाग साले नहीं तो खून पिएँगे तुम्हारा रे साला। हम बीमारी पेसेंट है रे? तुम्हारा खून पिएँगे। हटाओ इसको। भगाओ इसको।'' चंदन दाँत किटकिटाते हुए चिल्लाने लगा।

लटकु को तो जैसे काठ मार गया। बिना सीमेंट और बालू के ही वह अपने जगह जाम हो गया था। माथे पर पसीना किसी टूटे बाँध से पानी की तरह हद-हद बह रहा था। कलेजा मई के दोपहर काल वैशाखी वाली आँधी में हिलते आम के टिकोले की तरह हिल रहा था। चंदन के फिर उग्र होते ही बैरागी पंडित जी ने तुरंत सामने थाली में रखे दो लाल फूल उठाए और उसे कुछ मंत्र बुदबुदाते हुए चंदन के माथे पर रख दिया। इधर माताजी सुंदरकांड की जगह हनुमान चालीसा का जोर से पाठ करने लगीं। जब चंदन उग्र होता हनुमान चालीसा का पाठ होता और उसके शांति के क्षण में सुंदरकांड का। ऐसे ही वैज्ञानिक क्रम से पाठ करवा पिछले घंटे भर से किसी तरह चंदन पर लटके भूत को नियंत्रण में रखा गया था। पर असली दिक्कत तो यह थी कि अभी तक भूत ने छोड़ा नहीं था चंदन को।

''तुम साला, अपने भी मरेगा और यहाँ हमारा भी सत्यानाश करवा देगा रे। अरे जब हम बोले कि भूत पकड़ा है तो तुम बहुत वैज्ञानिक बनता है? बीमारी तो नहीं है? हम आँख देखते पढ़ लिए कि भूत के लपेटे में आ गया है लड़का और तुम होशियारी बतियाते हो हमारे आगे, और उल्टे भूत के ही सामने डाक्टरी पेल रहे हो?'' बैरागी पंडित जी ने लटकु को लगभग डाँटते हुए कहा।

लटकु को अपनी इस जानलेवा गलती का एहसास हो चुका था। वह बैरागी जी के पैरों पर लुढ़क गया। आँखों में डर और पश्चाताप के आँसू आने-आने को थे।

''माई किरिया बाबा माफ करिए। जानता है भगवान हम मन से साफ होके बोले थे। ई हमारे जीवन का लास्ट गलती था बाबा। अरे हाँ पक्का भूत है बाबा। कोई कुछ भी बोले, हम बोल रहे हैं आपको ना पक्का भूत है। और यह कौन है यह भी समझ आ रहा है हमको।'' लटकु ने जैसे अब सब कुछ समझ लेते हुए कहा। उसका लहजा बता रहा था कि वह कुछ बड़ा सत्य और बिल्कुल ठोस बात बताने वाला था जिस पर अभी तक किसी की भी नजर नहीं गई थी।

''अरे मर्दे भूत तो है ही लेकिन ताज्जुब इस बात का हो रहा है हमको कि अभी तक भागा कैसे नहीं है! 40 बरस हो गया हमको भूत को रगड़ते-पटकते लेकिन ऐसा जब्बर भूत नहीं देखे जो इतना देर हम से मुकाबला कर ले। मंदिर का हाता है, इतना पवित्र स्थान, इतना पावर का मंत्र दे रहे हैं, ऊपर से बगल में हनुमान जी का प्रतिमा है और तब भी भाग नहीं रहा है। हमको असली चिंता यह हो रहा है लटकु।'' बैरागी पंडित जी ने भूतों से 40 वर्षीय मुठभेड़ में अपने एकतरफा जीत का गौरवशाली इतिहास बताते हुए गर्व और चिंता के मिले-जुले गर्वोचिंतित स्वर में कहा।

लटकु हाथ जोड़ आँख को एकटक बैरागी पंडित जी पर टिकाए जमीन पर बैठा अभी चुपचाप यह सब सुन रहा था।

''अच्छा तुम क्या बोल रहे थे कि तुमको समझ आ गया? का समझ आ गया?'' पंडित जी ने लटकु को झकझोरते हुए पूछा।

''नहीं। नहीं कुछ नहीं बाबा।'' लटकु ने एकदम शून्य भाव से कहा। सच तो यह था कि अब वह कुछ भी संभलकर ही बोलना चाहता था। उसे मन-ही-मन डर यह लग रहा था कि फिर कुछ अटपटा बोल भूत या भगवान दोनों में से किसी के चक्कर में न पड़ जाए।

उससे तो अब न वहाँ रुकते बन रहा था न भागते।

''अरे बोलो ना अभी तो थोड़ा देर पहले बोले थे तुम कि समझ आ गया। फट पलटी मार गए? फेर होशियारी ना करो। कुछ उन्नीस-बीस हुआ तो

भुगतना फिर।'' बैरागी पंडित जी ने आँखें लाल कर के कहा।

''अच्छा बाबा सुनिए यहाँ से हटिए जरा। आइए इधर तऽ बताएँ।'' लटकु बैरागी पंडित जी को चंदन की चौकी के पास से हटा बगल बरामदे के पार ठीक हनुमान जी की प्रतिमा के सामने ले आया। असल में अबकी कुछ भी बताने से पहले वह एक सुरक्षित स्थान धर लेना चाहता था।

''हाँ, चलो अब बताओ।'' बैरागी पंडित जी ने घनघोर अधीरता से पूछा।

''बाबा ऐसा हो सकता है क्या कि आपके सामने कोनो भूत टिक जाए? अरे बाबा यह मामला ही दूसरा है।'' लटकु ने एकदम धीमी आवाज से कहा।

''अरे तक क्या है रे? का पागल हो गया बेटा हमारा?'' बैरागी पंडित जी ने जोर से लगभग चीखते हुए कहा।

''अरे, धीरे बोलिए ना आप। काहे हमारा प्राण लेने पर तुले गए हैं बाबा। अरे बाबा हम तो कह रहे हैं कि 1000 परसेंट भूत ही पकड़ा है चंदन बाबा को लेकिन ई भूत हिंदू भूत है ही नहीं, महराज यह मुसलमान है, मुसलमान भूत। तब ना इतना उत्पात मचा रहा है! मुसलमानी भूत को क्या कर लेगा आपका जंतर-मंतर।'' लटकु भंडारी ने यह बता जैसे ब्रह्मांड की उत्पत्ति का रहस्य खोलकर रख दिया हो।

बैरागी पंडित जी के माथे पर जैसे किसी ने जोर हथौड़ा मारा हो। लटकु ने तो पंडित जी के मस्तिष्क का जैसे ताला ही खोल दिया था।

''ओ हो हो हो। एकदम सही बोला रे तुम बेटा। अरे यह तो हम सोचबे नहीं किए थे। तब ना हमारा एक से एक मंत्र सब बेकार होले जा रहा था। बताइए मुसलमानी भूत भला क्या सुनेगा मानस का चौपाई और हनुमान जी का चालीसा!'' बैरागी पंडित जी ने पाँव पटकते हुए कहा।

''और आपको पता है यह कौन है? किसका भूत है? यह अलमवा मियाँ की दादी है। वही बुढ़िया जो 3 साल पहले मरी थी।'' लटकु ने अभी भी दबे गले से ही कहा।

''यह कैसे जाना तुम?'' बैरागी पंडित जी ने मुँह बाए हुए पूछा।

''जानेंगे कैसे नहीं! अब आपसे क्या छुपाना। हम पैसा कौड़ी ले अलमवा

के दादी का नाम कटवा के असलम मियाँ के माँ का नाम चढ़वा दिए थे इंदिरा आवास के लिए। उसके बाद हम वृद्धा पेंशन में भी इसका नाम हटवा दूसरे का करवा दिए थे। बुढ़िया का बोली–चाली इतना खराब था कि पूछिए मत। हमको एकदम यही बात गारियायी थी जो चंदन बाबा बोले अभी। बोली थी कि खून पी जाएँगे रे प्रधान के दलाल। हम तो गाली सुनते समझ गए ई अलमवा की ही दादी है।'' लटकु ने एक ही साँस में 3 साल पहले का भुतहा इतिहास खोल दिया था।

‘‘हर हर महादेव! बताइए यह बात है! तब तो एकदम किलियर हो ही गया कि वही है। अलमवा का दादी ही है। मगर साला चंदन पर कहाँ से लटक गई?'' बैरागी पंडित जी ने खैनी की डिब्बी निकालते हुए पूछा।

‘‘लीजिए। अरे बाबा, पंचायत भवन के सामने वाला इमली गाछ पर तो रहती है यह बुढ़िया। वहीं डेरा है इसका। और पंचायत भवन भला कौन नहीं जाता है! हल्का छाया देखकर कभी किसी पर भी लटक सकती है।'' लटकु ने भूतनी के आवास का स्थायी पता बताते हुए कहा।

असल में आलम मियाँ की दादी अपने लिए इंदिरा आवास, वृद्धा पेंशन और विधवा पेंशन जैसी योजनाओं में अपना नाम चढ़ाने के लिए और उसका उचित लाभ लेने के लिए कई महीने पंचायत भवन से लेकर प्रखंड कार्यालय तक का चक्कर काटती रही थी। एक तो उम्र का बोझ था ऊपर से उस गरीब बुढ़िया का एक पोते के अलावा कोई नहीं था इस दुनिया में। पोता आलम भी गाँव के ही एक दर्जी ख्याली मियाँ के यहाँ काम करता था और दिन भर के 40 रुपये पाता था। ऐसे में उसकी दादी को लगता था कि सरकारी योजनाओं का ही कुछ लाभ मिल जाए। पर बिचौलिए और दलालों के जाल के कारण हर बार इसका नाम कट जाता और इसकी जगह किसी गैर वाजिब लाभुक का नाम चढ़ जाता। एक दिन मई की लू चलती दुपहरी में पंचायत भवन जाने के रास्ते में वह प्यास से बेहोश हुई और जब तक लोग उसे उठा अस्पताल ले जाने की सोचते उसने दम तोड़ दिया था। तभी से लोग बिना किसी संशय यह जानते थे कि इस बुढ़ापे में जीते जी अपने वाजिब हक के लिए रोज पंचायत भवन में भटक अपनी अधूरी हसरतों के साथ मर जाने वाली आलम की दादी का भूत पक्का पंचायत भवन के आसपास ही कहीं रहता है।

बुढ़िया की लाश को घंटों पंचायत भवन के ठीक सामने इमली वाले पेड़ के नीचे ही लाकर रखा गया था। फिर बीडीओ और ग्राम सेवक आए तब बड़ी जिरह के बाद पंचायत कोष से उसके अंतिम संस्कार हेतु 300 रुपये की राहत राशि पोते आलम को दी गई थी। तब से इसी इमली पेड़ को बुढ़िया का स्थाई आवास मान लिया गया था।

चंदन बाबा पर लटके भूत का सारा किस्सा खुल चुका था।

"हाँ हाँ! इमली गाछ पर तो है ही। अरे वहाँ कम-से-कम चार से पाँच भूत हैं। मने हम तो बता रहे जितना आँख से देखे हैं। बाकी और होगा तो अलग। कम आदमी थोड़े मरा है जी वहाँ दौड़ते-दौड़ते।" बैरागी पंडित जी ने भूतों की भूत-गणना करते हुए बताया।

"अब उपाय सोचिए बाबा। जल्दी करिए कुछ। हम भी फँस गए हैं बाबा यहाँ आकर। अरे कोई मौलवी पकड़िए। रामायण से नहीं भागेगा, कुरान पढ़ना होगा इसके आगे।" बोलते-बोलते लगभग रोने को हो गया था लटकु भंडारी।

बेचारा लटकु हल्ला सुन मजा लेने आया था पर क्या पता था कि इस तरह की सजा मिलेगी। इतनी देर का शोरगुल सुन आसपास के कुछ और लोग भी मंदिर पहुँच चुके थे इनमें एक तो सूधो कुम्हार था और एक चंपत था जो सुनार का काम करता था। एक और आदमी मोहन साव भी था जिसकी मिठाई की छोटी-सी दुकान थी। वह सब बिना कुछ बोले बस हाथ जोड़ चंदन की चौकी के पास खड़े थे। चंदन की माताजी ने उन लोगों को संक्षेप में सारा वृत्तांत सुना दिया था। सूधो को तो यह भी लग रहा था कि हो सकता है भैरव देवता आए हो चंदन पर, क्योंकि मंदिर के ठीक पीछे वाले कुएँ के पास भैरव जी का पिंडा था जहाँ वर्षों से नियम से पूजन करना छूट गया था। लोग मंदिर तो जाते पर उस पिंडे पर जल-फूल चढ़ाना कम हो गया था। कई बार कुआँ पर नहाते-धोते उस पिंडे पर साबुन-तेल मिक्स वाला पानी का छींटा भी पड़ जाता था। इन सब कारणों से ही शायद सूधो को लगा था कि हो सकता है भैरव जी कुपित हो गए हों।

तभी लटकु और बैरागी पंडित जी बरामदे के इस पार चंदन की चौकी के पास वापस आए। उन दोनों को तो असली भूत का पता चल ही गया था।

बैरागी पंडित जी ने भैरव जी वाले संभावना पर ध्यान भी नहीं दिया, बस सिर हिला दिया। बैरागी पंडित जी बरामदे से सटे अपने कमरे में गए और एक पुरानी-सी डायरी लेकर बाहर आए। वहीं ताखे से अपना चश्मा उठाया और उसे पहन डायरी के पन्ने पलटने लगे।

''ये, अजी लटकु इसी में लिखे थे एक नंबर। सिकंदरपुर के एक मौलबी का है। अच्छा झाड़ते हैं। हाथ साफ है एकदम। उसी को बुलाते हैं।'' बैरागी पंडित जी ने पन्ने पलटते हुए कहा।

''हाँ, आप नंबर खोज कर दीजिए ना। मोबाइल तो है ही हमारे पास। अभी तुरंत लगाते हैं नंबर। यहाँ टावर भी पकड़ रहा है, समझिए भगवान का कृपा ही है। हरदम नहीं पकड़ता है टावर।'' लटकु ने अपने मोबाइल को जादू की छड़ी माफिक निकालते हुए कहा। जबसे मोबाइल खरीदा था आज पहली बार उसका सच्चा उपयोग होने जा रहा था। वह भी इतने पुनीत कार्य में। सीधे मंदिर से उद्घाटन होना था लटकु के आउटगोइंग कॉल का।

''यह देखो न जरा ई नंबर। मोबाइल का है या लैंडलाइन का है ? सत्तानबे बीस अं अं बत्तीस छह नौ और फिर सात नौ। यही लगाओ जरा। यही नंबर है।''

बैरागी पंडित जी ने डायरी के बीच के ही किसी पन्ने में मुंडी गोते हुए ही कहा।

लटकु झटके से डायरी की तरफ लपका और लिखे नंबर को डायल करने लगा।

''अरे, यह तो मोबाइल नंबर है बाबा। BSNL का नंबर है। देखिए लगता है कि नहीं।'' लटकु ने टेलीकॉम की दुनिया के अच्छे जानकार की तरह कहा।

''हाँ हाँ मोबाइल का है। मौलवी साहब के भतीजा का है। उसको बोलो तो बात करा देगा।'' पंडित जी ने चश्मा उतारते हुए कहा।

लटकु लगातार नंबर डायल किए जा रहा था। वह नंबर लगाते वक्त कभी आगे बढ़ता कभी चार कदम बाहर निकलता। वहाँ मौजूद सारी निगाहें लटकु की तरफ टिकी हुई थीं। लटकु की जिंदगी में यह पहला मौका था जब इतनी सारी आँखें उसे उम्मीद से देख रही थीं। नेटवर्क पकड़ाने के क्रम में लटकु

कदम-दर-कदम चलते मंदिर के बाहर चला गया। लगभग 2 मिनट के बाद बहुत तेजी से अंदर आया।

"हाँ। बात हो गया है। 5 मिनट के अंदर मौलवी साहब का फोन आ जाएगा। उनका भतीजा फोन उठाया था, उसको बोले हैं, तुरंत बात करवाइए यही नंबर पर। बहुत जरूरी है। बैरागी बाबा मलखानपुर वाले बात करेंगे।" लटकु ने उत्साहपूर्वक बताया।

"लीजिए बात हो गया। आजकल मोबाइल जैसा चीज से सब कुछ कितना आसान हो गया है। 1 मिनट में सिकंदरपुर में बात हो गया। इसको कहते हैं विज्ञान का चमत्कार। अच्छा भारत में यह मोबाइल आज से नहीं आया है, प्राचीन काल से है। ये तो विदेशी लोग आया, पहिले तुर्क सब आया फेर अंग्रेज आया, सब आकर सब कुछ लूट लिया और बहुत ज्ञान-विज्ञान को नष्ट कर दिया। नहीं तो मोबाइल सिस्टम तो महाभारत काल से है भारत में। तब ये इस रूप में नहीं था। संजय धृतराष्ट्र को पूरा महाभारत का युद्ध कुरुक्षेत्र में गए बिना, घर बैठकर सुना और दिखा दिए, ये मोबाइले सेवा का ही न रूप था। आजकल जिसको ये लड़का लोग इंटरनेट-सिंटरनेट बोलते रहता है, ई सब महाभारत काल से है। कहिए तब और भी ज्यादा शक्तिशाली रूप में था यह सिस्टम।" बैरागी पंडित जी ने मोबाइल के सबसे प्राचीनतम साक्ष्य पर एक सारगर्भित क्लास लेते हुए कहा।

इन्हीं सब बातों के बीच तभी मोबाइल की घंटी बजी।

लटकु तो जैसे हवा में उछल गया था मोबाइल को बजता देख। पहली बार कोई फोन आया था और वह भी इतना जरूरी फोन।

एक मौलवी का फोन एक पंडित के लिए, आज के समय में इतना गंगा-जमुनी तहजीबी कॉल शायद ही रिलायंस के किसी अन्य फोन को नसीब हो।

मोबाइल की रिंगटोन भी उस दौर के हिट फिल्म 'कहो ना प्यार है' के ऐसे जनप्रिय गाने की थी कि सभी रिंगटोन सुनने में खो गए थे आधे मिनट भर के लिए।

तभी फिर दूसरी बार रिंग बजा। इस बार लटकु का पुनः ध्यान रिंगटोन पर गया। रिंगटोन बज रहा था"एक पल का जीना, फिर तो है जाना। टुनुंग

टुनुंग टुनुंग टुनुंग।''

एकबारगी देह सिहर गया लटकु भंडारी का। तुरंत मन में विचार आया यह गाना कोई अलगे सिग्नल तो नहीं कर रहा? साला, अब क्या अनर्थ बाकी है होना अभी? कैसा गाना बज गया मोबाइल में? उसके दिमाग में यही बात चल रही थी कि बैरागी पंडित जी चिल्लाए, ''अरे फोन तो उठाओ।''

''हेलो, हाँ मौलवी साहब। अरे जी, हाँ लीजिए बहुत मरजेंसी है। पंडित जी से बात करिए।'' यह कहते हुए लटकु ने लपक हाथ बढ़ा पंडित जी की तरफ मोबाइल बढ़ाया।

तभी अचानक उसने फोन पीछे खींच लिया। तुरंत सामने रखे लोटे से पानी ले उसे मोबाइल पर छींटा और तब वापस बैरागी पंडित जी के हाथ में दिया। असल में उसे अचानक ख्याल आ गया था कि वह मोबाइल को साथ में मैदान लेकर गया था और इसलिए उसने उसे पानी से शुद्ध कर लिया और तब पंडित जी को थमाया। लटकु अब कोई भी चूक नहीं करना चाहता था। वह अब रत्ती भर भी आस्था और पवित्रता से नहीं खेलना चाहता था। बैरागी पंडित जी ने फोन थामते ही उसे बाएँ कान पर लगाया और दोनों हाथों से नीचे से सहारा दे गर्दन बायीं ओर झुका बड़ी तेज आवाज में अब तक की घटी सारी घटनाएँ मौलवी साहब को सुनाने लगे।

आवाज इतनी ऊँची थी कि अगर मोबाइल हटा भी लिया जाता तो भी सिकंदरपुर तक ऐसे ही सुनाई पड़ सकती थी। गाँव में अक्सर ऐसे कई लोग दिख जाते जो मोबाइल पर बात करते वक्त अपनी आवाज सामान्य से कई गुनी ऊंची कर लेते। इन्हें मोबाइल के टावर से ज़्यादा अपने थोथा के पावर पर भरोसा होता।

''हाँ लो, हाँ ऐ लटकु काटो, काटो, काटो फोन। हो गया है बात, आधा घंटा के अंदर पहुँच रहे हैं मौलवी साहब। अभी वह जमुआ बस्ती में है। कहीं भूते झाड़ने गए हैं। हम बोले कि तेल का दाम हम दे देंगे आप किसी का मोटरसायकिल पकड़ के आ जाइए। तो उसका भतीजा का ही मोटरसायकिल है उसी में देना होगा तेल। चलिए बस जल्दी आ जाए और भूत भागे, साला।'' बैरागी पंडित जी ने मोबाइल लटकु को वापस देते हुए कहा। मोबाइल देने के बाद बेचैन पंडित जी के मन में एक भारी धार्मिक ऊहापोह जारी थी। उन्होंने

मौलवी को बुला तो लिया था पर मन में संकोच भी हो रहा था। इसी उलझन में वे बजरंगबली की मूर्ति के सामने गए और आँख बंदकर हाथ जोड़ बोलने लगे, ''हे बजरंगबली, ई पाप माफ करिएगा। हम कुछ जानबूझकर नहीं कर रहे हैं। आप से नहीं हुआ तब मोलवी को बुला रहे हैं। मुसलमानी भूत है इसलिए सुनेगा नहीं। भूल-चूक माफ करिएगा बाबा।''

अब बैरागी पंडित जी थोड़ा हल्का महसूस कर रहे थे।

''कितना तेल लेगा? आप कितना बोल दिए?'' लटकु ने बिना पलक झपके यह तैलीय प्रश्न पूछा।

''अभी थोड़े किलियर किए! एक लीटर लेगा और कितना लेगा!'' बैरागी पंडित जी ने कहा।

''1 लीटर! आपको कुछ समझ में आता है कि नहीं बाबा? यहाँ से 10 किलोमीटर पर है जमुआ बस्ती। और आप 1 लीटर तेल दे दीजिएगा? मने दुनिया का सबसे होशियार यही मौलवी हुआ है क्या? आना-जाना जोड़ लीजिए तब भी बाबा आधा लीटर भी ज्यादा हो जाएगा। लेकिन चलिए एक फोन पर आ रहा है, आधा लीटर दे दीजिएगा। इसमें भी उसको आधा तेल बचेगा। चाहे कोई भी मोटरसायकिल होगा 70 से कम का माइलेज नहीं होगा।'' लटकु ने आँकड़ों सहित एक प्रमाणिक बजटीय स्पीच दिया।

वहाँ उपस्थित सभी जन लटकु की इस आर्थिक विश्लेषण क्षमता से दंग थे। बैरागी पंडित जी को तो लटकु में अभी कुबेर के खजाने के मैनेजर की दिव्य छटा तक दिख गई थी। सोच रहे थे कि कितना हिसाब-किताब का पक्का है, तब न फूँकन सिंह का इतना खास आदमी है। सभी लोग अब तेल की धार में बह गए थे। तेल पर चर्चा होने लगी थी। एक ने ध्यान दिलाया कि इसी तरह जागरूकता के अभाव में आधा लीटर, आधा लीटर करके हम तेल बर्बाद करते गए और आज तेल भारत को अरब से मँगवाना होता है, अमेरिका के आगे भी झुकना पड़ता है।

दूसरे ने चिंता व्यक्त की कि तेल मँगाना मजबूरी है क्योंकि भारत में गाड़ी तो खूब बना लेकिन तेल का कमी है। अगर तेल नहीं रहा तो सारा गाड़ी और मशीन बेकार हो जाएगा। इस हालत में और भी ज्यादा नुकसान हो जाएगा। इसलिए भले तेल महँगा मिलता है लेकिन खरीदना पड़ता है।

बीच में ही इस सच का भी पर्दाफाश हुआ कि यही मजबूरी का फायदा उठाकर विदेशी भारत से तेल का दाम बढ़ा कर लेता है। इसके पीछे सबसे बड़ा हाथ पाकिस्तान का है।

एक ने यह बताया कि अमेरिका में पेट्रोल 1 रुपइया लीटर है। वहाँ लोग बाल्टी से पेट्रोल लेते हैं।

कुल मिलाकर आधा लीटर तेल बचा लेने की जो राष्ट्रीय बहस लटकु ने छेड़ी थी अब वह अंतर्राष्ट्रीय तेल संकट पर एक सार्थक सेमिनार का रूप धारण कर चुकी थी। यहाँ ऐसे-ऐसे तथ्य खुल रहे थे जिसे दुनिया पहली बार जानने वाली थी।

पूरे मंदिर में अब पेट्रोल डीजल की गंध तैर रही थी। वातावरण तेल-तेल हो गया था। इसी बीच चंदन एक बार और उग्र हुआ और उसने उठकर चंपत सुनार के पिछवाड़े पर एक लात मार दिया और कहा, ''सब तेल लेने जाओगे तुम सब रे भोसड़ीवाला!''

किसी तरह उसे फिर शांत करके लिटाया गया। सभी बैठे बेसब्री से मौलवी साहब का इंतजार कर रहे थे। तभी एक मोटरसायकिल के रुकने की आवाज आई। लटकु दौड़कर बाहर देखने गया और दन से भीतर भी आ गया।

''मौलवी साहब आ गए हैं। साथ में हरमजादा बिरंचिया भी है।'' लटकु ने उत्साह में भी अफसोस मिक्स कर मुँह बिचकाते हुए कहा।

''आँय, बिरंचिया! ऊ मौलवी साहब के साथ कैसे? साला एक न एक आफत आ ही जाता है। खैर, छोड़ो उसको। पहले भूत झड़वाओ जल्दी।'' बैरागी पंडित जी ने मंदिर के दरवाजे की तरफ बढ़ते हुए कहा।

तब तक मौलवी साहब मंदिर द्वार तक पहुँच चुके थे। लगभग 5 फुट 5 इंच की लंबाई, सफेद कुर्ते पर एक हाथ की चौड़ाई वाला पजामा, सफेद नूरानी लंबी दाढ़ी और पूरे कपड़े से आती इत्र की खुशबू के साथ सिकंदरपुर के मस्जिद टोला के रहने वाले मौलवी शकील मियाँ ने जैसे ही मंदिर के अंदर पाँव रखा भारत के गंगा-जमुना संस्कृति का वो दृश्य पैदा हुआ जिसे देख हर भारतवासी गर्व कर सकता था। जो कमाल मिलजुल कर जीने की कोशिश में नाकाम हिंदू-मुसलमान एक-दूसरे से करीब आकर कभी नहीं कर पाते उसे एक भूत ने कर दिखाया था। इस देश को ऐसे भूतों का आभारी

होना चाहिए।

एक पंडित ने मंदिर के द्वार पर अभिवादन करते हुए एक मौलवी का स्वागत किया था। भारत कभी-कभी ही इतना सुंदर दिखता था। यह दृश्य ठीक उसी तरह ऐतिहासिक बन पड़ा था जैसे स्वतंत्रता संग्राम के दौरान स्वामी श्रद्धानंद का जामा मस्जिद में स्वागत कर उन्हें बोलने बुलाया गया था।

मौलवी साहब के साथ उनका भतीजा और साथ में बिना किसी अभिवादन बिरंची सहित सभी अंदर घुसे।

अब तक बहुत लोग जमा हो चुके थे। चंदन वाली चौकी को चारों तरफ से सब ने घेरे रखा था। लटकु दौड़कर मौलवी साहब के लिए मंदिर में रखी एकमात्र कुर्सी ले आया। मौलवी साहब कुर्सी पर बैठ आँख बंद कर कुछ बुदबुदाने लगे। इधर बिरंची भी मोहन साव और चंपत को ठेल चंदन के सिरहाने खड़ा हो गया था। तभी लटकु को देख तुरंत बिरंची के मुँह से निकला"अरे लटकु भाई, अरे भैया तुमको फूँकन सिंह लाठी लेकर खोज रहा है और तुम यहाँ डीलिंग दे रहा है?"

"अरे, अरे ऐ साले बिरंचिया, साले होश में बात करो। जबान तोड़ देंगे, अगर हम से ऐसे बात किया तो। और साले फूँकन बाबू का नाम इज्जत से लो नहीं तो ठीक नहीं होगा।" लटकु ने आगे बढ़ते हुए कहा। इतने गंभीर और तनाव भरे माहौल के बीच इन दोनों की नोक-झोंक से बैरागी पंडित जी बिफर पड़े।

वे तमतमाते हुए बोले, "चुप साला। एकदम चुप रहो बिरंचिया तुम। हमारा यहाँ बेटा का जान खतरे में पड़ा है और तुम लोग झाड़-फूँक के बीच हल्ला कर चंदन का जान लेने आए हो? जरा भी शर्म नहीं है?" इतना बोलते-बोलते गला भर आया था बैरागी पंडित जी का। आखिर बाप तो बाप होता है।

"इसको बुलाया कौन? यहाँ आया कैसे?" लटकु ने कहा।

"हम लेकर आए हैं। हमारा दोस्त है भाई।" मौलवी साहब का भतीजा सिक्कू बोला।

"आप कैसे फँस गए महाराज इसके चक्कर में?" मोहन साव धीरे से बोला।

''भाई जान, हमारे लड़के को बिना पैसा लिए 7 महीना ट्यूशन पढ़ाया ये आदमी। साइकिल से जाता था सिकंदरपुर और पढ़ाकर आता था। दुई बार का फेल हमारा लड़का आराम से मैट्रिक इम्तहान पार किया इस दफे। आप लोग पता नहीं क्या समझ कितना कुछ बोल रहे हैं!'' सिक्कू ने बोला।

यह सुनते ही मोहन साव ने मुँह घुमा लिया। इसी बीच मौलवी साहब ने आँख खोल थोड़े कड़े भाव से कहा, ''भाई, थोड़ा खामोशी रखिए आप लोग''

सभी एकदम चुप हो गए। बैरागी पंडित जी हल्के कदम से उठे और बिरंची की बाँह पकड़ उसे किनारे लाए।

''हम तुम्हारा हाथ जोड़ते हैं बिरंची। देखो, देखो जरा भी इधर-उधर हो गया तब प्राण चला जाएगा हमारे लड़के का। उसका जान मत लो। तुम बाहर चले जाओ थोड़ा देर।'' बैरागी पंडित जी की आँख भर आई थी बोलते-बोलते।

बिरंची ने अभी बैरागी पंडित जी की आँख में पानी के साथ कुछ और भी क्या देख लिया था! वह चुपचाप मंदिर के बाहर निकल सिक्कू की मोटरसायकिल पर जाकर बैठ गया। अंदर चंदन का भूत पुनः जागृत हो चुका था। मौलवी ने जैसे ही कुछ पढ़कर उसके सिर पर हाथ रख उसके चेहरे पर फूँक मारा, चंदन चिल्लाकर उठा।

''भक्क रे साला! वाह मौलवी साहब! पान में 364 नंबर जर्दा खाए हैं? सीधे हमारे मुँह पर थूक दो ना बे।'' चंदन ने जोर से झल्लाकर कहा। चौकी से सटे लोग दूर हट गए। मौलवी साहब ने अबकी एक गिलास पानी माँगा उसमें कलमा पढ़ चंदन को पीने के लिए दिया। चंदन गिलास को पकड़ हँसने लगा।

''हा हा! दिलबहार गुटखा खाए हैं मौलवी साहब? हमको रजनीगंधा चाहिए। तुलसी असली वाला पौच।'' चंदन ने एक अजीब-सी भयंकर हँसी के साथ कहा।

मौलवी साहब ने माथे पर आए पसीने को बहने से पहले ही पोंछ हल्के से कहा, ''पानी पी लो बेटा। ताबीज का पानी है। पी लो बेटा चंदन।''

''ही ही ही ही हा! वाह रे मौलबी! बकचोद समझे हैं हमको? आपका

फूँकलका जूठा पानी पी लें? हट फेंको रे ई पानी। पाकिस्तान भेजो इसको। भेजो ई मौलवी को पाकिस्तान। खून पिएँगे, पानी नहीं।'' चंदन ने चिल्लाते हुए कहा और गिलास को हवा में उछाल फेंक दिया। चंपत सुनार का सिर टकराने से बचा।

''लहू माँग रहा है, ब्लड।'' बीच में से किसी की एक धीमी-सी आवाज आई।

मौलवी साहब भी कहाँ हार मानने वाले थे! उन्होंने कुर्सी से खड़े हो एक गिलास पानी और मँगाया। पर इस बार बिना कुछ पढ़े उसको खुद पी गए। पसीने से वह भींग गए थे। उनका भी पहली बार इतने जिद्दी भूत से पाला पड़ा था। पंडित-मुल्ला दोनों इस भूत के परफॉर्मेंस के सामने फेल हो चुके थे। मौलवी साहब कलमा पढ़ उसे छूते तो चंदन जोर-जोर से हँसता, ''हा हा हा गुदगुदी करते हैं हो मौलवी साब? चूतिया समझा है हमको!''

मौलवी साहब ने कुछ पल सोचने के बाद एक लंबा काला धागा लाने को कहा पंडित जी से। यह सुनते ही चंदन के अंदर का भूत बोलने लगा, ''हा हा हा ला दो, लेडिस भूत हैं हम। बलाउज सिएगा ई हमारा। का मौलवी साहब पेटीकोट भी बना दीजिए। हा हा हा।''

यह सुनते ही दो आदमी तो जैसे चौंक से गए। एक तो खुद मौलवी साहब दूसरा उनका भतीजा सिक्कू। असल में केवल यही दोनों जानते थे कि अभी 3 महीने पहले ही मौलवी साहब ने घर में ही अपना एक छोटा-सा रोजगार शुरू किया था जिसमें वह घर से ही सिलाई का काम करते थे। और वह खासकर महिलाओं के वस्त्र सीने के विशेष काम के लिए जाने जाते थे। सिक्कू अपने पास आए पेटीकोट या साड़ी में फॉल लगाने जैसे काम अपने चाचा मौलवी शकील मियाँ से ही करवा कर देता था। मौलवी साहब अभी अंदर-ही-अदर खुदा से बस पनाह माँग रहे थे। काला धागा लेने के बाद उसे जैसे ही मौलवी साहब ने चंदन के पाँव से सटा सिर की तरफ नापने को लगाया चंदन ने धागा छीन उसे मौलवी साहब के गले में लपेट दिया और दाढ़ी खींचने लगा। मोहन, चंपत, सूधो ने किसी तरह उन्हें छुड़वाया। लटकु तो थर-थर काँप रहा था।

''लटकउआ भंडारी, साला तुम्हीं न बुलाया मौलवी को? मंदिर में कलमा पढ़वा दिया रे। तुम्हारा खून पी के रहेंगे हम।'' चंदन ने लटकु को देखकर

कहा।

लटकु बिना कुछ टोके थोड़ा पीछे बायीं ओर हट बजरंग बली की प्रतिमा के पास साँस रोके खड़ा हो गया। बैरागी पंडित जी इधर बेसुध हुए जा रहे थे। भूतिया कारनामों से हिले मौलवी साहब सीधे उठकर मंदिर के बाहर आ गए। वह तो हनुमान जी पर भरोसा भी नहीं कर सकते थे कि वे मौलवी को बचाएँगे भी कि नहीं।

चंदन के भूतिया खींचा-खींची में उनके कुर्ते का एक बटन टूट गया था।

पीछे से मोहन साव ने वह बटन धीरे से मौलवी साहब को पकड़ाया। मौलवी साहब ने उसे धीरे से कुर्ते की जेब में डाल लिया। मौलवी साहब ने एक बार कुर्ते पर हाथ फेर देखा कि और बटन तो नहीं टूटे हैं।

''देखिए, मामला थोड़ा मुश्किलात भरा है। शैतानी रूह है यह। अल्लाह चाहेगा तो इससे जिस्म छुड़वा के रहेंगे। असल में यह जिन्न नहीं है, जिन्नात है। और मेरा जिन्न पर हाथ साफ है। इसलिए थोड़ा परेशान कर रहा ये शैतान। थोड़ा हम कल अपने उस्ताद से मिलकर आते हैं। आज किसी तरह कंट्रोल में रखिए उसको। कल अगर नहीं ठीक हुआ तो इसको अजमल तूफानी के मजार पर ले जाएँगे।'' इतना बोल मौलवी साहब बिना कुछ सुने मोटरसायकिल पर बैठे और सिक्कु को मोटरसायकिल स्टार्ट कर निकलने का इशारा किया।

बैरागी पंडित जी सहित सब-के-सब वहीं खड़े-खड़े जाती मोटरसायकिल की धूल देख रहे थे। सिक्कू बहुत तेज गति से मोटरसायकिल उड़ाए ले जा रहा था। शायद पीछे से मौलवी साहब उँगली से हुरकुच सिक्कू का एक्सलेटर दबाए हुए थे। तभी बिरंची ने हाथ में ली खैनी को रगड़ मुँह में डाला और मंदिर की तरफ जाने लगा।

''कहाँ जा रहा है तुम?'' बैरागी बाबा गरजकर बोले।

''चंदन बाबा के भूत को सलाम करने। साला, इस भूत को तो राष्ट्रीय एकता का पुरस्कार मिलना चाहिए। हिंदू-मुस्लिम, पंडित-मुल्ला, मंदिर-मस्जिद, सबको मिला दिया। एक जैसा कांड किया सबके साथ।'' बोलकर बिरंची हँसने लगा।

बात तो बिरंची ने हँसने की ही की थी लेकिन अब वहाँ माहौल ऐसा था

कि कोई कैसे हँसता! चंदन अभी तक बकबक कर रहा था, और होश में नहीं आ रहा था। बैरागी पंडित जी के अंदर का बाप वहीं थककर बैठ गया। उन्होंने अबकी बिरंची से कुछ नहीं कहा। मंदिर के अंदर से चंदन के माता की रोने की आवाज आने लगी। बिरंची अब बिना कुछ देखे-सुने सीधे मंदिर के अंदर गया। चंदन का पेट दबाने लगा। अचानक चंदन आह करके उठा और उल्टी करने लगा। उसकी माँ हाथ में कलेजा लिए दौड़ी।

"चाची, आप चिंता ना करिए। हमको भी 5 मिनट दे दीजिए, आप एक ठो नींबू और चाकू लाइए। एक बाल्टी पानी भी लाइए जल्दी।" बिरंची ने चंदन का सिर अपनी गोद में लिए हुए कहा। तभी बाहर से सूधो कुम्हार अंदर आ गया। चंदन की माँ ने बिरंची को नींबू और चाकू दिया। अभी चंदन की माँ और खड़े सूधो के मन में जिज्ञासा यह थी कि जैसे नींबू कटेगा, क्या उसमें से लाल रंग का खून निकलेगा? भूत-पिशाच के केस में नींबू का महत्व क्रिकेट में बॉल की तरह होता है। दोनों गौर से नींबू कटता देखने लगे। बिरंची ने नींबू के दो टुकड़े कर उसे चंदन के मुँह में निचोड़ दिया। इधर बाहर सब बैरागी पंडित जी को पकड़े सांत्वना दे रहे थे। सब कह रहे थे धैर्य रखिए पंडित जी, कहीं बाहर ले जाया जाएगा। तभी सामने से आलम आता दिखाई पड़ा। उसे बाजार में किसी ने बता दिया था कि उसकी दादी के भूत ने तहलका मचा दिया है। मंदिर में आई है। वह खुद दादी की मौत के बाद अपनी दादी के भूत से आज तक मिल नहीं पाया था। आज आधा गाँव उससे मिल चुका था, इसलिए उसे जब यह सब पता चला तो दौड़ा आ रहा था। मन में दादी के प्रति गुस्सा था और शिकायत भी थी कि पोते से पहले आधे गाँव से मिल ली। ठीक तभी अचानक चंदन की माँ दौड़ते हुए मंदिर के बाहर आई।

"ऐ जी, चंदनवा के होश हो गया है। बतिया रहा है बढ़िया से। उतर गया जी भूत। बिरंची झाड़ा। सौ बरस जिए ई पगला बिरंचिया।" एकदम से गदगद स्वर में बोल फिर दौड़े अंदर को गई चंदन की माँ। बाहर से सब हड़बड़ाकर उठे और चंदन के पास पहुँचे। बैरागी पंडित जी ने घुसते ही चंदन को गले लगा लिया। अभी-अभी भूतोनिवृत हो स्नेह से पिता के गले लगे चंदन ने धीरे से कहा, "माफ कर दीजिए बाबूजी। बहुत गाली-गलौज कर दिए थे हम शायद!"

"अरे, तुम थोड़े किए। उ तो बुढ़िया के भूत का न काम था, उसका संस्कारे खराब था। लटकु बताया न कि उसका बोली-चाली खराब था। तुम्हारा क्या गलती? जय भोलेनाथ ठीक हो गया तुम।" बैरागी पंडित चहकते हुए बोले। इधर अभी-अभी दादी के भूत से मिलने की दिली तमन्ना लिए पहुँचा बेचारा आलम तो मन-मसोसकर रह गया कि हम आए और दादी चली गई फिर बिना मिले। अभी 2 घंटा से आराम से थी यहाँ।

"बाह बेटा बिरंची! अरे बेटा कैसे झाड़े बाबू?" बैरागी पंडित जी ने एहसान तले दबी जबान से पूछा।

"कुछ नहीं किया। दो नींबू लगा एक बाल्टी पानी।" चौकी पर बैठे हुए बिरंची ने खड़े होते हुए कहा।

"मगर भूत कैसे उतारे तुम? सब हार गया और तुम उतार दिए! कोनो सिद्धि-उद्धि किए का? कोनो साधु तांत्रिक का संगत पकड़े क्या?" बैरागी पंडित जी ने सबसे बड़ा सवाल दाग दिया था। और जवाब उससे भी विशाल और धमाकेदार ठोंका बिरंची ने।

"अरे, जब भूत चढ़ा ही हमारे साथ था तो उतारेगा कौन! अरे हो बाबा, भोरे-भोरे गाँजा टान के फिर तुरंत ऊपर से दू गोला भाँग खा लीजिएगा तऽ उतरने में टाइम तो लगता ही है। चंदन बाबा तऽ एकबारगी चार गोला ताड़ी संग निगल गए थे। पेट दबा के उलटी करवाए। फेर नींबू चटवाए और पानी मारे कपार पर, उतर गया भूत।" बिरंची बोलते हुए मंदिर के द्वार तक आ चुका था।

बैरागी बाबा बस दोनों हाथों से कुछ टटोल रहे थे। चौकी के नीचे जूते रखे हुए थे। एक जूता उठाकर एक हाथ से अपनी धोती पकड़े कसकर सीधा बिरंची की तरफ चलाया।

"साला पापी भरस्ट, नीच, हरामी! बर्बाद कर दिया हमारा कुल को। साला भूत झाड़ता है!" बैरागी पंडित जी के माथे से अभी ज्वालामुखी फूट रहा था। बिरंची वहाँ से फुर्र हो गया था। दूसरी ओर वाले खेत में लटकु भंडारी भी दौड़े जा रहा था। उसने भी पलक झपकते खतरा भाँप ही लिया था।

"और कहाँ है कमीना साला भंडारी। साला लटकुआ, साल्ला नउआ, हमरे पर अस्तुरा चला रहा था रे? भोरे से दिमाग में भर के रख दिया साला

मुस्लिम भूत है, लेडीस भूत है, अलमवा के दादी है। मौलबी के घुसवा दिया साल्ला मंदिर में, सब भरस्ट करवा दिया कुत्ता साला। क्या-क्या ताल करवा दिया।'' पंडित जी ने इधर-उधर लटकु को खोजते हुए कहा। उसे खोजते हुए एक बार हनुमान जी की मूर्ति के पीछे भी झाँका। अब बारी चंदन बाबा के भूत की थी। बैरागी पंडित जी ने अपने पुराने घिसे जूते का दूसरा वाला पीस उठाया और उसे बिना किसी गिनती के सिर, हाथ, कपार, पेट, पीठ, जहाँ भी उचित-अनुचित निशाना लग जा रहा था, बरसाना शुरू किया। चंदन चीखते-चिल्लाते कभी माँ की ओर दौड़ता तो कभी जमीन पर लोटता और पंडी जी के पैर पकड़ता। बैरागी पंडित लगातार जूता गिराए जा रहे थे। असली भूत तो अब उतारा जा रहा था चंदन का।

13.

जगदीश यादव और बैजनाथ मंडल दोनों साथ में पैदल ही अपने खेत की तरफ जा रहे थे। उनके खेत का रास्ता गाँव के पूरब हरिजन टोला से होकर गुजरता था। दोनों आपस में बतियाते चले जा रहे थे कि पीछे से एक आवाज सुनाई दी, "चाचा प्रणाम!"

दोनों चौंके, भला इस टोले में उनको अपना कौन-सा भतीजा मिल गया! पीछे मुड़कर देखा तो हाफ पैंट पर टीशर्ट डाल एक नौजवान हाथ जोड़े उनकी ओर आ रहा था।

"चाचा प्रणाम! हम पबित्तर दास हैं चाचा। पहचाने कि नहीं हमको?" उसने मुस्कुराते हुए कहा।

"अरे, प्रणाम प्रणाम! हाँ भाई पहचाने क्यों नहीं! एकदम पहचान गए हैं। तुम लेकिन बाजार कभीए-कभार जाते हो इसलिए भेंट मुलाकात नहीं हो पाता है।" जगदीश यादव ने खुद को सहज करते हुए कहा।

"जी चाचा, बाजार एकदम कम जाते हैं। चाचा आप दोनों को मंदिर उद्घाटन का कार्ड मिल गया होगा। लेकिन हम सोचे कि एक बार चाचा लोग को अपने से हाथ जोड़ विनती कर लें तो ठीक रहेगा। परसों है उद्घाटन। कार्ड हम 15 दिन पहले ही भिजवा दिए थे कि कोई छूटे-घटे तो उनको देखकर फिर नेवता कर सकें। जरूर आइएगा चाचा। आप लोगों का आशीर्वाद के बिना नहीं होगा हमारा जग सफल।" पबित्तर ने हाथ जोड़े मुद्रा में ही कहा।

"हाँ हाँ आएँगे जरूर आएँगे। का बैजनाथ, आना तो है ही!" जगदीश यादव ने बैजनाथ की सहमति समेत कहा।

"यहीं सामने मंदिर बना है। आइए न चाचा चाय पीकर जाइएगा।" पबित्तर ने विनम्र निवेदन किया।

"अरे नहीं-नहीं बाबू, अब परसों ही आते हैं। अभी लहसुन प्याज खाए हैं, अभी मंदिर नहीं जा सकते। एके बार परसों उद्घाटन में देखा जाएगा मंदिर भी।" बैजनाथ मंडल ने कहा।

"हाँ और पहले मंदिर में माथा टेक लेंगे तभी चाय पिया जाएगा।" जगदीश यादव ने गहरे आध्यात्मिक तरीके से चाय का कार्यक्रम टालते हुए

कहा।

"अच्छा भाई पबित्तर, मंदिर तो बड़ा अच्छा बनवा लिए। अब घर भी बनवा लो भाई। बाप-दादा का निशानी है। तुम्हारा बाबूजी जतरू दास हम लोग का बड़ा नजदीकी था भाई।" बैजनाथ मंडल ने चलते-चलते मुफ्त की सलाह दी और शायद कुछ सुनने की जिज्ञासा भी थी उसके अंदर।

"हाँ चाचा, बनवा लेंगे। बस महीना के आखिरी में काम लगवा रहे हैं घर पर। टोला का मन था कि पहले मंदिर बनना जरूरी है सो, इसी को पूरा किए पहले।" पबित्तर ने बिना लाग-लपेट के आगामी कार्यक्रम बता दिया। पवित्तर की आगामी योजना ने तत्काल दोनों का वर्तमान खटरुस कर दिया। कहाँ तो बैजनाथ ने उसके टूटे खपरैल वाले घर की हालत पर चुटकी ली थी और बदले में पता चला अब जल्द यहाँ पक्का मकान भी बनने ही वाला है। जगदीश यादव तो अब यह सोच खुद को समझाने की कोशिश में थे कि घर बनाएगा तो, ईंट शायद मुझसे खरीदे। हालाँकि, मंदिर निर्माण के लिए सारा ईंट पबित्तर ने कहीं दूसरे गाँव से मँगाया था, यह बात बैजनाथ मंडल ने ध्यान दिला जगदीश यादव का बचा-खुचा मूड भी खराब कर दिया। बैजनाथ मंडल तो इधर यह सोच खैनी जोर-जोर से रगड़ रहा था कि, साला हम 3 साल से फूँकन बाबू के गाँड़ के पीछे लगे हुए हैं इंदिरा आवास के लिए और यहाँ जतरू चमार का लड़का बिल्डिंग ठोक दे रहा है।

दोनों अब तेज कदमों से चल थोड़ी दूर निकल आए थे। चेहरे पर किसी आफत से बच निकलने जैसे भाव थे। दोनों धर्मवीर आपस में लगातार बतियाते भी जा रहे थे।

"साला हम तो कहे आज गया जात धर्म सब। इतना इज्जत से बोल रहा था कि लगा कहीं चाय पीना ना पड़ जाए साला।" जगदीश यादव ने आँख नचाते हुए कहा।

"सही बोले जग्गू दा, हम तो इसलिए देखे ना कैसे घर बनाने के तरफ बात ही मोड़ दिए।" बैजनाथ मंडल अपनी बात-मोड़न क्षमता पर इतराते हुए बोला।

"अब देखो कि कौन-कौन आता है इसके मंदिर के उद्घाटन में ? साला पूरा गाँव में दिया है न्योता। बहुत खर्चा-पानी कर रहा है। यह भी एक लाज

का ही बात है बैजनाथ कि आज तक फूँकन बाबू भी टोला का मंदिर नहीं बन पाया और यहाँ एक हरिजन का लड़का देखो मंदिर बना दिया और पूरा गाँव भोज भी खिलाने जा रहा है। वाह रे कलयुग!'' जगदीश यादव ने बर्बाद हो रहे युग पर चिंता प्रकट करते हुए कहा।

''अरे छोड़िए, मंदिर-फंदिर जग्गू दा। वहाँ पबित्तर दास के द्वार पर खटिया पर देखे कौन सोया हुआ था? हम तो देख आश्चर्य खा गए हैं दादा।'' बैजनाथ ने मुँह बा कर कहा।

''नहीं देखे। हम ध्यान नहीं दिए। कौन था?'' जगदीश यादव बोले।

''अरे लीजिए। अरे बैरागी पंडित के लड़कवा था, चंदनवा। साला बताइए कैसे तकिया ले मलेच्छ के जैसा उल्टा हुआ था। कौन कहेगा कि बाभन का लड़का है। जात धर्म सब खत्म कर लिया है साला ई छौंड़ा।'' बैजनाथ ने ब्राह्मणत्व के ह्रास पर बिना खैनी खाए ही थूकते हुए कहा।

''बोलो, हे भगवान! बैरागी पंडित जी को पता है कि नहीं? बताओ जब पंडित बाभन का लड़का ऐसा अधर्मी हो जाएगा साला दूसरा लोग बेचारा क्या बचाएगा धर्म? हरिजन के घर खाता-पीता-सुतता है। अब क्या बचा है ऐसा आदमी का? किस बात का पंडित साला? इन्हीं सब के पाप के कारण तऽ कलयुग में इतना विनाश हो रहा है बैजनाथ। जब ठाकुरे-बाभन अपना धर्म का नाश कर लिया तो क्या बचा? इसी को तो घोर कलयुग कहते हैं बैजनाथ।'' जगदीश यादव ने घोर कलयुग की परिभाषा का सारांश बताया।

''चंदनवा है ही पापी। बैरागी पंडित जी के हाथ से निकल गया है। और असली बात तो कुछ और है जिसके चलते दिनभर वहीं पड़ा रहता है, बाद में बताएँगे आपको कभी।'' बैजनाथ ने घोर कलयुग का आधा तात्कालिक कारण ही बताते हुए कहा।

''का हाथ से निकलेगा? साला हमारा बेटा अगर इस तरह चमार के घर खा-पी ले और द्वार पर खटिया पर सुत जाए तो साले को घर से निकाल दें या गोड़-हाथ तोड़ के घर बैठा दें। हम लोग तो यदुवंशी हैं, मजाल है कि कोई चमार के हाथ का छुआ खा ले या चाय तक पी ले। चलिए जात-पात नहीं करना चाहिए लेकिन धर्म भी तो कोई चीज है। हम बाहर कभी जात-पात नहीं करते। होटल में खाते हैं, पार्टी में खाते हैं कोई दिक्कत थोड़े है। लेकिन यह

नहीं करते कि किसी हरिजन के घर घुसकर रहें और खाएँ। साला, लाज भी नहीं पंडित जी के बेटा को।'' जगदीश यादव ने जात-पात को गलत मानते हुए ही कहा।

''हाँ पक्का बात बोले। अब हम ही को देखिए, तेली हैं जात का लेकिन इतना भी गया गुजरा नहीं हैं कि किसी हरिजन घर जाकर खा-पी लें। हमारे द्वार पर ऊ लोग आता है अगर बिहा-शादी में तो खिलाते-पिलाते हैं मगर आप कहिएगा कि उन लोगों के घर जाने, तो एकदम नहीं जाते हैं। जात-पात, छुआछूत का बात नहीं है लेकिन समाज का मरजाद और नियम भी तो कोई चीज है।'' बैजनाथ ने भी अपना तैलत्व छलकाते हुए कहा।

''और क्या! सही बोले। देखो अब कहीं बैरागी पंडित जी का पतोहू न बन जाए कोई हरिजन का लड़की। एक ऐसा कांड हो चुका है इसी गाँव में। बाप रे! फिर हो गया तऽ अब की बार पंडित जी का बिनास ही लिखा जाएगा। लक्षण ठीक नहीं लग रहा हमको।'' जगदीश यादव हल्की हँसी के साथ बोले।

भारत में छुआछूत की बीमारी की सबसे बड़ी विशेषता यही रही थी कि यह बीमारी बस किसी खास एक जाति या वर्ग द्वारा पोषित नहीं, किसी एक जात की बपौती नहीं थी।

यहाँ हर जाति के नीचे एक जाति थी। भारत में सबसे ऊपर की जाति तो खोजी सकती थी पर सबसे निचली जाति खोजना अभी तक बाकी था।

यहाँ हर जाति के लिए कोई न कोई जाति अछूत थी।

तेली के लिए हरिजन अछूत था, यादव के लिए तेली अछूत था, क्षत्रिय के लिए दोनों अछूत थे, ब्राह्मण के लिए तो सब अछूत थे। मानव का मनोविज्ञान बताता है कि वह स्पर्श से आनंद पाता है लेकिन किसी को न छूने का आनंद भारतीय जाति व्यवस्था की अपनी मौलिक रसोत्पत्ति थी। अछूत रस सबसे निर्मल रस था। यह किसी-न-किसी रूप में सबको आनंद देता था। हर चीज को छूकर, चखकर देखने की जिज्ञासु पीढ़ी ने भी इस प्राचीन भारतीय अछूत रस के प्रवाह को लगातार बनाए रखा था। टच स्क्रीन की जीवनशैली वाली पीढ़ी जब जात-पात के नाम पर टच करने से परहेज कर रही होती तो सारी प्रगतिशीलता और आधुनिकता एक छलावा लगने लगती।

इधर दिन गुजरने के साथ ही पबित्तर के यहाँ तैयारी जोर-शोर से चलने लगी। आयोजन का लगभग पूरा भार बिरंची ने ही उठा रखा था। उसके साथ हरिजन टोला के कई नौजवान एक पैर पर खड़े थे। चंदन पांडे भी बिरंची के साथ लगा हुआ था। पबित्तर दास को इन दोनों के रूप में अच्छे मित्र और सहयोगी मिल गए थे। मंदिर में पूजन एवं अनुष्ठान के लिए आस-पास के गाँव से किसी अच्छे पंडित का मिलना मुश्किल हो रहा था। इलाके के सबसे गुणी और नामी पंडित आचार्य श्री सरयू झा सज्जन जी ने मनचाहा दक्षिणा देने की पेशकश के बावजूद भी पूजा कराने से मना कर दिया था। उन्होंने बिरंची को लगभग डाँटते हुए कहा था, "तुम पैसा देकर हमारे ब्राह्मणत्व को नहीं खरीद सकते। हम पैसे के लालच में धर्म नहीं नष्ट कर देंगे।"

इस पर बिरंची ने खट से पूछ लिया था, "कभी बिना पैसा लिए भी कहीं पूजा करबाए हैं क्या पंडित जी? सेठ-साहूकारों के यहाँ तो जो सबसे ज्यादा पैसा देता है, दशहरा-दिवाली का मेन पूजा उसी का कराते हैं। ई कैसा धर्म है जो पैसा लेकर सेठ के लिए शंख फूँक सकता है लेकिन हरिजन के लिए नहीं।"

यह सुनते ही पंडित सरयू झा सज्जन ने अपने लकड़ी का खड़ाऊँ बिरंची के कपार पर दे मारा था। संयोग अच्छा था कि सर फटा नहीं। जब पबित्तर दास ने पाँव पकड़कर माफी माँगी तब जाकर किसी तरह से बाबा शांत हुए थे। पंडित सरयू के छोटे बेटे ने पूजा घर से गंगाजल ला उनका दोनों पाँव पखारा तब जाकर पंडित सरयू झा सज्जन पुनः पवित्र योनि में रीसेट हुए। पंडित श्री सज्जन धर्म के कड़े पालनकर्ता थे। धर्म का पालन यूँ करते कि धर्म से कमाया तो धर्म ही खाते, धर्म ही पीते थे। रोटी खाते तो, उस पर शुद्ध घी से पहले 'श्री राम' लिख देते। घर के सामने वाली चापाकल की गंध युक्त हल्की पीली लोहरइन पानी पीते तो उसमें पहले एक तुलसी पत्ता डाल देते जिससे कि उसमें तैरते बैक्टीरिया का पाप धुल जाए और वह हानि न पहुँचा सके। ऐसे धर्मात्मा की आत्मा को ठेस पहुँचा उस दिन बिरंची और पबित्तर ने अनजाने में धर्म युद्ध छेड़ दिया था। भाग्य अच्छा था बिरंची का कि इस देवासुर संग्राम में बिना बहुत ज्यादा चोट खाए निकल आया था। उस दिन के बाद से ही सबसे बड़ी समस्या यह हो गई थी कि अब भला पंडित कहाँ से लाया जाए! ऐसे

समय में वह चंदन ही था जिसने अपने फुफेरे बड़े भाई को समझा-बुझाकर इस आयोजन के लिए तैयार कर लिया था। चंदन का यह फुफेरा भाई पंडित नित्यानंद चौबे काशी से कर्मकांड का क्रैश कोर्स कर चुका था। इस तरह चंदन ने एक बड़ी समस्या का समाधान कर दिया था पबित्तर के लिए। इस कारण पबित्तर का मन चंदन के लिए अगाध श्रद्धा से भरा हुआ था। चंदन के दिन से लेकर शाम पबित्तर के यहाँ ही कटते। चाय, पानी, नाश्ता चलता रहता।

बिरंची की पबित्तर से मुलाकात भी एक संयोग ही थी। पबित्तर मंदिर निर्माण के दौरान ही ढलाई के छड़ बँधवाने को लखन लोहार से संपर्क करने गया था जहाँ बैठे बिरंची से उसकी बातचीत होने लगी और बातों-बातों में बिरंची पबित्तर का साथी बन गया था। फिर तो बिरंची ने मंदिर निर्माण का सारा काम अपनी निगरानी में करवाया था। मजदूर कम पड़ने पर खुद मजदूरी तक की थी। बिरंची के साथ ही चंदन पांडे भी वहाँ आने-जाने लगा था। चंदन धीरे-धीरे बिरंची के बिना भी वहाँ जाने लगा था। अभी तो पिछले 2 दिन से वहीं डटा पड़ा था मंदिर उद्घाटन की व्यवस्था के लिए। चंदन अभी खटिया पर लेटा अखबार में खेल पृष्ठ पर आँख धँसाए किसी विदेशी महिला टेनिस खिलाड़ी की तस्वीर देख रहा था कि तभी पबित्तर की नई मोटरसायकिल लिए बिरंची पहुँचा। उसने चंदन को साथ लिया और भोज के लिए राशन की सामग्री की लिस्ट लिखाने, रसोइया गुलाबो जी महाराज के पास निकल गया।

उद्घाटन की तैयारी जोर-शोर से चल रही थी।

14.

मुरारी की चाय दुकान पर मलखानपुर गाँव की पूरी केबिनेट ही बैठी हुई थी। कल ही पबित्तर दास के यहाँ मंदिर का उद्घाटन होना था। कौन-कौन आयोजन में जाएगा और कौन नहीं जाएगा—इन्हीं सब बातों पर लगातार मंथन जारी था। सब एक-दूसरे के मन की थाह ले रहे थे। जगदीश यादव किसी जरूरी बुलावे पर थाना जा रहे थे पर यहाँ चर्चा का महत्व ज्यादा देखकर पिछले 1 घंटे से यही जमे हुए थे। बैजनाथ भी निकला तो था बकरी को बगल के गाँव जितवारपुर हटिया में बेचने ले जाने के लिए, पर अब वह जाना भूल चुका था। वो जिस बेंच पर बैठा उसी के पौआ में बकरी की रस्सी बाँध अब सीधे चर्चा में शरीक हो गया था।

बीच-बीच में बकरी उसकी लुँगी खींच लेती तो बैजनाथ बिना उसकी तरफ देखे उसके मुँह पर लात मार देता और लुँगी छुड़ाता। वह तो अभी बायें हथेली में खैनी लिए उसे दाहिने हाथ की तर्जनी से रगड़ते हुए लगातार वहाँ बैठे लोगों के मुँह की तरफ देख रहा था। वह चाहता था कि इस अति संवेदनशील मुद्दे को पहले सुन-समझ ले तभी कुछ कहे।

''नेवता तो घरे-घर जाकर दिया है और बहुत इज्जत पानी के साथ हाथ जोड़कर बुलाया है पबित्तर। अब देखिए कौन जाए, कौन नहीं जाए, ई अलग बात है।'' मुरारी ने खौलते दूध में चुटकी भर चाय पत्ती छिड़कते हुए कहा।

''हाँ भाई, देखो ना जी पूरा गाँव आज पबित्तर दास का नाम जान गया। एके बार में हर घर का दुआर देख लिया ई 4 दिन का आया आदमी। दिमाग तो लगाया बेजोड़। लेकिन चलिए धर्म-कर्म का मामला है इसलिए भैया प्रणाम करते हैं। हम काहे बोलेंगे, जिसको जाना है जाए भैया।'' जगदीश यादव जैसे किसी छिपे हुए एजेंडे का पर्दाफाश करते हुए एक मँझे हुए राजनीतिज्ञ की तरह कूटनीतिक फ्लेवर में बोले।

जगदीश यादव की ऐसी भाषा को सबसे ज्यादा बैजनाथ ही समझता था। उसने पहले तब से रगड़ा रही खैनी को मुँह में फाँका और तब वर्तमान चर्चा में पहली बार लपककर मुँह खोला।

''सब बात तो बुझ गए लेकिन ई दिमाग क्या लगाया है—ई बात जरा

खुलकर बताइए न दादा!" खुली बात को पूरा खोलकर बैजनाथ ने अपना काम करते हुए कहा।

"अरे खोलना क्या है मरदे! सब खुल्ले है। देखे नहीं 15 दिन पहले ही सब घर में कार्ड बाँट दिया। काहे? काहे कि आप हम करिए चर्चा पबित्तर दास का। साला, बड़का-बड़का नगर सेठ चुपचाप धर्म करता है, यहाँ इतना तामझाम का क्या मतलब? बताइए क्या काम भाई मंदिर का उद्‌घाटन में कार्ड छपवाने का? किलियर पूरा पॉलिटिक्स है इसमें। ई टोटल दिमाग बिरंचिया का है। धर्म के नाम पर एक हरिजन को चमका के दिखा रहा है सबको। हम नहीं जानते कि उ पबित्तर दास बहुत अच्छा आदमी है कि खराब है लेकिन यह जरूर बोलेंगे कि बिरंचिया उसको ले लिया है अपना गियर में।" जगदीश यादव ने मंदिर उद्‌घाटन पर अब तक का सबसे सनसनीखेज बयान दिया।

"भाक्क जगदीश दा! आप तो एकदम बहुत दूर तक का बात सोच लेते हैं! आजकल समय बदल गया है। सब चीज में कार्ड छपता है दादा। लोग छोट-सा मिठाई दुकान खोलता है तो उसमें में भी कार्ड छपवाकर बाँटता है। अरे नया पैसा कमाकर आया है तो कोई भी करेगा थोड़ा खर्चा-पानी। अपना-अपना शौक होता है। पबित्तर का कपड़ा-लत्ता देखते हैं कितना हिसाब से रहता है एकदम। कितना बार आ चुका है चाय पीने इंहा भी। बोली-बेहबार तऽ ठीक है उसका।" मुरारी ने खुद सीधी-सीधी समझी बातों को सीधे-सीधे शब्दों में कह दिया।

"ओ तो यहाँ भी उठने-बैठने लगा है पबित्तर?" जगदीश यादव ने झल्लाई-सी हँसी के साथ पूछा।

"अरे नहीं दादा। कभी-कभार चाय पीने आता है यहाँ।" मुरारी ने जलते चूल्हे में कोयले के कुछ टुकड़े डालते हुए कहा।

"तुम बस चाय बेचो मुरारी। ई पोलटिक्स और राजनीति तुम नहीं समझोगे। जगदीश दा ठीक तो बोल रहे हैं। अरे हिंदू तो हिंदू, साला मुसलमान के घर भी नेवता दे दिया है। इसका का मतलब, तुम ही बताओ।" बैजनाथ मंडल ने कड़े मिजाज से कहा।

इस पर मुरारी ने भगोने में छननी पटक कुछ कहना ही चाहा था कि बड़ी देर से चुप बैठा लड्डन मियाँ उछल पड़ा, "ऐसा मत बोलो बैजनाथ।

हिंदू-मियाँ का बात कहाँ से घुसा दिए! यहाँ तो सब का सब के घर दावत चलता है। जिसका जिससे चलता बनता है उसको दावत देता ही है सब। हमको कितना मुसलमान ऐसा भी है जो नहीं बुलाता है और तुमको कितना हिंदू नहीं बुलाता है।'' लड्डन मियाँ एकदम से उबल पड़ा था जैसे। बैजनाथ भी भला चुप रहने को नहीं बैठा था।

''हम भी कोनो सादी-बिहा और घर का फंक्शन पर नहीं बोल रहे लड्डन मियाँ। धार्मिक काम के बारे में बोल रहे हैं। मंदिर का पूजा में मियाँ का क्या काम है! कोय बता दे हमको।'' बैजनाथ ने एक सच्चे हिंदू हृदय से कहा।

''अरे सुनो बैजनाथ। पीर बाबा का मजार पर गाँव का उर्स मेला लगा न। चारों तरफ के बस्ती का मुसलमान आया था न जी। उसमें बताओ कि मलखानपुर का हिंदू घर में दावत नहीं दिया क्या उर्स कमेटी? अरे खाली हम अपने हाथ से 30 से ज्यादा हिंदू के घर कार्ड देकर आए हैं। चंदा का रसीद भी काटे सबका। और सुनो, मेला का फीता कौन काटा? बताओ याद है तुमको? याद कर लो, फूँकन बाबू काटे थे।'' लड्डन मियाँ ने उर्स मेला के ऐतिहासिक आयोजन का एक धर्मनिरपेक्ष अंश सुनाते हुए कहा।

बैजनाथ अब चुप बैठ गया था। उसको वैसे भी असली चिढ़ तो वास्तव में मुरारी से थी। एक तो यह जानकर कि पबित्तर दास भी अब यहाँ आने-जाने लगा है, इससे थोड़ा और खीज गया था। यह खीज तो जगदीश यादव में थोड़ी और ज्यादा थी। पर असली गुस्सा तो बैजनाथ को इसलिए था कि 2 दिन पहले ही मुरारी ने बैजनाथ से पिछले चाय की उधारी का तगादा कर दिया था। हल्की-फुल्की बहस में मुरारी ने यह भी कह दिया था कि जितना चुका देने का भरोसा हो आदमी को उतना ही उधार लेना चाहिए। यह बात बैजनाथ को गहरी गड़ गई थी। आज इतनी देर में एक भी कप चाय नहीं पी थी बैजनाथ ने। जगदीश यादव की तरफ से चाय चलने के बावजूद भी उसने कप को हाथ नहीं लगाया था।

गाँव देहात का एक आदमी अपने स्वाभिमान की खातिर एक कप चाय के अलावा और छोड़ भी क्या सकता था! किस्मत ने उसके पास छोड़ने और त्यागने को और छोड़ ही क्या रखा था! मुरारी ने खुद भी एक बार चाय उसकी तरफ बढ़ाई तो यह बोलकर बैजनाथ ने मना कर दिया कि घर से अभी तुरंत

केवल दूध की चाय पीकर निकला है।

"अच्छा छोड़ो ना, यह सब हिंदू-मियाँ क्या शुरू कर दिए तुम सब! अरे यहाँ मैटर है कि हरिजन के घर कौन जाएगा। मुरारी से पूछिए कि खाली इज्जत से बुला देने पर जात-पानी सब खत्म करने चल देना चाहिए का? पबित्तर घर खा एकदम पबित्तर ही हो जाएँ का? और असली मुसलमान भी क्या चले जाएगा किसी चमार के यहाँ? करीम मियाँ दर्जी का काम करता है ना बाजार में, उसको कल पूछे हम। वह बोला कि जगदीश भैया पठान हैं हम, चमार के घर पानी भी हराम है हमारे लिए।" जगदीश यादव ने 'हिंदू-मुस्लिम एक हैं साले' टाइप नारा बुलंद करते हुए कहा।

"करीम मियाँ तऽ ठीके बोला। ये लोग भाई पठान है। हम लोग ठहरे किसी तरह खाने-कमाने वाला क लाल। कुछ लोग कुरैशी हैं मीट बेचने वाला। पठान लोग तो कुरैशी, पसमंदा और हम लोग को भी छोड़ देता है दावत-पानी में। लेकिन जब कोई दंगा-फसाद हो जाए तो फतवा होगा कि सब मुसलमान एक हैं, चलो मिल के लड़ो। साला, बताइए किसी एक मुसलमान की लड़ाई में सब का जाना क्या जरूरी है? हिंदू में साला ठीक है। सब जात का अपना अपना हिसाब है। एक हिंदू के चलते सब हिंदू नहीं पिसाता है। जादब को जादब देखता है, राजपूत को राजपूत देखता है और बाभन-बनिया को उसका अपना जात। हमरे इहाँ तो अल्लाह के नाम पर सब मुसलमान को भेंड़िया-धँसान करा देता है हमरा बिरादरी। इसलिए ई सबका तो बात ही मत करिए जगदीश दा, हाथ जोड़ते हैं।" लड्डन मियाँ ने दोनों हाथ जोड़ दर्दे-बिरादरी सुनाते हुए कहा।

उसकी बातों से साफ था कि मुसलमानी समाज अपनी आतंरिक सामाजिक व्यवस्था में आपसी जातिगत भेदभाव और छुआछूत तो करता था पर संकट के समय वे सब केवल मुसलमान हो जाते थे जो लड्डन को अजीब ही लगता था। लड्डन ने जोर देकर कहा था कि जब मुसलमानों को भी जातीय छुआछूत करना ही है तो फिर एकदम हिंदुओं की तरह ईमानदारी से करें जिसमें किसी भी हाल में जातीय बँटवारा कायम ही रहे, ऐसा न हो कि खान-पान में दूर रखो और मार-दंगे में साथ बुला लो।

उसने साफ-साफ अपना देखा हुआ अनुभव बताया कि लाख दंगा हो जाए

लेकिन हिंदू में कोई हरिजन को बचाने जादब को नहीं कूदते देखिएगा। न कोनो हरिजन के बस्ती वाला दंगा में कोई पंडी-ठाकुर दौड़ रहा होता है आग बुझाने। मुसलमान का या तऽ जादव से दंगा होता है, या पंडी से होता है, या राजपूत से होता है या हरिजन से होता है, भाई हिंदू से नहीं होता है दंगा।

लड्डन इसी तरह हिंदुओं की तरह हर मुद्दे पर जातीयता के कठोर पालन का पक्षधर था।

आज मुरारी की चाय दुकान पर हिंदू जाति व्यवस्था के गौरव-गान को एक मुसलमान ने तान देकर राम-रहीम की ऐतिहासिक परंपरा को और मजबूत कर दिया था। तमाम पुराण और स्मृतियाँ जैसे एक हो कुरान के साथ एकाकार हो जाने को थीं। लड्डन आज हिंदू मुसलमान नहीं था, आज उसके मुख से एक शुद्ध भारतीय व्यक्त हो रहा था जो जातीय व्यवस्था की हजारों वर्ष पुरानी भारतीय परंपरा को गर्व से उगल रहा था।

सब लड्डन की तरफ देख रहे थे। तभी जगदीश यादव बोले, ''बात तो इसका एक नंबर सही है। ठीक बोल रहा है ई।''

हालाँकि, लड्डन अब खुद समझ नहीं पा रहा था कि उसने क्या बोला इतने देर तक और लोगों ने उसे क्या समझा।

बात इसी तरह बिना बात चलती रही। इसी बीच सफेद शर्ट पर नीली लुँगी डाले मोहन साव भी वहाँ पहुँच गया। उसके आते ही एकबारगी सबकी नजर उसी पर गई।

''का हो मोहन! कहाँ से आ रहे हो?'' जगदीश यादव ने लगभग सही अंदाजा लगाते हुए ही टोका।

''अरे जगदीश दा, यही गए थे जरा पबित्तर दास के यहाँ। पनीर, दूध और खोआ का ऑडर था। वही माल पहुँचाने गए थे। बढ़िया आदमी है साला। मने माल दिए और समूचा हिसाब करके पैसा पकड़ा दिया फटाक। एक रुपिया उधारी नहीं। यहाँ तऽ गाँव के बड़का रहीस के घर भी माल दीजिए तऽ पैसा लेने में चप्पल खिया जाता है।'' गाँव के अन्य बड़े लोगों से पबित्तर का तुलनात्मक अध्ययन करते हुए उसके व्यक्तित्व पर एक कीमती राय रखते हुए बेंच पर बैठा।

''सो, कैसा बेबस्था है हो मोहन दा?'' अबकी सुनते ही बेचैन बैजनाथ

ने लपककर पूछा।

"बेजोड़, बेजोड़! पुछबे मत करो बैजनाथ। समुच्चा खाना शुद्ध घी में बन रहा है। तेल खाली तरकारी में डलाएगा। लहसुन-पियाज मना है।" मोहन ने आँखों देखा हाल आँखें बड़ी-बड़ी और गोल कर सुनाया।

"त खाना तो उसके घर पर ही बनेगा न? कारीगर कहाँ का है? कौन जात है?" जगदीश यादव ने अभी तक का सबसे जरूरी तकनीकी सवाल पूछा।

"घर से कोई मतलबे नहीं रखा है खान-पान का। समुचा गाँव को नेवता दिया है, ऐसा गलती काहे करेगा। सारा काम मंदिर के हाता में होगा। जितवारपुर वाला गुलाबो महराज को बुलाया है खाना बनाने। इलाका का नामी कारीगर है। मारबाड़ी बासा का कारीगर है। शुद्ध बैसनव भोजन बनाता है।" मोहन ने सारी शंकाओं का लगभग समाधान करते हुए कहा।

"बोलिए, ई भी एगो आसचरे है कि गुलाबो महराज कैसे तैयार हो गया जी इसके यहाँ खाना बनाने।" जगदीश यादव चिंतित स्वर में बोले।

"पैसा दीजिए तऽ सब तैयार हो जाता है जगदीश दा। पैसा कुछो करा सकता है।" बैजनाथ ने जगदीश यादव की जिज्ञासा को तत्काल शांत कर उनके मन को एक सहारा देते हुए कहा।

"अरे सुनो, ऐसा भी नय होता है। इसका मतलब कि हम भी पैसा में बिक गए! साले बैजनाथ, कुछ भी बकर-बकर बोल देते हो! अरे जा के देखो न पहले उसका साफ-सफाई। सब काम सुध तरीका से कर रहा है। सब कुछ मंदिर से हो रहा है। देवी-देवता का काम है, कौन ना बोलेगा जी? तुम्हरे यहाँ बैठ के भाषण पेलने से क्या होगा? उसका बेबस्था तऽ जा के देख आओ। गाँव में इतना खर्च कोई किया है आज तक पूजा पाठ में? सुध घी का पूड़ी कोई खिलाया है कब्बो?" मोहन साव ने उखड़ते हुए बड़े रूखे अंदाज में कहा।

कुछ पल के लिए सभी चुप हो गए थे। बैजनाथ ने इसी बीच अपनी बँधी बकरी के मुँह पर एक जोरदार लात मारा जो अब भी लगातार उसकी लुँगी खींच रही थी। बकरी जोर से मेमाई-भेंभाई। उसकी में-में और भें-भें में जैसे बैजनाथ ही व्यक्त हो रहा था।

जगदीश यादव ऊपर वाले जेब से खैनी निकाल उसे मलने लगे। मुरारी

इसी बीच दो अन्य आए ग्राहकों को चाय दे रहा था।

"हमको तो लगता है कल सब जाएगा पबित्तर दास के यहाँ।" लड्डन मियाँ ने मिनट भर पहले की चुप्पी को तोड़ते हुए कहा।

"हा हा देखिए सुध घी में पूड़ी छनाते लड्डन मियाँ तैयार हो गए हैं जाने के लिए।" बहुत देर से चुप मुरारी ने खिलखिलाते हुए चुटकी ली।

"ऐसा भी बात नहीं है मर्दे मुरारी। समाज में कोई बुलाएगा तो जाना पड़बे करता है।" लड्डन मियाँ ने अब अपना निर्णय स्पष्ट ही कर दिया।

"छोड़िए, चुपे रहिए आप लड्डन मियाँ। हम तो बुलाए थे आपको काली पूजा का प्रसाद खाने, पाठा का बलि दिए थे। आप तऽ तब बहाना बना दिए। बिना जिबह किया तऽ खाइएगा नहीं। काहे कि धरम चला जाएगा। यहाँ सुध घी का नाम सुन महात्मा गाँधी बन रहे हैं! जाइए न कल मजा मारिए पूड़ी तरकारी रसगुल्ला का।" मुरारी ने हँसते-हँसते ही थोड़ी तल्खी से कहा और अपना बकाया सामाजिक हिसाब पूरा चुकता कर लिया लड्डन मियाँ से।

यह सुन लड्डन मियाँ मारे शर्म के आबे-जमजम हुए जा रहा था। मुरारी की बात पर बस मुस्कुरा भर दिया और जगदीश यादव की तरफ मुँह कर बैठ गया। आखिर करता भी क्या बेचारा। जब मन की चोरी पकड़ी जाती है तो आदमी या तो रो देता है या हँस देता है। लड्डन मियाँ के लिए यहाँ दाँत चियार के हँस देना ही ठीक था। ऐसी बातों पे भला रोना कैसा!

"तब बैजनाथ! तुम जाएगा कि नहीं अब पबित्तर के यहाँ?" मोहन साव ने मजे लेकर पूछा।

"हमारा अकेले का बात थोड़े है। सब जाएगा तऽ हम एकदम जाएँगे। जगदीश दादा से भी पूछिये। जैसा तय करिए सबलोग। हमको वैसे भी जात-पात से कभी लेना-देना नहीं रहा है।" बैजनाथ ने एक सूफी संत की भाँति कहा।

ठीक तभी एक बार फिर बकरी ने उसकी लुँगी खींची और बैजनाथ ने बिना उधर देखे ही सटीक अंदाजा लगाते हुए पुनः एक जोरदार लात उसकी मुँह पर मारा। मुरारी की चाय दुकान पर चल रहे इस महान सामाजिक बैठक की असली कीमत तो इसी निरीह बकरी ने चुकाई थी। वो भी बार-बार सीधे मुँह पर लात झेली थी। फिर भी जब जब बैजनाथ कोई महत्वपूर्ण वक्तव्य देता,

इसने सीधे उसकी लुँगी खींचना छोड़ा नहीं था।

शुद्ध घी की गमक ने बातचीत से निकले तनाव वाले गर्म हवा को अब थोड़ा शीतल कर दिया था। इस महँगाई के जमाने में शुद्ध घी की बात ने सबके हृदय को काम भर तो पिघला ही दिया था।

बैजनाथ ने जाने-आने के निर्णय का सारा मामला भले जगदीश यादव के मत्थे डाल दिया था लेकिन उसका मन तो कर रहा था कि आज के आज अभी ही चला जाए पबित्तर के यहाँ और पूड़ी छनवा खा आए।

पर बेचारा करता क्या? इतना आगे बढ़ पहले ही इतना उल्टा-सीधा बोल चुका था कि अब खुद पहल करने में थोड़ा लजा रहा था।

देशी घी की चर्चा से बैजनाथ को ख्याल आया कि कैसे उसने किशोरावस्था से ही देशी-दारू का नियमित तीन टाइम सेवन कर अपना लीवर खराब कर लिया था। तेल मसाला अब पचता नहीं था और डॉक्टर ने अगड़म-बगड़म खाने से एकदम मना कर दिया था। कहीं शादी-ब्याह के भोज-भात में जाता भी तो मेजबान का दिल रखने के लिए माँस का मसाला पानी से धोकर खा लेता था, पर छोड़ता नहीं था। आदमी होने की यही तो शर्त है, किसी भी तरह सलट दो, छोड़ो नहीं। आदमी का यही स्वाभाव तो उसे आदमी बनाए रखता है वर्ना जिस आदमी के पास आत्मसंयम, संतोष और त्याग की प्रवृति आ जाए वह तो फिर देवता बन जाएगा, आदमी थोड़े रहेगा! आखिर बैजनाथ और बुद्ध में बस इतना ही तो फर्क था। वर्ना थे तो दोनों आदमी ही। एक अपने संयम, त्याग और बलिदान से महात्मा बुद्ध बन गया और बाकी दुनिया बैजनाथ की तरह आदमी ही रह गई।

पेट और लीवर की मारा-मारी के चक्कर में बैजनाथ को ठीक से मन भर पूड़ी खाए पाँच बरस से ऊपर हो गए थे। डालडे में छनी पूड़ी पचती नहीं थी इसलिए मुश्किल से ही छूता था। ये तो भला हो उसकी ठीक-ठाक गरीबी का कि घर में कभी जम के भरपूर तेल-मसाला खाना ही नसीब नहीं होता था। भात पर साग और हरे भँपाये सब्जी से दिन कट रहे थे वर्ना भरा-पूरा मसालेदार जीवन होता तो कब का निकल लिया होता।

लेकिन देशी घी के बारे में पुरखों से सुनता आया था कि देशी घी नुक्सान नहीं करता है। उल्टे कई बीमारी खत्म कर देता है देशी घी।

इसलिए पुरखों के इस कहे को परखने और जीवन में पहली मर्तबा देशी घी के पूड़ी चखने के हेतु दृढ़ निश्चय कर उसने मन-ही-मन पबित्तर दास के घर की ओर ठोस कदम उठाने का साहसिक निर्णय लगभग ले लिया था।

घी तो वैसे जगदीश यादव के मन भी गमका था पर वे भी जताएँ तो जताएँ कैसे! उससे भी बड़ी चिंता उनको ये हो रही थी कि कहीं ऐसा न हो कि सब लोग पबित्तर के यहाँ चले जाएँ और वही न छूट जाएँ। ऐसे में तो एकदम अलग-थलग न पड़ जाएँ समाज में। पर सीधे-सीधे अपनी इच्छा भी तो नहीं बता पा रहे थे। उनके मन में यह मंथन जारी था कि कौन जाएगा और कौन नहीं जाएगा। वहाँ के इंतजाम का जैसा वर्णन मोहन साव ने किया था उससे तो लग रहा था कि गाँव के लोग जरूर जाएँगे। जगदीश यादव अभी कुछ बोलने के ऊहापोह में ही थे कि सफेद धोती कुर्ता पर लाल गमझा डाले बैरागी पंडी जी भी पहुँच गए।

पंडी जी को देखते ही बैजनाथ लपककर धीरे से जगदीश यादव के कान में बोला, "लीजिए इनको तऽ सब पते होगा प्रोगराम का। इनके लड़का तऽ है उहाँ रिंग मास्टर।"

भूत-पिशाच तक की हवा-बतास पकड़ लेने वाले पंडी जी के लिए बैजनाथ की यह चुगली पकड़ लेना बहुत स्वाभाविक था। जिस आदमी का कान में गुरु मंत्र देने का ही पेशा हो वह सामने वाले के द्वारा कान में कहे बातों का अंदाजा तो बड़ी आसानी से लगा ही सकता था। बैरागी पंडी जी ने कनखी से ही बैजनाथ की शरारत देख ली थी और उनके कान में कुछ शब्द स्पष्ट भी सुनाई पड़ गए थे।

"आइए प्रणाम पंडी जी! बैठिए, अभी तुरंत चढ़ाए हैं दूध। खौला के बनाते हैं चाय एकदम इसपेसल।" मुरारी ने पंडी जी को देखते ही बेंच पर बैठने का इशारा करते हुए कहा।

"प्रणाम प्रणाम! खुश रहो रे मुरारी। पूरा आसिरवाद है तुमको। एक तुम्हीं तऽ है आसिरवाद लेने लायक। बाकी के जबरदस्ती देना पड़ता है। और का बात है? आज बड़ा देर तक बैठकी चल रहा है?" बैरागी पंडी जी ने सबको एक नजर देखते हुए कहा।

"तब बाबा, गाँव में तऽ कल बड़का धरम-करम होने जा रहा है। काली

मंदिर खुल रहा है। आप जा रहे हैं कि नहीं आसिरवाद देने?'' बैजनाथ ने ही आँख दबाते हुए हल्की मुस्की मारकर पूछ दिया। पर उसे पता नहीं था कि बाबा वापस बदले में डंक मारेंगे।

''अरे बैजनाथ, लो हम तुम्हीं को तो खोज रहे थे कल साँझ से ही। अरे अपना बेटा को कंट्रोल काहे नहीं करते हो भाई? अभी तेरह-चौदह साल के है और इतना सिगरेट पीता है कि बड़का-बड़का के रेकोड तोड़ देगा। बताओ कल मंदिर के पिछवाड़े में तीन-चार ठो चमटोली के बुतरू संग बैठ के फूँक रहा था। हम डाँट के भगाए।'' बैरागी पंडी जी ने सच्चे शुभचिंतक की भाँति बैजनाथ के बेटे के प्रति भारी चिंता में डूबे स्वर में कहा।

''हमरा बेटा! कब देखे आप?'' बैजनाथ के अंदर का बाप छलककर बोला था जैसे।

''देखते तऽ रोजे हैं। कल मंदिर के पिछवाड़े में देख लिए तऽ डाँटे। आजकल का बच्चा किसी बुजुर्ग का भेलु भी तऽ नहीं देता है। डाँटे तऽ ही ही कर के चल दिया।'' बैरागी पंडी जी ने मुरारी के हाथ से चाय लेते-लेते कहा।

''ऐसा शिकायत फस्टे सुन रहे हैं बाबा। ऊ भी आपही के मुँह से। ऐसा कम्पलेन कोई नहीं किया आजतक।'' बैजनाथ ने अपने बेटे के प्रति भयंकर भरोसे के साथ कहा।

''लो, अरे कोई काहे करेगा कम्पलेन? किसको मतलब है आजकल किसी से? सब तऽ चाहता है कि दूसरे का बच्चा और भी बिगड़ जाए। अरे ऊ तऽ तुम जैसे दूसरों के बाल-बच्चा का खबर रखते हो वैसा सब कहाँ रखता है! एतना भला आदमी कितना है गाँव में! तऽ हम भी सोचे की कम-से-कम तुम्हरे भी बेटा का खोज खबर तुमको पहुँचा दें!'' बैरागी पंडी ज़ी ने चाय की पहली घूँट निगलते ही अपना संचित क्रोध उगलते हुए कहा।

''का करिएगा बाबा! आजकल का जमाना ही उल्टा हो गया है। क्या हमारा और क्या आपका! किसी का लड़का हाथ में नहीं। बाप बस मारिए-पीट न सकता है, साले का चरित्तर थोड़े बदल सकता है! जो कपार में लिखा के आया है, वही होगा।'' बैजनाथ ने जैसे एक असली भारतीय बाप की नियति का सच बयान कर दिया।

बैजनाथ यह कहकर एकदम से शांत पड़ गया था। डिब्बी से खैनी निकाल उसे हथेली पर रख चेहरे पर बिना कोई भाव लिए धीमे-धीमे रगड़ने लगा।

बैरागी पंडी जी ने तब तक चाय पी कप बेंच के नीचे सरका दिया था। चेहरे पर बैजनाथ को एक बाप होने का अर्थ समझा देने का संतोष था।

"देखिए, बुरा मत मानिएगा बाबा तऽ एक बात तो हम कहेंगे लेकिन, माफ करिएगा अगर जरियो बुरा लगे त। बात ई है कि भले किसी का बेटा हाथ से निकल जाए लेकिन ऐसा भी नहीं होना चाहिए कि समाज से निकल जाए। आपको चंदन बाबा को थोड़ा कंट्रोल करना चाहिए। पंडी जी हो के इस तरह से चमरटोली में रच-बस जाना ठीक नहीं। कल दिन तब समाज में क्या बच जाएगा फिर? जब पंडित-बाभन का लड़का ऐसा करेगा तऽ हम लोग का बाल-बच्चा तऽ फेर पुछबे मत करिए।" जगदीश यादव ने बैजनाथ के मूर्छित होने के बाद मोर्चा संभालते हुए कहा।

"ल, अरे अब जो हाथे से निकल गया ऊ समाज के खातिर क्या रुकेगा! जिसका समाज से चलता है उसको फिकर होता है समाज का। हमरे बेटा का हम चलाते हैं, उसको का फिकर समाज का! लेकिन हमारा समाज ही चलाता है दाना-पानी, तऽ देखो हमको पूरा फिकर रहता है समाज का। एक-एक बात सुनते हैं समाज का। हम जिस दिन बैठ जाएँगे हरिजन टोला में उसी दिन समाज हमरे जगह पर दूसरा पुजारी रख लेगा मंदिर में। हमको भगा देगा। इसलिए हमको पूरा चिंता है समाज का, बेटा का छोड़ो न। उसको न पूजा-पाठ का काम आता है न उसका मन ही है ई सब कराने का। कहीं जाता भी नहीं है जजमानी में। सब अकेले हमको देखना होता है।" बैरागी पंडी जी ने एक बार नीचे और फिर आकाश की ओर मुँह करके कहा।

"गजबे ज्ञान दे दिए आप बाबा। मने आपको डर नहीं लगता क्या समाज से? बेटा तऽ आपका ही है! उसका करनी भी तऽ आपको भरना होगा! बेटा को संभालने के जगह उल्टे सह दे रहे हैं। ई गलत चीज है बाबा। माफ करिएगा।" जगदीश यादव ने थोड़ी खजुआहट के साथ कहा।

"अरे बड़ा आया समाज का डर! कोय लाठी ले के डराएगा का! डर लगता है पेट से, लाठी से नहीं। समाज रोटी बंद कर देगा, सबसे बड़ा डर यही है जगदीश। इसी से डरते हैं बस। तऽ उसके लिए हम तऽ भर ही रहे हैं न

सब अपमान और बेजत्ती। और जब ले ई पेट और भूख है तब ले ई डर रहबे करेगा। इसमें कहाँ दू मत है!" बैरागी पंडी जी ने गमझा कंधे पर डालते हुए कहा। गोरा चेहरा भीतर की तमतमाहट से थोड़ा बैगनी-सा हो गया था। पर पेट का मारा आपा न खोए तो होशियार। पंडी जी बेवकूफ नहीं ही थे।

"भक्क बाबा, आप तऽ गुसा गए एकदम से। अरे आप ब्राह्मण देवता हैं, आपको कौन लाठी मारेगा! ऊपर वाला के लाठी से फिर बचेगा का, जो भी ई पाप करेगा। और पेट तऽ सबका भगवान चला रहा है बाबा। कोई किसी के भरोसे नहीं।" जगदीश यादव माहौल को तुरंत हल्का करने की कोशिश करते हुए बोले।

वे मन में तो अब यह सोच रहे थे कि कलयुग में भले पंडित का आशीर्वाद लगे न लगे, सुना है साले का शाप लग जाता है। जगदीश यादव ने ये भी सुन रखा था कि बैरागी पंडी जीभ के काले हैं, जो बोल दें ऊ लग जाता है। बुरा बोलें तो गारंटी होता है। भला जगदीश यादव गलती से भी यह गलती क्यों करते! इसलिए तुरंत तेवर बदल कोमल निर्मल हो गए थे। क्या पता कुछ बुरा निकल जाए पंडी जी के मुँह से। बिना दक्षिणा वैसे भी अच्छा निकलता ही क्यों!

प्राचीन काल में तो ब्राह्मणों का जलवा था, कमंडल से जल छींट देने भर से आग लगा और बुझा देते थे।

अब यह मंडल कमीशन के बाद का देश था। 21वीं सदी का देश। कमंडल पहले जैसा काम ही नहीं करता था। ले-दे अब काली जीभ का ही सहारा था जिसने ब्राह्मणत्व के जलवे को थोड़ा बहुत बचाए रखा था। कुछ मान्यताएँ काले ब्राह्मण को लेकर सावधान रहने की भी प्रचलित थीं। ऐसे ब्राह्मण कभी गोरे होने वाली क्रीम का उपयोग नहीं करते थे। इस तरह मिला-जुलाकर पंडिताई अब भी काम भर हड़का-फड़का लेने वाला जॉब माना जाता रहा था समाज में। जल, अक्षत, सिंदूर अब भी धार्मिक टोटका के चलेबुल हथियार थे जिसका केवल ब्राह्मण ही नहीं बल्कि कोई भी जाति इस्तेमाल करती थी तो लोग डरते थे। ब्राह्मणों से इतर इसका उपयोग सभी निचली जातियों में धड़ल्ले से होता था जिसमें डायन-जोगिन का नाम ले हड़कंप मचाने की एक फली-फूली परंपरा थी।

"नहीं भाई जगदीश, जब भोला बाबा के कपार पर लोग मार के नारियल फोड़ दे रहा तऽ हमरे जैसे बाबा के कपार पर लाठी काहे नहीं मारेगा लोग! और ई भी जान लो, सबका पेट भगवान देखते होंगे लेकिन पुजारी का तऽ जजमान देखता है बाबू। जो जजमान देगा, उसी में चलना है हमरा तो।" जैसे बैरागी पंडी जी में कोई भौतिकवादी चिंतक बोल गया था।

"अरे अब आपके आगे हम क्या बोलेंगे बाबा। बस यही चाहते हैं कि आप लोग के बच्चा का संस्कार देख के हम लोग का बाल बच्चा भी एक-दो ठो अच्छा चीज सीख लेगा। इसलिए आपको टोक दिए चंदन बाबा का बात उठाकर। बाकी माफ करिएगा।" जगदीश यादव ने संस्कार देने का संपूर्ण लोड बेचारे पंडित जी के माथे देते हुए खुद हल्का होते हुए कहा।

इधर अकेले एक पूजा वाली साजी और आरती वाली थाली घुमा जिंदगी चला रहा पुजारी अपने माथे यह बोझ भला क्यों लेता! लेकिन सदियों से संस्कार देने का टेंडर जिस वर्ग के हिस्से हो उससे समाज आज भी इतना उम्मीद तो करता ही था।

लेकिन बैरागी पंडी जी उनसे अलग थे।

"उधार के संस्कार पर अपना बच्चा को मत पालो-पोसो जगदीश। ब्याज चुकाते मर जाओगे जीवन भर। ई जो दान-दक्षिणा देते-फिरते हो, यही न ब्याज है। अरे अपना संस्कार दो बच्चा को। हमारे जैसे पुजारी के भरोसे कौन-सा संस्कार मिलेगा जिसको खुद साँझ के रोटी का चिंता रहता है!" बैरागी पंडी जी ने बिना कोई आधुनिक दर्शन और साहित्य पढ़े बड़ी गूढ़ और ईमानदार बात कह दी थी। हालाँकि, इसका भान न खुद उनको ही था न वहाँ मौजूद अन्य किसी को। कभी-कभी ऐसे ही चाय दुकान पर बतकही करता आम आदमी खैनी रगड़ते-रगड़ते अपने समय का असाधारण सत्य बोल जाता था जैसे अनजाने में अभी-अभी बैरागी पंडी बोल गए थे।

15.

रात के लगभग नौ बजे होंगे। दूर कहीं बादल गड़गड़ा रहे थे। पछिया के जोर से काले बादल इधर ही चले आ रहे थे। आसपास कहीं वर्षा हो चुकी थी इसलिए बीच-बीच में थोड़ी-सी ठंडी हवा भी छूकर निकल जा रही थी।

यूँ घंटे दो घंटे पे आती-जाती रहने वाली सरकारी बिजली पिछले तीन घंटे से लगातार गायब थी। गाँव की गलियों में घुप्प अँधेरा था। बीच-बीच में कभी आसमानी बिजली कड़क जाती तो कभी कोई जुगनू चमक जा रहा था गली में।

कामता प्रसाद हाथ में टॉर्च लिए पैदल ही गली से निकल रहे थे। सामने किसी के आने की आहट पर उन्होंने सीधे उसके चेहरे पर टॉर्च मारा।

"कौन जी?" कामता बाबू के मुँह से निकला।

"प्रणाम सर, हम हैं।" सामने वाले ने आँख मिचमिचाते हुए हल्की आवाज में मुस्कुराते हुए कहा।

"ओ अरे तुम है जी। इतना रात इधर कहाँ जा रहा है?" कामता बाबू ने खड़े होकर ऐसे ही पूछ दिया।

"जरा नीचे टोला जा रहे थे, सोचे इधरे से चले जाएँ। उधर खेत तरफ से रात को दिक्कत होता है। आँधी-पानी भी आ रहा है सर।" उसने आराम से बताया।

"अच्छा, अच्छा। तब जी क्या करते हो आजकल? पढ़ाई छोड़ा और जीवन एकदम बर्बादे कर लिया तुम। पता नहीं का हो गया तुम्हरे दिमाग को?" कामता बाबू खड़े हो यूँ ही बोलते गए।

"क्या करें सर! अब जो होना है होगा। पढ़ाई कौनो शौक से थोड़े छोड़े! सब तऽ जानते ही हैं आप।" उसने बुझी आवाज में कहा।

"ऐसा भी कोई बात नहीं था। पढ़ सकता था फिर से तुम। खैर, अब थोड़ा ढंग से जीना सीखो। पीना-खाना कम कर दो, बूढ़ी माँ का तो सोचो। एक दिन हमसे कह के रो रही थी इसलिए इतना टोक-बोल दिए तुमको।" कामता बाबू ने इतना कहा और टॉर्च जलाया।

"हाँ सर, आप ठीक बोलते हैं। सुधार करेंगे सर।" उसने धीमे से कहा।

"चलो चलते हैं, बेटा आ रहा है दिल्ली से। शेखर को तऽ तुम जानते ही हो न?" कामता बाबू अब चलते-चलते बोले।

"हाँ, हाँ सर। अरे हम लोग साथै खूब क्रिकेट भी खेले हैं। केतना साल हो गया लेकिन। चलिए न सर हम भी भेंट कर लेंगे तब जाएँगे।" इतना बोल वह भी कामता बाबू के साथ बस स्टैंड की तरफ जाने लगा।

"लो चलो तब, चलो मिलिए लेना। साल भर बाद आ रहा है। अच्छा ही है, बढ़िया पढ़ाई-लिखाई के लिए इतना त्याग तो करना ही होगा। वैसे भी उसको घर-गाँव से बहुत लगाव नहीं है। यहाँ गाँव में है भी क्या बढ़िया! बच्चे से उसको इसलिए हॉस्टल में डाल दिए। बाहर रहने में कभी कोई दिक्कत नहीं हुआ उसको। हाँ, बस अपना मम्मी से थोड़ा मोह है उसको। बोलता भी रहता है कि पापा आप गाँव में रहिएगा और हम तऽ जहाँ नौकरी करेंगे वहीं साथ में ले जाएँगे मम्मी को। हम तऽ भाई गाँव में ही ठीक हैं। अब बुढ़ापा आ रहा है। जड़ को छोड़ कहाँ जाएँगे मर्दे!" कामता बाबू एकदम चहकते मन से बोले जा रहे थे। साल भर पर बेटा आ रहा था। बाप का मन बार-बार उड़-उड़ खुद ही बेटे तक पहुँच जा रहा था। रेलवे स्टेशन से उतर बस पकड़ के तीन घंटे लगते थे मलखानपुर पहुँचने में। स्टेशन पर उतरते ही शेखर ने पीसीओ से फोन कर घर में बता दिया था, हालाँकि अभी पिछले ही महीने अपना मोबाइल फोन खरीद लिया था शेखर ने दिल्ली में।

शेखर ने लगभग छह बजे बस पकड़ी थी और अब पहुँचने ही वाला था।

इधर अभी बस स्टैंड पर पहुँचे बमुश्किल दस मिनट ही हुए थे कि सामने से सड़क पर एक आती हुई गाड़ी की बत्ती दिखाई दी। कामता बाबू हुलस कर बोले, "लो आ गया जवाहर रोडवेज।"

नजदीक आते ही गाड़ी बिना रुके गुजर गई। कोई दूसरी बस थी। कामता बाबू खड़े-खड़े टकटकी लगाए उसी तरफ देखने लगे जिधर से बस को आना था। बस स्टेंड सूना पड़ा था। समय काफी हो चला था, कामता बाबू बार-बार घड़ी भी देख रहे थे। तभी जोर से हॉर्न बजाती रतन रोडवेज तेजी से बस स्टैंड पर आई। कामता बाबू झटके से उछलते हुए पीछे की ओर हटे। बेटे की राह तकते-तकते एकदम सड़क के नजदीक किनारे तक आ गए थे। बस के रुकते

ही वे दरवाजे की तरफ लपकते हुए दौड़े। दरवाजा खुलते पहले एक सवारी उतरी और उसके पीछे पीठ पर बड़ा-सा काला बैग टाँगे और हाथ में एक और छोटा-सा बैग लिए शेखर उतरा। तेईस-चौबीस वर्ष का नौजवान। गोरा रंग। मध्यम कद। छरहरा शरीर। आँखों पे पतली फ्रेम का चश्मा लगाए शेखर बिना डिग्री जाँचे भी पढ़ा-लिखा दिख रहा था। बहुत खट-मरकर बचाए अपने जीवन की जमा-पूँजी बेटे में निवेश करने वाले हर भारतीय पिता के लिए पहली संतुष्टि यही होती थी कि बच्चा चाहे जो बेसी-कम करे पर दिखना चाहिए पढ़ा-लिखा। लोक में लुक का अपना अलगे महात्म्य होता। लुक के कारण ही यहाँ व्यापारी बाबा कहलाता, भोगी योगी माना जाता। गाँव से शहर जैसे-तैसे भी जाया जा सकता था, पर शहर से गाँव आदमी तैयारी के साथ तैयार होकर आता। शेखर भी टिप-टॉप जेन्टलबॉय लग रहा था। उसके उतरते ही कामता बाबू ने उसकी पीठ से बैग उतारा। पीठ हल्का होते ही शेखर ने आधा से आधा कम यानी क्वार्टर झुकते पहले पिता का ठेहुना छू प्रणाम किया और वापस बस की तरफ लपका।

"ओके थैंक्स ब्रो, नाइस टू मीट यू। विल सी सून ब्रो, बाय ब बाय।" शेखर ने खुलने जा रही बस के करीब जा तेजी से कहा।

"कौन है बस में?" शेखर के चंद कदम चलकर वापस आते कामता बाबू ने पूछा।

"वो एक लड़का था। बातचीत होने लगा तो उसी ने सीट देकर बिठाया था बगल में नहीं तो खड़े-खड़े आना होता तीन घंटा।" शेखर ने कहा।

तभी बस की दूसरी ओर से कुछ हल्ला-गुल्ला सुनाई दिया। कामता बाबू बैग धर दौड़े, पीछे-पीछे शेखर भी।

"अबे साला हाथ छोड़ेगा तुम रे? यही गाड़ देंगे अभी।" बस का ड्राइवर खिड़की से गर्दन निकाल चिल्ला कर बोल रहा था। उसका एक पैर क्लच और दूसरा एक्सलेटर पर था, गों गों की जोरदार आवाज में ड्राइवर का गुस्सा इंजन से निकल रहा था। साइलेन्सेर से काला धुआँ का गुबार फेंक रहा था।

"साला अभी खाली हाथ छोड़े हैं। अभी अगर एक इंच भी बस सट जाता न, तऽ गर्दन उतार लेते तुम्हारा। दारू पी के बस चलाता है बे। दिखता नहीं है सामने खड़ा आदमी।" नीचे से वह मुट्ठी बाँधे तमतमाए बोले जा रहा था।

पीछे से काले धुएँ को छाँटते-झाड़ते आए कामता बाबू ने उसे पकड़ा और किनारे ले आए। तभी बस ड्राईवर ने जोर-जोर से हार्न बजाया। कुछ सवारी लोग नजदीक से मजा लेने बस से नीचे उतर आए थे। सब तेजी से दौड़कर बस में चढ़े। एक पेशाब करने को चला गया पसेंजर कार्यक्रम को आधा-अधूरा ही छोड़ चलते-चलते अपनी पैंट की जिप लगाता हुआ दौड़कर चढ़ा। बस गोंगाती हुई निकल गई। बस ड्राइवर के लिए ये सब चिल्ला-चिल्ली उनकी रुटीन का हिस्सा था।

इधर कामता बाबू उसे शांत करा रहे थे।

"अरे शांत, शांति रहो न अब। ऊ ड्राइवर है, उसके क्या मुँह लगना! क्या जरूरत उन सबसे लड़-भिड़ जाते हो।" कामता बाबू ने कहा।

"नहीं सर, देखे न आप, कितना बेहूदा था! आप एकदम से बच गए। गड़िया एकदम्मे से आ के सटा दिया था हरामी।" उसने जोर-जोर से साँस लेते हुए कहा।

शेखर को तो कुछ समझ ही नहीं आया था। कुछ नहीं समझ पा रहा था कि क्या हुआ? कब हुआ?

"इसको पहचाने कि नहीं बेटा तुम?" कामता बाबू ने शेखर से पूछा।

शेखर क्षण भर चुप रहा। रात का अंधेरा था सो चेहरा टटोलने में पल भर लग गया।

"हाँ, हाँ, अरे कैसे नहीं पहचानेंगे। बिरंची जी हैं न?" शेखर ने पिता की ओर देखकर कहा।

"हा हा देखिए तऽ पहचान ही लिए तुरंत शेखर भाई। हमको लग रहा है कि मोटा-मोटी हम लोग सात-आठ बरस पर मिल रहे हैं। बीच में आते भी होंगे तऽ भेंट नहीं ही हुआ था। खूब क्रिकेट खेले हैं साथे, याद है कि नहीं?" बिरंची ने अँधेरे में ही वर्षों पहले की कुछ यादें टटोलते हँसते हुए कहा।

"हाँ बिरंची जी, सब याद है। इधर घर अब कम ही आते हैं। आते भी हैं तऽ किसी से भेंट नहीं हो पाता है। अच्छा अभी गरम क्यों हो रहे थे ड्राइवर पर?" शेखर ने पूछा।

इस पर कामता बाबू कुछ बोलने ही वाले थे कि बिरंची पहले बोल पड़ा, "अरे ऊ साला बेहूदा ड्राइवर अभी एकदम गड़िया धड़धड़ा के इधरे घुसा दिया

था, बच गए आपके पापा। सटा दिया था साला। वही चढ़ के साले को एक ही फैट तऽ दिए थे अभी कि समूचा नशा उतर गया उसका दारू का।'' बिरंची जोर-जोर से बता रहा था।

''शराब पी के ड्राइव। माय गॉड कितना इलीगल है ये?'' शेखर ने एकदम एक विदेशी पर्यटक की भाँति चौंकते हुए प्रवासी स्टाइल में कहा। कोई भारतीय इस बात पर भला चौंकेगा ही क्यों!

''अच्छा छोड़ो, अब देर हो रहा है। जाओ तुमको भी कहीं जाना था न बिरंची? ढेर रात हो गया। चलो चलें, इसका मम्मी दुआरे खड़ी होगी।'' कामता बाबू ने दो-चार कदम बढ़ते हुए कहा।

''हाँ, सर चलिए न, हमको दीजिए बैग। घर तक छोड़ आएँ। अँधेरा भी है। तीन घंटा से लाइन नहीं है।'' बिरंची यह कहते हुए बैग लेने के लिए बढ़ा।

''अरे नहीं, टार्च है। चले जाएँगे। देखो पानी भी बूँदाबाँदी होने लगा। जाओ निकलो तुम, हम लोग भी झटक के चल जाते हैं।'' इतना बोल कामता बाबू तेजी से चलते हुए आगे बढ़ने लगे। शेखर भी पीछे-पीछे हो लिया था।

''अच्छा तब ठीक है। हाँ, पानी भी तेज होने लगा सर। अच्छा प्रणाम सर। अच्छा शेखर भाई फेर भेंट होगा।'' इतना बोल बिरंची ऊपर टोला का रास्ता छोड़ अब वापस खेत के ही रास्ते तेजी से चलते हुए निकलने लगा। बूँदाबाँदी अब बहुत तेज हो गई थी। कामता बाबू और शेखर भी लगभग दौड़ते हुए घर की तरफ जा रहे थे।

घर के दरवाजे पर लालटेन जलाकर शेखर की माँ कल्याणी देवी अंदर रसोई में चूल्हे पर खीर चढ़ाने गई थी।

''यहाँ लाइट का कंडीसन खराब है क्या? बताइए इक्कीसवीं सदी का भारत आज भी लालटेन युग में जी रहा है पापा। ऊपर से ये कैपिटेलिस्ट गवर्मेन्ट ले-देकर हर चीज का प्राइवेटाईजेशन किए जा रही है। बेच डालेंगे ये पूँजीपति देश को।'' शेखर ने घर की देहरी पर पहुँचते ही पहले देश के जरूरी सवाल रखे, फिर अपना पाँव रखा घर के अंदर। कामता बाबू ने एक नजर अपने पुत्र की तरफ देखते हुए उसके भीतर बाहर के छलबला रहे राष्ट्रीय-अंतरराष्ट्रीय ज्ञान की बेचैनी को देखा और मुस्कुराकर बस इतना कहा,

"अच्छा इतना दिन पर आए हो। थोड़ा दिन सरकार से बिना सवाल पूछे, बिना सत्ता से लड़े हम लोगों के साथ प्रेम से बिता लो। फिर तो जीवन भर देश सेवा है ही। और आज ई बिजली कटने में पूँजीवाद के हाथ नहीं है, आँधी-पानी में कटा है। आ जाएगा थोड़ा देर में।" कामता बाबू ने ये बातें हँसते-हँसते ही कही थीं।

शेखर तब तक माँ के पाँव छू खड़ा हुआ था। माँ ने उसे गले लगा पहले उसका माथा चूमा और तौलिया से फिर उसका सिर पोंछने लगी। बूँदाबाँदी में बाल भीग गए थे शेखर के। कामता बाबू भी टँगनी से गमझा ले अपना सर पोंछ रहे थे।

"चलो, जल्दी से ई कपड़वा बदलो और पहिले खाना खाने बैठो जल्दी। फेर बाद में करते रहना दुनो बाप-बेटा मिल के देश-बिदेश के चिंता। हमको तऽ न कबो इनका बात समझ में आया न तुम्हरा। भगवाने जाने केतना ऊँचा पढ़ाई पढ़ लिए तुमहुँ जो तुम्हरे माई को ही नहीं समझ आता है।" माँ कल्याणी देवी ने भी हँसते हुए कहा और रसोई की तरफ चली गईं खाना निकालने की तैयारी के लिए।

कल्याणी देवी घरेलू महिला थी। भारत में घरेलू महिला उन अच्छी महिलाओं को कहते थे जो किसी के घर में पैदा होती थीं, किसी के घर में पलती थीं, फिर किसी के घर चली जाती थीं, घर में रहती थीं और घर में मर जाती थीं। इधर कामता बाबू देश-दुनिया की घटनाओं में रुचि रखने वाले आदमी थे जो अखबार और टीवी-रेडियो से हरदम अप-टू-डेट रहते थे। उनका गाँव में कहीं ज्यादा उठना-बैठना था नहीं, सो इन विषयों पर गपशप या चर्चा का कम ही मौका मिलता था। कभी-कभार घर में ही पत्नी कल्याणी देवी को बिना पूछे ही कई जानकारी देते रहते थे और पत्नी पति के हर दिए ज्ञान को जीवन का उपहार मान घरेलू कामों में व्यस्त बस हाँ में सर हिलाती रहती। घर में एक बेटी थी पर उसे भी पिता की राजनीतिक-सामाजिक चर्चाओं में रुचि होती नहीं थी। इंटर करने के बाद उसका भी दाखिला बाहर ही स्नातक के लिए हो गया था, सो घर पर अब अक्सर बस दोनों ही प्राणी होते थे। ऐसे में जब कभी शेखर घर आता तो कामता बाबू जी भर हर मुद्दे पर बतियाते। बातों-ही-बातों में अखबारी खबरों से इतर कई बार कामता बाबू के जीवन

का व्यावहारिक ज्ञान शेखर की मोटी-मोटी किताबों से हासिल ज्ञान पर इतना हावी हो जाता कि शेखर झुँझला भी जाता।

कल्याणी देवी ने पिता-पुत्र के लिए खाना परोसा और खुद वहीं सामने बैठ गई।

''मम्मी तुम भी अपना खाना लगाओ न! साथ ही में खाते हैं न सबलोग।'' शेखर ने खाने पर बैठते ही कहा।

''नहीं। हम बाद में खाएँगे। खाओ न, हमसे अभी नय खाया जाएगा। बाद में खाने का आदत है।'' माँ ने गर्म पूड़ी थाली में डालते हुए कहा।

''क्या आदत है ये मम्मी? इसी आदत को तो बदलना है। ये जो सदियों से महिलाओं को रसोई और आँगन में कैद रखा है हम सबने, इसी बंधन को तो तोड़ना है। हमको तो शर्म आता है कभी-कभी कि इतना पढ़-लिख के भी हमारे फैमिली में भी नारी के प्रति इस सोच से पीड़ित हैं हम। ये क्या जो महिला खाना बना रही है वही बाद में खाएगी। ये पुरुषवादी मानसिकता बदलनी होगी हमें। दिस इस टू मच, सॉरी।'' शेखर ने पूरा खाना परोसे जाने से पहले ही थाली में पुरुषवादी सत्ता के विरुद्ध बिगुल फूँक दिया था। बगल में बैठे पिता कामता प्रसाद हाथ में गर्म पूड़ी का एक टुकड़ा लिए उसे फूँक रहे थे। शेखर को इस अंदाज में सुन फूँक भीतर चली गई। कल्याणी देवी भी बेटे की ये सब बात सुन पहले तो थोड़ा-सा अकचकाई और फिर सब्जी लाने रसोई की तरफ चली गई।

''अरे बाप रे बाप! ए शेखर, बेटा कोय कैद नहीं किया है हमको। आखिर पापा कमा के लाते हैं दिन भर में मर-खट के तऽ क्या हम घर भी नहीं संभालें! एक आदमी बाहर देख रहा है तऽ एक आदमी हम भीतर देखते हैं घर के। तुम एतना दिन पर आए हो तऽ गरम-गरम छान के न खिलाएँगे! एके बेर छान के जमा कर रख दें! ठंडा हो भूसी हो जाएगा। पूड़ी बढ़िया लगेगा ठंडा! इसलिए न पहिले खिला दें फेर हम खाएँगे। तुम तऽ का-का बोलने लगे।'' कल्याणी देवी ने रसोई से सब्जी लाते हुए कहा।

इस बीच कामता बाबू एकदम काठ बने बैठे थे। एक नजर शेखर की तरफ देखा और फिर पत्नी की ओर। मन-ही-मन कुछ सेकेंड के लिए तो कलेजा हिल गया था उनका। उनको अचानक लगा कि जैसे किसी ने सदियों से होते

आ रहे नारी-शोषण का सारा दोष पटककर उनके माथे पर साट दिया हो। एक पल तो अपने पुरुष होने के अहसास भर से सिहर गए थे कामता बाबू। अभी वहाँ मौजूद घर में वे अकेले पुरुष थे, क्योंकि शेखर तो बेटा था। जमीन पर बैठे भीतर-ही-भीतर धँसे जा रहे थे। सामने रखी दाल की कटोरी में उन्हें अपना चेहरा दिखा, उन्हें लगा किसी पुरुषवादी सत्ता के संचालक का क्रूर चेहरा देख रहे हों। तभी हाथ से पूड़ी का टुकड़ा थाली में गिरा, कामता बाबू को लगा जैसे वह अपनी नजर में गिर गए। अगले दो-चार क्षण बाद खुद को संभालते हुए थाली से पुनः टुकड़ा उठाया और उसे झट से मुँह में डाला तब जा के कुछ नॉर्मल हुए। हालाँकि, पहली बार ऐसा हुआ था जब खाया हुआ निवाला उन्हें उतना स्वादिष्ट नहीं लगा था जितना अक्सर कल्याणी देवी के हाथ का बना उन्हें लगता था।

इधर शेखर अभी भी लगातार पूड़ी-सब्जी, खीर, पिता, माता, घर की दीवार, ऊपर लटका हुआ पंखा सबको सवालिया नजर से देखे जा रहा था। जैसे वह सब से यह जवाब माँग रहा हो कि यह शोषण आखिर कब तक?

उसकी धमनियों का लहू खीर में उतर आया था, उसे खीर का रंग लाल नजर आ रहा था। लहू का वेग नारी मुक्ति के लिए हिलोरें मार रहा था। उसका मन पेट की भूख से पहले इस पितृसत्ता शोषणवादी पुरानी परंपरा को मिटा देना चाहता था। थाली में रखी पूड़ी मन के भीतर चल रहे इस गर्म चिंतन के बीच रखी-रखी ठंडी हो रही थी।

कामता बाबू अपने पुत्र के भीतर उठ रहे बदलाव की बवंडर चेतना और लग रहे विद्रोह की आग के ताप को महसूस कर चुके थे, क्योंकि वो एकदम सटकर ही बैठे थे।

उन्हें तत्क्षण खयाल आया कि जल्दी पानी नहीं छींटा गया तो अंदर-ही-अदर लौंडा जलकर खाक न हो जाय, किरांति राख न हो जाय, कंट्रोल करना होगा।

"ऐसा है, पहिले खा-पी लो शांति से। दिन भर का भूखल-थकल होओगे, खा लो आराम से। और ये जो सामने तुमको नारी दिख रही है न ई खाली बस नारी नहीं है बेटा। ई हमारी पत्नी है और तुम्हारी माँ भी, जिसका बेटा साल भर बाद घर आया है और इसलिए मारे खुशी और दुलार के दौड़-दौड़ कूद-कूद

पूड़ी छान रही है। इसका कलेजा कहता है कि पहले बेटा को भरपेट खिला लें तब हम खाएँ। तुम नहीं होते हो तो साथे ही खाते हैं हम दोनों। अब जिस औरत, जिस माँ का मन बेटा को पहले खिलाकर तब खाने पर ही तृप्त होता है तो उसको क्रांति करके काहे बदल रहे हो! नारी से उसकी इच्छा और संतुष्टि भी पूछो बेटा।'' कामता बाबू ने बिना ज्यादा तल्ख हुए भी थोड़े रूखेपन से कहा।

''अच्छा! ओह छोड़िए न अपना भाषण। चलो, चलो हम भी खाते हैं न साथे। अरे बेटा, जूठा हाथे फेर रसोई नहीं घुसना चाहिए न इसी बास्ते नहीं खा रहे थे।'' कल्याणी देवी ने पति पर थोड़ा झिड़कते हुए और बेटे पर दुलार छिड़कते हुए कहा। कामता बाबू तत्क्षण ही चुप हो गए और पूड़ी पर तर्जनी रख अँगूठे और मध्यमा से कौर तोड़ने लगे। पिता जब भी तावे की तरह गर्म होने को होता, माँ उस पर ठंडे पानी के छींट की तरह पड़ ही जाती। माँ का जोर हो तो बेटा अक्सर ठंडे तावे पर ही अपने जिद और मनमानी की रोटी सेंक जाता।

फिलहाल बेटे का दिल रखने के लिए कल्याणी देवी ने जल्दी से एक थाली में खाना निकाला और वहीं साथ बैठ खाने लगी। माँ ने अपनी थाली से एक निवाला उठा शेखर के मुँह में डाला। शेखर हल्का-सा मुस्कुराया और खाने लगा।

इधर कामता बाबू को भी अपनी तल्खी का अहसास हो गया था। इतने दिनों पर तो बेटे का आना हुआ था और पहली ही रात इतने रूखेपन से बात करने के बाद उनको भी भला कैसे नींद आनी थी रात को!

''अरे भाई, हम भी बस बोल रहे थे, सिखा थोड़े रहे थे। खुद ही समझदार है ये। इतनी बड़े यूनिभरसिटी में पढ़ता है। बात तो सब ठीक ही कहता है। देखिए आखिर साथ में खाए न आप! अइसहीं न धीरे-धीरे समाज बदलता है।'' कहकर कामता बाबू ने मुस्कुराते हुए अपनी गलती का पश्चाताप किया। अपनी थाली से एक रसगुल्ला उठाकर शेखर की थाली में रखा। शेखर ने भी मुस्कुराते हुए उसे तुरंत उठा मुँह में भर लिया।

असल में कामता बाबू के लिए शेखर का स्वभाव कोई नया तो था नहीं। वे कहते भी थे, ''अक्सर ज्यादातर आदमी अपनी जवानी के दौर में

समाजवादी, नारीवादी या मार्क्सवादी में से कुछ-न-कुछ जरूर होता है और एक दौर के बाद वह निश्चित रूप से इनमें से कुछ भी नहीं होता है। सिर्फ कमाता-खाता आदमी होता है।''

सचमुच जीवन का व्याकरण कुछ ऐसा ही होता है जब पूरी जोशे-जवानी विशेषण के साथ जीने वाले के हिस्से एक समय केवल क्रिया रह जाती है। कॉमरेड रहा युवा सचिवालय में किरानी बन क्लाइंट के पैसे से पान कचर सहयोगपूर्ण वातावरण में सफलतापूर्वक फाइल निपटा रहा होता है। और युवा अवस्था का घनघोर राष्ट्रवादी रहा आदमी चायनीज झालर का होलसेलर बनकर देशी मन से विदेशी मुद्रा अर्जित कर रहा होता है।

कामता बाबू खुद जवानी का एक दौर ऐसा जी चुके थे जब उन्होंने जेपी का आंदोलन देखा था। हर वक्त दुनिया पलट देने की, बदल देने की ऊर्जा अंदर से ठेलमठेल करती थी।

आंदोलन की उर्वर जमीन से निकला एक युवा आज मास्टर साब के रूप में बस रिटायर होने की गिनती गिन रहा था। अपनी शादी में चमचम रंग वाला नाप से सवा नंबर ज्यादा का कोट पैंट पहनने के बाद क्रांति का चोला कब-कहाँ उतार फेंका, उन्हें ठीक से याद भी नहीं अब।

कामता बाबू ने अपने बेटे को शुरू से ही बड़े सजग होकर पाला था। गाँव में रह बिगड़ न जाए इस बेहद उचित डर के कारण उसे बचपन से हॉस्टल भेजा था। वहाँ इस बात की गारंटी थी कि उसे अब कोई दूसरा नहीं बिगाड़ पायेगा। लड़का खुद ही जिम्मेदार बनेगा, आत्मनिर्भर होगा।

दसवीं तक जाते-जाते शेखर ने मुकाम पाना शुरू भी कर दिया था। रात से लेकर सुबह को मॉर्निंग शो में देखी जाने वाली सभी तरह की फिल्में देख ली थी। ग्यारहवीं में व्यस्क चुटकुले सुनने का शौकीन बना और बारहवीं तक पहुँचते-पहुँचते तो अपनी व्यस्क होती रचनात्मकता से स्वंय प्राइवेट मेड निजी व्यस्क चुटकुले बनाने लगा था। बचपन से ही माँस-मछली से दूर रहने वाले घर से आए बच्चे इसे आपस में नॉनवेज बोल हँसते-ठठाते थे।

लड़कों के स्कूल में पढ़ा होने के कारण लड़कियों से संसर्ग न के ही बराबर था। मायापुरी नाम की कुछ पत्रिकाओं ने जितना परिचय करवाया था, बस उतना ही जानता था वह लड़कियों को। उनमें भी सब अभिनेत्रियाँ ही थीं।

तकिये के नीचे से एक बार किमी काटकर नाम की अभिनेत्री भी बरामद हुई थी। 'हम' फिल्म में अमिताभ बच्चन के साथ 'चुम्मा चुम्मा दे दे' गा रही यह अदाकारा शेखर के मन में ऐसे बस गई थी कि मायापुरी मैगजीन में उसे देखते ही ब्लेड से काट निकाल लिया था अपने लिए। इसी क्रम में तेज धार से उसकी ऊँगली कट गई थी और खून निकलने लगा था। शेखर ने वह खून किमी काटकर की माँग में भर दिया था। खून भरी माँग वाली वह तस्वीर वर्षों थी शेखर के पास।

पर स्नातक के लिए दिल्ली आने के बाद उसके जीवन में इंग्लैंड की औद्योगिक क्रांति की तरह बदलाव आया।

उसने खुद में ऐसा बदलाव महसूस किया जैसा महात्मा गाँधी ने दक्षिण अफ्रीका जाकर किया था। दिल्ली में ही पढ़ाई के दौरान वह वामपंथ, मार्क्सवाद, समाजवाद और नारीवाद जैसे शब्दावलियों के वास्तविक अर्थों से परिचित हुआ। वह चूँकि वामपंथ के सबसे बड़े गढ़ के रूप में पहचाने जाने वाले कैंपस का छात्र था तो स्वाभाविक तौर पर छात्र संगठनों के भी संपर्क में आया और तब उसने महसूस किया कि अभी तो आजाद होना बाकी है। यहीं उसने जाना कि आजाद होकर जीना क्या है! उसने धीरे-धीरे आजाद होने की प्रक्रिया पकड़ी। शुरुआत सिगरेट पीने से हुई। यानी आरंभ ही धुआँ-धुआँ कर दिया था शेखर ने।

पहली बार जब शराब चखी तो पूरे नैतिक बल के साथ। मार्क्स का नाम लेकर दारू गटकना सारे जमाने के गम और जहर को पी खुद को बाबा भोलेनाथ का नीलकंठी फ्लेवर देने जैसा परमार्थी फील देता था। उसने अपने साथियों को देखा कि कैसे दिन-रात समाज, उसकी गरीबी और शोषण के विरुद्ध समस्या का हल खोजते क्रांतिकारी साथी गाँजे के धुएँ से चिंतन-मंथन निकालते रहते हैं। उसने पहली बार यहीं गाँजे का यह लोकहित-पक्ष और सामाजिक सरोकार देखा था। उसे यहीं तो मिट्टी की चिलम माओत्से तुंग की बंदूक की नली लगी जिसके रास्ते क्रांति को आना था।

उसे अंबेडकर याद आए, उन्होंने कहा था कि संविधान अच्छा या बुरा नहीं, यह उसे चलाने वाले पर निर्भर करेगा।

आज तक सिगरेट, गाँजा और दारू को लखेरों, लुच्चों, बिगड़ैलों का

आइटम समझने वाले शेखर को अनुभूति हुई कि असल में ये काम की चीजें गाँव में तो अक्सर गलत लोगों के हाथ देखता आया था। आज सही पढ़े-लिखे विद्वतजनों के हाथ में वही सिगरेट जलती मशाल लगती थी। यह फेंफड़ा नहीं, पूँजीवाद को जलाएगी एक दिन। दारू-किडनी नहीं, कैपिटलिस्टों को खाएगी।

यहीं उसने देखा कि लड़के-लड़कियों में कोई भेद नहीं। शाम 3 बजे के बाद गर्ल्स स्कूल की छुट्टी से घर जाती छात्राओं का झुंड निकल जाने के बाद लड़की देखने को तरस जाने वाली आँखों ने यहाँ रात के बारह बजे लड़कियों को लड़कों का हाथ पकड़े गोरख पांडेय के जनगीत गाता देख जाना कि बाकी दुनिया को अभी कितना बदलना है जहाँ लड़कियाँ शाम से पहले चौखट के भीतर जमा कर दी जाती हैं और जहाँ दिन के उजाले में भी लड़कियों से हाथ नहीं बल्कि नजर तक मिलाना अपराध है।

दिल्ली में रहते-रहते अब वह प्राकृतिक रूप से नारीवादी हो चुका था।

एक समय लड़कियों पर भद्दे जोक्स बना हँसने वाला शेखर अब इतना घनघोर भयंकर नारीवादी हो चुका था कि वह मुर्गा खाता था, मुर्गी नहीं। कोई दूध दुहता तो उसका खून खौलता। वह सवाल खड़े करता, बैल क्यों नहीं देता दूध? गाय का शोषण क्यों? मादा ही क्यों दूही जाए?

जंतु विज्ञान शेखर के इस विद्रोही क्रांतिकारी सवाल पर निरुत्तर हो जाता। मुँह छुपा लेता। करनाल के अनुसंधान केंद्र में नवीनतम प्रयोग कर रहे अंतरराष्ट्रीय वैज्ञानिक दूध के सवाल पर लज्जित हो पानी-पानी हो जाते।

महानगरों में दो प्रकार का नारीवाद प्रचलन में था। एक तो हर नारी में माँ, बहन देखना और दूसरा कि चाहे माँ, बहन या कोई हो सबमें नारी देखना।

शेखर चूँकि गाँव की पृष्ठभूमि से था सो हर नारी में माँ बहन देख-सुनकर आया था, इसलिए यहाँ उसने दूसरा वाला प्रकार ही प्रीफर किया।

शेखर के बमुश्किल कुछ पुरुष मित्र थे। इसके आस-पास महिलाओं, लड़कियों का समूह ही नहीं बल्कि अच्छी-खासी संख्या का संघ था जिसमें कई लड़कियाँ और महिलाएँ थीं।

शेखर उनके साथ उठता-बैठता, अठखेली करता। इंडिया गेट के पार्क में बैडमिंटन खेलने चला आता और जब पाँच-सात मिनट खेलते-खेलते थककर

चूर हो जाता तो बेतकल्लुफ हो लिंगनिर्पेक्ष भाव से किसी भी महिला साथी की गोद में सिर रख लेट जाता। उनकी टिफिन से पराठा शेयर करता हुआ नटखट मन से उद्वेलित हो थोथना पर निश्छल हँसी लिए उनकी गालों पर अचार घिस देता। कभी लपककर चोटी खींच देता तो कभी उलझी चोटी पुनः सुलझा उसे निरगाँठ कर सज्जित करने हेतु करीने से गूँथ भी देता।

इतने निर्लिप्त और निष्कपट भाव से बाल क्रीड़ा तो उसने कभी बचपन के दोस्तों के साथ भी नहीं की जितनी नारीवाद को आत्मसात करने के बाद वह यहाँ किया करता था। इस तरह शेखर नारी-पुरुष के बीच हर भेद मिटा देने के लिए जो कुछ भी संभव प्रयास कर सकता था वह कर रहा था। शेखर अपने कैम्पस में महिलाओं हेतु चलता फिरता दुख-बाँटन सेंटर था। प्रेमी से मनमुटाव से लेकर घर में शादी के दबाव जैसी हर समस्या सुनता और दुख बाँटता। महिलाओं के मुद्दे को लेकर वह इतना संवेदनशील हो चुका था कि वह कोई भी समस्या सुन समस्या सुनाने वाली लड़कियों से ज्यादा बेचैन हो जाता था। वह दो लोगों की समस्या को लेकर रात भर बेचैन हो जगने वाला अकेला तीसरा व्यक्ति था देश में। जबकि समस्या वाले दोनों लोग सो रहे होते थे शांति से। कई बार कई लड़कियाँ अपनी समस्या बता भूल जाती थीं, नॉर्मल हो जाती थीं तो शेखर उन्हें उनका दुख याद दिलाकर तब पुनः उनसे उनका दुख बाँटता। कैम्पस में शेखर, 'शेखर : एक संगिनी' के नाम से मशहूर था।

16.

"काली माई के होअता पूजनवा। पूजनी चरनवा नू हो..।" भोजपुरी में बज रहे इन भजनों के साथ आई आज की सुबह में एक अलग-सा तेज था। गाँव के दक्षिण-पूर्व कोने से आ रही लाऊडस्पीकर की आवाज मलखानपुर के चौक और बाजार तक पहुँच रही थी। माना जाता था कि मंदिर-मस्जिद के लाउडस्पीकर की आवाज वास्तव में अनंत दूरी पर ऊपर बैठे ईश्वर-अल्लाह तक चली जाती है। इस मामले में धार्मिक स्थलों में लगा साउंड सिस्टम विज्ञान की हद से बाहर का आइटम था।

सुबह पाँच बजे से ही लगातार माता के भजन, हनुमान चालीसा इत्यादि बज रहे थे। फुल वॉल्यूम से टन-टन कर रहे वातावरण में आस-पास के पेड़ों के पंछी आज समय से पहले ही घोंसला छोड़ जा चुके थे।

बिरंची शायद पहली दफा इतने सवेरे नहा-धो इस तरह साफ-सुथरे कपड़े पहन मंदिर प्रांगण की तरफ निकल चुका था। गहरे ब्लू रंग के सूती फुलपैंट पर पीला कुर्ता डाले बिरंची आज एकदम वैष्णव कार्यकर्ता लग रहा था।

रास्ते में हाथ में लोटा ले खेत जा रहे जगदा मिसिर के चचेरे भाई बदरी मिसिर के बगल से जब बिरंची गुजरा तो मटमैली धोती, पसीने से सनी सेंडो गंजी, बचे हुए बिखरे बाल, होठ में खैनी दबाए बदरी मिसिर आज बिरंची के आगे मानो म्लेच्छ दिख रहे थे। उन्होंने एक नजर अचानक पलटकर बिरंची को जाता देखा, फिर पहचानने के बाद नजर घुमा लिया। मन-ही-मन बिरंची की अप्राकृतिक स्वच्छता पे भुनुर-भुनुर 'अरे साल्ला बिरंचिये ही है' बुदबुदाते आगे चल दिए।

इधर चंदन ने भी भोरे-भोरे उठ कुएँ पर भर-भर बाल्टी स्नान कर सफेद पजामे पर पॉलिस्टर मिक्स सिल्क का गोल्डन कलर वाला कुर्ता पहन लिया था जो इससे पहले उसने इसे केवल अपने तीन बरस पहले हुए उपनयन संस्कार के दिन ही पहना था। तैयार हो मंदिर के सभी देवी-देवताओं के पाँव छुए, बजरंग बली जी की बाँह छुई (मजबूत बॉडी हेतु), प्रणाम कर टीका लगाया और पबित्तर के यहाँ जाने के लिए सामने चौकी के नीचे चप्पल खोजने लगा। बैरागी पंडी जी भी जग ही चुके थे। अपने बिस्तर पर मच्छरदानी के भीतर से

ही उनकी नजर चंदन पर पड़ी। बैरागी पंडी जी के लिए यह संभवत: पहला मौका था जब चंदन को वास्तव में सवेरे-सवेरे नहा-धोकर मस्तक पर चंदन लगाए देखा था। वर्ना इधर-उधर घिसकर चंदन बिना गमके बेकार ही जा रहा था। बैरागी पंडी जी का मन इस समय अनजाने में ही पबित्तर का आभारी महसूस कर रहा था क्योंकि जो काम पंडित-पुरखों के संस्कार न करा सके वह दृश्य पबित्तर की मित्रता ने दिखवा दिया था।

मन-ही-मन सोच रहे थे, चंदन तो घिसकर ही सुगंधित होता है। क्या पता इस रगड़-घस जिंदगी के बाद इसे सन्मति आ ही जाए। इस वक्त मंदिर के अपने वाले देवी-देवताओं को छोड़ पंडी जी का मन पबित्तर वाले मंदिर की माँ काली को नमन अर्पित कर रहा था। स्थापित होने से पहले ही माँ काली के पास पहली अर्जी बैरागी पंडी जी ने डाल दी थी, "माँ हमरे पूत को बुद्धि-बिबेक देना।"

बैरागी पंडी जी यही कामना करते-करते बिस्तर से उतरे, खैनी की डिब्बी खोलते हुए टहलते-टहलते मंदिर प्रांगण से बाहर आ गए। तभी चंदन तेज कदम चलते हुए मंदिर के पीछे वाले रास्ते से निकला।

पंडी जी ने उसे जाते हुए देखा।

"अरे ऐ, सुनो चंदन। कहाँ, इधर आओ। पबित्तर के मंदिर जा रहा का! काली मंदिर?" पंडी जी ने पीछे से जोर से टोका।

यह आवाज कान में जाते ही चंदन का कलेजा धक से कर गया। अगले ही क्षण मन बोला, 'ल साला, जिसका डर था, हो गया। बाबू जी का पंडिताई जग गया। हमको इनके जगने से पहले निकल जाना था। हुआ अब कचकच। ई रोकेंगे हरिजन टोला मत जाओ। किए ई जतरा खराब हमरा।'

चंदन इतना सब कुछ सोचते हुए वहीं ठहर खड़ा हो गया था। पीछे मुड़कर बस पिता की ओर चेहरे पर खीझ और विनती के मिलेजुले भाव लिए देखने लगा।

मन में चल रहा था, "आज इनको समझा लीजिए भगवान, बाप के सन्मति दे दीजिए भगवान!"

यह पहला मौका था जब अपने किसी प्राइवेट मैटर में उसने भगवान को हस्तक्षेप करने को कहा था। एकदम दीवार फिल्म के विजय की तरह, पहली

बार विनती कर रहा था भगवान से। वर्ना आज तक न बाप की फिक्र की, न मंदिर के भगवान की। ताड़ी, महुआ, मुर्गा पेलकर भी मंदिर आ शांति से सो जाता था।

उसकी हार्दिक इच्छा थी कि आज अच्छे काम में जा रहा सो, बिना किसी बाधा के जाए, वर्ना जाना तो उसे था ही।

''अरे तऽ वहाँ खड़े-खड़े थोथना का देख रहा है! बुला रहे हैं न! केतना बजे से है कार्यक्रम पूजा का?'' पंडी जी ने तेज ध्वनि में पूछा।

''सबेरे सात बजे से शुरू होना है, लेट हो रहा है। हमको जाने दीजिए न बाबूजी, पूजा-पाठ का ही तऽ चीज है। बस गोड़ लग के चले आएँगे मंदिर से।'' चंदन ने नजदीक आते हुए एकदम मरमराए स्वर में याचनापूर्वक कहा।

''पागल हो गया है का रे! तुमको रोक कौन रहा है!'' बैरागी पंडी जी ने नजदीक आते हुए कहा।

''नहीं, ऊ, ऊ आप टोके तऽ लगा कि...।'' चंदन ने थोड़े राहत वाले भाव से अभी आधा ही वाक्य कहा।

''ओह! साले पुरबानुमान लगा रहे थे। आज तक कोय अनुमान सही हुआ है तुम्हरा? जीवन में कब्बो तऽ सही सोचा करो। हम बोल रहे हैं कि जा रहे हो तो बाड़ी से लाल अड़हुल फूल तोड़ लो ताजा वाला। माई का पूजा में लाल फूल चढ़ना चाहिए। आजकल पैसा वाला पूजा में खाली बासी गेंदा चढ़ाता है लोग। जाओ न, अब मुँह का दिखा रहा है?'' यह बोलकर बैरागी पंडी जी मंदिर के अंदर आ गए।

चंदन लगभग चहकता हुआ दौड़कर बाड़ी की तरफ गया और फूल तोड़ वहीं पेड़ पर लटक रही पंडी जी की साजी में उन्हें सजा पबित्तर दास के घर की तरफ निकल गया।

पबित्तर दास के यहाँ आज वातावरण ही अलग था। जैसे सुबह का सूर्य हरिजनटोला में सातों घोड़ों का रथ लेकर उतरा हो और अपने ऊर्जामयी प्रकाश से कण-कण प्रदीप्त कर दे रहा हो। टोले की कई महिलाएँ नहा-तैयार हो पहुँच चुकी थीं। कोई चबूतरा धो रही थी तो कोई पूजन-सामग्री सजाने में लगी थी।

चंदन वहाँ पहुँचते ही सबसे पहले पबित्तर के घर की तरफ गया और दो-तीन मिनट इधर-उधर देखने बाद सीधे मंदिर के अहाते की ओर बढ़ा। उसे देखते ही आज के अनुष्ठान के आचार्य पं नित्यानंद ने आवाज लगाई,

"ओ हो चंदन बाबू! अरे मर्दे, तुम जजमान हो के साला तुम ही गायब हो! केतना देर कर दिए आने में, मामा का माथा गरम था क्या?"

"भैया प्रणाम! नहीं भैया बाबूजी के तऽ पता नहीं दिमागे गड़बड़ा गया है शायद। ऊ तऽ एकदम खुश थे। ऊ तऽ पूजा के लिए लाल फूल भेजे हैं। पता नहीं भगवान उनका दिमाग का कर दिए हैं आज। बड़का तांत्रिक हैं आप, आप ही तऽ मंतर नहीं न मार दिए।" चंदन ने जोरदार ठहाका मार गर्दन इधर-उधर घुमाते हुए कहा।

"भक्क बे, तुम तऽ भाई के नाम प टेंसने हो। हमको गाली सुनवाओगे बैरागी मामा से। अरे बाह! पहले लाल फूल दो, खाली गेंदा चमेली ला के भर दिया है यहाँ। लाल फूल चढ़ता है माई को। मामा को जानकारी तऽ है ही न जी।" पं नित्यानंद ने खिले मन से चंदन के हाथ से फूल की साजी लेते हुए कहा। वह जौ पर कलश रख उसमें आम के पत्ते, पान, सुपाड़ी इत्यादि व्यवस्थित करने लगे। चंदन भी साथ देने लगा।

"और कोई दिक्कत तो नहीं है न नित्या भैया। बेबस्था ठीक है न?" चंदन ने बेलपत्र सजाते हुए पूछा।

"नहीं नहीं! बेबस्था तऽ एक नम्बर है भाई। रात को भी भोजन सारा शुद्ध घी में ही था। बस जरा सुतने में थोड़ा कष्ट हो गया। मच्छर बहुत है मर्दे।" पं नित्यानंद ने अपना भभोंरा हुआ लाल-बैगनी मुँह दिखाते हुए कहा।

"अरे मच्छर कैसे! हम तऽ मच्छर वाला अगरबत्ती दे के गए थे!" चंदन ने जनेऊ की गाँठ खोलते हुए कहा।

"हाँ ऊ जलाया तो था, हम बुतबा दिए। उसका धुआँ नुकसान करता है। एक मच्छरदानी बेबस्था करा देना, वही ठीक रहेगा। देखना साफ-सुथरा हो। नया ही खरीद लेना।" पं नित्यानंद गाल खजुआते हुए बोले।

"बय भैया आप भी क्या बोलते हैं! धुआँ क्या नुकसान करेगा! एतना गाँजा फूँक दिए, क्या उखाड़ा धुआँ! चलिए मच्छरदानी आ जाएगा।" चंदन ने हर फिक्र को पुनः धुआँ में उड़ाते हुए कहा।

''अरे चंदन, ऐज में तुमसे बड़ा हैं, तुमसे ज्यादा ही पिए होंगे हम गाँजा। उसका बात अलग है, वो जड़ी-बूटी है भाई। मछरवा वाला में केमिकल होता है मर्दे। सुनते हैं हानि करता है।'' पं नित्यानंद ने वेदी के पास अगरबत्ती जलाते हुए कहा।

अब सब लोग भी पहुँच चुके थे। पबित्तर दास जजमान की गद्‌दी पर बैठा। पं नित्यानंद ने पूरे वैदिक विधि-विधान के साथ पूजन कराना प्रारंभ किया। लाउडस्पीकर से मंत्रोच्चारण के स्वर चारों ओर गूँज रहे थे। ज्यों-ज्यों घंटा बीतता गया, और लोग जमा हो गए। टोला तो लगभग पूरा ही आ गया था बस एक घर छोड़कर। यह घर जतन दास का था। जतन दास का कहना था कि जिस जमीन पर मंदिर बना है वो हमरे परिवार का है जिसे बाद में पबित्तर के दादा ने मेरे दादा को पिला-खिलाकर बहकाकर हड़प लिया।

दूसरी ओर पबित्तर इसे अपनी पुस्तैनी जमीन बताता।

इधर मूर्ति की प्राण प्रतिष्ठा होते दोपहर होने लगी थी। इसी बीच बिरंची, चंदन को लेके शाम के भोज की तैयारी में लग गया था। दोनों अभी बगल के पंडाल में कुर्सी डाल बैठे थे जहाँ भोज का खाना बन रहा था।

''हरिजन टोला छोड़ के और कोई लोग आ नहीं रहा चंदन बाबा। हमारे टोला से भी बस दो औरत को देखे हम। ऊ भी बस परनाम करके चली गयीं। साला, खाना-पीना बर्बाद तो नहीं न हो जाएगा?'' बिरंची थोड़ी-सी चिंता करते हुए कुर्सी पर बैठ पीछे की ओर पीठ ले जा दोनों हाथ ऊपर कर अंगड़ाई लेता हुआ बोला।

''भय, आप बेकार टेंसन लेते हैं। सब आएगा। भोज के न टाइम आएगा। और नहीं तो टोला में लोग कम है का? साल्ला खाएगा भरदम, और क्या!'' चंदन ने निश्चिंत भाव से कहा।

''आप नहीं समझते हैं बाबा, गाँव में बहुत पोलटिक्स है। किसी को बर्दाश्त थोड़े हो रहा है ये सब। बहुत लोग साला जल के करिया हो गया है।'' बिरंची ने गाँव का मिजाज बताते हुए कहा।

''अरे बिरंची भैया, यही तो देखने आएगा कि चल के देखें क्या ताम-झाम है पबित्तर दास के यहाँ।'' चंदन ने अपने कम उम्र के थोड़े से संचित और सीमित अनुभव से कहा।

उधर गाँव आया शेखर सुबह-सुबह जब उठकर घर के बाहर वाले बरामदे के ताखे पर रात को ही अपनी छुपा के रखी पान पराग-तुलसी जर्दा लेने गया तो उसी ताखे पर उसे एक कुछ दिन पुराना निमंत्रण पत्र दिखा। खोलकर देखा तो पबित्तर दास के मंदिर उद्घाटन का आमंत्रण पत्र था।

उसने तभी ही माँ से इसके बारे में पूछा। माँ ने पबित्तर के मंदिर के बारे में जो भी पता था बता दिया।

अब तो उस कार्ड को हाथ में पकड़े शेखर के पोर-पोर में एक तरंग सी दौड़ गई थी जैसे। मन में क्रांति के गीत बजने लगे अपने-आप। लबों पर सूर्यकांत त्रिपाठी 'निराला' की कविता 'तोड़ो कारा तोड़ो' बुदबुद करने लगी। उसकी आंतरिक खुशी का ठिकाना न था जिसे वह बाहर माँ के सामने प्रदर्शित नहीं कर रहा था। खुशी इतनी जैसे पेप्सी का ढक्कन स्क्रेच करने पर सेंट्रो कार की लॉटरी लग गई हो।

कोई समर्पित मार्क्सवादी सवर्ण लड़का अपने गाँव आए और उसे किसी दलित के यहाँ जाने-खाने का अवसर मिल जाए, इससे बड़ी क्रांति तत्काल क्या हो सकती थी! इतनी कम उम्र, कम समय और सीमित संसाधनों में! हालाँकि, विश्वविद्यालय में लखपति घरों से आए अपने कई दलित साथियों के साथ एक ही थाली में चिकन तंदूरी, बटर नान खा शेखर ने कई बार जातिवाद को तोड़ दलितों को सशक्त बनाया था लेकिन उन दलित साथियों ने इसके योगदान को कभी तवज्जो ही नहीं दी। वे खुद को दलित मानते तब न शेखर के इन कदमों को क्रांतिकारी मानते।

समाज में समानता के सिद्धांत के लिए संघर्ष करते हुए हमेशा बराबर-बराबर मात्रा में दारू पी, सवर्ण होने का नाजायज लाभ लेते हुए कभी एक पेग ज्यादा नहीं गटका। फिर भी बहुत ज्यादा क्रेडिट इसे मिलता नहीं था वहाँ इस त्याग का। लड़के उल्टे इसी को हड़काकर रखते। शेखर उनमें एक स्वाभाविक दलित देखता था जबकि वे लड़के नये बन चुके भारत के पढ़े-लिखे सशक्त युवा थे न कि शेखर के मन में बने डिजाइन वाले दलित।

असल में उसके ये दोस्त शेखर की अपेक्षा कई गुणा ज्यादा समृद्ध परिवार से थे और इस तरह शेखर का जातपात और छुआछूत के विरुद्ध खड़ा

होना उसकी राजनीतिक, सामाजिक, दार्शनिक चेतना के साथ-साथ शाम को दारू-मुर्गा की घनघोर आवश्यकता भी थी।

शेखर अगर जात-पात सोचता तो अपने खर्चे पर कितने दिन मार्क्सवाद को ढो पाता! निवेश भी तो था विचारधारा में! ऐसे फोकट में विचारक बनना संभव हो तो कोई भी न बन जाता! पूँजीवाद के विरोध का मूड बनाना हो तो उसमें पूँजी लगाना होता था। शेखर को एक खिया चुके अधेड़ मार्क्सवादी ने बड़ी व्यावहारिक बात समझाई थी, "एक अधमैला खादी-कुर्ता पजामा पहिन झोला ले बीड़ी पीते हुए अरबों-खरबों वाले पूँजीपतियों को गरियाने-भगाने के लिए आपके भीतर कुछ तो असरकारी तरल पदार्थ होना ही चाहिए नहीं तो न लुच्चई का आत्मविश्वास आएगा न थेथरई का तर्क।"

खैर, यह सब दिल्ली की बातें थीं।

आज गाँव में पहली बार शेखर को अपने सपनों के मॉडल दलित यानी हरिजन टोला में स्थित गाँव के प्योर दलित के यहाँ जाने का मौका मिल रहा था। उसने तभी सोच लिया था, कुछ भी हो, शाम को पबित्तर के यहाँ पहुँचना है। हर बाधा को तोड़कर भी।

शाम होते भी कहाँ देर लगी! मंदिर में मूर्ति स्थापना का पुनीत कार्यक्रम सम्पन्न हो चुका था। अब रात को भोज के साथ आठ पहर तक अखंड कीर्तन का भी आयोजन था

ज्यों-ज्यों सूरज ढल रहा था, लोग अँधेरे में टॉर्च ले भोज खाने जुटने लगे। लड्डन मियाँ भी पहुँच तो गया था लेकिन ट्यूबलाइट की रोशनी से थोड़ा हटकर खड़ा था जिससे चेहरा स्पष्ट न दिखे। वह एकटक पबित्तर से नजर मिला लेने की काफी देर से मशक्कत कर रहा था। अँधेरे में हो नहीं पा रहा था। बिरंची का परम मित्र लखन लोहार भी पहुँच चुका था और आते ही भोज खिलाने का मोर्चा पकड़ लिया था। भोज के लिए पहले तो टेबल-कुर्सी की व्यवस्था थी पर जब पं नित्यानंद ने समझाया, "प्रसाद रूपी दिव्य भोजन को पबित्तर भूमि पर बैठ के ग्रहण करना ही शुभ होता है। शास्त्र में स्पष्ट लिखा है कि भिन्न-भिन्न उत्सवों में उपयोग किए गए टेंट वाले टेबुल-कुर्सी में माँसाहार का भी सेवन किया जा चुका होता है, अतः उसपे प्रसाद को ग्रहण करना पाप का भागी बनाता है।"

इसके बाद तो मिनटों में सारा टेबल-कुर्सी हटा चबूतरे के नीचे कुछ ही दूरी पर दरी बिछा जमीन पर ही खिलाने की व्यवस्था की गई। पं नित्यानंद ने इसी टेबुल-कुर्सी के प्रसंग से जुड़े कुछ संस्कृत के श्लोक भी बताए। इसके बाद तो असर यह हुआ कि पबित्तर, बिरंची समेत जिन लोगों ने भी टेबुल कुर्सी छुआ था, वे सब झट स्नान करके आए और तब भोज की बाल्टी पकड़ी।

शाम गहरी हो रात बन रही थी। खाना-खिलाना आरंभ हो चुका था। बिरंची की नजर इस पर लगी थी कि गाँव से कौन-कौन लोग आ रहे हैं। पहली पाँत खिला लेने के बाद बिरंची पसीना पोंछ बगल में पड़ी खटिया पर बैठ खैनी रगड़ने लगा। पबित्तर थोड़ा आगे सड़क पर बढ़ वहीं खड़ा हो हर आने वाले को हाथ जोड़ प्रणाम करता और खाने की पाँत तक पहुँचाता। बिरंची के साथ चंदन भी बैठ गया था और बात करने लगे दोनों। नजर लेकिन सड़क की ही तरफ थी दोनों की।

"अच्छा एक बात देखे? पबित्तर का लक्षण एकदम नेता वाला है। केतना प्रेम से हाथ जोड़ रहा है। मने टोला वाला लोग को भी।" बिरंची ने खिलखिलाती-सी हँसी के साथ चंदन से कहा।

"हाँ, सही बोले बिरंची दा! आज तक कोई हरिजन टोला के आदमी को परनाम करके तो भोज नहीं ही खिलाया था। बेजोड़ काम तो हुआ ही है ई।" चंदन ने भी हँसकर कहा।

तभी एक बाइक सामने सड़क से धीमे गति से गुजरी। उस पर बैठा सवार गौर से इधर मंदिर और भोज की तरफ देखे जा रहा था। तभी बिरंची की नजर उस पर पड़ी।

"अरे अरे हई देखिए, जगदीश जादब का लड़कवा कुंदनवा है क्या? बाप देखने भेजा होगा कि देख के आओ कौन-कौन गया है। तब सोचेगा आने का।" बिरंची ने गर्म पूड़ी की डलिया लिए आगे बढ़ते हुए बोला।

"हम भी इसको तभी से पाँच-छह बार राउंड मारते देखे।" चंदन ने भी अपनी सूक्ष्म अवलोकन क्षमता के हवाले से कहा।

खाने की दूसरी पाँत बैठ चुकी थी। अब बाहर खड़े लड्डन मियाँ से रहा न गया। लंबी डेग मार आखिरकार उजाले में आ गया। पबित्तर ने देखते ही

प्रणाम किया और बगल रखी कुर्सी पर बैठने का इशारा किया क्योंकि नयी पाँत खाने बैठ चुकी थी। लड्डन लगभग पबित्तर को ठेलते हुए आगे बढ़ा और चलती हुई बीच पाँत में जा बैठा। भाई इंतजार की भी हद होती है, पेट अब वह सीमा लाँघ चुकी थी। बिरंची ने तुरंत पत्ता गिलास लगा गर्म पूड़ी चलाई लड्डन मियाँ को।

ठीक इसी दौरान मंदिर से दूर हरिजन टोला जाने के मुख्य रास्ते पर लगभग आधे घंटे से एक और बेचैन श्रद्धालु मंदिर आने को आतुर टहल रहा था।

यह बैजनाथ था। दो-तीन बार तो वह मंजिल के करीब तक भी पहुँच गया पर किसी संगी को न देख हिचकिचाकर वापस हो आया। कोई रास्ते में उसे देख पूछता तो बता देता, खेत जा रहा हूँ। इस समय रात को खेत? ये वाजिब सवाल उससे किसी ने पलट कर नहीं पूछा क्योंकि उसे मिलने वाले सब जानते थे कि कहाँ जाना है इसे। लड्डन मियाँ की तरह यह भी चाहता था कि करीब जाकर किसी तरह बिरंची या पबित्तर से नजर मिल जाए। ऐसा हो जाता तो उसे वहाँ खाने का एक तात्कालिक कारण मिल जाता, उसने फिर कहानी तैयार रखी थी, ''क्या करते? खेत जा रहे थे कि पबित्तर लिया देख। दौड़ के आ हाथ जोड़ने लगा चाचा-चाचा बोल के। पैर गिरने लगा बेचारा। मना नहीं कर सके। कलेजा कड़ा कर खा लिए एक ठो पूड़ी मन रखने के लिए उसका।''

लेकिन ये तार्किक और मार्मिक कारण अभी उसके मन में ही थे। मौका ही नहीं मिल रहा था। कोई देख ही नहीं रहा था उसकी तरफ। भगवान भी नहीं। शुद्ध घी की गमक से खिंचा चला आया यह अधीर हो रहा खवैया अब उड़कर पाँत में बैठ जाने की सोच रहा था। एक बार मन में बुदबुदाया भी, ''हे भगवान! काहे ई जात-पात बनाए!''

सच में शुद्ध घी की तासीर का जवाब नहीं। कितना कुछ पिघला देती है।

इस समय अँधेरे में टहल रहे बैजनाथ के मुँह पर कोई भी टॉर्च मारकर देखता तो उस पर साफ लिखा था, ''मुँह है बेताब।''

तभी मन की चित्कार किसी ने सुन ली शायद। अचानक से एक बाइक की लाइट उसके चेहरे पर पड़ी और सवार ने बाइक रोक दी। यह शेखर था।

''अरे नमस्ते, क्या हुआ चाचा? कोई प्रॉब्लम है क्या? यहाँ क्यों खड़े

हैं? कहीं छोड़ दें क्या?'' शेखर ने बाइक रोकते ही पूछा।

''ओ अच्छा, अरे शेखर बेटा। बाह! आप हमको पहचान लिए। मन खुश हो गया।'' बैजनाथ ने पहले तो अचकचाकर, फिर सामान्य होते हुए पूछा।

''अरे, क्या बात बोल रहे हो आप अंकल जी? कैसे नहीं पहचानूँगा? हमें गरीबों, पिछड़ों, आदिवासी, महिला के लिए ही तो लड़ना है। अगर तब भी न पहचाने तो इतना हाई लेवल पर पढ़ने-लिखने का क्या फायदा!'' शेखर ने उसे अपने पाठ्यक्रम का मूल हिस्सा और उसे पढ़ने की सार्थकता बताते हुए कहा।

''एकदम एकदम शेखर बेटा! अरे आपके बाबूजी भी बिद्वान आदमी हैं। उनका लड़का बीस तऽ होगा ही।'' बैजनाथ ने बिना शेखर की बात समझे हुए ही कहा। हालाँकि, मन में यह जरूर सोचा कि उसके मामला में ये अदिबासी, महिला लोग काहे घुस गया।

उसने यह भी सोचा कि ये कौन-सी पढ़ाई है जिसमें अदिबासी, महिला, गरीब को पहचानने सिखाया जाता है जबकि हम लोग तऽ बिना पढ़े ई सबको पहचान लेते हैं।

यह सब सोचते हुए भी उसका ध्यान अभी असली मुद्दे पे ही फोकस था।

''आप इधर कहाँ जा रहे हैं शेखर बेटा?'' बैजनाथ ने बड़ी मिठास भरी उदासी से पूछा।

''हम तो इधर कोई पबित्तर दास जी हैं, उनके यहाँ ही निमंत्रण है। डिनर को जा रहे हैं।''

''क्या!'' बैजनाथ के मुँह से जैसे भक्क से निकला यह शब्द। आँख किसी उल्का पिंड की तरह चमकी उस अँधेरे में। उसकी बाछें मात्र नहीं खिलीं बल्कि भीतर मन परसों ही जन्मे बछड़े जैसा कूदने लगा था।

''अरे हाँ हाँ, एकदम निडर हो के चलिए। निमंत्रण दिया है तो किसी से डरना क्या! चलिए न आप कहते हैं तऽ हम भी चलते हैं। खेत जा रहे थे लेकिन चलिए अब आपके साथ चलते हैं। चलिए निडर एकदम।'' मारे खुशी से पागल हुआ यही विचित्र बात बोल बैजनाथ बिना शेखर के कुछ हाँ-ना का इंतजार किए लपककर बाइक के पीछे बैठ भी चुका था। वह अचानक इतनी

तेजी से झकझोरका बैठा कि इसके लिए पहले से नहीं तैयार शेखर से बाइक असंतुलित हो गई और बायीं ओर झुक गई। शेखर ने किसी तरह अपनी टाँगों को अड़ाकर गिरने से बचाया खुद को।

''अभी नया-नया सीखे हैं मोटरसायकिल, लगता है! बैलेंस करने धीरे-धीरे ही सिखिएगा। कोई बात नहीं, सीख जाइएगा।'' बैजनाथ ने भी अपनी घुट्टी की फँसी फुलपैंट को साइलेंसर के पास से खींचकर कहा और अब दोनों हाथों से पीछे वाले लोहे के कैरियर को कसकर पकड़ खुद को सुरक्षित तरीके से सीट पर सेट कर लिया।

शेखर का तो यह सुन मन भन्ना गया था लगभग। पहले तो उसका इस बात ने दिमाग अमूल का दही कर दिया था कि यह डिनर की बात में निडर होना, किसी से नहीं डरना कहाँ से घुसेड़ दिया है बैजनाथ ने! दूसरी उस दही में नमक डाल उसका नमकीन लस्सी इस बात ने कर दिया कि जब बैजनाथ ने दिल्ली जैसे महानगर में बाइक राइडिंग करने वाले अनुभवी यशस्वी पायलट को नौसिखुआ समझ लिया था।

शेखर से रहा नहीं गया, चलती बाइक में ही धीरे से बोला, ''ये तरीका नहीं है सिटिंग का। थोड़ा-सा मैनर्स आने ही चाहिए कॉमन मेन को भी। ऐसे ही थोड़े गाँव पिछड़ा है। सिर्फ इंफ्रास्ट्रकचर डेवेलप करने से क्या होगा! एट लिस्ट सिंपल मैनर्स तो चाहिए न लोगों में!''

''हाँ सही बात है। हिम्मत तऽ करना ही होगा। खाली मंदिर बना के शुद्ध घी में भोजन कराने से नहीं होगा। अभी बहुत कुछ करना होगा गोबरमेंट को भी। एकदम ऐसे ही निडर हो के बढ़िए न, सब ठीक हो जाएगा बेटा।'' बैजनाथ ने चलती बाइक में हवा के साँय-साँय के साथ कहा।

शेखर एक बार पुनः चकराया बैजनाथ की बात पर। फिर उसे निडर का माजरा नहीं समझ आया। इस बार तो असल में कुछ नहीं समझ में आया। असल बात तो यह थी कि दोनों को एक-दूसरे की कोई बात अभी तक नहीं समझ में आई थी। बैजनाथ तो बस मंजिल तक पहुँचने भर संवाद का पुल बचाए रखे हुए था और टोह-टोहकर जो भी मन में आ रहा था, बोल दे रहा था।

मिनट भर बाद जैसे ही शेखर की बाइक पबित्तर के दरवाजे पहुँची कि बिरंची की नजर पड़ गई। वह पंगत में सब्जी चला रहा था। सब्जी की बाल्टी

किसी दूसरे को पकड़ा वह दौड़कर शेखर की तरफ आया। शेखर बाइक खड़ी कर आगे बढ़ा, पीछे-पीछे बैजनाथ भी।

''अरे आइए आइए शेखर जी! आप आ के तो समझिए बहुत बड़ा उपकार किए हैं, कसम से।'' बिरंची ने आते ही शेखर को लगभग गले लगाते हुए कहा।

''बहुत डर रहे थे ई। हम बोले अरे निडर होकर चलिए। कौन कुछ बोलेगा, देख लेंगे। बहुत अच्छा लड़का हैं ई।'' बैजनाथ ने बिरंची की तरफ देख कहा और बड़ी गौरवपूर्ण मुस्कान के साथ भोज वाली पंगत की तरफ देखने लगा।

''अरे सट अप, हद है यार! तभी से मुझे पागल करके रखा है इस आदमी ने यार। मतलब एकदम लिटरली बाँस करना जिसे कहते हैं न, वो कर रखा है मुझे। क्या बार-बार निडर-निडर लगाए जा रहे हो आप तब से। मैंने कहा था डिनर करने जा रहा हूँ भाई डिनर। किसी से डर नहीं रहा कोई यार अंकल। मुझे अब तो बख्श दो, आप जाओ खाना खाओ।'' शेखर एकदम से भड़क-सा गया था। उसने बैजनाथ पर लगभग चीखते हुए कहा।

बैजनाथ की सिट्टी-पिट्टी गुम थी। तुरंत वहाँ से हट भोज की तरफ सरक आया। बिरंची आश्चर्य में था कि हुआ क्या है?

''अरे बैजनाथ दा आप जाइए भोजन करिए पहले। लगता है कुछ गलतफहमी हुआ होगा। शेखर जी के लिए पानी लाओ कोई भाई।'' बिरंची ने मामला शांत कराते हुए कहा।

शेखर अब कूल हो चूका था। उसने सारी बात बताई। दोनों जोर से हँसने भी लगे बात पूरी कर।

''और हाँ एक बात बिरंची जी, ये उपकार की बात मत कहिए। निमंत्रण मिलेगा तो आएँगे ही! ये तो मेरा फर्ज है। मैं तो दलित और सवर्ण का अंतर मानता ही नहीं। यही माइंड सेट तो चेंज करना है सोसाइटी का।'' शेखर ने जातपात की चर्चा उठा जातपात समाप्त करने की दिशा में आज का अपना पहला बयान दे दिया था।

''सही बात! अरे आप तो पढ़े-लिखे इंटलेक्चुअल आदमी हैं। गाँव के मूर्खों में है ये सब छुआछूत। पुराना लोग में है ई जड़ बुद्धि। नया पीढ़ी थोड़े

मानता है ये सब। देखिए न अपना चंदन पांडेय पंडित होकर भी कभी नहीं मानता कोई भी छुआछूत को।'' बिरंची ने शेखर के इस पुनीत आगमन को सहयोग देते हुए कहा।

हालाँकि, शेखर को एक अन्य सवर्ण पंडित लड़के का उससे पहले ही आ यहाँ छुआछूत उन्मूलन की महफिल लूट लेना अखर गया था। उसे लगा था उसका पहुँचना इतिहास बनने वाला है लेकिन वह दो नंबर पर था और बहुत से बहुत इतिहास दुहराने का ही श्रेय ले सकता था। टॉप पर चंदन काबिज हो गया था।

शेखर ने मन-ही-मन सोचा, 'जिस प्रगतिशील सोच को विकसित करने के लिए बड़े विश्विद्यालय का माहौल चाहिए होता है। अँग्रेजी में लिखी मोटी-मोटी किताबें और उसके कोटेशन रटने पड़ते हैं। बड़े-बड़े सेमिनार अटेंड करने पड़ते हैं। पाश और फैज की कविताएँ गानी पड़ती हैं, उस समझ को गाँव का एक अनपढ़ लड़का कैसे विकसित कर गया!'

फिर उसने सोचा, 'ये लड़का भावुकता में बह आया होगा। मेरा तो वैचारिक आधार है। मेरा वाला टिकाऊ है।'

''आइए न शेखर जी, इधर बैठिए आप पहले। तुरंत लगवाते हैं भोजन आपका।'' बिरंची ने कहा।

''ये पबित्तर जी कौन हैं? जरा उनसे तो मिलवाइए मुझे।'' शेखर ने कुर्सी पर बैठते हुए कहा।

''हाँ हाँ। अरे देखिए, हम तो भूल ही गए थे। अरे हो चंदन बाबा, जरा उधर से पबित्तर को भेजिए तो इधर महराज!'' बिरंची ने खाना चला रहे चंदन की तरफ इशारा कर जोर से कहा। चंदन से इशारा पाते ही पबित्तर तुरंत बिरंची की तरफ आया।

''यही है पबित्तर दास। बेजोड़ काम किया है गाँव में ई। क्या भव्य मंदिर बनवाया। इतना धर्म-कर्म में खर्चा कर रहा है। और अरे पबित्तर, भाई इनको पहचानते हो? शेखर भाई जी हैं, अपने मास्टर साहब कामता बाबू के लड़के। सौभाग्य है मर्दे तुम्हरे यहाँ आ गए देखो। बढ़िया से अलग से टेबुल धोआ के लगाओ इनका। इनको नीचे जमीन पर क्या बिठाओगे!'' बिरंची ने दोनों का एक-दूसरे से परिचय कराते हुए अलग से खाने की व्यवस्था करने को कहा।

''नो, नो, बिल्कुल नहीं। गलत है ये। मैं अलग नहीं बैठूँगा। प्लीज मैं भी

आम लोगों की ही तरह नीचे ही खाऊँगा।'' इस तरह शेखर ने अपने खास होने के अस्तित्व को बिना नकारे अपने लिए हो रही खास व्यवस्था को ना कह दिया था। होता भी यही था। ऊँचे लोग अक्सर सुविधा और जरूरत के हिसाब से नीचे आ, नीचे वाले के साथ नीचे बैठ इतिहास रच देते और इतिहास दर्ज कर पुनः यथावत अपनी ऊँची अवस्था को चले जाते। वे उन्हें ऊँचाई पर आकर साथ नहीं बैठने देते, इसे ही शायद क्रांति कहा जाता होगा जिसके साकार होने की बाट अभी सभ्यता को बहुत समय तक जोहनी थी।

ऊँच हमेशा अपनी करुणा, मानवता, उदारता के भ्रामक बादल छोड़ उस धुंध में यह सत्य छुपा लेता था कि ऊँच लाख किसी छोटे संग नीचे बैठ जाए, लेकिन जब तक ऊँच-नीच आस्तित्व में रहेंगे तब तक यह व्यवस्था भी रहेगी। और यह अच्छे वाले ऊँचे लोग बार-बार इस व्यवस्था को गाली देकर इतिहास में दर्ज होते रहेंगे।

''अब आप जैसा बोलिए शेखर जी। ई तो बहुत बड़ा सोच है आपका। सब कोई ऐसा सोचने लगे समाज में तो सब महात्मा गाँधी ही हो जाए फिर और गाँव में राम-राज्य ही आ जाए।'' बिरंची ने थोड़े गंभीर स्वर में कहा।

शेखर उससे ज्यादा गंभीर हो गया। मन में ही सोचा, 'अभी थोड़ी देर पहले एक आइटम के परफॉर्मेन्स में तो चंदन पंडित ने क्रेडिट खा लिया और अब जो प्रगतिशीलता और ज्ञान मुझे आदरणीय मार्क्स की मोटी किताबों ने दिए उसका यश गाँधी खा गए।'

असल में गाँधी का नाम इस देश में हर धारा पर भारी था। जहाँ भी छुआछूत, हिंसा, जातपात, तानाशाही और मशीनीकरण के विरोध की कोई आवाज उठती, गाँधी वहाँ बिना आह्वान भी चेतना में स्वतः प्रकट हो जाते। यह इस देश पर गाँधी का चला स्वच्छ धवल जादू ही था जिसे गाँधी ने अपने कर्मों से बाँधा था। यह देश जब भी कहीं दलित उत्थान, ग्राम स्वराज्य, उसकी उन्नति के सवाल उठाता, अधिकतर उत्तर गाँधी के ही हवाले से आते।

शेखर कुर्सी पर बैठे अब अपनी मोबाइल देख रहा था। बाकी लोग शेखर को देख रहे थे।

तभी मुरारी और मोहन साव भी पहुँच गए। उनको देखकर बैजनाथ ने आवाज लगा अपनी ओर बुलाया। सभी खा रही पंगत उठने का इंतजार कर

रहे थे। तभी चंदन ने आवाज लगाई, ''चलिए नया पाँत बैठिए। मुरारी भैया, बैजनाथ चाचा आइए भाई सब लोग।''

''चलिए तब खाना खा लीजिए आप भी। नया बैच बैठ रहा है।'' पबित्तर ने बड़ी विनम्रता से शेखर से कहा।

''नहीं नहीं सुनिए ना पबित्तर जी। मैं अभी बैठूँगा। थोड़ी देर बाद खाऊँगा। इतनी जल्दी क्या है!'' शेखर ने मार्क्सानंदित मन से कहा।

''हाँ, हाँ। वाह! ठीक है शेखर जी। चलिए तब यह बैच खिला लेते हैं तब तक।'' बिरंची ने कहा और भोज की पंगत की तरफ चला गया।

शेखर अभी इस अवसर को ज्यादा-से-ज्यादा जीना चाहता था। पूरे जीवन छुआछूत और असमानता से लड़ने का दावा करने वाले कद्दावर नेताओं या समाजसेवियों को भी जीवन में दो-चार बार ही तो दलित के घर खाना खाने का अवसर मिलता था। शेखर को तो अपने जीवन के शुरुआत में ही ऐसा महत्वपूर्ण पड़ाव प्राप्त हो गया था। वह भी बिना कोई चुनाव लड़े, बिना किसी स्वार्थ के। अपने इस परमार्थी परफॉर्मेंस पर अभी शेखर का मन खुद को ही बार-बार शाबाशी देने का कर रहा था। अगर आज कुदरत ने पेट की जगह पीठ आगे बनाई होती तो शेखर उसे शाबाशी में ठोक-ठोककर लाल कर देता।

सब लोग खाना खाने में लगे थे। इधर और आ रहे लोग पहले मंदिर जा पंडित नित्यानंद से तिलक लगवाते और प्रसाद भी लेते। शेखर कुछ ही दूर कुर्सी पर बैठा तब से ही सारा माहौल देख रहा था।

मंदिर के चबूतरे पर अखंड कीर्तन चल रहा था। बीच-बीच में पंडित नित्यानंद कुछ संस्कृत के श्लोक पढ़ रहे थे।

शंख घंटी की ध्वनि रह रहकर बजती। तभी इतनी देर से बैठा शेखर कुर्सी से उठा और मंदिर के दूसरे छोर यानी पबित्तर के घर की तरफ टहलता हुआ चला आया। वह अब थोड़ा असहज-सा हो रहा था। उसके अंदर थोड़ी बेचैनी उठने लगी थी। उसने तभी से हाथ में लिए मोबाइल में कोई नंबर डायल करना शुरू किया।

''हाँ, हेलो हेलो। हाँ कामरूप भैया। मैं शेखर कुमार बोल रहा हूँ।'' शेखर ने कीर्तन की आ रही आवाज पर आँख मिचमिचाते हुए खीज के साथ मोबाइल कान में सटाकर कहा।

कामरूप मुखर्जी वर्दमान, पश्चिम बंगाल का रहने वाला था। विश्वविद्यालय में शेखर का सीनियर था और ऑल इंडिया स्टूडेंट एसोसिएशन का सक्रिय सदस्य भी था।

"हेलो, हाँ। हाउ आर यू? ओ बोलो शेखर कैसा है तुम? तुम तो घर गया है ना सायद?" उधर से कामरूप ने कहा।

"हाँ, कामरूप भैया घर पर ही हूँ। आपसे एक बात शेयर करना था। बड़ा कन्फ्यूज हूँ एक मैटर पर। थोड़ा मार्गदर्शन करिए।" शेखर ने वहीं टहलते हुए कहा।

"मैं सब करेगा किंतु तुम पहले यह भैया बोलना बंद करो डियर। अरे यार, तुम लोग यूपी-बिहार का सामंती सोच को कब डीमोलिस करेगा? हर आदमी को अग्रज-अनुज बनाने का ये फंडा छोड़ो यार! वी आर इक्वल है सब। नॉट बड़ा या छोटा। शेखर अपना बिहैवियर को डेमोक्रेटिक करो। इतना दिन हो गया तुमको संगठन में। कब सुधार करेगा तुम? लड़का लड़की का भी फर्क नहीं करो। बोथ आर ह्यूमन बीइंग।" कामरूप ने एक सजग कॉमरेड की भाँति शेखर का प्राथमिक मार्गदर्शन करते हुए कहा।

"सॉरी, कॉमरेड कामरूप! आई एम रियली सॉरी! हाँ, हम लोगों को इस सामंती शिष्टाचार से मुक्ति पाना होगा। ये भी साला असमानता का जड़ है। मैंने अभी और भी कई लोगों को भैया और चाचा संबोधित किया है। अब शर्मिंदा हूँ। ऐसी गलती नहीं होगी कॉमरेड।" शेखर ने अपनी गलती का पश्चाताप करते हुए जीभ काटा और परपराती जीभ से ही इधर से कहा।

"ओके गुड। हाँ अब बोलो क्या प्रॉब्लम था तुम्हारा?" कॉमरेड कामरूप ने उधर से पूछा।

"कॉमरेड कामरूप देखिए। मैं अभी अपने गाँव के एक दलित के घर आया हूँ खाना खाने।" शेखर ने अभी इतना ही कहा था।

"वाव! नाइस, सो गुड। हाँ तो फिर?" कामरूप ने चहककर पूछा।

"कॉमरेड अब दिक्कत यह है कि यहाँ इसके घर पर एक मंदिर का इनॉगरेशन है। उसमें भारी कर्मकांड हो रहा है। पूजा-पाठ, पंडित दान-दक्षिणा, कीर्तन और मंत्र का जाप, मतलब जो भी नॉनसेंस हो सकता है वह यहाँ हो रहा है। धर्म के नाम पर एक दलित को सरेआम लूटा जा रहा है। अब मेरे साथ

दिक्कत ये है कि अगर मैं यहाँ बैठा रहूँ तो ये धार्मिक पाखंड को समर्थन देना हो जाएगा। और अगर इसका बॉयकाट कर चला जाऊँ तो ये एक दलित का अपमान हो जाएगा। यहाँ जिस तरह का धार्मिक वातावरण है ना कॉमरेड कि आप इन ब्रह्मनिकल एलिमेंट्स के कॉकस को देख भौंचक्के रह जाओगे। मेरे गाँव का एक पंडित लड़का तो इसमें सबसे ज्यादा एक्टिव है। अब आप मुझे ये बताओ कि मैं क्या स्टेप लूँ। आप लोग सीनियर हो और ज्यादा पढ़ा है लेफ्ट आइडियाज को, बताओ कि ऐसे सिचुएसन में हमारी आइडियोलॉजी का क्या कदम होना चाहिए? एनी सजेसन फ्रोम दास कैपिटल?'' शेखर ने एक ही साँस में तब से दबा सब कुछ कामरूप की तरफ झोंक दिया।

कॉमरेड कामरूप बड़े धैर्य से हूँ हूँ हूँ करते हुए एक-एक बात बड़ी बारीकी से सुन रहा था जैसे किसी मधुमेह-दमा-गँठिया त्रिवेणी के शिकार रोगी की दिनचर्या होमियोपैथ का डॉक्टर सुनता है।

''ओके, ओके! कूल डिअर! पहले यह बताओ उस दलित की आर्थिक कंडीशन कैसा है?'' कामरूप ने आधुनिक बंगाल के किसी चिंतक के माफिक गंभीरता से पूछा।

''एकदम ठीक लग रहा है कॉमरेड। मंदिर बनवाया है और सुन रहा हूँ यहाँ कि सारा खाना शुद्ध घी में बनवाया है। एनी वे, आई एम नॉट कन्फर्म इस घी वाली बात पे क्योंकि मैंने अभी खाया नहीं है खाना। पर अगर इतना है तो ओबियसली आर्थिक हालात तो ठीक ही है।'' शेखर ने एक नजर आयोजन स्थल की ओर देखते हुए कहा।

''ओके दैट इज द पॉइंट! देखो शेखर यह ठीक बात है कि धर्म का, पाखंड का और इसके पीछे का ब्राह्मणवाद का हमको विरोध करना है पर यहाँ यह भी सोचना होगा कि पहले हमको धर्म पर जो एक खास वर्ग का मोनोपोली है उसको तोड़ना होगा। इसके लिए जरूरी है कि दलित पिछड़ा भी उसमें अपना भागीदारी को मजबूत करें। देखो तुम्हारा गाँव में एक दलित मंदिर बनवाया है यह कितना बड़ा धक्का है ब्राह्मणवाद को।'' कॉमरेड कामरूप ने उधर से कहा।

''लेकिन कॉमरेड इसमें धर्म कहाँ कमजोर होगा! धर्म और उसका पाखंड तो रह ही गया, बस उसके प्रसार में ब्राह्मण के साथ-साथ दलितों की भी

हिस्सेदारी हो गई। यही न? ये तो फिर धर्म के केवल मालिकाना हक की लड़ाई और उसके बँटवारे का मामला हुआ ना! इससे ब्राह्मणवाद कहाँ खत्म हुआ! वह तो रहेगा ही, चाहे दलित के ही हाथ में क्यों न हो।'' शेखर ने बड़ी बेचैनी से सवाल दागा।

''अरे ब्रो, तुम तो बस एक बात पकड़ के बैठ गए हो, धर्म धर्म। अरे, बस यही थोड़े है हमारे आइडियोलॉजी में। तुम नए-नए मार्क्सवादी बने लौंडों में यही दिक्कत है। पूरा दास कैपिटल का सलेबस पकड़ के बैठे जाते हो। हमें और भी तो चीजें देखना होता है। अब मान लो, चलो दलित पूजा-पाठ कर रहा है, तो क्या ये मार्क्स के चक्कर में दलित का भी विरोध कर दोगे क्या? अरे हम लोगों को बहुत एंगिल से देखना होता है। ये इंडिया का सोसाइटी है शेखर, यहाँ मार्क्स में अपना मसाला भी डालना होता है, समझा।'' कॉमरेड ने थोड़ी कड़ाई से कहा।

''बट मैं अभी ज्यादा डाइवर्ट नहीं हो सकता अपने आइडियोलॉजी से। आप मुझे सही एडवाइस दो कुछ।'' शेखर शुद्ध वाम मन से बोला।

''अरे बाबा, हम तुमको वही बता रहा, डाइवर्ट नहीं करता। यह एक प्रोसेस है शेखर, धीरे-धीरे होगा। धर्म ही ब्राह्मणवाद का हथियार है। अगर दुश्मन को खत्म करना है सबसे पहले उसका हथियार छीनो, फेर उसको नष्ट कर देगा हम लोग। अब तो किलियर बुझा तुम? धर्म जैसे ब्रह्मनिकल हैंड से बाहर आएगा तो धर्म फॉलो करना ईजी हो जाएगा। उसका डर खतम हो जाएगा। और तब लोग इसे माने या ना माने कोई फर्क नहीं पड़ेगा। इस तरह एक टाइम आएगा जब ये फिनिश हो जाएगा।'' कॉमरेड कामरूप ने धर्म को रोपते हुए अपना निजी धर्म उखाड़ मॉडल प्रस्तुत करते हुए कहा। ऐसा लगा जैसे किसी सदी के नेता ने अपना भाषण समाप्त किया हो। शेखर के कानों में जैसे ताली बजी। कामरूप की बातों ने तत्काल उसकी जिज्ञासा के ताप को थोड़ा मद्धिम कर दिया था।

''कामरेड, छोड़िए। अब मेरा दिमाग अभी लोड नहीं ले पा रहा। अभी मुझे यहाँ क्या करना है यह बताइए। क्या मैं इस कर्मकांड को सपोर्ट करूँ?'' शेखर ने अपने मन के उलझनों से चिड़चिड़ाकर पूछा।

''नहीं, तुमको कर्मकांड को सपोर्ट नहीं करना है। नेवर कॉमरेड। तुम्हें

उस दलित को सपोर्ट करना है जो धर्म के क्षेत्र में ब्राह्मणवादी मोनोपोली और उसके वर्चस्व को तोड़ रहा है। तुम उसके साथ रहो। किसी धार्मिक क्रियाकलाप से दूर रहो। तिलक चंदन ना लगाओ। बिना नहाए मंदिर घुस जाओ। अगर मीट-चिकन उपलब्ध हो तो खा के मंदिर जाओ। यह सब करके हम उनके पाखंड को चैलेंज कर सकते हैं। एंड आई होप तुम जरूर कर लोगे।'' कॉमरेड कामरूप ने अपने मार्गदर्शन का आखिरी मार्ग दिखा दिया शेखर को।

''हाँ, यह हुआ ना एक जेन्विन स्टेप। ठीक है कामरेड अब मेरा उलझन समाप्त हो गया। नहाता तो मैं कम ही हूँ, आज भी बिना नहाए ही आया हूँ। माँसाहार मेरे घर पर बनता नहीं है और आज गाँव में मंदिर की पूजा के कारण एक-दो जगह जहाँ माँस मिल सकता था वो दुकानें भी बंद ही होंगी। खैर, मैं ऑलरेडी प्याज-लहसुन खाकर आया हूँ तो यह तो मेकअप हो जाएगा। ओके थैंक्स कॉमरेड।'' शेखर ने बड़े खुशी मन से कहा।

''ओके गो अहेड। बेस्ट ऑफ लक कॉमरेड शेखर। चलो बाय।'' यह कह कामरूप ने ही उधर से फोन काटा।

किसी भी विचारधारा के प्रसार के संदर्भ में यह BSNL और हच कंपनी के नेटवर्क पर हुई आज तक की सबसे दार्शनिक सार्थक बातचीत थी भारत में, जिसे अगर कंपनी वालों को आभास होता तो फोन टेप कर रख लेते आने वाली पीढ़ी के मार्गदर्शन के लिए।

इधर सब खाकर उठ चुके थे, सो बिरंची और पबित्तर शेखर को खोज रहे थे। उन्हें लगा कि कहीं बिना खाए न चला जाए। बैजनाथ भी हाथ धोकर शेखर को देखने लगा इधर-उधर।

''अरे, ऊ तऽ एक्कर दिमाग क्रेक है थोड़ा इसलिए आ गया यहाँ। आ गया, यही बहुत बड़ा बात है। भूमिहार घर का लड़का है, यहाँ खाएगा जी ?'' बैजनाथ ने हल्के स्वर में बगल खड़े लड्डन मियाँ के कान में कहा।

ठीक तभी सबको चौंकाता हुआ नाक में बैगनी रंग का रुमाल बाँधे शेखर वहाँ आया।

उसे इस तरह देखते ही बिरंची दौड़ा।

''अरे क्या हुआ शेखर भाई ? मुँह पर क्या हुआ ? कहाँ चले गए थे आप ?

आपको खोज रहे थे हम लोग।'' बिरंची ने अकबकाकर पूछा।

''कुछ नहीं, मैं उठकर साइड चला गया था। यहाँ काफी धुआँ हो रहा था हवन का। मुझे दिक्कत होती है साँस लेने में इसलिए मुँह पर रुमाल बाँध लिया है।'' शेखर ने रुमाल बाँधने का वैचारिक कारण छुपाते हुए स्वास्थ्य संबंधी वैज्ञानिक कारण बताया।

इतना सुनना था कि वहीं पर खड़े पंडित नित्यानंद जोर से बोल पड़े, ''सुनो सुनो, ऐ चंदन, जरा हवन कुंड में जल डालकर शांत कर दो। आदमी के प्राण से बड़ा धर्म थोड़े है। आप बैठिए भाई जी। बंद करवाते हैं धुआँ।''

चंदन ने आदेश पाते ही दौड़कर हवन कुंड की अग्नि शांत कर दी। कुछ ही मिनट में वातावरण धुआँ रहित हो गया। शेखर ने नाक से रुमाल हटाया। इस वक्त वह महसूस कर रहा था कि जैसे उसने अपनी होशियारी से ब्राह्मणवाद की जलती ढिबरी बुझवा दी हो। मन-ही-मन ऐसे मुस्कुरा रहा था जैसे द्वितीय विश्व युद्ध में जापान पर बम गिरा कर अमेरिका मुस्कुरा रहा था। अब शेखर चलकर मंदिर के चबूतरे पर गया। पंडित नित्यानंद दौड़कर उसे तिलक लगाने मूर्ति के पास से टीका लाने गए। शेखर ने इशारे से मना कर दिया। पं नित्यानंद हैरान हो उसे देखने लगे। फिर शेखर मूर्ति के सामने गया, माँ काली को देखा, माँ काली भी शेखर को देख रही थीं। वहाँ माँ काली को बिना प्रणाम किए वह वापस गब्बर सिंह की भाँति चबूतरे पर टहलने लगा, बस हाथ में बेल्ट वाला कोड़ा नहीं था। अभी शेखर को ऐसा लग रहा था जैसे वह चबूतरे पर नहीं बल्कि ब्राह्मणवाद की छाती पर टहल रहा है।

और यह संतोष उसके चेहरे पर दिख भी रहा था। इधर चबूतरे के नीचे अब लोग जमा हो उसे एकटक देखे जा रहे थे। उसकी हर गतिविधि पर अब लोगों की नजर बरबस ही चली जा रही थी। सब एक ही बात सोच रहे थे, आखिर ये लड़का दुनिया से चाहता क्या है? कैसे कैसे कर रहा है ई?

ठीक उसी वक्त पंडित नित्यानंद के एक सहयोगी पंडित पाँव पटकते हुए हाथ में खैनी मलते हुए आए और तमतमाकर बोले, ''क्या मजाक कर रहे हैं आप लोग! तमाशा बना कर रख दिए हैं धर्म कर्म को! अपने जो करना है करिए, हमको काहे भागी बना रहे हैं इस पाप में! पूजा का हवन कुंड कहीं बुझाया भी जाता है क्या इस तरह से!''

उनको इस तरह उछलता देख पंडित नित्यानंद आ गए।

"अरे झा जी, पूजा खत्म हो गया था, पूजा के बीच में नहीं बुझाए हैं हवन कुंड। और विवेकानंद बोले हैं कि मानव सेवा सबसे बड़ा धर्म है। भाई साहब का तबीयत बिगड़ रहा था इसलिए बुझा दिए, यह पाप नहीं है।" पंडित नित्यानंद ने मध्यम स्वर में ही कहा।

"वाह जी! आपका विवेकानंद। मने पूजा वैदिक विधि से होगा और नियम विवेकानंद का चलेगा? आप लोग नया-नया आचार्य बन गए हैं और धर्म-कर्म को मजाक समझ लिए हैं! खाली संस्कृत का श्लोक पढ़ने से नहीं होगा नित्यानंद जी, मन को भी साफ रखिए। शुभ-अशुभ का भी ख्याल रखिए। साला, हम इसलिए छोटा जात के यहाँ नहीं जाते हैं पूजा कराने।" बोलते-बोलते पंडित सुरेश कांत झा एकदम आग बबूला हो गए थे।

"देखिए झा जी, मुख्य पंडित हम हैं। आपको क्या लगता है हम नहीं पढ़े क्या वेद और पुराण? और छोटा-बड़ा जात क्या बक रहे हैं? आपको जबरदस्ती लाया है क्या यहाँ कोई?" पंडित नित्यानंद का चेहरा भी अब लाल हो चुका था बोलते वक्त।

"कपार पढ़े हैं आप। पांडे, दुबे कब से आचार्य होने लगा जी! मिथिला के परंपरा से हूँ हम। कौन वेद में है कि पूजा का हवन कुंड में पानी डाल देना चाहिए। आप ने असुर का काम किया आज। थर्ड किलास ब्राह्मण हैं आप।" पंडित सुरेश कांत ने दाँत कटकटाते हुए कहा।

"अरे चुप रहिए, लालची आदमी! मोटा दक्षिणा देख फट से आने तैयार हो गए और अब छोटा जात देखने लगे। अरे झा जी, याद रखिए, आदमी से घृणा कर भगवान को भी खुश नहीं कर पाइएगा। शर्म करिए सुरेश कांत जी।" पंडित नित्यानंद ने गमछा जमीन पर पटकते हुए कहा।

अब माहौल एकदम तनावपूर्ण हो गया था।

वहाँ मौजूद लोग कुछ बोल नहीं पा रहे थे।

सब आपस में ही बुदबुदा रहे थे।

कुछ को पंडित नित्यानंद की बात सही लगी तो कुछ को लगा कि पंडित सुरेश कांत ठीक बोल रहे हैं। बिरंची और चंदन पंडित नित्यानंद को पकड़ शांत करा रहे थे। उधर पबित्तर दास पंडित सुरेश कांत को हाथ जोड़े मना

रहा था। बिरंची भी दाँत पीसकर बर्दाश्त कर गया था पंडित सुरेश कांत की छोटी जात वाली बात को क्योंकि इस मौके पर एक पंडित को उसका कुछ भी कहना उसके और पबित्तर के लिए ठीक न होता और यह सारे गाँव को अपना दुश्मन बनाने वाली बात हो जाती। क्योंकि खुद हरिजन टोला में भी अधिकतर लोग पंडित सुरेश कांत की ही धार्मिक व्याख्या के पक्ष में थे। इन सबके बीच शेखर चुपचाप मुँह बाए खड़ा था। उसे समझ ही नहीं आ रहा था कि दो कट्टर मनुवादियों के आपसी झगड़े के बीच एक समर्पित वामपंथी युवा को क्या बोलना चाहिए। असल में ऐसी भी कभी नौबत आ सकती है इसके लिए उसका वामपंथ तैयार ही नहीं था। न तो इस मैटर पर कभी कोई भाषण सुना था न कोई क्रांति-गीत अथवा नारा जिसे यहाँ लगा दे। शेखर ने अभी बस यही सोचा कि जब दो दुश्मन लड़ें तो चुपचाप रहकर मजा लेना चाहिए। उसने समझदारी के इसी सिद्धांत पर अमल करते हुए अपना बवाली रुमाल जेब में डाला और चुपचाप खड़ा झगड़े का उतार-चढ़ाव देखता रहा। वह अंदर-ही-अंदर अब आश्वस्त हो चला था कि यह ब्राह्मणवाद एक दिन अपने ही अंतर्विरोधों का शिकार हो खत्म हो जाएगा। इसे अपनी ही विसंगतियाँ मार डालेंगी। ये लोग आपस में ही लड़कर मर जाएँगे। अभी दो पंडितों का झगड़ा देख उसने यह भविष्यवाणी कर दी थी मन-ही-मन में।

दोनों पंडितों को शांत कराने के बाद बिरंची सहित तीन-चार लोग अब शेखर की ओर आए।

"अब आप खाना खा लीजिए शेखर भाई।" सब ने एक साथ हाथ जोड़ समवेत स्वर में कहा।

शेखर ने तुरंत सिर हिलाते हुए कहा, "चलिए। पर देखिए हम उधर पबित्तर जी के घर के तरफ खाएँगे। वहीं दे दीजिए हमको।" यह कह शेखर पबित्तर के घर के बरामदे की तरफ बढ़ा।

"लाओ भैया, पत्ता और गिलास लगाओ जल्दी। ई जहाँ बोले, वहीं खिला दो भाई।" वहीं खड़े बैजनाथ ने कहा।

दो-तीन लोगों ने झटपट लगकर शेखर को खाना खिलाया।

खाकर हाथ रुमाल से पोंछ शेखर अब वापस जाने को अपनी बाइक के पास आ गया था। बैजनाथ भी धीमे कदमों से वहीं करीब आ गया। उसे लगा

अब साथ ही आया हूँ तो साथ ही चला जाऊँ घर तक मोटरसायकिल से ही। तभी बिरंची, पबित्तर और चंदन भी उसके पास आ गए शेखर को छोड़ने।

"बहुत अच्छा लगा शेखर जी कि आप आए। बहुत खुशी हुआ हमको।" पबित्तर ने हाथ जोड़कर धन्यवाद ज्ञापित करते हुए कहा।

"हाँ, हमको भी अच्छा लगा पर वह जात-पात का बात जो उठा वह हमको बुरा लगा। पबित्तर जी आप मंदिर तो बना लिए पर धर्म के पाखंड और कर्मकांड से दूर रहना। पंडितों के शोषण से बचना।" यह कहते हुए शेखर ने बाइक स्टार्ट की।

"एकदम सब बात का ध्यान रखा जाएगा। सही बोले आप। ठीक है फिर भेंट होगा।" बिरंची ने हाथ जोड़ लगभग ठेलकर विदा करने के अंदाज में कहा।

"हाँ चलते हैं। एक बात आपको कहना था बैजनाथ जी कि हम आपको तभी चाचा कह दिए थे। यह बिल्कुल सामंती मानसिकता है। आपका अपना पहचान बैजनाथ के रूप में है। हम आपको बैजनाथ जी ही कहेंगे अब से।" कहकर अपनी मोटरसायकिल बढ़ा दी शेखर ने। बाकी सब लोग वहाँ खड़े रह गए कुछ पल। बैजनाथ भी छूट गया था।

"कौन कोर्स पढ़ता है हो ई दिल्ली में? साला का का बोलता है? हमको तो इसका 100 में 97 बात समझ ही नहीं आया? रास्ता में भी हमको क्या-क्या बोला पता नहीं, उलटे हमीं पर गरमा गया तभी।" बैजनाथ ने घंटे 2 घंटे का जमा उद्‌गार व्यक्त कर दिया।

"बहुत पढ़कर दिमाग पर जोर तो नहीं पड़ गया है इनके?" यह आवाज गणेशी महतो की थी जो पिछले आधे घंटे से सब कुछ चुपचाप देख रहा था।

"बिरंचिया से भी बड़ा पागल बुझाता है।" मोहन ने चलते-चलते हँसकर कहा। गाँव ने अपने दूसरे पागल की घोषणा कर दी थी।

17.

मलखानपुर की आज की सुबह भी अपने-आप बड़ी सात्विक हो गई थी। लाख कलयुग आए पर पिछले दिन किए गए धर्म-कर्म का अगले कम-से-कम चौबीस घंटे तो प्रभाव रहता ही है। उसी प्रभाव का नतीजा था कि आज हर धर्मी-कुकर्मी के मुँह माँ काली के मंदिर की ही चर्चा थी।

प्रतिदिन सुबह सबसे पहले मुरारी की दुकान पर हाजिरी देने वाले जगदीश यादव आज वहाँ न जाकर सीधे पुरुषोत्तम बाबू के द्वार पहुँच गए थे। वहाँ पहले से बदरी मिसिर और अन्य दो-चार लोग बैठे हुए थे। बाहर बरामदे में बैठे सब चाय की चुस्की लेते हुए पुरुषोत्तम बाबू के बाहर निकलने का इंतजार कर रहे थे। पुरुषोत्तम बाबू फ्रेश होने बाथरूम गए थे। गाँव-कस्बों में अक्सर बड़े लोग दरवाजे पर कुछ लोगों को पहले बिठा लेते और फिर अंदर बाथरूम में फ्रेश होने चले जाते। इस बीच और कोई आ जाए तो उनके चेलों को यह बताने में गर्व का अनुभव होता कि बैठिए, मालिक अभी लेट्रिंग गए हैं। आप उस इंतजार की कल्पना कीजिए कि जिसमें कोई आदमी ऐसी जगह गया है और आप वहाँ से उसके आने की प्रतीक्षा कर रहे हैं। लगभग यही कुछ पंद्रह-बीस मिनट के बाद पुरुषोत्तम बाबू पेट पर हाथ फेरते बाहर बरामदे में आए जहाँ बैठकी जमी हुई थी।

"साला, रात भर सोने नहीं दिया है। नींद नहीं आया और कब्जियत हो गया। बाप रे! इतना हल्ला-गुल्ला किया है हरिजन टोला में सब। नया मियाँ जादा प्याज खाता है। साला, लगता था मंदिर नहीं कुंभ के मेला का उद्घाटन किया है।" कहते हुए पुरुषोत्तम बाबू कुर्सी पर बैठे।

"ओह! ठीक बोले मालिक, पूछिए मत। सबसे बड़ा हरामीपंती देखे कि नहीं आप? बड़का-बड़का लोडिस्पीकर इस टोला और मेन बाजार के मुँह तरफ कर के लगा दिया था। गाँव में कोई नहीं सूत सका ई हल्ला में।" जगदीश यादव ने बड़ी बात बताई।

"क्या करोगे जगदीश, कलजुग है भाई! अब तो हरिजन भगवान को नहलाएगा और ब्राह्मण पर लोग कीचड़ फेंकेंगे।" भ्रष्ट हो चुके युग पर बड़े एक और उदाहरण देते हुए बड़े व्यंगात्मक लहजे में बदरी मिसिर बोले। बोलते

वक्त बदरी मिसिर की भौहें किसी दक्ष कुचिपुड़ी नर्तक की भाँति नाची थीं।

बदरी मिसिर, जगदानंद मिसिर के चचेरे भाई थे। उनके दो पुत्र रत्नाकर और प्रभाकर मिसिर थे। इनका परिवार इलाके में अपनी सौम्य मीठी बोली के लिए कुख्यात था। कहा जाता था कि कभी ऐसा भी आश्चर्य हो सकता है कि जलेबी तीखी हो जाए परंतु इन बाप-बेटों की जबान कभी मीठी से कड़वी नहीं होने वाली। लोगों को चूहे मारने की दवा पी उल्टियाँ करना मंजूर था पर इन बाप-बेटों की मीठी बोली की गोली का शिकार होना नहीं। अपने खास घातक वाक्-कौशल से अपनी मीठी बोली का ऐसा नश्तर चुभोते कि सामने वाले का कलेजा छलनी हो जाता। बदरी मिसिर आज काफी दिनों बाद पुरुषोत्तम बाबू के दरवाजे आए थे। कारण, पबित्तर के मंदिर के बहाने शायद धर्म-कर्म पर चर्चा करना रहा हो।

"सब दिखावा है बदरी बाबा। पैसा से धर्म को राड़-चुहाड़ सब नचा रहा है।" सुबह से तीन शीशम का पेड़ काटकर बेंच आए काशी साह ने भी अपनी चिंता व्यक्त की।

भोरे-भोरे बैठ चुके इस धर्म-सुधार सम्मेलन की अध्यक्षता करने वाले पुरुषोत्तम बाबू अभी कुर्सी पर बैठे दोनों टाँगें सामने करके टेबल पर पसार अखबार देख रहे थे। बीच-बीच में अन्य लोग धर्म की चिंता में अपना मत व्यक्त किए जा रहे थे। सामने ही टेबल के पास नीचे जमीन पर चुकुमुकु पोजीशन में काशी साह बैठा था और पुरुषोत्तम बाबू की दाहिनी टाँग बिल्कुल काशी के नाक के आस-पास थी। उतनी पास कि अभी काशी उनके प्रतापी पाँव के तलवे की सारी भाग्यशाली रेखाएँ गिन सकता था। तभी अखबार का एक पन्ना पलटते पुरुषोत्तम बाबू उछल से गए और लगभग भनभनाए आवाज में बोले,

"लो यही होना बाकी रह गया था। यह देखिए न्यूज निकला है, मंदिर उद्घाटन का। पढ़िए, मलखानपुर में हुआ भव्य काली मंदिर का निर्माण। गाँव के ही समाजसेवी पबित्तर दास ने बनवाया काली मंदिर। बताइए, साला अखबार का क्या स्तर हो गया है। किसी भी ऐरा-गैरा का समाचार छाप देता है।"

सभी लोग लपककर समाचार पत्र को देखने लगे। खबर के साथ एक छोटी-सी तस्वीर भी लगी थी जिसमें पबित्तर, बिरंची, चंदन और कुछ महिलाएँ

मंदिर के आगे कलश लिए खड़ी थीं।

"लीजिए, अरे पैसा दे के आप लौंडा नाच का भी खबर छपवा सकते हैं। मिडिया बहुत लोकतांत्रिक हो गया है अब। सर्वसुलभ है, मुद्रा होना चाहिए बस।" बदरी मिसिर ने कोमल स्वर में कहा।

"ई छोड़िए, पहले सोचिए कि पबित्तर दास कब से मलखानपुर का समाजसेवी हो गया है! देख रहे हैं मालिक, फोटो केतना साफ खिंचवाया है। समुच्चा इलाका तऽ जनवा दिया कि ई लोग है नया समाजसेवक। केतना खराब पोलटिक्स खेल रहा है, देख रहे हैं न?" जगदीश यादव ने फोटो शूट के दूरगामी परिणाम पर प्रकाश डालते हुए कहा।

जगदीश यादव के यह कहने के बाद माहौल अचानक शांत हो गया। पुरुषोत्तम बाबू थोड़ा गंभीर मुद्रा में कुछ सोचने लगे। तभी फूँकन सिंह भी सोकर उठ चुका था और मुँह में ब्रश डाले बाहर निकला। उसके बाहर आते ही लटकु भंडारी अखबार लिए उसकी तरफ दौड़ा और उसे खबर दिखाई। फूँकन सिंह ने अपना ब्रश लटकु के हाथ में दे अखबार को देखा और फिर तुरंत ब्रश वापस ले दाँत पर रगड़ने लगा। तभी पुरुषोत्तम सिंह की आवाज से माहौल की चुप्पी टूटी,

"फूँकन, ये बताओ कि कौन भेजता है यहाँ का लोकल खबर अखबार में। ऊ आनंद सिंह ही है ना पत्रकार?"

"हाँ वही है। पत्रकार तो ऊ बहुत जेन्विन है। भला आदमी है। हमेशा पूछकर ही खबर छापता है। दारू मुर्गा लेते भी रहता है। पता नहीं कैसे दे दिया बिना हमसे पूछे खबर!" फूँकन सिंह ने बैठकर भर लोटा पानी से कुल्ला करते-करते कहा। फिर खाली लोटा लटकु को पकड़ा लुँगी से हाथ पोंछ खड़े हो फूँकन ने कमर में कसी लुँगी से बँधी मोबाइल को निकाला और सीधे फोन लगाया।

"हेलो, हाँ। क्या हाल आनंद जी? आनंद में कोई कमी तो नहीं है न?" फूँकन सिंह ने तभी पाँव पर चढ़-गुजर रही एक चींटी को दूसरे पाँव से मसलते हुए कहा।

"आप के रहते तो आनंद ही आनंद है फूँकन बाबू। आदेश करिए, कैसे याद किए?" उधर से पत्रकार आनंद सिंह ने आनंदपूर्वक तरीके से ही कहा।

“हम क्या आदेश देंगे हो ? पावर तो आपके हाथ में है आनंद जी। राते भर में मलखानपुर में नया समाजसेवी जन्मा दिए आप महाराज। अपने ही जात-बिरादर पर वार करिएगा ? अब चमटोली में नेता बनाने लगे आप। क्या गलती हो गया हमसे ? कुछ कमी रह गया क्या सेवा में ?” फूँकन ने गुस्से और नरमी घोलकर रूखे से सब कुछ कह ही दिया।

“ओ हो हो। अरे फूँकन बाबू, मंदिर वाला खबर बोल रहे हैं क्या! अरे मालिक इतना नाराज काहे हो रहे हैं! अरे हम तो सोचे आपके गाँव का ही खबर है ऊपर से धर्म-कर्म का है तो छाप दिए। अब हम क्या जाने कि आपका एंटी पार्टी है साला सब। देने का तो ऊ पगलवा बिरंचिया आया था, दौ सौ दे के गया था। लेकिन बात पैसा का नहीं है। पहले आप हैं तब पैसा। असली राजपूत हैं हम भी। आगे से निश्चिंत रहिए।” आनंद सिंह ने सारी बात बताते हुए बात खत्म करते हुए कहा।

“हाँ हाँ भाई, आप पर भरोसा है तब न फोन किया है आपको। आगे से कोई भी खबर हो गाँव का तो बता के ही एक्शन लिया कीजिए। बहुत राजनीति होने लगा है गाँव में। वैसे ये नया-नया कल का लौंडा है हमसे क्या एंटी करेगा ? लेकिन अखबार में आएगा तो मन तो बढ़ेगा ही ना। ई छोटा जात का धन बढ़ जाए लेकिन मन नहीं बढ़ने देना चाहिए। इसलिए थोड़ा ख्याल रखिए। अच्छा सुनिए, आज मछली मराएगा तालाब से, आपको भेजवाते हैं बढ़िया वाला रोहू ताजा एकदम। चलिए फोन रखते हैं।” कहकर फूँकन सिंह ने फोन काटा और लटकु को फोन चार्ज में लगाने को दे दिया। पुरुषोत्तम बाबू फूँकन के फोन रखने का ही इंतजार कर रहे थे।

“क्या बोला आनंद सिंह ?” पुरुषोत्तम सिंह ने पूछा।

“बोला कि बाय मिस्टेक छप गया। सोचा गाँव का ही सार्वजनिक खबर है तो छाप देते हैं। टाइट कर दिए हैं, अब नहीं करेगा गलती।” फूँकन सिंह ने मुँह में गुटखा डालते हुए कहा।

“अब तो जो करना है कर ही दिया। समाजसेवी बना दिया पबित्तरा को। साला ई सब कोई पत्रकार है! इसको गाँव का खबर और चमटोली के खबर में अंतर नहीं बुझाया ? कैसा-कैसा आदमी पाल के रखे हो तुम। कैसे करोगे पोलटिक्स ?” पुरुषोत्तम बाबू ने चिड़चिड़े स्वर में कहा। फूँकन सिंह तो बाप

से भी ज्यादा चिड़चिड़ा गया यह ताना सुनकर।

उसने पाँव पटकते हुए कहा, ''अब बोल तो दिए उसको कि सुधार कर लेगा। और हम इसी चूतिया पत्रकार के भरोसे पोलटिक्स कर रहे हैं क्या? आप भी गजब बात बोल देते हैं कभी-कभी।'' झल्लाते हुए इतना बोल अंदर चला गया फूँकन सिंह। पर पुरुषोत्तम बाबू अभी शांत नहीं हुए थे। राजनीति के सारे हूरकुच्चे और दाँव-पेंच में ही जिंदगी गुजार अब उम्र के इस पड़ाव तक आए थे। उन्हें अखबार में साधारण-सी दिखने वाली खबर उतनी सामान्य और साधारण कतई नहीं लगी थी, जितनी फूँकन सिंह या किसी अन्य को लगी थी। पुरुषोत्तम बाबू अपनी कुर्सी से उठे और जगदीश यादव की तरफ देखते हुए बोले, ''कौन-कौन गया था वहाँ। रात में क्या-क्या हुआ, बताओ तो जरा!''

''हम तो नहीं गए थे मालिक। रुकिए बैजनाथ को बुलाते हैं। वही गया था।'' यह बोल जगदीश यादव ने लटकु को जाकर बैजनाथ को बुला ले आने का इशारा किया। लटकु ने जगदीश यादव से ही उन्हीं के मोटरसायकिल की चाबी ली और लगभग 10 मिनट में बैजनाथ को घर से उठा लाया। घर से पुरुषोत्तम सिंह के दरवाजे तक आने में ही लगभग दो-चार सौ तरह की आशंकाओं से थर-थर करता बैजनाथ पसीने से नहा गया था। रास्ते में उसे लटकु ने बताया कि बहुत सीरियस मैटर है उसी के खातिर बुलाए हैं मालिक। लटकु गाँव में किसी भी दरवाजे पर वारंट की तरह जाता। उसके जाने का मतलब ही था कि फूँकन अथवा पुरुषोत्तम सिंह की अदालत में आपके खिलाफ कोई मुकदमा है और आपको हाजिर होना है। पुरुषोत्तम सिंह के दुआर पहुँचते ही बैजनाथ ने सबसे पहले तेजी से चलकर सामने वाले चापानल से पानी पिया और तब किसी तरह मुड़ी सीधा कर सबको बैठा देखा।

''का रे बैजनाथ, कल रात का पूड़ी नहीं पचा है क्या अभी तक! बहुत पानी पी रहे हो!'' पुरुषोत्तम सिंह ने थोड़ी कड़क आवाज में पूछा।

''नय मालिक, तनि बड़ा गर्मी लग रहा है।'' पानी से तर कंठ के बावजूद बैजनाथ ने सूखते गले से कहा।

''तो तुम कल गया था मंदिर चालू करने समाजसेवक पबित्तर के यहाँ? का का हुआ? हमको भी बताओ भई जरा।'' पुरुषोत्तम सिंह ने लहजा कड़ा रखते हुए ही पूछा।

"अरे का बताएँ मालिक! हम काहे जाएँगे वहाँ! हम तो खेत जा रहे थे तभी रास्ते में कामता बाबू के लड़का शेखर मिल गया वही जिद करके बिठा लिया गाड़ी पर। बोलने लगा चाचा हम अकेले नहीं जाएँगे। आप भी चलिए।" बैजनाथ ने अपना सच बताया।

"कामता जी का लड़का तो दिल्ली में अध्ययन करता है ना! अध्ययन हो गया का? गुरुकुल से वापस आ गया का?" बदरी मिसिर ने अपनी विशेष शैली में जहर उगला।

"अरे बदरी बाबा, पता नहीं कौन अध्ययन पढ़ता है वहाँ। क्या से क्या बकता है। हम तो उसका एक भी बात नहीं समझे कल। इसलिए जब बोला चलने को तो चुपचाप बैठकर चले गए।" बैजनाथ ने शेखर की विशेषता बताते हुए अपने जाने का वैज्ञानिक कारण भी पुनः दुहराया।

"केतना भीड़ था? गाँव का कौन-कौन आदमी था?" पुरुषोत्तम सिंह ने पूछा।

"भय, आदमी एक भी नहीं था मालिक। सब छोटा जात के भीड़ था। भला घर से बस एक वही शेखर कह लीजिए, उहो पगले है। एक हमको ले गया था पकड़कर। बाकी बैरागी पंडित जी का लड़का था तो ऊ तो हरिजन ही हो गया है। मोहन साव था, उसका तऽ धंधा है मिठाई का। ज्यादा में एक मुररिया गया था। बस यही सब टाइप का आदमी था। लड्डन तऽ मियाँ ही है, ऊ गया था। अगल-बगल के गाँव का भी लेकिन हरिजन, पासी लोग बहुत आया था। एक-दो घर धोबी, कोइरी भी देखे।" बैजनाथ ने पूरी जाति जनगणना के आधार पर सारी उपस्थिति का ब्यौरा दे दिया।

ठीक उसी वक्त नहा-धोकर तैयार हो माथे पर चंदन टीका लगाए रत्नाकर मिश्र वहाँ पहुँचा। बदरी मिसिर बेटे को देखते ही धोती समेट कुर्सी से खड़े हो गए।

"कहिए, स्नान-ध्यान कर किधर जाने की तैयारी है रत्नाकर जी?" बदरी मिसिर ने पुत्र से अपने स्वाभाविक व्यंग्यात्मक लहजे में पूछा।

"जी बाबूजी, गणेशी महतो आया था अभी बुलाने। उसको मोटरसायकिल खरीदना है। कहा थोड़ा चलकर बढ़िया से खरीदवा देते। जी, मदन भैया को बोला था लेकिन वह कहीं चल दिए बेचारा को झपलिस देकर। जाकर हम ही

संभाल देते हैं थोड़ा बेचारा को। जरा एक सौ रुपया है क्या पास में ? दे दीजिए ना एक तो फॉर्म भी डालना है रेलवे का। साथ में डालते आएँगे, अलग से जाना नहीं होगा। बेकार उसके लिए अलग से खर्चा होगा फिर।'' रत्नाकर ने मुड़ी नीचे कर भयंकर संस्कारी अंदाज में कहा।

''ओह! समाज सेवा में जा रहे हैं! मदन झपलिस दे दिया और ई सच्चा विनोबा भावे हैं! ई जाएँगे देश के लिए! इनके न जाने से कंपनी गणेशी को नकली मोटरसायकिल दे देगा। ये सूँघ के बता देते हैं असली-नकली मोटरसायकिल, इसलिए इनको ले जा रहा है गणेशी। सेवा देश का और खर्चा हमसे चाहिए। ऊपर से रेलवे का फॉर्म भरने का बहाना। रत्नाकर बाबू इस पढ़ाई-लिखाई में रेलवे में नौकरी का ख्वाब छोड़िए, झालमुड़ी बेचने का सोचिए जल्दी।'' बदरी मिसिर ने एक झोंक में ताना मारते हुए सबके सामने ही पानी उतार दिया बेटे का।

रत्नाकर सिर को झुकाए दाँत पीसता हुआ सब चुपचाप सुनता रहा। बाप ने सरेआम आधे मोहल्ले के सामने झालमुड़ी बेचने का रोजगार थमा दिया था जो बहुत बुरा लगा था रत्नाकर को। अब इतना कुछ बोलने के बाद बदरी मिसिर ने कुर्ते की जेब में हाथ डाला और बड़े महीन अंदाज से टटोल एक पचास और एक बीस का नोट निकाला और रत्नाकर के हाथ में दे दिया। रत्नाकर ने उस भारी बेइज्जती के माहौल में भी खुद को संभालते हुए पूरे होशो-हवास में पहले नोटों को देखा कि फटे तो नहीं हैं न, फिर गिना और धीमे से बोला, ''बीस और दे दीजिए ना बाबू जी।''

असल में दोनों बाप-बेटे अपने-अपने फन के माहिर थे। अंत में दो गाली और देकर बद्री ने जेब से एक दस का नोट निकालकर फिर दिया रत्नाकर को। पैसे लेकर रत्नाकर वहाँ से झटके से निकला।

रत्नाकर संस्कृत से स्नातक प्रथम वर्ष कर चुका था और आगे हो नहीं पा रहा था। माँस-मदिरा और पान-गुटखा से दूर रत्नाकर सच्चा छात्र था संस्कृत विषय का। चेहरे से गोरा-नारा और लंबी नासिका का स्वामी ऑटोमैटिक चरित्रवान और संस्कारी लगता था। अभी पिछले ही साल वह कोइरी टोला की एक लड़की को ले कोलकाता भाग गया था। लड़की तो 7 दिन में लौट आई थी। रत्नाकर महीनों बाद लौटा था। उसके दो महीने बाद ही उसी लड़की की

शादी में सारे भोज-भात का जिम्मा संभाला लिया था उसने। प्रेम की खातिर इतनी समर्पित फजीहत का इतिहास रच वह आसपास के असफल प्रेमियों का रोल मॉडल बन गया था। फिर उसके कुछ महीने बाद कॉलेज से ही सिकंदरपुर के एक दर्जी उस्मान मियाँ की बेटी को सिनेमा दिखाने ले गया था। हद तो तब हो गई जब वह सिनेमा हॉल में उस लड़की का हाथ पकड़ जोर-जोर से संस्कृत में गाना गाने लगा था, 'वदति त्वं नुपुरः मध्यम मध्यम, वदति त्वं वलयम मध्यम मध्यम।'

इस तरह जब उसने इस्लाम के हाथ में हाथ डालकर वैदिक गीत गाने शुरू किए तो वहाँ हड़कंप मच गया। हिंदू-मुस्लिम बवाल तो होते-होते बच गया पर यह जरूर हुआ कि फिल्म देखने आए दर्शकों को फिल्म का एक भी गाना याद न रहा और सबकी जुबान पर रत्नाकर के संस्कृत गीत ही तैरते रहे। बहुत मुश्किल से यह मामला रफा-दफा हुआ था। कई दिनों तक दर्जी उस्मान मियाँ दुकान बंद कर कैंची लेकर रत्नाकर को ढूँढ़ते रहे। बहुत दिनों तक सिकंदरपुर और मलखानपुर गाँव के बीच तनातनी रही थी। इस प्रकार रत्नाकर हर जाति और धर्म में प्रेम कर हमेशा एक समायोजित संस्कृति का पक्षधर रहा जो अभी वर्तमान में पछिया टोला में सदल यादव के यहाँ बेटी को संस्कृत पढ़ाने जा रहा था और बदले में ट्यूशन की फीस नहीं ले रहा था। संस्कृत के प्रसार हेतु उसके इस प्रयास की चर्चा दूसरे गाँव में भी होती थी। इस तरह रत्नाकर का जीवन प्रेम-रत्नाकर ग्रंथ हो गया था जिसमें उसके कई प्रेम के रोमांचक आख्यान भरे हुए थे।

रत्नाकर के पैसे लेकर चले जाने के बाद बदरी मिसिर बड़ी देर तक उसको लेकर कुछ-कुछ बकते रहे।

पुरुषोत्तम बाबू ने पूछ भी दिया, "यह आपका छोटा बेटा था ना! रत्नाकर नाम है ना! यही न लड़कीबाजी वाला कांड... ?"

"हाँ यही है रत्न हमारे खानदान का। पुरुषोत्तम बाबू यह हमारा सब गति करा कर ही मानेगा। बेरोजगार बैठा है फॉर्म डाल-डालकर। ऊपर से इसका प्रेम कहानी तो पूरा दुनिया जानता ही है।" बदरी मिसिर ने माथे पर हाथ धर इस बार थोड़ा टूटते स्वर में कहा।

"बिहा-शादी करा कर खूँटा में बाँधिए इसको, सुधर जाएगा। बिहा कर बँटवारा कर दीजिए, फिर अपने जब औरत पालना होगा तऽ अकल आएगा।

काम खोजेगा दौड़ के।" पुरुषोत्तम बाबू ने अपने अनुभव से प्रभावी उपाय बताते हुए कहा।

"है ही क्या जो बाँटेंगे! सारा जमीन तो चाचा हड़प गए। जगदा भैया धान भर रहे हैं कोठरी में। लेकिन भगवान सजा भी दे रहा है उनको। उनका बेटा मदन तो और भी गया-गुजरा निकल गया न। दारू-ताड़ी में डूबा रहता है। खैर, बिहा तऽ पहले बड़का लड़कवा के कर लें फिर इसका देखते हैं।" बदरी मिसिर इतना बोल वहाँ से उठ घर के लिए चलने लगे। सबने उनकी मनोदशा का ख्याल रखते हुए टोका भी नहीं।

उनके जाते बस जगदीश यादव के मुँह से निकला, "बाभनो का पुराना संस्कार खत्म हो गया है मालिक। बताइए इतने अच्छे परिवार का लड़का का क्या हाल हो गया!"

इस पर बैजनाथ लपककर बोला, "एकदम ठीक बात। सबसे बड़ा कलंक तऽ बैरागी पंडित के लड़का चंदनवा है।"

"हाँ, स्थिति तो सच में बहुत खराब है। यही ना घनघोर कलयुग है जी। हरिजन धर्म करके दिखा रहा है और यह पंडितों का बच्चा उसको भ्रष्ट करके। समय बहुत बदल गया है। पता नहीं कैसा बिनास हो रहा है दुनिया का।" पुरुषोत्तम बाबू राजा जनक की भाँति युगधर्म पर चिंता व्यक्त करते हुए बड़े गंभीर स्वर में बोले।

भारत के गाँवों और कस्बों में किसी भी दलित-पिछड़े का नौकरी कर लेना, पैसा कमा लेना, सुखपूर्वक जी लेना और किसी उच्च वर्गीय परिवार का कंगाल हो जाना, बेरोजगारी से ग्रस्त होना घनघोर कलयुग का सबसे प्रचलित संकेतक थे। भारतीय समाज में दलित-सुख और सवर्ण-दुख सूचकांक से कलयुग को माप लेने की यह मापन कौशल क्षमता उन पुरातात्विक भू-वैज्ञानिकों और खगोल वैज्ञानिकों को चुनौती थी जो अभी तक पृथ्वी की उम्र नाप रहे थे।

18.

उस दिन शेखर सुबह-सुबह बाइक से गाँव भ्रमण पर निकला था। इस बार लंबी छुट्टी पर आया था गाँव।

महानगरीय विश्वविद्यालय के कोर्स की मोटी-मोटी किताबों और भारी-भरकम लेक्चर में वह जब-जब भारतीय ग्राम्य जीवन की दशा और दिशा पर कुछ पढ़ता-सुनता तो उसे अपना ही यह अनदेखा गाँव हमेशा याद आता और खींचता। शेखर हर बार तय करता कि इस बार गाँव जाएगा तो अच्छे से गाँव और उसका समाज देख-समझकर आएगा। लेकिन गाँव से ही निकलकर गए छात्रों के पास शायद ही कभी इतना समय रहा था कि वे गाँव के होने के बावजूद भी गाँव को पढ़ पाते। यह एक ऐसा पाठ्यक्रम था जिसका अध्ययन किसी विश्वविद्यालय की कक्षा में बैठकर कर पाना बेमानी था, इसके लिए गाँव की गलियों, चौपालों, खेत की पगडंडियों और नदी के किनारों से सटना पड़ता। वहाँ के समाजशास्त्र का हिस्सा होना होता। यदि कोई एक यात्री की तरह गाँव को देखता तो वह गाँव का समाज उतने से भी कम समझ पाता जितना मेगस्थनीज ने भारतीय समाज को समझा था। शेखर इस बार मेगस्थनीज से तो ज्यादा घूमने-समझने का मूड बनाकर आया ही था। शेखर अभी बाइक की धीमी-धीमी चाल से गाँव के उलटे छोर से बाहर निकल रहा था कि नथुने से कोई बहुत ही जानी-पहचानी सुगंध टकराई। उसने बाइक और भी धीमी की, शेखर को अब जाकर भोर की असली ताजगी का अहसास हुआ। उसने देखा सड़क किनारे कुछ दूरी पर महुआ का एक बड़ा-सा पेड़ था और उसके अगल-बगल के खेत में धान की फसलें पीलापन लिए लहरा रही थी। शेखर ने अपनी बाइक उसी ओर बढ़ा दी। वह उसी दिशा से आ रही सुगंध की तरफ खिंचा चला जा रहा था। ठीक वैसे ही जैसे किसी भूतहा फिल्म का नायक दूर पुरानी हवेली से आ रही पायल और घुँघरू की आवाज की तरफ खिंचा चला जाता है। शेखर अभी बढ़ा ही था कि उसे सामने लखन लोहार की झोंपड़ी दिख गई जहाँ टीन वाला दरवाजा खुला होने के कारण बिरंची और पबित्तर दूर से ही बैठे दिख गए। शेखर को इधर ही आता देख बिरंची की नजर भी उस पर गई। बिरंची झट लकड़ी के पीढ़े से उठ खड़ा हुआ। बिरंची ने इशारा किया

और लखन और पबित्तर ने सामने रखे सारी आपत्तिजनक वस्तुएँ जैसे चिलम, बीड़ी और गाँजे की पुड़िया झटपट छुपाकर बोरी के नीचे रख दिया। वे शहर में रहते हाई-फाई पढ़ाई-लिखाई करने वाले एक बेहद सभ्य विद्यार्थी के सामने यह सब प्रकट कर शर्मिंदा नहीं होना चाहते थे। लखन ने गमछा झोलकर उड़ रहे धुएँ को हटाकर वातावरण थोड़ा गंध-रहित करने का भी प्रयास किया। शेखर अब तक झोपड़ी तक आ गया था। रुकते ही उसने एक ताजी हँसी से सबका अभिवादन किया।

"आइए आइए शेखर भाई! क्या बात, बड़ा सवेरे-सवेरे! लगता है सेर-सपाटा पर निकले हैं, हा हा हा।" बिरंची ने आगे बढ़ते हुए कहा।

"हाँ बिरंची जी! बस कुछ खास नहीं। थोड़ा हवा खाने निकले थे गाँव का।" शेखर ने बाइक से उतरते हुए कहा।

"आइए बैठिए न शेखर बाबू। गरीब का कुटिया है। कुर्सी भी नहीं है। आइए यहाँ बैठिए आप।" लखन ने अपनी गमछी से लकड़ी की टूल की धूल साफ करते हुए कहा।

"अरे भाई, गरीब का कुटिया मत कहिए। जीवन का असली रस तो यहीं है। तभी तो खिंचे चले आए हैं। और मेरे जैसे आदमी कुर्सी पर नहीं बैठते। मैं जमीन से जुड़ा आदमी हूँ और जमीन पर उठता-बैठता हूँ।" शेखर बहुत जमीनी बात बोलते हुए पास बिछे बोरे पर बैठ गया। अब शेखर को नीचे बैठा देख पबित्तर ने भी अपनी लकड़ी वाली टूल पीछे सरका दी। सभी लोग नीचे बोरे पर बराबर में बैठ गए।

"वाह! तो आप लोगों का उठना-बैठना यहाँ रेगुलर होता है शायद?" शेखर ने पाँव पसार पूछा।

"हाँ, बस यहीं बैठते हैं लखन भाई के पास। और गाँव में कहाँ बैठेंगे शेखर जी! यहीं बैठ हम लोग आपस में सुख-दुख बतिया लेते हैं थोड़ा।" पबित्तर ने चेहरे पर हल्की-सी मुस्कुराहट के साथ कहा। शेखर अब सिर घुमाकर लखन की झोपड़ी के अंदर चारों ओर देखने लगा। सामने ही धीमी आँच पर जल रही छोटी-सी आग की एक भट्टी थी। वहीं लोहे की बनी कुछ खुरपी, कचिया, हँसुली रखी हुई थी। कुछ लोहे के टुकड़े इधर-उधर बिखरे पड़े थे। शेखर इन सब चीजों को देख तो रहा था पर वह शायद कुछ और देख

रहा था और इधर बिरंची, लखन और पबित्तर लगातार शेखर को देख रहे थे और साथ ही यह भी देख रहे थे कि देखते-देखते शेखर कहीं कुछ और देख न ले।

"अच्छा, यहाँ कुछ स्मेल कर रहा था स्मॉकी-स्मॉकी यानी धुआँ टाइप?" शेखर ने दबे उत्साह से पूछा।

"कुछ नहीं, नदी के पीछे श्मशान है न! कल रात पबित्तर के टोला में सुदना की दादी मरी है। वही जल रही होगी। वही धुआँइन महक रहा है।" बिरंची ने एक झटके में नए गंध की खोज करते हुए शेखर को बताया। शेखर को इस प्रकार के गंध और धुएँ का तो कुछ आइडिया ही नहीं था।

अभी-अभी जिस धुएँ को दिव्य जान शेखर ने उसे अपने अंदर खींचा था, क्षण भर में लगा जैसे कलेजे और फेफड़े के बीच सूदना की दादी लाठी टेक चल रही हो। मन एकदम भूतहा हो गया था।

"भक्क यार, क्या बात करते हैं! हम क्या लाश और गाँजा के धुआँ में फर्क नहीं जानते हैं क्या! बिरंची भाई क्या मजाक कर रहे हैं आप!" शेखर ने हँसते हुए सहज होने की कोशिश के साथ कहा। शेखर के इस याराना अंदाज पर सभी ठहाका मार हँस पड़े।

"हा हा हा! तब तो आप समझ ही लिए शेखर भाई।" बिरंची ने हँसते-हँसते कहा।

"हा हा हा! का करें शेखर बाबू। गाँव-देहात में लोग पीबे करते हैं। हम लोग भी कभी-कभार मार लेते हैं।" लखन ने हँसते-हँसते साफ-साफ कह दिया।

"आपको देखे तो छुपा दिए। आपके सामने ठीक नहीं लगता है शेखर जी।" पबित्तर ने भी लजा के कहा।

"गलत बात, एकदम गलत बात! इसमें छुपाना क्या है भाई! निकालिए यार, हमको भी चखाइए थोड़ा।" शेखर ने मन की बात कही।

इतने में तो लखन चिलम बोरे के नीचे से निकाल चुका था। बिरंची ने पुड़िया बढ़ा लखन को रगड़ने के लिए दिया। शेखर ने लपककर पुड़िया अपने हाथ ले लिया।

"अरे महाराज, आप छोड़ दीजिए शेखर भाई! गाँजा मत हाथ लगाइए

नहीं तो आपके बाबूजी जान गए तो हमको लात-जूता कर देंगे।'' बिरंची ने शेखर से कहा।

''अरे खाक लात-जूता! जानेंगे तब न! हम पीते हैं भाई। आप क्यों टेंशन ले रहे हैं। अरे यार हम तो इसी का गंध सूँघ आए। जब से गाँव में हैं तब से नसीब नहीं हुआ, इतना दिन हो गया। लाइए हम रगड़कर भरते हैं। एक बार मेरा भी फिनिशिंग देख लीजिए।'' शेखर इतना बोल जोर से हँसा। सामने तीनों हैरत से शेखर को देख रहे थे। हँस अब भी केवल शेखर रहा था। बाकी तीनों का चेहरा तो अभी इस क्षण ऐसा हो गया था जैसे किसी ने धोखे से अचार चटाकर नशा उतार दिया हो गाँजे का।

लेकिन अगले ही पल एक नया साथी महफिल को मिल जाने की खुशी में तीनों के चेहरे ताजे धतूरे के फूल की तरह खिल उठे।

''आप सच में पीजिएगा? मतलब आप सच्चे में पीते हैं?'' बिरंची ने फाइनली पूछा।

''पीते नहीं हैं। भरदम पीते हैं। पिलाइए अब। बाकी गप होता रहेगा।'' शेखर ने एक समर्पित गँजेड़ी वाली बेचैनी से कहा। इतना बोल तो शेखर पालथी मारकर बैठ गया और गाँजे की पत्तियों को महीन करके काटने लगा। उतने ही समर्पण भाव से जैसे गाँधीजी सूत काटने बैठे हों। दोनों का लक्ष्य भी तो एक ही था, राष्ट्र का कल्याण। भले मार्ग अलग-अलग थे।

अब चिलम लेने-देने का दौर शुरू हुआ। लखन की कुटिया धुआँ-धुआँ होने लगी। लखन ने पीछे पलटकर रखा रेडियो चालू कर दिया। रेडियो पर अमिताभ बच्चन पर फिल्माया गाना बज रहा था, 'जहाँ चार यार मिल जाए..।'

अब माहौल जम गया था। शेखर का अपने घरेलू मैदान पर यह पहला प्रदर्शन था। वह अधिक-से-अधिक रन बना देना चाह रहा था। शेखर ने एक जोर का कश लगाया और चिलम लखन की तरफ बढ़ाया। लखन ने चिलम बिना टाने बिरंची की तरफ बढ़ा दिया और खुद थोड़ा सरककर अब ठीक शेखर के सामने आ गया।

''बाप रे बाप! हर हर महादेव! आप तो हम लोगों का गुरु निकले हो शेखर बाबू। बिरंची दा तो बीए पास ही हैं लेकिन आप तो एम्मे पास हैं महाराज।'' लखन ने हिचकी ले हाथ जोड़ते हुए कहा।

"नेचुरली नेचुरली लखन जी। हम तो एमए कर, पीएचडी कर रहे हैं, तो आगे तो हो ही गया न।" शेखर ने ठहाका लगाकर कहा।

"ठीक है नाचे अली, या अली तो अच्छा है पर एक बात बोले शेखर बाबू?" लखन ने लड़खड़ाती जबान से पूछा।

"अरे बिल्कुल बोलिए।" शेखर ने चिलम को उलटकर उसकी राख झाड़ते हुए कहा।

"अरे चुप, चुपचाप बैठो अब तुम।" बिरंची ने लखन को बीच में टोकते हुए कहा। असल में थोड़ी देर पहले ही सुबह-सुबह लखन ने ताड़ी पी ली थी और अब गाँजे के मिश्रण का असर कपार चढ़ने लगा था। इसका अंदाजा उसके रोज के हम-चिलम साथी बिरंची को हो गया था। इसलिए वह डर रहा था कि लखन नशे में कहीं कुछ उल्टा-सीधा न बोल दे।

"क्या बिरंची दा! साला गरीब को कोई बोलने ही नहीं देता है। एक आप सुनते थे, आज आप भी रोक रहे हैं।" लखन ने लड़खड़ाती जुबान से ही कहा।

"अरे बोलिए, बोलिए, लखन जी! बिरंची जी, बोलने दीजिए ना बेचारे को।" शेखर ने गरीब के साथ खड़ा होते हुए कहा।

"तब! यह हुआ न एक नंबर का आदमी। शेखर बाबू हैं ये।" लखन ने झूमकर कहा।

"अरे साले लखना, अब बात बोलो अपना। पागलपंती मत करो।" बिरंची ने थोड़ा कड़क होकर कहा।

"शेखर बाबू, देखिए हम लोग तो अनपढ़ लोग हैं। गरीब मजदूर हैं। थोड़ा-सा बिरंची दा बीए पास हैं लेकिन ई भी पढ़ के कुछ उखाड़ पाए नहीं। तो हम लोग तो गरीबी और मजबूरी में गाँजा-बीड़ी पीते हैं, मन बहला लेते हैं थोड़ा। लेकिन मालिक आप इतना पढ़-लिख के काहे पीते हैं? आपके बाबूजी इतना विद्वान आदमी हैं। उनका लड़का गाँजा पिएगा तो ई ठीक है शेखर बाबू?" लखन ने एक सुर में जो मन में आया वह बोल दिया।

बिरंची ने गुस्से में माथा पकड़ लिया। पबित्तर भी थोड़ा असहज हो गया था। उन दोनों को लग गया था कि लखन ने गड़बड़ कर दी। शेखर को बहुत बुरा लगा होगा। लेकिन शेखर मुस्कुराते हुए बड़े सहज भाव से लखन

को सुन रहा था।

"करेक्ट, बिल्कुल सही बोले हैं आप लखन भाई। हाँ गाँजा-बीड़ी गरीब पीता है। समझिए जरा बात को, मैं चाहता तो दिल्ली में अंग्रेजी दारू पीके मौज-मस्ती डिस्को-डांस कर सकता था, लेकिन नहीं, हमने गरीब और मजदूर के साथ उठना-बैठना चुना। और ना हमको गरीब से परहेज है ना उनके गाँजा से। हम हर कश में उनके साथ हैं। उन्हें लगना चाहिए कि हम भी उनके जैसे हैं, कोई विशिष्ट नहीं हम। हम भी आम आदमी हैं लखन जी।" शेखर ने गाँजा सेवन के जनवादी थ्योरी की स्थापना करते हुए कहा।

लखन तो जैसे बुत हो गया था अभी इतना-सा ही सुनकर। आँखों में आँसू तैर आए। बिरंची को लगा कि भट्टी से निकल रहे धुएँ के कारण आया है, लेकिन यह तो अंदर से निकल आ रहे जज्बात के आँसू थे। एक पढ़े-लिखे सच्चे कॉमरेड के हाथ में चिलम ले गरीबों के संग खड़े हो जाने की खुशी में एक गरीब की आँख से छलके श्रद्धा के आँसू थे ये। दिनभर अपनी झोपड़ी में आग की भट्टी में लोहा गरम कर उसे पीटते, अपना तन और फेंफड़ा जलाते आदमी के पास दो वक्त की रोटी खातिर करते संघर्ष के बाद श्रद्धा जैसी चीज बच ही कितनी जाती थी! फिर भी जितनी थी, लखन ने अंदर से खखोर कर जमा किया और हाथ जोड़कर बोला, "आप महापुर्स हैं शेखर बाबू! महापुर्स हैं।" इतना बोल डबडबा गया बेचारा।

"नो, नो, लखन भाई ग्रेट मैं नहीं, वे लोग हैं जिन्हें हम फॉलो कर आज इस दुनिया को बदलने निकले हैं। आप लोगों को लगता है कि गाँजा-बीड़ी बस हम लोग ही पीते हैं! अरे इसे दुनिया के तमाम क्रांतिकारियों ने पिया और गरीबों-मजदूरों के हक में धुआँ उड़ा-उड़ा आसमान रंग दिया साथी। मार्क्स ने गाँजा पिया, चे ग्वेरा ने पिया, फिदेल कास्त्रो ने पिया साथी...।" शेखर एकदम जोश में बोले जा रहा था।

"जी फूँकन बाबू भी, फूँकन बाबू भी...।" लखन ने लिस्ट में एक नाम और जोड़ते हुए कहा।

यह सुनते शेखर तो चकरा गया था जैसे। उसे समझ ना आया कि इस पर क्या बोले! इतने कीमती लेक्चर के बाद परिणाम में फूँकन सिंह निकला था।

"चुप साले पगलेट! अरे यहाँ वर्ल्ड लेवल का महान नेता सबका नाम

बता रहे हैं शेखर जी और तुम साले बीच में फूँकन सिंह को पेल रहे हो? अबे मार्क्सवादी हैं शेखर बाबू। समझे साले लखना।'' बिरंची ने भड़कते हुए कहा।

''अरे, ऊ तऽ हैं, होंगे ई मासबादी, लेकिन सुन लीजिए, आदमी भी अच्छा हैं ई।'' लखन ने अचक्के में अजब ही बात कह दी थी।

''लखना तो आपका दीवाना हो गया है शेखर जी। आपको एकदम अपना नेता मान लिया है।'' बिरंची ने ठहाका लगाते हुए कहा।

''अरे हम क्या नेता होंगे भाई! नेता तो आप लोग के बीच से होना चाहिए। जो आपके लिए लड़ सके सामंतवादी ताकतों के खिलाफ। एकजुट हो जाइए। जब ग्रेजुएट होकर गाँजा पी रहे हैं तो खाली निठल्ले गाँजा पीने से काम नहीं चलेगा, इसका सही उपयोग भी तो करिए बिरंची जी।'' शेखर बड़े भोले अंदाज में बोले जा रहा था।

''बात तो सही बोल रहे हैं शेखर बाबू आप।'' बड़ी देर से चुप पबित्तर बोला।

''भोरे से जगते रोटी की जुगाड़ में साँझ तक थक जाने वाले हम जैसे लोग क्रांति नहीं करते शेखर जी। क्रांति आप लोग ही कर सकते हैं। हम लोग तो बस पीछे-पीछे नारा लगाने वाला लोग हैं।'' बिरंची ने खैनी रगड़ते हुए कहा।

''अच्छा ई मासबादी क्या है बिरंची दा?'' तभी से वही अटके लखन ने पूछा।

''हाँ हाँ लीजिए, इसको क्या बताएँ? इतना डीप आइडियोलॉजी है यह। समझाने में टाइम लगेगा भाई।'' शेखर ने लखन की जिज्ञासा को जरूरत से ज्यादा गंभीरता से लेते हुए कहा।

''अरे छोड़िए ई गँजेड़ी को। साला, हम बीए पास करके तो समझ नहीं पाए, ई सातवाँ फेल लोहार क्या समझेगा इतना बड़ा-बड़ा बात!'' बिरंची ने रगड़ी खैनी मुँह में डालते हुए कहा।

''लेकिन आप तो पढ़े ही होंगे ना यह सब?'' शेखर ने गर्दन बिरंची की तरफ करके पूछा।

''पढ़े तो सब थे। सब भुला गए। हाँ इतना याद है कि एक हमारा दोस्त

था लाल्टू। उसको जब हम पूछते कि काहे पीता है रे गाँजा? वह बताता था कि इससे आँख लाल हो जाता है और हम बिना विचार बताए, झंडा दिखाएँ लोगों को बता देते हैं कि हम लाल सलाम वाला हैं हा हा हा।'' बोलकर बिरंची जोर से हँसा।

लखन और पबित्तर भी हँसे, हालाँकि वे बेमतलब ही हँसे थे। शेखर गंभीर हो गया था।

''उफ! बेवकूफ था आपका दोस्त। मूर्खों ने ही लुटवाया हमें। चलिए चलते हैं अब बहुत देर हो गया। गाँव खोजने निकले थे, और गाँव तो गाँव में ही बस निकलते ही मिल गया। अब हम जब तक रहेंगे यहाँ आते-जाते रहेंगे।'' शेखर खड़ा हो बोला। उसके साथ ही बाकी तीनों भी खड़े हुए ही थे कि बाहर किसी के आने की आहट सुनाई दी।

''अरे यह तो मधु का माय है। क्या बात हुआ? रुकिए देखते हैं हम।'' बोलते हुए बिरंची झोपड़ी से बाहर आया। मधु की माँ बिरंची को ही खोजते वहाँ भी चली आई थी। बाहर कुछ मिनट बिरंची और मधु की माँ के बीच बात होती रही। बीच-बीच में मधु की माँ आँख से गिरे आँसू को अपने अचरा के कोर से पोंछ रही थी।

''कौन है ये लेडी? क्या हुआ होगा?'' शेखर ने झोपड़ी के अंदर ही खड़े लखन से पूछा।

''अरे बेचारी को सौ तरह का दुख है। बेटी से झगड़ा हुआ होगा या फिर दामाद आया होगा तो झंझट हुआ होगा। वैसे साल-दो-साल से देखे भी नहीं हैं हम इसके दामाद को।'' लखन ने अंदाजन कहा।

भीतर तीनों यही सब बात कर ही रहे थे कि लगभग पाँच मिनट के बाद मधु की माँ वापस चली गई और बिरंची अंदर आ गया।

''क्या हुआ भाई बिरंची जी?'' सबसे पहले शेखर ने पूछा।

''शेखर जी क्या बताएँ। साला एक कांड हो गया है।'' बिरंची ने कहा।

''क्या?'' सब के मुँह से निकला।

''गाँव की ही एक महिला है, आँगनबाड़ी में काम करती है उसके साथ बीडीओ साला छेड़खानी कर दिया।'' बिरंची ने शेखर की तरफ देखते हुए कहा।

"मधु के साथ?" लखन के मुँह से निकला।

"हाँ कल ही बीडीओ मधु को बोला था कि आज जल्दी आ जाना, जरूरी काम है। ये भोरे सूत उठ के वहीं चली गई सीधे। सरकारी आवास पर बुलाया था। साला, वहीं छेड़खानी शुरू कर दिया। पता नहीं क्या-क्या हुआ है? कह रही है जहर खा लेंगे।" बिरंची ने अभी-अभी उसकी माँ से सुनी बात बताई।

"अरे एक मिनट भी नहीं रुकना है। बोलिए एकदम एफआईआर करे। यह तो सेक्सुअल हरासमेंट का मामला है। नौकरी जाएगी साले बीडीओ की। आप महिला को थाना भेजिए।" शेखर ने जोर देकर कहा।

"हाँ, पहले जाकर पूछते हैं मधु से कि क्या हुआ है। थाना जाएगी तब ना! सब तो थाना में मिला ही रहता है। पदाधिकारी का मामला है शेखर जी।" यह बोलते हुए बिरंची बाहर आया और पबित्तर की बाइक ले सीधे मधु के घर निकल गया।

मधु के घर के सामने एक साइकिल खड़ी थी। बिरंची ने साइकिल पहचान लिया था। बाइक खड़ी कर वह अंदर गया जहाँ खटिया पर काशी साह बैठा हुआ था। सामने एक तरफ नीचे मधु की माँ गाल पर हाथ रखे बैठी हुई थी और दूसरी तरफ वहीं जमीन पर एक पाए से पीठ टिकाए माथे पर हाथ धरे ऊपर की ओर सिर किए मधु बैठी हुई थी। काशी साह शायद दोनों को कुछ समझा रहा था। मधु की माँ उसकी बात गौर से सुन भी रही थी पर मधु उसकी ओर देख भी नहीं रही थी। वह तो काठ बनी सूखे आँखों से एकटक आकाश का सूनापन ताकते जा रही थी।

बिरंची के अंदर घुसते ही मधु की माँ ने उसे बैठने के लिए सामने रखा लकड़ी का पीढ़ा सरकाया। मधु भी बहुत देर बाद थोड़ी हरकत में आई। उसने एक नजर बिरंची की ओर देखा और फिर सिर नीचे कर जमीन की ओर देखने लगी। काशी साह ने बिरंची को देखकर भी अनदेखा कर दिया।

"तुम दोनों सोच लो जल्दी भौजी। बुद्धि से काम लो। मधु हमारा भी बेटी जैसी ही है। फालतू का चक्कर में पड़ के इसको बर्बाद होने नहीं देंगे न। मामला खत्म करने में ही फायदा है।" काशी साह ने सर हिला-हिला दोनों हाथों का इशारा कर माँ-बेटी से कहा।

"क्या मामला खत्म? मने यह कोई बड़ा बात नहीं? जो भी हुआ होने दें? बेटी का इज्जत कोई बात नहीं?" बिरंची ने लाल हुई आँखों में तैरते हुए पानी को संभालते हुए कहा।

"अरे तुम तो बीच में एकदम नहीं पड़ो बिरंची। इस मैटर में एक शब्द ना बोलो। साले, तुम्हारा तो कुछ होगा नहीं। है ही क्या जो बिगड़ेगा तुम्हारा? इस बेचारी माँ-बेटी का इज्जत नीलाम करवा दोगे तुम अपना राजनीति में।" काशी साह ने तमतमाते हुए कहा।

"साह जी लाज-शर्म सब बेच दिए हैं क्या आप! लकड़ी काट-काट उसके साथ अपने ईमान का जड़ भी काटकर बेच दिए! अरे यहाँ किसका दलाली करने आए हैं! फूँकन सिंह भेजा है ना मामला सलटाने बीडीओ के तरफ से!" बिरंची ने सही निशाना लगाते हुए कहा।

"अरे साले बिरंचिया, जबान संभाल लो अपना। हाँ फूँकन बाबू भेजे हैं। तो क्या बीडीओ साहब से लड़ पाएगा ई-माँ-बेटी। अरे, वह तो फूँकन बाबू हैं जो जान बचा दे रहे हैं इन दोनों का। नहीं तो उल्टे ब्लैकमेलिंग का केस बनाकर बीडीओ जेल भिजवा देगा मधु को। तुम साले क्या जानोगे?" काशी साह ने दाँत कटकटाकर कहा।

इतना सुनना था कि मधु की माँ की आँख से झर-झर धार बहने लगी। उसके हाथ खुद-ब-खुद जुड़ जा रहे थे, यह देखे बिना भी कि सामने कौन खड़ा है।

मधु अभी तक चुप बैठी पड़ी थी।

"वाह जी साह जी! साला रेप का कोशिश किया वह बीडीओ हरि प्रकाश मंडल और जेल जाएगी उल्टे मधु। साला अंधा है क्या समाज और कानून!" बिरंची ने मुट्ठी तान कसमसाते हुए कहा।

"ए फालतू बात ना बको। रेप-टेप कुछ नहीं हुआ है। अरे जरा-सा गलती हुआ है बीडीओ साहब से। तो भाई कोनो फ्री में थोड़े बोल रहे हैं बात खत्म करने। सीधे तो 10 हजार देने बोल ही दिए हैं। अब क्या करे बेचारा! जरा-सी गलती पर इतना पैसा दे तो रहा है। यह भी नहीं देगा तो क्या उखाड़ लोगे उन लोग का?" काशी साह ने जीभ चबलाते हुए कहा।

"ओहो जरा-सी गलती? यही जरा-सा गलती आपकी बेटी-बहन के

साथ हो जाता तो 10 हजार लेकर मामला सलटा देते क्या साह जी?'' बिरंची ने कटार-सी मुस्कान के साथ कहा।

''अरे हरामी साला, दोगला का जन्मा! तुमको जिंदा नहीं छोड़ेंगे साला! तुम हमारे बेटी-बहन तक जाएगा रे साला! हमारी बेटी को इसके साथ एक तराजू में तौलेगा रे! तुम्हारा जान ले लेंगे रे हरामी!'' यह बोल काशी सीधे बिरंची की ओर लपका। काशी का खून खौल उठा था। तंदूर में भुना माँस सबको अच्छा लगता है लेकिन अपने बदन पर चिंगारी की एक तिल्ली गिर जाए तो आदमी तिलमिला ही जाता है। काशी ने बिरंची की कॉलर पकड़ पीछे की ओर धकेला। बिरंची ने पूरी ताकत लगा काशी को भी ठेला और वह खटिया पर जा गिर पड़ा। मधु अब जमीन से उठ किनारे खड़ी हो गई थी। मधु की माँ दोनों के बीच हाथ जोड़ खड़ी हो गई। वह बिरंची से चुप हो जाने की विनती करने लगी।

बिरंची तेज-तेज साँस लिए तमतमाया खड़ा था। काशी खटिया से उठ जाँघ पर हाथ पीट लगातार गाली दिए जा रहा था। इतने में बाहर बाइक खड़ी होने की आवाज आई। अंदर पबित्तर, शेखर और चंदन आए। यह लोग तो बहुत देर लखन की झोपड़ी में बैठ बिरंची का इंतजार कर रहे थे पर जब उनसे रहा न गया तो वह भी सीधे मधु के घर आ गए थे। रस्ते में इन्हें चंदन दिख गया तो पबित्तर ने उसे भी साथ ले लिया था।

''आओ ना बे! पूरा गैंग बुलाया है रे! तुम सब साले जुटे हो। जब फूँकन बाबू का सेना आएगा ना, तब फाट जाएगा पिछवाड़ा सबका।'' काशी साह उन लोगों को आता देखते ही जोर से बोला।

''चुप बदतमीज आदमी! क्या बक रहे हैं आप? तमीज से बात करिए। एक महिला के साथ गलत हुआ है, हम लोग उसका साथ देने आए हैं। समझे आप। यह क्या बक-बक कर रहे हैं सेना और गैंग?'' शेखर ने और ज्यादा जोर से कहा।

''ऐ आप मत पड़िए इस सबमें शेखर कुमार। आपको पहचान रहे हैं हम। कामता बाबू के लड़का हैं ना आप? अपना इज्जत का ख्याल रखिए। क्या इस नीच मामला में पड़े हैं। पैसा का मैटर है। 10 हजार में मामला सलटाने बोल रहे हैं। इन लोगों को और पैसा चाहिए। पैसा बढ़ा देंगे तो मैटर खत्म हो

जाएगा। बिरंचिया अपना माल बनाने के लिए ही लगा हुआ है इस मामले में। आप काहे फँस रहे हैं ई गंदा धंधा में? यहाँ इसके जैसा लोग के साथ रोज होता है ऐसा घटना। यह कोई पहला घटना नहीं है बीडीओ साहेब के साथ। साधु आदमी है बेचारा, उनसे बहुत महिला लोग पैसा ठगा है उनको फँसाकर। 10 मैटर तो हम ही सलटाए हैं बेचारा का पैसा देकर।'' काशी साह ने शेखर को देखते हुए भयंकर बेहयाई से कहा।

''चुप, अरे चुप साला! बहुत हुआ रे! तब से सुन-सुन मर रहे हैं। एक जरा दया नहीं आया रे आपको। आदमी हैं कि जानवर हैं आप! साला आपको चाचा बोलते थे हम।'' तब से बुत बनी खड़ी मधु जैसे किसी भारी पत्थर की चोट से टूटकर बिखरकर चीख पड़ी थी। आँख में कब से ठहरे हुए पानी का बाँध अब टूट गया था। वह उसे दोनों हाथों से पोंछे जा रही थी।

''प्लीज चुप हो जाइए मधु जी। यह लोग क्या जाने एक स्त्री क्या-क्या झेलती है।'' शेखर ने बिल्कुल मध्यम स्वर में कहा और सिर झुका खड़ा रहा।

''नहीं, हम तो बोलेंगे ही। फेर से सुनो काशी साह। इसको हम चाचा बोलते हैं बच्चे से। और ई आदमी बोलता है कि गलती हुआ है छोटा-सा। हम धंधा करते हैं और हम पैसा लेना चाहते हैं? अरे काशी साह सुनो, वह हरामी हमको जरूरी काम के नाम पर घर बुलाया पोषाहार का फाइल और रसीद लेकर। फेर सीधे अपने पलंग वाला रूम में ले गया। बोला, आँगनबाड़ी में घोटाला हुआ है। इस मामले में सब फँसेगा, तुमको लेकिन हम बचा लेंगे। हम तुम्हारा दुख जानते हैं। मधु तुम चिंता ना करो हमसे मिलते रहो। पैसा-कौड़ी और सब कुछ मिलेगा। आओ ना इधर आओ। इतना बोल कर हरामी छाती पर हाथ धर दिया, पीठ और कमर पकड़ कर सुता दिया। हम धकिया के लात मार कर भागे तो खुद हल्ला करने लगा के देखो, भोरे-भोरे आ गई है हमको देह का लालच देकर पैसा माँगने। अपने स्टाफ को वहीं जमा कर लिया। सब हमको गरियाने लगे।'' बोलते-बोलते मधु जमीन पर गिर पड़ी। अब एक जोर की दहाड़ मधु के अंदर से फटकर निकली। वहाँ खड़े हर आदमी के अंदर का आदमी एक बार काँप गया था यह रोदन सुन। सुबह से दसों बार वह अपनी सारी आप बीती अलग-अलग हर उन लोगों को सुना चुकी थी जो उसे दिलासा

के नाम पर उसका हाल सुनने आते और एक बार ऐसी कहानी लेकर चले जाते जिसे चौक-चौराहों पर बार-बार कई लोगों को सुना सके। खुद काशी साह वहीं बैठे तीसरी बार यह सब कुछ सुन रहा था।

एक स्त्री जब अपने पर हुए इस हैवानी हमले की कहानी दोहराती है तो वह बस कहानी नहीं दोहराती है बल्कि बार-बार उसी पीड़ा, उसी हैवानियत से गुजरती है। सुनने वालों की नजरें उसे बार-बार वही सब कुछ एहसास करा देती है। इस बार मधु शायद इसलिए फूटकर रो पड़ी थी क्योंकि खड़े हर शख्स की नजरें धरती में गड़ी हुई थीं, सिवाय काशी साह के।

''सब हमको भैया चरित्रहीन बोल के भगाया हो। हमको सब चरित्रहीन बोलकर भगाया हो भैया। बताइए हम चरित्रहीन हैं भैया? बताइए ना बिरंची दा? बताइए ना चंदन बाबा? आप लोग कोई तो बताइए? हम जहर खा लेंगे माई। माई हमको जहर दे दो। अब कहाँ मुँह दिखा पाएँगे! समूचा बोलाक-आफिस हमको कुलटा कह रहा है। मार दो हमको कोई।'' कभी छाती पीट और कभी हाथ को धरती पर पटककर जब मधु यह सब बोल रही थी तो वहाँ खड़े लोग मानो जमीन में दफ़न हो रहे थे शर्म और पीड़ा से। जमीन पर बस काशी साह ही खड़ा था जो सीना खोलकर मामले को सुलझाने आया था।

माँ ने मधु को बाँह से जकड़ लिया था अभी। वह उसके सर से लग सुबक रही थी। बिरंची यह सब देख किनारे हट गया था। किससे देखा जाता यह सब!

''अब एक सेकेंड भी देर मत करिए। सीधे पुलिस में जाइए अब। एफआईआर करिए पहले। सीधे बलात्कार का केस है। कोर्ट महिला की गवाही सुनता है। वह बीडीओ और फूँकन सिंह का नहीं सुनेगा बिरंची जी। थाना जाइए, सोचिए मत।'' शेखर ने पाँव पटकते हुए कहा।

''हम तो कहते हैं कि बीडीओ मंडल को ही पकड़कर कूट देते हैं। भोंसड़ी वाले को बचाने जो आएगा, उसको भी मार देंगे गँडासा। जो होगा सो देख लेंगे।'' बिरंची ने क्रोध में मुट्ठी भींचकर कहा।

''नहीं, कूल! होश से काम लीजिए। हमें सिस्टम की सड़ांध को खत्म करना है। इस घटिया अधिकारी का सिस्टम में होना ठीक नहीं। इसे कानून सजा देकर हटाएगा। आई बिलीव इन कांस्टिट्यूशन, ट्रस्ट ऑन लॉ। यकीन

करिए और हिम्मत रखिए। जाइए थाना प्लीज।'' शेखर ने बहुत जोर देकर कहा।

''वहाँ कुछ नहीं होगा शेखर जी। देख रहे हैं ना इस फूँकन सिंह के दलाल को, ई काशी साह अभी जाकर सब उगलेगा वहाँ और तुरंत थाना मैनेज हो जाएगा।'' बिरंची ने लाल-लाल धधकती निगाहों से काशी की तरफ देखते हुए कहा।

''अरे साला भोसड़ी वाला, हरामी, दलाल बोलेगा हमको...।'' काशी एक बार फिर बिरंची की ओर कूदा। अभी दोनों के बीच एक दो थप्पड़ चले ही थे कि सबने खींचकर दोनों को अलग किया। काशी साह अब घर से बाहर दरवाजे पर आ गया था।

''जाइए ना साह जी। काहे पेलाने का काम कर रहे हैं? अभी दू-चार लप्पड़ मार भी देगा सब और पबित्तर दास से हरिजन एक्ट का केस भी करवा देगा आप पर। चल जाइएगा तिलहंडेपुर। चुपचाप चले जाइए बचा हुआ इज्जत समेट के।'' काशी के पीछे-पीछे आए चंदन बाबा ने कहा।

''साले, तुम लोग के कपार पर काल नाच रहा है। सब ठेलाओगे। सालो, यहाँ कोठा खोले हो तुम लोग। आए हो माल को बचाने?'' साइकिल पर बैठ जाते-जाते भी अपनी गंदी जबान के काले छींटे छींटता ही गया काशी साह। उसके जाते ही शेखर मधु, पबित्तर और बिरंची को ले बाहर आया। बिरंची ने कहा कि वह अकेले ही मधु को लेकर थाना जाएगा नहीं तो दरोगा कहीं ज्यादा आदमी देख इसे गाँव की राजनीति से न जोड़ दे। बिरंची ने अगले ही पल बाइक की चाबी डाली और स्टार्ट कर मधु को पीछे बिठाया। तेजी से पहला गियर लगाया और झटके से क्रोध में बाइक उछालते हुए थाने की तरफ निकला। शेखर ने मुस्कुराकर हाथ हिला विदा किया। उसे लगा जैसे माओत्से तुंग के बंदूक की नली से निकली हुई क्रांति वाली गोली अपने लक्ष्य की ओर जा रही है।

19.

बिरंची थाने के करीब पहुँचने वाला था। रास्ते भर कई तरह की आशंकाओं-उलझनों ने मन को हिलाए रखा था। वह थाने जाने को लेकर बहुत ज्यादा तैयार नहीं था। ऊपर से ऐसे मामले में जिसमें प्रखंड के सबसे बड़े पदाधिकारी की शिकायत का मामला हो। बिरंची के पीछे बैठी मधु भी कुछ समझ नहीं पा रही थी कि कैसे, क्या बोलेगी थाने में?

बिरंची तभी बाइक रोककर पहले थाने के सामने वाली चाय दुकान पर गया और लोटा भर पानी पिया। उसका मन अभी भी वापस लौट जाने को कर रहा था। वह सोचे जा रहा था, दरोगा तो रोज बीडीओ साहब के साथ खाता-पीता है, सबकी बैठकी वहीं फूँकन सिंह के यहाँ होती है। काहे सुनेगा भला दरोगा! पर शेखर ने जिद कर जिस तरह हौसला और विचार दे भेज दिया था कि उसे आना पड़ा था। विचारधारा और उसके विचारक डायरेक्ट क्रांति कहाँ करते थे! वह तो बस प्रेरित करते थे। आज शेखर ने वही काम किया था, बिरंची को प्रेरित कर दिया था। शेखर ने तो अपने विचार का लाल ईंधन दे रॉकेट छोड़ दिया था। अब वो कहाँ घुसे, कहाँ फूटे, रॉकेट का भाग्य जाने बेचारा। भारतीय न्याय व्यवस्था पर पूरी आस्था के साथ आज तक पढ़े संविधान के बारे में हर कल्याणकारी विशेषता पर मन-ही-मन भरोसा करते हुए बिरंची अब थाने के अंदर पहुँच गया। पीछे-पीछे ओढ़नी से आधा मुँह ढके मधु चल रही थी। अंदर घुसते ही थाने के बरामदे पर बैठे एक सिपाही की नजर दोनों पर गई। उसने एक भयंकर भरपूर नजर से बिरंची को कम मधु को ज्यादा देखा।

"क्या बात है जी? लड़की-सड़की भगाने का मामला है क्या!" सिपाही ने ऊँची आवाज में पूछा। आवाज सुनते बिरंची और मधु वहीं खड़े हो गए। मधु अपना चेहरा अब थोड़ा और ढँकने लगी। उसने बाएँ हाथ को ऊपर कर धीरे से अपनी ओढ़नी को सरका मुँह पर कर लिया।

"क्या है? बताओ भी, क्या बात है?" सिपाही ने फिर पूछा।

"दरोगा बाबू से भेंट करना है।" बिरंची ने हल्की आवाज में कहा।

"अरे तऽ डायरेक्ट दरोगे बाबू से मिल लोगे जी! कोनो प्रोसेस भी तऽ

होता है कानून का! पहले बताओ क्या कांड है?" सिपाही ने कानूनी प्रक्रिया की शुरुआत करते हुए पूछा।

"सिपाही जी, देखिए छेड़खानी और बलात्कार की कोशिश का मामला है। हम लोग को दरोगा जी से मिलना है।" बिरंची ने वहीं खड़े कहा।

"ओह रेप हुआ है! किसका? यही लड़की का?" सिपाही ने मधु की तरफ बुरी तरह घूरते हुए कहा। बिरंची इधर-उधर ताकने लगा। और मधु अपनी गर्दन नीचे किए मानो खुद को जमीन में गाड़े खड़ी थी।

"भेंट कैसे होगा दरोगा जी से? करवा दीजिए न जरा।" बिरंची लगातार एक ही बात पूछे जा रहा था।

"अरे तो इसमें दरोगा साहब क्या करेंगे! तुम पहले वहाँ मुंशी बाबू के पास जाओ। मामला सही होगा तऽ केस फाइल होगा। पहले वहाँ भेंट करो मुंशी बाबू से।" सिपाही ने बाहर बरामदे पर कुर्सी टेबल लगाए बैठे एक वर्दीधारी की ओर संकेत करते हुए कहा। दस कदम चल बिरंची उस टेबल के सामने खड़ा हुआ ही था कि मुंशी बाबू ने उसे कुछ इशारा किया। सामने एक पानी भरी बाल्टी रखी थी।

"जरा बाल्टी उठा भीतर पहुँचा दो तो बाबू।" मुंशी बाबू ने बिरंची से कहा। अब लाठी और कलम दोनों के मणिकांचन योग से लैस भारतीय पुलिस ने आम जनता के मन में अपने लिए इतना सम्मानजनक स्थान तो बना ही लिया था कि कोई भी वर्दीधारी किसी भी अनजान आदमी को झोला, बाल्टी, बोरा उठाने का आदेश दे ही दे तो सामने वाला आदमी न चाहकर भी उस आदेश का पालन कर ही देता था। ऐसा कर देने वाला अच्छा और सच्चा नागरिक होता कि नहीं यह कहना तो मुश्किल था पर वह समझदार नागरिक जरूर होता। बिरंची ने भी समझदारी दिखाते हुए बाल्टी को चुपचाप उठाया और उसे सामने के कमरे में रखने ले गया। अंदर उसने देखा पूरा कमरा धुएँ के गुबार से भरा हुआ था। जैसे अभी-अभी बाबा भैरव का नाम ले चिलम से ही कोई सिद्धि हवन किया गया हो। बिरंची ने सामने देखा, एक चौकी पर अपना मूल रंग खो चुकी मैली सी चादर बिछी हुई है। एक लंबा-चौड़ा और बेडौल तोंद का आकार लिया नंग-धड़ंग आदमी केवल नीले रंग की एक लंगोट पहने उस पर लेटा हुआ था। उसकी पीठ पर एक लघु आकार का सिपाही खाकी वर्दी पहने बैठा

हुआ था और एक कटोरे से हाथ में तेल लेकर रीढ़ की हड्डी पर लगातार रगड़े जा रहा था। लेटा हुआ आदमी हुह-हँह की भारी घरघराती आवाज निकाल रहा था। वह बाल्टी रख बाहर वापस मुंशी के पास आ गया।

''हाँ, अब बताओ क्या हुआ है बाबू? कौन है ई लेडीस साथ में?'' मुंशी ने बिना बिरंची की तरफ देखे ही कहा।

''सर, महिला के साथ छेड़खानी और रेप का प्रयास हुआ है। वही केस करने आए हैं।'' बिरंची ने कहा।

''आँय! रेप? अच्छा इसके साथ हुआ है? क्या जी, कौन कर दिया? इधर आओ, खुद से बताओगी तब ना जानेंगे। जो जो हुआ सब बताओ, उसी हिसाब से न केस होगा।'' मुंशी ने मधु की तरफ देख उसे गर्दन हिला बुलाते हुए कहा।

बस कुछ ही कदम दूर खड़ी मधु अब थोड़ी नजदीक आ बिरंची के ठीक बगल जा खड़ी हो गई।

''सर, बेचारी क्या बोलेगी! कितना बार बोलेगी अपना लुटा इज्जत के बारे में! हम सर लिखित में आवेदन दे रहे हैं। एफआईआर दर्ज कर इस मामले में कार्रवाई करना होगा सर। महिला उत्पीड़न का मामला है।'' बिरंची ने थोड़े जोश में मुखर होकर कहा।

''वाह रे होशियार बहादुर! मने हम साला तुम्हारे कहने पर रेप का केस दर्ज कर लें? जो पीड़िता है उसका बयान हम सुनेंगे कि नहीं? ऐसे तो कोई भी लिखकर दे देगा और केस करवा देगा किसी पर। इसके साथ कुछ हुआ है तो बताए न। सब जगह बोली, और पुलिस के सामने सती-सावित्री बन रही है? जहाँ हुआ कांड वहाँ लाज नहीं लगा, अब यहाँ थाना में लजाने से होगा! जल्दी बताओ, कौन किया गलत काम? देवर, पड़ोसी या कोई घर-परिवार का आदमी? बहुत साला गिर गया है भाई तुम लोग का गाँव-देहात का समाज साला।'' वर्दीधारी मुंशी ने एक साथ में बिरंची और मधु दोनों पर भड़कते हुए कहा।

''सर, इसका नाम मधुलता देवी है। यह आँगनबाड़ी में...।'' अभी वाक्य पूरा भी नहीं हुआ था बिरंची का।

''अरे साला, तुम थोड़ा चुप रहो न। लबर-लबर काहे करते हो इतना।

तुम्हारे साथ हुआ है रेप? जिसके साथ हुआ है उसको काहे नहीं बोलने देता है!'' मुंशी ने बीच में गरजते हुए टोका।

अभी बिरंची मधु की ओर देख रहा था। मधु ने भी एक नजर बिरंची को देखा और फिर चेहरे पर ढँका दुपट्टा एक झटके में हटा अब मुंशी की ओर देखने लगी। तब से उसी दुपट्टे में सहमी-सिकुड़ी मधु के लिए अब एक-एक पल वहाँ पहाड़ होता जा रहा था। मुंशी के एक-एक शब्द पहाड़ से गिर रहे पत्थर की चोट से लगते। उसने अब मन-ही-मन खुद को थोड़ा कठोर किया।

''सर, मधुलता नाम है। घर मलखानपुर। हम आँगनबाड़ी सेविका हैं। आज भोर का घटना है, हमको काम के बहाने अपने आवास पर बुलाकर बीडीओ साहब हरि प्रकाश मंडल रेप का कोशिश किए हैं।'' मधु ने एक साँस में कह दिया।

''कौन? बीडीओ साहब, अरे मंडल बाबू? पगला गई हो क्या?'' मुंशी जैसे आश्चर्य से उछलकर बोला।

''हाँ सर, वही किए हैं। एफआईआर करना है।'' मधु ने एक ही भाव में खड़े रहते हुए पुनः कहा।

''माथा ठीक है ना तुम दोनों का? मालूम है ना क्या बोल रहे हो? बीडीओ कहीं रेप करता है जी? तुम्हारे कहने पर एक ऑफिसर पर एफआईआर लिख दें? सुनो, तुम लोग रुको, दरोगा बाबू ही समझेंगे तुम लोग का बात।'' इतना बोल वर्दीधारी मुंशी अपनी कुर्सी से उठा और सामने कुछ दूर बैठे दो सिपाहियों के पास गया। उनसे कुछ बात की और वापस आ कुर्सी पर बैठ गया।

''दरोगा साहब से ही भेंट करा दीजिए न सर। जल्दी जरा रिपोर्ट लिखवा देते।'' बिरंची ने मुंशी के कुर्सी पर बैठते ही उससे कहा।

''अरे तुम बहुत कबियाट बनता है रे! दरोगा तुम्हरे लिए भोरे से बैठ जाए क्या ऑफिस में! कहे न कि दरोगा साहब नहाकर आ रहे हैं! अपना नौकर बूझता है पब्लिक दरोगा को!'' वर्दीधारी मुंशी बड़-बड़ बोले जा रहा था।

''छोड़िए न, दरोगा जी से ही सब बात बोलेंगे। अभी यहाँ रहने दीजिए बिरंची दा।'' मुंशी का रूखा व्यवहार देख मधु ने एकदम धीमी आवाज में बिरंची से कहा।

"जाओ हटो यहाँ सामने से। वहाँ चबूतरा के पास बैठो। दरोगा साहब आएँगे तो हम बुला लेंगे तुमको। चलो हटो, हटो यहाँ कपार पर से।" मुंशी ने लगभग डपटते हुए कहा।

मुंशी को बेवजह भड़का देख दोनों पीछे हटे और बगल वाले चबूतरे के पास जाकर बैठ गए, जहाँ थाने में स्वतंत्रता और गणतंत्र दिवस के दिन झंडा फहराया जाता था। चबूतरा तीन रंगों से रंगा हुआ था।

"हम कह रहे थे कि थाना पुलिस का कोई फायदा नहीं लेकिन उ शेखर कहाँ से आ गया और ठेल के भेज दिया। अरे, वह सब शहर में पढ़ने वाला लड़का है, दिल्ली का पुलिस और मीडिया देखा है। क्या जाने गाँव का हाल! हम लोग साला यहाँ अब झेलें। थाना में पता नहीं कौन नया दरोगा पारसनाथ आया है कुछ महीना पहले ही।" बिरंची ने बहुत देर से मन में दबी कई बातों में से कुछ बातें झल्लाकर कही। मधु चुपचाप बैठी सुन रही थी। अभी एक बार फिर वर्दीधारी मुंशी अपनी कुर्सी से उठ सामने वाले कमरे के अंदर गया। बिरंची और मधु लगातार उधर ही देख रहे थे। तभी ठीक वर्दी पहने दरोगा पारसनाथ मोबाइल पर बतियाते हुए कमरे से बाहर निकले। पीछे-पीछे हाथ में खैनी रगड़ते मुंशी भी था। दरोगा पारसनाथ सीधे अपने कार्यालय वाले कक्ष में जा बैठे। दरोगा के भीतर घुसते ही मुंशी ने हाथ से इशारा कर बिरंची और मधु को बुलाया।

"साला, यही गैंडा अभी भीतर पीठ रगड़वा रहा था सिपाही से।" बिरंची ने चबूतरे से उठते-उठते कहा।

दोनों अब दरोगा जी के कक्ष में खड़े थे।

"हाँ जी, बताओ क्या मैटर है? जल्दी से बताओ, दो-चार लाइन में।" दरोगा पारसनाथ ने अपनी भारी आवाज में कहा।

"सर, बीडीओ साहब ने इसके साथ छेड़खानी किया है। यह मधुलता देवी आँगनबाड़ी सेविका है। बीडीओ साब इसको अपने आवास पर बुलाकर रेप का प्रयास किए।" बिरंची ने अपनी ओर से ठीक ढंग से ही बात रखने की कोशिश की।

"ऑफिस टाइम तो दस बजे के बाद होता है। ई क्या करने चली गई सवेरे-सवेरे? क्या इंटरेस्ट था इसका?" दरोगा पारसनाथ ने गंभीर मुद्रा

बनाकर सीबीआई ऑफिसर वाले दायित्व का अतिरिक्त भार लेते हुए पूछा।

"सर वही तो, इसको काम का बहाना बना बीडीओ साहब बुला लिए थे।" बिरंची ने सीधी बात बताई।

"तुम जरा चुप खड़ा रहो। लड़की को बोलने दो। हम दो बजे रात को बुलाएँगे, आएगी?" दरोगा ने कड़क आवाज में कहा।

"साहब बुलाए तो जाना पड़ा। वहाँ जोर-जबरदस्ती करने लगे। पलंग पर हमको लिटा तक दिए। हम तो धक्का देकर बाहर भागे।" कहते-कहते गले तक भर आई मधु।

"हमको बेवकूफ समझी हो? बीडीओ साहब को हम भी देखे हैं। इतना हट्टा-कट्टा आदमी पकड़ेगा तो तुम छुड़ा पाओगी जी? अब बताओ हमारे जैसा आदमी अभी तुमको पकड़कर पलंग पर पटक दे तो मजाल है कि तुम धक्का दे भाग जाओगी? पुलिस को काहे गुमराह करते हो तुम लोग?" दरोगा पारसनाथ बोलकर एक घिनाई हँसी लिए थोड़ा गर्दन और कंधा उचकाकर हिले।

मुंशी तो दरोगा जी की इस तर्कशक्ति पर अभी तक खीं-खीं कर दाँत निकाले हुए था।

"सर, जो सच है वही बता रहे हैं।" बिरंची ने हाथ जोड़ते हुए कहा।

"चुप साले, तुम्हारा नाम क्या है रे?" दरोगा ने जोर से पूछा।

"बिरंची कुमार।" बिरंची ने इतना ही कहा इस बार।

"साले दिलीप कुमार, बिरंची कुमार। देख लीजिए मुंशीजी। फिल्म का हीरो है।" दरोगा ने अजीब मुँह बनाकर कहा।

"हा हा हा आपहुँ सर गजबे-गजब बोलते हैं लेकिन। एकदम बेजोड़ सब बात।" इस दो कौड़ी की बात पर अपनी ओर से लाखों की सलामी दे अपनी ड्यूटी निभाते हुए मुंशी ने कहा।

"अच्छा यह बताओ, कौन हो तुम लड़की का?" दरोगा पारसनाथ ने फिर जोर से पूछा।

"सर, हम इनको लेकर आए हैं।" जवाब मधु ने दिया।

"तुम अभी चुप रहो एकदम। हाँ जी बिरंची कुमार बताओ तुम कौन हो लड़की का? साले खाली गलत-सलत धंधा करता है।" दरोगा पारसनाथ

बोलते-बोलते अब मामला मोड़ने को ही थे।

"अरे सर, हम इसके गाँव से हैं तो साथ आ गए। इसमें क्या गलत-सलत है सर?" बिरंची थोड़ा-सा हताश हो बोला।

"पूरे गाँव में तुम ही मिला इसको! मलखानपुर का मामला है ना! इतने भले-भले लोग भी हैं वहाँ पर, साला कोई नहीं आया मदद के लिए? काहे आएगा गलत चीज में। फॉल्स केस में कौन आएगा?" अभी-के-अभी दरोगा पारसनाथ ने अपनी ओर से कुर्सी पर बैठे-बैठे ही जाँच प्रक्रिया पूरी कर केस को झूठा बता अपनी रिपोर्ट लगभग सुना दी थी।

"सर, रेप का कोशिश हुआ है। केस ले लीजिए।" बिरंची ने हाथ जोड़कर कहा।

"बोलेगा तुम ज्यादा कि रेप हुआ है। कराएँ अभी इसका मेडिकल?" दरोगा पारसनाथ जी अपनी चवन्नी छाप पुलिसिया तर्कशास्त्र से बार-बार बगल खड़े मुंशी जी का दिल जीत ले रहे थे जिस दिल को एक मुंशी थाने में दरोगा के सामने हारने के लिए ही नौकरी करता था।

"सर, मेडिकल क्या होगा जब रेप हुआ नहीं। कोशिश हुआ है।" इसका तो केस बनता है न?" बिरंची बोला।

"वही तो रे, जब रेप हुआ ही नहीं तऽ केस कैसा? साले अभी हम तुमको ही भीतर करेंगे। तुम दोनों एक शरीफ और सीधा ऑफिसर को ब्लैकमेल करके पैसा ऐंठना चाहता है। ई धंधा खूब चल रहा है आजकल। नया ग्रुप बनाए हो तुम लोग?" दरोगा ने बेशर्मी से कहा।

"सर, यह गलत बात मत बोलिए। ठीक बात नहीं ये।" बिरंची के मुँह से निकला।

अगले ही पल दरोगा पारसनाथ अपनी कुर्सी पर नहीं थे। एक जोर का थप्पड़ सीधे बिरंची के दाहिने गाल पर आ लगा था।

"हरामजादा साल्ला, लड़की का दलाली करता है और मुँह चलाता है हमारे आगे? अभी बना दें केस तुम्हरे ऊपर?" दरोगा पारसनाथ ने क्रोध में गरजते हुए कहा।

जैसे हलवाई मन मुताबिक मिठाई बना देता था और कुम्हार घड़ा, वैसे ही दरोगा अगर चाह ले तो किसी पर भी कोई भी केस बना सकता था। थाने में

वह किसी को भी पका सकता था, छान सकता था, भूँज सकता था।

"सर, ऐसा मत बोलिए सर। सर, हम सही हैं सर। सर...!" मधु हाथ जोड़कर गिड़गिड़ाने लगी।

बिरंची तो इतना कुछ सुनते ही सब कुछ समझ चुका था। दरोगा ने काशी साह वाली बात ही तो दुहरा दी थी।

"अन्याय हो रहा है सर। पीड़िता को आप सुन ही नहीं रहे हैं।" बिरंची मुँह से फिर बोल गया।

"क्या बोला? पीड़िता! बहुत कानून भी पढ़ा है तुम रे। साले दलाल, धंधा करते हो और पैसा लेने के लिए झूठा केस भी करवाते हो और बोलते हो पीड़िता!" दरोगा पारसनाथ ने शर्म को तिलांजलि देते हुए कहा।

उनके पास इसके अलावा कोई विकल्प भी नहीं था। लज्जा को संग रख ऐसे दायित्व निभाए भी तो नहीं जा सकते थे। संविधान की शपथ खाकर काम करना और किसी का खाकर काम करना दोनों में अंतर तो होता ही है।

"एकदम फालतू बात। इतना गलत मत बोलिए सर।" बिरंची के मुँह से फिर निकल ही गया। क्या करता, मुँह में जबान थी, चल जा रही थी।

"इस भोसड़ी वाले को इतना मारेंगे कि जबान खींच लेंगे इसका साला। बहुत बोलता है। फूँकन बाबू ठीक ही बताए थे, बहुत हारामी है साला।" इतना बोल वही टेबल के पास रखी लाठी उठा दरोगा पारसनाथ ने ताबड़तोड़ बिरंची पर बरसाना शुरू किया।

"अरे बाप रे बाप! नहीं हो सर... नहीं, नहीं हो बाबू... बाप रे! अरे नहीं... गलत है। यह गलत हो रहा है सर। एकदम गलत सर।" बिरंची चीख रहा था।

"नहीं सर, हुजूर नहीं, पैर पकड़ते हैं सर। छोड़ दीजिए इसको। सर हम लोग जाते हैं। छोड़ दीजिए।" मधु बोलकर सामने खड़े पारसनाथ के पैर पर गिर पड़ी। दरोगा ने उसे झकझोर कर किनारे किया।

"हटो, हटो पैर से। पैर धरने से क्या होगा? ई साला दारूबाज हमसे जबान लड़ाएगा! कहता है हम गलत कर रहे हैं। साला पुलिस कभी गलत करता है जी?" दरोगा पारसनाथ ने सही कहा। पुलिस सच में कभी गलत नहीं करती थी। वह जो करती वही सही हो जाता। दरोगा पारसनाथ की वर्दी

अब कर्तव्य के पसीने से भीग गई थी। लाठी मारने के बाद भी पारसनाथ की साँसें अभी भी क्रोध में तेज-तेज चल रही थीं। मुंशी ने आगे बढ़ पानी का गिलास दिया। दरोगा पारसनाथ ने पानी पिया और अब थोड़ा शांत हो वापस कुर्सी पर बैठे।

''तुम्हारा तो भाग्य खराब है। मधु नाम है ना? हाँ तो क्या पहाड़ टूट गया था जो इस हरामी के चक्कर में अपना ठीक-ठाक जिंदगी खराब करने आ गयी? अपना इज्जत खत्म करने पर तुली हो? अभी मान लो कि झूठ चाहे सच लेकिन हल्ला हो जाए कि तुम दोनों मिलकर धंधा चलाती हो ब्लैकमेलिंग का, तो कहाँ से बचोगी तुम? मीडिया में नाम फोटो चला जाएगा। अखबार में जाएगा फिर कहाँ मुँह दिखाओगी? काहे पड़ी ई चक्कर में?'' दरोगा पारसनाथ ने अपनी संपूर्ण बेशर्मी के हवाले से कहा।

''नहीं सर हम तो ऐसे बर्बाद हो जाएँगे।'' मधु ने घुटने पर बैठे हुए ही कहा। बिरंची वही नीचे जमीन पर पड़ा कराह रहा था।

''अजी, तुम अभी पति से अलग रहती हो न? हमको सब पता चल गया है। पुलिस से कुछ छुपता नहीं है। कितना बढ़िया तो तुमको बीडीओ साहब का सहारा मिल गया था। कोई जोर-जबरदस्ती का नौबत आना ही नहीं चाहिए। इसमें क्या चला जाता तुम्हारा? अरे जब बीडीओ का ही तुम पर हाथ रहता तो फिर क्या था! पति भी छोड़ दिया है जबकि जवाने हो अभी। ऐसे ही काटोगी जिंदगी? इस हरामी के साथ बस रात न कटता होगा, दिन थोड़े! है कि नहीं?'' दरोगा पारसनाथ ने नीचता का उच्चतम प्रतिमान गढ़ते हुए कहा। दरोगा पारसनाथ की जबान से टपकी गंदगी का तेजाब बहता हुआ सीधे कलेजे में जा गिरा था। जलकर खाक हो चुकी थी मधु। लाठियों को झेल जमीन पर पड़े बिरंची पर भी जैसे कड़क के बिजली गिरी। उसने दाँतों को पीसते हुए दोनों हाथों से कान दबा लिए थे अपने। दरोगा पारसनाथ ने जो कहा था, एक आदमी इससे बुरा और कह नहीं सकता था और एक औरत अपने लिए इससे बुरा और सुन नहीं सकती थी। पर युग की विडंबना थी, आज दोनों एक साथ ही घटित हो गया था। मधु जमीन से लड़खड़ाती हुई उठी जैसे कोई परकटी चिड़िया नदी में डूबते हुए किनारे पर पंजे मारती ऊपर आने का प्रयास करती है। मधु से अब खड़ा नहीं हुआ जा रहा था। एक पुरुष एक स्त्री को लांछन के

तीर से बेध के जितना छलनी कर सकता था, मधु उतना हो चुकी थी।

"आप कितना घटिया आदमी हैं दरोगा जी!" तब से दर्द में नीचे जमीन पर पड़े बिरंची के मुँह से आखिर निकल ही गया। अब तो दरोगा पारसनाथ जैसे किसी कहर की तरह टूट पड़ा बिरंची पर। उसने लाठी उठाई और सीधे बिरंची के मुँह में ठूँस दिया। लातों से उसकी छाती पर मारने लगा। दरोगा को ड्यूटी पर देख मुंशी भी फर्ज निभाते हुए साथ देने लगा। उसने बिरंची पर सामने से छाती और चेहरे पर तीन-चार लात बरसाए। बिरंची की आँख के नीचे की नस नीली हो जैसे फटने को हो गई थी। मुँह से कुछ बोल नहीं पा रहा था। गले से बस गों-गों की फँसी हुई आवाज आ रही थी। पीड़ा से कराहती आँखें जैसे उछलकर बाहर आ जाने को थीं। मधु यह सब देख जोर-जोर से दहाड़ मारकर रोने लगी। एक अजीब-सी चित्कार। तभी कुछ सिपाही और भी आ गए। बिरंची अब बीच में पड़ा था और चारों तरफ से पुलिस वाले बिना कुछ देखे लात-घूँसे बरसाए जा रहे थे। मधु चिल्लाते हुए वहाँ से दौड़ थाने के बाहर निकल आई। अभी दौड़ते हुए सड़क पर आई ही थी कि सामने की चाय दुकान पर ही गणेशी का बेटा रोहित अपने दोस्तों के साथ खड़ा दिख गया। मधु को देखते ही रोहित सड़क पार कर मधु के पास आया।

"अरे मधु दीदी आप यहाँ थाना में, क्या हुआ?" रोहित ने पूछा। मधु बदहवास हो चुकी थी। उसने झर-झर-झर बहती आँखों से रोहित को किसी तरह जल्दी-जल्दी में सारी बात बताई। अंदर से लगातार बिरंची के चीखने की आवाज बाहर सड़क तक आ रही थी। मधु ने रोहित से विनती की कि वह जल्द जाकर पबित्तर और शेखर को बुला ले। रोहित ने मधु को ले जाकर चाय दुकान पर बिठाया और अपने दोस्तों से थोड़ी देर बाद मिलने को बोल किसी निपुण धनुर्धारी के धनुष से छूटे तीर की तरह बाइक से निकला। कुछ ही दिन में रोहित बाइक चलाना सीख गया था। आज उसे पहली बार महसूस हुआ था कि उसका बाइक सीखे होना किसी जरूरी काम में आ गया। उसने अपने दायित्वबोध के संपूर्ण एहसास को एक्सलेटर वाली दाहिनी हैंडल पर डाल दिया था जिससे बाइक की रफ्तार किसी यान के समांतर तीव्रगामी हो गई थी। बस कुछ ही मिनट में रोहित पबित्तर दास के घर पर था। झटपट उसने उसे साथ लिया और सीधे दोनों शेखर के पास पहुँचे। यह भी शायद एक संयोग

ही था कि आज पहली बार पबित्तर दास शेखर के घर गया था और शेखर के पिता कामता बाबू किसी काम से घर से बाहर थे। शेखर बाहर वाले बरामदे पर ही कुर्सी लगाकर बैठा हुआ था। वहीं रोहित ने जल्दी-जल्दी मधु के द्वारा कही सारी बात बताई। रोहित वैसे शेखर से कुछ ज्यादा परिचित था नहीं। बस हाई स्कूल में कामता बाबू से पढ़ चुका था और शेखर को देखा था ही बचपन से। सारी बातें सुनने के बाद शेखर बेहद तनाव में आ चुका था। वह थोड़ा अकबकाते हुए घर के अंदर गया और चार्ज में लगा मोबाइल लेकर बाहर आया। पबित्तर और रोहित को वहीं खड़ा छोड़ वह मोबाइल ले थोड़ा किनारे हटा और कहीं कुछ बात करने लगा। पाँच मिनट के बाद उसने फिर दूसरी बार कहीं और फोन लगाकर बात की। पबित्तर और रोहित बस उसे देख रहे थे। रोहित जल्दी चलने को कह रहा था पबित्तर से, क्योंकि वह मधु का हाल आँख से देखकर आया था।

"चलिए चलते हैं थाना अब।" शेखर ने फोन अपनी जेब में डालते हुए कहा। शेखर ने अपनी बाइक निकाली और दरवाजे पर से ही अपनी माँ को आवाज दे बाहर का गेट लगा लेने को कहा। अब तीनों तेज गति से थाने की ओर निकले। इधर तब से मधु चाय दुकान पर अपना चेहरा ढके बैठी हुई थी। बीच में एक बार चाय वाले ने चाय भी पूछा था पर उसने मना कर दिया था। उस चाय वाले के लिए तो यह दृश्य रोज का था। थाने के सामने की चाय दुकान थी। वहाँ रोज न जाने कितने हँसते-रोते लोग थाने से आकर अपनी बातें किया करते। चाय वाले ने इतनी देर में चाय के अलावा कुछ पूछा भी नहीं था। शायद उसका वर्षों वहाँ चाय भेजने का अनुभव सब समझता था कि एक थाने आई स्त्री से उसका हाल क्या पूछना! उसके साथ क्या हुआ, क्यों पूछना!

तब से एकटक राह ताक रही मधु को जैसे वे लोग वापस आते दिखाई दिए वह बेंच से उठ दौड़कर सड़क किनारे आगे आ खड़ी हो गई। रोहित और शेखर ने जोरदार ब्रेक के साथ अपनी-अपनी बाइक रोकी। मधु तो जैसे शेखर को देखते ही बिलख कर रो पड़ी।

"सब करम पूरा हो गया थाना में शेखर जी। आप जाइए बस बिरंची दा को बचा लीजिए। बहुत मारा है। बहुत मारा है।" मधु ने बिलखते हुए कहा।

"घबराइए नहीं। हम देखते हैं न। अभी छुड़ाकर आते हैं। केस भी फाइल होगा।" शेखर ने पता नहीं किस भरोसे पर भरोसा देकर कहा।

शेखर अब वहीं बाइक खड़ी कर सबके साथ थाने के अंदर पहुँचा। रोहित भी उन लोगों के संग अंदर आ गया था। सामने ही बैठे मुंशी की नजर उन पर गई।

"यहाँ पुलिस स्टेशन के इंचार्ज कौन हैं? जरा बात करना है उनसे।" शेखर ने मुंशी को देखते ही कहा।

"क्या बात करना है? आप एसपी साहेब हैं क्या जिला के? इतना बात हो गया अभी पेट नहीं भरा है?" मुंशी ने मधु के साथ आने पर शेखर से कहा। इसके पहले की मुंशी कुछ और कहता मधु ने शेखर को दरोगा का कक्ष दिखाया। वहीं सामने हाजत में बिरंची जमीन पर बेसुध पड़ा था। जैसे ही पबित्तर की नजर उस पर पड़ी वह दौड़ के हाजत के पास गया और बिरंची को पीछे से आवाज दी। अंदर बिरंची घुटने को मोड़ पीठ आगे कर गर्दन गाँथे लेटा हुआ था। आवाज सुन दर्द से कराहते हुए बस थोड़ा-सा पलटकर एक बार भरी आँख से पबित्तर को देखा पर मुँह से कुछ नहीं बोला। पबित्तर की भी आँखें भर आई थीं। शेखर ने भी बस एक निगाह अंदर पड़े बिरंची पर डाली और तमतमाते अंदाज में दाँत कटकटाते हुए दरोगा के कक्ष में घुसा। अंदर पारसनाथ वर्दी के ऊपरी तीन बटन खोले मेज पर लात धरे सिगरेट पी रहे थे।

"नमस्कार, मेरा नाम शेखर कुमार है।" शेखर ने घुसते ही कहा।

"हाँ, बोलो तब?" दरोगा पारसनाथ ने उसी अवस्था में मुँह से धुआँ फेंकते हुए कहा।

"यह क्या तरीका है पुलिस का? बिना किसी चार्ज के किसी को मारपीट कर आप हाजत में डाल दिए हैं? यह तो लिटरली ह्यूमन राइट का हनन है। फंडामेंटल राइट्स को छीनना है यह।" शेखर ने कानून को कानून ही समझने के भोले जोश में कहा।

"अरे वाह! आप कौन हैं भाई? जयप्रकाश नारायण हो कि जवाहरलाल नेहरू? अभी तुमको भी ठेल दें हाजत में। बहस करोगे हमसे? ई पहला बार मार के भीतर किए हैं क्या किसी को जो तुम हमको ह्यूमन का राइट और

फंडामेंटल सिखा रहा है। देश में और ह्यूमन नहीं है क्या? यही एक बचा है? गलत करेगा तो पुलिस मारेगी नहीं क्या अपराधी को?'' दरोगा पारसनाथ ने मेज से लात नीचे कर लगभग उछलते हुए कहा।

''देखिए सर, मुझे बहस नहीं करना है। वह करने नहीं आए हैं। एक लड़की के साथ गलत हुआ है। आपको केस दर्ज करना था तो आप उल्टे हमें ही तंग कर रहे हैं।'' शेखर ने फिर कानूनी बात कर दी थी।

''लड़की नहीं, चरित्रहीन लड़की। बात को सही-सही बोलना सीखो। और अंदर हाजत में अपराधी है जो धंधा करवाता है, समझे तुम? ये था फंडामेंटली राइट काम। ऐसा आदमी को हाजत में नहीं तो क्या कपार पर रखेंगे चढ़ाकर? चलो निकल बाहर, बाहर निकलो, साले यहाँ घुस जाते हैं बकैती करने।'' दरोगा पारसनाथ ने कुर्सी से उठ शेखर को लगभग धकियाते हुए कहा। शेखर तो हक्का-बक्का रहा गया था। तुरंत उसके माथे से पसीना चलने लगा। उसे अपने साथ इस तरह के दुर्व्यवहार के होने की कल्पना ही नहीं थी। वह थोड़ा नर्वस हो गया था, अचानक से दरोगा द्वारा इस तरह धक्का दे बाहर करने से। सामने बाहर मधु खड़ी थी। शेखर उससे नजर भी नहीं मिला पा रहा था। आखिर सारा किया-कराया उसी का तो था। शेखर ने ही तो थाने भेजा था। तभी पबित्तर एक सिपाही के साथ उधर आया। उसने शेखर के कंधे पर हाथ रखा और उसे एक धुँधला-सा दिलासा दे उस सिपाही के साथ दरोगा के कक्ष में गया।

''सर ये पबित्तर दास है। सर गरीब आदमी है। वह लड़का जो भीतर है, इसका भाई है। यह पबित्तर सर बता रहा है कि जाति का शेड्यूल कास्ट में है। अब हम लोग सब एक्के हैं सर, तो यह बोला कि साहेब थोड़ा कृपा कर देते तो तनी अपने जात-बिरादरी का हेल्प हो जाता सर।'' सिपाही ने बड़ी विनम्रता और भावुकता से स्वजातीय दरोगा पारसनाथ के सामने जातीय हित की बात रखी। दरोगा पारसनाथ पूरी बात शांत हो ध्यान से सुनते रहे।

''अभी केतना दिन से पुलिस में हो छेनू दास? कब बने सिपाही?'' दरोगा पारसनाथ ने बड़ी शांति से पूछा।

''यही अबकी भादो दू बरस हुआ है सर।'' सिपाही ने बड़े सरल भाव से कहा।

‘‘हाँ, बस यही बात है। अभी पुलिसगिरी सीखे नहीं हो तुम। संविधान पढ़े हो कभी? जात-पात करते हो पुलिस हो के? अरे छेनू दास, पुलिस का लाठी कहीं जात देखता है जी? जिसका तेल पीता है उसके लिए चलता है। और अभी ई भरपेट गर्दनिया तक टँकी फूल है। इसको कहो बाद में कब्बो आए और औकात हो तो सबसे ज्यादा तेल पिला के दिखा दे, यही लाठी फूँकन सिंह के पिछवाड़ा में नहीं कोंच दिए तो पारसनाथ प्रभु पासबान नाम नहीं मेरा। यहाँ ईमानदारी का काम चलता है। जात-पात साला पंडित-ठाकुर के काम है, वही लोग करता है। अब जाओ इसको लेकर। आगे से ई गलती मत करिएगा छेनू दास जी।’’ दरोगा पारसनाथ में जाति उन्मूलन का पुलिसिया डंडा हिलाते हुए कहा। बोलते-बोलते आवाज ऊँची होती गई थी पारसनाथ की।

‘‘जी हाँ सर, लेकिन हम लोग गरीब हैं सर। उतना तो कभी नहीं दे सकेंगे। कुछ कृपा कर दीजिए सर।’’ अबकी पबित्तर बोला।

पबित्तर अभी जितनी बेबसी चेहरे पर लिए जिस असहाय अवस्था में दरोगा के प्रति समर्पण का भाव लिए वहाँ खड़ा था इतने में तो कलयुग में हनुमान जी प्रकट हो जाते थे। पर दरोगा पारसनाथ ने पबित्तर की बात पर कोई ध्यान ही नहीं दिया। एक भी नजर उसकी तरफ देखा तक नहीं।

‘‘छेनू दास जी, आप जाइए इसको बाहर लेकर, ठीक न! और ऊ लौंडा इसका कोई भाई-फाई नहीं है, ऊ शुद्ध हरामी है। नेता बनता है। उसको पोलटिक्स करना है। प्रधान के घर के पिछवाड़े मूत के कराँति करता है ई दोगला। सब पता है हमको। चलिए जाइए अब, ठीक है। आगे से कभी यह जात-पात घूसखोरी को बढ़ावा देने वाला काम लेकर हमारे पास एकदम मत आना। अपने सौ-पचास पकड़ते हो तो दरोगा को भी सिपाही बना दिए हो क्या? अपना खाओ-कमाओ लेकिन आगे से इस व्यवहार में कुछ सुधार करो। सीधे पार्टी को लेकर आना चाहिए क्या आपको!’’ दरोगा पारसनाथ ने सिपाही छेनू दास को विभागीय नैतिक शिक्षा देते हुए एक दरोगा और सिपाही के अलग-अलग स्टैंडर्ड पर भी प्रकाश डालते हुए कहा।

छेनू सिपाही ने तो इतना सुना ही था कि ‘अब ऐसा नहीं होगा सर’, बोल अपना दायाँ पैर जमीन पर पटका और कमांडो स्टाइल में जयहिंद बोल तेजी से वृत्तीय घुमाव से पीछे मुड़ कक्ष से बाहर आ गया।

"ए भाई! हम क्या करें? तुम्हारे सामने ही तो बोले साला इतना। देखो भाई! ई दरोगा साहब हैं वसूल वाला आदमी। कम वसूलबे नहीं करते हैं। सौ-पचास लेकर घिनाने का काम ही नहीं करते हैं। और सब ऐरा-गैरा से पैसा पकड़ते भी नहीं हैं। पानी वाला आदमी है ई भाई।" सिपाही छेनू दास ने अपने उच्च मानकधारी दरोगा की शान में तारीफ के विभागीय सरकारी पुल बाँधते हुए कहा।

"ई एससी नहीं हैं क्या?" पबित्तर ने पूरे संदेह से पूछा।

"पागल हो क्या! पासबान लिखते हैं, ओबीसी या बाभन लिखता है का पासबान!" सिपाही ने पबित्तर का संदेह दूर करते हुए कहा।

"सर कोई उपाय करिए न। थाना में क्या संभव नहीं है! लोग हत्या करके छूट जाता है, यहाँ तो हम लोग का कुछ गलती भी नहीं है। उल्टा हम लोग तो केस करने आए हैं।" पबित्तर ने सर पकड़ते हुए कहा।

"हाँ, वही तो हम भी कह रहे हैं कि अगर हत्या का मामला होता तब तक कोई दिक्कत ही नहीं था जी। 20 हजार देके एफआईआर एतना इतना कमजोर करवा देते कि कोर्ट में खड़े-खड़े बेल मिल जाता। अब साला कोई मैटर हो तब तऽ दरोगा जी भी पैसा पकड़े। आप लोग कुछ किए ही नहीं है, आप लोगों को तो पैर-हाथ पकड़कर ही काम कराना होगा। और जो आपका विरोधी पार्टी कुछ किया है तो वह पैसा पकड़ा दिया होगा। तो उसका काम हो रहा है।" छेनू दास ने पुलिसिया कार्यशैली के एक अनोखे फॉर्मूले का बखान करते हुए कहा।

"सर, आपको पैसा भी दिए हम। कुछ तो उपाय करिए! हम लोग केस नहीं करेंगे बस बिरंची भाई को छुड़वा दीजिए।" पबित्तर ने नियंत्रित चिड़चिड़ेपन के साथ कहा।

"अरे तुम तो गजबे चढ़ रहे हो भाई! पैसा दे दिए हो तो इसका क्या मतलब एक वर्दीधारी का ईमान खरीद लोगे? इतना सस्ता नहीं है पुलिस का वर्दी। सुनो, पैसा लिए तो सामने ही तुम्हारे लिए, दरोगा जी को बोले भी। हम अपना काम का दाम लिए। एक पैसा नाजायज लिए क्या! घूसखोरी नहीं चलता है इस थाने में। देने वाला का श्रद्धा होता है भाई। यह लो सौ रुपए वापस तुम। अपने जात का हो इसलिए आधा पैसा लौटा रहे हैं। आगे से मत आना।"

सिपाही छेनू दास ने उदारता की नई मिसाल कायम करते हुए जातिगत सेल में 50 प्रतिशत की बंपर छूट देते हुए कहा। पबित्तर ने हाथ बढ़ाकर सौ रुपए ले लिया और बहुत खिन्न होकर वापस हाजत में बंद बिरंची की ओर जाने लगा। इसी बीच शेखर अपना मोबाइल लेकर दो-तीन दफे वहीं टहलकर कहीं बात कर चुका था। एक कोने में रोहित भी मधु के साथ बस खड़ा था।

"ठहरिए हम पाँच मिनट में आते हैं।" यही बोलते हुए शेखर बरामदे से पुनः दरोगा के कक्ष की ओर गया और इस बार बिना किसी से पूछे सीधे अंदर घुसा।

"क्या रे! फिर आ गया? देखेगा तुम अभी?" दरोगा पारसनाथ ने उसे देखते ही डाँटते हुए कहा।

"आपको एसपी साहब का फोन आया होगा?" अभी शेखर ने पूरे आत्मविश्वास के साथ कहा।

"आँय क्या! पगला गया तुम क्या। दिमाग केरेक हो गया का रे?" दरोगा पारसनाथ ने शेखर की बात पर हँसते हुए कहा।

"हँसिए मत, रुकिए हम फोन लगाते हैं। बात करिए आप।" शेखर ने अपना मोबाइल जेब से निकालते हुए कहा।

"ऐ सुनो, कौन एसपी? कौन हो भाई तुम? कहाँ के एसपी को लगा रहे हैं भाई आप?" दरोगा पारसनाथ इस बार थोड़ा अचकचाकर नरमी से बोले थे। तब तक तो शेखर फोन डायल कर उसे स्पीकर में लगा चुका था।

"हेलो, हाँ नमस्ते भैया! जी मैं थाना इंचार्ज को दे रहा हूँ फोन।" शेखर ने कहा।

"हाँ, उसे फोन दो।" उधर से आवाज आई।

शेखर ने तुरंत स्पीकर ऑफ कर दरोगा की तरफ फोन बढ़ा दिया। इतना सुनना था कि दरोगा पारसनाथ ने लपककर फोन अपने हाथ में ले लिया और दाहिने गाल में सटाकर लगातार यही बोलता रहा,

"जय हिंद सर। जी हाँ। हाँ जी सर। जी एकदम। जी हाँ। करता हूँ। हाँ जाँच के साथ। एकदम सर। सर जय हिंद।" दरोगा पारसनाथ की तरफ से इतने ही शब्द निकले थे उधर से कही जा रही बातों के जवाब में। करीब दो मिनट की बात के बाद दरोगा पारसनाथ ने फोन काट शेखर को दिया।

"ई लीजिए फोन। बैठ जाइए खड़ा काहे हैं!" दरोगा पारसनाथ ने शेखर को सामने की कुर्सी पर बैठने का इशारा करते हुए कहा। अभी के अभी दरोगा पारसनाथ के व्यवहार में क्षण भर में युगांतकारी परिवर्तन आ गया था। बर्फ डली दारू के पेग जैसे केसर मलाई युक्त मीठी गुनगुनी दूध के गिलास में बदल गई थी। असल में शेखर जहाँ दिल्ली में पढ़ता था वहाँ उसका रूम पार्टनर अरुण कुशवाहा था जिसके भैया मध्य प्रदेश में आईपीएस थे। तब से शेखर उन्हीं से संपर्क कर रहा था। वे अक्सर अपने भाई के कमरे भी आते थे दिल्ली यात्रा के दौरान। इसी कारण उसे भी भाई समान ही स्नेह देते थे। दरोगा पारसनाथ को जब फोन पर मालूम हुआ कि उधर से आईपीस बीएन कुशवाहा बोल रहे हैं तो उसका सुर अब बदल चुका था।

"हाँ शेखर जी, साहब बोले कि आप उनके भाई हैं। देखिए आप लोग जैसा इज्जतदार आदमी इतना घटिया काम में इतना बड़ा अफसर से फोन कराता है तो इसमें आपका ही इज्जत खराब होता है। सोचिए एक अपराधी के लिए साहब को फोन करना पड़ा।" दरोगा पारसनाथ ने मंझे हुए थानाध्यक्ष के रूप में बहुत ही कुटिल अंदाज में कहा।

"अब आप अपना काम करिए और बिरंची को छोड़िए पहले। और केस लीजिए उस बीडीओ के खिलाफ।" शेखर ने दो टूक कहा।

"कोई नियम-कानून भी तो है भाई साब। कानून से ऊपर तऽ राष्ट्रपति भी नहीं है। लीजिए न भाई हम बिरंची को छोड़ देते हैं लेकिन केस तो पूरा मामला सत्यता का जाँच करके ही करेंगे ना। एसपी साहब का कॉल आया है तो उनका भी तो प्रतिष्ठा का सवाल है। कल अगर गलत केस हो गया तो बात मीडिया में भी चला जाएगा न। इससे तो इज्जत आप ही लोग का न खराब होगा। हमको क्या है हम तो बोल देंगे कि फलाना एसपी साहब का आदेश था। शेखर जी पैरबी अच्छे काम के लिए करवाना चाहिए। पढ़ा-लिखा आदमी हैं आप, आप तो समझिए। चाय पीजिएगा?" इतना बोलते-बोलते दरोगा पारसनाथ अपने कक्ष से निकल कमरे की तरफ जाने लगे।

"ऐ छेनू, ज़रा सबको चाय पिलावाओ जी। और ऐ मुंशी जी उसको जरा हाजत से निकालिए तो। उसको भी दीजिए चाय पीने।" चलते-चलते दरोगा ने कहा। साथ में शेखर भी बाहर आ गया था। पबित्तर के चेहरे पर अब एक

हल्की-सी हँसी तैरी, जैसे एक कड़ाही रेत पर एक चम्मच पानी गिरा हो।

"टेंशन नहीं लीजिए। सब ठीक हो गया है। बिरंची को छोड़ दिया है। अब बस FIR दर्ज कराना है। फिर चलते हैं यहाँ से।" शेखर ने यकीन से कहा। मधु और रोहित भी अब नजदीक आ गए थे। मधु का चेहरा अभी भी सूखा हुआ था पर अब वह थोड़ी शांत दिख रही थी। तभी थाने परिसर में एक बाइक अंदर आई। यह पत्रकार आनंद सिंह था। पबित्तर ने देखते ही उसे प्रणाम किया। तभी बिरंची भी लँगड़ाता हुआ उधर निकल कर आया।

"क्या हुआ जी? क्या-क्या कर दिए? क्या मामला है? जेल जाने का नौबत आ गया। क्या करते रहते हो तुम यार?" आनंद सिंह ने बिरंची को देखते ही कहा और सामने वाले कमरे में चला गया। यही कोई दस मिनट के बाद पत्रकार और थानेदार दोनों साथ-साथ बाहर आए।

"बताइए सर क्या मामला है? खबर भेजना होगा न मीडिया में? लोग बाहर बातचीत कर रहा है कि बीडीओ साब को रेप में फँसा के पैसा का माँग हो रहा है। सच्चाई क्या है?" आनंद सिंह ने अपने पत्रकार होने का परिचय देते हुए कहा।

यह सुनते बिरंची तो जैसे लँगड़ाते टाँगों पर लहराकर खड़ा हो गया। ऐसे कि जैसे कोई कटा हुआ पेड़ फिर से उठ खड़ा हो गया हो।

"क्या उल्टा-पुल्टा खबर बना रहे हैं आनंद जी? अरे मधु के साथ छेड़खानी हुआ है। हम लोग केस करने आए हैं। यह बनाइए न खबर! हमको पीटा है थाना में, यह खबर बनाइए न!" बिरंची ने क्रोध में कहा।

"अरे भाई मेरे, तुमको पीटा, अब यह भी खबर है अखबार के लायक! कहाँ नहीं पिटाते हो तुम! बताइए अब यह सब भी लिखें अखबार में! अखबार का स्तर इतना नहीं गिरा है भाई अभी।" आनंद कुमार ने अखबार का असली स्तर दिखाते हुए कहा।

"चलिए तो केस का तो लिखिएगा न?" बिरंची ने दाँत पीसकर कहा।

"हाँ हाँ, वो तो लिखेंगे ही। सबका स्टेटमेंट लेंगे। झूठ-सच केस थोड़े लिख देंगे। शांत रहो थोड़ा।" पत्रकार आनंद सिंह ने अपनी जेब से चश्मा निकालते हुए कहा। यह सब अभी चल ही रहा था कि तेजी के साथ एक और बाइक थाना परिसर के अंदर घुसी। यह काशी साह था जो संग में मधु की

माँ को लेते आया था। यह अप्रत्याशित आगमन देख मधु बिरंची सहित सभी लोग चौंक पड़े। मधु का तो कलेजा धक्क कर गया था। मधु की माँ दौड़ते हुए पहले मधु के पास गई और उसका हाथ पकड़ लगभग लिपट गई। दोनों के नयन भींगे हुए थे अभी।

"हाँ तो मधु आप हैं। आपका एक फोटो खींचना होगा और आपका बयान ले रहे हैं। कहिए क्या-क्या हुआ था? ऐसा नहीं कि सिर्फ बीडीओ का बयान लेंगे। दरोगा जी का भी लेंगे। देखिए मेरा पत्रकारिता में पक्षपात नहीं होता है।" आनंद सिंह ने अपनी शुद्ध एवं असली पत्रकारिता का बिना टीवी प्रचार करते हुए कहा। उसने ठीक ही कहा था। पत्रकारिता तो अब पक्षपात के दौर से आगे जा गर्भपात और बज्रपात के दौर में प्रवेश कर चुकी थी। कौन-सा सच कब गिरा दिया जाए और कौन-सा झूठ किसके सर गिरा दिया जाए, कोई भरोसा नहीं था इस दौर की पत्रकारिता का।

"जो भी आपके साथ हुआ है उसको बिना लजाए किलियर बोलिए, अखबार में जाएगा। कुछ भी नहीं छिपाइए। सब खोल के बताइए।" आनंद सिंह ने मधु की तरफ देखते हुए कहा।

"अरे छोड़िए, हम लोग को अपने घर की बेटी-बहू का इज्जत सबसे प्यारा है। कल अखबार में फोटो जाएगा, नाम जाएगा, फिर कहाँ की रह जाएगी बेचारी बेटी हमारी। बीडीओ का क्या! आज है, कल ट्रांसफर होकर चला जाएगा। समाज में तो जीवन भर का बदनामी हमारी लड़की का होगा। कोई खबर नहीं दीजिए मीडिया में। हम हाथ जोड़ते हैं आनंद बाबू। देखिए यह आपके भी इलाके की बच्ची है। थोड़ा हिसाब से काम करिए।" काशी साह अचानक से बोलते-बोलते कूद गया था बीच में।

"हाँ, खबर तो छाप देंगे जो भी सच है पर बदनामी तो हो ही जाएगा। बोलिए तो छोड़ दें लेकिन केस होगा तो छापना ही पड़ेगा। हम इतना गलत नहीं कर सकते हैं। फिर तो पीड़िता के लिए लिखना ही होगा।" आनंद सिंह ने एक सच्चे पत्रकार की भाषा कही।

"नहीं, नहीं पैर पकड़ते हैं आप सब लोग का। ऐ बिरंची बेटा, शेखर बाबू हमको छोड़ दीजिए। हमको नहीं करना है केस। हम गरीब अकेली बूढ़ी माँ-बेटी का इज्जत संभालेंगे कि केस संभालेंगे।" मधु की माँ ने रोते हुए कहा।

"अरे नहीं माताजी। केस होने दीजिए। सजा मिलेगा उस बीडीओ को।" शेखर ने पास आकर कहा।

"नहीं, नहीं शेखर जी, अब जाने दीजिए। देख लिए ना कि सजा किसको मिल रहा है? देह पर जो अत्याचार होता है नारी के, वह घाव तो भर जाता है कुछ दिन में। लेकिन मन का घाव नहीं भरता है जिंदगी भर। हमारे छाती पर जो खरोंच मारा है ऊ तऽ मिट जाएगा लेकिन जो कलंक का दाग लगा है ना हमारे चरित्र पर वह कभी मिटेगा क्या! कल लोग सब कुछ भूल जाएगा। याद बस यही रह जाएगा कि लड़की चरित्रहीन है। और वैसे भी दिन भर में पता नहीं कितना बार मेरा रेप हुआ है। आप लोग को नहीं देखाया होगा शायद। एक स्त्री से पूछिए ना शेखर बाबू।" मधु अपनी माँ को सीने से लगाए शेखर की तरफ देखकर बोल रही थी।

मधु सही ही कह रही थी। एक स्त्री के देह के साथ बलात्कार एक बार होता है मगर उसकी चेतना में वह बलात्कार बार-बार होता है। यह एक ऐसा मामला है जिसमें आप दोषी को तो सजा दे सकते हैं लेकिन पीड़िता को न्याय नहीं दे सकते। आत्मा के छलनी हो जाने को कोई सांत्वना रफ्फू नहीं कर सकता। मधु का इस तरह से अचानक केस करने से इनकार करता देख शेखर निराश हो गया। वह झल्लाकर आँख बंद कर पाँव पटकने लगा। बिरंची ने अभी एकदम खामोशी के साथ एक भारी नजर से गुजरते हुए एक बार काशी साह की ओर देखा और फिर पत्रकार आनंद सिंह की ओर।

"फिर तब जल्दी बोलो अब। केस करोगी या समझौता कर लोगी? अच्छा रहेगा मामला भी खत्म और इज्जत-पानी भी बचा रहेगा। नहीं तो हमारा तो काम है भाई सच को सच लिखना। दोनों पक्ष का जो सच है लिख देंगे। बाकी तुम्हारा जो डिसीजन है जल्दी बोलो।" आनंद सिंह ने मधु के हौसले पर आखरी वार करते हुए कहा।

"नहीं करना है भाई। बीडीओ साहब से गलती हो गया था। वह माफी माँग लिए हैं। मधु की माँ को माता जी बोल कर सम्मान दिया है वो आदमी। मधु को भी तो आँगनबाड़ी में काम करना है। यही बेचारी का रोजी-रोटी है। सबको मिलकर रहना है। नहीं पड़ना है अदालत के चक्कर में। किसी भी पोलटिक्स में नहीं पड़ना है। दूसरों के बहकावे में नहीं आना है। लाइए कागज,

मधु बेटी, कागज पर लिखकर देगी कि कुछ नहीं हुआ था। जिससे कि कल कोई फँसा न सके किसी उल्टा-सीधा पेंच में।" मधु के बोलने से पहले ही काशी साह ने आखिरी बात बोलकर फैसला कर दिया था। बिरंची सहित पबित्तर, शेखर सबका खून खौलने लगा था। तभी बिरंची खुद को नियंत्रित करते हुए बोला,

"ठीक है, जैसा मधु का मर्जी। केस मत करो। लो मधु लिखकर दे दो जो भी लिखवाते हैं साह जी।" बिरंची ने दाँत किटकिटाकर कहा।

असल में बिरंची के मधु को साथ ले थाना निकलने के बाद ही सारा जाल बिछ चुका था। काशी साह ने जैसे ही जाकर फूँकन सिंह को बिरंची के थाना जाने की बात बताई तभी ही फूँकन सिंह ने दरोगा पारसनाथ को फोन कर दिया था। बीडीओ को तुरंत फोन कर गाँव भी बुला लिया था। लेकिन इसी बीच जब दरोगा पारसनाथ ने शेखर के आईपीएस से फोन करवाने की बात बताई और अपने लिए थोड़ा दिक्कत बताया तो फूँकन सिंह ने तुरंत पत्रकार आनंद सिंह को थाना भेज इज्जत जाने का अखबारी दबाव बनाया। इस तरह से फूँकन सिंह ने एक समर्पित समाजसेवी की तरह अदालत के मामले को घर में ही सलटाकर पुलिस और अदालत, दोनों का समय और उसकी साख बचा ली थी। दरोगा पारसनाथ ने जल्दी-जल्दी एक सादे कागज पर मधु से दस्तखत लिए और सबके सामने उसी मुंशी ने तुरंत पूरी घटना को एक गलतफहमी का अंजाम बताते हुए एक सुलहनामा लिखकर रख लिया। असल में दरोगा पारसनाथ ने ऐसा इसलिए भी किया कि बाद में एसपी साहब का फोन आ भी जाए तो खुद आरोप लगाने वाली का ही समझौता पत्र दिखा सकें। करीब दस मिनट की औपचारिकता के बाद सब थाने से निकलने को हुए। काशी तो झट से मधु और उसकी माँ को बिठा बाइक स्टार्ट कर बिना किसी को टोके निकल गया। पीछे बैठी मधु बस शेखर, बिरंची और पबित्तर को देखे जा रही थी। बिरंची को पबित्तर ने सहारा दे शेखर की बाइक पर बिठाया। रोहित भी अपनी बाइक स्टार्ट कर बाहर निकल आया। ऐसा लग रहा था जैसे किसी दुखांत सिनेमा का कोई शो टूटा हो जहाँ सिनेमा देखने वाले ही सिनेमा के पात्र थे। बिरंची के लिए तो आज का दिन एक सदी की तरह लंबा और भारी बीता था। उधर दरोगा पारसनाथ ने सिपाही छेनू दास से पत्रकार आनंद सिंह के लिए कुछ

ठंडा-गरम लाने को कहा। दरोगा और पत्रकार किसी जरूरी बात पर ठहाका मार हँस रहे थे। हँसी बाहर तक सुनाई दे रही थी। थानेदार, पत्रकार, बलात्कार तीनों की ध्वनियाँ मिलकर एकाकार हो गई थी। एक ही प्रत्यय से बने यह तीनों शब्द अभी कितने जुड़े से लगने लगे थे एक-दूसरे से।

20.

काशी साह मधु और उसकी माँ को ठीक उसके घर के सामने छोड़ चला गया। जाते-जाते आगे अब सब कुछ भूल जाने की नसीहत भी देता गया। उसके जाते ही माँ-बेटी दोनों दरवाजा खोल अंदर गईं। मधु ने तुरंत पलटकर वापस अंदर से दरवाजा लगाया और माँ को लेकर सामने बिछी खाट पर बैठ गई।

"यह बताओ पहले कि क्या हुआ हमारे जाने के बाद? कौन आया था घर पर?" बहुत देर से यह सब जानने को बेचैन मधु ने माँ की बाँह पकड़कर पूछा।

"किवाड़ लगा है ना ठीक से?" माँ ने कुछ बताने से पहले दरवाजा फिर से देखने को कहा।

"हाँ देखे नहीं, लगाए न! बोलो न क्या हुआ था?" मधु ने अधीर होकर पूछा।

"तुम लोग के जाने के थोड़ देर बाद दुआर पर गाड़ी आकर खड़ा हुआ। किवाड़ी खोले तो देखें फूँकन सिंह का गाड़ी था, बीडीओ साब भी था साथ में। ई काशी, जगदीश यादव, बदरी मिसिर और दो लोग और थे। सब कोई घर में घुस गया। हमारा तो परान सूख गया था बेटी। घर में आते सीधे हमारे हाथ पर 10 हजार का गड्डी धरकर फूँकन सिंह बोला कि पैसा रखिए और मामला तुरंत खत्म होना चाहिए। जब रेप होवे नहीं किया है तो काहे बढ़ा रहे हैं बात को? बीडीओ साहब हाथ जोड़ रहे हैं इसका मान रख लीजिए नहीं तो कल समाज में जो-जो हल्ला होगा वह बर्दाश्त नहीं कर पाइएगा। मधु का आँगनबाड़ी वाला नौकरी भी जाएगा वह तो अलग।" कहते-कहते एक बार फिर बेटी से लिपट गई माँ।

"और बदरी मिसिर का कह रहे थे?" मधु ने बिना हिले बस माँ को एकटक देखते हुए पूछा।

"ऊ? यही कि इज्जत को झाँपो। मधु का ससुराल वाला जान जाएगा तो जिंदगी भर के लिए छोड़ देगा उसका मरद। कोनो राजनीति में ना पड़ो, सीधे पैसा लेकर शांति से मरजाद बचाओ घर-परिवार का।" माँ याद कर-करके सारी बातें सुना रही थी।

"कोई धमकाया भी क्या तुमको?" मधु ने माँ की आँखों के कोर से टपक रहे आँसू की बूँद को उँगलियों से पोंछते हुए पूछा।

"लो, अरे तऽ ई सब का था? काशी साह तऽ सीधे बोला कि गाँव में थाना-पुलिस भी हर बात में फूँकन बाबू से सलाह लेकर तबे काम करता है, जान लो। फूँकन बाबू का फैसला हो गया तो फिर आगे कहीं सुनवाई नहीं होता है। फैसला मान लो नहीं तो बुझते रहना फिर।" मधु की माँ ने वह सब याद कर हहरते हुए कहा। मधु की माँ के दोनों हाथ मधु की हथेलियों में थे फिलहाल। मधु उसे जोर से पकड़े हुए थी। खाट पर अभी बैठी दोनों माँ-बेटी जैसे दुनियादारी के काला सागर के बीच किसी डूबते टापू पर बैठी हो, एक-दूसरे का हाथ पकड़े एक-दूसरे को डूबने से बचाते हुए।

"पैसा कहाँ है?" कुछ मिनट चुप रहने के बाद मधु ने चेहरे पर बिना कोई भाव लाए पूछा।

"वही भीतर वाला कोठरी में ताखा पर धर गए थे। वहीं पड़ल है। के छुए ऊ पैसा, छी!" मधु की माँ ने उचटे मन से कहा।

"उसको बढ़िया से रखना बक्सा में। हमारे इज्जत का दाम मिला है। 10 हजार है कीमत हमारे इज्जत का। जिसका जितने का भी इज्जत हो, बचा के तऽ रखना ही चाहिए न। कल बैंक में रख देंगे, इज्जत साथ लेकर चले में खतरे ही था माँ। कोई भी लूट लेता रास्ता में।" बोलते-बोलते मधु खाट पर से उठी।

"कहाँ जा रही हो अभी?" माँ ने मधु को आँगन से पार दरवाजे की तरफ जाता देख पूछा।

"आते हैं जरा बिरंची दा को देखकर। बहुत मारा है पुलिस थाना में। बहुत चोट लगा है बेचारा को।" बोलकर मधु ने दरवाजा खोला ही था तभी माँ दौड़कर दरवाजे के सामने खड़ी हो गई।

"माथा खराब है का बेटी? पैर पकड़ते हैं, उसके यहाँ तो अभी मत ही जाओ। कहीं कोई देख लेगा तो फिर बहुत तरह का बात फैल जाएगा। पूरा गाँव बिरंची पर लगा है। फूँकन सिंह के नजर में चढ़ल है ऊ।" माँ ने मधु का दाहिना हाथ खींचते हुए कहा।

"हाँ तो हमारे-तुम्हारे ही चलते ही न चढ़ा नजर में! थाना हमारे लिए गया, मार खाया और हम एक बार देख कर भी ना आएँ! हमको जाने दो, अब जो भी

होगा देख लेंगे। अब जो हुआ है इससे ज्यादा होगा भी क्या!" मधु ने माँ से हल्के से हाथ छुड़ाते हुए कहा और माँ को समझा-बुझा घर से निकल आई।

कभी-कभी विकल्पहीनता ही आदमी को साहसी बना देती है। मधु के पास अब खोने को था ही क्या! सो, डरने का विकल्प ही समाप्त हो चुका था। मधु तेज-तेज कदमों से बिरंची के घर की तरफ बढ़ी जा रही थी। अब उसे अपने उठे कदम पर कोई झिझक नहीं, कोई डर नहीं था। रास्ते में उस पर बैजनाथ मंडल की नजर पड़ गई जो संयोग से उधर से ही सामने से आ रहा था। मधु उससे नजर मिल जाने पर रत्ती भर भी असहज नहीं हुई। कुछ और कदम चलकर अब वह बिरंची के घर पहुँच चुकी थी। घर में घुसते ही देखा सामने एक खटिया पर बिरंची लाल रंग की हाफ पैंट और काली गंजी पहने लेटा हुआ है। उसकी माँ पाँव में तेल मालिश कर रही थी। मधु को देखते बिरंची ने खटिया से उठना चाहा पर पीठ के खटिया से ऊपर उठते ही मुँह से एक आह निकली और कराह कर वह पुनः वापस लेट गया।

"लेटे रहिए बिरंची दा। बहुत दर्द कर रहा न!" मधु ने उसे देखते ही एकदम से उसे उठने से रुकने का इशारा करते हुए कहा।

"आओ, आओ मधु! अरे दर्द का क्या है, जिंदगी भर रहना है! कहो, क्या-क्या धमका कर गया था फूँकन सिंह घर पर?" बिरंची ने उससे सामने बैठते ही पहला सवाल यही पूछा। इससे पहले की मधु कुछ कहती, बिरंची की माँ ने मधु की माँ का भी हाल पूछ लिया उससे। मधु ने सारी बात बताई, जो-जो हुआ था। बिरंची खटिया पर लेटा सुनता रहा। अब हाथ पकड़कर माँ ने उसे खटिया पर सीधा कर बिठाया। रीढ़ की हड्डी पर थोड़ी चोट थी। पीठ पर काले चित्ते वाले निशान उभर आए थे। माँ लगातार तेल में लहसुन पकाकर धीमी हाथों से उस पर मालिश कर रही थी। बीच-बीच में माँ की आँख से ढरक के कोई गर्म बूँद बिरंची की पीठ पर गिरती। दुख और दर्द से कलप रहा माँ का मन जब गर्म कतरा बन बदन पर गिरता तो सीने पर जैसे फफोले पड़ जा रहे थे बिरंची के। वहीं बैठी मधु बीच-बीच में उसकी माँ को दिलासा देती।

"यही पुलिस का मार पड़कर इसका एक बार जिंदगी बर्बाद हुआ बेटी। इतना मारा कि हाथ खराब कर दिया, पढ़ाई-लिखाई छूट गया इसका। ई देखो न फिर इतना मार दिया है ई अभागा को। अबकी कुछ हो गया इसको तो हम

तो मर जाएँगे बेटी।'' बिरंची की माँ ने कपकपाते होंठों से न जाने कितनी बेबसी से कहा।

यह बात बेटों को न जाने कितना पता थी पर यह रिश्ता ही कुछ ऐसा था कि अक्सर जब बेटे-बेटियों को कुछ होता तो मर माँ जाती थी। बिरंची खाट पर लेटे दर्द में भी लगातार मुस्कुराते हुए ही माँ की ओर देख रहा था। उसकी इसी मुस्कुराहट ने ही तो शायद इस हाल में भी उसकी बूढ़ी माँ को जिलाए रखा था वरना शरीर तो वैसे दसों बीमारियों का डेरा बन गया था। एक तो दवा-दारू की जरूरत ही पूरी नहीं हो पाती थी, दूसरे जब कभी कोई दवा हो भी तो वह असर करने से ही रही। बेटे की जिंदगी ही बुढ़िया की लाठी थी जिसे टेक-टेक वह कुछ कदम चल पा रही थी।

साँझ की धूप अब आँगन से विदा ले चुकी थी। माँ उठकर रसोई की तरफ जाने लगी। बिरंची ने मधु के ही बहाने थोड़ी चाय पीने की इच्छा भी बता दी थी माँ को।

''हमको माफ कर दीजिए दादा! हमारे कारण हो गया ई सब।'' मधु ने माँ के उठकर जाते ही बिरंची से कहा। असल में यही कहने ही तो आई थी मधु। थाने में बिरंची को पड़ी एक-एक लाठी की चीख तब से मधु के अंदर भी चोट बन घूम रही थी। वह इस अपराधबोध से जल रही थी कि मेरा तो जो होना था वह हो गया, यह आदमी मेरे कारण इतने मुश्किल में फँस गया। कहीं कुछ हो जाता तो इसकी माँ का क्या होता! ऐसे कई विचार बड़ी देर से मधु के भीतर घुमड़-घुमड़कर उसे बेचैन कर रहे थे। एक अकेली माँ का दर्द उससे बेहतर और कौन जानता भला! खुद भी तो बिना बाप के साये के माँ की आँचल की छाँव तले जवान हुई थी।

''अरे छोड़ो यह सब बात। अब हमारा मार खाना भी भला कौन-सा बड़ा बात है! अरे यह तो चलता रहता है। असली बात हम बोलें मधु ?'' बिरंची ने मधु के ग्लानिबोध का भान होते ही बात को मामूली और रोजमर्रा की घटना बताते हुए कहा। लेकिन साथ ही एक सवाल भी पूछ लिया था।

''हाँ बोलिए न।'' मधु ने कहा।

''यही कि अगर तुम केस कर देती न, तो मजा आ जाता। साला गजबे संयोग बैठ गया था कि भाग्य से एसपी का पैरबी भी भिड़ गया था। बहुत

बढ़िया मौका था मधु। पक्का बीडीओ को भीतर जाना ही था। फूँकन सिंह को भी औकात पता चल जाता। हम इतना लात खा ही लिए थे तो फिर सोचना क्या था! हम तो तभी तुम्हारे माँ का हाल देख चुप रहे लेकिन तुमको कर देना था केस।'' बिरंची ने अपने मन का घाव दिखाते हुए दिल की बात कह दी।

''नहीं बिरंची दा, आप देखे न कैसे सब हमारा चरित्र को लेकर तमाशा बनाने लगा! वह लोग तो पैसा देकर केस खत्म कर ही देता और साथ में हमारा रहल-सहल जो भी है ऊ सब अखबार में छाप, और समाज में बोल-बोलकर नीलाम कर देता। लेकिन हमको इसका भी फिक्र नहीं था, हाँ बस माँ के चलते ही हम भी छोड़ दिए। माई यह सब देख कर बर्दाश्त नहीं कर पाती।'' एक अकेली माँ की बेटी के साहस ने बड़ी बेबसी से अपने टूटने की दास्ताँ कही।

''हाँ ठीक ही कहती हो। चलो जो भी हुआ, अब तुम उसको भूल जाओ और वापस जिंदगी को हिम्मत से जियो मधु। अब तो सही यही होगा कि ये चर्चा ही खत्म हो जाए। बीडीओ का भी बहुत बदनामी ना हो जाए इसलिए वो लोग भी बात को दाबेगा ही। कम-से-कम तुम्हारे ससुराल तक बात ना जाए तो अच्छा ही है ना।'' बिरंची ने न चाहते हुए भी समझते हुए, मधु को भी समझाते हुए कहा।

''हाँ बिरंची दा।'' मधु भी जैसे सब समझकर बोली।

''मधु हम तो कहेंगे ससुराल में ही जाकर रहो। क्यों नहीं चली जाती हो? पति से इतना भी क्या नाराज होना! तुम कहो तो हम खुद जाकर मनाकर ले आते हैं उसको। अगर वहाँ ससुराल में कोई दिक्कत हो तो कहीं और रहो लेकिन पति के साथ रहो। हम तो यही कहेंगे।'' बिरंची ने बहुत देर बाद पीठ थोड़ा सीधा कर हिलते हुए कहा।

''एक बात बताएँ बिरंची दा?'' मधु ने भींग आई नजरों से कहा।

''हाँ, बोलो।'' बिरंची बोला।

''पति हमको छोड़ दिया है।'' मधु ने बहने को आए आँखों को पोंछते हुए कहा।

''छोड़ दिया! अरे ऐसे-कैसे छोड़ देगा भाई! तुम चलो न हमारे साथ। रुको दो-चार दिन में हम जरा बढ़िया हो जाएँ फिर चलते हैं। बात करेंगे,

समझाएँगे-बुझाएँगे उसको, सब ठीक हो जाएगा। छोड़ना इतना आसान है क्या!'' बिरंची ने पैर समेटते हुए कहा।

''जो सोच ले उसके लिए बहुत आसान है। हमरे लिए तो आज भी मुश्किल ही रह गया सब कुछ। खैर, जाने दीजिए। कहे न, छोड़ दिया और सुनिएगा कुछ?'' मधु ने अबकी थोड़ा स्वर बढ़ाकर कहा।

''और क्या? एक बार बात तो करने दो अपने हसबेंड से हमको। इतना जल्दी भी आशा मत छोड़ो मधु।'' बिरंची ने बड़ी उम्मीद के स्वर में कहा। उसने रत्ती भर भी नहीं सोचा था जो अब मधु बोलने जा रही थी।

''वह दूसरा ब्याह कर लिया। एक बेटा भी है दो साल का। अब छोड़िए रहने दीजिए ई सब।'' यह बोल मधु इधर-उधर देखने लगी थी। आँखों की नमी जैसे सूख चुकी थी। आँखों में कुछ नहीं था, न किसी के छूट जाने का अफसोस, न किसी के छोड़ जाने का मलाल। बिरंची यह सुन निःशब्द-सा था। लेकिन अगले ही पल कुछ देखकर हैरान रह गया। एकदम से चौंक गया था। अवाक् बिरंची बस आधा मिनट भर चुप रहा होगा।

''मधु! अरे मधु तो फिर यह माँग में सिंदूर जो है तुम्हारे... ?'' इतना ही बोल रुक गया था बिरंची।

यह सुन एक अजीब-सी घुटन भरी हँसी तैरी मधु के चेहरे पर, ''समाज का कालिख मुँह में लगाने से अच्छा है माँग में झूठ का सिंदूर लगाना।''

बिरंची अंदर से हिल गया था यह सुन। तब से कुछ कह ही तो नहीं पा रहा था। एक औरत घर की चौखट तो लाँघ लेती है लेकिन समाज की सड़ी मानसिकता के कुंठित नाले कहाँ टाप पाती है! यह जो कदम-कदम पर समाज उसकी राह में नियम, नजर और कायदों के खंजर गाड़े बैठा है उससे कहाँ पार पाती है स्त्री! आधुनिक युग में यह सच था कि स्त्रियों ने कमाने का अवसर तो पा लिया लेकिन बदले में उन्हें चरित्र गँवाने की शर्त को भी स्वीकारना पड़ा। यहाँ घर की देहरी टपते औरत आजाद नहीं, बेहया हो जाती थी। मधु जैसी न जाने कितनी ऐसी स्त्रियाँ हैं जो बाहर जा पसीना बहाती थीं, खून जलाती थीं, कमाकर घर चलाती थीं और बदले में समाज से चालू औरत का प्रमाणपत्र पाती थीं। हजारों वर्षों की संस्कृति, ज्ञान, विज्ञान की अपनी कई प्रकाश मील वाली गौरवशाली यात्रा पर लहालोट हो इतराने वाला यह देश-समाज अपनी

मानसिक यात्रा में बस चंद कदम ही चल पाया था।

"ओह! मधु मुझे नहीं पता था ये सब।" बिरंची ने इस बार सिर झुकाकर धीरे से कहा।

"बिरंची दा, एक तो घर से बाहर निकलना मतलब ही छिनाल हो जाना है औरतों के लिए। ऊपर से सब जान जाते कि मर्द छोड़ दिया है और दूसरा शादी कर लिया है तो पता नहीं क्या-क्या बोलकर कब का मार दिए होते सब हमको।" मधु ने रूँधते गले से कहा।

"जाने दो मधु। समाज होता ही कौन है तुम्हारे जैसी औरत का! जो तुम्हारा है ही नहीं, उसका चिंता क्यों करना! भाड़ में जाए समाज। आज चौखट लाँघी हो न, हिम्मत करो और कल यह समाज का गंदा नाला भी टाप जाओ।" बिरंची ने बहुत देर बाद नजर मिलाकर कुछ कहा था।

"अब तो सब लाँघ ही जाना है। दुनिया ने भी कुछ छोड़ा थोड़े है! जानते हैं आप। बीडीओ रेप का कोशिश नहीं किया था।" यह बोल तो मधु ने जैसे बिजली का झटका दे दिया था बिरंची को।

"क्या बोल रही हो! इतना बड़ा झूठ! यह सब फिर क्या था! हे भगवान! तुम झूठ-मूठ में... ?" बिरंची एकदम से अकबका गया था बोलते-बोलते।

"हाँ, बीडीओ कोशिश नहीं किया, रेप कर दिया था हमारा।" मधु के इतना बोलते जोर से चीखा बिरंची। एक झटके में खटिया से उठ खड़ा हुआ। मधु बोलते ही दोनों हाथों से चेहरा ढक फूटकर रोने लगी थी। बिरंची के पैर का अँगूठा क्रोध में इस वक्त आँगन की मिट्टी कोड़ रहा था। भिंची हुई मुट्ठी बाँधे गर्दन की नसों का उभार फड़फड़ा रहा था। आँखों में जैसे कोई गर्म भट्ठी जल रही थी। तभी उसे लगा कि माथा सन्न हो गया है। वह अब सर पकड़कर खड़ा था। कितना कुछ सह लेती है एक औरत! इतना जहर चुपचाप पी गई मधु! ओह, इतनी पीड़ा? इतना दर्द? हम खाक समझ पाएँगे औरत को! बिरंची एक बार भी नजर सीधी कर मधु को नहीं देख पा रहा था।

तभी फिर मधु की आवाज गई कानों में, "सब कुछ करने के बाद हमको घंटा भर वहीं बंद रखा हरामी। वहीं से हमारे सामने फूँकन सिंह को फोन लगाकर बताया कि गलती हो गया है। लेकिन जैसे भी हो सलट लीजिए। फूँकन हमको फोन दिलवाकर बोला, घर पहुँचने से पहले तुम्हरे माई को

हार्ट अटैक आ जाएगा अगर जरा भी हल्ला की तो। कोठा का लड़की बना दी जाओगी अगर सब जान गए तो। चुप रहना, इसी में भलाई है। हम फिर माई को कुछ नहीं बताए। पता नहीं, जान जाती तो सच में लाज और चिंता से मर जाती। लेकिन हम घर आकर बर्दाश्त न कर सके और माई को बोले कि जहर खा लेंगे। बस इसी बात पर आपको बुला लाई। फिर आप लोग का हिम्मत से हम थाना चले गए। लेकिन जब आपको मारने लगा और हम दौड़कर बाहर आए तभी ही ऊ दलाल लटकु भंडारी वहाँ हमको धमका गया और बताया सब घर पर पहुँच गया है और सबको बता देंगे कि तुम्हारा संबंध पहले से था बीडीओ से। इसलिए चुपचाप घर चले जाओ। केस किया तो रंडी बना देंगे। भुगतना फिर माँ–बेटी। बस हम क्या करते!'' बोलते–बोलते झटके से चलकर दरवाजे की ओर जाने लगी मधु।

बिरंची में भी अब शायद कुछ और सुनने का साहस न रह गया था। वह जाता देखता रहा मधु को। उसे सहसा महसूस हुआ कि पीछे रीढ़ की हड्डी में दर्द है। उसने देखा कि वह खाट से उठ खड़ा हुआ है। अगले ही पल धम्म से खाट पर बैठ गया। एकदम शांत, कोई हरकत नहीं। लेट गया खाट पर। आँखें ऊपर थीं और आसमान छाती पर गिरता प्रतीत हो रहा था। एक स्त्री अपने अंदर पर्वत, पहाड़ सब कुछ दबाकर रख लेती है। कितनी गहरी होती है स्त्री! पुरुषों के अहं के ऊपरी परत पर भी हल्की खरोंच लग जाए तो तिलमिला उठता है पौरुष। पर स्त्री? दुख, संताप क्षोभ, अनादर सब अंदर दफन कर खड़ी रहती है।

स्त्री और धरती दोनों एक–सी हैं। दोनों गर्भधारण्या हैं, तभी तो माता हैं। अंदर पीतल, सोना, बारूद, पानी सब रखे है। दोनों दुनिया का भार ढोने को अभिशप्त।

कितनी विडंबना है कि जिस स्त्री के कोख से सभ्यताओं का जन्म होता है, सभ्यताओं ने उसी को हमेशा मर्यादा और संस्कृति के बोतल में बंद करके रखा। जब मन हुआ शराब की तरह पिया, जब मन हुआ गुलदस्ते की तरह सजाया। और जब भी क्रोधित हुआ तो बोतल पटककर तोड़ दिया। फूटे बोतल से निकली स्त्रियों ने जमीन पर बिन पानी मछली की तरह तड़प–तड़पकर दम तोड़ा और सभ्यताएँ अट्टाहास करती रहीं। यह दुनिया जिस दिन से अस्तित्व

में आई ठीक उसी दिन पुरुषों ने अपने लिए 'हमारे अधिकार ये हैं' की घोषणा कर दी और नारियों के लिए 'तुम्हारे कायदे ये हैं' का निर्णय सुना दिया।

बिरंची अब भी खटिया पर पड़ा हुआ था। अंदर का आवेग अब शांत हो चला था। सूखते होठों पर पपड़ी-सी पड़ गई थी। बीच में एक बार माँ ने आकर मधु के लिए पूछा। मधु चली गई थी। थोड़ी देर में माँ ने रसोई से आ फिर तबीयत का हाल पूछा। बिरंची ने हाथ से ठीक का इशारा कर बस हल्का-सा मुस्कुरा दिया। जब भी माँ बहुत बेचैन होती, उसे यही मुस्कुराहट दे सुकून दे देता था। यह देने को भरपूर था, इसके अलावा कुछ था भी नहीं। कई घंटे बीत गए थे। रात अपना चादर डाल चुकी थी। अभी रात के लगभग 10 बजे थे। बिरंची ने माँ के बहुत जिद करने पर उठकर दो रोटी खा ली थी और अंदर बरामदे से सटे कमरे में चौकी पर जाकर लेट गया था। ठीक तभी घर के पीछे बाँस के झुरमुट से झर्र से पछिया हवा टकराई और बगल के आम वाले पेड़ से कुछ पत्ते ऊपर खपरैल पर गिरे। यह सब मिल अपना धुन और राग तैयार ही कर रहे थे कि कहीं दूर से आती सारंगी की आवाज बिरंची के कानों में पड़ी। पहले तो उस पर ध्यान नहीं गया लेकिन जब आवाज लगातार आने लगी तो बिरंची ने करवट बदलकर बड़े ध्यान से उस आती आवाज पर अपने कान टिका दिए। उधर से कुछ गाने की आवाज आने लगी, "चल साधो! कोई देश यहाँ का सूरज डूबा जाए/ यहाँ की नदियाँ प्यासी हैं/ यहाँ घनघोर उदासी है/ यहाँ के दिन भी जले जले/ यहाँ की भोर भी बासी है/ मन यहाँ से ऊबा जाए/" गीत के बोल ने बिरंची को झकझोर कर खींचना शुरू कर दिया। वह उठकर बैठ गया था। गाने वाला गीत को दोहरा रहा था। आवाज अब कानों से उतर हृदय को कुलबुलाने लगी। बिरंची ने सिरहाने हाथ टटोल टॉर्च उठाया और चौकी के नीचे देख पैरों से खींच अपनी चप्पल पहनी। वह जैसे ही बाहर आया, माँ अचानक से आहट सुन बरामदे में आ गई।

"क्या हुआ, तबीयत खराब लग रहा क्या बेटा?" थोड़ी घबराई आवाज में बोली।

"नहीं, सब ठीक है माँ। यह सारंगी पर गीत सुन रही हो, बड़ा अच्छा लग रहा है, कहाँ बज रहा है, कौन है?" बिरंची ने आँगन में निकलकर इधर-उधर कान कर आवाज टोहते हुए कहा।

"आवाज तो पूरब से आ रहा है। स्कूलवा में है कोई का! वहीं से आ रहा है शायद।" माँ ने एकदम सही अंदाजा लगाते हुए कहा था। गाँव-देहातों के बड़े-बुजुर्गों का दिशा-ज्ञान बहुत सटीक होता था। वे भोर और साँझ का तारा देख दिशा बताने वाली और हवा की सनसनाहट छू वायु के बहाव की दिशा बताने वाली पीढ़ी थी। वह पीढ़ी आज की नई पीढ़ी के जैसी दिशा बोध से अनजान पीढ़ी नहीं थी। वे सूरज की किरणों का ताप मापकर दिन का समय बता देते। इसी मलखानपुर गाँव में बहुत साल पहले एक पूर्णा नाम का नेत्रहीन बूढ़ा था जो भिक्षाटन कर खाता था। उससे अक्सर घड़ी पहने नए लड़के समय पूछते और अपनी घड़ी से मिलाते। समय सटीक मिल जाने पर वह बड़ा आश्चर्य करते और उसके इस करामात पर खुश होकर कटोरी में कुछ सिक्का डाल जाते। एक बिना आँखों वाला व्यक्ति अपने समय में, समय को समय बता रहा था।

बिरंची ने सामने रँगनी पर टँगी चादर ली और उसे ओढ़ बाहर जाने लगा।

"इतना रात कहाँ जाओगे! देह में इतना दर्द है लेकिन फिर भी नहीं मानते हो। अपना आगे हमको तो पागल बुढ़िया समझते हो।" माँ ने बड़ी झुंझलाहट से कहा और अंदर खाट पर लेटने चली गई।

"अरे माई, तुरंत आ जाएँगे। दर्दे पर तो मलहम लगाने जा रहे हैं। देखो कितना बढ़िया निर्गुण गा रहा है।" इतना बोलते-बोलते बिरंची घर से निकल दरवाजा बाहर से ही बंद कर स्कूल की तरफ चल पड़ा। स्कूल के हाते में घुसते ही सामने चौड़े बरामदे पर एक ढिबरी जली दिखाई दी। बगल में चार-छह ईंट लगाकर बना हुआ एक अस्थाई चूल्हा जल रहा था, जिस पर एक पतीला चढ़ा हुआ था। वहीं बगल में केसरिया रंग का चादर ओढ़े एक साधु सारंगी पर मगन हो गीत गा रहा था। झींगुर, जुगनू, मेंढक, क्रोंच सब चुप थे शायद और ऐसा लग रहा था कि जैसे सब उस धुनी रमाए साधु की धुन सुन रहे हों चुप होकर। बिरंची ने बरामदे की चारों सीढ़ी एक ही फलांग में टप साधु को प्रणाम किया और "वाह-वाह, क्या बात है बाबा", बोलकर वही सामने जमीन पर बैठ गया। साधु ने बस एक बार नजर उठाकर उसे देखा और मुस्कुराकर आँखों से इशारे में उसका अभिवादन स्वीकार कर लिया था। साधु

लगातार गाए जा रहा था।

"साध सका जो साध लिया अब बचा है आधा दिन/ यह पल भी अब काट ले पगले अँगुरी पर गिन-गिन/ कौन करे यहाँ सूरज की रखवाली रे/ रात बहुत है काली आने वाली रे"

"क्या बात! अहा गाइए बाबा एकदम ऐसा लग रहा है आप इसी गाँव के लिए गा रहे हैं। यहाँ का सूरज.. क्या? डूबा जाए यही न?" बिरंची ने पूरे मगन हो आँख बंद कर सिर हिला-हिला दोनों हाथों से हल्की ताली देते हुए कहा। साधु मंद-मंद मुस्कुराता गाता रहा।

लगभग पाँच मिनट बाद गीत खत्म होते ही साधु ने सारंगी किनारे रख सीधे पूछा, "कौन हो बेटा, इतनी रात यहाँ क्या कर रहे हो?" यह सुन बिरंची जैसे अकचका गया था। यह सवाल तो असल में उसके दिमाग में आना चाहिए था।

"हा हा हा, अरे महाराज उल्टे आप हमीं से पूछ रहे हैं कि हम कौन? हमारे ही गाँव में हमी से क्वेश्चन? गजबे हैं आप भी बाबा।" बिरंची ने हँसकर कहा।

"अच्छा बेटा, आज से पहले कभी इतनी रात में इस स्कूल की तरफ आते थे?" साधु ने चेहरे पर एक गंभीर-सी मुस्कान लिए पूछा।

"नहीं बाबा, इधर कौन आएगा आधी रात को इतना सुनसान में। भूत नाचता है इधर रात में। कोई आए भला!" बिरंची ने वही सामने बैठे कहा।

"बस यही बात समझो बेटा। दुनिया के जिस भी सुनसान कोने को जिसने भी आबाद किया है, उसे बसाया है, वह कोना उसका है। मैंने तुम्हारे गाँव के इस अँधेरे कोने को ढिबरी जलाकर रोशन किया। यहाँ चूल्हा जला इसे घर बनाया है। इसलिए आज रात ये मेरी जागीर है और तुम मेरे यहाँ आए हुए अतिथि हो।" साधु ने बड़ी सरलता से कहा। बिरंची तो बिना पलक झपकाए साधु को देख रहा था। हर बात पर कुछ-न-कुछ उल्टा-सीधा बोल ही देने वाला बिरंची एकदम शांत बैठा था। जैसे आज खुद उसके अंदर से कोई आवाज आ रही थी, कभी-कभी कुछ चुपचाप सुन भी लेना चाहिए।

"हाँ बात तो आप गजबे तार्किक बोले बाबा।" बिरंची ने होठों पर बरबस पसर गई मुस्कुराहट के साथ कहा।

"तो चलो अतिथि को कुछ भोग ग्रहण करना चाहिए न! खिचड़ी है रात्रि का प्रसाद। ग्रहण करोगे?" साधु ने अब चूल्हे पर चढ़ा पतीला उतारते हुए कहा।

"बाबा, प्रसाद तो आज दिन भर खाए हैं। अब आप दीजिएगा तो वह भी खा लेंगे। प्रसाद को ना नहीं करना चाहिए।" बिरंची ने हँसते हुए कहा। साधु ने शायद बिरंची के कहे कथन की व्यंजना को महसूस कर लिया था। जिज्ञासावश पूछ भी लिया दिनभर प्रसाद का अर्थ। चूँकि साधु अपने पहले शब्द से ही इतना सम्मोही संवाद रच रहा था कि बिरंची उसके सामने कुछ ही मिनट में वैसे ही खुल गया था जैसे किसी दर्जी के आगे धागे की रील खुल जाती है। कुछ और मिनट में बिरंची ने संक्षेप में थाने में अपने साथ हुए मारपीट की बातें साधु को बता दी थी। तब तक बातें करते-करते ही साधु ने एक थाली में बिरंची को खिचड़ी परोस दी थी। अभी पिछले घंटे ही बिना खाए सोने जा रहा बिरंची यहाँ तो थाली चाट खिचड़ी खा रहा था। घर पर खाना और कहीं किसी की मेजबानी में खाना में अंतर तो होता ही है। घर की थाली में जीवन परोसा जाता है, मेहमान की थाली में मेजबान प्रेम परोसता है। जीवन में प्रेम जरूरी होता है। इसलिए पेट चाहे भरा भी हो, मन भी भरा हो पर किसी की स्नेह से परोसी थाली खा ही लेनी चाहिए। खाकर बिरंची ने हाथ धो अपने ओढ़े चादर से हाथ पोंछा और पुनः पलथी मार बैठ गया। हमेशा चिलम संग बैठकी वाला एक पागल आज सत्संग में बैठ गया था।

"अच्छा, कहाँ से आए हैं आप बाबा?" बिरंची ने बड़ी जिज्ञासा से पूछा।

"वहीं से, जहाँ से तुम आए हो। जहाँ से सब आए हैं।" साधु ने गले से बड़ी रुद्राक्ष की माला उतार उसे बगल में रखे भगवा झोले में डालते हुए कहा। बिरंची जवाब सुन ऐसे सहज रहा जैसे वह ऐसे ही उत्तर की अपेक्षा कर रहा था।

"बाबा, जाना कहाँ है यहाँ से आपको?" बिरंची ने फिर एक सवाल पूछा।

"यह तो बेटा अपने कर्मों पर है।" साधु ने हल्की तैरती मुस्कुराहट के साथ कहा। जवाब अब भी उसी अंदाज में था और बिरंची पूरे रोमांचित मूड में

साधु को सुन भी रहा था। असल में बिरंची तो मन-ही-मन ये सोचने लगा,

'साला यही सब उटपटांग बकैती कर तो आदमी बाबा बन जाता है। साला ई कमवा तो हम भी कर लेते हैं लेकिन देह पर भगवा नहीं तो दाद और बात के बदले लात मिल जाता है। लोग पागल बुझता है हमको। साला देश ड्रेस और फेस से चलता है।'

"अहो महाराज, आखिर कोई तो ठिकाना होगा आपका?" बिरंची भी खूब मजे में पूछ रहा था। साधु उससे ज्यादा आनंद में था।

"बेटा उसी ठिकाने को खोजना ही तो मुक्ति है। हर मनुष्य के जीवन यात्रा का यही तो अंतिम ध्येय है। जिस दिन ठिकाना मिल गया समझो मोक्ष मिल गया। हम सब बेठिकाने भटक रहे हैं, यही तो जंजाल है संसार का। लगे रहो, मिल जाए तो राम जी की कृपा।" साधु ने बिरंची की आँख में ताकते हुए कहा।

"बाबा, हमारे कपार पर तो खाली दुखे लिखल है। ई तो हम जान ही रहे लेकिन जरा आप हमारा हाथ देखकर बताइए तो इसमें क्या लिखा है? क्या भविष्य है हमारा?" बिरंची ने मौज में साधु की दार्शनिकता को अब बाबागिरी की ओर खींचकर लाने जैसा हाथ बढ़ाते हुए कहा।

"बेटा, न कपार का लिखा न हाथ का लिखा, होता वही है जो राम का लिखा।" साधु ने हँसते हुए कहा।

"भक्क महराज, आप हाथ देखना जानते हैं कि नहीं? डायरेक्ट बताइए न बाबा। बात को घुमा फिरा दे रहे हैं आप।" बिरंची ने सामने हथेली पसारे हँसते हुए कहा।

अबकी साधु थोड़ा गंभीर हो गया था। उसके चेहरे पर आई अचानक शांति और गंभीरता देख बिरंची भी तुरंत से थोड़ा शांत हो गया था। अभी दूर गाँव में कहीं समवेत स्वर में कई कुत्तों के भूँकने की आवाजें आ रही थीं। रात गहरी होती जा रही थी। लगभग पूरा गाँव नींद में था। बिरंची तो नींद से जागकर आया था। साधु ने एक लंबी साँस ली और बोला,

"मैं हाथ देखकर भी क्या बताऊँगा! बस भाग्य ही न! आदमी का भविष्य तो उसका कर्म देखकर बताया जाता है। मैं तो अभी बस आधे घंटे पहले मिला हूँ तुमसे। मैं भला क्या जानूँ कि तुम्हारे कर्म कैसे हैं!" साधु ने बड़ी शांति

से कहा।

"लेकिन बाबा भाग्य भी तो कोई चीज है। जब भाग्य ही नहीं होगा तो खाली कर्म करके क्या होगा?" बिरंची के मुँह से अनायास निकला।

"नहीं बेटा, भाग्य तो बस कच्चा माल है। कर्म ही उसे पकाने वाला ईंधन है। मान लो तुम्हारे घर में चावल है लेकिन अगर उसे चूल्हे पर चढ़ा बनाया नहीं तो बोरी में रखे-रखे चावल में एक दिन घुन लग जाएगा। भाग्य वही चावल है, अगर कर्म का चूल्हा जला के न बनाओ तो कितना भी भाग्य हो, उसमें घुन लग जाएगा।" यह बोल बड़ी सरलता से साधु ने कर्म का मर्म समझा दिया था बिरंची को।

"वही तो हम भी बोल रहे बाबा कि जो भाग्यहीन है वह क्या बनाए? उसके पास तो चावल है ही नहीं। ईंधन बेकार ही न जाएगा जल के?" बिरंची ने भरसक बढ़िया सवाल पूछा था अबकी।

"जिसके पास चावल नहीं, वह पहले चावल कमाए फिर बनाए। भाग्यहीन अपना भाग्य कमा सकता है अपने कर्मों से ही। भाग्यहीन को कोई चिंता नहीं करनी चाहिए, दुर्दशा तो बस कर्महीनों का होता है।" साधु ने एकदम शांत चित्त से उत्तर दिया।

"समझ गया। जिसके भाग्य में कुछ नहीं होता, सब कुछ उसके हाथ में होता है।" बिरंची ने शायद इस बार सवाल नहीं पूछा था। ये गजब का जीवन सूत्र निकल गया था उसके मुँह से।

"हाँ एकदम। हा हा हा, चलो असली ज्ञान पा लिए तुम। अब रात्रि विश्राम किया जाए या और भी कुछ जिज्ञासा है तुम्हारी?" साधु ने एक कंबल चटाई पर बिछाते हुए कहा।

"एक लास्ट बात बाबा, यानी कि अभागा का कोई भगवान नहीं होता। उसे उसका फिकर नहीं करना चाहिए न?" बिरंची ने एकदम से द्रोही दार्शनिकता वाला सवाल पूछा था जो ईश्वर के भी पक्षपात के छोर को पकड़ता प्रतीत हो रहा था। पर साधु इस सवाल पर भी शांत दिखता मंद-मंद मुस्कुराता रहा।

"नहीं बेटा, तुम्हारी जिज्ञासा सही है, सो इसे भी जान ही लो आज। अभागा तो ईश्वर का भेजा गया वो भरोसेमंद प्राणी है जिसे ईश्वर इस विश्वास के साथ भेजता है कि इसे कुछ भी खैरात देकर मत भेजो, ये सब कुछ खुद

हासिल कर लेगा अपने पराक्रम से।'' साधु ने एक बार बरामदे से ही बाहर आसमान की तरफ देखते हुए कहा।

''बहुत भयंकर बात बताए आप। समझ तो लिए ही हम।'' बिरंची सच में हतप्रभ हो बोला था इस बार।

''जान लो बेटा, भाग्यशाली ईश्वर के दया का पात्र है और अभागा प्रेम का।'' साधु ने एक मंत्र ही दिया जैसे बिरंची को।

''बहुते ज्ञानी हैं आपहो बाबा।'' बिरंची ने बिना पलक झपकाए कहा।

''तुममें भी आत्मविश्वास कम नहीं है। ध्यान रखना लेकिन हमारी एक बात। आत्मविश्वास वो ईंधन है जो ज्ञानी में हो तो विनम्रता बढ़ाता है और मूर्ख में हो तो अहंकार।'' साधु ने अपने झोले में हाथ डाल कुछ टटोलते हुए कहा।

''चलो अब विश्राम किया जाए।'' पुनः साधु ने एक हल्की-सी आवाज में कहा।

''जीवन में विश्राम कहाँ बाबा! हम सो जाएँगे तो भी साँस चलता रहेगा।'' बिरंची ने चेला होकर गुरु के भाव से कहा। बिरंची के मुँह से यह निकलते ही दोनों ठहाका मार हँसने लगे।

''वाह बेटा! इतनी जल्दी बाबाई सीख गए! तेज आदमी हो। अब थोड़ा-थोड़ा दिखने लगा है तुम्हारा भविष्य।'' साधु ने हँसते-हँसते ही कहा।

''जी। जाते-जाते अब आखरी बात, बाबा क्या कर्म करने वाले सभी आदमी को पक्का भाग्य मिल ही जाता है? क्या सब सफल हो ही जाता है? बस इतना जान जाएँ तो जाएँ हम भी शांति से सूतने।'' तब से बैठे बिरंची ने खड़े होते-होते कहा। साधु तब तक जमीन पर बिस्तर लगा चुका था।

''बेटा, सूर्य सबके लिए उगता है न, फिर भी कुछ ही को रास्ता दिखता है और कुछ लोग रोशनी के बावजूद अँधेरे में भटकते हैं। जानते हो क्यों? क्योंकि सूर्य की रोशनी में नगर, गाँव, घर-इमारत, सड़क, सब दिखता है लेकिन जीवन का मार्ग नहीं दिखता है। जीवन का मार्ग अंदर की रोशनी से दिखता है। अपने अंदर मशाल जलाओ और उसी उजाले में जीवन का रास्ता देखो और चल पड़ो। घोर अँधेरे को इंसान अपने अंदर के उजाले से हरता है।'' एक ही साँस में इतना कुछ बोल साधु अब बिस्तर पर लेट गया था।

बिरंची खड़े-खड़े अपने भीतर जैसे किसी तरंग का प्रवाह महसूस कर रहा था। वह अब चलने को बरामदे से नीचे उतरा।

"बाबा आपका बोली-चाली, बात-व्यवहार, आपका भाषा से लगता है आप इधर के नहीं हैं। खैर, चाहे जिधर के हैं, इधर आते रहिएगा तो भेंट होता रहेगा।" इतना बोल बिरंची दो कदम आगे बढ़ा।

"तुम यहाँ रहे तो जरूर मिलेंगे फिर। तुम्हें भी तो अपनी यात्रा पर जाना है। यहाँ थोड़ी बैठे रहोगे!" साधु ने देह पर एक पतला कंबल डालते हुए कहा।

"एक बात कह देते हैं, इतना ज्ञान है आपके पास। आप साधु तो नहीं हैं बाबा। साधु होकर इतना विद्वान यह भी एक आश्चर्य बात है। भगवान जाने आप कौन हैं!" बिरंची यह बोल जाने को दो-तीन कदम बढ़ चुका था।

"इसे कहते हैं घनघोर कलयुग। ज्ञान होने के कारण साधु को साधु मानना संदेहास्पद लग रहा है। इससे कठिन समय क्या होगा जगत के लिए!" साधु जोर से हँसते हुए बोला।

"अच्छा बाबा चलते हैं।" कहते-कहते बिरंची स्कूल के सामने वाली पगडंडी पर निकल गया।

"आशीर्वाद है तुमको। चलते ही रहना, रुकना नहीं।" पीछे से साधु की आवाज आई।

ऐसे ही किसी सुसंयोग से भेंटा गए एक साधु संग सत्संग से उठ आया बिरंची जब तक घर पहुँचा, रात के करीब डेढ़ बज रहे थे। उसने धीरे से दरवाजा खोला तो देखा सामने बरामदे के पास धीमी लालटेन जलाए वहीं चौकी पर माँ बैठे-बैठे ऊँघ रही थी। दरवाजे के खुलने की हल्की आवाज होते ही अचकचाकर उठ खड़ी हुई।

"अभी तक तुम जगी ही हो माँ?" बिरंची ने माँ के पास जाकर कहा।

"तो क्या करते! तुम इतना रात तक बाहर हो। देखो सब कुछ तो हम खो ही दिए बेटा, एक बस तुम्हारा डर लगा रहता है। ऐसे रात-बिरात मत निकलो बेटा।" माँ ने बिरंची के पीठ पर हाथ फेरते हुए कहा।

"सब कुछ तऽ खो ही दी हो न। बस अब एक डर बचा है, इसको भी काहे रखी हो बचा के! इसको भी खो दो न रे माई!" इतना बोलकर बिरंची

हँसता हुआ अपने कमरे की ओर चला गया। माँ ने मुख्य दरवाजा लगाया। लालटेन उठाकर बिरंची की चौकी के पास रख वह भी खुद सोने चली गई। रात कितनी भी अंधेरी हो, पर एक माँ अपने बच्चे के पास रोशनी का एक टुकड़ा रख ही जाती है।

21.

आज सुबह होते ही शेखर के घर तो क्रांति मची हुई थी। पिता कामता बाबू चूँकि कल देर रात घर आए इसलिए उन्हें रात को तो कुछ पता नहीं चला पर सुबह जब वह टहलने निकले तभी कुछ लोगों ने उनसे थाने वाली घटना की चर्चा कर दी। सबने अपने-अपने तरीके से बातें बताई। कुछ ने शेखर को उसके उस साहसिक काम के लिए सलाम किया। अधिकतर लोगों ने जवान बेटे को गलत संगत में जाने से रोकने की जरूरत बताते हुए उसे नियंत्रित कर रखने की मूल्यवान सलाह ही दी। कामता बाबू सुबह-सुबह तन में ताजा ऑक्सीजन लेने निकले थे लेकिन अब मन में जहरीला कार्बन डाइऑक्साइड लेकर आधे रास्ते से ही वापस घर लौटने लगे। रही-सही कसर घर घुसने से 20-30 कदम पहले मिले काशी साह ने शेखर के लखन लोहार के यहाँ बैठ गाँजा पीने की कथा की सप्रसंग व्याख्या करके पूरी कर दी थी। अब तो कामता बाबू का पूरा माथा जैसे ग्लोबल वॉर्मिंग के ताप से जलने लगा था। क्रोध से जलती आँखें अब बस शेखर को खोज रही थीं। जीभ से तेजाबी बारिश होने ही वाली थी। कामता बाबू के मन में यह बात ज्यादा चल रही थी कि बात सिर्फ इतनी-सी नहीं है कि बेटा बिगड़ गया है, कहीं साला फूँकन सिंह न बिगड़ गया हो या पुरुषोत्तम बाबू से बात न बिगड़ जाए। लड़के ने अपने दो पैसे के ज्ञान के जोश में सब बिगाड़ दिया। वे यही सब सोचते-सोचते घर के बरामदे पर पहुँचे ही थे कि देखा सामने शेखर हाथ में बाइक की चाबी लिए निकल रहा था।

"वाह-वाह! कहाँ चले? क्रांति की क्लास जा रहे हो मशाल जलाने? पुड़िया रगड़ के सड़ चुकी व्यवस्था को फूँकने?" पिता ने व्यंग्य में नहीं, सीधे-सीधे गरियाते हुए पूछा। पिता के तेवर देख शेखर समझ ही गया था कि सबकुछ पता चल गया है शायद, कांड से लेकर कांडोत्प्रेरक मूल स्रोत जड़ी-बूटी के बारे में भी। फिर भी लड़के ने खुद को थोड़ा सँभाला और धैर्य से खड़ा रहा।

"कुछ नहीं पापा, बस ऐसे ही जरा...।" शेखर ने धीमे-से आधा वाक्य ही पूरा किया था अभी।

"कुछ नहीं? अब कुछ बाकी भी है क्या! गाँजा, अफीम, ताड़ी, बीड़ी, दारू, पूरा कोर्स तो पढ़ के घोंट-फूँक लिए तुम मार्क्सवाद और समाजवाद का। यही सब पढ़ने गए थे ना दिल्ली!" कामता बाबू गरजकर बोले।

"कौन बोला आपको? झूठ है यह सब। बेकार का बिना सर-पैर का बात सुना दिया कोई आपको।" शेखर बाहर बरामदे से पैर पटकता, अंदर जाते हुए बोला। अभी थोड़ा असहज तो हो ही गया था शेखर लेकिन अंदर की दुबकी क्रांति ने आवाज दी, "झेल लो साथी, ये तो होना ही होता है। साथी, कितने दिन छुपती है परिवर्तन की आग और चिलम! इस खुलासे से निपटो साथी, डर के आगे जीत है। पहली पटखनी पुरातन संस्कार को, तब न फिर जुल्मी सरकार को!"

बाप के क्रोध से डरने के बावजूद शेखर अपने मन के भीतर चल रहे इन्हीं सूत्रों से थोड़ा-बहुत बल पा रहा था अभी। लेकिन पिता लगातार जारी थे।

"अच्छा! पूरा गाँव झूठा। बस तुम एक सच्चा! उस आवारा-बिगड़ैल बिरंचिया के साथ तुम थाना गए, झूठ है? उ मधुआ जैसी चालू लड़की को तुम भेज दिए केस करने, खुद थाना जा एसपी से फोन करवाए अपने ही गाँव-समाज में झगड़ा मोलने के लिए, ये सब झूठ है! यह सब क्या है! सब झूठ?"

"पापा, अच्छा, यह बात है! वही तो, सीधे-सीधा कहिए ना कि यह सब करने के कारण हमको बदनाम करने के लिए सब झूठा बात फैला रहा है कि हम गाँजा-ताड़ी पीते हैं लखन के यहाँ बैठकर। एक लड़की के साथ रेप का कोशिश हुआ है और क्या इस पर नहीं बोलना चाहिए!" शेखर अबकी टिकते हुए थोड़ा ठहरकर कहा।

"अरे चोट्टा, तुमको पता था ना कि बीडीओ साहिब के साथ फूँकन सिंह भी खड़ा है! फिर क्या जरूरत है इसमें पड़ने का!" कामता बाबू ने जोर से कहा।

"तो फूँकन सिंह को भी तो नहीं ना खड़ा होना चाहिए गलत के साथ। अब गलत के साथ खड़ा होकर गलती तो फूँकन सिंह किए हैं, हमारा क्या गलती

है!'' शेखर भी हर बात का जवाब दिए जा रहा था।

''वाह रे वाह! मने फूँकन सिंह को क्या करना चाहिए वो तुमसे पूछकर करे! काहे इतना दिमाग चढ़ा हुआ है तुम्हारा? जरा किताब और कोटेशन से बाहर निकलो और दुनिया का सच भी पढ़ो। फूँकन सिंह जैसा लोग ही रोज विधायक-सांसद बन दुनिया चलाता है और तुम्हरे जैसा एमे-पीएचडी विद्वान मोटा चश्मा पहिन उसके पीछे फाइल ढोता है। दुनिया रटा-रटाया दर्शन और विचार नहीं होता है। बहुत-कुछ सीखना है अभी तुमको। तुम कह रहे हो रेप का कोशिश हुआ। तो लड़की ने खुद क्या किया? देखे, लड़की ने किया केस? पैसा लेकर चुप हो गई ना! यही है दुनिया। सब चालू है। काहे पड़े हुए हो इसमें!'' कामता बाबू का स्वर बोलते-बोलते ऊँचा हो गया था। इतना हल्ला-गुल्ला सुन कल्याणी देवी पूजाघर से निकलकर दौड़ी आईं। पत्नी को आता देख कामता बाबू ने उसके कुछ बोलने से पहले ही चुप रहने का इशारा कर दिया। पति का पारा चढ़ा देख माँ ने बेटे की तरफ देखा। शेखर भी वहीं डटा खड़ा था। माँ ने उसे हट जाने का इशारा किया पर शेखर सामने ही खड़ा रहा। उसके मन में तो अपना सत्य चल रहा था, मैंने कुछ गलत किया ही नहीं तो फिर क्यों पीछे हटना! दुनिया से आगे जाने का जोश लिए युवा पीढ़ी बस बाप के सामने पीछे नहीं हटने को ही तो अपना हासिल समझकर अक्सर पीछे छूट जाती है।

''आप तो बीच में बोलिएगा ही नहीं आज। समझा दे रहे हैं। इस गाँव में बहुत कायदे से इज्जत बनाकर रहे हैं हम। यह नालायक सब लुटाने पर तुला हुआ है।'' कामता बाबू ने पत्नी की तरफ देखते हुए हिदायती स्वर में कहा।

''इज्जत बनाकर नहीं, बचा के रह रहे हैं आप पापा।'' शेखर ने एक गैरजरूरी सच बोल तूफान को न्योता दे दिया था।

शेखर ने जाने-अनजाने यह कह अनर्थ ही कर दिया था। कामता बाबू आगबबूला हो गए। एक-दो पल इधर-उधर हाथ-पैर नचाकर देखा और झटके से झुक पैर से चप्पल निकाल चला दिया पुत्र पर। अचानक चली चप्पल छाती पर लगी बेटे की। शेखर दो कदम पीछे हट गया था अब। वहीं, पिता दो कदम आगे बढ़े।

''इतना जबान चलने लगा बताइए? साला, संस्कारहीन! सब तमीज भूल

गया गँजेड़ी कहीं का! इतना बे-कहल, बेशर्म हो गए हो, बाप को डरपोक बोलते हो?'' कामता बाबू क्रोध से काँपते हुए बोल रहे थे।

''चुप भी रहो तुम। बाप से मुँह लगा रहे हो तब से! सही में, क्या पढ़ल-लिखल सब पानी काहे कर रहे हो! हटो चलो तुम!'' माँ हाथ पकड़कर बोली और खींचती हुई किनारे ले गई शेखर को।

माँ अक्सर ऐसे हाल में खुद गर्म कंबल बन बच्चे को ढक पिता के बरसते आग के गोलों से बचा ही ले जाती। कामता बाबू अब तमतमाते हुए दरवाजे से बाहर निकले और घर के बाहर रखी कुर्सी पर जा बैठे। बेटे ने शायद मन की तह उघाड़ दी थी। वे मन-ही-मन खुद से इस बात की काट माँग रहे थे कि 'इज्जत बनाने और इज्जत बचाने में फर्क होता है'।

पत्नी कल्याणी देवी पानी का गिलास लिए आईं। कामता बाबू ने बिना पत्नी की तरफ देखे पानी का गिलास उठाकर पिया और रख दिया। तभी एक फटे साइलेंसर की कर्कश आवाज वाली कोई बाइक चारदीवारी के बाहर आकर खड़ी हुई। यह लटकु भंडारी था। कामता बाबू भी मन में यह सोच ही रहे थे कि अभी तक बुलावा नहीं आया पुरुषोत्तम सिंह का!

''परनाम मास्टर साहब! तनी मालिक याद किए हैं आपको। अभीए भेंट कर लीजिए।'' लटकु ने बिना अंदर आए, बाइक से ही बैठे-बैठे गर्दन उचकाकर झाँककर कहा। गाँव में सब जानते थे कि दुनिया का मालिक भले कोई हो और जहाँ भी हो लेकिन लटकु का मालिक एक ही है—पुरुषोत्तम बाबू।

लटकु जब भी पुरुषोत्तम या फूँकन सिंह के यहाँ पेशी हेतु हुँकार देने किसी के भी द्वार जाता तो गाँव के अधिकांश कमजोर-गरीब लोग लटकु के बुलाहट नोटिस को हाईकोर्ट द्वारा जारी समन जितना सम्मान देते थे और निर्धारित समय से पूर्व ही पुरुषोत्तम सिंह के दरबार में हाजिर हो जाते थे।

''हाँ ठीक है। ठीक है मर्दे, चलो आते हैं।'' सुबह से ही मिजाज झंड कर बैठे कामता बाबू ने थोड़ी झल्लाहट के साथ जवाब दिया। लटकु को कामता प्रसाद की झल्लाहट थोड़ी दिल पर लग गई। उसे लगा, कामता बाबू ने दूत को उचित सम्मान नहीं दिया।

''अच्छा, क्या ठीक है, क्या नहीं, वह तो वहाँ चलकर पता लगेगा!'' यही

बुदबुदाता हुआ लटकु वहाँ से बाइक स्टार्ट कर निकला तेजी से। आवाज इतनी धीमी थी कि कामता बाबू ने यह वाक्य तो स्पष्ट सुना नहीं पर जाते हुए लटकु के तेवर देख उसकी चिढ़ समझ गए और उन्होंने भी मन-ही-मन चार-पाँच मौलिक गालियाँ लटकु के लिए पढ़ दीं। लटकु के रूआबी अंदाज ने यह भी जता ही दिया था कि अभी पुरुषोत्तम सिंह के दुआर माहौल कैसा होगा। इसी बाबत थोड़ा सोचते वह कुर्सी से उठे, घर के भीतर गए और कुछ मिनट बाद सीधे पुरुषोत्तम सिंह के घर की तरफ चल दिए। उनका घर उसी मोहल्ले में दूसरे छोर पर दो-तीन सौ मीटर की दूरी पर था। कुछ मिनट पैदल चलने के बाद वहाँ पहुँचे तो देखा पहले से ही वहाँ बदरी मिसिर, काशी साह, जगदीश यादव, पबित्तर दास के पड़ोसी जतन दास समेत कई लोग जमा थे। पूरा दरबार सजा हुआ था। कामता प्रसाद के नजदीक पहुँचते ही पुरुषोत्तम सिंह ने टोका, "आइए मास्टर साहब! अरे लटकु जरा कुर्सी दो एक कामता जी को। क्या हाल-चाल हैं मास्टर साहब?"

"प्रणाम पुरु बाबू! सब कृपा है भगवान का। ठीक है सब।" कामता प्रसाद ने कहा, यह जानते हुए भी कि सब ठीक नहीं है।

"और बाल-बच्चे आनंद में हैं ना! लड़का का पढ़ाई-लिखाई ठीक चल रहा है ना! कहीं कंपटीशन दिया कि नहीं! नौकरी का उम्र तो हो ही गया होगा?" कामता प्रसाद अभी कुर्सी पर बैठे ही थे कि बदरी मिसिर ने एक साथ इतने शुभचिंतकीय सवाल पूछ आज की सभा का विषय प्रवेश करा दिया था। बदरी मिसिर ने बहुत कायदे से असली मुद्दा उठा दिया।

तभी काशी साह दाँत निपोरकर बोला, "अभी तो बहुत दिनों से यहीं गाँवे में है सर का लड़का। बड़ा मिलनसार सुभाव का है। ऊँच-नीच सबसे घुल-मिल जाता है।"

कामता प्रसाद उसका तंज तो समझ ही गए थे, यह सुनकर अंदर से कसमसाते हुए दिखे। यहाँ तक कि वे भी इंतजार ही कर रहे थे इन हमलों का। मन-ही-मन यह सब सुनने को तैयार होकर आए थे।

मन में दूसरों की बात कम, बेटे का किया हुआ ज्यादा चुभ रहा था।

सोच रहे थे, 'बेटे ने क्या समय दिखाया आज! भरी सभा में द्रोपदी हो गया हूँ साला!'

"अच्छा! अच्छा! गाँव आया है। पढ़ाई पूरा हो गया क्या बेटा का, आँय कामता जी?" पुरुषोत्तम सिंह ने मासूम-सा दिखता सवाल किया। दरअसल सब, सबकुछ जानते ही थे।

"हाँ, बस अभी एमए का परीक्षा देकर कुछ दिन घर आया है। भेज देंगे। अब दो-चार दिन में ही भेज देंगे।" कामता प्रसाद ने इस नकली सवाल को छोड़ते हुए इसके पीछे के नहीं पूछे गए असली सवाल का उत्तर देते हुए कहा।

प्रश्न अब उत्तर दे देने के बाद आया।

"हाँ! देखिए मास्टर साहब, ये तो आपका सौभाग्य है कि गाँव से अपने बाल-बच्चे को निकालकर पढ़ा रहे हैं। फिर काहे उल्टा यहाँ का गंदगी में फँसा रहे हैं! अरे, चार दिन घर आया है तो बढ़िया से खाए-पिए और फिर जाए, अपना अध्ययन में जुटे। यहाँ गाँव में रहकर गलत संगत में पड़ रहा है। आपको पता होगा ही कल क्या-क्या हुआ है। पता है ना? बिना सोचे-समझे काम करेगा तो कभी भी बड़ा चक्कर में पड़ जाएगा। फिर हम भी नहीं सँभाल पाएँगे। हमको तो बिस्बास ही नहीं हुआ कि मास्टर साब का लड़का कैसे इतना घटिया संगत में?" पुरुषोत्तम बाबू ने खूब समझाते और हल्का हड़काते हुए सब कह दिया।

"अरे नहीं-नहीं! मास्टर साहब का लड़का है भोला। सो, बहकावे में आ गया राँड़-चुहाड़ों के। ऊ तऽ नया लड़का है, गार्जियन को ध्यान रखना चाहिए। हम लोग तो गाँव में रहकर भी आज तक अपने लड़कों को ई मूर्ख, नीच और मलेच्छ सबसे अलग रखे। यहाँ तक कि हमारा भतीजा मदन अगर थोड़ा-बहुत खाता-पीता भी है तो ठाकुर-बाभन के अपने सर्किल में ही लेता है। चमरटोली तो नहीं जाता है ऊ भी। लाख पी-खा ले लेकिन जात का संस्कार तो नहीं खोया आज तक।" बदरी मिसिर ने कोकिल स्वर में कहा। उन्होंने शेखर पर तो जो कहना था कहा ही, साथ-साथ मौका मिलते अपने बड़े भाई के बेटे की भी कह के ले ली थी जिनसे उनका वर्षों से पुश्तैनी जमीन का झगड़ा चल रहा था।

"हमने उसको डाँटा है। बहुत तरह के बात समझाए, गलती तो कर ही दिया है। सुधार भी हो जाएगा। हम बोल रहे हैं ना! अब इस बात को यहीं खत्म किया जाए पुरु बाबू।" सबके द्वारा फजीहत झेल रहे कामता बाबू ने अंदर से

चिढ़ते हुए बड़ी विनम्रता से कहा।

"जरा कंट्रोल करिए मास्टर साहब! ज्यादा पढ़ाई भी ठीक नहीं। सबको गाँव का पोलटिक्स में पड़ना अच्छा बात नहीं है। पोलटिक्स-वोलटिक्स हमको ही देखने दीजिए। आपका बेटा ना होता तो आज इसका भी वही हाल होता जो बिरंचिया का हुआ है थाना में। और ई एसपी-उसपी का पैरवी से कुछ नहीं होता है। थाना का हीरो दरोगा होता है और हम दरोगा अपने जेब में रखते हैं, इतना तो आप समझ ही रहे होंगे!" तब से बगल में देहरी पर चुकुमुकू बैठे दाँत पर उँगली से गुल रगड़ रहे फूँकन सिंह ने कामता प्रसाद की कुर्सी के बगल में पीक फेंकने के बाद कहा।

"हम सब समझ रहे हैं फूँकन जी, तभी तो शेखर को समझाए ही। पहली बार की गलती में क्या किया जाए! हम खुद बिरंचिया को दरवाजे पर चढ़ने नहीं देते हैं। ये तो कोई पबित्तर दास है, मंदिर जो बनाया है। वह उसी के यहाँ चला गया था। तब से पता नहीं कैसे जान-पहचान बढ़ा लिया वहीं से दोनों। अब निश्चिंत रहिए, नहीं होगा यह सब।" कामता प्रसाद ने लहू के घूँट पीते हुए भी बिना कड़वाहट के साथ कहा।

"चलिए अच्छा है, जल्दी सुधार आ जाए तो। कम-से-कम जात-समाज का ख्याल भी सिखाइए। सब कुछ डिगरी और पढ़ाई नहीं है। संस्कार किताब पढ़ने से नहीं आएगा, यह सब घर-परिवार से सीखता है आदमी। लड़का-लड़की को दिल्ली-बम्बे छोड़ने से नहीं होगा सिर्फ। उस पर थोड़ा नजर भी रखिए।" कामता बाबू के सामने ही लगातार चार बार मैट्रिक फेल हो पढ़ाई छोड़ने वाला नॉन मैट्रिक फूँकन सिंह एक शिक्षक को अंतिम ज्ञान दे उठकर घर के अंदर चला गया। उसके भीतर जाते ही कामता प्रसाद भी अपनी कुर्सी से उठे।

"बैठ जाइए। चाय पीकर जाइए।" पुरुषोत्तम बाबू ने आदेशात्मक स्वर में सत्कार करते हुए कहा।

कामता प्रसाद ने हाथ जोड़ चाय पीने से मना किया और जाने की आज्ञा माँगी। कामता प्रसाद खूब चीनी डालकर चाय पीने के आदती थे। आज तो चाय मीठी लगनी नहीं थी इसलिए पीना बेकार था। वह अब बिना एक क्षण भी ठहरे वहाँ से झटककर निकले। चलते-चलते पीठ पीछे हँसी की आवाज

सुनाई दी पर कामता प्रसाद ने पलटकर नहीं देखा। लंबे-लंबे डग भर तेजी से घर की तरफ जा रहे थे। कुछ ही मिनट के रास्ते में उन्हें पंद्रह साल पहले की एक बात याद आई जब उनको स्कूल के सहयोगी शिक्षक ने गाँव से निकल बगल के शहर में मकान खरीदने की सलाह दी थी। लेकिन कामता बाबू ने गाँव नहीं छोड़ा था तब। यहीं रह गए। आज पता नहीं उन्हें अपने उस निर्णय पर पछतावा हो रहा था। मन में चल रहा था, 'बाल-बच्चों को तो निकाल दिए पढ़ने लेकिन क्या फायदा जब शाख-पत्ता निकल गया और जड़ यहीं रह गया, साला। हमको जड़ ही उखाड़ देना था गाँव से। आज घुन न लगता पेड़ में। गाँव में रहना भुगत लिए आखिर।'

कहाँ तो देश की आर्थिक, राजनीतिक नीतियाँ गाँव को खाली कर नगरों को ठूँस-ठूँस महानगर बना रही थीं और यहाँ गाँव की एक सक्षम पंचायत ने एक मास्टर के मन को पलायित कर दिया था। परीक्षा में ग्रामीण पलायन पर लेख लिखने वाले कुशाग्र बुद्धि के छात्र इसे भी पलायन के मुख्य कारणों में शायद ही रखें कभी। शहर में अकेलेपन का दंश झेलता गाँव का भरा-पूरा अपना समाज याद करता परदेसी कामता बाबू से बहस करता तो हार जाता आज।

एक बुझा हुआ भारी मन लिए कामता प्रसाद अब अपने दरवाजे पहुँच चुके थे। पत्नी वहीं खड़ी इंतजार ही कर रही थी शायद उनका।

"और कितना दिन रहेगा क्रांतिकारी? दिल्ली नहीं जाना है क्या? वहाँ भी तो जरूरत होगा इसका! भेज दीजिए अब इसको।" घर में कदम रखते ही पहला वाक्य यही निकला कामता बाबू के मुँह से। पत्नी सामने ही खड़ी थी।

"अच्छा, अब दिमाग ठंडा भी करिए। एक बार के गलती पर कितना बार बोलिएगा। दो-चार दिन में चला जाएगा। अब ज्यादा मत बोलिए उसको। भोरे से बहुत हो गया।" कामता बाबू के मन से बेपरवाह पत्नी ने लगभग निर्देश देते हुए कहा।

"हम तो चुप ही हैं। लोग बोल रहा है, उसको कैसे चुप कराएँ? जाकर देखिए ना वहाँ, साला सब मैट्रिक फेल जुट के हमको ज्ञान दे रहा था। उसमें भी चिंता चर्चा-फर्चा का नहीं है, सबसे बड़ा डर यह लगता है कि गाँव के गंदा राजनीति में मारपीट ना हो जाए। पबितरवा और बिरंचिया का तऽ लात खाना

तय है। फूँकन सिंह के दबंगई को कौन नहीं जानता है! बीस बापूत तो घर में ही हैं लठैत। अब शेखर को कौन समझाए! इनको तो विचारधारा का लड़ाई लड़ना है जबकि जमीन पर विचार नहीं लाठी-भाला चलता है।'' कामता बाबू जोर से बोलना शुरू कर आवाज धीरे-धीरे कम कर सामने की तरफ रखी बाल्टी में से पानी लेने चले गए।

इधर शेखर तब से चुपचाप अपने कमरे में लेटा हुआ था। कामता बाबू तब तक नहा-धोकर वापस बाहर बरामदे में बैठने गए। घर का माहौल अब थोड़ा शांत हुआ लग रहा था। माँ, शेखर को किसी तरह मनाकर नाश्ता करा आई थीं। शेखर नाश्ता कर वापस फिर कमरे में लेट गया था। कामता बाबू ने नाश्ता बाहर बरामदे पर ही बैठे कर लिया था। शेखर जब से आया था, शायद आज पहली बार बाप-बेटे ने अलग-अलग खाया था। कामता बाबू ने मुश्किल से एक पराठा खाकर थाली में हाथ धो लिया था। आज दिनभर कहीं निकले भी नहीं थे। कामता बाबू यह जानते ही थे कि आज गाँव भर में उनकी ही चर्चा जिधर-तिधर निकल रही होगी। आज सुबह पुरुषोत्तम सिंह के द्वार पर जो कुछ हुआ वह बार-बार उन्हें कचोट रहा था। लेकिन फिर भी मन को यह कहकर समझा-बुझा लेते कि यह तो हमारा सम्मान ही था कि बहुत कुछ नहीं बिगड़ा। गाँव का कोई दूसरा घर का लड़का होता और ऐसा किया होता तो फूँकन सिंह छोड़ता थोड़े! कामता बाबू का मन यह बात समझकर भी कतई समझना नहीं चाहता था कि फूँकन सिंह ने उनका छोड़ा ही क्या था!

उस समाज में ऐसे कई कामता बाबू थे जिन्होंने जीवन को इस दर्शन से जिया कि किसी बात पर न अड़ो, किसी पचड़े में न पड़ो, किसी के लिए ना लड़ो। ऐसे लोग हमेशा से सभ्य कहलाए। सभ्य लोगों को सशक्तीकरण हमेशा एक हिंसक प्रक्रिया लगी और शायद इसलिए उन्होंने न इसकी कोशिश की, न ही कभी सशक्त होने का दावा किया। उन्होंने दूसरों के सशक्तीकरण को भी हमेशा अराजक ही माना। सभ्य लोगों ने सनक की लड़ाई और हक की लड़ाई के बीच में कभी कोई फर्क समझना जरूरी नहीं समझा। भारत में वैसे भी मध्यम वर्ग की रीढ़ हमेशा लचीली रही थी। वह आदमी को खड़ा करती थी और समय एवं परिस्थिति के सापेक्ष झुकने, लेटने, लोट जाने के लिए भी सुविधाजनक रहती थी। रीढ़ की लोच की इसी अवस्था को लिजलिजापन

कहते हैं जो ठोस, द्रव और गैस से अलग एक और अवस्था है और भारतीय मध्यवर्ग इसी अवस्था में पाया जाने वाला तत्व था। यह बचकर चलने को जीवन का अनुशासन मानता था और किसी भी तरह बचे रहने को ही जीवन की उपलब्धि।

दोपहर का सूरज उतरकर अब साँझ की ओर जा रहा था। संझा बाती से घंटे पहले ही पत्नी कल्याणी देवी चाय लेकर आईं।

"क्या बात है! भोरे से बताए भी नहीं कुछ पुरुषोत्तम सिंह के द्वार पर का-का हुआ!" पत्नी ने चाय का कप बढ़ाते हुए पूछा।

"होना क्या था! बस यही कि हमारा ही बात था जो इज्जत रह गया। पुरुषोत्तम बाबू गार्जियन जैसा समझाए कि लड़का का भविष्य को देखिए, गाँव का गंदगी से दूर रखिए। अच्छा ही बात तो बोले।" कामता बाबू ने चाय की पहली सुड़क के साथ धीमे स्वर में कहा।

"फुकना क्या बोल रहा था?" सुबह से सब जानने को आतुर मन का एक और सवाल आया।

"फूँकन सिंह तो बहुत इज्जत किया। सीधे बोला कि आपके जैसा विद्वान का बेटा नहीं होता तो बता देते। ऊ तो खैर मानिए कि आपका बेटा था। और ये बात बुझाता है हमारे बेटे को? उसके बाप का यह इज्जत है आज भी समाज में। लेकिन बेहूदा हमको कहता है कि इज्जत बनाकर नहीं बचाकर जी रहे हैं हम। आप ही बताइए, इससे ज्यादा किसका इज्जत करता है फूँकन सिंह! दारू पीकर किसी को भी पीट सकता है लेकिन क्या मजाल कि एक भी शब्द ऊँचा होकर बोला हो हमसे। संस्कार है खानदानी, वह तो प्रभाव डालता ही है।" कामता बाबू सामने सड़क से गुजर रहे बकरियों के झुंड की तरफ देखते अपनी बात कह रहे थे।

"हाँ, ठीक बात है। वैसे शेखर दोपहर में ही टिकट का व्यवस्था करवाया है। परसों चला जाएगा। अब दू दिन शांति से रहने दीजिएगा उसको। कुछ बोलने का जरूरत नहीं है। खुद सब बात समझ गया है। हमको बोला भी कि गलती हो गया मम्मी।" पत्नी कल्याणी देवी ने बेटे की गलती की जमानत कराते हुए कहा।

"ठीक है, हम नहीं बोलेंगे भाई कुछ। लेकिन उसको थोड़ा समझाइए कि

पढ़ाई कर लिया है, अब नौकरी होने पर ध्यान लगाए और बाप का बनाया इज्जत को न डुबाए।'' कामता बाबू ने चीनी मिट्टी के खाली हो चुके कप को हाथ में झुलाते हुए कहा।

''हम खूब समझा दिए हैं। यह भी बोल दिए हैं कि अभी बाप के जितना इज्जत-सम्मान पाने में उम्र लगेगा तुमको। पहले उतना पा लो तब मुँह लगाना। गलती मान लिया है।'' पत्नी ने कहा तो लगा जैसे सुबह हुए जख्म पर भर दुपहरी परपराने के बाद साँझ किसी ने ठंडा मलहम घिसा हो। सुबह से पहली बार अब जाकर हल्की-सी मुस्कराहट तैरी थी कामता बाबू के चेहरे पर। असल में, पत्नी की जुबान में कामता बाबू का ही मन बोला था अभी। अब थोड़ा अच्छा महसूस कर रहे थे मास्टर साहब। ऐसा लगा जैसे सुबह से खोई हुई कोई ताकत धीरे से वापस बदन में आ गई हो। बाप का मन पुनः बाप जैसा महसूस करके कुर्सी से उठा। पत्नी के साथ ही चलते कामता बाबू शेखर के कमरे में पहुँचे। कामता बाबू ने देखा, शेखर यूँ ही बिस्तर पर बैठा अपने नोकिया मोबाइल में साँप वाला गेम खेल रहा है। पिता को देखते ही शेखर ने मोबाइल तकिए की तरफ रखा और सीधा हो बैठ गया।

''खाना-पीना किया कि नहीं ठीक से?'' पिता ने कंधे पर हाथ धर पूछा।

''हाँ खा लिए।'' शेखर ने धीमे-से कहा।

''देखो बेटा, हम तो जो भी समझाते हैं ना वह अपने अनुभव से हासिल बात कहते हैं तुमको। एक जमाने में हम भी तुम्हारे जैसा क्रांति किया करते थे। एक उम्र में ही ई सब ठीक लगता है। जिंदगी का जीवनधारा कोई भी किताब के विचारधारा से अलग होता है।'' एक पका हुआ बाप गर्म नसों वाले जवान बेटे को शीतलता से समझाकर बोला।

''हम अपने आइडियोलॉजी को ऑनेस्टी से फॉलो करना चाहते हैं पापा। मुझे मेरे थॉट और मार्क्सवाद पर भरोसा है। कुछ गलत नहीं करूँगा। परेशान मत हुआ करिए।'' शेखर स्वयं मार्क्स से भी ज्यादा प्रतिबद्धता के साथ बोला।

कामता बाबू पुत्र का यह भयंकर आत्मविश्वास देख अबकी झल्लाए नहीं। थोड़ा मुस्कराए और बिस्तर से खड़े हो पुनः शेखर के कंधे पर हाथ रख बोले,

"हमको तुम पर और तुम्हरे थॉट पर पूरा भरोसा है बेटा, लेकिन दुनिया पर नहीं है। ऊ ऐसे क्रांतिकारियों को एक समय जोकर या पागल समझती है। सो थोड़ा व्यावहारिक बनो।"

"वो लोग नकली लोग हैं पापा जो ऐसा हो गए। मैंने अपनी आइडियोलॉजी को जिया है पापा। उसे रोज जीता हूँ आज भी।" शेखर ने पलंग से नीचे खड़े होकर मुट्ठी बाँधकर कहा। पिता इस बार तनिक और मुस्कराए।

"बेटा सुनो, हर क्रांतिकारी-मार्क्सवादी बेटे के पीछे एक ठीक-ठाक पूँजीवादी बाप होता है जिसके भेजे पैसे पर फुटानी और क्रांति चलता है। जिस दिन ये महीना का भेजा पैसा बंद हो जाएगा न, उसी दिन क्रांति का तंबू जरूरत और अभाव की आँधी में उड़ जाएगा। एक उम्र में जब चार रोटी के लिए कमाना पड़ेगा ना तब समझ आएगा कि हर विचारधारा कैसे दाल के कटोरी में घुलकर दम तोड़ देती है। अभी रोटी-दाल का चिंता नहीं है न, इसलिए देश का चिंता वहन कर लेते हो। जब रोटी आएगा न समस्या बन के तब देश के चिंता का बोझ उतर जाएगा। पीठ पर गृहस्थ का बोझा लादने के बाद जगह कहाँ बचता है कि उस पर दूसरा कोई बोझा रखा जाय!" इतना कह पिता कमरे से निकल आए थे। शेखर वहीं खड़ा रहा। उसने बिस्तर से फोन उठाया और एक नंबर डायल किया।

"हेलो। हाँ हेल्लो, कॉमरेड सलाम।"

"क्या हाल साथी?" उधर से आवाज आई।

"एक बात बस बता दीजिए कॉमरेड, यह साला मार्क्सवाद सबकुछ बताया मगर भारतीय बाप को कैसे हैंडल करें, नहीं बता सका क्या? हमको बताइए कॉमरेड। हेलो, हेलो..।" फोन कट चुका था। कॉमरेड शायद जवाब खोज रहा था।

22.

समय ऐसे ही बीता जा रहा था। गाँव में तो सुख-दुख भी ऊँघते हुए आते हैं। पूरबा बहे या पछिया, हवाओं को भी बहकर निकल जाने की जल्दी नहीं होती। सुबह गाँव के किसी टोले से निकलकर मैदान की तरफ घास चरने जाती बकरियों और शाम को चारा चरकर वापस जंगल से घर लौटती गायों की अल्हड़ चाल आपको बता देगी कि यहाँ जीवन की अधिकतम गतिसीमा कितनी होगी। गाँव में कुछ दिन बीतने में बहुत दिन लग जाते हैं। गाँव में मोबाइल नेटवर्क और डिश एंटीना तो आ गया था पर अभी गाँव इंटरनेट की स्पीड पर सवार नहीं हुआ था। गाँव रिक्शा, बैलगाड़ी, साइकिल और मोटरसायकिल से ही चल रहा था। अभी उसकी चाल में गूगल का सर्च इंजन लगना शेष था। इस कारण चाय-पान दुकान की बैठकी में, चौपालों की बतकही में हर मिनट आ रहे नए-नए समाचार का कबाड़ जमा नहीं होता था। आसपास घटी पुरानी घटनाएँ भी महीनों, सालों चर्चा का विषय रहतीं। गाँव में अब भी हाल-समाचार का ही चलन था, न्यूज का नहीं।

आज मुरारी की चाय दुकान बंद थी। वह अपने सात वर्ष के बेटे को लेकर डॉक्टर को दिखाने शहर गया हुआ था। पिछले तीन साल से बेटे की लीवर संबंधी बीमारी को लेकर वह अक्सर डॉक्टर के पास जाता था। उसके जीवन में बेटे की यह बीमारी बड़े कष्ट का कारण थी। अब तक लाख से भी ऊपर खर्च कर चुका था। मुरारी हमेशा बोलता भी रहता था, साला हम अपने लिए कहाँ कमाते हैं! न ही अपने बाल-बच्चा के लिए! हम तो डॉक्टर के लिए कमा रहे हैं। जो कमाना है सब समेटकर उसी को देना होता है।

मुरारी की चाय दुकान बंद होने के कारण आज सुबह की मजलिस सड़क के उस पार एक दूसरी दुकान पर जमी थी। उस दुकान पर बैठने की व्यवस्था नहीं थी। जगदीश यादव ने सबके लिए हाफ-हाफ चाय ऑर्डर की।

सब चाय के गिलास उठाए और वहीं दुकान के सामने गोला बना खड़े होकर गप्प करने लगे। जगदीश यादव ने पहली घूँट के साथ ही महीनेभर पुराना किस्सा पुनः याद कर उठा लिया,

"बिरंचिया और मधु का कांड भी गजबे हुआ था थाने में। बिचारा

बीडीओ, सुन रहे हैं कि ट्रांसफर करा लिया अपना।''

''वह मधु वाला केस में गलती लेकिन बीडीओ का ही था जगदीश दा। गाँव के इज्जत के लिए फूँकन बाबू को मधु का पक्ष लेना था। उसमें बेकार बिरंचिया को भी उतना पीटा-मारा दरोगा।'' बैजनाथ ने एकदम से कहा। उसके यह कहते ही जगदीश यादव गर्म कप से होंठ लगा बैठे थे, अचानक से बैजनाथ की तरफ देखने में। उन्होंने कम-से-कम बैजनाथ से इस बात की उम्मीद नहीं की थी।

''लेकिन सुने कि बिरंचिया और मधु का कुछ चक्कर था शायद। उहे चक्कर में तो गया था साथ में ई थाना और लात खाकर आया। फूँकन बाबू तो सारा बात बताए सबको अपने दुआर पर।'' लड्डन मियाँ ने गर्म चाय की एक जोरदार सुड़क के बाद कहा।

''एकदम गलत बात है लड्डन मियाँ। दादा बोलती है मधु, बिरंचिया को। क्या फालतू बात उठाते हैं आप! किसी पर बिना जाने मत बोलिए। फूँकन बाबू को गलत जानकारी है इसका मतलब।'' बैजनाथ ने कड़े से लड्डन मियाँ को टोका।

''हम बस सुने हैं। वही बोले।'' लड्डन मियाँ के मुँह से निकला।

''सुने तऽ हम भी हैं कि आप गाय काटते हैं घर में। चमड़ा बेचते हैं उसका। पकिस्तान से पैसा आता है आपको। बोलिए क्या बात है?'' बैजनाथ ने लहरकर कहा।

''भक्क्क! अल्ला कसम यार! झूठ बात एकदम। छोड़ो भाई हमको नहीं मतलब, का सही का गलत।'' लड्डन मियाँ ने इस अप्रत्याशित मनगढ़ंत हमले से हड़बड़ाकर झट से बैकफुट पकड़ लिया।

''देखे, समझ आ गया न सुना हुआ बात का मतलब!'' बैजनाथ ने अबकी खिलखिलाकर कहा।

जगदीश यादव अभी तक बस लगातार बैजनाथ को ही देखे जा रहे थे। बैजनाथ भी जगदीश यादव को देख हल्का मुस्की मार दे रहा था। असल में, अपने बरसों-बरस की बैठक में जगदीश यादव ने पहली बार किसी बात पर बैजनाथ को फूँकन सिंह की कोई गलती निकालते देखा था।

''क्या बात है रे बैजनाथ! तुम्हारा तबीयत तो ठीक है ना! क्या बोल रहे

हो आज अलर-बलर! गाँजा उसी के साथ तो शुरू नहीं कर दिए न तुम!'' जगदीश यादव ने कँटीली मुस्कान के साथ पूछा।

''किसके साथ?'' बैजनाथ के मुँह से बरबस निकला।

''अरे बिरंचिया संगे!'' जगदीश यादव ने कहा।

''अरे दादा, जब तक आप हैं दूसरा का जरूरत नहीं है हमको। आप के रहते आज तक कोई कमी नहीं हुआ है।'' बैजनाथ ने जगदीश यादव की शान में कहा। जगदीश यादव ने सुनते ही पहले तुरंत अगल-बगल और पीछे तीनों दिशाओं में देखा कि किसी ने उनकी यह यशकीर्ति सुनी तो नहीं।

''अरे चुप साला, डायरेक्ट ही सब बात काहे बोलने लगते हो सड़क पर यार! यह बताओ ना कि क्या बात है। आज पहली बार बिरंचिया को सही बता रहे हो तुम मर्दे!'' हल्का झेंपकर फिर मूल प्रश्न पर आते हुए बोले जगदीश यादव।

''बिरंचिया को सही नहीं बता रहे हैं। हम तो बस सही को सही बता रहे हैं। और अगर आपके साथ बैठकर बढ़िया से देशी माल का एक-दो सोंटा टान दिए तो गलत को गलत भी बताने लगेंगे। होश में तनिक डर लगता है दादा। आप तो सब जानबे करते हैं। होश में भला कौन सच बोलने का हिम्मत करेगा!'' बैजनाथ ने चाय के आखिरी घूँट में ठहाका मिलाते हुए कहा।

''मतलब? तुम्हरा तो आज हम बात ही कुछ नहीं समझ पा रहे हैं।'' जगदीश यादव ने हाथ में गिलास धरे हुए ही पूछा। इस पर बैजनाथ मुँह घुमाकर मुस्करा भर दिया।

''चलिए, अब निकला जाए। बहुत देर हो भी गया खड़े-खड़े बतियाते।'' जगदीश यादव ने महफिल की शमा बुझाते हुए कहा। उनके कहते ही लड्डन मियाँ ने बगल ही खड़ी अपनी साइकिल का ताला खोला। बैजनाथ को जगदीश यादव ने अपनी बाइक पर बिठाया और वहाँ से अपने घर की ओर निकल आए।

''हमको हमरे घरे पर उतार दीजिए ना जगदीश दा। हमको कहाँ लेकर जा रहे हैं?'' बैजनाथ ने चलती बाइक पर पीछे स्टील वाले कैरियर को दोनों हाथों से कस के पकड़े हुए कहा।

''अरे चलो न मर्दे, बड़ा हड़बड़ करते हो घर जाने का। पहले पूरा बात

खोल के बताओ तुम ऊ मधु और बिरंचिया वाला, तब जाने देंगे।'' इतना कह जगदीश यादव ने हनुमान जी के चबूतरे के पास बाइक रोक दी। बाइक रुकते ही बैजनाथ लुँगी समेटकर नीचे उतरा। जगदीश यादव उतरकर चबूतरे पर पालथी मार जा बैठे और सामने चुकुमुकू की मुद्रा बना बैजनाथ भी बैठ गया। जगदीश यादव ने अपनी पैंट की जेब टटोली और उसमें से एक मुरझाई-सी छोटी सिगरेट निकाली। ऊपर की जेब में माचिस थी।

''लो, ई पीयो और फटाफट भीतर का धुआँ बाहर करो। बताओ क्या मैटर है? बीडीओ और मधुआ का क्या फेर है?'' जगदीश यादव ने सिगरेट जलाकर बैजनाथ की ओर बढ़ाते हुए कहा।

''फेर क्या होगा? कोई फेर नहीं है। सब हरामीपंती बीडीओ का ही है। मधु के साथ गलत काम किया। अपना गाँव समझिए तो साला एकदम बेपानी हो गया है। गाँव का लेडीस को कोई बाहरी अफसर छेड़खानी कर दिया और हम लोग के मुँह से बकार तक नहीं निकला। एक शब्द नहीं बोला कोई।'' बैजनाथ ने पहला कश लेकर सिगरेट को अँगूठे और तर्जनी के बीच में धरे हुए कहा।

''हाँ, बात तो ठीक बोले तुम, लेकिन यह भी तो देखना होगा कि गाँव के लड़की-लेडीस का चाल-चरित्र कैसा है!'' जगदीश यादव ने सामाजिक चिंतन चिंतायुक्त भयंकर तार्किक प्रतिक्रिया दी।

''हो तो आपको लगता है कि मधुवा का चरित्र खराब है! ऊ खेलाड़ी लड़की है!'' बैजनाथ में इस बार सिगरेट का धुआँ छोड़ते हुए थोड़ा तल्खी में खाँसते हुए कहा।

''हाँ तो साला काहे नहीं लगेगा! जा के असली बात फूँकन बाबू को पूछो, काशी साह को पूछो, बदरी बाबा से ही जाकर पूछ लो। सब क्या गलत बोलेगा! और मधु का मरद तब उसको काहे छोड़ गया! यह सब सोचने वाला बात है कि नहीं? फिर इसका बिरंची से हेलमेल देखते हो। इसके खातिर थाना में लात खा लिया। वाह रे मजनू!'' जगदीश यादव ने अपने अंदर की सारी सामाजिक चेतना उगलते हुए कहा।

''छिः-छिः जगदीश दा! महाराज, आप तो ऐसा मत बोलिए दादा। सुनिए दादा, हमको भी यही सब लगता था। लेकिन हम भी बहुत-कुछ पता किए,

तब जाने कि कौन कैसा आदमी है! और थाना तो ई लोग कामता बाबू के पगलवा बेटा शेखर जो दिल्ली में पढ़ते-पढ़ते पगला गया, उसी के सनका देने पर गया था। छोड़िए ई सब बात। बहुत पोलटिक्स है इसमें भी। बाकी फूँकन बाबू का अलग बात है। ऊ जो भी बोलेगा, भाई उसको के गलत बोलेगा! चाहे बदरी बाबा हो या काशी साह। चाहे हम या आप भी महाराज। तऽ इसपे सोचना बेकार है।'' बैजनाथ ने लगभग जल चुकी सिगरेट को जगदीश यादव की तरफ बढ़ाते हुए कहा।

''ऐसा भी बात नहीं है! अच्छा छोड़ो न, ई बताओ कि क्या पता किए हो? कामता बाबू के लड़कवा कुछ पोलटिक्स खेला है क्या? साला, देखने में ही हमको बड़का शातिर लगता है। अभी महीना-दू महीना पहले शायद एक दिन देखे थे उसको चौक पर। अब तो शायद गया दिल्ली।'' जगदीश यादव ने कहानी में एक नए पात्र की भूमिका को स्थापित करते हुए कहा।

''नहीं, हमको यह सब नहीं पता कि कौन क्या पोलटिक्स खेला। हाँ, लेकिन बाप रे ऊ लड़का! जानते हैं, मास्टर साहब के कोख में पता नहीं कौन पागल जन्मा है हो। हरदम नारी-नारी, लेडीस-लेडीस करते रहता है। क्या तो बोलता है कि कौन तो नारी का लड़ाई होगा, हम लोग लड़ेंगे। औरत को मर्द से छुड़ाना है। मर्द का बात नहीं सुनना है नारी को। यही सब अंड-बंड बकर-बकर करते रहता है। पता नहीं कौन नारी को पकड़े देख लिया है! एक दिन कह रहा था कि गाँव में हम लोग अपनी औरत को घर में कैद करके रखे हैं। कहता था, औरत को गुलाम बनाकर रख रहे हैं हम आप। मने साला, लोग के घर-परिवार तोड़ने वाला जहर फैला रहा खुलेआम। हर बतिया में लेडीस-लेडीस ही करते रहता है, एकरा अपन्न कोई चिंता ही नहीं। कैसा मर्द है! बताइए। मुरारी के माय तऽ बोली कि हमर पतोहू के कुछो समझाए आया तऽ मार झाड़ू गोड़ तोड़ देंगे।'' बैजनाथ ने मन-ही-मन शेखर का चेहरा याद करते हुए बताया।

''साला, ई कौन लेडिसाहा पढ़ाई है रे भाई!'' जगदीश यादव भी अचरज में बोले।

''पता नहीं दादा। बिरंची ही बोला कि शेखर नारीवादी लड़का है। अब आप ही बताइए कि साला मास्टर साब इतना पढ़ाए-लिखाए दिल्ली भेजकर।

पढ़-लिखकर नौकरी नहीं खोजने का तऽ नरवादी बने हैं।'' अबकी बैजनाथ ने अपनी ओर से कामता बाबू के अभागे चेहरे की कल्पना करते हुए कहा।

''हाँ, लेकिन ई साल्ला कोनो बीमारी होगा यार बैजनाथ। नहीं तऽ इस तरह कोई जेंस हो के लेडीस के लिए काहे एकदम झोंका जाएगा? ई ड्रग्स लेता है। बिदेशी माल फूँक रहा है दिल्ली के संगत में।'' जगदीश यादव इत्मीनान से चबूतरे पर लेटते हुए बोले।

बजरंगबली चबूतरे पर जगदीश यादव और बैजनाथ मंडल नारीवाद के विमर्श को नया कयामती आयाम देते-देते दो सिगरेट फूँक चुके थे। इस विमर्श के साक्षी स्वयं हनुमान जी थे जो सामने खड़े थे और उनकी मूर्ति के पैर के पास ही लिखा हुआ था, ''कृपया लेडिजों को मूर्ति नहीं छूना है।'' ऐसे पवित्र स्थल पर नारीवाद के ताजा विमर्श ने एक नया अर्थ ग्रहण कर लिया था। आगे की चर्चा को अब बीड़ी के भरोसे चलना था जिसका जुगाड़ वहाँ से गुजर रहे गणेशी महतो को हँकाकर जगदीश यादव ने कर लिया था। गणेशी ने मिनटभर हाल-चाल पूछा और जेब से मुट्ठाभर वाली बीड़ी के बंडल से छह बीड़ी निकालकर दे दी और साइकिल में पैडल मारता खेत की तरफ चलता बना। इधर दोनों अब पैर-हाथ पसार और भी आराम से लेट चुके थे। जगदीश यादव ने कपार के नीचे गमझी रख लेटे हुए पल-दो पल आँखें बंद करके कुछ सोचा और फिर मुस्कराने लगे।

''क्या हुआ जगदीश दादा? मने-मन मुस्किया क्या रहे हैं!'' बैजनाथ ने उचककर पुन: उठकर बैठते हुए जगदीश यादव की मुस्की का गहरा राज पूछा।

''ऐसे ही बस एक बात समझ में आया है मन में। देखते हो न, कामता बाबू कम भीतरघुन्ना हैं का! ऊ मुँह से मीठ है खाली, भितरे पोलटिक्स के लाल मिर्चा ठूँसल है उसके। ई हैं जात के भूमिहार और फूँकन सिंह राजपूत। मने-मन तो दोनों जात में टसल रहबे करता है। हम तो शुरू से देखे हैं। बिरनिया स्टेट में तऽ एक जमाना खूब गोली चला राजपूत-भूमिहार के बीच। ई अपर कास्ट लोग का साला अपना लड़ाई चलत रहता है। तुम देखते हो न कि बैरागी पंडी भी न कब्बो फूँकन सिंह के बड़ाई करेगा न कब्बो कामता मास्टर का। और न ही कामता मास्टर कभी भी फूँकन सिंह का अच्छाई बोलेगा। अब

डायरेक्ट तो कामता मास्टर का औकात है नहीं कि फूँकन सिंह को कहीं भी नीचा दिखा सके। उन्हीं को नीचा दिखाने में अपना बेटा को दिल्ली पढ़ने भेज दिया, देखे। कर सके। अब वही लड़का, मौका मिलते ही बेचारी एक गरीब का लड़की को हथियार बनाकर थाना पुलिस का खेल खेलवा दिया। भाई, अब ई सब जानता ही है कि अगर बीडीओ को जेल होता तो फूँकन सिंह का भी रुतबा तो डाउन होता ही।'' जगदीश यादव ने एकदम जग्गा जासूस वाले अंदाज में कहा।

''हम्म। हो भी सकता है भाई। ऊ लड़का साला लेडीस को हथियार क्या, कुछो बना सकता है रे बाप। यही तो खाली करता ही है उ।'' बैजनाथ ने जगदीश यादव को बहुत ध्यान से सुनने के बाद आँखें खोलकर कहा।

''हाँ। लेकिन हम लोग को यही बुड़बकी नहीं करना है। हम लोग को यह नहीं सोचना है कि हम यादव हैं तो तुमसे बड़ा हैं और तुम तेली हो तो हमसे छोटा हो। ये सब पुराना मान्यता को साइड रखना होगा अब। तबे ई अपर कास्ट से लड़ सकोगे बैजनाथ।'' महावीर जी के चबूतरे पर एक नए समतामूलक पंथ की स्थापना करते हुए जगदीश यादव ने कहा। इतनी देर से चल रही बातचीत में पहली बार बैजनाथ का इस बात पर ध्यान गया कि चबूतरे के समान ऊँचाई पर साथ-साथ बैठे रहने के बाद भी उसका स्थान जगदीश यादव से छोटा है क्योंकि वह तेली था। लेकिन उसने खुद को छोटा माना नहीं, क्योंकि अभी-अभी जगदीश यादव ने ऐसा सोचने से मना किया था। और छोटों को हमेशा बड़ों की बात माननी चाहिए, इसे ही तो अच्छे संस्कार कहते हैं। जाहिर है, संस्कारवान समाज में बड़े-छोटे का फर्क और उनका यह लिहाज तो रहना ही चाहिए। तब से बीड़ी-सिगरेट संग मोटा-मोटी यही मूल्यवान शिक्षा ग्रहण कर अब बैजनाथ जाने के लिए खड़ा हुआ। उसे अब जाकर याद आया कि घर पर बगल के गाँव हदिया से कुछ लोग गाय खरीदने आने वाले थे उसके यहाँ।

''हम चलते हैं अब दादा। ग्राहक आया होगा द्वार पर। माल-जाल बेचना है। चितकबरी गैया बेच रहे हैं।'' बैजनाथ ने चबूतरे से उतरते हुए कहा।

''अरे तुम भी साला बैजनाथ, कितना गाय बेचकर खाओगे! पाप का ढेर जमा कर रहा है तुम।'' जगदीश यादव ने भी चबूतरे से नीचे आ हँसते हुए कहा।

"गाय बेचकर खा रहे हैं, ईमान बेचकर तो नहीं! कौन पाप बड़ा है जगदीश दा!" बैजनाथ ने बोलकर गमछा सर पर बाँध लिया।

"ईमान बेचने वाला तऽ बचा रहेगा लेकिन गाय बेचने वाला नरक जाएगा रे बैजनाथ!" जगदीश यादव ने जोर से हँसते हुए कहा।

"अरे, तो हम तो खेती-किसानी खातिर और दुधारू मबेशी बेचते हैं महराज। कोनो चमड़ा बयपारी को थोड़े बेचते हैं गाय काटने के लिए। और हमारे पास है ही कितना माल-जाल अब? पूँजी और मबेशी दुनो तऽ चोर ले गया पिछला चोरी में।" बैजनाथ ने बिना मुस्कराए यूँ ही कहा।

"अरे हाँ, याद आया। सुने तुमको तो बड़का फेरा लगा। केतना का नुकसान हुआ होगा मोटा-मोटी?" जगदीश यादव ने सुनी-सुनाई बर्बादी के आँकड़े को कन्फर्म करने लिए गंभीरता से पूछा।

"दादा, मोटा-मोटी क्या? समझिए टोटले बर्बादे हो गए थे। तीन नया चकचक दुधारू गाय और दू गाभिन भैंस, सात बकरी एकदम अँगना से हाँककर ले गया चोर।"

"ओह! कौन था चोर लोग?" जगदीश यादव ने स्वाभाविक जिज्ञासा से पूछा।

"मने देखते तऽ ले जाने देते? गजब बात है। हम का जानें के चोर था महराज।" बैजनाथ ने मुंडी हिला के कहा।

"साला, गाँव का ही होगा। या तो चमरौटी का लड़का लोग होगा या फिर मस्जिद टोला वाला लखेरा सब।" जगदीश यादव ने अपने मन की बात से अंदाजा लगाकर चोर का पता दिया।

"पता नहीं कौन था! हम तो मँझला साला के बिहा में ससुराल गए थे। बस एक रात तक घर खाली छोड़े थे, आए तो खाली ही मिला साला।" बैजनाथ ने बीती हुई कसक के साथ कहा।

"बड़का घाटा लग गया होगा तुमको भाई बैजनाथ।" जगदीश यादव ने अब जा के कन्फर्म होते हुए रोमांचक अफसोस के साथ कहा।

"पूरा पूँजी खतम था। श्याम जी मोदी से कर्जा लेने गए तो साला ब्याज ही इतना लेता है कि नहीं पार लगता हमसे। फेर फूँकन बाबू के आगे-पीछे भी किए। एक ठो खस्सी काट के माँस बेचे आधा और आधा फूँकने सिंह को

खिला दिए। लेकिन कुछ मदद माँगे तो बोले, पैसा अगला महीना लेना, अभी बिल फँसल है ब्लॉक में।'' बैजनाथ ने हल्की आवाज में कहा।

''फिर कैसे बेबस्था किए कुछ? अरे हमको कहते तुम। कुछ तो मदद कर ही देते हम।'' जगदीश यादव ने टल चुकी समस्या पर राहत के साथ कहा।

''भगवान की कृपा से काम हो गया। नहीं तो आपसे तो सोचे ही थे कहने का।'' बैजनाथ ने कर्ज लेने की अपनी पिछली योजना को बताते हुए कहा। जगदीश यादव को बैजनाथ की इस भयंकर योजना के कैंसिल हो जाने का डर्मीकूल सुकून मिला। लेकिन आखिर उनके हिस्से में यह राहत किसके कारण आई है यह जानने की उत्सुकता बढ़ गई।

''कौन सँभाला तुम्हारा काम?'' जगदीश यादव ने पूछ ही दिया।

''विश्वास करिएगा?'' बैजनाथ ने थोड़ी-सी मुस्कराहट के साथ कहा।

''अरे बोलो ना कौन?'' जगदीश यादव ने झुँझुआकर पूछा।''

''चोरी के ठीक दू दिन बाद ही हम खेत से आ रहे थे। रास्ता में बिरंचिया मिल गया। हमको टोक दिया। हम सोचे कि जरूर ई साला चोरी के बारे में कुछ जानता होगा। यही चक्कर में हम तनी रुक के बतियाने लगे। वह भी सब बतिया बड़ा खोद-खोद के पूछने लगा। इसी गपशप में हम अपना खराब हालत भी बता दिए दादा। आँख में लोर आ गया हमरे।'' बैजनाथ कहते-कहते शायद अब भी थोड़ा भावुक-सा हो गया था। जगदीश यादव ने बड़ी सहानुभूति से उसके कंधे पर अपना दाहिना हाथ रखा धीरे से।

''ओहो, तब तो दुख सुनकर हरामी मजा लिया होगा? हम तो समझ ही गए थे कि ऊ भी होगा चोरी में। तुम भी उसको इतना बढ़िया से जानते हो, फिर भी क्या जरूरत था उसके सामने दुख रोने का!'' जगदीश यादव ने वे सारी बाकी बातें खुद ही अपने से ही समझते हुए कह डालीं जो अभी बैजनाथ ने बताई भी नहीं थीं।

''हाँ, इतना बढ़िया से नहीं ना जानते थे हम। हम तो छोड़िए, कोई नहीं जानता है। आप भी नहीं।''

''गाय काटता है क्या? ई साला धरम नाशक है ही। जलाल मियाँ का साथ पकड़ा होगा। उसी का है चमड़ा का धंधा। तब ना गाँव-देहात से इतना गाय का चोरी बढ़ गया है। इसका सिकंदरपुर में भी खूब बैठकी है आजकल।

चमड़िया ग्रुप है ई सबका।'' जगदीश यादव के अंदर की गाय माता ने रंभाते हुए आक्रोश में कहा।

''अरे, गाय काटता नहीं, हमारा नाक कटने से बचाया। नारियल ऊपर से कड़ा और भीतर से पानी होता है दादा। आप तो इतना उल्टा-पुल्टा सोचकर बैठे हैं कि अब हम क्या बोलें आगे!'' बैजनाथ ने हाथ चमकाते हुए कहा।

''मतलब ?'' जगदीश यादव अबकी चौंके कम और झेंपे ज्यादा।

''अरे, वही जवान जबरदस्ती हाथ धर के पबित्तर के पास ले गया। हम ना-ना करते रहे, नहीं माना। कहा, काका जैसा हैं आप। आपको पैसा का जरूरत है ना, हम दिलवाते हैं ना! हम भी साला हालत से मजबूर चल दिए। उसके बाद तो पूछिए मत। पबित्तर तो और सोना आदमी है दादा। बिना ब्याज पैसा दिया। आज तक किसी को कहा भी नहीं कि हमको कर्जा दिया है। कोई एहसान नहीं जताया। बताइए अब आप, कैसा आदमी हैं यह लोग!'' बैजनाथ ने जगदीश यादव से एकदम सटते हुए कहा।

''भाई, अब तुम्हारा मदद किया है। तुम्हारे लिए तो बढ़िया ही आदमी समझो।'' जगदीश यादव ने धीमी आवाज में थके हुए धावक की तरह कहा, जिसके मन का घोड़ा न जाने कहाँ-कहाँ से दौड़कर वापस आ अभी स्थिर खड़ा हो गया था।

''खाली हमारे लिए नहीं। मुरारी जो अपना बेटा को ले इलाज कराने गया ना, उसमें भी कुछ पैसा मदद किया है पबित्तर।'' बैजनाथ ने एक और नई बात बताई।

''बाप रे! ई तो चमरौटी में राजा कर्ण आ बसा है भाई। लो चलो, अब चला जाए। बहुत लेट तक फालतू बैठ गए आज। जल्दी जाना है हमको। पबित्तर तऽ पानी का पैसा कमाकर लाया है। लुटाएगा ही। क्या चिंता है उसको!'' जगदीश यादव मुँह बिचकाकर बोले और सीधे बाइक पर जा बैठ चाबी लगाते किक मार बाइक स्टार्ट कर दी।

वह बैजनाथ को छोड़ निकल ही जाते लेकिन तब तक मुस्तैद खड़ा बैजनाथ कूदकर पीछे बैठ चुका था। जगदीश यादव ने दना-दन गियर बदलते हुए बाइक को रफ्तार धरा दी।

''तनी घर तक छोड़ दीजिए न हमको दादा।'' बैजनाथ ने जोर की लगी

ब्रेक से उछलते हुए फरियादी स्वर में पीछे से जगदीश यादव के कान के पास मुँह ले जा कहा।

"हमको जरा जरूरी काम से जाना है। उतरो, उतना अंदर तुम्हारे गली तक नहीं जाएँगे। यही मेन रोड पर छोड़ देते हैं। जगदीश यादव तब तक रुकी बाइक पुनः बढ़ा चुके थे। बैजनाथ हड़बड़ाकर कूदते हुए उतरा। उतरकर पगडंडी धर चलते हुए उसने शर्ट की ऊपरी जेब से खैनी निकाली और उसे रगड़ते हुए मन-ही-मन बार-बार राजा कर्ण की छवि को याद करने लगा। उसने शायद कभी महाभारत धारावाहिक के दौर में इसे देखा था। पर वे यादें धुँधली-सी हो गई थीं। वह राजा कर्ण का चेहरा याद करने की कोशिश कर रहा था पर उसे बार-बार पबित्तर का ही चेहरा दिख जाता। जाने-अनजाने ऐसे ही तो छवियाँ गढ़ी जाती हैं। आज अचक्के में ही जगदीश यादव बैजनाथ के मन में नया कर्ण छाप गए थे।

23.

आज एकदम सबेरे-सबेरे बदरी मिसिर देह पर बस धोती-गमछा लपेटे पुरुषोत्तम बाबू के दरवाजे पहुँच गए थे। माथे से सरसों तेल रिसकर कनपटी पर आ रहा था। गले में मोबाइल लटका हुआ था जिसका फीता उनके गले की रुद्राक्ष माला के धागे से लटपटाया हुआ था। बदरी मिसिर के गले में अभी वेद और विज्ञान दोनों लझबझाकर गुँथ-से गए थे। दरवाजे पर पहुँचे बदरी मिसिर दोनों हाथ लगा रुद्राक्ष के धागे से मोबाइल का फीता छुड़ाने लगे। कमर की धोती में आज का अखबार खोंसा हुआ था। मिनटभर की मशक्कत के बाद उन्होंने गर्दन से मोबाइल निकाला और एक हाथ में अखबार ले पुरुषोत्तम बाबू के दरवाजे पर आवाज देने लगे। आवाज सुनकर लटकु भंडारी निकलकर आया जो पीछे गमले में पानी दे रहा था।

"क्या जी, कहाँ हैं पुरुषोत्तम बाबू?" बदरी मिसिर ने उसे देखते ही पूछा।

"प्रणाम बाबा। बाबा, मालिक तऽ सुतले हैं अभी।" लटकु ने पुरुषोत्तम बाबू का करंट स्टेटस अपडेट किया।

"कब तक सुतले रहेंगे! अब जगने समय हो गया। उठाओ, उठाओ मरदे उनको।" बदरी मिसिर ने लक्षणा में कहा। पर लटकु को बात सीधी अभिधा में ही समझ आई थी। वह बदरी मिसिर की तरफ कुर्सी सरकाकर अंदर पुरुषोत्तम बाबू को देखने गया। बदरी मिसिर धोती को हल्का ऊपर खींच दोनों पाँव कुर्सी पर चढ़ा समेटकर बैठ गए। अब अखबार कमरबंद से निकाल हाथ में लिए हुए थे। एक हाथ से मोबाइल पर कुछ देख रहे थे। स्क्रीन पर कुछ नीली-हरी बत्ती जलती और बुझती। असल में, इस दौर में सामान्य सुविधा वाले साधारण मोबाइल पर गाँव-कस्बों में आदमी दिनभर या तो साँप वाला गेम खेलता था या टिप-टिप-टिप-टिप कर नेटवर्क जाँच करता रहता था। बदरी मिसिर अभी शायद यही कर रहे थे। तभी लटकु अंदर से अपने मालिक की सूचना लेकर आया।

"मालिक जग गए हैं।" यह बोलकर लटकु सामने पौधों में पानी देने लगा।

"ऐ ई मोबाइल काहे नहीं लगता है जी पुरुषोत्तम बाबू का! नंबर सही फिट है न हमारे पास?" बदरी मिसिर ने एक नजर मोबाइल और दूसरी नजर लटकु पर डालते हुए कहा।

"अरे बाबा, टावर नहीं होगा। मालिक तो सुतल थे, नंबर कैसे लगेगा!" लटकु ने टेलीकॉम विशेषज्ञ की भाँति बताया। गाँव-देहात में अक्सर नेटवर्क को गाँव के प्रभावशाली आदमी के संग ही सुतना-उठना होता था जैसा कि अभी लटकु ने बताया।

"भक्क्क मरदे, टाबर तऽ पकड़ ही रहा है। यह देखो तीन ठो खुट्टी दिखा रहा है। फोन बंद होगा पुरुषोत्तम बाबू का।" बदरी मिसिर ने बहुत वैज्ञानिक अंदाजा लगाया।

"फोल्स खुट्टी है आपका। टाबर पकड़ेगा तो देखिए हमारे जैसा हरा बत्ती जलेगा आटोमेटिक।" लटकु ने जेब से अपना फोन निकालकर दिखाते हुए कहा। गाँव में मोबाइल और नेटवर्क को लेकर इस तरह की गपक्कड़ी चलती रहती थी। इन्हीं रोजाना की मौलिक माथापच्ची का कमाल था कि बिना कंप्यूटर पढ़े-पढ़ाए ही भारत के गाँव-गाँव में एक जबरा तकनीकी विशेषज्ञ पीढ़ी पैदा हो गई जो आगे चलकर डिजिटल इंडिया वाली क्रांति का आधार बनने वाली थी।

तभी पुरुषोत्तम बाबू लुँगी कसे, गमछे से मुँह-हाथ पोंछते अंदर से बाहर बरामदे में आए।

लटकु ने कूदकर कुर्सी लगाई।

"परणाम, परणाम पुरुषोत्तम बाबू! बहुत देर सुते आज? अब सुतिए मत, जगने का समय आ गया।" बदरी मिसिर ने देखते ही कुर्सी पर से पाँव नीचे कर हाथ जोड़ते हुए जोरदार अभिवादन के साथ कहा।

"अरे नहीं मिसिर जी, हम तो सूर्योदय से पहले उठ जा रहे हैं आजकल। बड़ा बढ़िया साधना टीभी पर एक रामदेव बाबा आता है, योग करता है। बड़ा अच्छा चीज है कपालभाति, अनुलोम-विलोम। हम तो वही सब कर लेते हैं आधा घंटा। बड़ा फ्रेश रहता है माइंड।" पुरुषोत्तम सिंह ने कुर्सी पर आराम से बैठते हुए कहा।

"लीजिए आप टीभी पर योग देख रहे हैं! यह कौनो रामदेव बाबा का

लाया हुआ चीज थोड़े है पुरुषोत्तम बाबू! अरे, यह तो लाखों बरस से प्राचीने टाइम के काल से हमारे पूर्वज करते आ रहे हैं। आज भी उन्हीं लोगों का किया हुआ यह असर है कि हम लोग योग नहीं भी कर पाते हैं तब भी फिट-फाट हैं एकदम।'' बदरी मिसिर ने योग के इतिहास, उसके आविष्कार और प्रतिष्ठापन में अपने पूर्वजों के योगदान और उन पूर्वजों के किए योग का स्वास्थ्य पर आज तक पड़ने वाले स्थायी चिरयुगीन असर जो ग्लोबल वॉर्मिंग से भी पुराना था आयु में, इन सबको रेखांकित करते हुए कहा। मुगलों का जमा खजाना खत्म हो गया। उनके हीरे-जेवरात पता नहीं कहाँ गए, किसने उन्हें बेच खाया, कौन लूटकर ले गया, लेकिन बदरी मिसिर के पूर्वजों द्वारा जमा योग का असर सदियों से आज तक उनकी पैदा होती नस्लों पर था। बदरी मिसिर ने आज सबेरे-सबेरे जीवविज्ञान को इतनी बड़ी चुनौती दे दी थी कि जीव बनाने वाले ब्रह्मा का ध्यान अगर कभी भी भंग हुआ होगा तो वह आज बदरी बाबा को ही सुनकर हुआ होगा। पुरुषोत्तम सिंह को तो लगा उनके पूर्वज कम न रह जाएँ। उन्होंने भी तड़ाक से कहा ''अरे भाई, हमारा तो पूरा पूर्वज ही पहलवान था। योद्धा था, किसी से नहीं दबा कभी। आज तक भी देख लीजिए। पूर्वजों के किए का असर तो रहता ही है।''

बगल में खड़ा लटकु मन-ही-मन अपने पूर्वजों को कोस रहा था, 'साले, कुछ बढ़िया करके नहीं गए। कैंची चलावत रहे जिंदगीभर। तब न आज हमारा ई हाल है। राजपूत-बाभन का पूर्वज ही मामला तगड़ा सेट करके चला गया। तब न सुख भोग रहा ई लोग।' यही सोचते-सोचते बेचारा भीतर से चाय लाने चला गया। अगले मिनट चाय आ गई।

''अरे योग करके तुरंत चाय नहीं पीना चाहिए। जाओ पानी लाओ हमारे खातिर। घर की औरतों को भी कुछ पता तो होता नहीं है। ओह।'' पुरुषोत्तम सिंह ने कप लेते हुए लटकु से कहा।

''अब योग छोड़िए और कसरत का तैयारी कीजिए।'' बदरी मिसिर इतने में मुस्की मारकर कहते-कहते गर्म चाय के दो घूँट मार भी चुके थे।

''कौन बात का कसरत महाराज?'' पुरुषोत्तम सिंह ने पैर से लुँगी ऊपर समेटते हुए पूछा।

''अखबार देखे आज का?'' बदरी मिसिर ने संग लाए अखबार का पन्ना

खोलते हुए दिखाया।

"लीजिए। अरे हुजूर, पंचायत चुनाव का तारीख घोषित हो गया है।" बदरी मिसिर ने ब्रेकिंग न्यूज सुना दी थी। यह सुनते ही पुरुषोत्तम सिंह कुर्सी से उठकर थोड़ा आगे आए और बदरी मिसिर के हाथ से अखबार लिया।

अखबार लेते ही बाएँ-दाएँ एक नजर देखा और आवाज लगाई, "अरे लटकुआ, ऐ लटकु!"

इतना सुनना था कि तब तक तो लटकु उनका चश्मा ले अंदर से आ चुका था। यह उसकी दिनचर्या ही थी कि जैसे ही पुरुषोत्तम बाबू के हाथ कोई भी कागज-पत्तर या अखबार देखता तो दौड़कर पहले चश्मा ले आता और तब तक वहीं बगल में खड़ा रहता जब तक कि पुरुषोत्तम बाबू हाथ लिए कागज या अखबार को पढ़ चश्मा वापस उसके हाथ में न रख दें। पुरुषोत्तम बाबू अभी बड़े ध्यान से अखबार में छपी खबर पढ़ने लगे। बगल खड़ा लटकु भी गर्दन लंबी कर झाँकने लगा। खबर सबके लिए जरूरी और उत्साहित करने वाली थी। पूरे गाँव-पंचायत की खातिर बहुत महत्वपूर्ण समाचार लेकर आया था आज का अखबार। भारत एक सशक्त लोकतंत्र था और चुनाव लोकतंत्र का सबसे बड़ा महापर्व, यह बात यूँ ही नहीं कही जाती थी। चुनाव एक उत्सव था, एक त्योहार था—भारत के गाँव इसके सबसे बड़े उदाहरण थे। उसमें भी खास करके पंचायत चुनाव। नए अमीर-पुराने गरीब, छोटा-बड़ा, शोषक-शोषित, पीड़क-पीड़ित, महिला-पुरुष, कुकुर-बिलाई सब में एक साथ-सा उत्साह होता चुनाव को लेकर। मंदिर-मस्जिदों में चौपाल नियमित हो जाती। चाय दुकान, पान दुकान पर भीड़ बढ़ जाती। हर व्यक्ति लोकतंत्र में वोट के रूप में अपने कीमती होने के एहसास से भर जाता और अपना अधिकतम मूल्य तय करके रखने लगता। लड़के अपनी बाइक झाड़-पोंछकर तैयार कर लेते। राजनीतिक चेतना से भरे ये युवा बाइक की टंकी सुखाकर सीट पर बैठ प्रत्याशियों की राह तकने लगते। सभी जातियों की एक-दूसरे से लाभदायक दूरी बन जाती और अपनी जाति के बीच आपसी बंधुत्व की भावना बढ़ जाती। इसमें सभी जातियों के लोग अपना-अपना एक ठीक-ठाक सयाना सरदार खोजकर तैयार कर लेते जो वोट खरीद-बिक्री की मंडी में उनकी ओर से लेन-देन की महत्वपूर्ण भूमिका निभा सके। गाँव का गाँव और उसका समाज

छोटे-छोटे जातीय कबीलों में बँटकर चुनावी उत्सवधर्मिता में बड़े हर्ष और होशियारी के साथ भाग लेने को तैयार हो जाता। राजनीतिक चेतना के लिहाज से देश के महानगर इन गाँव के मुकाबले कहीं नहीं ठहरते थे। राजनीति ने इस मुल्क के गाँवों को पता नहीं क्या दिया, लेकिन इन गाँवों ने राजनीति को यह बहुत ठोस भरोसा दिया कि चाहे हम हर बार भले ठगे जाएँ, पर हर नए चुनाव को हम गाँव पुनः नई उम्मीद से देखेंगे और नई मूल्य दर पर सलटेंगे। और शायद इसी भरोसे का तो फलसफा था कि भारत में लोकतंत्र आज भी निश्चिंत होकर रहता। लोग अपना सबकुछ लुटाकर भी लोकतंत्र को बचाए हुए थे। लोगों ने इस लेवल की कुर्बानी दी थी इस देश के लोकतंत्र को बचाए रखने के लिए। कुर्बानी का लेवल आज तक मेंटेन था।

''डेट बड़ा जल्दी दे दिया है चुनाव का! अगले महीने के आखिरी में ही है।''

''अरे डेट का क्या है! अगले महीने को हो चाहे आज ही हो जाए। चुनाव का रेजल्टवा तऽ तय ही न है। अबकी निर्विरोध बिजेता फूँकन सिंह।'' बदरी मिसिर ने चुनाव परिणाम पर शत-प्रतिशत जीत वाला सबसे तेज एग्जिट पोल दे दिया था।

''ऐसा भी नहीं है मिसिर जी! इलेक्शन कोई भी आसान नहीं समझना चाहिए।'' पुरुषोत्तम सिंह ने दोनों पाँव कुर्सी से नीचे लटकाकर हिलाते हुए कहा।

''पुरुषोत्तम बाबू, पिछला चुनाव भूल जाइए। अबकी माहौल दूसरा है। कोई विरोधी नहीं। फूँकन बाबू का प्रताप भी बढ़ा है इतना दिन में। बिना प्रधान बने भी तो पंचायत का हर काम किया है ये आदमी।'' बदरी मिसिर ने जीत का रास्ता साफ करते हुए कहा।

''राजनीति में जो निश्चिंत हो जाता है वह चित हो जाता है। क्या माहौल है यह तो आज से पता चलेगा। अभी तो चुनाव का डेट आया ही है।'' पुरुषोत्तम सिंह ने हल्की मुस्कराहट के साथ कहा।

मलखानपुर पंचायत का परिसीमन इस प्रकार था कि मलखानपुर से महज दो किलोमीटर की दूरी पर नदी के उस पार स्थित सिकंदरपुर गाँव भी उसी पंचायत में आता था। इस तरह से ये दो मुख्य गाँव थे पंचायत के और इन

दोनों गाँव के बीच भी कुछ छितरे हुए टोले थे जहाँ नामभर की आबादी थी। सिकंदरपुर में मुस्लिम आबादी थोड़ी ज्यादा थी और हिंदू कम तथा मलखानपुर में हिंदू ज्यादा थे और मुस्लिम गिनती के कुछ घर। दोनों गाँव के बीच लबालब नदी होने के बावजूद जब-जब चुनाव आता गाँव में आग लग ही जाती थी। मलखानपुर पंचायत में जब-जब भी मुकाबला होता तो इन्हीं दोनों गाँवों के उम्मीदवारों के बीच सीधे तौर पर होता था। पिछले दो दशक से सिकंदरपुर से कोई मुस्लिम उम्मीदवार ही खड़ा होता और मलखानपुर से एकमात्र उम्मीदवार पुरुषोत्तम सिंह के खानदान से। इनमें बाजी अधिकतर पुरुषोत्तम सिंह के ही हाथ लगी थी। पिछले चुनाव में मुकाबला काँटे का था और सिकंदरपुर के उम्मीदवार असलम मियाँ ने मलखानपुर के कुछ हिंदू वोटों पर भी सेंधमारी कर दी थी। ऐसा लग रहा था कि पुरुषोत्तम सिंह के बेटे फूँकन सिंह की हार न हो जाए। ऐसी हालत में मलखानपुर से लेकर सिकंदरपुर तक के बूथों पर दोनों तरफ से जमकर तमाशा हुआ। कहीं-कहीं मारपीट भी हुई। असलम मियाँ ने नजदीकी टक्कर में हाथ आई जीत को निकला देख चुनाव में धाँधली की शिकायत राज्य निर्वाचन आयोग से कर दी। इस बाबत कुछ सबूत भी पेश कर दिए। नतीजा यह हुआ कि इस मौके पर फूँकन सिंह का निर्वाचन रद्‌द कर यहाँ चुनाव आगामी किसी तारीख तक निलंबित कर दिया गया। तब से लगभग दो साल के बाद यह मौका आया था जब राज्यों की कई छूटी और रिक्त सीटों पर पंचायत चुनाव होने थे। इधर असलम मियाँ की पिछले साल ही हृदयाघात से मौत हो चुकी थी। और उसका बेटा सालभर पहले ही गाँव छोड़ मुंबई कमाने चला गया था। इस बार सिकंदरपुर से किसी कड़े उम्मीदवार की संभावना तत्काल नहीं दिख रही थी।

पंचायत चुनाव में राजनीतिक दलों की रुचि कम नहीं होती थी। चुनाव निर्दलीय पद्धति पर लड़े जाने के बाद भी हर उम्मीदवार के पीछे कोई-न-कोई दल जरूर अप्रत्यक्ष रूप से खड़ा रहता था। असलम मियाँ पुराने कम्युनिस्ट रहे थे जबकि पुरुषोत्तम सिंह का खानदान दादा जमाने से हिसाबी रहा था। दल का चयन काल और परिस्थिति के हिसाब से करता था। वर्तमान में अगर दलीय राजनीति के लिहाज से देखते तो मलखानपुर पंचायत, भितरामपुर विधानसभा क्षेत्र के अंतर्गत आती थी। यहाँ से निवर्तमान विधायक सतेंदर सत्यवादी थे।

इन्होंने अपने विपक्षी भुवनेश्वर प्रसाद भावुक को हराया था। फूँकन सिंह वर्तमान विधायक का ही समर्थक था। वैसे भी, आदमी का भविष्य वर्तमान के ही साथ रहने में होता है।

इधर अखबार पढ़ पुरुषोत्तम सिंह के दरवाजे कुछ और लोग सुबह टहलते-घूमते आ चुके थे। अब तक तीन बार चाय के दौर चल चुके थे। लटकु सबके खाली कप समेट ही रहा था कि तभी धूल उड़ाती सफेद बोलेरो आकर खड़ी हो गई। फूँकन सिंह आ गया था। वहाँ दरवाजे पर बैठे, खड़े सभी लोग चहक उठे फूँकन सिंह को देखकर। फूँकन सिंह अब केवल एक प्रभावशाली ढीठ ठेकेदार और गाँव का अघोषित नाजायज मुखिया नहीं था बल्कि संवैधानिक तौर पर प्रधानी के पद का एक जायज उम्मीदवार होने वाला था।

"आइए, आइए, हो-हो, हा-हा। आहा! आइए, मन तऽ कर रहा है कि अभीए माला पहना दें।" बदरी मिसिर अवैध उत्साह से भरे बोले।

"पहले इनको असली बात तो बताइए।" पड़ोस के बल्लू ने मुस्कराकर खैनी बनाते हुए टोका।

"अरे, हमको पता है भाई। सब पता है। हम ही को पता नहीं रहेगा! सबसे पहले फोन घुस गया हमारे मोबाइल पर। इलेक्शन का डेट बड़ा कम है। यह ध्यान रखिए सब लोग।" फूँकन सिंह ने गाड़ी से उतरते ही कैंडिडेटियाना मूड में गंभीर कमान सँभालते हुए कहा।

"आदेश करिए ना। धुआँ उड़ा देंगे बस दस दिन में ही।" हल्का बचे जवान बल्लू ने खैनी मुँह में डाल हाथ झाड़ते हुए कहा। उधर अब गाँव के चौक पर भी चुनावी चर्चा ने लहक पकड़ ली थी। मुरारी चाय दुकान पर जगदीश यादव जोर-जोर से अखबार पढ़ रहे थे और बाकी बैठे सब चाय हाथ में धरे ध्यान से सुन रहे थे। तभी जगदीश यादव को अपनी रखी चाय का ख्याल आया तो उन्होंने अचानक अखबार मोड़कर रखा और चाय का गिलास उठाया। अखबार रखते ही वहीं सामने खड़े एक आदमी ने उसे उठाया और थोड़ा किनारे खड़े हो पढ़ने लगा। तीन लोग उसके पीछे भी खड़े हो लिए। कामभर की चीजें जगदीश यादव ने ऊँचे स्वर में पढ़ सबको लगभग बता ही दी थीं। अब तो आज से चुनावी दंगल की चर्चा का शुभारंभ होना था जिसे

पूरे चुनाव चलना था।

"इस बार बूथ कड़ैती खूब होगा। जरा भी धाँधली मुश्किल है इस बार। बूथ लूटना असंभव कर देगा प्रशासन। क्योंकि पिछला बार यही सबका शिकायत से चुनाव रद्द हुआ था। सो, इस बार टाइट कर देगा।"

जगदीश यादव ने लोकतंत्र के पर्व पर संभावित कड़े पहरे होने की आशंका से चिंतित होते हुए कहा। उनकी चिंता से लग रहा था कि इस पर्व को खुलकर मनाने देने में प्रशासन बाधा डाल, जनता के हर्षोल्लास में कमी कर सकता है। एक आजाद मुल्क में जब मन तब बूथ में घुसकर जितना मन उतना वोट देकर आने की ही आजादी न हो तो किस बात की फिर आजादी और क्या पीटना फिर लोकतंत्र का झूठा डंका! नए वोटर बने युवाओं का जोश देखते बनता था। स्त्रियों के नाम पर दनादन पुरुषों द्वारा वोट देकर, कई स्त्रियों द्वारा पुरुषों के भी नाम पर वोट डालकर यहाँ चुनाव लोकतंत्र में लिंग के आधार पर भेदभाव के लिए कोई जगह नहीं छोड़ता। कई मतदाता तो दशकों पहले स्वर्ग जा चुके लोगों के नाम पर भी मत दे आते। भारत में लोकतंत्र की जड़ें नीचे कितनी गहरी थीं, यह तो पता नहीं पर ऊपर इसकी शाखा स्वर्ग तक को जरूर स्पर्श करती थी। लेकिन सबको अब चिंता होने लगी कि अगर व्यवस्था चाक-चौबंद और कड़ी रही तो फिर चुनाव का मतलब ही क्या रह जाएगा!

"ब्लैक कमांडो भर देगा तो चुनाव बेकार ही समझिए फिर।" बैजनाथ ने एक निराश मतदाता के रूप में कहा।

"अरे, कमांडो कौनो ऊपर स्वर्ग से आता है क्या! ऊ भी तो आदमी ही है। उसको चुनाव की ड्यूटी से मतलब होता है। कोई जीता, कोई हारा उसको क्या मतलब है! रात को देसी मुर्गा और भात खाएगा तो पूरे दिन सब सहयोग देता है। मसीनगन साइड रख के सूत तऽ जाता है बेचारा। हाँ, तीन ठो बढ़िया खटिया जुगाड़ कर दे दीजिए, बस। हम एक हजार चुनाव देखे हैं। कोनो नया बात है क्या ई कड़ा सुरक्षा!" वहीं चाय पी रहे एक बुजुर्ग व्यक्ति ने व्यवस्था पर भरोसा जताते हुए अपना हजारी अनुभव सुनाया। वह शायद किसी बस से उतरा हुआ यात्री था।

"हाँ-हाँ, ठीक बोल रहे हैं ई। ठीक बोल रहे हैं ई।" चार-पाँच आवाजें एक साथ मिलकर गूँजीं।

''वैसे भी, चाहे कड़ाई हो या ढीला छोड़े, जनता का मन फूँकन सिंह के साथ रहेगा तो कमांडो का कर लेगा! अब कौन है मुकाबला में! असलम मियाँ भी गुजर ही गया जो तनी-मनी टक्कर देता भी था।'' अभी कुछ ही मिनट पहले टहलते हुए वहाँ चाय पीने पहुँचे डॉक्टर बालेंदु ने एकदम तार्किक बात रख दी थी। उनकी बात में दम था। डॉक्टर बालेंदु के सामने ही तो असलम मियाँ जगत से रुखसत हुए थे। इस तरह अपनी तूफानी गेंदबाजी से एक और विकेट ले फूँकन सिंह के लिए मैदान खाली करा देने का यश भी डॉक्टर बालेंदु के ही डॉक्टरी खाते में था।

''इतना भी आसान मत समझिए आप मुसलमानी पोलटिक्स का हाल डोकडर बाबू। हमसे ज्यादा कौन जानेगा जी हमारे कौम को! हमारे कौम का कैंडिडेट इस मर्तबा भी आएगा ही। सिकंदरपुर से हवा आ चुका है हमको।'' लड्डन मियाँ ने मुस्कियाते हुए कौमी राजनीति पर अपनी जबरदस्त पकड़ का हवाला दिया।

''हवा का बात हवा के जैसा ही होता है। कोई ठोस जानकारी हो तो बताओ मर्दे।'' जगदीश यादव ने गप्प में गंभीर तत्व फेंटते हुए कहा।

''हवा में नहीं बोल रहे हैं हम। सबकुछ तय हो गया है।'' लड्डन मियाँ ने चेहरे पर गंभीर भाव लाकर कहा अबकी।

''नाम बताओ न कैंडिडेट का।'' डॉक्टर बालेंदु ने झिड़ककर कहा। ये सुनते ही लड्डन पलभर शांत हो गए। मन तो आया कि नए कैंडिडेट को डॉक्टर साब ठीक होने का दवा न दे आएँ। तब तो फूँकन सिंह सच में निर्विरोध ही हो जाएगा इस बार। वैसे भी, आर्थिक रूप से कमजोर आस-पास के मुस्लिम समाज के अधिकतर मरीज डॉक्टर बालेंदु के पास ही आते थे और इन्हीं के मार्फत जन्नत डिस्पैच हो जाते थे। सो, लड्डन की शंका एक स्वाभाविक क्रिया ही थी।

''हाँ, तो बता दो न नाम। इसमें क्या छुपाना! चुनाव क्या लुका-छुपा के लड़ेगा?'' तब से चुप बैरागी पंडित जी ने जोर से कहा।

''अनवर मियाँ...। यही खड़ा हो रहा है इस बार। लिखकर रख लीजिए। इसका दो लड़का अलीगढ़ में मौलवी है। माल-पानी का चिंता नहीं है। यही कैंडिडेट है सिकंदरपुर में।'' लड्डन मियाँ ने रहस्य से पर्दा हटा उम्मीदवार

की घोषणा कर दी।

"लड्डन मियाँ हम इंग्लैंड का नहीं हैं। मुसलमान होने का मतलब यह नहीं है कि सब बात तुम ही जानोगे। अरे, ई अनवर मियाँ देवबंदी वाला है ना? यह तो मात्र तीन घर सिया देवबंदी मुसलमान है सिकंदरपुर में। इसको साला तुम लोग सुन्नी सब वोट देगा जी कभी? अनवर मियाँ को 20 वोट से ज्यादा आ जाए तो कहना। झाँट पता है तुमको मुसलमानी पोलटिक्स अभी! अभी और गोश्त खाओ संगे। बहुत कम जाने हो तुम मुसलमानी समाज को।" जगदीश यादव बोलते-बोलते जैसे तनतना गए थे।

"अरे, आप तो गर्म हो गए। हमको का लेना शिया-सुन्नी से! हम तो फूँकन बाबू के वोटर हैं। जगदीश भाई, जब असलम मियाँ मेरा रिलेशन में था तब भी उसको वोट नहीं दिए हम। अपना गाँव-टोला पहले देखते हैं हम।" लड्डन मियाँ ने कुछ सोचते ही तुरंत अपनी कौमी राजनीतिक विशेषज्ञता की दुनिया से घर वापसी करते हुए कहा। उसे शायद स्थान और हालात दोनों का ध्यान हो आया था।

इसी तरह उम्मीदवारी की चर्चा, जीत-हार के अनुमान की चर्चा के साथ दो-चार दिन गुजर गए थे। भितरामपुर विधानसभा के निवर्तमान विधायक सतेंदर सत्यवादी इसी बीच लगातार तीन से चार बार फूँकन सिंह के घर आ चुके थे। फूँकन सिंह का चुनावी माहौल बन चुका था। उधर विधायकी में हारे भुवनेश्वर प्रसाद भावुक भी लगातार सिकंदरपुर का दौरा कर रहे थे। पंचायत चुनाव के बहाने सतेंदर सत्यवादी और भुवनेश्वर प्रसाद के बीच भी प्रतिष्ठा की लड़ाई थी। भुवनेश्वर प्रसाद भावुक किसी भी कीमत पर फूँकन सिंह को हरा सतेंदर सत्यवादी का कद छाँटना चाहते थे। इसलिए तो वह ताबड़तोड़ दौरा कर सिकंदरपुर से कोई प्रत्याशी खोज रहे थे फूँकन सिंह के खिलाफ। क्योंकि मलखानपुर में तो किसी प्रत्याशी का मिलना असंभव ही था। इधर विधायक सतेंदर सत्यवादी ने तो फूँकन सिंह को जीत की माला पहन लेने की गारंटी भी दे दी थी। विधायक का वास्तविक नाम सत्येंद्र केशरी था पर सत्यवादी नाम उन्हें जनता से स्नेहवश मिला था। जैसे, वल्लभ भाई पटेल को बारदोली की महिलाओं ने सरदार नाम दिया था। असल में हुआ यह था कि एक बार भाषण देते वक्त सत्येंद्र केशरी ने खुले मंच से यह स्वीकार कर लिया था कि वह

कुछ भी कर लें पर मुँह से झूठ निकल ही जाता है। कई बार चाहा कि सच बोलूँ पर झूठ की आदत नहीं जाती। अपने चरित्र के बारे में इस तरह साफ मन से खुलेआम ईमानदारीपूर्वक सत्य बोलने के कारण इनका नाम सत्यवादी पड़ गया।

इसी प्रकार दूसरे नेता भुवनेश्वर प्रसाद के साथ भावुक लगने की भी एक भावुक कहानी थी। एक बार वे कहीं किसी भोज के दौरान अपने दो साथियों संग दारू-मुर्गा डकारते गए। करीब घंटेभर खाने के बाद जब उन्होंने और मुर्गा लाने को कहा तो उन्हें बताया गया कि वे लोग अब तक तीन मुर्गा-मुर्गियों का एक भरा-पूरा परिवार खा चुके हैं। अब घर में कोई नहीं बचा। यह सुन नेता भुवनेश्वर प्रसाद की मदभरी आँखों से आँसू गिरने लगे। वह भावुक हो खाने के पत्तल पर ही सर रख रोने लगे। आँख में भात घुस गया और आँखों की कोर में तेल-मसाला लटपटा गया। वह और रोने लगे। तब से जनता उनके कोमल हृदय के कारण उन्हें भावुक बुलाने लगी। देश के धन-धान्य की छोड़िए, जनता धन्य है।

24.

शाम ढलने को थी। बिरंची यूँ तो पबित्तर की बाइक से ही चलता था आजकल पर आज सुबह अपनी साइकिल लेकर ही सिकंदरपुर निकला था और अब सूरज डूबने के साथ लौट रहा था। घर न जाकर सीधे लखन की झोपड़ी की ही तरफ चला गया। वहाँ पहले से ही पबित्तर और गणेशी महतो बैठे हुए थे।

"बाप रे! आज कहाँ लटक गए थे बिरंची जी, इतना देर से आए!" देखते ही पबित्तर ने पूछा।

"देर नहीं, जल्दी आ गए समझो। भाई, इलेक्शन का माहौल तो सिकंदरपुर में लगता है। दिन-दिन भर वही चर्चा चल रहा है। हम भी उसी में बैठ गए। नेताजी भुवनेश्वर बाबू भी भेंटा गए। बिठा के हमको मलखानपुर का हाल पूछने लगे। हम तो कह दिए कि अबकी पेलिए फूँकन सिंह को। हम लोग साथ हैं।" बिरंची ने साइकिल से उतरते ही इतना कह दिया, तब जाकर बोरे पर बैठा।

"भुनेश्वर बाबू से आप हमको मिलवाए थे ना! वही लाल टोपी वाला नेता जी ना?" पबित्तर ने पूछा।

"हाँ-हाँ, तुमको तो तीन-चार बार भेंट कराए हैं। बढ़िया आदमी हैं। कम बेईमान हैं। वैसे अब तक मौका भी नहीं मिला है, जीतेगा तब ना देखा जाएगा। जात-पात का राजनीति थोड़ा पर्दा में करते हैं। किसान-मजदूर के नाम पर ही खेल करते हैं। यह ठीक है। दोगला भी सतेंदर सत्यवादी से कम हैं। अच्छा, चूँकि बेचारा आज तक विधायक बना नहीं, सो वादा नहीं निभाने का भी क्लेम नहीं बनता है साले पर। एक और बात है लेकिन साले में, शुरू से पार्टी एक ही पकड़ा रहा। सत्यबदिया के जैसन साले-साल दल नहीं बदलता है।" बिरंची ने अपने प्रिय नेता के प्रति अपनी सद्‌भावना को शब्द देते हुए कहा।

"हाँ, आदमी ठीक है। एक बार परखंड कारयालय में हमारा काम करा दिया था। विधायक खाली बड़ा लोग के दुआरी जाता है भाई।" लखन ने भट्‌ठी में आग सुलगाते हुए कहा।

"का सुरफुरी है सिकंदरपुर में, कौन हो रहा है खड़ा वहाँ से?" गणेशी ने बिरंची की तरफ थोड़ा-सा सरकते हुए पूछा।

"लगे हैं भुवनेश्वर बाबू किसी को खोजकर खड़ा करने में। चुनाव में माल-पानी भी तो लगता है गणेशी दा! सिकंदरपुर में मियाँ बेचारा कमाए कि चुनाव लड़े! जो पैसा वाला था वह सब मना कर दिया। काहे कि हार गया तो माल भी जाएगा और राजनीति भी। ऐसे में मुश्किल तो है ही उम्मीदवार खोजना।" बिरंची ने गणेशी की तरफ देखते हुए कहा।

"अरे, जरूरी ही क्या है कि कोई मुसलमान हो विरोधी में। कोई दूसरा नहीं हो सकता है क्या?" लखन ने बेवजह ही एक जायज-सा सवाल पूछा।

"देखो, उन लोगों का एकमुश्त वोट हो जाता है ना। बाकी किसको हिंदू में है एक साथ इतना वोट फूँकन सिंह को छोड़ के! मुसलमान कम-से-कम मुसलमान को वोट दे देता है जुट के। और फिर कोई दूसरा आदमी फूँकन सिंह के खिलाफ हिम्मत ही तो नहीं करता है। मलखानपुर में तो खड़ा होता नहीं कोई और सिकंदरपुर में मुस्लिम ही वोटर ज्यादा हैं, इसलिए घुमा-फिराकर मुसलमान उम्मीदवार ही आ जाता है खिलाफ में। ऊपर से असलम मियाँ तो पक्का कम्युनिस्ट था भाई। उसको कोई हिंदू-मुसलमान के फर्क से नहीं देखता था। भुवनेश्वर प्रसाद का खास था असलम मियाँ, इसलिए भी वही खड़ा होता था।" बिरंची ने लखन को समझाते हुए कहा।

"जात-पात तो हम भी नहीं मानते हैं लेकिन हम तो कभी सिकंदरपुर के मियाँ को वोट ना दें भैया। फूँकन बाबू घर के बगल में हैं। कोई मौका-कुमौका पर यही काम आएँगे। आज प्रधान हैं, कल के जाने विधायक भी बनें। गाँव का तऽ कल्याण ही होगा। का दिक्कत है इनको वोट देने में। है कि नहीं?" गणेशी ने खुलेआम अपना मत गिराते हुए कहा।

यह सुनते बाकी सब मुस्करा दिए। गणेशी ने जात-धर्म से परे बड़े खुले मन से स्थानीयता को वरीयता दे अपनी बात रख दी थी। बिरंची ने सामने रखा पानी का मग गटकने के बाद कहना शुरू किया,

"कितना दिन तक हथजोड़ी करिएगा फूँकन सिंह का हो गणेशी काका! गाँव का आधा खेत तऽ बीस बापूत मिल के लाठी के दम पर दखल कर लिया। कितना घर में घुस इज्जत पानी भी ले गया उसका खानदान। लेकिन अभी तक दरबार नहीं छूटा है आप लोग से! घर के बगल में भेड़िया है, खून पी रहा गाँव का। ई नहीं दिख रहा आपको!" बिरंची ने जेब से एक पुड़िया निकालते हुए

एकदम झुँझलाहट वाले स्वर में उलाहना देते हुए कहा।

बिरंची को सुन गणेशी महतो ने चेहरे पर बिना कोई भाव लिए बस इतना-सा कहा,

"गरीब आदमी हैं न बाबू। कोई भी चिल्ला लेगा हम पर। तुम भी काहे छोड़ो। है कि नहीं रे लखन?" यह बोल अजीब-सी निरीहता लिए मुस्करा दिया गणेशी महतो।

यह सुन बिरंची के पास जोर से कुछ कहने की कोई गुंजाइश नहीं बची थी, वह तो अब और जोर से गरज उठा,

"ई साला गरीब, गरीब, गरीब! गरीब क्या बिना इज्जत-मर्यादा के पैदा होता है! गरीब को रीढ़ का हड्डी नहीं दिया है क्या भगवान! साला, गरीब के कपार पर लिखा होता है क्या कि जाओ, बड़कन का दलाली करना। काहे हमारा खून जला रहे हैं आप गणेशी दा। आपको फूँकन सिंह के द्वार पर ही मराना है तो मराइए। अबकी चुनाव में मलखानपुर का फिफ्टी परसेंट वोट उसका विरोधी पार्टी को जाएगा, देख लीजिएगा।" बिरंची ने एकदम से रूखे अंदाज में जरा जोर से ही कहा। गणेशी महतो चुपचाप इत्मीनान से बैठा ऊपर-नीचे कर गर्दन हिला रहा था धीरे-धीरे। एक हल्की-सी मुस्कान लिए गणेशी ने फिर एक बात कह दी,

"कब्बो देखे हो गरीब को आन, बान, सान दिखाते! ई सब बड़घरवा को ही शोभा देता है बिरंची।" यह सुनते ही चेहरे पे रूखापन लिए बिरंची चिड़चिड़ायी-सी हँसी हँस पड़ा।

"वाह हो गणेशी काका! आप भूल गए अपना आन-बान! कैसे अपना बेटा के सान के खातिर आलू बेचकर, पैंचा लेकर और क्या-क्या जुगाड़ कर मोटरसायकिल खरीदे! आप क्या धन्ना सेठ थे! बेटा को बताए कि बाद में आपको गेहूँ के रोपनी वास्ते कर्जा लेना पड़ा! उसको आप बताए कि जो आपको मुआवजा का पैसा मिला था फसल बीमा वाला, वह सब आप मोटरसायकिल में लगा दिए हैं? किसका सान दिखाने में खरीदे औकात से ज्यादा का सामान! हुँह! कह रहे हैं कि गरीब को सान नहीं होता है।" बिरंची इतना एक ही बार में बोल अब शांत हो गया। उसे शायद बोलते-बोलते ही महसूस हो गया था कि कुछ जरूरी बात बेकार में ही बोल गया। गणेशी महतो

बिना कुछ जवाब में बोले मुँह इधर-उधर कर थोड़ा पीछे हट गया था गर्म भट्ठी के पास से। चेहरे पर तब भी धौंक लग रही थी। उसने अचानक से ही खड़े होकर गमछे से मुँह पोंछा। पबित्तर ने तभी झट से उठ गणेशी महतो का हाथ पकड़ लिया।

"अरे बैठिए काका! गुसा के कहाँ जा रहे हैं! भक्क्क! अरे बिरंची भाई का तो रोज का बोलना-हँसना है ऐसा। ऐ गोसायिए मत, हाथ जोड़ते हैं, बैठ जाइए काका।" पबित्तर ने हाथ पकड़े उसे अपनी ओर खींचते हुए कहा। तभी बिरंची ने हँसते हुए ही भरी जा चुकी चिलम को गणेशी की तरफ बढ़ाते हुए कहा,

"एक सोंटा जोर से पी लऽ बुढ़ऊ। शान और बढ़ जाएगा तब।" यह सुनते सब ठहाका मारकर हँस पड़े। चिलम की एक टान के साथ ही माहौल अब हल्का हो गया था। बाहर साँझ के बाद अब हल्का-हल्का अँधेरा छा चुका था। तभी झोपड़ी के बाहर एक बाइक के खड़े होने की आवाज सुनाई दी। झट लखन ने उचककर देखा पर पहचान नहीं पाया।

"कौन है?" पबित्तर हल्की आवाज में बुदबुदाया।

"पता नहीं, चुनाव है अभी। अभी तो बहुत तरह के लोग झोपड़ी, फुस, खेत-खलिहान घूमते-बौखते मिलेगा।" बिरंची ने मौज में हँसते हुए कहा।

"बिरंची, ऐ बिरंची! बिरंची है क्या यहाँ? ऐ बिरंची!" बाहर से आवाज आई। आवाज जानी-पहचानी लगी सबको। बिरंची ही बोरे से उठ बाहर निकला।

"अरे धत्त, बैजनाथ दा! महाराज आप हैं। लीजिए, जगदीश काका भी हैं साथे। फूँकन सिंह के पास बाँधकर ले चलिएगा क्या? हा-हा-हा।" बिरंची ने बूटी की चढ़ी मस्ती के साथ हँसते हुए कहा।

"अरे लो, हम लोग पागल हैं क्या! हम लोग काहे बाँधेंगे भाई तुमको!" बैजनाथ ने भी हँसते हुए ही कहा।

जगदीश यादव अब भी बिना एक भी शब्द बोले चुपचाप बाइक पर बैठे हुए थे।

"हम सोचे कि चुनाव आने वाला है। तो उसमें कुछ गलती तो नहीं ना कर दिए हम? अभी तो गलती करने का टाइम शुरू ही हुआ है। अभी किए नहीं

हैं।'' बिरंची ने चुहल के अंदाज में कहा।

''ऊ तुम्हारा मन है बाबू। हम लोग को राजनीति से क्या लेना! अपना एक ठो भोट है। किसी को दे देना है। अरे पोलटिक्स छोड़ो, हम लोग को तुमसे काम है जरूरी। जरा इधर आओ साइड।'' बैजनाथ ने पूर्णत: गैर-राजनीतिक मन और मुँह बनाकर कहा। बैजनाथ, बिरंची के कंधे पर हाथ धरे चार-पाँच कदम चलते हुए उसे किनारे ले आया और लगभग दो मिनट की कुछ बातचीत हुई दोनों में। बैजनाथ अभी अपनी बात कह ही रहा था कि बिरंची आधा ही सुन वहाँ से झटकते हुए चलकर अब जगदीश यादव की तरफ आ गया।

''अरे क्या जगदीश काका, आप डायरेक्ट भी बोल देते हमसे! इसमें कौन-सा बड़ा बात है!'' बिरंची ने हाथ जोड़े तेज आवाज में कहा। बैजनाथ ने भी कुछ कदम चलकर बिरंची के कंधे पर फिर हाथ धरा। जगदीश यादव बस थोड़ा-सा मुस्कराकर अब भी चुप ही थे।

''आइए ना, पबित्तर यहीं बैठा है। उससे बात कर लेते हैं।'' बिरंची झोपड़ी की तरफ बढ़ते हुए बोला।

''अरे ना, ना बिरंची! यहाँ लखना है। और भी कोई होगा भीतर। सबके सामने ठीक नहीं लगता है ई सब बात करना। थोड़ा समझो बाबू।'' बैजनाथ ने धीमे से कहा।

''घर पर ही आते हैं पबित्तर के। देखना बिरंची, किसी से चर्चा मत करना थोड़ा ये सब का। अच्छा नहीं लगता है।'' जगदीश यादव तब से अभी पहली बार बोले थे।

''अरे हाँ, हाँ, एकदम काका निश्चिंत रहिए ना! चलिए, पबित्तर के घर पर ही। वहीं लेकर आते हैं हम अभी तुरंत पबित्तर को।'' यह बोल बिरंची अंदर घुसा और लगभग दस मिनट के बाद पबित्तर को जरूरी काम बोल वहाँ से उठा बाहर लेकर आया। अपनी साइकिल वहीं दीवार से सटाकर खड़ी छोड़ दी। पबित्तर के साथ बाइक पर बैठे उसके घर आ गया। बैजनाथ और जगदीश यादव वहाँ पहले से ही बाइक लिए खड़े थे। पबित्तर बाइक से उतरते ही दौड़कर सबसे पहले अंदर से कुर्सी लेने गया।

''बैठिए, बैठिए न चाचा। आप लोग खड़ा काहे थे!'' पबित्तर ने झटपट कुर्सी लगाते हुए कहा।

''हाँ-हाँ! बस थोड़ा हवा खा रहे थे सड़क पर खड़ा हो के।'' बैजनाथ ने कुर्सी पर बैठते हुए कहा। जगदीश यादव भी बैठ चुके थे। बिरंची भी एक कुर्सी खींचकर बैठ ही रहा था कि उसे कुछ याद आया।

''ऐ पबित्तर, तुम जरा बात कर लो। हम आते हैं दस मिनट में। जरा पंचू के यहाँ से। कुछ काम है।'' बिरंची ये बोल वहाँ से ठीक दाहिनी सड़क के पार पंचू दास के घर की तरफ निकल गया।

''चाय बनवाते हैं चाचा। कुछ खाकर भी जाइएगा। जगदीश चाचा तो पहली बार आए हैं। मंदिर उद्घाटन में भी नहीं आए थे। रुकिए, चाय-नाश्ता लेकर आते हैं।'' पबित्तर ने बड़े साफ मन से कहा।

''नहीं-नहीं, सुनो ना बेटा, नाश्ता-पानी एकदम छोड़ दो। अभी साँझ को ही भात खाए हैं। बस चाय पिला दो बहुत मन है तो। क्या जगदीश दा चाय पी लेते हैं?'' बैजनाथ ने बोलते हुए जगदीश यादव की तरफ देखा।

बैजनाथ अभी जगदीश यादव की धार्मिक-सामाजिक दुविधा समझ ही रहा था। ऊपर से मंदिर उद्घाटन वाले भोज में न आने की याद दिला अनजाने ही पबित्तर ने जगदीश यादव को भीतर-ही-भीतर पानी-पानी तो कर ही दिया था। पबित्तर चाय के इंतजाम में भीतर गया था।

''बैजनाथ। साले, जल्दी बतिया के पैसा लेकर चलो भाई। तुम साला ई चाय-नाश्ता में काहे फँसा रहा है हमको! अब चाय तो पीना ही होगा न!'' जगदीश यादव ने दबे गले से खिसियाते हुए कहा।

''अब कर्जा लेने आए हैं तो इतना तो बर्दाश्त करना ही होगा ना जगदीश दा। नास्ता मत करिए, चाय-पानी तो सहन कर लीजिए। नीलकंठ के जैसा बिसपान कर लीजिए। सोचिए मत, नहीं तो उसको बुरा लगेगा। काम निकालना है तो इतना जहर तो पीना पड़ेगा।'' बैजनाथ ने जगदीश यादव की चाय में विष फ्लेवर का छिड़काव करते हुए उन्हें भोलेनाथ के आस-पास खड़ा करते हुए कहा।

''ठीक है, ठीक है। चाय पी लेते हैं। सुनो, जल्दी चलने का कोशिश करो। तुम जो न कराओ। फूँकन सिंह जाना तो अलग पेलेगा।'' जगदीश यादव लगातार फुसुर-फुसुर उकताए स्वर में बोल रहे थे।

''अरे आप यदुवंशी हैं। कृष्ण सबरी का जूठा बेर खा लिए थे। आप बिना

जूठा चाय-नाश्ता में ही अकबका रहे हैं।'' बैजनाथ ने जगदीश यादव का वास्तविक धर्म याद दिलाया।

''एकदम मुरखे हो का! ऊ राम थे, कृष्ण नहीं।'' जगदीश यादव ने धर्म सुधार करते हुए कहा।

''अच्छा ठीक है न, राम खा सकते हैं तो कृष्ण काहे नहीं!'' बैजनाथ ने जगदीश यादव के सामने ऐतिहासिक मौका रखते हुए कहा। तब तक सामने दरवाजे से पबित्तर एक बड़ी-सी गोल थाली में एक तरफ चाय और दूसरी तरफ बिस्किट रखे बाहर आया। जगदीश यादव ने एक नजर मुँह बिचकाते हुए बैजनाथ की तरफ देखा।

''लीजिए चाचा, चाय पिया जाए पहले।'' पबित्तर ने चाय का कप बढ़ाते हुए कहा। बैजनाथ अभी दो-चार घूँट ही पी पाया था कि जगदीश यादव हलाहल की तरह पूरा कप एक ही साँस में आँख बंद कर बस घोंट गए। वैसे भी, खुद से कमतर के घर कर्ज माँगने आया आदमी बहुत-कुछ घोंट रहा होता है भीतर-ही-भीतर। जगदीश यादव के चाय खत्म करते ही पबित्तर ने लपककर खाली कप अपने हाथ में ले लिया। उसने जगदीश यादव को पानी दे उनके हाथ धुलाए। इक्कीसवीं सदी के कुछ भी करके पोंछ लेने वाले समय में भी भारतीय गाँवों में प्रायः चाय पीकर भी हाथ धोने की परंपरा थी। वैसे चाय पीने से हाथ जूठा होने का कोई कारण ही नहीं बनता, जब तक कि आदमी कप में उँगली बोर-बोर कर न चाटे। जाहिर है, पवित्रता कई बार बाहरी स्वच्छता से इतर भीतरी पाखंड या बीमारी का भी रूप धर लेती है। रोचक तथ्य यह था कि यही लोग जब कभी-कभार गाँव में किसी स्तरीय विवाह भोज में 10 रुपये की कपटी वाली वेनिला आइसक्रीम खाते थे तो उसके बाद हाथ पैंट या धोती या लुँगी में पोंछ लेते थे। अब तक बैजनाथ भी चाय पी हाथ में पानी ले शुद्ध हो चुका था। पबित्तर अब दोनों हाथ जोड़े जगदीश यादव के आगे खड़ा हो गया।

''आदेश करिए चाचा। कितना पैसा का जरूरत है? आप हमको सीधे बता देते। हम घर पर जाकर पहुँचा देते।'' पबित्तर ने पूरी विनम्रता के साथ हाथ जोड़े ही कहा।

''अरे नहीं भाई पबित्तर, हाथ मत जोड़ो भाई। तुम्हारा यह बहुत बड़ा

मदद है जो तुम जरूरत पर हमको कर्जा दे रहे हो। बहुत एहसान रहेगा।'' जगदीश यादव ने पबित्तर के जोड़े हाथ को खोलते हुए कहा और कुर्सी से उठकर खड़े हो गए।

''एहसान और कर्जा का बात मत बोलिए। आपका अधिकार है इतना। चाचा, हमारे पास जितना औकात है हम हमेशा खड़ा हैं। जी, अभी कितना जरूरत है?'' पबित्तर ने वापस जगदीश यादव को कुर्सी पर बिठाते हुए कहा। एक पल तो अब जगदीश यादव को भी मन में लगा कि हाँ साल्ला, एक ही बार में मदद को कर्जा और फिर एहसान तक नीचे नहीं ले जाना था। लेन-देन तऽ चलता रहता है जीवन में। हम कर्जा थोड़े ले रहे हैं।

लेकिन मन यह भी खूब समझता था कि था तो आखिर कर्जा ही।

''पबित्तर, अभी हमको आठ हजार एकदम अर्जेंट में चाहिए। और जो भी ब्याज का मार्केट रेट होगा, जो फूँकन बाबू को देते हैं उससे ज्यादा ही देंगे। तुम मौका पर सँभाले हो इसलिए तुम्हारा दू परसेंट ज्यादा का तो हक भी बनता है।'' जगदीश यादव ने सदा कर्जा लेने के अभ्यस्त एक रेगुलर कर्जखोर की तरह सबकुछ साफ करते हुए कहा।

''आँय! ब्याज? चाचा कर दिए ना छोटा बात। हम कोई बड़का सेठ-साहूकार हैं जो ब्याज लेंगे, चाचा? अरे, हम जात से भले छोटा हैं चाचा लेकिन काम छोटा नहीं करते। हम आपके काम आए ई तो हमारा सौभाग्य है। हम ब्याज लेंगे!'' पबित्तर ने अपने हाथ जोड़कर कहा और दोनों को देखने लगा।

जगदीश यादव ने अपने जीवन में कई कर्जदाता देखे थे पर यहाँ तो यादव जी आज एकदम नए अनुभव से गुजर रहे थे। साहूकार जब कर्ज देता तो वह उस पर ब्याज बाद में, पहले इज्जत लेता। यहाँ तो कर्जा देने वाला उल्टे सम्मान भी दे रहा था और ब्याज भी नहीं ले रहा था।

जगदीश यादव ने उठकर पबित्तर दास की दोनों बाँहें पकड़ीं, फिर दाहिने हाथ से पीठ थपथपाकर कहा, ''बहुत भला आदमी हो पबित्तर! इतना अच्छा इंसान आजकल मिलना मुश्किल है किसी भी जात में।'' जगदीश यादव ने अबकी बार एहसान के एहसास को भटकने तक नहीं दिया था जेहन में। एकदम गार्जियन जैसा बोले इस बार।

"चाचा आप लोग पाँच मिनट बैठिए। हमारे पास तो घर पर पाँच हजार ही है। हम लेकर आते हैं बगल में विनोद के घर से। तुरंत आते हैं।" कहकर पबित्तर तेजी से निकला। उसके निकलते ही बैजनाथ उचककर जगदीश यादव के कान में सटा,

"देख रहे हैं, कर्जा लेकर कर्जा दे रहा है। आजकल ऐसा आदमी कहाँ मिलता है संसार में!" बैजनाथ ने पबित्तर को विलुप्त होती प्रजाति के रूप में चिह्नित करते हुए कहा।

"अरे पबित्तर पैसा पाता होगा विनोदवा से। इहे बहाने फँसल पैसा तो निकाल लेगा विनोदवा से। इससे तो समूचा टोला लेन-देन करता है। ब्याज भी लेता है। अब तुमसे, हमसे नहीं लिया। आदमी-आदमी देखकर भी तो काम करना पड़ता है जी।" यह कह एक ही झटके में अभी-अभी बैजनाथ द्वारा दुर्लभ बताई गई घटना को जगदीश यादव ने सामान्य कर दिया। साथ ही बात-ही-बात में यह महत्वपूर्ण बात भी बहुत कायदे से साफ कर दी कि कर्ज पर ब्याज न लेने के पीछे पबित्तर की भलमनसाहत नहीं बल्कि जगदीश यादव की अपनी विशिष्ट जातीय सामाजिक अवस्था है। अब चूँकि कर्ज दिलाने बैजनाथ ही लाया था इसलिए उसका नाम भी उस ब्याज छूट विशेष लिस्ट में उन्होंने जोड़ दिया। यादव जी का यह कथन सुन बैजनाथ, हाँ या ना कुछ भी नहीं कह सका। उसने खुद को बहुत टटोला तो उसे बस इतना महसूस हुआ कि अंदर कुछ अच्छा ही लग रहा था यह कथन सुनकर। अभी दोनों में खुसर-पुसर जारी ही थी कि पबित्तर वापस आ गया। आते ही अपनी जेब से नोटों का एक बंडल निकालते हुए पबित्तर उसे गिनने लगा। यह लीजिए चाचा आठ हजार है। संयोग कितना अच्छा था कि विनोद के पास पैसा था घर में। अच्छा, और कुछ सेवा हो तो आदेश करिएगा चाचा।" पबित्तर ने नोट जगदीश यादव के हाथ में थमाते हुए कहा।

"अरे जरूर पबित्तर! असल में आज अचानक ऐसा जरूरत पड़ गया कि अभी न बैंक जा सकते हैं ना और कुछ उपाय। इसलिए पैसा रहते भी तुमसे माँगना पड़ा। अब क्या बोलें, चलो, तुम सँभाल दिए।" जगदीश यादव बार-बार कर्जा देने वाले को आभार नहीं बल्कि शाबाशी दे रहे थे। पबित्तर भी उसे उसी रूप में लेने को तैयार ही था।

"अरे हमारा सौभाग्य है कि आपको रात को पैसा का जरूरत पड़ा और आप हमारे द्वार तऽ आए इहे बहाना। दुआर तर गया हमरा। बाकी चाचा, यह तो हम भी जानते ही हैं कि आपके लिए 10–20 हजार खातिर सौ द्वार खुला है। आपको इतना थोड़ा पैसा खातिर सोचना थोड़े पड़ता है।" पबित्तर ने अपने अहोभाग्य को सेलिब्रेट करते हुए कहा।

"बस बस यही बात था। रात को अब कहाँ जाते! बैजनाथ पकड़ के ले आया कि पबित्तर के पास चलिए। हम बोले, चलो ऊ तऽ अपना ही लड़का है। बहुत–बहुत अच्छा काम कर रहे हो तुम। ऐसे ही भला आदमी के तरह रहना जीना चाहिए सबको। कोई भी जात हो लेकिन उसमें सुधार तऽ हो ही सकता है, है कि नहीं? तुम में हरिजन वाला कोई गुन नहीं है, इतना अच्छा बेबहार है तुम्हरा। इसको बनाए रखना।" जगदीश यादव ने यह कहते हुए नोटों की गड्डी मोड़ बड़े अधिकार भाव से उसे एक नजर देखा और अपनी जेब में रख लिया। इसके तुरंत बाद उन्होंने बैजनाथ की ओर देखा जो इस बात का एकमात्र गवाह था कि कैसे जगदीश यादव सुबह से लगभग दस जगह कर्ज माँगने गए और निराश लौट आए थे। जब थक–हार साँझ को बाँझ मुर्गी की तरह थोथना लटकाए बैठ गए तब बैजनाथ को किसी तरह मना–समझा तैयार कर अब पबित्तर के पास आखिरी उम्मीद से आए थे।

"अच्छा चलते हैं पबित्तर, पैसा अभी तुरंत जाकर थाना में देना है। हद हरामी दरोगा है। ट्रैक्टर पकड़ लिया है लकड़ी–लोड सहित। उसी खातिर पैसा लेना पड़ा। चलो, चलते हैं, एक हफ्ता में दे देंगे। चिंता मत करना।" यह बोलकर जगदीश यादव मुँह में गमझी लपेट अपनी बाइक पर जा बैठे थे। पबित्तर हाथ जोड़ प्रणाम कर उन्हें विदा करने चार कदम साथ बढ़ आया। आदमी तो हालात के आगे अक्सर झुक ही जाता है लेकिन उसके अंदर भी कोई तो रहता है जो ऐंठा हुआ रहता है। जगदीश यादव के भीतर का आदमी अब भी उसी रूप में ही था जो जबरन जबान पर चढ़ कुछ–कुछ बोले जा रहा था। वह भला यह कैसे पचा सकता था कि एक यदुवंशी किसी हरिजन से कर्ज माँगकर लौट रहा है। अब जगदीश यादव ने नहीं, उनके भीतर के आदमी ने बाइक स्टार्ट की। अब वह सच में महसूस कर रहा था, हाँ, श्रीराम सच में सबरी के जूठे बेर खाकर बाइक से निकल चुके हैं। पबित्तर जाती हुई बाइक

की लाल वाली बैकलाइट देख रहा था कि बिरंची वहाँ पहुँचा।

"बिरंची जी, कहाँ लगा दिए इतना देर आप?" पबित्तर ने पूछा।

"अरे का बताएँ! पंचू बिठा लिया था, चुनाव पर बात होने लगा। और दू-चार लोग बैठ गया था आ के। इन लोगों को भुनेसर नेता भी मिले थे। सारा बात बताएँगे तुमको। खैर, केतना पैसा माँगा जगदीश यादव? हम तो जानबूझ के हट गए कि हमारे सामने लजाएगा बेचारा।" बिरंची ने दरवाजे पर ही खड़े-खड़े कहा।

"आठ हजार। बिनोद से ले के दिए। घर में था नहीं नगद।" पबित्तर ने बताया।

"आठ हजार? हाँ, दरोगा बाँस किया है जादब जी को। फूँकन सिंह पैरवी भी करता है और पार्टी से माल दिलाकर उसमें से अपना कमीसन भी लेता है। और ई बकचोद लोग को फिर भी उसका आगे-पीछे करने में मजा आता है। जाने दो साल्ला मुर्ख सबको।" बिरंची ने कहा।

"हाँ, हाँ, अभी दरोगा के ही पास गए उ लोग। यही बोलकर तो गए कि दरोगवा को देना है पैसा।" पबित्तर ने बताया।

"दरोगा के पास झाँट जाएगा डाइरेक्ट! ई फूँकन सिंह के पास गया होगा। माल वहीं जमा होता है थाना बसूली का। सुबह दरोगा जी आ के कलेक्सन बटोर के ले जाएँगे। यही सिस्टम है।" बिरंची ने थाने के काम करने की क्रियाविधि समझाते हुए कहा।

"ये तो बहुत गलत है फिर।" पबित्तर ने कहा।

"अरे बाह! तुम तो फटाक समझ गए मर्दे! हा-हा-हा-हा! अरे, कुछ गलत नहीं, सब सही है। जब आज तक कोई माई का लाल पैदा ही नहीं हुआ जो इसे गलत बोल सके तो फिर गलत किस बात का! सब सही होगा तभी तो सब चुप हैं। हम, तुम, सब चुप। पूरा गाँव चुप। चुप ही रहो भाई, सब सही है।" हँसते-हँसते बोलता हुआ बिरंची अंत में थोड़ा गंभीर हो चुका था।

"अभी घर जाइएगा क्या?" पबित्तर ने घड़ी देखते हुए पूछा।

"जाएँगे। पहले तुमसे कुछ जरूरी बात करना है। इधर आओ, बैठो जरा।" बिरंची ने कुर्सी खींचते हुए कहा।

इधर जगदीश यादव और बैजनाथ, दोनों बस स्टैंड पर रुके थे पान खाने

के लिए। जगदीश यादव ने जरूरत की मजबूरी में पबित्तर से कर्ज तो ले लिया लेकिन यह बात गाँव में किसी क़ो पता न चले इस बात को लेकर मन-ही-मन चिंतित थे। थोड़ा बहुत घुमा-फिराकर इसकी चर्चा बैजनाथ से भी कर ही रहे थे। उनकी चिंता पर चिंतन करते-करते बैजनाथ ने अब तक दो खिल्ली पान कचर लिए थे और दो खिल्ली घर के लिए बँधवा लिए थे। बैजनाथ ने पान खा लाल-लाल हुए मुँह से कसम खा अपनी ओर से तो निश्चिंत कर दिया था कि कहीं भी कुछ नहीं कहेगा। यादव जी को सबसे ज्यादा तनाव बिरंची को लेकर था कि कब, कहाँ क्या बक दे, कोई ठिकाना नहीं।

"बिरंचिया अब इतना भी पागल नहीं है। अब पबित्तर के साथ रह के दू पैसा खाने-कमाने लगा है तऽ सोभाव भी बदला है उसका। चिंता मत करिए बड़े भाई। कहीं नहीं बकेगा ऊ। एक ठो सिगरेट पिया जाए क्या?" बैजनाथ ने मात्र एक सिगरेट के बदले जगदीश यादव को निश्चिंत करते हुए कहा। भारतीय गाँव में संकट में फँसे किसी भी मित्र-परिचित के साथ खड़े होने वाले व्यक्ति को चाय, पान, सिगरेट की कमी नहीं होती। संकटग्रस्त साथी उसको अपने साथ बने रहने के लिए इन चीजों के सेवन की खुली छूट दे देता है। बैजनाथ अभी उसी छूट का भरपूर लाभ ले रहा था। बात करते-करते उसने दो पाउच तिरंगा छाप गुटका खा लिया था और जगदीश और दुकानदार को दिखा दो पाउच तिरंगा तोड़ जेब में भी रख लिया था। दोनों अभी वहीं दुकान पर खड़े बतिया ही रहे थे कि सामने से एक काले रंग की बोलेरो गाड़ी तेजी से हरिजन टोला वाले रास्ते में घुसी।

"किसका गाड़ी है, कौन होगा?" गाड़ी देखते ही सबसे पहले जगदीश यादव के मुँह से निकला।

"ना विधायक जी का है, ना ही भुवनेश्वर प्रसाद का लगता है। उसको तो पुराना संटरों कार है एक सेकेंड हैंड। कोनो बाहरी गाड़ी बुझाता है। होगा कोई नातेदारी चमरटोली का। आजकल तो सब कोई भाड़ा पर बोलेरो चलने लगा है। अब जमाना गया जब साइकिल से ससुराल जाता था पूरा चमरटोली।" बैजनाथ ने बदलते जमाने के संग बदल रही चमरटोली पर गंभीरता से प्रकाश डालते हुए कहा।

"अरे सुधीर धोबी का गाड़ी है, सिकंदरपुर वाले का।" पीछे से दुकान

पर बैठे पान वाले चुन्ने चौरसिया ने कहा।

"सुधीर का! इतना पैसा कहाँ से आया भाई, बोलेरो खरीदा है?" जगदीश यादव ने पान घोंटते हुए कहा।

"लीजिए भुवनेश्वर नेता का एक नंबर चेला है उसका बेटा। रेलवे का काम चल रहा है ना उसी में लोहा बेचकर, पत्थर बेच के, डीजल बेचकर लाखों कमाया। भुवनेश्वर नेता मजदूर के नाम पर नेतागीरी कर जमीन अधिग्रहण में किसान की तरफ से खड़ा होकर खूब दलाली खाया। उसमें सुधीर धोबी का बेटा भी पूरा माल बनाया भुवनेश्वर नेता के पीछे लग के।" चुन्ने चौरसिया ने पूरा इतिहास खोलकर रख दिया था उसकी काले बोलेरो का।

"अरे बाप रे! अहो मनोज रजक जो लड़का रहता है भुवनेश्वर प्रसाद के संगे ऊ सुधीर धोबी का लड़का है? ई तो हम जानते ही नहीं थे।" जगदीश यादव ने मुँह में कचर के रखे पुराने पान में ऊपर से सुपारी का टुकड़ा माँगकर डालते हुए कहा।

"तुमको इतना कैसे पता है लेकिन। हम नहीं जानते थे इतना खेल!" बैजनाथ ने अपनी कम पहुँच के अफसोस के साथ पूछा।

"अरे, हमारा खुद का जमीन गया है रेलवे में। उसी का मुआवजा मिला था तीन लाख। पैसा दिलाने और ठीक-ठाक भाव लगवाने के नाम पर पहले तो विधायक जी ले लिए 30-40 हजार। फिर हम मनोज को ही पकड़ नेता के पास गए। पैसा निकलवा दिया भुनेसर नेता। लेकिन उसके लिए माँगने लगे सत्तर हजार, फेर करते-करते पचास हजार में हुआ बात। बोले दो लाख से ऊपर मिलना मुश्किल है। लेकिन पैरवी कर साढ़े तीन लाख लगवा दिया दाम। काम हुआ, आधा पैसा बंदरबाँट हुआ। एक लाख मोटा-मोटी छिटाया हमरा। अढ़ाई लाख मिला हमको। हम सोचे जाने दो, साला बाल-बच्चा आगे जमीन पर रेल के पटरी तो बिछल देख लेगा। धान-गेहूँ तऽ गया जिंदगीभर का।" चुन्ने पान में कत्था लगाते-लगाते अपना दर्द बताता गया।

"क्या करोगे भाई! तुम्हारा तो खेती का जमीन था। दू समय का अन्न तऽ हो जाता था। अब जो मिला संतोष करो। जमीन तो सरकार लेबे करता। अच्छा है कि जो दे, रख लेना चाहिए। नहीं तो दोगला परसासन ई भी न दे।" जगदीश यादव ने पान खत्म हो चुके सूखे मुँह से भूमि अधिग्रहण का नियम

समझाते हुए कहा।

"हाँ जगदीश दा, बहुत उपजाऊ टाल का जमीन था। सालाना खाने का हो जाता था। अब अढ़ाई लाख में गया खेती का जमीन। रेल दौड़ेगा, वही देखेंगे।" चुन्ने ने धीमी होती आवाज में कहा और चुप हो गया। तीनों अभी चुपचाप थे। थोड़ी देर में भूल चुके थे कि कोई काली बोलेरो कहाँ जा रही थी। सब के ख्यालों में अभी लहलहाते धान के खेतों के बीचो-बीच रेल दौड़ रही थी। चुन्ने चौरसिया मेड़ से दूर खड़ा अपनी फसल को रौंदाता हुआ देख रहा था। जिन खेतों में कभी गाय-भैंस घुस जाने पर दौड़ा देता था, विकास ने उसमें रेल घुसा दी थी। इसे कोई कैसे खदेड़ निकाले!

25.

एक-एक दिन निकलता जा रहा था। चुनावी ताप बढ़ने लगा था। नामांकन की तिथि आ चुकी थी। आज तीसरा दिन था नामांकन का। सुबह से ही पुरुषोत्तम बाबू के दरवाजे पर हलचल थी। शुभ मुहूर्त देखकर आज ही नामांकन करने जाना तय हुआ था। फूँकन सिंह सुबह ही नहा-धोआ सफेद पाजामा-कुर्ता पहन सबसे पहले गाँव के मंदिर हो आया था। इधर तीन दिनों में इस बात पर भी नजर रखी गई थी कि कोई और प्रत्याशी तो नहीं उतर रहा न चुनाव में। जब देख लिया गया कि इस बार तो किसी विपक्षी उम्मीदवार की कोई संभावना ही नहीं है तो इसी बात पर परिणाम को लगभग घोषित करते हुए बदरी मिसिर ने मंदिर के शिवलिंग में लिपटे नाग के गले से माला निकाल फूँकन सिंह के गले में जीत की माला डाल दी थी। बैजनाथ, गणेशी, रतन दास और काशी साह, चारों मिल एकबारगी फूँकन सिंह को कंधे पर उठा घुमाने भी लगे। अचानक फूँकन सिंह ने डाँटकर उन्हें शांत कराया और कूदकर कंधे से उतरा। उसे इस बात का क्रोध सबसे ज्यादा था कि झक-झक सफेद कुर्ते को चारों ने दबोच के सुबह-सुबह ही दगिया दिया था। हालाँकि, डाँट सुनने के बाद भी किसी के उत्साह में कोई कमी नहीं आई थी। सब जोश में थे। दरवाजे पर नामांकन को जाने खातिर लोग धीरे-धीरे लगातार जमा हो रहे थे। भोर से ही उठकर बाइक वाले समर्थकों का भी जुटान किया जा रहा था। पुरुषोत्तम सिंह का मानना था कि भले हमारे विपक्ष में अभी कोई प्रत्याशी नहीं पर अपनी ताकत दिखाने में कोई कमी नहीं करनी है। उनका कहना था कि आगे अब कोई प्रत्याशी नामांकन की हिम्मत न कर पाए और अन्य स्तर के बड़े नेताओं को भी हमारी ताकत का पता चले इसलिए पूरे जन-बल के साथ चलना है। नामांकन हेतु रैली की शक्ल में जाने की तैयारी थी। मलखानपुर के हर घर में नेवता भेजा गया था चलने के लिए। सिकंदरपुर से भी आदमी लाए गए थे। लगभग सभी उम्र, वर्ग और जाति समूह की भागीदारी सुनिश्चित करने हेतु एक टीम गठित की गई थी जिसे पुरुषोत्तम सिंह खुद देख रहे थे। सुबह से ही कामता प्रसाद, मिसिर जैसे लोगों को खुद पुरुषोत्तम बाबू ने फोन कर बुला लिया था। ये लोग एक कोने में कुर्सी पर चुपचाप बैठे थे। बीच-बीच में चाय आ जाती

और उसे पी ये लोग पुनः चुपचाप बैठे टुकुर-टुकुर बस ताकते हुए तैयारी का नजारा देख रहे थे। दिगंबर मिसिर जी के लिए द्वार की चौकी पर बैठ प्रवचन देना तो ठीक था पर इस उम्र में इस कड़ी धूप में बाइक पर चढ़ रैली में जाना निश्चित ही कठिन था। वह पिछले आधे घंटे से धीमे-धीमे स्वर में कामता बाबू से चुनाव में फिजूलखर्ची और रैली वगैरह पर रोक के पक्ष में कानून लाने की चर्चा कर रहे थे। बीच-बीच में कामता बाबू भी चुनावी सुधार के पक्ष में दाँत पीस-पीसकर समर्थन कर रहे थे पर और कुछ नहीं कर पा रहे थे। बेचारे! अपनी इच्छा न होने के बाद भी लोकतंत्र के पर्व में उन्हें उत्साहपूर्वक भाग लेना पड़ रहा था, भाग भी तो नहीं सकते थे। उनके ठीक वहीं बगल में बैजनाथ के टोला का दिलबर मंडल भी बैठा था। लगभग 70 वर्ष की अवस्था का वह बूढ़ा आदमी बीमारी से खटिया पर गिरने के बाद आज लगभग डेढ़ साल बाद उठाकर घर से बाहर लाया गया था। शरीर काँप रहा था उसका और हाथ में लाठी थी कि वह किसी तरह कुर्सी पर टिका हुआ था। अपनी जाति का सबसे उम्रदराज, होशियार पूर्व वोट मैनेजर होने के कारण उसकी महत्ता देखते हुए फूँकन सिंह ने खुद उसके घर जा उसे हड़काते हुए आने का नेवता दिया था। फूँकन सिंह की लाल-लाल आँखों का सिग्नल देख दिलबर खटिया से उठ अपने पोते की साइकिल पर बैठ सुबह ही आ गया था। दिलबर मंडल जब ठीक-ठाक उम्र में था तब उसने बहुत कम पैसे लेकर भी, मात्र एक-दो पौवा लेकर भी, दो पीस टाँग खाकर भी, लोकतंत्र के लिए न जाने कितने मतों का प्रबंध किया था। पूर्व में अक्सर ऐन मौके पर पुरुषोत्तम सिंह के खिलाफ पलटी भी मार देता था दूसरी तरफ से माल मिलने पर। इसी बाबत सावधानी के तौर पर उसे भी रैली में साथ रखना तय किया था फूँकन सिंह ने। यद्यपि अब उठकर खुद भी वोट देने की अवस्था में नहीं था दिलबर मंडल। लेकिन बुढ़ऊ बेचारा करे क्या अच्छा लोकतंत्र मरते दम तक अपने सच्चे सेवक का पीछा नहीं छोड़ता। इधर युवाओं की बाइक रैली को सँभालकर नेतृत्व देने का जिम्मा मदन बाबा और रोहित की जोशीली जोड़ी को सौंपा गया था। गणेशी महतो तो सुबह से ही जमा था अपने मोर्चे पर और अपनी आँखों के सामने इतनी जल्दी अपने पुत्र को इतनी बड़ी जिम्मेदारी सँभालता देख बीच-बीच में भावुक भी हो जा रहा था। जब-जब फूँकन सिंह, रोहित के कंधे पर हाथ रख

उसकी बाइक टीम के बारे में जायजा लेते हुए उससे कुछ बतियाता तो यह देख गर्व और खुशी से आँखें डबडबा जातीं गणेशी की। वह कोने में जा धोती के कोर से आँख के लोर पोंछ आता। गणेशी का हृदय समझ चुका था, बेटे को मोटरसायकिल पर ही चढ़ आगे जाना है। वह जा भी रहा था। फूँकन सिंह ने रोहित को युवाओं की पान-मसाला रसद के लिए अलग से सौ रुपया दे दिया था जिसमें सिकंदरपुर के युवा बाइकर्स भी शामिल थे। रोहित ने एक रुपया भी अन्य गैरजरूरी मद में खर्च किए बिना सारे पैसों का तिरंगा, दिलबहार गुटका खरीद अपनी टीम को मसाला ऊर्जा से लैस कर दिया था। सारे युवा मुँह में गुटका भकोस बाइक पर बैठ बस चलने के इशारे का इंतजार कर रहे थे। मदन बाबा तरल ऊर्जा लेकर कपार पर गमछे का मुरैठा बाँध खैनी रटा रहे थे। दूर बैठे दिगंबर मिसिर अपने पुत्र मदन मोहन को देख न हँस पा रहे थे न रुदन ही कर पा रहे थे। हरिजन टोला से रतन दास भी दो-चार नौजवानों के साथ खड़ा था। सभी पच्चीस रुपया नकद जेब में डालने और नाश्ता-पानी की अलग से व्यवस्था तय होने पर आए थे। रैली के चलने में लेट होने पर वे नौजवान बार-बार वापस चले जाने की धमकी दे रहे थे। रतन दास से कह रहे थे,

"हम लोग को और भी तऽ काम है रतन। पच्चीस रुपिया में दिनभर थोड़े खड़ा रहेंगे बेगारी यहाँ! तुम तो दू-तीन घंटा बोल के लाए थे। यहाँ तऽ दिनभर का चक्कर बुझा रहा भाय।"

यह सुनकर जब फूँकन सिंह के चचेरे भाई अंगद सिंह ने पीछे से उन्हीं में से एक नौजवान की पीठ पर जोर से धौल मारकर हाल पूछा, "का बात है रे! चल रहा है न?" पीछे से पड़ी इस जोरदार थपकी पर पलटे नौजवान के साथ फिर तो सभी हँसकर रैली में जाने को तैयार कहते दिखने लगे।

दिन अब उठान पर था। जुटान करते, तैयार होते 11:00 बज चुके थे। तभी अंदर से कुर्ते की बाँह समेटे फूँकन सिंह अपनी गाड़ी के पास आकर जोर से लटकु को बुलाने लगा। लटकु वहीं बगल में कुछ बाइकों में तेल डाल रहा था जो सुबह ही पेट्रोल पंप से कुछ बड़े-बड़े डिब्बे में मँगा लिया गया था।

"अरे लेडीस लोग कहाँ हैं? उसका गाड़ी बुलाओ जल्दी। चलो लेट ना करो अब।" फूँकन सिंह ने अचानक ही महिला भागीदारी की याद आते ही लटकु से कहा।

"बस पाँच मिनिट में गाड़ी द्वार पर लग रहा है मालिक। पूरा टेंपो भरा गया है।" लटकु ने भागीदारी सुनिश्चित करते हुए कहा। असल में, महिला मोर्चा की जिम्मेदारी लटकु भंडारी की ही पत्नी शीला देवी को सौंपी गई थी। शीला एक तेजतर्रार युवा नेतृत्व का नाम थी। वह नाई टोले की टोलाश्री ही थी। शादी के मात्र चार साल के अंदर ही उसने अपने क्रांतिकारी कटहा स्वभाव, झोंटा पकड़ महिलाओं संग कुश्ती कर लेने की बेहिचक विशेषज्ञता, मर्दों को गरियाकर पानी-पानी कर देने की बेमिसाल क्षमता और नित नई मौलिक गालियों की रचयिता के रूप में एक विशिष्ट पहचान बना ली थी। पंचायत की अन्य महिलाएँ उससे सात-आठ हाथ की दूरी पर ही पोखर में कपड़ा-लत्ता धोया करती थीं। शीला चुनाव में बढ़-चढ़कर हिस्सा ले रही थी। वह अपने अभी तक के 27-28 साल के जीवन में बस दो ही लोगों से प्रभावित हुई थी। एक तो 'मोहरा' फिल्म देखने के बाद अक्षय कुमार से दूसरा रुआबी और फुटानी देख लेने के बाद फूँकन सिंह से। फूँकन भी अपनी इस जबराटी फैन का विशेष ख्याल रखता था। आज भी शीला को अलग से 300 रुपये और टेंपो में पर्याप्त तेल भरवाकर दे दिया गया था। लटकु अभी उधर रास्ता ताक ही रहा था कि शीला की टेंपो फटफट करती हुई आ पहुँची। टेंपो में अधिकतर नाई टोला की ही महिलाएँ ठुँसी हुई थीं। अब सब चलने को तैयार थे। पुरुषोत्तम सिंह अपनी बोलेरो में आगे बैठ चुके थे। सारे बुजुर्ग इसी गाड़ी में थे। फूँकन सिंह ने एक दूसरी गाड़ी अपने लिए मँगवा ली थी। तभी पुरुषोत्तम सिंह ने फूँकन सिंह को इशारा कर अपनी ओर बुलाया।

"यह हरिजन टोला से सबको बुला लिए?" पुरुषोत्तम सिंह ने पूछा।

"हाँ, जिसको आना था सब आ ही गया है। भीड़ बहुत हो गया है। अब चलते हैं।" फूँकन सिंह ने चारों तरफ देखते हुए कहा।

"अरे पबित्तर दसवा को काहे नहीं बुला लिए?" पुरुषोत्तम सिंह ने फिर पूछा।

"उसके यहाँ चार बार आदमी भेजे। घर पर नहीं है। कहीं गया है।" फूँकन सिंह ने कहा।

"एक बार और दिखवा लो। ई सब ठीक बात नहीं। बिरंचिया भी नहीं दिख रहा। क्या कर रहे हो तुम? भुनेसर नेता का राजनीति को रोको।"

पुरुषोत्तम सिंह ने हल्की झल्लाहट में पुनः कहा।

"भट, आप भी गजब करते हैं बाबूजी कबो-कबो। अरे, यह साला झाँटभर का हरिजन पबित्तर दास को पचास बार जाएँगे बुलाने! क्या हमको भोट नहीं देगा क्या! चार दिन में नेता हो गया है क्या! और अब बिरंचिया भी इंपोटेंट हो गया है गाँव में! किसी को जरूरत से ज्यादा मत दीजिए तवज्जो। अब चलिए।" फूँकन सिंह ने भी झल्लाकर कहा और पाँव पटकते हुए अपनी गाड़ी में आ बैठने लगा।

"छोड़िए अब पुरुषोत्तम बाबू, चला जाए। जत्रा पर गुस्सा मत होइए। पूरा गाँव तऽ है ही साथै।" गाड़ी में संग बैठे बदरी मिसिर ने कहा। इधर पान पराग की पुड़िया खोल मसाला मुँह में डाल जोर से गाड़ी का दरवाजा लगाते ही फूँकन ने सबको चलने का इशारा किया। सिग्नल पाते ही रोहित ने मोर्चा खोला और आगे खड़ी बाइक टीम ने फूँकन सिंह जिंदाबाद का जोरदार नारा लगाया। पलभर में ही स्टार्ट हो सारी गाड़ियाँ बौराते हुए साँड़ की तरफ उछाल मार हनहनाकर आगे बढ़ने लगीं। साइलेंसर के रास्ते निकले काले धुएँ से अचानक धुएँ का गुबार-सा दिखने लगा गली में। जिंदाबाद के नारे लगने लगे। अभी काफिला निकला ही था कि अचानक फूँकन सिंह की गाड़ी में ब्रेक लगा। जिस घर के सामने गाड़ी रुकी थी वहाँ और जोर-जोर से दरवाजे पर नारा लगने लगा। गाड़ी से जगदीश यादव कूदकर उतरे और घर का दरवाजा ठोकने लगे। आवाज सुनते ही अंदर से दरवाजा खुला, सामने खड़े जगदीश यादव किनारे हट गए। अब दरवाजे को सीधे फूँकन सिंह देख रहा था।

"का रे, तुमको स्पेसल नेवता चाहिए? खबर भिजवाए थे न हम कि गाँव-घर का चुनाव है, इसमें चलना है। तुमको साले पागलचोदी, कम-से-कम गाँव का तो इज्जत रखा करो। हरदम पोलटिक्से सोचते हो साले!" फूँकन सिंह ने पान परागी स्वर में एक-एक शब्द चबाते हुए कहा।

"भक्क फूँकन दादा! हम तो अभी आए ही हैं पिपरा से। कब मना किए हैं हम? गाँव के इज्जत का बात है तो एकदम चलना चाहिए। चलिए चलते हैं।" बिरंची ने दरवाजे पर से ही खड़े-खड़े कहा।

"अरे चलो बे साले! साला भोरे-भोरे मार लेता है गाँजा। चलिए बैठिए जादव जी। अरे तुम रोहित के साथ बैठ जाओ मोटर साइकिल पर।" फूँकन

सिंह ने पीछे खड़े रोहित को वहाँ आगे बुला बिरंची को साथ लेने को कहा।

बिरंची ने कुछ नहीं बोला। उसने दरवाजे को सटाया और सीधे तुरंत ही रोहित के पीछे बाइक पर जा बैठा। उसके बैठते ही रोहित ने बाइक को गियर लगा एक प्रशिक्षित लफुए की भाँति उछालकर बढ़ाया। एक बार फिर से काफिला चल निकला। रोहित की बाइक पर बैठा बिरंची कसकर पीछे कैरियर पकड़े था। सीडी डॉन हीरो होंडा बाइक से भी कोई पायलट इस तरह लहरिया कट लगा सकता है, यह बिरंची ने रोहित से उम्मीद नहीं की थी। कुछ देर चलने के बाद बिरंची ने धीरे-धीरे से कान के पास जा रोहित से बातचीत शुरू की। तेज हवा में बातें कम ही सुनाई पड़ रही थीं।

"का रे बाबू, पढ़ाई-लिखाई छोड़ दिए क्या! फूँकन सिंह आयोग में बहाली ले लिए हो क्या! तुमको हमेशा जगदंबा लाइन होटल में देखते हैं टँडेली मारते।" बिरंची ने रोहित द्वारा बाइक की कलाबाजी से दहले अपने दिल को सँभालते हुए पूछा।

"कितना पढ़ेंगे हो बिरंची भैया! बहुत पढ़-लिख लिए। नौकरी-वोकरी लगता है नहीं गरीब का। होटल में तो फ्रेंड लोग रहता है तो उसी में साथ रहते हैं। फूँकन चाचा के भी साथ उठना-बैठना तो लगा ही रहता है। क्या चाहते हैं आप कि अपने बाप के जैसा हम भी खेत में जाकर कादो माटी करें!" रोहित ने बाइक की रफ्तार कम कर तल्खी से कहा और फिर गति बढ़ा दी।

"ओ, तुमको पता है कि तुम गरीब हो! गरीब आदमी साला कादो माटी छोड़कर मोटरसायकिल से फूँकन सिंह का रैली जाता है रे! और तुम्हारा कौन सरकारी परीक्षा रुक गया है रे गरीबी के कारण! अभी तक एक भी फॉर्म डाले हो बे?" बिरंची ने इस बार कायदे से लेते हुए पूछा।

"अरे भैया, आप भी क्या बात कर रहे हैं! मोटरसायकिल आजकल किसके पास नहीं है! ये तो साधारण चीज है सबके लिए आज के समय में।" रोहित ने गरीबी रेखा की बिल्कुल नई सीमा निर्धारित करते हुए कहा।

"वाह रे बाबू, मतलब गरीब के लड़का मोटरसायकिल जैसा साधारण चीज खरीद सकता है लेकिन किताब खरीदकर पढ़ने, कॉलेज जाने और फार्म भरने का भारी दिक्कत है? इतना तर्क कहाँ से सीखा रे? फूँकन सिंह के साथ उठ-बैठकर! अरे, तुमको पता भी है कि बाप तुम्हारा कहाँ-कहाँ से

पैसा जमा कर तुम्हारे खातिर मोटरसायकिल खरीद दिया। वही बाप अगर कर्जा लेकर तुमको पढ़ा-लिखा देता तो आज एक उम्मीद होता तुम। यहाँ रैली में लहरिया कट नहीं मार रहे हो तुम। अरे, अरे आगे गड्ढा है जरा बचाकर चलो। ऐ-ऐ, अरे।" बिरंची के बोलते-बोलते तो यह सब सुन अंदर से कुढ़ चुके रोहित ने देखते हुए भी बाइक सामने के गड्ढे में कुदाकर पार की। बिरंची फेंकाते-फेंकाते बचा। बोलते-बोलते बिरंची ने गणेशी के लिए कर्ज और बड़ी मुश्किल से चार साल पर मिले फसल बीमा वाले मुआवजे के पैसे भी बेटे के शौक के लिए मोटरसायकिल में लगा देने वाली बात बता दी थी। यह सब सुन मूड खराब हो चुका था रोहित का। उसका मन कर रहा था कि अभी के अभी बिरंची को बाइक से उतार दे। पहली बार उसे बाइक की सीट चुभ रही थी। हृदय में कुछ कचोट रहा था। अचानक से मन में पलभर के लिए बाप का चेहरा और खेत की मेड़ दिखाई दी। अंदर से कुछ भारी महसूस करने लगा रोहित।

"अब छोड़िए, बस चुपचाप चलिए भैया। आप भी तो पढ़े न खूब। क्या किए? बताइए, नौकरी लगा? हमको ज्ञान दे रहे हैं बस।" रोहित ने मन-ही-मन कुछ और सोचते हुए भी इधर बिरंची से इतना तो कह ही दिया था।

"हमारे तो कपार में कुकुर मूता था। तुम भी मुतवाओगे? हम तो हर हाल में कम-से-कम बीए कर लिए। बाकी हमारे साथ क्या हुआ यह अपने बाबू जी से पूछना। तुम काहे बर्बाद हो रहे हो! देखो बाबू, बहुत मेहनत-परिश्रम से तुम्हारा बाप तुम्हारे लिए सबकुछ करता है। इसलिए तुमको समझाए कि पढ़-लिख लो। लेकिन अगर हमारा बात खराब लगा हो तो हाथ जोड़ते हैं बाबू। फूँकन सिंह के पिछवाड़े में घुस जाओ, हम काहे रोकेंगे!" अबकी बार बिरंची ने भी चिढ़ते हुए आखिर बिन छिले बाँस की तरह नुकीला समापन किया। इतने में रोहित ने अकस्मात ही ब्रेक लगाया।

"आ गया, चलिए उतरिए। ज्ञान ले लिए हम।" बोलकर रोहित ने बाइक बंद कर चाबी खींची।

सब प्रखंड कार्यालय पहुँच चुके थे। अचानक वहाँ पहुँची रैली ने हलचल मचा दी थी। फूँकन सिंह जिंदाबाद के नारे लग रहे थे। चुनाव का स्तर थोड़े ही छोटा-बड़ा होता है। प्रत्याशी का निवेश माहौल तय करता है। फूँकन सिंह

ने तामझाम का प्रदर्शन कर प्रधानी के नामांकन को ही विधायकी के नामांकन का स्तर दे दिया था। हालाँकि, यह भी अकारण नहीं था। पुरुषोत्तम सिंह की नजर अब अगली योजना पर तो थी ही।

अब निर्वाचन अधिकारी के कार्यालय के सामने भीड़ जमा हो गई। फूँकन सिंह अपने पिता, बदरी मिसिर, कामता प्रसाद, जगदीश यादव, दिलबर मंडल, दिगंबर मिसिर, रतन दास के साथ एक सर्वजातीय समूह बना कार्यालय के अंदर घुसा। अंदर ठीक तभी नामांकन अधिकारी एक प्रत्याशी का नामांकन ले रहे थे। अधिकारी ने इन लोगों को हाथ से कुछ पल रुकने का इशारा किया। फूँकन सिंह समेत सभी लोगों ने जब उस प्रत्याशी को देखा तो दंग रह गए।

"हें, यह कैसे आ गया महाराज? आखिर फिर करने आ ही गया नौमनेसन। हद आदमी है ई चंट!" सबसे पहले बदरी मिसिर चौंक के बोले।

यह गाँव के ही जटायु शुक्ला थे। सबको देखते ही जटायु शुक्ला ने मुस्कराकर सबका सामूहिक अभिवादन किया। जवाब में कोई भी नहीं मुस्कराया। बस एक कामता प्रसाद जरा-सा मुस्के ही थे कि सबको नहीं मुस्कराया देख उन्होंने भी झट से अपनी मुस्कराहट वापस ले ली। सभी आपस में बुदबुदा रहे थे। अपने पीछे हो रही खुसर-पुसर को देख पुरुषोत्तम सिंह पीछे मुड़ थोड़ी झुँझुलाहट के साथ बोले,

"अरे भाई, अपना नामांकन का काम हो जाने दीजिए न पहले। बाकी चीज बाद में बतियाइएगा न आप लोग।"

इसी बीच नामांकन पूरा कर जटायु शुक्ला अपने कागज-पत्तर समेट संग आए दो लोगों के साथ लगातार मुस्कराते हुए किनारे से बाहर निकल गए। उनके साथ के दो लोगों को कोई नहीं पहचान पाया। अब फूँकन सिंह के नामांकन की बारी थी। फूँकन सिंह की गर्दन से ऊपर तक गेंदे की मालाएँ भरी हुई थीं। कार्यालय घुसते-घुसते भी शीला ने अपने हाथों से बनाई एक और लाल अड़हुल फूल की माला गले में डाल दी थी। फूँकन सिंह ने अपने हाथों से कागजात नामांकन अधिकारी की ओर बढ़ाए। अधिकारी ने फूँकन सिंह से गले की कुछ माला उतार लेने को कहा जिससे वह फोटो से उसका चेहरा मिलान करने की प्रक्रिया पूरी कर सके। उसके बाद नामांकन की सारी औपचारिकताएँ पूरी कर सभी बाहर आए। बाहर आते ही सबसे शांत पुरुषोत्तम

सिंह हरकत में आए।

"अरे देखो जरा, ऊ जटायु शुक्ला कहाँ गए? जरा खोजकर लाओ, मिलवाओ भाई हमको।" पुरुषोत्तम सिंह ने सामने खड़े काशी और जगदीश यादव से कहा। यह सुनते ही एक साथ तीन-चार लोग हरकत में आए। सभी चारों तरफ नजरें दौड़ाने लगे। इतने में थोड़ा हटकर खड़े बिरंची की नजर सामने झोपड़ीनुमा एक चाय दुकान पर पड़ गई जहाँ बेंच पर बैठ जटायु शुक्ला गुप्त रूप से अपने दोनों साथियों संग बतिया रहे थे। उन्हें देखते हुए बिरंची चुपचाप ही दुकान की तरफ बढ़ा। और किसी का उधर ध्यान नहीं गया था।

"जटायु बाबा! बाबा आपको हमारे प्रधान जी बुला रहे हैं, पहले वाले और होने वाले दुनो प्रधान लोग।" बिरंची ने दाँत चिहारकर कहा।

"हा-हा-हा! का हाल बिरंची कुमार? का जी, तुम भी साथ हो गया फूँकन सिंह के! एकमात्र विपक्ष अब हम ही रह गए हैं!" जटायु बाबा ने भी हँसते हुए कहा।

"अरे आप तो लोकतंत्र का रीढ़ हैं बाबा। साला, आप नहीं हों तो सत्ता छुट्टा साँड़ हो जाए। आप पर नाज है मलखानपुर को।" बिरंची ने पुनः दाँत चिहारे ही कहा।

"हा-हा। मौज ले रहे हो बेटा। खुद प्रधान के सेवक बन गए।" जटायु बाबा भी मजाक ही किए जा रहे थे।

"अच्छा बाबा, ये दोनों कौन हैं साथ में?" बिरंची ने उत्सुकतावश पूछा।

"सब बाहरी समर्थक हैं। चुनाव में आ गए हैं सेवा भाव से प्रेरित हो। हम तो भाई, बाहर-भीतर एक-सा संबंध रखे हैं बाबू।" जटायु बाबा ने हल्का-हल्का गंभीर होते हुए कहा।

"अरे, एकदम सही बात। आप पंचायत लेवल से ऊपर का चीज हैं बाबा। आप जटायु हैं, कौनो कौवा-मैना थोड़े हैं।" बिरंची भी गंभीरता में पीछे न रहते हुए कहा।

जटायु शुक्ला मलखानपुर के ही निवासी थे। उनके बारे में किंवदंती थी कि उन्होंने वकालत की पढ़ाई की थी। वैसे प्रत्यक्षदर्शी उनके पास एक दशकों पुराना कालाकोट होने की भी पुष्टि करते थे। कई लोगों का दावा था कि

उन्होंने जटायु बाबा को कई बार कोर्ट परिसर में भी देखा था शहर में। जटायु बाबा क्या करके कमाते-खाते थे, यह एक रहस्य था। पर उनकी प्रसिद्धि इस बात को लेकर थी कि अपनी 50 वर्ष की आयु में उन्होंने जितने भी, जिस भी स्तर के चुनाव देखे, वो सब लड़े। अब तक वह चार विधानसभा, सात पंचायत चुनाव, नौ दुर्गा पूजा कमेटी के अध्यक्ष का और आठ बार बाजार समिति का चुनाव लड़ चुके थे। हालाँकि किसी भी चुनाव में जीत और जटायु दोनों ने कभी एक-दूसरे का चेहरा देखना पसंद नहीं किया। उन्हें गहरा जानने वाले तो यह भी बताते कि अपने हाईस्कूल के टाइम में उन्होंने क्लास मॉनिटर का भी चुनाव लड़ा था जिसमें मात्र छह वोटों से हारे थे। अपने जीवन में विविध प्रकार के लगातार लगभग 28 चुनाव हारकर उन्होंने लगातार 17 हार वाले मोहम्मद गोरी को बहुत पीछे छोड़ नूतन इतिहास रचा था। 'गिरते हैं शहसवार ही मैदाने-जंग में' वाले शायर ने इनको इतनी बार गिरता देख संसार से अपनी शायरी वापस माँग ली थी। अपने जीवन में बस एक पिछले विधानसभा का चुनाव नहीं लड़ पाए, क्योंकि जिस दिन यह नामांकन को जा रहे थे उसी सुबह जमीन के आपसी विवाद में इनके छोटे भाई ने लाठी मारकर टाँग तोड़ दी थी। खुद पर हमले को उन्होंने लोकतंत्र में मुख्य विपक्ष पर हमला बताया था। इसके विरोध में उन्होंने एक दिन का बाजार बंद भी बुलाया था। बंद के कारण यह खुद उस दिन दरवाजा लगा कमरे में बंद रहे। इस तरह एक सफल बंद का यश भी उनके खाते में था। भाषण कला में प्रवीण थे। विचारधारा के नाम पर जरूरत के हिसाब से सबके सहयोगी थे। किसी से द्वेष नहीं था, जिसका जिस दिन नाश्ता किया उसके लिए बोल देते थे। गाँव की लगभग सभी चाय दुकानों पर इतना ज्यादा उधार हो चुका था कि अब मलखानपुर में चौक-चौराहों पर कम ही दिखते थे। दुकान पर बैठे जटायु बाबा अभी बिरंची से बतिया ही रहे थे कि वहाँ हन-हन करता हुआ काशी पहुँचा।

"अरे, आपको तभी से पुरुषोत्तम बाबू खोज रहे हैं। चलिए महाराज, आइए जल्दी।" आते ही उसने तपाक से कहा।

"अरे चलो ना, इतना हड़बड़ी काहे है भाई! हा-हा, का जी बिरंची, इस बार हालत खराब है क्या फूँकन जी का! जटायु को पकड़ना मुश्किल है। अबकी एकतरफा ना हो जाए।" जटायु बाबा ने बेंच से उठते-उठते कुर्ते की

बाँह समेटते हुए कहा।

"आँधी है अबकी आपके नाम का, आँधी। आज ही देख लीजिए ना, आप शेर के जैसा अकेले ही नोमनेसन करने आए और उधर फूँकन सिंह सबको बटोर के आया है झुंड में। हम लोग तो गीदड़ गाँव उठकर आ गए हैं।" बिरंची ने जटायु की कल्पना को और लुच्चई उड़ान देते हुए कहा।

"हाँ चलिए ना, आपको माला पहनाकर विजेता घोषित करने ही बुला रहे हैं वहाँ।" काशी साह ने चिढ़ते हुए दाँत कटकटाकर कहा। इधर तब से फूँकन सिंह पिता पर बड़बड़ा रहा था।

"क्या जरूरत है लुच्चा जटा शुक्ला को पूछने बुलाने का!" फूँकन सिंह पिता से बोल रहा था।

"राजनीति में कोई भी दाँव हल्का ना समझो। इस बार कोई चूक नहीं चाहिए। यह जटायु नेता भुवनेश्वर प्रसाद का मोहरा भी तो हो सकता है। नहीं तो क्या पता कल हो जाए?" पुरुषोत्तम बाबू ने जेब से इलायची की डिब्बी निकालते हुए कहा।

"अरे उसको भोट ही कितना आता है बाबू जी! क्या आप भी एकदम साला चंद्रकांता सीरियल बना दिए हैं चुनाव को।" फूँकन सिंह पाँव पटकता हुआ बोला। फूँकन ने अपनी ओर से ठीक ही कहा था। आज तक जटायु शुक्ला को किसी भी चुनाव में दस से कम वोट आए न पंद्रह से ज्यादा। उनके ये दस-बारह वोटर कौन थे, इसका पता आज तक न चल पाया था। इन वोटरों का रहस्य रावण की लंका वाली गुफा से ज्यादा गहरा था।

जटायु शुक्ला धीमे-धीमे गंभीर चाल में चलते हुए एक गंभीर प्रत्याशी के रूप में शिष्टाचार मुलाकात के लिहाज से पुरुषोत्तम सिंह के सामने पहुँच चुके थे।

"जटायु बाबा, तब नामांकन कर दिए! एकदम बढ़िया बात है।" उनके आते ही पुरुषोत्तम सिंह ने औपचारिक शुरुआत की।

"आपका स्नेह है। यही तो स्वस्थ लोकतंत्र की निशानी है कि एक प्रत्याशी दूसरे प्रत्याशी को शुभकामना दे रहा है।" जटायु शुक्ला एकदम भावविह्वल फ्लेवर में बोले।

"अकेले आए थे क्या नोमनेसन में?" पुरुषोत्तम बाबू ने फिर पूछा।

‘‘हाँ, शुरू से ही हमारा यही तरीका रहा है। समर्थक और वोटर हमारा क्षेत्र में बैठा है। उन लोगों को लाते ही नहीं हैं हम। जनता के खून-पसीने और टैक्स के पैसे को हम भोट खरीदने में और रैली में खर्च का शुरू से विरोधी रहे हैं। चुनाव में फिजूलखर्ची पर रोक लगे इसके लिए कई बार राष्ट्रपति जी को पत्र भी लिखा है। मेरा चुनाव किफायती होता है।’’ जटायु शुक्ला ने अपने चुनाव सुधार प्रयास को रेखांकित करते हुए कहा।

‘‘वोट भी किफायती ही लाते हैं।’’ वहाँ जमा भीड़ में से किसी की आवाज आई। यह सुनते ही लोग हँस पड़े। पुरुषोत्तम बाबू ने हाथ उठा सबको शांत होने का इशारा किया। लोगों की आपसी बातचीत जारी थी। जटायु शुक्ला अब भी गंभीर खड़े थे। अब बदरी मिसिर थोड़ा आगे आए।

‘‘जटायु भाई, आप छोटा भाई हैं। एक बात कहना है।’’ बदरी मिसिर बोले।

‘‘अरे, एकदम आप आदेश करें।’’ जटायु पंख फड़फड़ाकर बोले।

‘‘आदेश नहीं, ब्राह्मण हूँ, आप भी स्वजातीय हैं। इसी अधिकार से एक बात कह रहा हूँ।’’ बदरी मिसिर ने सहोदरी भाव से कहा।

‘‘नहीं-नहीं। यह आप गलत बोल गए बदरी भैया। जातिवादी संकीर्ण मानसिकता के साथ मुझसे तो वार्तालाप मत करिए। देखिए, मेरी लोकप्रियता सभी जाति में है। मैं समन्वय की राजनीति करता हूँ। स्नातकोत्तर हूँ विधि संकाय से। धर्मनिरपेक्षता पहला ध्येय है मेरा। हिंदू-मुस्लिम भी साथ ले के चलता हूँ।’’ जटायु शुक्ला के भीतर से जैसे शुक्ला ने नहीं, भारत के संविधान ने बोला।

‘‘अरे भाई, जातिवादी हम भी नहीं हैं। दस जाति में हमारा भी जजमनका चलता है पुरखा जमाने से। हम तो प्रेम और स्नेहवश बोले।’’ बदरी मिसिर ने अपने विचार स्पष्ट करते हुए कहा।

‘‘साला, आप लोग तब से शुद्ध हिंदी में महाभारत चला के क्या बकचोदी बतिया रहे हैं। सीधे-सीधे बात को कहिए ना जो कहना है। तब से स्नेह और प्रेम पेले जा रहे हैं। साल्ला, आप लोग पढ़ा-लिखा समस्या हैं महाराज।’’ फूँकन सिंह एकदम से फटते हुए जोर से चिल्लाकर बोला।

‘‘हाँ-हाँ, बस वही कह ही रहे हैं। हाँ, बात यह था जटायु भाई कि हम

लोग, पूरा गाँव-समाज चाहते हैं कि प्रधान का चुनाव एकदम निर्विरोध हो। हम सब लोग को एकता दिखलाते हुए पंचायत चुनाव संपन्न करना है। आपसे पूरा मलखानपुर सहयोग चाहता है। आप अपना उचित निर्णय करिए कुछ।'' बदरी मिसिर ने एक साँस में अपनी बात कह दी, फूँकन की डाँट को बिना दिल पर लिए ही।

''मतलब हम बैठ जाएँ?'' जटायु शुक्ला तुरंत समझते हुए बोले।

''नहीं-नहीं, आपको साथ देना है। सहयोग है यह आपका। आपका बड़प्पन रहेगा भाई।'' बदरी मिसिर मिश्री घोलकर बोले।

अब समूची भीड़ की नजर जटायु शुक्ला के जवाब पर थी। कुछ लोग फूँकन सिंह को कसमसाता भी देख रहे थे। पीछे दो लोग बतिया रहे थे, देखिए, जटायु मानता है कि आज पंख नोचवाता है अपना। एक बुदबुदा रहा था, फूँकन सिंह के हाथ आज कुटा न जाए ई बबवा। इन सब शंकाओं-आशंकाओं से अनजान जटायु शुक्ला ने बहुत गंभीर भाव में खड़े आँखें मूंदे दो पल गर्दन हिलाई और फिर बदरी मिसिर की तरफ देखने लगे।

''बदरी भैया, इस तरह निर्विरोध चुना जाना, यह तो तानाशाही को बढ़ावा देना हो जाएगा। यह तो राजतंत्र को वापस लाना हो जाएगा। एक तरह से मध्यकाल की तरफ लौटना हो जाएगा।'' जटायु शुक्ला ने लोकतंत्र पर मँडराते खतरे को भाँपते हुए कहा। इतना सुनते तो फूँकन सिंह का चेहरा लाल-पीला होने लगा। पुरुषोत्तम बाबू लेकिन धैर्य से खड़े थे।

''अब साला एक्सेस हो गया है। और चढ़ाइए इन सबको कपार।'' फूँकन सिंह पिता की ओर देखते हुए तिलमिलाकर बोला।

''अरे जटायु बाबा, महाराज आपको भोटवे कितना आता है भाई। भाई, दस-बारह भोट का ही न बात है!'' इस बार जगदीश यादव आगे आकर बोले। खड़ी भीड़ आगे-पीछे ठेला-ठेली कर रही थी। कोई जटायु शुक्ला की तरफ धक्का दे रहा था। कोई हँसी-ठिठोली कर रहा था। फूँकन का पारा गर्म हो चुका था।

''ऐ जटायु बाबा, आप पाँच भोट से रोक लीजिएगा हमरा तानाशाही। केतना बड़ा नेता हैं आप हो? साला, तब से बर्दाश्त कर रहे हैं।'' फूँकन सिंह इस बार जटायु शुक्ला के सीने पर हाथ धर धकेलते हुए बोला। यह एक्शन

सीन देखते ही कुछ हुल्लड़बाज नौजवान पीछे से सीटी बजाने लगे। जैसे किसी मसाला मूवी की शूटिंग चल रही हो। हालात को इस तरह होता देख पुरुषोत्तम सिंह ने आगे बढ़ फूँकन सिंह को पीछे खींचा।

"अरे, अरे, क्या कर रहे हो! दिमाग है कि नहीं! तुम चुनाव लड़ रहे हो और इस तरह पहलवानी करोगे खुल्लम-खुल्ला! इस तरह बेचारे ब्राह्मण पर हाथ उठाना चाहिए क्या किसी क्षत्रिय को!" पुरुषोत्तम सिंह ने सधे अंदाज में डपटते हुए कहा।

"हाँ, ऐ फूँकन बाबू, ऐ महराज, छोड़िए। अरे निरीह ब्राह्मण है बेचारा। अरे बैठ जाएगा, बैठ जाएगा। गुस्सा मत करिए, बात से बाहर नहीं जाएगा।" बदरी मिसिर ने एक ब्राह्मण की संपूर्ण निरीहता को अपने चेहरे पर लाते हुए कहा। बदरी मिसिर हाथ पकड़ जटायु शुक्ल को किनारे ले गए। फूँकन सिंह लगातार गाली दिए जा रहा था। जटायु बाबा अब अंदर से काँप-से गए थे। इतनी जल्दी फूँकन सिंह बरस जाएगा, सोचा नहीं था उन्होंने। जटायु शुक्ला अब सहमे तो थे पर एक बार हिम्मत कर पुनः आगे आए।

"देखिए, अब ऐसे अपशब्द बोलने से होगा क्या फूँकन जी! ये तो संस्कारे नहीं है आपका, आप लोग उच्च कुल के हैं, ये बात याद रखिए। अरे भाई, प्रेम से बात करिए ना। लीजिए, हमारा तोड़ दीजिए तब हाथ-पैर। पिछला चुनाव में भाई तोड़ दिया था, हम सोचेंगे इस बार भी छोटा भाई तोड़ दिया। लीजिए, हाजिर हैं।" जटायु शुक्ला ने इमोशनल उड़ान ली।

"अरे छोड़िए ई सब बात। आवेश में बोल गया फूँकन। टाँग-हाथ काहे तोड़ेगा आपका! भाई जैसा हैं आप उसका। अब शांत होइए शुक्ला जी।" पुरुषोत्तम सिंह ने दोनों कंधों पर हाथ रख जटायु शुक्ला को धरते हुए कहा।

"अरे, आप फालतू में ही ना बात बढ़ा रहे थे बाबा। फर्स्ट में मान जाना था।" जगदीश यादव बोले।

अभी कई लोग जटायु शुक्ला को घेरे खड़े थे। कोई मुँह दाब हँस रहा था। कोई शुक्ला जी को हुरकुच रहा था। कोई कह रहा था, पहले ही साला बैठ जाना चाहिए था इसको। अब जटायु शुक्ला से रहा ना गया।

"अरे बैठ जाना चाहिए था, बैठ जाना चाहिए था, क्या तब से बोले जा रहे हैं सब लोग? अरे, अभी तो दू घंटा भी तो नहीं हुआ है साला, हमको खड़ा

हुए और सब आप लोग सब मारपीट पर उतारू हैं भाई। अरे क्या एक दिन का भी हक नहीं हमको खड़ा रहने का! ई कौन बात है मर्दे। लो ठीक है बैठा दो, लेकिन साला थोड़ा-सा तो इज्जत रख दो भाई। क्या मजाक बना दिए हैं मेरा।'' जटायु शुक्ला अब तक के सबसे ज्यादा आवेग में लगभग रोते हुए चिल्लाकर बोले।

''एकदम अच्छा, सही बात, सही बात एकदम। अब मिजाज को शांत करिए और चाणक्य बन के चंद्रगुप्त होने का आशीर्वाद दीजिए फूँकन बाबू को। इतिहास दुहरा दीजिए। बस।'' बदरी मिसिर एकदम लगे पड़े बोले। एक संकट में फँसा ब्राह्मण जवाब देकर नहीं, आशीर्वाद देकर ही जान बचाता है। अगर जटायु शुक्ला आशीर्वाद न देते तो उल्टे फूँकन से कुछ लेने की नौबत आ जाती। लेकिन जटायु पिछले दर्जनों चुनाव के अनुभवी तो थे ही, उनसे इतनी भी जल्दी मैदान छुड़वाना आसान न था।

''देखिए बदरी भैया, हमारा कुछ नहीं। अभी बिठा दीजिए। लेकिन हम हैं जनता के प्रत्याशी, उनकी आशा, उनका उम्मीद। ऐसे में एक बार अपने समर्थकों से पूछकर बता देता हूँ कल। उन्होंने बहुत उम्मीद से खड़ा किया है।'' जटायु चेहरे पर अतुलनीय गंभीरता का भाव लिए बोले।

''अरे तो कौन समर्थक? वही दस-बारह लोग न! तो अभी ही पूछकर बता दीजिए।'' बदरी मिसिर ने तड़ कहा।

''अरे, तुरंत कैसे? पहले पता भी तो लगाना होगा न कि वे समर्पित लोग कौन-कौन हैं! मतदान तो गुप्त होता है ना बदरी भैया। समर्थक हमारे सारे गुप्त हैं। यही लोकतंत्र का बियूटी है भैया।'' जटायु अब थोड़ा मुस्किया के बोले।

''ऐ एक बात, ई गुप्तरोगी लोग का पता चल जाए ना, तो जरा हमको भी बता दीजिएगा। जरा इन भोसड़ीवालों को हम लोग भी तऽ पहचान तो लें कि ऐसा कौन दस ठो नमूना है गाँव में। पूरा गाँव को देखने का मन होगा। क्या जी सब लोग... ?'' फूँकन सिंह ने अचानक से बीच में गुर्रा कर कहा। बीस-पच्चीस लोगों ने हो-हो कर समर्थन में हल्ला किया। इस बार सब हँस पड़े। सबको हँसता देख जटायु भी रोते हुए हँस दिए।

''हें-हें। फूँकन जी भी बड़ा जल्दी क्रोधित हो जाते हैं। जनप्रतिनिधि को

थोड़ा विशाल हृदयी होना चाहिए साहब।" जटायु बड़े सँभल-सँभलकर फिर बोले।

"दिखाएँ हिरदय अपना?" फूँकन सिंह नकफुल्ली हँसी के साथ सीना निकालते हुए बोला।

"छाती नहीं, हृदय दिखाइए। अब देखिए, अगर हम चाणक्य बनने का विचार कर रहे हैं तो आप भी चंद्रगुप्त के जैसा बड़प्पन वाला व्यवहार रखिए थोड़ा। हम आपके बात से बाहर नहीं हैं फूँकन जी।" जटायु ने अबकी साफ-साफ कहा। इतना सुनना था कि बदरी मिसिर ने जटायु को गले लगाया। पर जटायु अनमने थोड़े पीछे हटे। वह अब भी विपक्षी उम्मीदवार थे, कैसे गले मिल लेते बिना किसी निर्णय के।

तय हुआ कि कल तक जटायु अपना निर्णय देंगे। अब सब वापस होने को निकलने लगे। सभी आए लोग फटाफट अपने-अपने वाहन की ओर दौड़े। फूँकन सिंह भी अपनी गाड़ी स्टार्ट करवा निकलने लगा। बिरंची दौड़कर निकल रहे महिलाओं वाले टेंपो में लटका जो अब खाली हो चुका था। महिलाएँ तो गाँव से अपने-अपने मायके और उन सगे-संबंधियों के घर जाने के लिए ही टेंपो से चली आई थीं, जो वहीं आस-पास रहते थे। इस तरह कुल मिलाकर सब लोग निकलने लगे पर जटायु शुक्ला वहीं खड़े थे। उनको भी घर जाना था। कोई साधन था नहीं। साथ आए दोनों युवक तो कब के अपनी बाइक से जा चुके थे। इतने में जटायु दौड़कर पुरुषोत्तम सिंह की गाड़ी की तरफ गए।

"चलना है का?" शीशा उतारकर पुरुषोत्तम बाबू ने पूछा। जटायु के मुड़ी हिलाते ही झट से गाड़ी का पिछला दरवाजा खुला और जटायु पिछली सीट पर गोड़-हाथ समेटकर एडजस्ट हो गए। लोकतंत्र का सजग प्रहरी और चुनाव में न बैठने वाला प्रत्याशी बोलेरो में बैठ चुका था।

26.

सुबह का सूरज रोमांच लेकर आया था। जटायु शुक्ला दूसरे दिन अचानक से गायब हो गए थे और पुरुषोत्तम बाबू की उम्मीद पर खतरों के बादल मँडराने लगे थे। यह संदेह पुष्ट हो गया था कि जटायु के पीछे कोई तो राजनीति है। जटायु शुक्ला पूरे तीन दिन गायब रहने के बाद आज सुबह-सुबह पुरुषोत्तम सिंह के दरवाजे पहुँचे थे। आज बहुत-कुछ उनके निर्णय पर टिका था। वह अगर आज अपना नामांकन वापस लेने की घोषणा कर देते तो फूँकन सिंह का प्रधान बनना लगभग तय हो जाता, क्योंकि आज नामांकन करने की अंतिम तिथि थी और अब तक फूँकन के विरुद्ध उनके सिवा किसी और ने नामांकन नहीं किया था। इधर तीन दिन तक जटायु शुक्ला का कोई अता-पता न होने के कारण पुरुषोत्तम सिंह के खेमे में चिंता बढ़ गई थी कि कहीं जटायु शुक्ला के पीछे नेता भुवनेश्वर प्रसाद तो नहीं लगे। यह चिंता अब जटायु शुक्ला के वहाँ पहुँच जाने के बाद भी बरकरार थी। जटायु बाबा के वहाँ पहुँचते ही आसपास से कुछ और लोग दरवाजे पर पहुँच गए। हर आदमी उन्हें अपने-अपने तरीके से टटोल सबसे पहले पता कर लेने की प्रतियोगिता में लगा था कि जटायु बाबा बैठेंगे कि नहीं ? जटायु शुक्ला बस मुस्करा-मुस्कराकर सस्पेंस बढ़ा दे रहे थे। जटायु बाबा के दरवाजे पर बैठने की खबर मिलते ही फूँकन सिंह लुँगी कसे घर से बाहर निकला।

"क्या बाबा, मरा-भुला गए थे क्या ? हम लोग तो चिंता में थे कि कहीं कुछ हो तो नहीं गया आपको!" पिछले तीन दिन से उन्हें ही खोज रहे फूँकन सिंह ने कुढ़ते हुए दाँत पीसकर मनहूसियत भरा अभिवादन किया।

"हा-हा, नहीं-नहीं जी, अभी काहे मरेंगे! जब तक आपका साथ है, मरेंगे कैसे!" जटायु शुक्ला ने बिना आहत हुए कहा।

"अरे भाई, डर लग रहा था कि कहीं कोई मार दे, गायब कर दे और नाम हमारा लगा दे साला। काहे कि उस दिन हम ही ना आपको गाली-फाली दे दिए थे थोड़ा। अब राजनीति में तो विरोधी कुछ भी करवा सकता है। आपका मर्डर करवा देगा और हमको फँसा देगा। यही सब टेंशन हो रहा था।" फूँकन सिंह ने एक रोमांचक संभावना का जिक्र करते हुए कहा। यह सुन एक पल तो हँसमुख

जटायु शुक्ला गुम-से हो गए। सामने खड़े लटकु से पानी लाने का अनुरोधी इशारा किया। उनको मारकर भी ये पक्ष-विपक्ष के लोग आपस में राजनीति कर सकते हैं, यह तो सोचा ही नहीं था उन्होंने। राजनीति तो सदा से रक्त पीती आई है। लाखों जीवों का खून पीकर फली-फूली है। एक ठो चील-कौआ जटायु का पंख नोच देना कौन बड़का बात है! यह सोचते ही कँपकँपी-सी लगी उन्हें अंदर-ही-अंदर। ओह! राजनीति रक्तपिपासु हो चुकी है, सावधान रहना होगा। अभी जटायु मन-ही-मन यही सोच रहे थे। तब तक लटकु लोटा में पानी लिए आया। जटायु शुक्ला ने एक ही बार में पूरा लोटा गटक सूखते कंठ और झनझना रहे बदन को तर किया। तभी अंदर से पुरुषोत्तम सिंह भी निकले। जटायु शुक्ला ने कुर्सी से उठ करबद्ध अभिवादन किया। पुरुषोत्तम सिंह ने भी हाथ जोड़ने जैसी थोड़ी-बहुत आकृति बना अभिवादन का किसी तरह सम्मानपूर्वक टाइप ही जवाब दिया। तभी पुरुषोत्तम सिंह ने वहीं सामने चौकी पर बैठे अंगद को दौड़कर बदरी मिसिर को बुला लाने को कहा। अंगद सिंह जैविक रूप से एक विशालकाय प्राणी था और भारतीय पारिवारिक व्यवस्था के हिसाब से पुरुषोत्तम सिंह का भतीजा था। ये सब परिवार पड़ोस में ही रहते थे। अंगद का भरा-पूरा शरीर सिंह परिवार की संपदा था। बिना मस्तिष्क भी मानव आराम से खा-पीकर जीवन जी सकता है, अंगद इसका विश्वसनीय उदाहरण था। अपने बड़े चाचा का आदेश पाते ही अंगद दौड़ते हुए ही बदरी मिसिर को बुलाने गया। रास्ते में उसे दौड़ता देख लोग समझ ले रहे थे कि घर से किसी ने दौड़ते ही जाने को कहा होगा। लगभग दस मिनट के बाद बदरी मिसिर उधर से धोती-गंजी पर ही लँगड़ाते हुए, फिचक-फिचककर चलते हुए आए। रात को गोहाल में इनके बछड़े ने अपने हिस्से का दूध गारता देख कूदकर इनका पाँव थूर दिया था। उसी कारण दर्द से लँगड़ा रहे थे।

बदरी मिसिर ने आते ही लपककर कहा, "क्या भाई जटायु, अरे भाई इस तरह गायब हुआ जाता है क्या! भाड़ में जाए चुनाव भाई। पहले जीवन चाहिए आपका। आपका मरा मुँह हमसे तो नहीं देखा जाएगा। इस उम्र में ई आघात नहीं सहन होगा जटायु भाई। हम लोग सोचे कि कुछ अनहोनी हो गया, हे भगवान!" आते ही अभिवादन का इतना अशुभ संस्करण शायद ही सुना था किसी ने। जटायु ने सुनते ही अपने चेहरे को दाहिने हाथ से छूकर टोहा। वे

जिंदा थे। अब कुल मिलाकर जटायु बाबा ने इतना तो समझ ही लिया था कि इन तीन दिनों में किसी ने उनके लिए किसी राजनीतिक दाँव पर चर्चा भी नहीं की है, बल्कि यहाँ तो साला सबको अंदाजा हो रहा था कि जटायु मरा-बिला गया कहीं। इसी बीच एक बार जटायु बाबा ने दोनों हाथों से माथे का पसीना पोंछा।

"तो बताइए जल्दी, क्या डिसीजन हुआ आपका? बैठिएगा इज्जत से कि लड़बे करिएगा हमसे?" फूँकन सिंह ने फुफकारते हुए पूछा।

"अरे नहीं, डिसीजन का होना है। हो गया है। तब ना आए हैं। बेचारे काहे लड़ेंगे भाई आपसे! आप से लड़ने का मतलब खाली आप ही थोड़े हैं, इसका मतलब है पूरा गाँव-समाज का अपमान करते हुए एक-एक घर से लड़ना। ये काम जटायु जी क्या, कोई भी भला आदमी नहीं करेगा!" बदरी मिसिर ने अपने बुलाए जाने की उपयोगिता सिद्ध करते हुए कहा।

"हाँ, देखिए, हमारे समर्थक लोगों का तो दबाव बहुत है कि हम फाइट करें। लेकिन हम खुद चाहते हैं कि सर्वसम्मति से प्रधान चुना जाए और गाँव का विकास हो। आपस में प्रेम बढ़े, इसलिए दो ही रास्ता है। या तो गाँव के विकास के लिए हम बैठ जाएँ और फूँकन बाबू निर्विरोध चुना जाएँ या फिर फूँकन बाबू बैठ जाएँ और हमारे साथ कदम से कदम मिलाएँ।" जटायु बाबा ने अभी अपने चिर-प्रतीक्षित अनमोल विचार रखे ही थे कि बदरी मिसिर तो भौंचक्के रह गए और फूँकन सिंह दाँत पीस मुट्ठी बाँधे अपनी कुर्सी से उठने लगा। उसकी देहभाषा से साफ था कि अगले कुछ मिनट में वह जटायु जी के पंख छुड़ाएगा। पुरुषोत्तम सिंह भी धोती समेट बेचैनी में कुर्सी से उठे। एक ही पल में वहाँ बदल चुके माहौल को जटायु ने तत्काल भाँप लिया और फिर दूसरा क्षण बीतने से पहले ही तो फटाक से आगे कहा, "लेकिन देखिए, देखिए, हम गाँव के सामूहिक हित के लिए अपना विचार रख रहे हैं कि...।"

तब तक फूँकन सिंह का हाथ जटायु जी की गर्दन से बित्तेभर पर ही था।

"जाइए, हम चाणक्य बनना मंजूर किए।" गर्दन पकड़ में आने से पहले ही जटायु शुक्ला ने निर्णय की घोषणा कर दी। घोषणा होते ही बदरी मिसिर तो जैसे उछल पड़े। जोर-जोर से ताली पीटने लगे। उनकी देखा-देखी अंगद भी ताली बजाने लगा। फूँकन सिंह की कसकर बँधी मुट्ठी थोड़ी ढीली पड़ी।

एक लंबी साँस उसने भी जरूर ली। पुरुषोत्तम बाबू ने भी आँखें बंद करके एक बार गहरी साँस ली।

"लीजिए, तब आप अभी अपने हाथ से चंद्रगुप्त को माला पहनाइए। वाह, अरे वाह हो भगवान! भाई कोई जाकर कह दीजिए जिला प्रशासन से मलखानपुर पंचायत का चुनाव हो गया। रिजल्ट देख ले इहाँ आ के।" बदरी मिसिर प्रसन्नता की हद तोड़ते हुए बोले।

"अच्छा, यह सब होता रहेगा। जटायु बाबा को पहले सम्मानपूर्वक गुरु दक्षिणा देने दीजिए।" पुरुषोत्तम सिंह ने सुकून भरी मुस्कान के साथ कहा। पुरुषोत्तम सिंह ने फूँकन सिंह से पैसा देने को कहा। फूँकन सिंह पाँच मिनट में अंदर से पैसा लेकर आया।

"ऐ फूँकन जी। सुनिए ना, जरा तीन हजार और बढ़ा के कर दीजिए न। बहुत दिक्कत है थोड़ा।" जटायु बाबा ने ऐन मौके पर मुद्दे की जरूरी बात कही।

"अब नाटक ना करिए, बाबूजी से नोमनेसन के आते वक्त गाड़ी में जितना फाइनल हुआ था, वह दे रहे हैं।" फूँकन सिंह ने तय राशि की बात दोहराई।

"अरे महाराज, अब इतना भी कंजूसी ना करिए फूँकन जी। चंद्रगुप्त हुए हैं तो राजा जैसा दिल भी रखिए। देखिए, हम ज्यादा नहीं माँग रहे। जितना हम इस चुनाव में खर्च किए हैं वही मूलधन मिल रहा है बस। एक रुपैया का नफा नहीं ले रहे हैं। हम तो गुप्त रूप से सालभर पहले से झोंके हुए थे इसमें खुद को। उसी में जो खर्च हुआ है वही तो मिल रहा है बस।" जटायु बाबा ने अपने अभियान पर हुए जायज खर्च के बारे में बताया।

"हो गया अब, छोड़ो दे दो न। अरे हाँ, सात हजार में तय हुआ था लेकिन दे दो भाई दस हजार। चुनाव में इसके बाद कोई खर्च भी तो नहीं अब। निर्विरोध हुए, ये भी तो देखो। और पैसा गरीब ब्राह्मण ही ना खाएगा बेचारा, चलो दे दो।" पुरुषोत्तम बाबू ने बड़े हृदय का परिचय देते हुए कर्ण की दानवीरता का फ्लेवर लेते हुए कहा।

"चलिए दे देते हैं। विधानसभा चुनाव में दू-तीन हजार में बैठते हैं। यहाँ दस वोट का दस हजार ले लिए।" फूँकन सिंह बाकी के तीन हजार लाने को

उठते हुए बोला।

"लोकतंत्र में एक-एक वोट कीमती होता है और आपको एक हजार में एक भोट बहुत महँगा लग रहा है! फूँकन बाबू, जनमत का इतना तो अपमान मत करिए। अब आप जनप्रतिनिधि होने वाले हैं।" जटायु बाबा ने मत के मूल्य और लोकतंत्र की गरिमा का ध्यान दिलाते हुए कहा। हालाँकि, यह सुनने की खातिर फूँकन वहाँ मौजूद नहीं था। वह पैसा लाने अंदर जा चुका था। पैसा लेकर वापस आते हुए उसने पैसे पुरुषोत्तम सिंह को दिए।

"पुरुषोत्तम बाबू के हाथ से दक्षिणा ग्रहण करवाइए, चलिए।" बदरी मिसिर ने शुभ हाथ की तारीफ में कहा। और इस तरह से मात्र दस हजार में एक चाणक्य बन-बनाकर तैयार हो गया था लोकतंत्र के नक्कारखाने में। महँगाई के जमाने में इतना सस्ता तो टीवी-फ्रीज नहीं आ सकता कायदे का, यहाँ चाणक्य खड़ा था बनकर। निश्चय ही बड़ी राजनीतिक सफलता थी यह पुरुषोत्तम सिंह के लिए। अंदर खिड़की से झाँक रही, फूँकन सिंह की माँ ने अपने बेटे को प्रधान बनता देख खुशी में गेठी से पैसे निकाल अंगद को बुला मिठाई लाने कह दिया। इधर पैसे जेब में रखते ही जटायु शुक्ला चलने को तैयार थे। इस चुनाव में जितने की जीत मिल सकती थी, जीत लिया था बेचारे ने। वे बरामदे से उतरने ही लगे थे कि सबने, लड्डू खाकर ही जाइएगा बोलकर बिठा लिया।

"हे बाबू। सुनो ना, तब यह हमारे लिए दो पीस लालमोहन ले लेना। तब अब रोक लिए हैं सब तो मन रखना होगा न। पेट का दिक्कत रहता है, बेसन छुबे नहीं करते हैं। लाल रसगुल्ला ले लेना बाबू। वह ठीक रहेगा। खा लेंगे किसी तरह।" जटायु रूपी नवचाणक्य ने पेट पर हाथ फेर दस हजार के भुगतान में दो गुलाबजामुन जोड़ते हुए कहा। बाजार जाने को निकला अंगद ये सुनते ही खड़ा हो गया और अपने बड़े भाई फूँकन सिंह, बड़े चाचा पुरुषोत्तम सिंह की तरफ देखने लगा। वह उनका इशारा चाहता था कि रसगुल्ला लाना है कि नहीं! फूँकन सिंह अभी कुछ कहना ही चाहता था कि पुरुषोत्तम सिंह ने दाहिना हाथ उठाते हुए कहा,

"अच्छा जाओ, ले लेना दो पीस लालमोहन भी।" दरवाजे पर अब धीरे-धीरे कुछ और लोग और इकट्ठा होने लगे। लटकु भंडारी ने वहीं खड़े-खड़े

अपने मोबाइल से कुछ और समर्थकों को फोन कर निर्विरोध निर्वाचन की खबर अपने हिसाब से जितना हो सका, वायरल कर दी थी। खुद फूँकन सिंह को भी कुछ फोन आने लगे। इधर अंगद बड़ी तेजी से मिठाई लेकर लौट आया। लटकु मिठाई ले अंदर गया और उसे थाली में डालकर ले आया। एक छोटी-सी प्लेट में जटायु बाबा के लिए रसगुल्ला अलग से था। सबने थाली से एक-एक लड्डू उठाया। बदरी मिसिर ने भी दो लड्डू उठाकर अंगद की तरफ बढ़ाए और उसे एक कागज में लपेटकर दे देने को कहा। असल में, अभी उन्होंने स्नान नहीं किया था, अत: घर पे स्नान एवं पूजा-पाठ करने के बाद खाते। जटायु बाबा ने तो प्लेट सामने रखते ही एक रसगुल्ला मुँह में डाल लिया। इधर पुरुषोत्तम सिंह ने भी लड्डू का एक टुकड़ा मुँह में डाला ही था कि तब ही जोर-जोर से एक साथ कई बाइक के हॉर्न की आवाज सुनाई दी। एक साथ 25-30 बाइक धूल उड़ाती सामने से निकलने लगीं।

"अरे, कौन है रे ई सब?" पुरुषोत्तम सिंह ने लड्डू का आधा टुकड़ा निगलते हुए और आधा सामने वापस थाली में रखते हुए पूछा।

"सब तो सिकंदरपुर का आदमी लोग लग रहा है।" फूँकन सिंह यह बोलकर अगले ही पल कुर्सी से उठा।

"ओहो, हो ही गया खेला। साला, पापी बिना पाप किए मानेगा नहीं। कलयुग में यही तो ईर्ष्या और विकृति का भावना प्रबल है। कौन, कब और कहाँ घात लगाकर बैठा है, कुछ पता नहीं चलता है।" बदरी मिसिर ने जल्दी-जल्दी कलयुग के मूल चरित्र की संक्षेप में व्याख्या की और झट धोती में ढक गए लड्डू को हाथ में लिया। अभी इससे पहले कि किसी को कुछ और समझ में आए, जटायु शुक्ला ने सामने रखा दूसरा लालमोहन झटके में मुँह में डाल लिया।

पुरुषोत्तम सिंह के दरवाजे तो अचानक जैसे सामने से किसी ने खूँटे से बँधी जोड़ी गाय और जोड़ा भैंस खोल लिया हो, ऐसा माहौल बन गया था। किसी को कुछ स्पष्ट समझ नहीं आ रहा था।

"नॉमनेसने खातिर जा रहा है ना?" बदरी मिसिर एक बार फिर उचककर बोले।

"नहीं भुवनेश्वर प्रसाद का बरात जा रहा है। जाइएगा क्या?" क्रोध में

बिलबिलाए हुए फूँकन सिंह ने चिढ़ते हुए कहा।

"अरे, शांत हो के पहले ये भी तो देखो साला कि खड़ा कौन हो रहा है। किसका रैली है। कौन है कैंडिडेट?" पुरुषोत्तम सिंह ने सरकती हुई लुँगी को कसकर बाँधते हुए कहा। तभी चार-पाँच बाइक का एक और झुंड सामने से गुजरा। इस बार सारे के सारे चेहरे जाने हुए थे।

"हय-हय उ देखिए बिरंचिया और बैरागी पंडित का लड़का। ओह भगवान!" बदरी मिसिर के मुँह से निकला।

"कौन-कौन हैं और, देखो, देखो तो जरा?" पुरुषोत्तम सिंह क्रोध में अबकी तमतमाकर लटकु से बोले।

"चमरौटी का है दू लड़का, पहचाने हम।" लटकु ने सड़क पर कूदकर पीछे से देखते हुए कहा। फूँकन सिंह चिल्ला उठा,

"साला ई चार-पाँच लौंडा बहुत काबिल बनता है। बाँधकर चमड़ा छीलना होगा इन सबका।"

फूँकन सिंह का गुस्सा स्वाभाविक था क्योंकि ऐसा पहली बार हुआ था जब गाँव से कोई खुलेआम सिकंदरपुर के प्रत्याशी संग गया था।

"अपना गाँव-घर छोड़ सिकंदरपुर का कंडिडेट के साथ जा रहा है। यह तो किलियर देशद्रोही का ही काम किया है।" जब अंगद के मुँह से यह निकला तो किसी को यकीन नहीं हुआ।

"खड़ा कौन है, पहले ये नाम तो पता करो?" अब एकदम अधीर हो रहे फूँकन सिंह ने पुनः चिल्लाकर कहा। तभी साइकिल से जोर-जोर की पैडल मारते हुए काशी साह पसीने से नहाए वहाँ पहुँचा।

"मालिक, देखे कि नहीं रैली? अनर्थ हो गया है एकदम।" काशी ने हाँफते हुए कहा।

"तुम्हारा मोटरसायकिल का हुआ रे?" पुरुषोत्तम सिंह ने उसे साइकिल से आता देख अलग ही बात पूछ दी। लेकिन बात इतनी अलग थी नहीं।

"अरे वही तो मालिक, साला लकड़ी काटने में हमारा एक पार्टनर है, वही माँगकर ले गया मोटरसायकिल। और चला गया है ई वाले रैली में। देखे होंगे आप अभी हमरा मोटरसायिकिलवा। हमको नहीं पता था दोगला ई खातिर माँग रहा है। धंधा-पानी बंद साला हरामी से अब। एकदम सब बंद उससे।" हदस

गए काशी ने सर्वप्रथम अपना पक्ष सुनाया।

"कौन खड़ा हो गया रे सिकंदरपुर से?" पुरुषोत्तम सिंह ने क्रोध में पूछा।

"सिकंदरपुर से? अरे यही तो अनर्थ है। कंडिडेट मलखानपुर से है मालिक।" काशी ने अप्रत्याशित खबर सुनाई।

"क्या। पगला गया है क्या रे?" पुरुषोत्तम सिंह के मुँह से निकला। मौजूद किसी भी व्यक्ति को यकीन न हुआ।

"त झाँट कथा बाँच रहे हो तब से। के है बताओ न?" फूँकन सिंह काशी पर चिल्लाकर बोला।

"ऊ लड़का, वही मंदिर निर्माण वाला। साला ऊ चमरौटी वाला लड़कवा, नेता जो बनता है, पबित्तर दास।" उसने जोर की आवाज में कहा।

"जतरुआ का बेटा। अरे ऊ चमरटोली से...अरे मने...?" एकबारगी पुरुषोत्तम सिंह के मुँह से निकला।

"हाँ मालिक, वही तो विश्वास नहीं हो रहा अभी तक हमको।" काशी ने भी हद से अधिक आश्चर्य बटोरते हुए कहा।

"बताइए, यह दिन भी देखना था हो बदरी जी? चमरटोली से प्रधानी का कंडिडेट सोचे नहीं थे कब्बो।" पुरुषोत्तम सिंह ने एक झुँझलाई-सी हँसी के साथ कहा और आँखें मूँदकर कुछ सोचने की मुद्रा में दिखने लगे। फूँकन सिंह भूखे शेर की तरह फँफा रहा था। उसके मुँह से लगातार गालियाँ निकल रही थीं। एकदम निर्बाध चल रहे निर्विरोध विजय रथ के आगे कोई गाँव का ही विरोधी इस कदर बड़ा पत्थर लाकर रख देगा, कल्पना ही नहीं की थी फूँकन खेमे ने।

"सालों को बुलाते हैं पहले। और बिरंचिया को काट तो देंगे साला। छोटा-सा फोड़ा पर ध्यान नहीं देने के कारण कैंसर हो गया। इसका इलाज बहुत पहले कर देना था हमको, यही न पैदा किया है नेता हमारे खिलाफ। और इस कंडीडेट साले चमरा को तो हम गाँव छुड़वा देंगे।" फूँकन सिंह बिना रुके बोल रहा था। पुरुषोत्तम सिंह अलग दिशा में सोच बेचैन हो रहे थे।

"सुनो बेटा, कह रहे हैं ना कि समय बदल चुका है। चुनाव को चुनाव की तरह समझ के लड़ो अब। किसको बुलाओगे और मार-पीट करोगे! ये सब

एक जमाने में होता था, हम ये नहीं कह रहे कि नहीं होता था। तब लोग में संस्कार था। ये राँड़ों-चुहाड़ों का मन नहीं बढ़ा था तब। अब जो चुनाव लड़ने जा रहा है, वह तुम्हारे बुलाने पर तुम्हारे दरवाजे पर आ जाएगा क्या! किसी को मार-पीटकर नहीं उठा-बिठा सकते भाई तुम आज के टाइम में। और उसके पीछे भुनेसर प्रसाद का पोलटिक्स भी है। आज झगड़ा करोगे तो कल उल्टा-सीधा कांड में फँसा देगा। देख रहे हो ना, गाँव में ही विरोधी खड़ा हो गया। राज गया, राजनीति करना होगा अब, राजनीति। समझे ?'' पुरुषोत्तम सिंह ने क्रोध, पीड़ा और संयम के बीच संतुलन साधते हुए कहा।

''अहो बताइए, एक हम हैं जो गाँव की एकता के लिए, पंचायत के विकास के लिए अपना पूरा राजनीतिक करियर का त्याग कर चुनाव में बैठ गए, जबकि जनता का पूरा दबाव था कि जटायु बाबा लड़बे करिए। हम बोले, नहीं हम छोटा भाई फूँकन जी को आगे बढ़ाते हैं। और एक तरफ यह साला मनबढ़ लोग हैं जो गाँव का इज्जत डुबा विरोध में चुनाव लड़ रहा है। चमरौटी में भी चाणक्य और अलगे चंद्रगुप्त लांच हो गया। बोलिए साला।'' जटायु शुक्ला बहुत देर बाद अपने पंख खोलते हुए बोले।

''आप एकदम चुप रहिए, चुप खड़ा रहो एकदम। साला, झाँटभर तो भोट हैं गिनकर दस पीस और भोसड़ी के पाँच दिन से कपार खाए जा रहे हैं। साला, असली विरोधी तो गया नामांकन करने और हम लोग लगे रहे आप जैसे बक्चोद को बिठाने में।'' फूँकन सिंह ने सीधे-सीधे उँगली दिखाकर जटायु शुक्ला से जोर से कहा। यह सुनते ही जटायु शुक्ला का दाहिना हाथ ऑटोमेटिक मोड में ऊपरी जेब की तरफ गया जहाँ उन्होंने पैसे रखे थे। अभी उनके मन में ये भयंकर अनर्थकारी विचार आ रहा था कि कहीं दिया हुआ पैसा छीन न ले फूँकन सिंह। यही सोच खुद की आत्मा से चुप रहने की पुकार करने लगे। खुद को ही अंदर से गरिया रहे थे कि इतना बोलता काहे हूँ साला मैं! अभी चुप रहकर निकल काहे नहीं ले रहा यहाँ से। अभी छीन लेगा पैसा तऽ क्या उखाड़ लूँगा मैं! इतना चुतियापा काहे करने लगता हूँ मैं! कौन मुझे प्रेरित करता है रे बाप! ई सब बकैती के लिए। ओह साल्ला मैं! यही आत्मसाक्षात्कार कर जटायु शुक्ला कुर्सी से उठे और बरामदे से नीचे वाले सीढ़ी की तरफ सरकने लगे धीरे-धीरे।

"उधर विरोधी जाल बिछा दिया है और चुनाव लड़ने पर आ गया। और तुम अपने भी लोग को नहीं सँभाल पा रहे। जटायु जी अपने आदमी हैं, समझ नहीं आ रहा तुमको! थोड़ा तो शांति से काम लो।" पुरुषोत्तम सिंह ने फूँकन से जरा तल्खी में कहा।

"अरे लटकुआ, बाइक निकालो रे।" फूँकन सिंह ने कहा।

"अभी बाइक लेकर कहाँ जाओगे?" पुरुषोत्तम सिंह ने तुरंत पूछा।

"अरे, हम नहीं जा रहे हैं कहीं। बैरागी पंडित जी को बुलवा रहे हैं जरा। अपना आदमी लोग को तो सँभालना होगा ना।" फूँकन ने लाल हुई आँखों को घुमाते हुए कहा।

"हाँ, हाँ। यह सब देखना होगा। बताइए बैरागी पांडे का लड़का जा रहा है चमारटोली के संग। अरे, संस्कार कहाँ गया भाई? किस बात का फिर ब्राह्मण! बैरागी पंडी से ये सवाल तो होना ही चाहिए। आज हम लोग पूरा ब्राह्मण समाज भी तो कलंकित हुआ न इस कुकर्म से। एकदम बुलवाइए उनको। पूछने में क्या दिक्कत है?" बदरी मिसिर ने संस्कार और धर्म को संकट में पड़ता देख इस मुद्दे पर जोरदार समर्थन और घनघोर चिंता व्यक्त करते हुए कहा।

"चिंता का तो बात है ही। क्या बोलें हम अब! एक आप भी ब्राह्मण हैं। जटायु जी हैं। और एक साला बैरागी पंडी का संस्कार देख लीजिए, क्या परबरिस दिए बेटा को। इतना पतन नहीं होना चाहिए धर्म-संस्कार का।" पुरुषोत्तम सिंह ने पतनशील पंडितों के भविष्य पर गहरी चिंता व्यक्त की।

लटकु बड़ी तेजी से बाइक लेकर मंदिर की ओर निकल चुका था। इधर बैठे हुए सभी लोग उन लोगों के नाम चिह्नित करने लगे जो पबित्तर दास के नामांकन में गए थे। साथ ही उनकी भी पहचान की जाने लगी जो फूँकन सिंह के नामांकन में नहीं गए थे, क्योंकि अब यह पड़ताल भी जरूरी हो गई थी कहीं ऐसे लोग फूँकन सिंह के भीतरी विरोधी तो नहीं! देर से वहाँ पहुँचे लड्डन मियाँ ने अभी-अभी सूचना दी कि मधु भी कुछ महिलाओं के संग पबित्तर के नामांकन में गई है। तभी पवन वेग से गया लटकु बैरागी पंडित जी को बाइक पर लटकाए लेता आया। बैरागी पंडित जी नंगे बदन पर धोती पहने बस एक लाल गमछा डाले हुए थे। बदन के एक हिस्से पर सरसों का

तेल रगड़ा हुआ था, दूसरा हिस्सा सूखा हुआ था। जिस अस्त-व्यस्त अवस्था में वह दिख रहे थे उससे साफ प्रतीत हो रहा था कि पंडित जी को बुलाकर नहीं, उठाकर लाया गया था।

"आइए बैरागी बाबा! अरे एक कुर्सी तो दो रे बाबा को।" सबसे पहले पुरुषोत्तम सिंह ने कहा। काशी साह ने उठकर एक प्लास्टिक कुर्सी आगे बढ़ाई बगल से।

"जी प्रणाम पुरषोत्तम बाबू, कोई खास बात है क्या? लटकु तो एकदम दौड़ा-दौड़ी कर ले आया। अभी देहात से एक बिहा करा कर लौटे ही थे, नहाए भी नहीं थे। आधे देह में करुआ तेल लगाए थे कि ई पहुँच गया।" पंडित जी ने आते ही कहा।

"पहले आराम से बैठ लीजिए। चाय-पानी पिजिएगा?" पुरुषोत्तम सिंह ने कुर्सी पर बैठे हुए ही पाँव चढ़ाकर पूछा।

"जी नहीं, पहले नहाना है जाकर। तब चाय-पानी करेंगे। बताइए ना क्या हुआ?" बैरागी पंडित जी ने बढ़ती उत्सुकता और बेचैनी में पूछा।

"अरे पंडित जी, आप पुरोहित हैं गाँव का। हमारे नौमनेसन के दिन कहाँ थे? आए नहीं आप!" फूँकन सिंह ने कड़े भाव में विनम्रता से पूछा।

"अरे तो हमको कहाँ पता फूँकन बाबू! उस दिन तो हम सुगवा गाँव एक श्राद्ध में चले गए थे। आप बताते तो वहाँ छोड़ यहीं आ जाते। यह तो घर का बात था।" बैरागी पंडित जी ने उम्मीद से ज्यादा भयंकर अपनापन दिखाते हुए कहा। पुरुषोत्तम सिंह भी अपने घर के प्रति पंडी जी की इस अगाध श्रद्धा से मूर्च्छित होते-होते बचे। किसी को पता नहीं था कि पंडित जी इस तरह श्रद्धा में श्राद्ध फेंट देंगे।

"यहाँ सबकुछ हो गया पूरा क्या? चलिए, सब कुशल-मंगल से निपट गया ना!" बैरागी पुन: बोले।

"निपट नहीं गया है। अभी तो शुरू ही हुआ है पंडित जी। आप लगता है धर्म-कर्म में इतना लीन हो गए हैं कि न समाज का समाचार ध्यान रहता होगा न अपने परिवार का।" पुरुषोत्तम सिंह ने तत्काल टेढ़े अंदाज में ही कहा।

"धर्म-कर्म का करेंगे, यह तो धंधा-पानी है हम लोग का! पुरुषोत्तम बाबू, चार रोटी इसी से आता है इसलिए लगे रहते हैं। परिवार भी तो इसी से तो

चलता है!'' बैरागी पंडित जी धर्म को आटे में सानकर रोटी बनाते हुए बोले। कितना सच कह दिया था अचक्के में ही। हर कोई भगवान देखने के लिए ही धार्मिक नहीं होता, परिवार देखने के लिए भी धार्मिक होना पड़ सकता है।

''आजकल लड़का क्या कर रहा है आपका, उसका हाल जानते हैं कि नहीं?'' पुरुषोत्तम सिंह अब असली बात पर आते हुए बोले।

''उसका हाल तो पूरा गाँव जानता है पुरुषोत्तम बाबू। किससे छुपा है!'' पंडित जी ने कपार पर हाथ फेरते हुए कहा।

''हाथ से निकल रहा है। पकड़ में नहीं है आपके।'' पुरुषोत्तम सिंह ने कहा।

''एक हाथ से फूल, बेलपत्र, पोथी, पत्रा, झोला पकड़े रहते हैं और एक हाथ दान-दक्षिणा में दिनभर फैलल रहता है। बताइए, कौन हाथ से लड़का पकड़ें!'' बैरागी पंडित ने एकदम फक्कड़ी भाव में कहा।

''अपने लड़का के बारे कुछ पता भी है आपको?'' इस बार बगल से फूँकन सिंह गरजा।

''अरे फूँकन बाबू, बाप हैं हम उसके। हमको क्या नहीं पता है? ताड़ी-गाँजा लेकर चमटोली में भात खाकर खटिया पर पड़ल रहता है। सब पता है। हम अपने दुर्भाग्य पर रो के थक गए।'' बैरागी पंडी जी ने शून्य भाव से कहा।

''अभी और रोइएगा अगर कंट्रोल नहीं किए उसको तो।'' फूँकन सिंह ने कड़े से कहा।

''अब का किया?'' बैरागी पंडित जी इस बार थोड़ा असहज होकर बोले।

''बेटा हाथ से निकल जाए तो बड़ा बात नहीं, समाज से निकलने वाला काम ना करे ई ध्यान रखा करिए।'' काशी साह ने कहा।

''जो हाथ से ही निकल गया, ऊ समाज से रुकेगा साह जी! का बात करते हैं मर्दे!'' बैरागी पंडी जी ने एक बुझी हुई हँसी के साथ कहा। इस बीच बदरी मिसिर सिर्फ आँखें मूँदे तो कभी आँखें तरेरकर चुपचाप सब सुन रहे थे। वे एक शब्द नहीं बोल रहे थे बैरागी पंडित से। उनको लग रहा था, इस आदमी ने धर्म ले लिया, हमारी जाति का गौरव ले लिया। इससे क्या बतियाना!

"सुनिए, अब घर, मंदिर और समाज, सबसे निकलने का नौबत ला दे रहा है आपका बेटा। बाकी तो आपके धर्म-जात का नाश किया है, करे, लेकिन इस बार तो बात हद से ज्यादा बढ़ गया है।" पुरुषोत्तम सिंह अब गर्म होकर बोले। बैरागी पंडित जी अब अचानक से चिंतित हुए।

"क्या कर दिया पुरुषोत्तम बाबू? हे राम, अब कौन पाप कर दिया? कहीं केकरो ले के... ?" बैरागी काँपते होंठों से बोले।

"उससे भी बड़ा कांड किया है। आज तक जो किया चलिए किया, अब राजनीति में उतर गया है, राजनीति में। पबित्तर दास के साथ गया है नौमनेसन में। बताइए, कुछ समझ रहे हैं। फूँकन बाबू का विरोध। सोचे थे आप कि इतना बिगड़ जाएगा लड़का!" काशी साह ने मनुष्य के बिगड़ने की अंतिम अवस्था बताते हुए कहा।

"नहीं...अ...अ...नहीं, ऐसा नहीं किया होगा। फूँकन बाबू का विरोध! इतना भी पागल थोड़े है ऊ! और साला पबित्तर दास काहे चुनाव लड़ रहा हो भाई। पगला गया है क्या!" बैरागी पंडित चेहरे पर आशंका और भय दोनों लिए हुए बोले।

"पंडित का बेटा है और चमरौटी का झंडा ढोने लगा है। आखिरी हो का रहा है ई। सुधार कर लीजिए जल्दी।" पुरुषोत्तम सिंह ने चेतावनी के स्वर में कहा।

"पुरुषोत्तम बाबू, कसम से हमको नहीं पता कि ऐसा कर दिया। सुधार तो खैर हम अब उसको नहीं पाएँगे लेकिन हाँ, बाँधकर रखेंगे भर चुनाव तक।" बैरागी पंडित जी ने चेतावनी को समझते हुए ही कहा।

"सुधारिए, सुधारिए उसको। बहुत गलत मैसेज गया है समाज में।" फूँकन सिंह ने कड़क आवाज में कहा।

"फूँकन बाबू आप लोग से झूठ नहीं बोलेंगे। हम रहते हैं मंदिर में। वहाँ शिवलिंग, बजरंगबली और काली माई का मूर्ति समेत 21 ठो देवी-देवता है। जब ऊ सब मिल इस अभागा को नहीं सुधार पाए तो हम क्या सुधारेंगे फूँकन बाबू!" बैरागी पंडित जी ने अपनी अंतिम पीड़ा कह दी।

"तो ठीक है, फिर हम सुधार देंगे। अब जब हमारे ही हाथ लिखा है उसका सुधरना तो कर ही देते हैं उसको ठीक।" फूँकन सिंह ने मुट्ठी बाँधे

दाँत पीसकर कहा।

"जी, जी। बस-बस फूँकन बाबू। अब बस आप ही से उम्मीद है। सुधार दीजिए साले चोट्टा को। बहुत उपकार होगा हम पर। जीवनभर फ्री में पूजा-पाठ कराएँगे।" बैरागी पंडित जी ने हाथ जोड़ कहना शुरू कर दिया था। न जाने क्यों, पुरुषोत्तम सिंह को पंडित जी की बातचीत का पूरा अंदाज ठीक नहीं लगा था। पर वह इतना जानते थे कि मंदिर का पुजारी चमटोली के साथ नहीं खड़ा होगा। रही बात लड़के के बहकने की, तो थोड़ा चमकाने-धमकाने पर लाइन पर आ ही जाएगा।

"ठीक है, लेकिन जान लीजिए कि मंदिर में रहते हुए भी कोई अधर्म का काम हो यह पूरे गाँव को बर्दाश्त नहीं होगा। अगर अछूत जाति में ही हेल-मेल रखने का मन हो तो बता दीजिएगा। मंदिर खाली करवा लेंगे हम लोग। फिर बेटा को कहिएगा कि खूब पोलटिक्स करे और पतोहू भी मन का खोज ले पसंद के टोला में।" पुरुषोत्तम सिंह ने अपने हिसाब से आखिरी धमकी दे ही दी थी। बैरागी पंडित जी के मुँह में अब आवाज अटकने लगी। अचानक से जैसे कंठ सूख गया था पंडित जी का। पुरुषोत्तम सिंह की तरफ से इतने कड़े संदेश की आशंका तो वहाँ मौजूद किसी भी व्यक्ति को नहीं थी। पुरुषोत्तम सिंह के तेवर देख बदरी मिसिर को बड़ा शीतल एहसास मिला। जटायु शुक्ला तो शांत ही थे। बैरागी पंडित जी वास्तव में डर गए थे। पहली बार इतने चिंतित हुए थे और सोच रहे थे कि बेटे ने बड़े संकट में डाल ही दिया आखिर। पुरुषोत्तम सिंह राजनीति के मँझे खिलाड़ी की भाँति खेले थे। उन्होंने पंडित बैरागी पांडे के बहाने लगभग-लगभग सबको यह संकेत दे दिया था कि चुनाव में वह जरा भी छूट नहीं देने वाले। भारतीय समाज में ब्राह्मण को गाय समान माना गया था। मामला साफ था कि अगर पुरुषोत्तम सिंह चुनाव में गाय की चमड़ी छीलने को तैयार हैं तो बाकी भैंस, बकरी, भेड़, खरगोश, लोमड़ी को फिर क्या छोड़ेंगे!

27.

मलखानपुर में आज शाम गहमा-गहमी बढ़ चुकी थी। पबित्तर दास नामांकन कर लौट आया था और उसके दरवाजे भी अच्छी-खासी चहल-पहल हो रही थी। फूँकन सिंह के भेजे गए दो खास गुप्तचर भी समर्थक के रूप में वहाँ घुसकर लगातार सारी गतिविधियों पर नजर रखे हुए थे। वे हर आने-जाने वाले पर नजर रखने और पबित्तर दास की सभी चुनावी योजनाओं को सुनने वहाँ सटे हुए थे। फूँकन सिंह की तरफ से यह महत्वपूर्ण दायित्व चंपत सुनार और सूधो कुम्हार को सौंपा गया था। ये दोनों एक तरफ ऊपरी होंठ के नीचे खैनी तथा दूसरी तरफ मुँह में पान दबाए इतनी गंभीरता से पबित्तर दास के ठीक बगल कुर्सी लगा बैठे थे जैसे मोसाद के जासूस सोवियत संघ का भेद जानने बैठे हों। चंपत सुनार लगातार फूँकन सिंह को गाली दे अपना भरोसा जमा चुका था। उसने नामांकन में न जा पाने का अफसोस जाहिर किया लेकिन अब पूरे चुनाव द्वार नहीं छोड़ेगा वाली प्रण विज्ञप्ति भी जारी कर दी। चंपत के लिए यह काम बड़ा आनंददायक और रोमांचकारी ही था। एक तो बैठे-बैठे पबित्तर दास का चाय-नाश्ता कर ले रहा था, दूसरा फूँकन सिंह को जी-भर खुलेआम गाली दे पा रहा था, और कितने सुकून और मजे की बात थी कि ऐसा वह फूँकन सिंह के ही आदेश पर कर रहा था इसलिए उसे फिर किसी भी बात की कोई चिंता ही नहीं थी। पबित्तर और बिरंची, दोनों हैरान और उत्साहित थे कि चलो, आज पहले ही दिन सोनार पट्टी का भी समर्थन मिल गया है। सूधो कुम्हार शांत, बस चंपत की हर कूटनीति चाल में अपनी मूक सहमति के साथ बैठा हुआ था।

''बहुत तगड़ा काम किए हो पबित्तर! बहुत जरूरी था एक आदमी को उठना। अब समय खाली राजपूत-बाभन और पैसा वाला का थोड़े है। और भी तो लोग हैं। सबको तो मौका मिलना चाहिए।'' चंपत ने लोकतंत्र में सबकी भागीदारी के पक्ष में भर मुँह पान कचरते हुए कहा।

''हमको नहीं, बिरंची जी को बोलिए। उन्हीं के चलते उठने पाए हैं। आज सबका साथ मिल रहा है। आप सबका भरोसा है।'' पबित्तर ने बिरंची के प्रति आभार और स्नेह प्रकट करते हुए कहा।

"ओ, अरे ओह! वाह! मने बिरंची का दिमाग है ई? वाह बहुत-बहुत बढ़िया बिरंची भाय। अरे ई काम तो पहले ही होना था लेकिन कोई साला था ही नहीं जो पैसा-कौड़ी भी लगा सके चुनाव में। विरोधी तो हम शुरू से हैं फूँकन सिंह का। देख रहे हो, चुनाव में खुलेआम तुम लोग के साथ हैं।" चंपत ने पहला पान समाप्त करते हुए दूसरे पान की तलब के साथ बारी-बारी से पबित्तर और बिरंची की तरफ देखते हुए कहा। इसी बीच सूधो कुम्हार हौले से उठा और वहाँ से निकलने लगा। उसे उठकर जाता देखते ही चंपत सुनार ने लपककर उसका हाथ धरा।

"अरे रुकिए न काका, आप भी केतना हड़बड़ करते हैं? जरा हिम्मत दीजिए न कंडीडेट को। आप रहिएगा तो एक गार्जियन मिलेगा इसको। कहाँ भाग रहे हैं तुरंते?" उठते हुए सूधो को चंपत ने जबरन खींच पुनः कुर्सी पर बिठाते हुए कहा।

"अरे, हम तो हैं ही। एक बिहा का माल देना है, आदमी आया होगा। तनि जाने दो।" सूधो ने हल्की झुँझलाहट से कहा।

"अरे छोड़िए, आप भी का खाली मट्टी का पैसा बनाते रहते हैं। अरे, जरा बच्चा लोग का हौसला बढ़ाइए।" फिर चंपत ने ठठाकर हँसते हुए कहा। असल में, चंपत समझ चुका था कि वह यहाँ से निकलते ही उससे पहले ही जाकर सारी सूचना फूँकन सिंह को दे हीरो बन जाएगा। इसलिए वह उसे बिठाए रखना चाह रहा था।

"अरे, मट्टी का पैसा नहीं बनाते हैं चंपत। मट्टी को आकार देता है कुम्हार। वही मट्टी से भगवान आदमी बनाते हैं और हम लोग आदमी खातिर बनाते हैं। सोचो कुम्हार को कितना बड़ा आशीर्वाद दिया है भगवान, गढ़ने का काम दिया है, तोड़ने का नहीं। मट्टी ही सब है, सबकुछ मट्टी है, सोना-चाँदी धनबल सब एक दिन मट्टी मिलना है। हमको, तुमको, सबको मट्टी होना है एक दिन। जब सबकुछ मिट्टी में मिल जाता है, उसी माटी को फिर से आकार दे देता है कुम्हार। तुमको मामूली काम बुझाता है ई!" सूधो कुम्हार ने अपनी परंपरा में पीढ़ी-दर-पीढ़ी पुरखों से सुने माटी के बोल कहे जो साधारण मुँह से निकले असाधारण बोल थे।

"हाँ-हाँ, एकदम ठीक बात। ऐ चलो, इनको चाय पिलाओ भाई पबित्तर,

थोड़ा एक पान मँगवा दो भाई काका को। इनसे कुछ सीखो तब ना लड़ोगे भाई चुनाव।'' चंपत ने हँसते हुए कहा और अब खुद ही कुर्सी से उठा।

''अब तुम कहाँ चला?'' सूधो कुम्हार ने उसके फुल पैंट का कोर पकड़कर बैठते हुए कहा।

''अरे पैंट छोड़िए, अरे फाट जाएगा। छोड़िए न, दस मिनट में आते हैं। आप चाय पीजिए ना तब तक।'' चंपत ने झटके से पैंट छुड़ाते हुए कहा।

''अरे नहीं, चाय ढेर हुआ। नहीं पीएँगे। रुको हमहुँ चलेंगे।'' यह बोलकर सूधो भी उठा। आखिरकार हाँ, ना करते दोनों वहाँ से एक साथ ही निकले। चंपत और सूधो के निकलते ही बिरंची थोड़ा कुर्सी ले पबित्तर के निकट आ बैठा।

चंपत का तो पेशा ही ऐसा था कि वह जहाँ रहता वहाँ संदेह, आशंका और अनहोनी खुद रहती और सावधानी रखनी पड़ती थी। गाँव-देहातों में धान, गेहूँ, चना और सरसों की फसलें ही सोना थीं। उनकी इसी सोना पैदा करने वाली किसानी को सँभालने वाली महिलाओं ने कभी बताकर तो कभी छुपाकर यही सोना बेच अपने लिए कुछ चाँदी खरीद सदियों से बचाया था। सजना-सँवरना अमीर-गरीब या काले-गोरों का नहीं, इंसान का स्वाभाविक गुण है। मन क्या जाने अमीरी-गरीबी! मन सजने को करता है। न जाने कितनी महिलाओं ने अपना पेट काटकर गले का चाँदी वाला हार बनवा रखा था देहातों में। पैर का बिछुआ, नाक की नथुनी, कान की बाली गढ़वा रखे थे। वे जब साँवले बदन पर चाँदी का चमचम हार, पाँव में सफेद बिछुआ और पायल पहन खेतों की मेड़ से चलती आतीं तो लगता प्रकृति ने गहराती सुरमई साँझ की कमर में चंद्रमा बाँध दिया हो। चंपत सुनार इन्हीं की चाँदनी लूटने का काम करता था। गाँव देहात घूम-घूमकर उनके गहने साफ करके चमका देने के नाम पर उस पर हाथ साफ कर देना उसके बाएँ हाथ का खेल था। कई बार पकड़ा जाता और पिटाता भी था, जेल भी जाता था पर धंधा कभी मंदा न हुआ उसका। उसकी इसी वृत्ति के कारण उसके लिए फूँकन सिंह सदा जरूरी और उपयोगी रहा था। वहाँ पैसा जमा कर वह कई बार थाने से छूटा था। खुद फूँकन सिंह के गले की शोभा बढ़ाती सोने की सिकड़ी उसने कोलकाता के किसी सेठ की उड़ाई थी जिसे महज कुछ रुपए लेकर उसने अपने मुक्तिदाता फूँकन सिंह को उपहार में

दे दिया था। हाल ही में दारोगा पारसनाथ को भी उसने एक ब्रेसलेट उपहार में दी थी। ऐसे में बिरंची तो चंपत पर बहुत यकीन करने के मूड में नहीं ही था। कुर्सी सटाकर उसने यही बात पबित्तर को बताई।

"अब चुनाव लड़ रहे हैं तो थोड़ा-सा भरोसा तो करना ही होगा सब पर। सबको दुश्मन ही नहीं समझना होगा। हो सकता है चंपत सच में विरोधी हो गया हो फूँकन सिंह का।" पबित्तर ने बड़ी गंभीरता से कहा।

"हा-हा, रे यार, पबित्तर तुम तो एक ही दिन में असली नेता हो गए भाई। गजब। बहुत बढ़िया, हाँ चलो थोड़ा भरोसा कर लेते हैं लेकिन यहाँ किसी का भरोसा नहीं।" बिरंची ने खिलखिलाते स्वर में कहा।

"हा-हा! अरे नेता क्या हम होंगे! और किसी का भरोसा ना हो, आपका तो भरोसा है ना।" पबित्तर ने भी हँसते हुए कहा। दरवाजे पर बैठे लोगों के लिए एक बार और चाय आ गई। सबने चाय पी और आगे के चुनाव प्रचार के खाके पर विचार होने लगा। हरिजन टोला के आठ-दस नवयुवक एकदम मुस्तैद हाजिर थे। सिकंदरपुर की कोई ज्यादा चिंता नहीं थी क्योंकि चुनाव लड़ने की मूल प्रेरणा ही वहीं से मिली थी। भुवनेश्वर प्रसाद भावुक का असली आशीर्वाद भी प्राप्त ही था। महत्वपूर्ण रणनीति मलखानपुर में ज्यादा से ज्यादा वोट पाने के लिए बननी थी।

सिकंदरपुर को तो अब बस वोट करना था, चुनाव लड़ना तो मलखानपुर को था। गाँव की सभी जातियों और उनकी संख्या की लिस्ट सिकंदरपुर के खैबर मियाँ ने उपलब्ध करा दी थी जो एक जमाने में महरूम असलम मियाँ के चुनाव एजेंट हुआ करते थे। सब मिलकर इसी लिस्ट में कलम से निशान लगाने में लगे थे कि कौन-सी जाति का, कौन-सा वोटर अपना हो सकता है। उधर फूँकन सिंह के दरवाजे भी यही सब चल रहा था। अभी रात के लगभग आठ बजे थे। बिरंची पबित्तर के घर से पैदल ही निकला। हवा में अब शीतलता घुलने लगी थी। बिरंची ने पहले घर पर जाकर एक पतली-सी चादर पीठ पर ले ली। तब बिजली नहीं थी। पूरा गाँव अपनी स्वाभाविक चुप्पी में था। किसी-किसी घर से बर्तन-बासन टकराने की कुछ आवाजें आ रही थीं। बिरंची खेतों की मेड़ से हो गली के रास्ते निकल रहा था। कुछ कदम और बढ़ा तो सामने दिलबर मंडल खाँसता, हपसता लाठी टेके खँखार थूकने

के लिए अपने घर से बाहर देहरी पर निकला था। बिरंची ने उसे देख पूरी चादर ओढ़ अपने को ढँका। बाईं आँख के कोने से उसे देखा और बिना गर्दन इधर-उधर किए सीधा चलता रहा। छाती पर हाथ रख तीन-चार बार जोर से खाँसने के बाद दिलबर मंडल वहीं दरवाजे पर ही रुककर बैठ गया। बिरंची ने पीछे मुड़कर कुछ भी नहीं देखा। ठीक वहाँ से पाँच-सात घर बाद जाकर रुका और दरवाजे की कुंडी खटखटाने लगा। दरवाजा खुलते ही बिरंची तेजी से भीतर घुसा।

"अरे। क्या बात हुआ, रात को यहाँ?" बैजनाथ ने उसे देखते ही थोड़ा-सा चौंककर पूछा।

"कुछ नहीं, अकबका काहे रहे हैं! आशीर्बाद दीजिए अब। पता है कि नहीं, पबित्तर नौमनेसन कर दिया है बैजनाथ दा?" बिरंची ने चादर उतार हाथ में लेते हुए कहा।

"हाँ, सब लोग जान गया है। भोरे ही पता चल गया था कि जा रहा है यही सब में। कौन उसका मति मार दिया! चुनाव में खड़ा होने कौन बोल दिया उसको! पता है कि नहीं कितना बड़ा गलती किया है!" बैजनाथ ने बिफरते हुए अपनी प्रतिक्रिया दी।

"गजब बात कर रहे हैं आप। गलती क्या कर दिया! पूरा लोग मिलकर खड़ा किया, पूरा सिकंदरपुर, मलखानपुर का भी तो लोग हैं साथ। आपसे अब आशीर्वाद माँगने आए हैं और आप क्या-क्या बोल रहे हैं!" बिरंची ने थोड़े पैने स्वर में कहा।

"क्या? तुम भोट माँगने आया है?" बैजनाथ ने जोर से निकल रहे स्वर को किसी तरह दबाते हुए कहा।

"जिस दिन आपको कोई मदद नहीं किया था गाँव में, उस दिन यही पबित्तर आपको काम आया था। आप से भी भोट माँगना ही होगा क्या! अरे साथ दीजिए साथ, खुलकर दीजिए। भोट तऽ देबे करिएगा।" बिरंची ने भारी बात कह दी थी। बिरंची के मुँह से यह सुनते ही किलस के मुट्ठी भींचकर रह गया बैजनाथ। अगले ही पल पूरा शरीर ढीला छोड़ वहीं चौकी पर बैठ गया। मुड़ी हिलाकर बिरंची को भी बैठने का इशारा किया। सामने ही लोटे में पानी रखा था, उठाकर उसे गटककर पी गया। अब एक लंबी साँस छोड़ते बैजनाथ

ने बिरंची की तरफ देखा।

"अरे हाँ, हम तो भुला ही गए थे भाई। तुम ठीके याद दिला दिया कि हम तो कर्जा खाए हैं पबित्तर दास का। सच बात है, अब तो भोट देना ही होगा। है ना? इतना जल्दी एहसान जता दिया मर्दे। ठीक है, जैसा महाजन का आदेश।" बैजनाथ ने गर्दन जमीन की तरफ से ऊपर करते हुए कहा।

"आप यही तो गलत समझ लिए हैं बात को। हम एहसान जताने नहीं आए हैं। हम तो कह रहे हैं कि आफत में वह आपका मदद किया, आज आप उसका मदद कर दीजिए। हाथ जोड़कर विनती ही तो करने आए हैं।" बिरंची ने दोनों कर जोड़ भावुक होते हुए कहा। बैजनाथ छटपटाते मन से बेचैन हो चौकी से उठ खड़ा हुआ।

"तो ई आफत बुलाया के! जानबूझ के आफत बुलाने का क्या काम था! एक तो तुम लोग जानबूझकर ई बखेड़ा में कूदे हो और संगे-संगे हमरा भी बलि लेने का मन है?" बैजनाथ ने झल्लाकर कहा।

"चुनाव लड़ना आफत है। फूँकन का ई अधिकार और पबित्तर खातिर आफत!" बिरंची भी खड़े होकर बोला।

"फूँकन सिंह से दुश्मनी सँभाल पाओगे? अरे, अपने बर्बाद हो गए हो, हमको भी लुटा दो। काहे हमारे जैसा गरीब को पीस रहे हो इसमें! पबित्तर भी बर्बाद हो जाएगा ई राजनीति में।" बैजनाथ ने सीधे-सीधे कहा।

"सुनिए बैजनाथ दादा, फूँकन सिंह कोई बाघ नहीं है जो खा जाएगा। बहुत लोग हैं हमारे साथ, सबको निगल नहीं गया। फूँकन सिंह तो जटायु शुक्ला जैसा दस भोट वाला झंडू बाम कंडीडेट को भी पैसा देकर बिठाया। काहे नहीं मारकर बिठा दिया! शासन भी तो कोई चीज है। सिस्टम से बड़ा कुछ नहीं। चुनाव लड़ने का अधिकार सबको है। कोई नहीं रोक सकता। पंचायत किसी के बाप का बपौती नहीं है। आप अपना आत्मा से पूछना कि जीते-जी मुर्दा बन के रहना है या एक बार जिंदा हो के पंचायत का इतिहास बदलने में साथ देना है। पबित्तर चुनाव जीत रहा है, पता कर लीजिएगा भोरे उठकर।" बिरंची ने जोरदार तरीके से कहकर चादर ओढ़ी और दरवाजे की तरफ बढ़ा।

"यही सासन न तुम्हारा थाना में मार के हाथ-गोड़ बिचका दिया था!" बैजनाथ ने व्यंग्य के लहजे में कहा।

"हाँ, तब हम अकेले थे। अब भोटर है साथ में। अबकी बूथ पर समूचा घमंड और रुतबा बिचका देंगे फूँकन सिंह का।" बिरंची ने पलटकर कहा।

"लंबा-लंबा बोल लो अभी। अभी जाने नहीं हो राजनीति को। सुनो, हम अपना भोट दे देंगे पबित्तर को। हल्ला मत करना कहीं और चुनाव भर। ना घर आना ना ही भेंट करना हमसे।" बैजनाथ ने आत्मा की पुकार पर जितना संभव हो सका कह दिया तत्काल। बातचीत सुन बैजनाथ की पत्नी भी आँगन में निकल आई थी। बैजनाथ ने लगभग डाँटते हुए उसे जाने को कहा। इधर तब तक बिरंची भी बिना कुछ और बोले जा चुका था। बैजनाथ ने लपककर बाहर देखा, गली में कोई नहीं था। अंदर आया और खूँटी पर टंगी गंजी पहनी और पत्नी को आवाज लगाई, "केवाड़ी बंद कर लो भीतर से, हम जरा आते हैं थोड़ा देर में।"

यहाँ सवेरे का सूरज निकलने के साथ ही फूँकन सिंह का सस्नेह निमंत्रण बैजनाथ के दरवाजे पर था। टोले के ही एक लड़के ने दौड़कर बताया कि फूँकन बाबू बुलाए हैं। तुरंत। बैजनाथ सुनते ही दौड़ा। लुँगी भी गली में आकर कस पाया। सीधे पहले जगदीश यादव के पास गया और उन्हें साथ ले फूँकन दरबार पहुँचा। यहाँ पहले से ही राजगुरु बदरी मिसिर, रतन दास, काशी साह जी के अलावा बगल गाँव के ही बोगा पहलवान सहित कई लोग जमा थे। बैजनाथ के मन अपनी कुछ निजी शंका थी जो शायद सही भी थी। वह उसे ही सोच अंदर से तनाव में था। मन-ही-मन बिरंची को कोस रहा था। उसे यह चिंता खाए जा रही थी कि कहीं पबित्तर को भोट देने वाली बात तो पता नहीं चल गई! 'साला सच्चे में दीवार को कान होता है क्या! हे भगवान, हमको काहे नहीं लौका कान दीवार वाला।' यही सब कुविचार आ रहे थे मन में उसके। इन्हीं सब सच्चे अनुभवों के कारण इस देश में यह मान्यता प्रबल थी कि सीमेंट, ईंट और मिट्टी के बीच कहीं-न-कहीं दीवारों के कान जरूर होते हैं। ये कान राजमिस्त्री दीवार बनाते वक्त गुप्त रूप से बना देता या बाद में स्वयं उग आते, इस पर वास्तुशास्त्र गहन रहस्य रखे हुए था। फूँकन सिंह के दरवाजे पर पहुँचते ही बैजनाथ देह में कमजोरी और झनझनी महसूस करने लगा।

''का बैजनाथ, कैसे होगा चुनाव? कुछ सलाह तो दो रे। तुमको तऽ बहुत अनुभव है भाई।'' देखते ही पुरुषोत्तम सिंह ने मुस्कराते हुए कहा।

''जीतना है मालिक और क्या करना है। विनाश लिखल है पबित्तर दसवा का। मति भरस्ट हुआ है उसका।'' बैजनाथ ने बिना रुके कहा और वहीं कुर्सी के बगल में जमीन पर बैठ गया।

''तो कैसे जीतेंगे! भोट आएगा न!'' अबकी फूँकन सिंह ने पूछा था।

''सब अपना ही तो है। उसको कौन देगा भोट?'' बैजनाथ अबकी सकपकाकर बोला।

''साले, बहुत थ्री-फोर हो गए हो तुम लोग। अरे ऐ बैजनाथ, देखो अब ई मामला हो रहा है गंभीर। साले तुम लोग को अकल तो है नहीं। बड़ा हेल-मेल रखते हो न चमरौटी से! कल रात को आया था ना पबित्तर दास तुम्हारे घर! अब का चुनाव प्रचार करोगे उसका!'' पुरुषोत्तम सिंह ने झिड़कते हुए तीखे स्वर में कहा।

''किरिया खाते हैं मालिक। बेटा का किरिया, नहीं आया पबित्तर हमारे घर। झूठ खबर है। हम जिंदगीभर आपका सेवा किए हैं। अच्छा-गलत कुछो सोचे हैं क्या! बिसबास तऽ रखिए।'' बैजनाथ लगभग रोने-रोने पर था बोलते हुए।

''देखो रे, अबही काटकर फेंक देंगे जो भी हमको धोखा दिया तो। गद्दारी बर्दाश्त नहीं करेंगे चाहे कोई हो। सब कोई सुन लीजिए। या तो इधर रहिए या चमटोली पकड़ लीजिए। हम सबको चार दिन में औकात बता देंगे। अब यह पंचायत फूँकन सिंह का तांडव देखेगा।'' गुस्से से आगबबूला हुआ फूँकन सिंह आग बरसाते हुए बोला।

''हाँ, इस बार तो सब करम पूरा होकर रहेगा भाई।'' पुरुषोत्तम सिंह ने वही बात एक वाक्य में, एकदम शांति भाव से दुहराई।

''यादव जी, आपका भी कनेक्शन है का चमरा से? बताइए- बताइए। अब कुछ भी झोल मत रखिए। यहाँ कुछ नहीं छिपता है। सब पता चल ही जाता है।'' फूँकन सिंह ने जगदीश यादव की तरफ देखते हुए कहा।

''कोई कनेक्शन नहीं फूँकन बाबू। यदुवंशी हैं हम। जात-धर्म देकर जीवन जीना ही बेकार। उस दो पैसा का लौंडा के साथ रहेंगे हम! हमारा दिमाग

खराब है! अरे, बस कभी-कभार देखा-देखी हुआ है। ऊ भी एक्के गाँव है इसलिए। एक बार हमारा ट्रैक्टर भाड़ा लिया था और पैसा देने में रुला दिया। तब घर पर जाकर लेना पड़ा। इतने है उससे।'' जगदीश यादव ने बेचैन हँसी के साथ कहा।

''अब थोड़ा जरूरी काम कर लिया जाए पुरुषोत्तम बाबू।'' बदरी मिसिर पान चबाते हुए बोले।

''हाँ, वही कर रहे हैं। सुनो, तुम दोनों बैजनाथ और जगदीश। सब पता चल ही गया है कि पबित्तर दसवा को ई बिरंचिया सटाया भुनेसर नेता से। फेर यही लोग सनका के खड़ा किया है। तुम लोग जाकर पबित्तर से बात करो और समझाओ कि अभी तीन दिन है नाम वापसी का। जितना पैसा लेने का हो लेकर बैठ जाए, नहीं तो बिरंचिया का तो कुछ नहीं जाना है, इसका जिंदगी बर्बाद होगा। बाप के पास जाएगा ई भी। अबकी प्रधानी तो नहीं जाने देंगे हम। साला बात चुनाव का नहीं इज्जत का है। हिम्मत कैसे कर दिया रे हमारे खिलाफ ऐसे खड़ा होने का! साला मर के जाएँगे तो क्या मुँह दिखाएँगे ऊपर अपने पूर्वज को! यही कि एक चमार से हारकर आए हैं? ई तो नहीं होने देंगे अपना जीते-जी।'' पुरुषोत्तम सिंह पूर्वजों की आन-बान के लिए शपथ लेते हुए कभी न हारे विजेता की भाँति हुँकारते हुए बोले थे।

''आप निश्चिंत रहिए, एक मिनट में बैठेगा। और मालिक, एक मोटा-मोटी पैसा बता देते तो उसी हिसाब से मैनेज कर आते उसको।'' जगदीश यादव ठीक-ठाक आत्मविश्वास में बोले।

''अरे, जो लेगा पच्चीस-तीस हजार, चालीस लेगा और क्या? बस बिठाओ उसको। अगर बिरंचिया भी कुछ पैसा माँगे तो उसको भी दे दो कुछ। बाद में वसूल लेंगे हरामी से। अभी बस मैनेज करके आओ। पहले भुनेसर नेता का राजनीति सलटा जाय, फेर ई दोनों का चर्बी निकालेंगे।'' पुरुषोत्तम सिंह एकदम तीखे स्वर में बोले।

अभी बैजनाथ को थोड़ा ठीक महसूस हो ही रहा था कि तभी उसका बेटा वहाँ साइकिल से हाँफता आया।

''बाबू, घर से दू बकरी चोरी हो गया।'' बेटे ने बताया।

''हाय रे फेर? अरे रात 12:00 बजे तऽ था ही। कब हो गया? फिर चोरी

हो गया? ओह भगवान, गरीब के ही मार पड़ता है हरदम।'' बैजनाथ ने सर पकड़कर कहा।

''भोरे-भोर कोई ले गया होगा। जाओ ना, इतना मत चिंता करो। हम हैं ना, पता करवाते हैं। बस ईमानदारी से चुनाव को पूरा करो पहले।'' फूँकन सिंह ने कहते हुए हल्की-सी मुस्कराहट से सब बता दिया था। इतना सुनते ही बेटे को घर भेज बैजनाथ जगदीश यादव से पहले ही बाइक के पास जाकर खड़ा हो गया। अब वो जल्द-से-जल्द पबित्तर दास को समझा-बुझाकर यहाँ खबर कर देना चाहता था। उसे बाकी बकरियाँ भी तो बचानी थीं!

28.

बैजनाथ और जगदीश यादव की पबित्तर के साथ नामांकन वापसी संबंधी बैठा-बैठी वार्ता असफल रही थी। पबित्तर तो यह प्रस्ताव सुनते ही बिदक गया था। उस दिन बातचीत के दौरान चंदन पांडे वहाँ मौजूद था और उसने तो बैजनाथ मंडल को दलाल बोलकर कॉलर भी पकड़ ली थी। किसी तरह जगदीश यादव और पबित्तर दास ने बीच-बचाव किया था। दोनों में ठीक-ठाक गाली-गलौज भी हो ही गई थी। बैजनाथ ने अपनी कॉलर को फूँकन सिंह की कॉलर बता चंदन को सजा भुगतने की धमकी भी दे दी थी। ठीक उसी दिन शाम में हरिजन टोला घुसते ही रास्ते में रतन दास और उसके कुछ साथियों ने चंदन से हाथापाई कर उस पर टोले में गलत नीयत से घूमने का लांछन लगा दिया था। सारे मिलकर बाद में बैरागी पंडित जी के पास भी चले गए और बीच बाजार में चीख-चीखकर उनके बेटे पर चरित्र हीनता का आरोप लगाने लगे। बैरागी पंडित जी किसी तरह नजरें झुका मंदिर आए और अब दो दिन से घर से बाहर नहीं निकले थे। इधर चंदन इस पूरी घटना से इतना आहत और शर्मिंदा हो गया था कि गाँव छोड़ अपने फुफेरे भाई पंडित नित्यानंद के यहाँ चला गया था। बिरंची ने हालाँकि उसे समझा-बुझाकर रोकने की कोशिश की थी पर चंदन इतनी बेइज्जती के बाद अब पबित्तर के दरवाजे चढ़ने और घर में पिता से नजरें मिलाने का नैतिक बल ही नहीं बटोर पा रहा था और उसे कुछ दिन बाहर ही रहना उचित लगा। मन तो उसका यहीं चुनाव में अटका था पर राजनीति के खेल में वह राजनीति से ही दूर फेंक दिया गया था। अभी-अभी लखन के यहाँ बैठे साथियों में यही सब चर्चा चल रही थी। वहाँ दो लोग सिकंदरपुर के भी थे।

"देख लीजिए आप लोग। फूँकन सिंह का पिछवाड़ा फट गया है, हम लोगों को खरीदने आदमी भेजा था। यह बात पूरा पंचायत को पता चलना चाहिए कि कैसे भकचोंहर बनाकर भेज दिया पबित्तर और चंदन उसके आदमी को।" सबके सामने बिरंची ने जोर से कहा।

"लेकिन जो कहिए बिरंची दा, चंदन बाबा के साथ गलत हुआ।" लखन ने उदास मन से कहा।

''अरे यह तो होना ही था। फूँकन सिंह के आदमी का गुमान तोड़ दिया चंदन पांडे। अब यह बात बर्दाश्त होता क्या फूँकन सिंह को! करवा दिया राजनीति अपना गुलाम लोग को भेजकर। साला, किसी की बहन-बेटी का नाम घसीटकर राजनीति कर रहा है फूँकन सिंह, इसीलिए तो उस कसाई के कोख में भगवान बेटी नहीं दिए। करने दो, इससे ज्यादा कर भी क्या सकता है!'' बिरंची ने धौंकनी से निकल रहे धुएँ को पीते हुए कहा।

''चंदन बाबा को रहना चाहिए था। जब हम बोल रहे हैं कि कोई बात नहीं सोचना है तो काहे टेंशन ले रहा है चंदन बाबा!'' पबित्तर ने सहज भाव से कहा।

''बुला लेंगे। एक-दो दिन उसका भी बेचारे का मन शांत हो जाने दो। देखते हैं ना कि किस-किस को परेशान करके रोकेगा फूँकन।'' बिरंची ने आँखें मलते हुए कहा। इसी बीच बाहर बाइक की आवाज आई और जो व्यक्ति उतरकर अंदर आया उसे देखकर एक साथ बिरंची, पबित्तर और लखन चौंक पड़े।

''अरे महाराज! जिंदाबाद, शेखर जी आप?'' बिरंची ने खिलते हुए पूछा।

''हा हा!, देखिए हम भी आ गए। अरे भाई, पहली बार मलखानपुर इज मेकिंग हिस्ट्री। इतना ह्यूज चेंज हो रहा है सोसायटी के सोसियो पॉलीटिकल सेनारियो का और यह सब... ऑल विदाउट मी! यह कैसे होने देते हम! आ गए हम भी।'' शेखर ने बनते हुए इतिहास में अपनी भागीदारी सुनिश्चित करते हुए कहा। लखन ने उसकी बात नहीं समझने पर भी हँस के गर्दन हिलाई, यह सोचकर कि दिल्ली से आया है, कुछ अच्छा ही बोला होगा। पबित्तर भी अतिरिक्त हर्ष में था। अचानक से प्रधानी के चुनाव को नेशनल लेवल का इतना बड़ा बौद्धिक आधार मिल जाएगा यह सोचा ही नहीं था उन लोगों ने।

''चलिए, भगवान का कृपा है कि आप भी आ गए। हिम्मत मिलेगा हम लोगों को।'' पबित्तर ने अपने हिस्से की खुशी व्यक्त की।

''ओह माय गॉड! व्हाट ए जोक। हर चीज में भगवान ला देते हैं आप लोग। मेरा आना भी धर्म से जोड़ दिए? मैं भगवान के कहने से नहीं आया हूँ साथियो। मैं अपने कुछ पर्सनल काम से आया हूँ, लेकिन अब चुनाव में

आपको जिताकर ही वापस होना है।'' शेखर ने हँसते हुए अपने आने का कारण बताया और बड़ी वैज्ञानिक भाव-भंगिमा बनाते हुए पबित्तर के भगवान को कोई खास महत्व देने से इंकार कर दिया। मोटी-मोटी, भारी किताबों से विदेशी दार्शनिकों के पाठ और कोटेशन कंठस्थ ज्ञान से लैस अभी वह एक ताजा-ताजा नास्तिक हुआ था जिसे अपने सिलेबस को कवर करने के लिए यह सब पढ़ना पड़ा था कॉलेज में। भारत में कोई भी आदमी नास्तिक-आस्तिक इसलिए भी हो जाता था क्योंकि उसने इससे जुड़ी कोई किताब पढ़ी हुई होती। एक ठीक-ठाक हिंदू भी सुत्त पिटक का हिंदी अनुवाद पढ़ यहाँ आराम से कुछ दिन खुद को बौद्ध धर्म का स्थूलभद्र कहे फिर लेता था, जो कि जैन थे। इसे ही भारत में कॉन्फिडेंस कहते थे, यह आत्मविश्वास से अलग चीज थी। भारत वैसे भी हर मामले में बहु-वैरायटी वाला देश था। यहाँ एक ही राशन कार्ड में आस्तिक-नास्तिक दोनों साथ-साथ होते, साथ अनाज उठाते, और संग में खाते। नास्तिक बेटा मंगलवार को मुर्गा खा ईश्वर को चुनौती देता और आस्तिक माँ उसी मंगल का व्रत रख उसी ईश्वर से उसकी सन्मति की कामना करती। भारत का ईश्वर दोनों तरफ से खेलता, समन्वयवादी था। नास्तिक को यकीन दिलाता कि वह नहीं है, आस्तिक को भरोसा देता कि वह है। भारत में कुछ साधु-संत भयंकर भरोसे से बताते कि उन्होंने ईश्वर को देखा था और कुछ लंपट सिद्ध करते कि हमने तो खूब दारू-मुर्गा खा-पीकर उसे ललकारा, वह होता तो आता नहीं क्या!

शेखर अब एक छोटी-सी बाँस की मचिया खींचकर बैठ चुका था। भारत में हर पढ़ा-लिखा युवा जो बचपन की कक्षा में पिछवाड़े पर अपनी चुट्टी कटवा लेने के बाद भी उस सहपाठी छात्र को कभी चुनौती नहीं देता था, वह भी जवानी के एक दौर में भगवान के अस्तित्व को जरूर ललकार देता। इसके पीछे एक ठोस व्यावहारिक कारण भी था कि आज तक ऐसी चुनौती के बदले किसी भगवान द्वारा गदा या त्रिशूल से किसी मानव की ठुकाई का प्रमाण नहीं मिला था। इसलिए यह वाली ललकार सेफ होती और अंदर सुपरमैन होने का भाव भी दे जाती। शेखर अभी उसी दौर में था।

''आप धर्म-कर्म नहीं मानते हैं क्या शेखर बाबू? बाप रे!'' लखन ने धौंकनी में लकड़ी खोर आग भभकाते हुए पूछा।

"धर्म अफीम है लखन भाई, अफीम। इसे छोड़ना बेहतर है।" शेखर ने परमाणु पटक दिया।

"तब तऽ और मजा देगा, है न?" लखन उस पर परमाणुरोधी गोबर लीपता हुआ बोला।

"यार, अरे अफीम है, नशा है, बीमारी है धर्म। अफीम का नशा। समझे कुछ?" शेखर पुनः गोबर पोंछता हुआ बोला। लखन अब चुप हो गया एकदम। उसने बस बहुत सकुचाते हुए दाईं ओर दीवार पर टँगे हनुमान जी, विश्वकर्मा जी को एक बार कनखियों से देखा और धौंकनी में हवा देने लगा। दोनों देवता भी लखन को देखते प्रतीत हो रहे थे। तस्वीरों में अक्सर ऐसा ही होता। आदमी को यकीन होता कि भगवान भी उनको देख रहे हैं। बस यही तो कारण था कि लखन जैसे लोग अब भी ईश्वर और धर्म पर अडिग विश्वास लिए थे। इधर बिरंची भी जैसे आज मजे के मूड में ही था। वह अपनी बोरी सरकाकर शेखर के थोड़े करीब आ गया और अब जेब से पुड़िया निकाल उसे रगड़ने लगा। शेखर ने भी जल्दी ही सुलगाने का इशारा किया। सिकंदरपुर वाला एक युवक चिलम साफ कर रहा था।

"शेखर जी, हाँ हम भी जब पहला दफे पढ़े तो बड़ा तगड़ा बात लगा ये मार्क्स वाला डायलोग। फिर बाद में हमको एक बात समझ में नहीं आया कि चलिए मार्क्स बोलता है कि धर्म अफीम है, धर्म को छोड़ दो। इस पर मार्क्सवादी लोग धर्म को छोड़ दिया पर साला, अफीम काहे नहीं छोड़ता है?" बिरंची ने चेहरे पर मस्ती वाली हँसी लिए पूछा। शेखर यह सुन क्षणभर मुस्कराया और फिर इधर-उधर बगलें झाँकने लगा। हमेशा सवाल पूछने और खड़ा करने का अभ्यास रहा था उसे। उत्तर देने का अनुभव कम ही रहा था उसको। युवा शक्तियों का मार्क्सवाद तो सवाल पूछने के लिए प्रेरित करता था, उल्टे उससे कोई सवाल पूछे यह तो बताया ही नहीं था किसी सीनियर छात्र नेता ने संगठन में। पर आखिर कुछ तो कहना ही था अब प्रश्न के बदले।

"देखिए, ये तो बेबुनियादी सवाल है आपका। जस्ट किडिंग। आई थिंक सो। मार्क्स पर सवाल के लिए पहले उसको ठीक से पढ़िए। किसी भी फिलॉस्फी को एंटी फिलॉस्फी से काटिए न। कोई एंटी थियोरी लाइए, बड़े फिलॉस्फर को कोट करिए तब न कुछ जवाब दूँ।" शेखर ने सवाल की

क्वालिटी को ही निम्न बता सिरे से खारिज करते हुए कहा। सुदूर गाँव-देहात की किसी झोपड़ी में चार गँवारों के बीच बोरा-चट्टी पर पसरकर गाँजा पीते हुए भी शेखर ने अपना बौद्धिक लेवल मेंटेन रखा था और किसी उच्च स्तरीय सवाल पर ही कोई हाई लेवल उत्तर देने का आकांक्षी था।

"हम कोई भी सवाल किताब पढ़कर नहीं, आसपास जीवन का अनुभव पढ़कर उठाते हैं शेखर जी। दुनिया के सारे दर्शन भी तो उसी जीवन के अनुभव से निकले हैं। आदमी मामूली हो सकता है पर उसका अनुभव नहीं। बस किसी ने उसे पकड़ के दर्शन गढ़ दिया और अधिकतर ने उसे जाया कर दिया। ठीक जैसे हम-आप मिट्टी रौंदते रहते हैं पर मूर्तिकार उसी से मूर्ति बना देता है।" बिरंची ने कहते-कहते हथेली में रगड़ता माल एकदम महीन कर दिया था। शेखर मंद-मंद मुस्कराता हुआ अभी उसी हथेली को देख रहा था।

"अच्छा, यह सब ठीक है लेकिन कुछ बुक भी जरूर पढ़िए। बिना बुक पढ़े चीजें बहुत ज्यादा टिकती नहीं। आप समझदार आदमी हैं, थोड़ा पढ़े-लिखे हैं। कुछ बुक पढ़ लीजिए तो ठोस हो जाइएगा।" शेखर ने बिना बिरंची से नजरें मिलाए उसे सलाह देते हुए कहा।

"हा-हा, आदमी बुक से कहाँ, वो तो समय के हथौड़ा से चोट खा ठोस होता है शेखर बाबू। जब कोई आम आदमी, गाँव के प्रधान से, देश का सत्ता से या मार्क्स से, या किसी से भी सवाल पूछेगा तो उसके पहले बुक थोड़े पढ़ेगा! आपको क्या लगता है, लोकतंत्र में हर आदमी सवाल पूछने से पहले दस किताब पढ़े तब अपना प्रश्न पूछे? तब तो इस देश में जितनी पंचायतें हैं उतने विश्विद्यालय भी तो होने चाहिए शेखर बाबू। नहीं तो बस आपके जैसे कुछ ही लोग रह जाएँगे जो सवाल पूछें। आप लोग के कपार पर तो बड़का लोड बढ़ जाएगा महराज। हा-हा।" बिरंची ने जमकर कहा। अभी शेखर इस पर कुछ कहता कि बहुत देर से चुपचाप दूरदर्शन के इस ज्ञान दर्शन कार्यक्रम को सुन रहा सिकंदरपुर से आया एक आदमी उठकर खड़ा हो बिफर पड़ा।

"अरे क्या आप लोग तब से इतना बड़ा-बड़ा बिना काम का बात कर रहे हैं! बिरंची भाई, चुनाव का तो सोचिए। क्या समूचा गाँजा इतना बड़ा-बड़ा ज्ञान का बात सुनने में खतम कर दीजिएगा कि कुछ पलान बनेगा भोट का! खाली गाँजा पीने थोड़े आए हैं हम लोग!" एक चुनाव समर्पित युवा बोल

उठा। बोलने के साथ ही उसने खड़े-खड़े बिरंची के हाथ से चिलम लिया और पहला कश लगाकर आज के हवन का आगाज भी कर दिया। ऐसे लोग पीने नहीं आते बल्कि फटाफट पी भी लेते थे।

"हाँ, कुछ बात हो अब आगे का योजना पर।" पबित्तर भी प्रत्याशी के रूप में गंभीर होकर बोला।

"हा-हा, पबित्तर भी टेंशन में है। सब योजना है मर्दे, चिंता ना करिए आप लोग। सब बताते हैं। भुनेश्वर बाबू से भी जरा भेंट करना है कल।" बिरंची ने खुलकर हँसते हुए कहा और धीरे-धीरे अंतिम वाक्य तक गंभीर हो गया।

"देखिए, अब चुनाव में जब खड़ा ही हो गए हैं तो सीरियस होकर लड़ना होगा। अब पैसा-कौड़ी, इज्जत, जान, सब दाँव पर है।" पबित्तर काम से भी कम हँसी के साथ जरूरी बात बोला।

"टेंशन मत लो यार। लड़ेंगे और जीतेंगे भी। लिख लो कहीं स्टांप पर।" बिरंची ने कहते हुए चिलम उठाई और जोर का कश ले धुआँ ऊपर छत की ओर मुँह करके छोड़ा।

"कल सबेरे पहुँच जाइए आप लोग सिकंदरपुर। वहीं हम लोग भुनेश्वर बाबू को बिठाकर रखेंगे। कुछ गैर-मुस्लिम को भी संपर्क करना है अब। मुसलमान वोट तो देगा ही हम लोगों को।" इतना बोल दोनों युवक गमछे का मुरैठा सर पर बाँध खड़े हुए।

"अरे सुनिए भाई लोग, सिकंदरपुर में एक फैमिली का वोट हमारे तरफ से लिख लीजिए। विनोद सिंह जी का वोट हम लोग को मिलेगा। कल संपर्क करा दूँगा आप लोगों को।" शेखर ने अपने मुँह से धुआँ छोड़ते हुए कहा।

"उसको जानते हैं आप। ऊ देगा भोट? ऊ राजपूत है भाई साहब। फूँकन सिंह को ही देगा। हम जानते हैं उस घर को।" सिकंदरपुर वाला युवक निकलते-निकलते ठहरकर बोला।

"चीप बात ना करिए। हर आदमी को जातिवादी कह देने का ट्रेंड चल गया है। यार, वे लोग पक्के कम्युनिस्ट रहे हैं। उनका बेटा सुबोध सिंह कोलकाता में सीए की पढ़ाई कर रहा है। ही इज माय फ्रेंड। पक्का मार्क्सवादी है। कोलकाता में सक्रिय भी है सुबोध। वे लोग जरूर वोट देंगे। अब राजनीति

से जात-पात खत्म हो रहा है। चेंज को फील करिए मेरे भाई।'' शेखर चिलम को किनारे पटकते हुए थोड़े जोर से बोला। सामने वाला आदमी समझदार के साथ-साथ संयमी भी था शायद।

''अच्छा भाई, जी गलती हो गया। हम नहीं समझ पाए होंगे। हम चलते हैं। चेंज के फीलिंग करिए। हम लोग का कुछ चेंज होगा तो बताएँगे।'' इतना बोल वह युवक बाहर निकल आया। उसके साथ आए साथी ने भी नमस्ते बोल विदा ली। पबित्तर थोड़ा उत्साहित था अपनी मर्जी का समाचार सुनकर। लेकिन बिरंची थोड़ा-बहुत विनोद सिंह से परिचित था। हालाँकि वह उसके बेटे को तो चेहरे से पहचानता ही नहीं था तो सीधे उस पर कुछ कहना भी उचित नहीं समझ रहा था।

''एक बात बताइए शेखर बाबू, मान लीजिए आप क्रिकेटर हैं और आप वसीम अकरम और शेन वार्न का प्रशंसक हैं। लेकिन जब खेलने का टाइम आएगा तो क्या ऑस्ट्रेलिया या पाकिस्तान से खेलने लग जाइएगा!'' बिरंची ने ठंडी चिलम में पुनः आग भरते हुए कहा।

''नहीं भाई, फैन होना अलग बात है, औबियसली इंडिया के तरफ से खेलेंगे।'' शेखर ने मुँहबाए कहा।

''बस, यही बता रहा हूँ कि कोई चाहे कितना भी मार्क्स,, माओत्सेतुंग, आंबेडकर, गांधी या तुलसीदास का फैन बन जाए लेकिन जब खेलने का नौबत आएगा न, आदमी जात ही के तरफ से खेलेगा। राजनीति का खेल यही है शेखर बाबू। आइए, विचारधारा-फिचारधारा के नाम पर ई मारिए सोंटा और फूँक के धुआँ उड़ा दीजिए।'' बिरंची ने सुलगती हुई चिलम शेखर की तरफ बढ़ाते हुए कहा।

''मतलब तो फिर हम पर भी शक है आपको?'' शेखर ने बात को अपने भोले उत्साही दिल पे लेते हुए कहा।

''क्या बोलते हैं आप? आप पर तो कोई शक ही नहीं है। आप पढ़े-लिखे आदमी हैं। आप कोई अच्छा ही रास्ता निकालिएगा। हमको यही उम्मीद है आपसे। आप कोई सुबोध सिंह या विनोद सिंह थोड़े हैं!'' बिरंची ने दबी मुस्कान के साथ बड़े सहज स्वर में कहा।

''आपको अब चुनाव में बहुत कुछ सँभालना है। चुनाव तक दिल्ली नहीं

जाना है। कल से प्रचार में रहना है। आपके बोलने-कहने से लोगों पर प्रभाव पड़ेगा शेखर जी। आप ज्ञानी आदमी हैं।'' पबित्तर ने अपने स्टार प्रचारक की घोषणा करते हुए कहा। सब ने सहमति में सिर हिलाए। शेखर ने भी इस जिम्मेदारी के मिलते ही चेहरे से तुरंत छेछड़े गँजेड़ी वाली बेपरवाह की परत हटाई और गंभीर हो सबको देखने लगा।

देखते-देखते नामांकन वापसी का आखिरी दिन भी आ गया था। जटायु शुक्ला ने तो पहले ही दिन जाकर नाम वापस ले लिया था। यह खबर देने जब वह फूँकन सिंह के यहाँ गए तो किसी ने सुनना भी जरूरी नहीं समझा। पुरुषोत्तम सिंह ने घर के अंदर से ही खबर भिजवा दी कि कह दो, अभी जाएँ और कल से फूँकन के चुनाव प्रचार में लग जाएँ। जाकर सो न जाएँ।

जगदीश यादव और बैजनाथ मंडल, दोनों आज सुबह से ही मुड़ी गोते पुरुषोत्तम सिंह के दरवाजे बैठे हुए थे। बाकी और भी कई लोग बैठे थे। पबित्तर ने फूँकन द्वारा दिए सारे प्रलोभन और प्रस्ताव ठुकरा दिए थे और आज एक बार फिर सुबह-सुबह भी जगदीश यादव लखन लोहार की झोपड़ी से बिरंची को समझाने में थक-हारकर लौट आए थे। जैसे शोले में जय-वीरू से निराश हो सांबा के नेतृत्व में गब्बर के आदमी लौट आए हों, पाँव पर पाँव चढ़ाए उसी श्रृंखला में आज फूँकन सिंह क्रमशः सबकी क्लास ले रहा था। इस वक्त माहौल तनावपूर्ण था। गाँव के संभ्रांत लोगों में कामता बाबू और जगदा बाबू भी कालिया की तरह बरामदे पर थोड़े ऊँचे में कुर्सी लगा चुपचाप बैठे थे। फूँकन सिंह कभी भी पलटकर उनसे कोई सवालिया सुझाव माँग सकता था। उन्हें जवाब देने को तैयार ही बैठे रहना था।

''पबितरवा तो बहुत कबियाट निकला हो। बहुत ऐंठन है। बाप तो इसका खुदे जल गया था, बेटा का गाँठ जलाना होगा, लगता है।'' वहीं खड़े बोगा पहलवान ने हाथ में खैनी रटते और हथेली पर ताली देते हुए कहा। बोगा पहलवान फूँकन का खास आदमी था जो विशेषतः चुनाव में विविध उपयोग, मसलन हड़काने, धमकाने और बूथ मैनेजमेंट करने की खातिर बुलवाया गया था। बोगा बगल के ही घोघट्टी गाँव का था।

''खाली पबित्तर का नहीं, सबका मन बढ़ा है। साला, भोरे अपने झोपड़ी पर लखना लोहार भी मुँह लगाने लगा। कहता है कि फूँकन सिंह सीधे चुनाव

में काहे ना फरिया लेता है। बैठा-बैठी का काहे बात बोलता है!'' बैजनाथ ने बड़े भरे स्वर में सुनाया।

''पूरा ग्रुप ही जहर मंडली बना हुआ है। सबको उचित इलाज देना होगा। धीरे-धीरे रोग फैल रहा है।'' बदरी मिसिर ने मध्यम-मध्यम गति से गर्दन को गोलाकार पथ पर घुमाते हुए कहा। फूँकन सिंह इस पर कुछ बोला नहीं। उसने बस एक नजर बोगा पहलवान की ओर देखा और आँख-मुँह तरेरे बैठा रहा। तभी अंदर से हाथ में ताजे कटे पपीते की प्लेट लिए उसे चम्मच से संतुलन साध उठा-उठा खाते हुए पुरुषोत्तम सिंह बाहर निकले।

''क्या बात हुआ? सब थोथना काहे लटकाए बैठे हैं?'' पुरुषोत्तम सिंह ने पपीते का एक पका हुआ टुकड़ा मुँह में भरते हुए पूछा।

''वह पबित्तर दास मान ही नहीं रहा है। सब जतन तऽ कर देख लिए। पैसा, कौड़ी कुछ भी नहीं सुना। साला, बिरंचिया के प्रभाव में है। उसके बात से बाहर जाता ही नहीं है।'' जगदीश यादव मुरझाए हुए स्वर में बोले।

''हाँ, ई तो हम जानते ही थे कि नहीं बैठेगा आसानी से ऊ। अच्छा, अब बिरंचिया भी प्रभाव रखने लगा! और कुछ देखना बाकी है का जीवन में? सही में समय बदल गया है, हमको भी बदलना ही होगा।'' पुरुषोत्तम सिंह ने बचा पपीता प्लेट में छोड़ उसे जमीन पर रखते हुए कहा।

''आखिर कब बदलेंगे! आज तो लास्ट दिन था नाम वापसी का।'' फूँकन सिंह ने जलते-झुँझलाते हुए धीरे से ही कहा। पर धीरे से कही ये बात पुरुषोत्तम सिंह के सीधे कलेजे पर लग गई थी। पुरुषोत्तम सिंह ने एक बार वहीं बरामदे की दीवार पर टँगी अपनी स्वर्णिम विरासत की तस्वीरों की तरफ देखा जिनमें उनके दादा लाडो सिंह की बंदूक लिए घोड़े पर बैठी तस्वीर बनी थी। उसके बाद उनके पिता भैरो सिंह की मूँछ पर ताव देती एक हाथ में तलवार लिए तस्वीर थी। पुरुषोत्तम सिंह की नजर अब तुरंत बेटे फूँकन की तरफ गई।

''देखो, देख रहे हो? यहाँ तक लड़ के ही पहुँचे हैं आज तक। ऐसे ही नहीं पुरखा-जमाना से बना के रखे हैं। होगा फिर तांडव। लेकिन गाँव में हम शांति से समाधान चाहते हैं। अब गाँव सोच ले वह क्या चाहता है।'' पुरुषोत्तम सिंह अतीत और भविष्य के बीच कहीं कुछ टटोलते हुए बड़बड़ाए।

"आप माथा ठंडा करिए पुरुषोत्तम बाबू। अरे कितना औकात है भाई चार ठो आवारा लड़कों का। सब सरेंडर करेगा। आप बेकार में इतना गंभीर चिंता मत करिए।" बदरी मिसिर ने पुरुषोत्तम सिंह की कुर्सी से सटकर उन्हें ठंडा एहसास देते हुए कहा।

"लेकिन दिन-ब-दिन तऽ मन बढ़े जा रहा है बाबा।" जगदीश यादव ने मध्यम होती लौ को शुद्ध घी देते हुए कहा।

"देखिए, खेत में खड़ा गन्ना लाठी होता है। पड़ेगा तो रीढ़ तोड़ देगा। लेकिन वही गन्ना जब खेत से कटकर ठेला पर लगता है बाजार में तो मशीन से पेरा जाता है। पबित्तरा अभी खेत में खड़ा गन्ना है, उसको पहले खेत से काटना होगा। तब बिकेगा पबित्तर दास।" पुरुषोत्तम सिंह के बदन में पुरखों का जिन्न सक्रिय होने लगा था।

"और मालिक, ऊ लखना का झोपड़ी बारूद का करखाना है। वहाँ हँसुआ-खुरपी नहीं, यही सब बम बनता है। समूचा पोलटिक्स का जड़ वही अड्डा है।" बैजनाथ किलसते हुए एकदम फूट पड़ा था। पुरुषोत्तम सिंह बिना कुछ और बोले अब कुर्सी से खड़े हुए और बोगा पहलवान को अपने पीछे आने का इशारा कर अंदर चले गए। अब चुनाव तो लड़ना ही था। पहले से भी ज्यादा मुस्तैदी से आज भी फूँकन सिंह कई लोगों के साथ सिकंदरपुर के घर-घर जाकर जनसंपर्क करने निकला। इधर पबित्तर दास की तरफ से बिरंची ने सुबह ही मधु को कुछ महिला साथियों के साथ मलखानपुर के कुछ टोलों में महिलाओं से संपर्क करने का जिम्मा दे दिया था। अभी चुनाव चिह्न का आना बाकी था इसलिए प्रत्याशी बिना पोस्टर-बैनर ही घर-घर जा अपने-अपने लिए समर्थन जुटा रहे थे। शाम तक जब फूँकन सिंह वापस घर लौट आया था, उसी समय दूसरी तरफ बिरंची और पबित्तर दोनों सिकंदरपुर में पहुँच लोगों से मिलजुल रहे थे। इसी क्रम में पता चला कि आज दिन में फूँकन सिंह, विनोद सिंह के घर बैठे और खाना खाया। बेटा सुबोध सिंह तो फूँकन सिंह के नॉमिनेशन में भी गया था और वह स्पेशल इसी वास्ते कोलकाता से आया ही था। अब चुनाव के दिन वोट डालने आएगा। बिरंची ने यह बात तुरंत वहीं से फोन कर शेखर को बता भी दी थी। शेखर तो यहाँ मलखानपुर में भयंकर रूप से सक्रिय हो गया था और बिना किसी के बोले ही स्वप्रेरणा से

मधु के साथ लग महिलाओं के बीच ताबड़तोड़ चुनाव प्रचार में उतर गया था। गाँव-टोला में कई बहुएँ, महिलाएँ पुरुषों या जवान लड़कों को देख साड़ी से घूँघट कर लेती थीं। इस पर शेखर कई जगह रुककर घूँघट प्रथा के अंत के लिए अनंत उपदेश देने लगता। शेखर जब खड़ा हो उन्हें टोकता-समझाता तो कई तो लजा के घर घुस जातीं। कई ने तो लगातर उसके भारी-भरकम भाषण से उकताकर सिर से साड़ी झटककर घूँघट हटा भी दिया और हाथ जोड़ उससे चले जाने का निवेदन भी किया। कई औरतें आपस में खुसर-पुसर भी कर रही थीं, कितना बेहया है ई मास्टर साहब के लड़का? एकरा बहू-बेटी के घूँघट से क्या दुश्मनी है रे माई?

एक अधेड़ उम्र की अम्मा ने तो हँसते हुए शेखर से कहा, ''हमहु देखेंगे कि मास्टरायिन के पतोहू कितना बिना घूँघट रहेगी गाँव में! तोर बिहा हो जाय, मास्टराइन बहू के जिंस पेंट पहिन घुमल देखिए के मरब अब रामजी।''

देर साँझ सूरज डूबने के बाद जब बिरंची और पबित्तर वापस लौटकर लखन के यहाँ बैठे थे तो देखा शेखर तब तक वहाँ नहीं पहुँचा था। फोन भी ऑफ आ रहा था उसका। बहुत पता लगाने पर वह मधु के घर चाय पीता हुआ पाया गया। नौजवान शेखर आज अनेक घूँघट उतारते-उतारते थक गया था। अभी जब बिरंची उसे लेने को मधु के घर पहुँचा तो उस वक्त शेखर खटिए पर बैठकर मधु की बूढ़ी माँ को नारी अधिकारों के बारे में सचेत करने में तल्लीन था। बिरंची ने उसे जैसे ही बुलाकर अपनी बाइक पर बिठाया तो तब से न जाने क्या-क्या मन में दबाए उस बुढ़िया के मुँह से यह निकला, ''और तनी पहले आ जाते बेटा। ई बहुत ही देर से बेचारा अकेले यहाँ बैठे थे। ले जाते बेचारा को।''

बिरंची ने हँसते हुए बिना कुछ बोले बाइक बढ़ाई। बाइक के जाते ही बूढ़ी ने मधु को आवाज लगाई, ''केवाड़ लगा दो बेटी। हुड़का लगा देना कि अब कोई आए ना।'' इतना बोल एक लंबी साँस ले ऐसे सुस्ता के खटिया पर गिर पड़ी वह बेचारी बूढ़ी जैसे सिर से कोई क्विंटलभर का बोझ उतरा हो अभी-अभी। दहेज अधिनियम से लेकर महिला आरक्षण बिल जैसी कितनी बातें, बूढ़ी ने आज तक जिनसे संबंधित न शब्द सुने थे न कोई अर्थ जानती थी, उन्हें पिछले दो घंटे से सुनना कपार पर क्विंटलभर धान की बोरी रखने

जैसा ही तो था। तीन कप चाय अब तक पी चुका था वहाँ शेखर। बेचारी बूढ़ी, मधु को अकेले बतियाने छोड़ना नहीं चाहती थी। नतीजन यह कहर झेलना पड़ा था बेचारी को।

इधर शेखर ने लखन के यहाँ बैठकी में आज के दिन का पूरा चुनाव प्रचार ब्योरा दिया। यह भी बताया कि आज किस तरह उसने गाँव की महिलाओं में घूँघट प्रथा के उन्मूलन हेतु क्रांतिकारी अभियान चला दिया था।

''लेडीस लोग को भोट के बारे में भी बताए न शेखर जी?'' बिरंची ने शेखर को घूँघट में ओझराया देख पूछा।

''हाँ-हाँ, वह तो मधु जी बता ही रही थीं। हम थोड़ा जागरूक भी करते जा रहे थे महिलाओं को। पर्दा खाली चेहरा नहीं ढँकता है बल्कि वह स्वतंत्र सोच और नारी की अपनी आजादी पर भी पर्दा होता है। पर्दा प्रथा का अंत होगा तो नारी स्वाभाविक तौर पर चेतनशील होगी। राजनीतिक जागरूकता आएगी। अपना स्वतंत्र निर्णय ले पाएगी। स्वतंत्र सोच रखेगी। बूथ पर जाएगी। मतदान करेगी। तभी तो लोकतंत्र का विकास होगा। एक स्वतंत्र जनमत का निर्माण होगा महिलाओं के बीच।'' शेखर ने मतदान प्रक्रिया और स्वतंत्र नारी के बीच टँगे पर्दे को फाड़ते हुए बताया और साथ ही उसके महती उद्‌देश्य से भी घूँघट उठा।

बिरंची ने तो शेखर के इस मैराथन अभियान का किस्सा-कांड सुनते आँखें मींच लीं। लखन बेचारा हमेशा की तरह मुँहबाए बस सुन रहा था शेखर को। पबित्तर तो मन-ही-मन अपने टोला के आसपास की महिलाओं की तस्वीर याद कर रहा था कि कितनी बिना घूँघट के रहती हैं! वह उसी हिसाब से अपने वोट गिन रहा था बेचारा।

''पर्दा प्रथा का अंत तो एक-दो साल समय ले सकता है शेखर जी। अभी थोड़ा चुनाव में भोट निकाल लिया जाय, फिर लगते हम लोग भी उसमें आपके साथ। क्या ठीक न!'' बिरंची ने हँसते हुए ही शेखर से कहा।

इस तरह और भी कई चुनावी बातें होती रहीं। पीते-बतियाते रात के लगभग 10:00 बज गए थे। बाहर बादलों की हल्की गड़गड़ाहट सुनाई दे रही थी। लखन ने उठकर बाहर झाँका तो हल्का पानी का झंटासा चेहरे पर लगा। बाहर हवाएँ पेड़ों को झकझोर रही थीं। बारिश हवा देखते ही महफिल भंग कर

सभी अपने-अपने घर को निकलने लगे। वैसे पूरी रात तेज बारिश तो नहीं हुई लेकिन हल्की फुहार के साथ बीच-बीच में तेज हवाएँ चलती रही थीं।

सुबह सूरज ठीक से निकला भी नहीं था कि लखन के घर के सामने आठ-दस लोग खड़े थे। लखन वहीं जमीन पर चुकुमुकू, सर पर हाथ धरे बैठा था। घर का एक-एक सामान जा चुका था। बर्तन से लेकर काम करने वाले औजार तक, सब पर हाथ साफ हो चुका था। लखन की पत्नी छाती पीटते हुए दरवाजे की चौखट पर बैठी हुई थी। दोनों छोटे बच्चे माँ की पीठ पकड़े पीछे खड़े थे। गाँव के लोग अंदर घर में जाकर मुआयना कर आ रहे थे और चोरी करने वाले की क्षमता एवं उसकी दक्षता पर अपनी-अपनी मौलिक टिप्पणियाँ दे रहे थे।

"कल रात मौसम ही चोरी का बुझा रहा था। झिंसी मार रहा था और हवा भी उतने तेज चल रहा था।" कई चोरी देख चुके एक अनुभवी बुजुर्ग ने कहा। तब पता चला कि भारत एकमात्र ऐसा देश है जहाँ ग्रीष्म, वर्षा, शीत, बसंत के अलावा चोरी का भी एक मौसम होता है।

"एक सामान नहीं छोड़ा है। सब खखोर के ले गया साला।" एक और आदमी ने पूरे घर का सर्वे करके बताया। खबर बिरंची तक जैसे ही पहुँची वह पबित्तर को लेकर दौड़ता हुआ आया।

"बर्बाद हो गए बिरंची दा! जिंदगी का सब जमा पूँजी ले गया।" तब से शांत बैठा लखन दौड़कर बिरंची से लिपट गया।

"साला, कौन खजाना मिला इसके घर चोर सबको!" पबित्तर ने गुस्से में कहा।

"खजाना खातिर चोरी होता तब ना! कौन जाने चोर को क्या चुराके शांति मिला है! सब पता लग जाएगा। ऐ तुम धीरज धरो लखन। देखो एकदम नरभसाओ नहीं। अभी तुम्हारा हाथ का हुनर और मेहनत है ना! उसको कौन चुरा लेगा साला। चिंता ना करो, हम लोग भी हैं ना तुम्हारे साथ।" बिरंची ने दुखते मन से सीने से लगे लखन की पीठ पर हाथ रखे हुए उसे ढाढ़स देते हुए कहा।

ठीक तभी ही चंपत सुनार भी साइकिल लिए पहुँचा।

"अन्याय है ई। पूरा घर समेट लिया हरामी चोर सब। इतना अमीर के घर

छोड़ यही गरीब के घर घुसना था? ओह भगवान! कुछ ज्यादा मिला नहीं होगा, लेकिन गरीब तो मर गया हो।'' चंपत तो आते ही बिना कोई सर्वे किए और पूरी चर्चा सुने ही सारा ब्योरा बोल गया नुकसान का।

''चोरी नहीं है, हाँ अन्याय ही है चंपत भाई।'' बिरंची ने कड़े अंदाज में टेढ़े देखते हुए कहा।

''गाँव में चुनाव है, अब पता चलेगा फूँकन सिंह गरीब को कितना देखता है! अगर सच्चा जनसेवक है तो बेचारा लखन का मदद करें आकर। क्या ठीक बोल रहे हैं कि नहीं हम?'' चंपत ने मौजूद लोगों की तरफ नजरें घुमाते हुए एक अलग ही बात बोल दी थी।

''गरीब का दुख अपना होता है। उसमें कोई हिस्सा-बँटवारा नहीं होता है चंपत दा।'' लखन ने भरे गले से कहा।

''वही तो, आज औकात देखना है हमको फूँकन सिंह का। अगर है प्रधान कहलाने का शौक तो मदद करे गरीब को। मान जाएगा गाँव कि हाँ, एक असली सच्चा नेता है फूँकन सिंह।'' चंपत ने फूँकन सिंह के मोहल्ले की तरफ मुँह कर उसे सच्चे काम और पुण्य के लिए ललकारा। बिरंची को पहले तो कुछ मिनट समझ ही नहीं आया चंपत का यह नया पैंतरा। लेकिन जब चंपत के कहे के अर्थ को पकड़ने की कोशिश की तो मन भन्ना-सा गया।

''क्या मतलब है कहने का! लखना फूँकन सिंह से भीख माँगेगा! उसका मदद से चूल्हा जलेगा इसका! और इसको भीख दे ऊ गाँव का परोपकारी सम्राट अशोक बन जाए! फेर इस महान कदम का स्वागत हो, फूँकन को सब मिल भोट दें! एक आप ही जानते हैं राजनीति क्या! हम कोदो बुनते हैं क्या! हम ग्रैजुएट इसलिए हुए क्या कि आपके जैसा आदमी हमको पढ़ा जाए!'' बिरंची ने गुस्से में जोर से बोलते हुए चंपत को उघाड़ के रख दिया।

''लऽ अरे इसमें भी राजनीति खोज लिए! और हमको मूरुख भी बोल दिए! अरे, क्या भाई बिरंची, तुमको हर चीज में भोट और प्रधानी ही दिखता है रे मर्दे! अरे तुम लखन के दोस्त हो कि दुश्मन! बाप रे, प्रधानी का मजा लेने के लिए इतना स्वार्थी मत हो जाओ बिरंची। अरे, आज ई कंगाल हो चुका बेचारा लखन को अगर कुछ पैसा का मदद हो जाए और इस दुख में काम सँभल जाए तो तुमको क्या दिक्कत! लेकिन इतना बड़ा दुख में भी चुनाव और

वोट का राजनीति देख रहे हो! कैसा दोस्त तब। छिः-छिः रे मर्दे!'' चंपत ने असली चाल चलते हुए कहा।

''लखन, तुम क्या फूँकन सिंह का दिया हुआ एहसान लोगे दोस्त?'' बिरंची ने बहुत भरोसे के स्वर में पूछा था लखन से।

''अरे, इसको नहीं लेने बोल रहे तो फिर तुम लोग क्यों नहीं मदद कर देते हो अपने दोस्त का? खाली झूठा गुमान दिखाने से नहीं होगा ना।'' चंपत ने भी जोर से कहा।

अभी माहौल गहमागहमी में ही था कि तभी सामने से पत्रकार आनंद सिंह और काशी साह भी एक बाइक पर पहुँच ही गए।

''बहुत दुख हुआ है चोरी का खबर सुनकर फूँकन बाबू को। लखन, तुम एकदम चिंता ना करो। तुमको फूँकन बाबू बुलाए हैं। जो भी मदद होगा, करेंगे।'' काशी ने बाइक से उतरते ही कहा। फूँकन सिंह के इस प्रस्ताव के पहुँचते ही वहाँ खड़े गाँव के लोगों में फूँकन सिंह की चर्चा शुरू हो गई। कुछ लोग तो यह माजरा समझ किनारे आ खुसर-पुसर करने लगे, तो कुछ लोग वहीं खुले मन से फूँकन सिंह के विशाल हृदय की चर्चा करने लगे।

''चंपत का तो मुँहे चुप हो गया अब। लीजिए फूँकन सिंह तो तैयार हैं बेचारा के मदद बास्ते।'' एक बुजुर्ग ने जमा लोगों के बीच कहा। चंपत तो मन-ही-मन अपनी पीठ ठोंक रहा था।

''नहीं जाएगा वहाँ लखन। हम लोग करेंगे इसका मदद।'' बिरंची ने बिना देर किए आगे आकर कहा।

''अरे तुम काहे हर बात में टाँग अड़ाता है जी? एक गरीब के घर चोरी हुआ है, एक समाजसेवी उसका मदद करना चाहता है, इसमें तुम्हारा क्या जा रहा है?'' पत्रकार आनंद सिंह ने उसे डाँटते हुए कहा।

''खाली राजनीति करता है साला। बेचारा लखन के झोपड़ी में दिन-रात अड्डा जमाकर इसको चोर-उचक्का के नजर में चढ़ा दिया। चोर सोचा होगा कि माल है यहाँ, तब न दिन रात गाँजा, दारू, चखना चल रहा है झोपड़ी में। यही धोखा में घुस गया।'' काशी साह ने कड़वे स्वर में कहा।

''आ गए दलाली करने! अरे आप ही लोग तो करवाए हैं चोरी। साला, सब सेट है। देखिए, कैसे-कैसे सब पहुँच गया तुरंत दया दिखाने।'' यह बोल

बिरंची काशी की तरफ लपका।

उसके अचानक बढ़ने से काशी अपनी लुँगी में थोड़ा लझबझाया। तब तक तो बिरंची ने एक धक्का दे दिया था। काशी अकबका के दो कदम पीछे गया और झटके से आगे आ उसने बिरंची की गर्दन पकड़ी। बिरंची ने भी काशी के शर्ट की कॉलर पकड़ी और लात चला दी। इतने में तो आनंद सिंह ने दो कदम बढ़ सनसनाता हुआ एक पुरजोर थप्पड़ मारा बिरंची के गाल पर। थप्पड़ पड़ते ही बिरंची सिर पकड़कर बैठ गया। झन्नाटेदार थप्पड़ से सर घूम गया था उसका। लखन ने दौड़कर बिरंची को सँभाला। हल्ला-गुल्ला होने लगा। काशी साह बेछूट गालियाँ देने लगा। एक ने काशी को खींचकर शांत कराना चाहा। कुछ लोग आनंद सिंह से ठंडा होने की विनम्र अपील करने लगे। इसी बीच चंपत तेजी से पबित्तर का हाथ पकड़ उसे खींच सामने वाले पीपल पेड़ के पीछे ले गया।

"पबित्तर भाई, तुम बर्बाद हो जाओगे। ई बिरंची का मूर्खता में हम लोग हार जाएँगे। अरे, अगर फूँकन सिंह से पैसा ले ही लेगा लखन तो क्या दिक्कत! भोट तो तुम ही को देगा ना। आखिर तुम कितना खर्च करोगे भाई! बिरंचिया को तो कुछ देना नहीं होता है, पैसा तो तुम्हारा जा रहा है हर जगह और ताव दिखाता है बिरंची। फूँकन सिंह से चुनाब लड़ना है न, उससे दुश्मनी थोड़े करना है! लेकिन बिरंचिया तो इसको एकदम युद्ध बना दिया है भाई। इसके घमंड में तुम्हारा एक का दस खर्च भी हो रहा है।" चंपत जल्दी-जल्दी में समझाता हुआ बोला। उसने पबित्तर को यह नेक सलाह दे अपना लिया काम संपन्न किया और फिर भीड़ की तरफ आ गया। पबित्तर यह सुन बिना कुछ बोले तेजी से चल पहले अभी तक जमीन में बैठे बिरंची के पास आया और उसे हाथों से सहारा देकर खड़ा करके काशी साह की तरफ देखने लगा।

"आप लोग मारपीट करके क्या दिखाना चाहते हैं? मारपीट करके डराने आए हैं!" पबित्तर ने कहा।

"मारपीट और बदतमीजी तो ये बिरंचिया कर रहा है। तुम इस के चक्कर में बुरा पिसाओगे बाबू। अभी हम कल खबर बनाकर निकाल दें कि यहाँ गाँजा-दारू बाँट रहा है प्रत्याशी, कैंसिल हो जाएगा तुम्हारा दावेदारी। अरे चुनाव लड़ना है तो व्यक्तिगत दुश्मनी काहे लेते हो! फूँकन सिंह एक समाजसेवक

है, किसी गरीब का मदद करना चाहता है तो कोई कैसे रोक लेगा भाई! तुम भी कुछ करना चाहते हो तो करो तुम भी। बताओ कितना मदद करोगे लखन का? खबर बनाते हैं कल तुम्हारा भी। इसमें क्या दिक्कत! लेकिन ई साल्ला चोट्टा...।'' आनंद सिंह ने मुँह में पान डालते हुए कहा।

''दस हजार देगा लखन को पबित्तर दास। लखन को और किसी का मदद नहीं चाहिए। फूँकन सिंह का मदद ठुकरा दिया लखन। जाइए छापिए खबर।'' बिरंची ने पुनः आवाज में दम लाते हुए कहा।

''अच्छा! अच्छा तो तुम दे रहा है पैसा। औकात है कुछ देने का!'' आनंद सिंह ने आँखें दिखाते हुए पूछा।

''क्या पबित्तर, देना है ही ना यार! अपना लखन का बात है। पूछना और सोचना क्या है। और ऐ लखन, तुम भी बोल दो इनको साफ-साफ कि फूँकन सिंह से एक कौड़ी नहीं लेना।'' बिरंची ने एक बार पबित्तर और एक बार लखन की ओर देखते हुए एकदम तने स्वर में कहा। पबित्तर इस वक्त एकदम शांत खड़ा था। बिरंची अब भी लगातार उसकी ही ओर देख रहा था। लखन भी स्थिर खड़ा था कुछ पल के लिए। अचानक से अभी एकदम चुप्पी आ गई थी वहाँ कुछ देर। बिरंची इस चुप्पी पर चिढ़ रहा था। एक स्पष्ट और तय बात को कहने में हो रही देर से बिरंची चिड़चिड़ा रहा था मन-ही-मन।

तभी पबित्तर की आवाज से चुप्पी टूटी, ''हम दे रहे हैं पैसा। आप लोग लखन से पूछ लीजिए कि किससे लेगा पैसा?''

''अरे का पबित्तर भाई! हम तो साला पगला जाएँगे। पता नहीं चोरी के बाद भी कौन बिपत आएगा कपार पर! हम सबके हाथ जोड़ रहे हैं, हमको अभी किसी का पैसा नहीं चाहिए। बस हमारे साथ आप लोग हैं न, वही बहुत है। कमाना-खाना है, फिर कमा लेंगे।'' लखन ने लगभग बिलखते जैसा कहा था। वह अब हाथ जोड़ वहाँ जमा लोगों से जाने को कहने लगा। थोड़ी देर में मजमा धीरे-धीरे घटने लगा। पत्रकार आनंद सिंह भी घटना को अंजाम दे, घटना का समाचार ले वापस लौट गया था। सबके जाने के बाद भी पबित्तर और बिरंची वहीं ही थे।

''आपको थोड़ा ठंडा दिमाग से काम करना चाहिए चुनाव भर।'' पबित्तर ने पहली बार थोड़ा-सा तल्ख होकर कहा था। पर बिरंची को शायद पबित्तर

का ऐसे कहना प्रत्याशित ही लगा था। एक प्रत्याशी का तनाव बिरंची बखूबी समझ रहा था।

"ठंडा दिमाग कर ही समझ पाए न पबित्तर कि चोरी हुआ नहीं है बल्कि करवाया गया है। ऊपर से आ गया ऊ लोग खेला खेलने। इसलिए तो गुस्सा आ गया थोड़ा।" बिरंची ने वहीं चौखट के पास बैठते हुए कहा।

"इस बात में बहुत दम नहीं है बिरंची जी। चोरी करवा के उल्टा मदद काहे करेगा फूँकन सिंह! आप पैसा तो लेने देते लखन को। पैसा ले लेता, कोनो भोट थोड़े दे रहा था उसको।" पबित्तर ने अपने हिसाब से बात समझते हुए कहा।

"पागल हो क्या यार! अरे वो मदद करके, लखन को अपना दिखा हम लोगों का मनोबल तोड़ रहा है। पूरा पंचायत को दिखाएगा कि देखिए, विरोधी का भी मदद किया फूँकन सिंह, इतना बड़ा देवता है इ। लखना का तो दोस्त हो के भी कोई कुछ नहीं किया, क्या करेगा दूसरे का ई लोग। यही बात फैलाएगा, समझे? और चोरी करवाकर हम लोग का आदमी में डर जो पैदा किया, वह तो कर ही दिया अलग से।" बिरंची ने उकताते हुए बताया।

"हम्म, हो सकता है। अब इस पर क्या बोलें हम? आप हमसे ज्यादा देखे हैं गाँव को और राजनीति को यहाँ। हम तो बस आपको ध्यान दिला रहे थे बिरंची जी कि खर्चा-पानी में थोड़ा हिसाब से चलना होगा। सिकंदरपुर में कल ही हम लोग एक जगह नौ हजार दे के आए। थोड़ा हमारा भी एक सीमा है। टकसाल नहीं है दादा। और क्या बोलें, बस थोड़ा हिसाब से।" पबित्तर पहली दफे पैसा-कौड़ी और खर्च पर ध्यान दिलाते हुए साफ-साफ बोला था। बिरंची को न जाने क्या समझ आया।

"लखन को मदद करोगे कि नहीं? इसको पैसा दोगे कि नहीं? बिना लाग-लपेट के बोलो।" बिरंची ने भी एकदम सीधे पूछ दिया था।

"गजब बात कर रहे हैं। इसको कैसे नहीं देंगे! हम लखन का नहीं, दूसरा खर्च पर बोल रहे हैं। आगे से थोड़ा ख्याल रखिएगा। खर्चा कंट्रोल करना होगा। और कुछ नहीं बोल रहे हैं हम।" पबित्तर ने भी बिना एक पल लिए उत्तर दिया।

बहुत देर बाद बिरंची मन से मुस्कराया था अब। पबित्तर भी हँसकर बगल

में बैठ गया बिरंची के। लखन घर के भीतर पत्नी से कुछ बतिया रहा था। बाहर आया तो दोनों दोस्तों को हँसता देख आँख के आँसू पोंछ होंठों पर मुस्कराहट ले वह भी बैठ गया उनके साथ।

कुछ देर बाद लखन के घर से लौट उस दिन पबित्तर दिनभर गाँव में ही रहा था। आज बिरंची ही अकेला चला गया था सिकंदरपुर कुछ लोगों के पास मिलने-जुलने।

दूसरे दिन लखन की ही झोपड़ी में बैठा सुबह का अखबार पलट रहा था बिरंची।

"समाजसेवी फूँकन सिंह ने दी चोरी पीड़ित गरीब को पंद्रह हजार रुपए की मदद।"

बिरंची अखबार पटककर दाँत पीस रहा था। लखन बगल में ही बैठा था। अखबार में किसी गरीब को मदद करने की खबर, पत्रकार को मदद करने पर छपती थी। आनंद सिंह ने दो हजार लेकर पंद्रह हजार की खबर छाप दी थी।

29.

दोपहर का समय रहा होगा। तेज धूप से झुलसी बकरियाँ आम गाछ के नीचे जमीन पर लेट मिमिया रही थीं। पबित्तर सर पर सफेद गमछा बाँधे बाइक से लखन के यहाँ पहुँचा। लखन बगल के खेत से सटे बाँस के झुरमुट से तीन-चार बाँस काट ले आया था और उन्हें फाड़कर अपने घर के पीछे वाले दरवाजे के लिए टाट बना रहा था, जिसे चोर तोड़ गए थे। हाथ में कुल्हाड़ी लिए गमछा पहने नंगे बदन पसीने से नहाया लखन पबित्तर को देखते ही कटे बाँस का टुकड़ा किनारे हटा कुल्हाड़ी रख सामने पबित्तर की बाइक के पास ही आ गया।

"राम-राम पबित्तर दा ? इतना धूप में इधर कहाँ अभी? आज किधरो चुनाव प्रचार में नहीं निकले हैं क्या!" लखन ने गमछे के कोर से मुँह-हाथ का पसीना पोंछते हुए पूछा।

"अरे भाई आप ही के पास आए हैं। ऐ लखन भाई, ये लीजिए अभी तीन हजार। बाकी देंगे हम आपको धीरे-धीरे। अभी थोड़ा दिक्कत है। चुनाव का टेंशन और खर्चा जान ही रहे हैं सब आप।" पबित्तर ने जेब से पैसा निकालते हुए कहा।

"कौन बात का पैसा?" लखन ने भरसक चौंकते हुए कहा।

"अरे वही भाई, कल जो बिरंची बोला था दस हजार रुपया आपका मदद के लिए।" पबित्तर ने भी बिना चौंके नहीं कहा।

"अरे पबित्तर जी, वह तो बस बिरंची दा बोल दिए फूँकन सिंह को जवाब देने के लिए। अरे, आप लोग का साथ है यही बहुत है। पैसा-कौड़ी नहीं चाहिए। पबित्तर जी, वैसे भी बिरंची दा एक हजार देकर गए हैं, उसी से राशन-पानी आ जाएगा। फिर तो कमाना चालू हो ही जाएगा।" लखन ने पबित्तर के हाथ पर अपनेपन से हाथ रखते हुए कहा।

"अरे, अब बोल दिए हैं तो रख लीजिए भाई। और आज अखबार देखे? फूँकन सिंह का खबर छप गया है पंद्रह हजार वाला। अब जब छप ही गया है तो फ्री में काहे नाम हो उसका, जाकर पैसा माँग लीजिए फूँकन सिंह से। आपका हक बनता है लखन जी उस पैसा पर।" पबित्तर ने पैसा अब भी मुट्ठी

में रखे ही कहा।

"नहीं हो पबित्तर जी, पंद्रह हजार के लिए बिरंची दा के भरोसा का खून ही कर दें! कितना शर्म का बात होगा कि हम जा के उसके द्वार पैसा माँगें और यहाँ बैठ आप लोग के साथ गाँजा पिएँ?" लखन पता नहीं किस नैतिकता में उलझे कह रहा था।

"पॉलिटिक्स सीखिए महाराज। अरे पैसा ले लीजिए न, वोट तो आपका फिक्स ही है हमारे लिए। हाथ आया पैसा काहे छोड़ना! और बिरंची भाई को भी थोड़ा समझाइए कि राजनीति में जिद नहीं दिमाग लगाना पड़ता है।" बड़ी तीव्र गति से राजनीति सीख रहे पबित्तर ने कहा।

"नहीं पबित्तर भाई, हमको ना पोलटिक्स सीखना है ना इसमें पड़ना है। हम गरीब कमजोर बाल-बच्चादार आदमी हैं। नहीं सकेंगे कौनो फेरा में पड़ने। आज पैसा पकड़ लिए फूँकन सिंह का तो भोट भी उसी को देना होगा। और यह हमसे होगा नहीं। भोट आप ही को देंगे हम, चाहे कुछ भी हो जाए।" लखन ने हाथ जोड़कर कहा और वापस गमछे के कोर से फिर एक बार अपना चेहरा पोंछा।

एक कमजोर के पास भी मजबूत ईमान तो हो ही सकता है, लखन ने शायद यही बताया था अभी। न कोई आर्थिक सहारा था न ही कुटुंबों की लाठी जो किसी संकट में फँसने पर भाँज सके। पर लोहे के काम में जितना कटा-छँटा लोहे का टुकड़ा बचता था उसे शायद जमा करके रीढ़ की हड्डी में डाल रख लिया था लखन ने। तमाम आशंका, मजबूरी और कमजोरी के बावजूद लखन का वोट अब भी पबित्तर के साथ था। अभी दोनों की बातचीत चल ही रही थी कि सामने धूल उड़ती हुई नजर आई। चार-छह बाइक के साथ एक काली बोलेरो गाड़ी आती दिखाई दी जो आकर लखन के दरवाजे पर खड़ी हुई। गाड़ी का दरवाजा खोल सबसे पहले नेता भुवनेश्वर प्रसाद उतरे। साथ-साथ पीछे से बिरंची कूदा नीचे।

"अरे, इतना फोन लगाए। फोन काहे नहीं लग रहा था पबित्तर?" बिरंची ने उतरते ही पबित्तर के पास जाकर पूछा।

"आप ही जानिए बिरंची जी, आजकल टावर गड़बड़ हो रहा है शायद।" पबित्तर ने हल्की मुस्कान के साथ कहा।

भुवनेश्वर प्रसाद को देखते ही लखन कुछ बैठने को लाने के लिए दौड़ा। पबित्तर ने आगे आ हाथ जोड़ प्रणाम किया। भुवनेश्वर प्रसाद ने लखन को वापस बुलाया और बताया कि फिर कभी आकर बैठेंगे, अभी तुरंत निकलना है इसलिए खड़े-खड़े ही बात कर लेंगे। नेता भुवनेश्वर प्रसाद ने लखन के घर हुई चोरी के लिए अफसोस जताकर जनसंवाद की औपचारिक शुरुआत की। उसके बाद पबित्तर की तरफ देखकर उसका हाल-चाल जानने लगे।

''हमको तो जैसे बिरंची बताया कि लखन के घर चोरी हुआ है, आपको चलना होगा, तुरंत निकले हम। देखिए, यह कठिन समय है और इस वक्त सबको एकजुट रहना है। हर बाधा के बावजूद मलखानपुर का इतिहास बदलने वाला है और पहली बार कोई दलित प्रधान मिलेगा मलखानपुर को। इसके लिए हम बिरंची को शाबाशी देना चाहते हैं जिसकी सोच और मेहनत से आज पबित्तर जैसा युवा कैंडिडेट खड़ा हुआ है और जीतेगा भी।'' नेता भुवनेश्वर प्रसाद ने बिना माइक और मंच के ही अपनी इस मिनी सभा को संबोधित करते हुए कहा।

''आपका आशीर्वाद है सब नेता जी।'' पबित्तर ने सधी हुई श्रद्धा के साथ कहा।

''हमारा कुछ नहीं है बाबू। ई बात तो सबसे पहले बिरंची रखा हमारे सामने। हमने कहा कि एकदम आगे बढ़ो, हम साथ हैं। बाकी अब तुम लोग का प्रयास रंग ला रहा है। एकदम ईमानदारी से लग जाना है जनता का सेवा में। इतिहास रच दो। बहुत कम को ऐसा मौका मिलता है।'' भुवनेश्वर प्रसाद ने फिर दोहराया। उच्चस्तरीय विचारधारा के नेता होने की जिम्मेदारी से लबरेज वे इतिहास से नीचे की बात कम ही कर रहे थे।

''आपका हाथ है हमारे ऊपर तो फिर चिंता नहीं है नेताजी। इतिहास बनेगा।'' पबित्तर ने फुल क्रेडिट में से कुछ अंश बाँटते हुए कहा।

''जिसके साथ ऐसा-ऐसा ईमानदार साथी और कार्यकर्ता है उसको हमारे हाथ का जरूरत नहीं। पूरा सिकंदरपुर को समझाकर आज तैयार करने का जो जादू सब लोग मिलकर किया है, हम तो हैरान हैं। वहाँ से एकमुश्त वोट मिलेगा तुमको।'' भुवनेश्वर प्रसाद ने बिरंची की पीठ पर हाथ रखते हुए वहाँ मौजूद सभी लोगों की तरफ देखते हुए कहा।

''नेताजी, जरा लखन के लिए कुछ मदद मिल जाता सरकारी, उसका भला हो जाता।'' बिरंची ने अपनी मूल बात कही जिसके लिए वो भुवनेश्वर नेता को यहाँ लेकर आया था।

''हाँ, हम प्रयास करते हैं कि इसको जिला राहत कोष से कुछ राशि मिल जाए या कोनो योजना में नाम घुसवाकर कुछ पैसा का उपाय कर देते हैं। अब हम चलते हैं। फूँकन सिंह के खिलाफ खड़ा होने का साहस दिखाकर ही तुम लोग आधा चुनाव जीत लिए हो। अब दीवाल को मूत के गिराने का जरूरत नहीं है। का जी बिरंची कुमार हा-हा-हा...।'' इतना बोलकर भुवनेश्वर प्रसाद ने जोर का ठहाका लगाया।

बिरंची के संग खड़े लोग भी मुस्कराने लगे। बिरंची ने अपने मूत्रकांड वाले क्रांतिसूत्र का किस्सा सबको सुना ही रखा था। लगभग पाँच मिनट और रहने के बाद नेता भुवनेश्वर प्रसाद वहाँ से अपने लोगों के संग विदा हुए। गाँव से वापस होने के क्रम में वह फूँकन सिंह के घर के सामने वाले रास्ते से निकले। घर के ठीक सामने से गुजरते वक्त भुनेश्वर नेता कनखियों से उसका दरवाजा देखे जा रहे थे। काली बोलेरो देखते ही उधर से भी सारे लोग उनकी निकलती हुई गाड़ी ही देख रहे थे। नेता भुवनेश्वर प्रसाद तो यही दिखाने गए ही थे उधर से। निकलते हुए ही उनकी नजर अचानक से वहाँ फूँकन के द्वार पर बैठे कामता प्रसाद और स्कूल इंस्पेक्टर पर एक साथ पड़ी थी। नेता जी ने मिनटभर कुछ सोचा और तुरंत मोबाइल निकालकर यह बात बिरंची को बताई। बिरंची अभी वहीं लखन के घर से कुछ दूर हट पबित्तर से ही बात कर रहा था। पबित्तर ने देखा कि बिरंची को नेता भुवनेश्वर प्रसाद का फोन आया। बिरंची ने फोन पर इधर से इतना ही कहा, ''ओ एक विकेट और भी गिरा दिया फूँकन सिंह? चिंता नहीं है नेताजी, ई तो हम मानकर ही चल रहे थे। असली फाइट तो होना है वोट के दिन। उस दिन उसका विकेट गिरेगा।'' फोन रख बिरंची कुछ पल चुप रहा और मुस्कराया। पबित्तर ने कौतूहल से पूछा,

''क्या हुआ, कौन विकेट गिरा? क्या मतलब?''

''अरे कुछ नहीं हुआ। एक आदमी था नेताजी का जो आजकल विरोधी के साथ घूमता है। तुम ई सब चिंता छोड़ो और हमको जरा कल दो हजार दे देना। सुनारपट्टी और कोइरी टोला में कुछ लड़का लोग को सेट किए हैं।

वही सबको थोड़ा तेल-मसाला का माल देना है।'' बिरंची ने जल्दी-जल्दी कहा और पबित्तर से घर चलने का इशारा किया। पबित्तर मगर अभी वहीं खड़ा था।

''दो हजार? बिरंची जी, खर्च पर थोड़ा कंट्रोल करना होगा। खाली पैसा से ही चुनाव जीतना था तो फायदा क्या खड़ा होकर?'' पबित्तर ने थोड़ी अखरन के साथ कहा।

''अरे यार तो तुमको क्या पता नहीं है कि चुनाव में इतना तो होता ही है! फूँकन सिंह लाखों रुपैया फूँकने खातिर रेडी है। हम लोग तो इतना नाममात्र का, इतना कम खर्च करके ही उसको पानी पिला दिए हैं। थोड़ा पेसेंस रखो यार।'' बिरंची ने उकताहट के लहजे में कहा।

''वह ठीक है बिरंची जी, लेकिन जीत गए तो क्या खाली हमको जीत मिलेगा! ई लड़ाई तो हम सबका है। तो थोड़ा खर्च-पानी भी तो बाँटकर करना चाहिए। समूचा लोड हम पर आ गया है।'' पबित्तर ने उचटे भाव से कहा।

''अजब बात कर रहे हो यार तुम। अरे, हमारे कपार का लोड नहीं दिख रहा तुमको! और अगर पैसा होता हमारे पास तो वो भी खर्च करते।'' बिरंची हैरत से देखता हुआ बोला।

''लखन को देने में तो आ गया पैसा। तो थोड़ा इधर चुनाव में भी तो मदद कर दीजिए।'' पबित्तर ने चुभते अंदाज में कहा।

''चुप रहो, चुप हो जाओ अब। अरे, जानते भी हो कुछ! सुन लो अब, तुम्हारे चुनाव में अभी तक घर का पाँच हजार का फसल बेच चुके हैं हम। यह सिकंदरपुर का सब भोट तुम्हारा या मेरा थोथना देखकर नहीं बना है, सबको कुछ-न-कुछ देना पड़ा है। जितना मेरा औकात था किए और बाकी पैसा तुमसे लिए। लखन को पैसा अपने माँ से माँगकर दिए। बुढ़िया के पास रखा था छह महीना का कुछ बचाया हुआ पैसा। भाई पबित्तर, हमारा यही औकात था, किए जितना था।'' जोर-जोर से बोलता बिरंची बोलते-बोलते चुप हो गया था।

''हाँ तो प्रधानी का लाभ भी तो लीजिएगा। कुछ खर्चा हो गया तो कोई नाजायज नहीं है बिरंची जी।'' पबित्तर ने हिसाब-किताब के साथ कहा। यह सुनते ही बिरंगी तो जैसे उबल पड़ा।

''ऐ, ऐ पबित्तर, अब चुप हो जाओ भाई। एकदम चुप। क्या तब से बक

रहे हो! हमको झाँट ना लेना है तुम्हारे परधानी से। हमको दो कौड़ी का समझे हो क्या! अगर बिकना ना चाहे तो नदी किनारे पानी पीते पड़े पत्थर को हीरा-जवाहरात भी अपना औकात दिखा नहीं खरीद सकता। हम साथी हैं तुम्हारा, परधानी में हिस्सेदार नहीं। फूँकन सिंह का गुमान तोड़ना था, पंचायत का नक्शा बदलना था, ई साला दिन-रात हाथ जोड़कर जी-हजूरी करके पीढ़ी-दर-पीढ़ी कमर झुकाकर चलने वाले गाँव को रीढ़ पर खड़ा करना चाहते थे, इसीलिए तुमको चुनाव लड़ने बोले। क्योंकि तुम पर भरोसा था। इसलिए तुम्हारे जैसा दोस्त का हाथ धर पहले खुद खड़ा हुए। फिर तुमको चुनाव में खड़ा किए। आज आधा से अधिक लोग तुम्हारे साथ खड़ा है। अब यही सब कल फूँकन के खिलाफ खड़ा होगा। कल ऐसे ही पूरा गाँव-पंचायत अपने भरोसे खड़ा होगा। समझे पबित्तर दास जी?'' बिरंची ने भावुकता में भी खुद को सँभाले, बिना आँखों को नम किए गरजकर कहा।

पबित्तर नजरें झुकाए खड़ा था। बिरंची ने ही खुद आगे बढ़कर उसे कंधे से टिकाया। आखिर पबित्तर कोई राजनीति का तुक्का नहीं, अर्जुन का तीर था बिरंची के लिए।

''सुनो, फालतू बात पर ध्यान मत दो। फूँकन के अहंकार के विरुद्ध अब चुनाव जीतो बस। समझे? राजनीति में रहना है, राजनीति में फँसना नहीं है।'' इतना कहकर बिरंची ने उसे बाइक स्टार्ट करने को कहा। पबित्तर ने एक नजर उठाकर बिरंची को देखा। अगले मिनट पबित्तर फिर से सहज हो मुस्कराने लगा। बातचीत को रूखा होता देख दोनों ने समझदारी दिखाई और इस बात को वहीं छोड़ कुछ और इधर-उधर की बातें करते हुए घर आ गए। पबित्तर, बिरंची को उसके घर छोड़ अपने घर को चला गया।

दोनों घर तो चले आए थे लेकिन अभी अपने आँगन में खाट पर लेटा बिरंची, पबित्तर के थोड़े अजीब से, बदले व्यवहार को लेकर सोच रहा था और उधर पबित्तर भी अपने दरवाजे पर कुर्सी निकाल बिरंची के थोड़ी तल्ख हुई जबान को लेकर बेचैन-सा मन-ही-मन बहुत तरह की इधर-उधर की बातें सोचते हुए बैठा था चुपचाप। बीच में बहन चंपा ने चाय को पूछा तो उसने मना कर दिया।

शाम ढले देर हो चुकी थी। आज गाँव में हाट का दिन था। आसपास के

देहात के लोग भी सौदा-पानी खरीद उसी रास्ते लौट रहे थे। सिकंदरपुर के दो लोग भी राशन-सब्जी खरीदकर वापस घर जा रहे थे। तभी दरवाजे पर पबित्तर को अकेला यूँ ही देख वे लोग भी वहाँ आ बैठे। और कुछ देर चुनाव पर चर्चा होने लगी। बात-बात में ही चर्चा निकली कि चुनाव में मुकाबला बहुत कड़ा है और जो पैसा ज्यादा फेंकेगा, उसकी उम्मीद ज्यादा है। यह भी बात निकली कि आजकल किसी भी वोट की गारंटी नहीं। हो सकता है पैसा देकर सिकंदरपुर में भी फूँकन सिंह ज्यादा वोट ले आए और पैसा खर्च कर पबित्तर दास मलखानपुर में ही बढ़त ले ले। इसी तरह की गपशप के बाद एक-एक चाय पी वे दोनों चले गए और अब पबित्तर भी अंदर जा खाना खाने की सोच रहा था। रात के 8:30 बजने को थे, तभी एक बाइक की सीधी रोशनी पबित्तर दास के चेहरे पर पड़ी। वह आँखें मिचमिचाता हुआ कुर्सी से उठा। तब तक बाइक उसी के द्वार खड़ी हो गई थी। एक को तो वह देखते ही पहचान गया था।

''अरे, जगदीश चाचा आप?'' पबित्तर ने दो कदम आगे बढ़कर कहा।

''हाँ भाई और कौन रहेगा? और किसको मतलब है तुम्हारा अच्छा-बुरा से। हमको है, इसलिए तुम्हरे ना-ना कहने पर भी आना पड़ता है बाबू।'' जगदीश यादव ने सर से हेलमेट उतारते हुए कहा।

''अरे, ऐसा क्या बात है चचा, हम आपका मान हरदम रखे हैं। आइए, बैठिए न। साथ में कौन है?'' पबित्तर ने हल्के स्वर में ही पूछा।

''हम हैं। गाँव में हम दोनों को छोड़कर कोई नहीं है तुमको बचाने वाला, जान लो यह बात। सब तुमको डुबाने में लगा है।'' बैजनाथ ने मुँह में ढँका गमछा हटाते हुए कहा।

''अच्छा सुनो, चलो भीतर बैठें। द्वार पर नहीं बैठना है। कोई देख-सुन लेगा मर्दे।'' जगदीश यादव, पबित्तर से भी पहले घर के अंदर घुसते हुए बोले। पबित्तर को एकाएक कुछ समझ ही नहीं आ रहा था। अचानक आज इन दोनों का उसका इतना अपना हो जाना और कल तक देहरी तक छूने से परहेज करने वाले जगदीश यादव के लिए अचानक से आज पबित्तर का पूरा घर पवित्र हो जाना, जहाँ आज जगदीश यादव ही सबसे पहले धड़धड़ाते हुए घुस गए थे।

"बात क्या है चाचा। क्या हुआ, अब कौन नया बवाल हुआ?" पबित्तर ने जगदीश यादव के पीछे खड़े-खड़े पूछा।

"बैठो पहले, वाह! इतना सबकुछ खुद ही बुलाए हो बवाल और हमीं से पूछ रहे हो? पूरा गाँव को दुश्मन बनाकर बैठे हो तुम।" जगदीश यादव वहीं चौकी पर बैठते हुए बोले। उन्हीं के बगल अब बैजनाथ भी बैठ चुका था। पबित्तर वहीं सामने, नीचे एक पीढ़ा ले बैठ गया। अंदर आँगन में बर्तन धो रही चंपा सबको भीतर बैठा देख बगल वाले कमरे में चली गई।

"ई चुनाव जान का बलाय बन गया है। महाभारत होगा और के के मरेगा भुलाएगा पता नहीं!" बैजनाथ मंडल ने अपना सर पकड़कर कहा।

"ओ ई बात है। चाचा, बाकी जो बात हो कहिए, आप लोग का बात से बाहर नहीं हैं हम लेकिन चुनाव छोड़ने मत बोलिएगा। चुनाव तो हम लड़ेंगे चाहे जो हो।" पबित्तर ने लगभग स्पष्ट शब्दों में कह दिया था।

"हम तुमको काहे रोकेंगे चुनाव लड़ने से! लेकिन तुम लड़ो तब ना?" जगदीश यादव ने अजीब ही बात कह दी थी।

"मतलब? तो कौन लड़ रहा है?" पबित्तर ने खिन्न मन से चौंकते हुए पूछ।

"बिरंचिया लड़ रहा है। तुम कहाँ है इस चुनाव में! पूरा पंचायत घूम लो, नाम तो उसी का है। पूरा सिकंदरपुर में भी उसी का चर्चा। तुम तो बस कठपुतली हो मर्दे।" जगदीश यादव ने सुई चुभो देने जैसा कह दिया था। पबित्तर तो अभी मुँह ही देख रहा था जगदीश यादव का। तभी गर्दन दूसरी तरफ मुड़ी।

"अजब बुड़बक बने हो तुम। पैसा तुम्हारा, काम तुम्हारा, हिम्मत तुम्हारा, जात का भोट तुम्हारा और ताकत तुम्हारा लेकिन नाम और फूटानी उस लुच्चा बिरंचिया का। वाह रे पोलटिक्स! कितना बड़ा झपलिस दे दिया तुमको, अब भी तुमको नहीं बुझा रहा!" बैजनाथ ने उचककर गर्दन हिलाते हुए कहा। पबित्तर एकदम शांत बैठा बस सुन रहा था। अभी तक वह जो भी सुन रहा था इसमें उसके लिए एकदम नया जैसा कुछ नहीं था। वह महसूस कर रहा था कि शायद कुछ ऐसे ही सवाल तो उसके अंतर्मन को कुछ दिनों से मथ ही रहे थे। जगदीश यादव और बैजनाथ का बोलना जारी था।

''जरा सोचो पबित्तर, भुवनेश्वर नेता भी किसका पीठ ठोंक रहा है। उसकी नजर में भी हीरो कौन है? तुम नहीं हो, बिरंचिया है। हमको तो आज का भी बात पता चला लखन के घर वाला, वहाँ भी भुवनेश्वर नेता सबके सामने बिरंचिया का वाहवाही किया। तुम तो यहाँ परधानी का सोच रहे हो और वहाँ बिरंचिया बड़का नेता बनने का रास्ता बना लिया भाई। दुख का बात है कि तुम्हारे जैसा भला आदमी का कंधा पर चढ़कर बंदूक चला रहा है।'' जगदीश यादव ने भयंकर आत्मिक होते हुए अपनेपन के भाव से अफसोस जताया।

''मने शंख के देखकर घोंघवा भी बजने सोचता है। दिनभर गाँजा पी के गाँव में लात-जूता खाते फिरने वाला पगला बिरंचिया आज पबित्तर को मोहरा बनाकर नेता हो गया। यही उसको तनी-मनी जीनें सिखाया। इसी के चलते कपड़ा-लत्ता पहन के मोटरसायकिल घूमने लगा साला। मोबाइल चलाता है। हमको तो विश्वास नहीं होता है कि इतना बड़ा भीतर का लोमड़ी था साला। बोलिए, ई पबित्तर जैसा नया-नया गाँव आया भला लड़का को लपेट लिया अपना राजनीति में।'' बैजनाथ ने जगदीश यादव की तरफ मुँह कर अपना सर्वश्रेष्ठ अफसोस उड़ेल दिया था चौकी पर।

अब इससे ज्यादा अफसोसनाक थोथना बनाना उसकी अभिनय क्षमता से बाहर की बात थी। उसने अपना बेस्ट दे दिया था। पबित्तर बिना पलकें झपकाए अब भी शांति से बैठा बस सब सुने जा रहा था। वह अभी सिर्फ उन दोनों चेहरों के भाव पढ़ने की कोशिश कर रहा था।

''तुमको ही नहीं, बिरंचिया अपना राजनीति में बहुत को बर्बाद करेगा। लखना को लुटवा दिया। बहुत जल्दी मुरारी पर भी बज्जड़ गिरेगा, देखना न। उसको अभी देखे बिरंचिया के द्वार पर खड़ा चुनाव का राजनीति बतिया रहा था। फूँकन सिंह जैसा भला आदमी को मजबूर कर दिया है ई कि कुछ कांड हो ही जाए उसके हाथ।'' जगदीश यादव चौकी पर अब पालथी मारकर बैठते हुए बोले।

''फूँकन सिंह भला आदमी है चाचा?'' तब से चुप पबित्तर ने अब चुप्पी तोड़ी।

''इतना बड़ा कांड कर दिए न तुम? बिना कोई लेनी-देनी डाइरेक्ट उसके खिलाफ में चुनाव लड़ गए न तुम। कुछ बोला तुमको? चाह लेता तो बहुत कुछ तो कर ही सकता था। तुम्हारा मंदिर बना, उसमें कुछ टाँग अड़ाया?

चाहता तो कुछ भी बवाल नहीं करवा देता क्या? ऊ चाह लिया तो आज तक खुद का अपना मोहल्ला का मंदिर नहीं बनने दिया, यह है उसका ताकत लेकिन तुमको नहीं रोका। उसके शराफत का ही तऽ फायदा उठाया बिरंचिया साला। तुम तो नया आदमी थे, तुमको क्या पता! तुम चल के देख तो लेते एक बार। बिना जाने-समझे क्या बुझाएगा जी!"

जगदीश यादव ने एकदम गणितीय विधि से एक-एक सूत्र हल करते हुए फूँकन सिंह की शराफत को सिद्ध करते हुए कहा। पबित्तर इस बेहद वैज्ञानिक व्याख्या से बहुत असहमत नहीं हो पा रहा था। लेकिन अभी बहुत सारे सवाल थे मन में। बहुत-कुछ घुल रहा था मन में।

"कुछ बात ठीक ही बोल रहे हैं आप लोग। हम खाली मैनेजर जैसा पैसा निकालकर देते हैं। समूचा डील तऽ वही करता है। हम खुद सोच रहे कि क्या कर रहे हैं हम!" पबित्तर ने एकदम धीमे स्वर में बिना किसी से नजरें मिलाए कहा। वह भीतर-भीतर असल में क्या सोच रहा था, कहना मुश्किल था।

"तुम्हारा बहुत नहीं बिगड़ा है अब भी। अभी चलते हैं फूँकन बाबू के पास। ऊ लोग बेचारा तुम्हारा इतना इज्जत कर रहा है। देख तो लो चलकर। अरे मिल-जुलकर साथ काम करो ना।" जगदीश यादव ने सबसे पहली बात को अब आखिरी में कह दिया था।

"देखिए चाचा, हमको साला राजनीति में पड़ना ही नहीं था। कमा-खा रहे हैं आराम से, पता नहीं कहाँ से कपार पर ई टेंशन आ गया। लेकिन एक बात जब सोचते हैं ना तब मन फिर चुनाव लड़ने के लिए तैयार हो जाता है। इसलिए छोड़िए, लड़ने ही दीजिए एक बार।" पबित्तर हिलकर वहीं टिका रहा।

"अच्छा, हम समझ गए। बिरंचिया तुम्हारा मन में ई जहर भर दिया कि तुम्हारा माय-बाप को भट्ठा में जलाकर पुरुषोत्तम सिंह मार दिया। अरे पगला, एकदम झूठ बात है, झूठ। हम गवाह हैं सारा घटना का। तुम्हारा बाप के साथ हादसा हुआ और बेचारा जलकर मर गया। तोर चाचा खबर दिया कि सदमा से तुम्हारा माई भी नहीं बची। तुम तो बच्चा था। अब तुम्हारा चचवा को यही भुवनेश्वर नेता और कुछ विरोधी लोग सनकाकर पुरुषोत्तम सिंह से पैसा ऐंठने खातिर तैयार किया। झूठा कहानी बनाकर चला दिया। तुम्हरे गरीब चाचा को लालच हो गया और ऊ ई कहानी को बोलने लगा। यही पसचाताप में उहो

बूढ़ा मर गया बेचारा। पुराना राजनीति है, इस सब में मत पड़ो। अगर ऐसा निर्दयी होता पुरुषोत्तम बाबू तो आज न तुम जिंदा होते न बिरंचिया। बिरंचिया तऽ खुद इतना पेट्रोल मुतता है न, उसको काहे नहीं मार दिया पुरुषोत्तम सिंह। क्या एक भला परिवार को गलत नजर से देख रहे हो!'' जगदीश यादव सारी घटना के सच्चे गवाह की तरह बोले। सच भी था कि वह सचमुच सारी घटना के चश्मदीद गवाह थे ही। पर वास्तव में पबित्तर उतना ही जान रहा था जितना जगदीश यादव ने उसे बताया था।

''हमको तो बहुत लोग बोला कि पुरुषोत्तम सिंह बड़का हत्यारा रहा है अपने जमाने में।'' पबित्तर ने धीरे से कहा।

''हे भगवान! हे राम! एकदम गलत बात। अरे आदमी छोड़ो, एक ठो खोंटा पिपरी नहीं चीप के मारे होंगे चप्पल से ऊ। दुआर पर बैठे मच्छर भभोरता रहता है लेकिन आज तक हाथ से नहीं पीसे होंगे एक ठो मच्छर भी। सोचिए, जो जीव उसका खून पी रहा है, ऊ आदमी उसको तो मारता नहीं है, आदमी को क्या मारेगा! फूँकन बाबू तो किसी को दू-चार लात मारियो देते हैं, एक बार हमीं को मार दिए थे सात-आठ साल पहले। याद है ना हो जगदीश दा! लेकिन पुरुषोत्तम बाबू गाय हैं पबित्तर, गाय।''

बैजनाथ ने इस कथन से जगदीश यादव को अचंभित कर दिया था। जगदीश यादव को बैजनाथ से इतने शानदार प्रदर्शन की कम ही उम्मीद थी। पुरुषोत्तम सिंह को बैजनाथ ने जिस तरह अहिंसा के मामले में अगले जैन तीर्थंकर की मान्यता के करीब पहुँचा दिया था उससे वह जगदीश यादव की चापलूसत्व योग्यता को बीट करके बहुत आगे निकल चुका था। दोनों ने पुरुषोत्तम सिंह के काले इतिहास को निर्लज्जता की मैली चादर से इतने कायदे से ढक दिया था कि अब पबित्तर के लिए देखने को कुछ विशेष बचा नहीं था। ठीक तभी एक आखिरी सवाल आया पबित्तर की तरफ से।

''अच्छा चाचा, हम तो मान लीजिए कि अगर सब समझ भी गए, लेकिन क्या बिरंची मानेगा? उसको कैसे समझाएँ?'' पबित्तर ने कुछ अलग भाव से पूछा।

''बाबू, तुमको अभी तक उसी का चिंता है। अरे वह काहे मानेगा! उसका तो प्लान ही न चौपट हो जाएगा। तुम बस चलो ना फूँकन के पास। बिरंची

को बाद में समझा-बुझा देंगे। पैसा-कौड़ी लेगा, दारू-गाँजा लेगा तऽ लाइन पर आ जाएगा। उसका सारा हेकड़ी तो तुम्हारे भरोसे है। तुम जहाँ हटे कि वह साला अकेले कर ही क्या लेगा! अब चलो वहाँ, लेट न करो।'' जगदीश यादव चौकी से उठते हुए बोले। उनके उठते ही बैजनाथ भी खड़ा हो गया।

''एकदम जल्दी पबित्तर। बाबू, चलकर आँख से खुद ही देख लो कि कैसा भला परिवार है।'' बैजनाथ ने अपनी पारी का अंतिम शॉट लगाया।

''अभी इतना रात को। अभी भेंट होगा उनसे? थोड़ा हमको भी समय दीजिए सोचने का। सवेरे चलते हैं।'' पबित्तर ने संकोची मन से कहा।

''अरे अभी चलो भाई, सवेरे का फेर छोड़ो। तुम उनके द्वार चले जाओगे तो रात को 2:00 बजे मिलेंगे। यही तो हम कह रहे हैं कि अपना इज्जत भी तो जाकर देखो वहाँ, कितना ज्यादा मिलेगा मान-सम्मान।'' जगदीश यादव दरवाजे की तरफ बढ़ते हुए बोले।

''आदमी शांत है ना पुरुषोत्तम सिंह? हम अकेले जाएँ कि कोई भाई लोग को ले लें साथ में?'' पबित्तर ने मन बनाने के क्रम में पूछा।

''पागल हो क्या! अकेले कहाँ हो। हम लोग हैं ना जी! और अभी प्राइवेट बात होगा, किसी को बताना नहीं है। और आदमी साधु है पुरुषोत्तम सिंह। साधु भी इतना साधु नहीं होता है। एक बार तो दुआर पर आया एक साधु को फूँकन सिंह चार थप्पड़ दे दिया था, ढेर साधु बन रहा था पुरुषोत्तम बाबू के आगे।'' जगदीश यादव पुरुषोत्तम सिंह की साधुता पर टॉर्च मारते हुए दरवाजे के बाहर तक आ गए।

पबित्तर ने साधुता की यह करुण गाथा सुनते ही बहन से पानी माँग भर लोटा पानी पिया पहले।

''आप लोग का बात पर बस चल के मिल लेते हैं एक बार। चुनाव में नहीं बैठेंगे।'' अडिग पबित्तर चलने को तैयार होकर बोला।

''ठीक है। बस मिल लो एक बार।'' जगदीश यादव बोले।

इतना सुन पबित्तर ने सामने टँगनी से गमछा खींच उसे मुँह पर लपेटा और बहन से दरवाजा बंद कर लेने बोल दोनों के बीच बाइक पर बैठ गया। हमेशा मोटरसायकिल चलाने वाला पहली बार बीच में था। दो पाटन के बीच में दबा किसी तरह साबुत बचा हुआ था पबित्तर दास।

30.

अपने घर से लगभग पाँच-सात मिनट के बाद अब पबित्तर उन दोनों के साथ पुरुषोत्तम सिंह के दरवाजे पहुँच चुका था। करीब-करीब ग्यारह बजने को थे। रात का सन्नाटा गाँव पर चादर डाले था। बिजली थी नहीं, सो बरामदे से सटे कमरे में इमरजेंसी लाइट जल रही थी। अंदर पुरुषोत्तम बाबू पलंग पर लेटे थे। वहीं राजगुरु बदरी बाबा कुर्सी पर पैर चढ़ाए बैठे थे। जगदीश यादव ने मोबाइल पर मिस कॉल देकर पबित्तर को ले आने का संकेत दे ही दिया था। पबित्तर के मन में जो सबसे बड़ी जिज्ञासा थी कि वास्तव में वह जितना भी पुरुषोत्तम सिंह के बारे में जानता था, उन सबका स्रोत बिरंची या टोले-मोहल्ले के अन्य लोग ही थे। इसलिए अब आगे कुछ भी निर्णय से पहले वह इसी बहाने कम-से-कम एक बार उन लोगों से मिलकर, उन्हें समझ लेना भी चाहता था। पर मन-ही-मन ऊहापोह जारी थी। उसने महसूस किया कि पैर काँप रहे थे। दिमाग अपना सहारा दे उसे स्थिर कर रहा था। बाइक से उतरे सबसे पहले जगदीश यादव ने कमरे में प्रवेश किया। पीछे-पीछे दो कदम चलकर बैजनाथ और पबित्तर ठीक कमरे के प्रवेश द्वार पर थे।

"अरे जगदीश, आओ। आ गए?" सामने पलंग पर लेटे पुरुषोत्तम बाबू ने कमर के नीचे लुँगी में हाथ घुसा खजुआते हुए कहा।

"जी। ई पबित्तर आया है। बड़ा मन था इसका कि एक बार भेंट हो जाए आपसे। हम कहे कि अभिए चलो। आ गया है। भीतर बुला लें, कहिए तऽ जी का?" जगदीश यादव ने पबित्तर की प्रस्तुति का आदेश माँगते हुए कहा।

"अरे हाँ भाई, बुलाओ-बुलाओ। हम तो हरदम बोले हैं कि गाँव का लड़का-बच्चा से भेंट होना चाहिए।" पुरुषोत्तम सिंह ने तकिया खींचकर कंधे के नीचे लेते हुए कहा। इतने में पबित्तर दोनों हाथ जोड़ प्रणाम की मुद्रा बनाकर अंदर आ चुका था। सामने बैठे बदरी मिसिर ने हँसते हुए, खुश रहो का चलताऊ आशीर्वाद दिया और दाहिने हाथ से इशारा कर कुर्सी पर बैठने का संकेत किया। बदरी बाबा भी अभी बाएँ हाथ से कोई अंग विशेष ही खुजला रहे थे। इससे पहले कि पबित्तर की तशरीफ अभी कुर्सी की पटरी को छूती, पुरुषोत्तम बाबू की आवाज कानों में गई,

''अरे इधर आओ, पलंग पर बैठो भाई। आओ सामने बैठो, तब ना बात हो आराम से। अपना ही घर बूझो।''

पबित्तर झुकी कमर को सीधा कर लजाते-सकुचाते संकोची भाव से पलंग के दूसरे छोर पर पुरुषोत्तम सिंह के पैर की तरफ गोड़थारी में एक कोने में अपना पृष्ठ भाग किसी तरह सटाकर लटकने जैसा बैठ गया। आखिरकार कुर्सी पर अभी-अभी बैठते-बैठते रह गया पबित्तर। सदियों की बनाई व्यवस्था के अनुरूप ही अब सही जगह पर बैठ गया था। हालाँकि, यह स्थान उसे पुरुषोत्तम सिंह ने स्नेहवश दिया था। पुरुषोत्तम सिंह अपने दोनों पैर हिला रहे थे और पबित्तर उन पैरों से इतने करीब बैठा था कि अगर उनके पैरों में कोई बिछुआ होता तो पबित्तर डंक से बस इंच भर की ही दूरी पर होता। लेकिन भारतीय परंपरा में मर्द चाहे कितना भी जहरीला हो, पैरों में बिछुआ महिलाओं को ही पहनना बताया गया था।

''बाबू आराम से बैठ जाओ। इस घर में ऊँच-नीच मत सोचो।'' बदरी बाबा ने ध्यान से उतरी बात पर सबका ध्यान दिलाते हुए उसी पर ध्यान न देने का उपदेश देते हुए कहा।

''अरे ई ऊँच-नीच कभी नहीं माने हैं हम। आदमी को सबसे बोलना-बतियाना चाहिए। सब आदमी अपना जाति के अनुसार कर्म करता है। इसमें कोई गलत बात भी नहीं है। अब अगर चमार चमड़ा का काम छोड़ देगा तो क्या उसको कोई बाभन-ठाकुर कर पाएगा? इसलिए छोटा-से-छोटा जात का भी अपना एक भेलू है, अपना जरूरी स्थान है समाज में। सबका थोड़ा-बहुत इज्जत होना ही चाहिए, महाराज।'' पुरुषोत्तम बाबू ने अपने विशाल हृदय की अनुकंपा से सभी को थोड़ा-थोड़ा न्याय बाँटते हुए कहा। ये सुन वहाँ बैठे सभी लोगों के चेहरे और हाव-भाव देख लग रहा था कि सभी पुरुषोत्तम सिंह की इस बात पर गंभीर रूप से सहमत थे।

''सही बोल रहे हैं आप। ऐसे भी जात-पात को कोनो आदमी थोड़े बनाया है। इसको तो भगवान बनाया है, वही भेजा है जिसको जो कर्म करने, हम लोग कर रहे हैं। भगवान जिसको जो काम दिए होते हैं उसका आदर तो होना ही चाहिए।'' बदरी मिसिर ने पुरुषोत्तम सिंह की बात में अपनी मूल व्याख्या जोड़ उसे और सरल एवं स्पष्ट कर दिया था। मनुष्य अपनी हर साजिश में

भगवान को शामिल कर लेता है। मनुष्य चालाक ही नहीं, बहुत शक्तिशाली भी है। बदरी बाबा ने जात-पात, छुआछूत यह सब सृजित करने का ठीकरा श्रद्धापूर्वक भगवान के कपार पर फोड़ दिया था और सामने कैलेंडर में लटके विष्णु भगवान शेषनाग पर लेटे, लक्ष्मी जी से पाँव दबवाते हुए मुस्करा रहे थे। देवता एक शब्द न बोले।

"अच्छा ई सब छोड़िए। हाँ, तुम बताओ पबित्तर क्या हाल है तुम्हारा? तुम बाहर से कमा-धमाकर आए, बड़ा अच्छा बात है। सुनकर मन खुश होता है कि जतरु दास का लड़का इतना बनाया अपना मेहनत पर। वाह! बहुत अच्छा बात है।" पुरुषोत्तम सिंह ने एक बिना बात की बात कही।

पबित्तर ने उत्तर में बस हल्की-सी हँसी के साथ हाथ को जोड़े जैसी मुद्रा में हल्का हिलाया और फिर हाथ खोलकर चुपचाप यथावत बैठा रहा।

"वही सबकुछ तो ठीक है, बस यहाँ लोकल पोलटिक्स का चक्कर में इसको फँसा के सब चुनाव लड़ा दिया। ई आदमी कुछ समझ ही नहीं पाया यहाँ का गंदा राजनीति को।" जगदीश यादव ने पहले से लिखित मूल पटकथा का वाचन प्रारंभ किया।

"हट भक्क, राजनीति और चुनाव का बात छोड़ो भाई। अरे, चुनाव तो सबको लड़ने का अधिकार है। ई नया लड़का, इसमें ई बेचारा का गलती का है! हम जानते हैं सब कि कौन-कौन इसको बर्बाद करने वास्ते आग में झोंक दिया। इसको चुनाव नहीं लड़वाया है, सब इसको सीधे हमसे लड़ने भिड़ा दिया है और दूर से सब मजा ले रहा है। अभी बेचारा चाहे मरा जाए या कटा जाए, उन सबको क्या मतलब!" पुरुषोत्तम सिंह ने अपने तरीके से अपनी बात कह दी थी।

"कौन-कौन के? वही बिरंचिया का चाल है। अरे हम तो सुने हैं कि बड़का नेता बनने का ख्वाब देखने लगा है ऊ, बताइए ई भोला लड़का के चलते।" बदरी मिसिर ने धारावाहिक बढ़ाते हुए कहा।

"नहीं-नहीं। खाली बिरंचिया नहीं, भुनेसर नेता का मेन खेल है। एक तीर से दो निशाना मारा है। सोचा हमको हरा देगा और एक गुलाम प्रधान भी बना लेगा।" यह बोलते हुए पुरुषोत्तम सिंह पलंग पर उठ बैठे।

"हम गुलामी नहीं करने वाले किसी का। इतना भी बेकार नहीं हैं। भुनेसर

नेता गलतफहमी में है फिर।'' पबित्तर दास जैसे अपने आप बोल गया। पुरुषोत्तम सिंह ने तालाब की गहराई नापने को ही तो एक छोटा-सा पत्थर फेंका था। पबित्तर के तेवर ने अब पुरुषोत्तम सिंह के दिमाग को यह संकेत दे दिया था कि इससे कैसे निपटना है!

''ठीक बात है, लेकिन तुम्हारे जैसा होशियार आदमी इस जाल में फँसा कैसे मर्दे! तुमको नहीं समझ आया कि हम प्रधानी में कोनो पैसा और ठीकेदारी के लिए नहीं लड़ते हैं बल्कि इज्जत का बात था इसलिए लड़े।'' अभी तक बड़े कोमल भाव से वार्ता कर रहे पुरुषोत्तम सिंह अब थोड़े कड़े होने की तैयारी के साथ बोले।

पबित्तर अभी चुपचाप बस सबको देख रहा था।

''अरे प्रधानी में क्या है! आज भी बिना प्रधानी आपके प्रभाव में कौन कमी है! यह तो दुश्मन ललकार कर दिया है इसलिए लड़ना पड़ा नहीं तो ऐसा चुनाव खूब देखे हैं आप।'' बदरी मिसिर ने भी धार पकड़कर कहना शुरू किया।

''सर, हम भी इज्जत के ही लालच में लड़े हैं चुनाव। ऐसा बात नहीं है कि हमको भी प्रधानी से धन कमाना है। पैसा-कौड़ी मेहनत-पसीना से ठीक-ठाक कमाए हैं और आगे भी कमा ही लेंगे।'' पबित्तर ने पलंग से खड़े होकर कहा। पुरुषोत्तम सिंह ने उसे एक कड़ी नजर से देखा और खुद भी पलंग से उतरे।

''अच्छा, पहले चुपचाप बैठो शांति से।'' जगदीश यादव ने आगे कुछ भी हो जाने की संभावना से पहले ही कहा। पबित्तर ने भी तुरंत माहौल को भाँपा और कुर्सी पर बैठ गया।

''तो इज्जत बना? एक गिरा हुआ लुच्चा के फेर में जो भी इज्जत आज मिल रहा है वह भी चला जाएगा। और पैसा तो तुम पाँच-दस लाख लाए होगे? यहाँ जमीदारी का अगाध संपत्ति है तब भी धन-बल का गुमान नहीं करते, पैसा जोगते हैं पुरुषोत्तम बाबू। नहीं तो पाँच लाख तो ऐसे ही बहा दें ई चुनाव में। तुम तो नया लड़का है, नया पैसा है, जरा दिमाग से काम लो। सोचो कि चुनाव में हार जाओगे तब पैसा और इज्जत दोनों जाएगा कि नहीं?'' बदरी मिसिर आँख चमका के बोले।

''हम तो समझे तेज लड़का होगा। यह तो खाली जोश में बात कर रहा है।

बताइए इसको इज्जत का मतलब पता है! अरे बिरंचिया के साथ रहकर मिलेगा इज्जत!'' पुरुषोत्तम सिंह एक चिड़चिड़ी-सी हँसी के साथ बोले।

सब शायद अभी तक पबित्तर को समझने में चूक ही रहे थे। वास्तविकता तो यही थी कि पबित्तर ने चुनाव लड़ने से लेकर अभी पुरुषोत्तम सिंह के दरवाजे आने तक का निर्णय अपनी समझ और सूझबूझ से लिया था। वह इस बात की फिक्र कम ही करता था कि लोग क्या कहते हैं! वह देखता कि परिस्थितियाँ क्या कहती हैं। बाल्यकाल में असम भागा एक मासूम दशकों बाद ऐसे ही लाखों कमाकर नहीं लौटा था! कुछ तो खास बात रही ही होगी उसमें। आज भी भले पुरुषोत्तम सिंह के दरवाजे अधिकांश समय वह चुप रहा पर जब भी बोला, उसने अपने तेवर बनाए रखे थे।

''हम जोश में कहाँ हैं सर! ऐसा होता तो आपके पास आते ही काहे! हम तो बस यह सोच रहे हैं कि ठीक है, मान लिए बिरंची या भुनेसर नेता हमको मोहरा बनाया। लेकिन अगर हम बैठ गए या चुनाव में आपको समर्थन दे दिए तो हमारा तो भारी बेइज्जती हो ही जाएगा ना सर! ऊपर से साला, हम पानी के जैसा पैसा बहा दिए हैं। अभी बदरी बाबा जी ठीक ही बोले, पैसा-कौड़ी को भी जोगना चाहिए। ऐसे बहाने से तो कुबेर का खजाना भी खत्म हो जाएगा।'' पबित्तर ने एकदम बदले हुए अंदाज में कहा।

''यही अकल पहले आ जाता तो कितना ठीक रहता!'' बदरी मिसिर चिहुँककर बोले। मौजूद सब लोग थोड़ा-थोड़ा मुस्करा दिए सिवाय पुरुषोत्तम सिंह के।

''अब हम क्या करें? खुद समझ नहीं पा रहे हैं। मजबूरी में लड़ना होगा चुनाव।'' पबित्तर उलझन में बोला शायद।

''दिमाग खराब है का पबित्तर। इतना समझाया-बुझाया गया और फिर तुम वहीं घुस रहा है आग में?'' जगदीश यादव बिलबिलाकर बोल उठे।

''अरे नहीं-नहीं, जगदीश, यह ठीक कह रहा है। लड़ने दो इसको। नया पैसा है, नया खून है। अब ई पैसा ही निकालकर लड़े चुनाव। अब चुनाव को बना देंगे हम बाजार और बाजार में खड़ा रहेगा हमारा लठैत। देखते हैं कौन हमारे आगे खरीदता है वोट को। एक-एक वोट लात से, जूता से या पैसा से खरीद लो।'' पुरुषोत्तम सिंह ने लाल हुई आँख से देखते हुए तमतमाकर

कहा।

"सर, आप तो गुस्सा हो गए हैं। हम पैसा में कहाँ सकेंगे आपसे!" पबित्तर ने अचानक बदली हुई टोन में कहा।

"त लाठी में सकोगे?" पुरुषोत्तम सिंह ने आँखें तरेरकर पूछा।

"क्या सर! हम चुनाव लड़ रहे थे सर, लाठी-पैसा से लड़ना नहीं है हमको।" पबित्तर ने उतरी हुई धीमी आवाज में कहा।

"और हार गए तब? तब का होगा सोचे हो उस बात को भी।" जगदीश यादव ने सट के कहा।

"हम फँस गए हैं चाचा। आप लोग गार्जियन हैं और आप लोग ही कोई रास्ता निकालिए। बिरंची को भी समझाइए कोई। पुरुषोत्तम सर जी हम पर बेकार गुसा रहे हैं। हमारा समस्या को नहीं समझ रहे हैं।" पबित्तर ने शायद वास्तव में बेचैनी में कहा।

"हम गुस्सा नहीं हो रहे हैं, तुम्हारा बेवकूफी पर अफसोस हो रहा है। देखो, अगर तुमको सच में नेता बनना है और आगे राजनीति करना है तो हमारा बात सुनो और जो डिसीजन लेना है ले लो। देखो, विधायक हमारा है, बीडीओ हमारा है, अभी भी, बिना प्रधान बने भी फूँकन ही ठेकेदारी करता है। तुमको फूँकन के साथ लगा देंगे। कुछ पैसा भी कमाओगे और नाम भी। अभी तुमको पचास हजार दे रहे हैं जो अपना गार्जियन समझकर रख लो। आगे भविष्य में फूँकन विधायकी लड़बे करेगा। तब मलखानपुर का प्रधान तुम ही होगा निर्विरोध। अब भी तुम ही देखना-सुनना सब। अरे, एक ही बेर में इससे ज्यादा क्या चाहते हो राजनीति में! चुनाव लड़ के क्या पा लोगे—हिसाब लगा लो।" पुरुषोत्तम सिंह ने साफ-साफ बात रख दी थी।

"एकदम बेजोड़ संधि है। इससे सुंदर कुछ हो ही नहीं सकता इसके भविष्य के लिए। ये कोई जटायु शुक्ला थोड़े है, काबिल लड़का है। भविष्य का प्रधान तो है ही।" बदरी मिसिर ने अब पता नहीं किस मन से कहा। स्वर थोड़ा बुझा हुआ था और उत्साह पूर्व से कम ही था।

पबित्तर अब लेकिन गंभीर था। उसका मन इस प्रस्ताव को लगातार मथ रहा था। फिर ये भी मन में आ रहा था कि बिरंची समझे और माने तब तो। निर्णय यहाँ भी अटका हुआ था।

"और आखिरी बात, तुम्हारा इज्जत चुनाव में खड़ा होने से बनेगा कि पुरुषोत्तम सिंह के साथ बराबरी में उसके द्वार पर बैठने से! यह सोच लेना तब डिसीजन लेना।" इतना बोल पुरुषोत्तम वापस तकिया गर्दन के नीचे डाल पलंग पर लेट गए।

"सब बात ठीक है सर, लेकिन अब बैठने का डेट खत्म हो गया है। कैसे मैनेज करेंगे! थोड़ा हमारा भी मान-सम्मान रह जाए।" पबित्तर लगातार उलझन में ही बोल रहा था।

"पहले तय करो कि तुम बैठोगे? क्या गारंटी कि घर जाकर तुम्हारा जोश जग जाए? अगर तैयार हो जाओ तो कल-परसों एक बैठक गाँव में बुलाकर गाँव एकता के नाम पर फूँकन को समर्थन का घोषणा कर देना। कह देना कि कुछ बाहरी लोग गाँव को तोड़ना चाहता है, हम सब नहीं टूटेंगे। हम सब एक हैं। तुमको वही फूँकन माला पहना देगा, तुम्हारा मान-इज्जत बन जाएगा। उसके बाद तुम भर चुनाव घर बैठो। फेर फूँकन के साथ रहना भाई जैसा। अब इससे बढ़िया क्या होगा! जाओ अब और जल्दी फैसला लो।" पुरुषोत्तम सिंह ने सारी योजना का दृश्य खींचते हुए स्पष्ट रूप से बता दिया था।

"ठीक है सर, हम एक बार विचार कर लेते हैं। चलिए जगदीश चाचा, हमको जरा पहुँचा दीजिए घर।" पबित्तर सबको एक साथ प्रणाम करके कमरे से बाहर निकलते हुए बोला।

जगदीश यादव भी पबित्तर के पीछे उठे और उनके पीछे तब से गूँगा पड़ा बैजनाथ भी उठा। तीनों बाइक पर सवार हुए।

"किसी के खातिर इतना कुछ देते आज तक नहीं देखे थे पुरुषोतम सिंह को। तुम किस्मत का साँड़ हो। प्रधान बनने से बड़ा चीज मिल रहा है तुमको। मौका मत छोड़ना बाबू। बोल के जा रहे हैं।" जगदीश यादव ने घर छोड़कर चलते-चलते कहा।

जगदीश यादव अपने जिए अनुभव का सच ही कह रहे थे। वास्तव में, मलखानपुर में ऐसा कभी नहीं हुआ था कि हरिजन टोला के किसी जवान को सिंह खानदान का कोई वारिस सार्वजनिक तौर पर माला पहनाता।

पबित्तर कुछ देर वहीं अपने घर के द्वार पर खड़ा रहा। फिर उसने दरवाजा खटखटाया। बहन चंपा उठकर आई, दरवाजा खोल चुपचाप वापस सोने चली

गई। चंदन के साथ नाम आने पर उसी दिन पबित्तर ने पीट दिया था उसे। उसी दिन से बस गुमसुम-सी उठती और घर का काम निपटाकर बिना किसी से कुछ बोले सो जाती थी।

बाद में बिरंची को तो यह भी पता चला था कि खुद पबित्तर ने भी बैरागी पंडित जी से चंदन की शिकायत की थी। इसी बात को लेकर तो चंदन इतना अकबका गया था और तब ही वह गाँव से बाहर चला गया था। यह सब जानने के बाद भी बिरंची ने न पबित्तर से इस पर चर्चा की थी, न किसी और ही से। पर बिरंची को पबित्तर का यह व्यवहार बुरा जरूर लगा था और तब से ही दोनों के बीच थोड़ी तल्खी आ गई थी बातचीत में। पबित्तर को भी यह महसूस हो गया था कि यह बात बिरंची को पता चल गई है। पर उसे तो उल्टे बिरंची से ही मन-ही-मन शिकायत हो गई थी कि बिरंची तो चंदन को बेकसूर ही कह रहा है और इसे राजनीति का षड्यंत्र बता रहा है। इसे मेरी बहन की इज्जत की चिंता ही नहीं, चंदन बाबा का इज्जत के बारे में सोच रहा।

पुरुषोत्तम सिंह के दरवाजे से लौटने के बाद अभी पबित्तर के अंदर उलझनों का तूफान चल रहा था। घर के भीतर आकर वह कुछ मिनट आँगन में बैठा। थोड़ी देर में कमरे पर गया। चौकी के नीचे थाली में खाना रखा था। खाने का जी नहीं किया। सीधे चौकी पर लेट गया। सोने की कोशिश कर रहा था पर नींद आँखों से मीलों दूर थी।

वह बिस्तर पर लेटा तो था पर हर करवट के साथ भविष्य का निर्णय टटोल रहा था। बहुत बेचैनी भरी रात थी आज उसके लिए। लेकिन ऐसी पहली रात नहीं थी। पहले भी अतीत में ऐसी कई रातें देखी थीं पबित्तर ने।

आज सुबह उठते ही फैसला लेना था उसे। कुछ समझ नहीं आ रहा था कि क्या निर्णय करे। उसके अंदर कई पबित्तर एक-दूसरे से उलझ रहे थे। कुछ देर यूँ ही लेटे रहने के बाद उसने उठकर घड़े से पानी निकाला और अपने मुँह पर मारा। वापस गमछे से मुँह पोंछकर चौकी पर बैठ गया। सिरहाने में रखी खैनी की डिब्बी निकाली और हथेली में धीरे-धीरे रगड़ते हुए नफा-नुकसान का गणित करने लगा। मन में पहला हिसाब लगाया, अगर जीत गया तो प्रधानी मिलेगा, फूँकन सिंह जैसा आदमी से दुश्मनी मिलेगा, शायद आगे चलकर बिरंची से भी चुनौती मिलेगा। उसे लगा, यह तो बहुत बुरा नहीं है।

पर अब तुरंत दिमाग ने सिक्के का दूसरा पहलू पलटा।

क्या चुनाव जीत जाऊँगा?

लगभग आधे घंटे मन-ही-मन सारे जोड़-तोड़ करके भी जीत की गारंटी नहीं पा रहा था पबित्तर।

अब मन में आने लगा, हार गया तो पैसा जाएगा, फूँकन सिंह की दुश्मनी तो मिलेगी ही, भुनेसर नेता भी साथ छोड़ देगा, लोकल में अपना धंधा-पानी भी गड़बड़ होगा फूँकन सिंह के कारण, बिरंची भी हरदम साथे लटका रहेगा भूत की तरह और इस कारण और भी दुश्मन बनते रहेंगे समाज में। यह मन में आते ही मुँह की खैनी को चौकी से बैठे-बैठे ही जोर से थूका पबित्तर ने। माथे पर पसीना था। शायद अँधेरे में खैनी-चूना का अनुपात गड़बड़ कर रगड़ लिया था उसने। पुनः चौकी से उतर घड़े से पानी ले वह कुल्ला करने लगा। पाँच मिनट के बाद मन थोड़ा स्थिर लगा तो वापस बिस्तर पर लेट गया।

अब उसका ध्यान आज पुरुषोत्तम सिंह के दिए प्रस्ताव पर जा रहा था। मन बार-बार कह रहा था, ठीक ही तो है। महज सालभर पहले गाँव आकर सीधे इतना कुछ मिल रहा है, यह कम है क्या?

पर सिर्फ इतने-से तर्क से ही बहुत ठोस फैसले तक नहीं पहुँच पा रहा था पबित्तर। वह मस्तिष्क की परतों को और कुरेदने लगा। कभी दिल पर हाथ रखकर कुछ खोजता तो कभी दोनों हाथ सर पर रखकर करवट लेता। सामने जल रही ढिबरी की धीरे-धीरे मद्धिम हो रही रोशनी में वह जल्द से जल्द कुछ ढूँढ़ लेना चाह रहा था अपने लिए। मन एक तर्क उठाता और दूसरे को पटक देता।

ठीक तभी मन में एक और विचार तैरता हुआ किनारे लगा।

"हम क्या थे साला? इसी गाँव से अनाथ होकर नौ-दस बरस के उमर ने भागे थे। आज लखपति बनकर आए। जिस दरवाजा पर मेरा बाप जतरुदास देहरी पर नीचे बैठता था, उसी घर में पुरुषोत्तम सिंह के पलंग पर बैठकर आए हैं। कल से वहीं कुर्सी पर बैठेंगे। कौन हरिजन का हुआ आज तक ई औकात इस गाँव में! इनका तो नेता हम रहेंगे ही ना! अब कल आगे भी बढ़ेंगे। सच में साला, प्रधान बन अपने खटिया पर बैठने से अच्छा है उसका बड़का दुआर पर दोस्त बन बराबरी में बैठना। फूँकन बहुत धोखा करेगा तो फिर हमारे बाप

के मर्डर का केस भी तो है। साला, जरूरत पर इसको खोल के हड़काएँगे न।'' पबित्तर अब अपने फैसले पर पहुँचने ही वाला था।

उसे अकस्मात फिर बिरंची का ख्याल आया।

इस बार मन ने भरोसे से कहा, ''साला को देंगे पैसा और समझाएँगे थोड़ा कड़ा से, मान जाएगा। इतना बड़ा भी हीरो थोड़े है, साला। हमसे बड़ा राजनीति खेलने जानता है क्या!'' यह सब गुणा-गणित करते-करते न जाने कब आँख लग गई पबित्तर की।

इधर सुबह बिरंची आज देर तक सोया हुआ था। सूरज चढ़कर आँगन आने को था। वहीं एक कौआ खाट के पौआ पर बैठकर काँव-काँव कर रहा था।

''ओह! अरे देह पर कौआ-मैना बैठ रहा है। केतना बेसुध सोते हो!'' माँ की इस आवाज पर करवट बदली बिरंची ने।

''अरे, लो जाग गए हैं माते। कितना बज गया? ओह! कितना बढ़िया सपना देख रहे थे और तुम बीचे में जगा दी।'' बिरंची ने भोर की ताजा मुस्कान के साथ लेटे-लेटे ही कहा।

''हाँ, खाली सपना देखो। कुछ करना-धरना भी है कि नहीं?'' माँ ने मलमली-सी कुढ़न के स्वर में कहा।

''अरे, इतना लंबा जिंदगी है। कर लेंगे न माँ कुछ। पहले सपना तऽ देखने दो। बहुत दिन से साला सब बंद कर दिए थे देखना। अब देख रहे हैं, तो पूरा भी होगा।''

बिरंची ने दोनों हाथ उठाकर उम्मीदों भरी जोर की अँगड़ाई लेते हुए कहा और खाट से उठकर लुँगी समेटता हुआ खड़ा हुआ। ठीक तभी तकिए के नीचे से घंटी की आवाज आई। बिरंची ने तकिया हटाकर मोबाइल उठाया, ''हेलो। हेलो हाँ बॉस, बताइए।''

''हेलो। सब बिल्कुल ठीक बिरंची जी। आप बताइए, चुनाव का तैयारी ठीक है ना?'' शेखर ने उधर से कहा।

''हाँ-हाँ। ठीक है सब। महाराज, लखन के घर चोरी हो गया है, आप आए नहीं?'' बिरंची ने ध्यानवश पूछ दिया।

"अरे, हम दो दिन से बाहर हैं। वही तो बताने आपको फोन कर रहे थे। बिरंची जी, हम चुनाव में नहीं रह पाएँगे। हमको कुछ जरूरी काम आ गया है। यूनिवर्सिटी में पेपर जमा करने जाना होगा। एकदम अर्जेंट है। बहुत अफसोस हो रहा है। ओह! कितना मजा आ रहा था चुनाव में!" शेखर ने अचानक से दिल्ली यात्रा के बारे में बताया।

"ओ.. ओ हो... हाँ, जी अफसोस तो हमको भी हो रहा है लेकिन चलिए, खुशी का बात है कि आप एक अच्छा रास्ता निकाल लिए। कोई बात नहीं, आप पढ़ने-लिखने पर ध्यान दीजिए। पढ़-लिखकर हम लोग को प्रेरित करिए। डायरेक्ट रहने का क्या जरूरत है! है कि नहीं?" बिरंची ने हँसते-हँसते सब कह दिया।

"नहीं भाई, हम तो एकदम जमीन पर रियलिटी के साथ चेंज के लिए लड़ने वाले हैं। वह तो बस जरूरी पेपर है इसलिए थोड़ा...। ऐसा मत समझ लेना आप कि मुझे किसी से डर लगता है।" शेखर ने भी शायद सब समझते हुए ही कहा।

"नहीं महाराज, आप कामरेड हैं। आप लोग दुनियाभर के पूँजीवाद से लड़ रहे हैं। यह सत्तर-अस्सी बीघा वाला फूँकन से क्या डरिएगा आप! और आपका विचार तो लड़ ही रहा है ना यहाँ। हम लोग हैं ही उसके लिए। आप जाइए, अच्छे से पेपर लिखिए। फिर घूँघट वाला आंदोलन को करिएगा आकर वापस। चलिए शुभ यात्रा। हेल्लो।" बिरंची ने वाक्य पूरा करके जवाब सुनना चाहा, तब तक फोन कट चुका था। दो-तीन बार फिर भी बिरंची ने हेलो-हेलो की आवाज दी। उधर से टूँ-टूँ की आवाज आ रही थी। बिरंची ने हँसते हुए अपने मोबाइल को देखा और उसे वापस खाट पर उछाल दिया।

"ए माई, सुनो ना, आज खीर खाने का मन कर रहा है रे। आज बना दो ना माँ!" बिरंची लोटा-बाल्टी उठाकर कुएँ की तरफ जाते हुए बोला।

"एँह, बनवाकर बर्बाद करता है खाली। खाता-पीता है नहीं, बस बनवाकर भुला जाना है। अब अभी नहीं, साँझे बनाएँगे। राते समय से आ जाना। एतना उपकार कर देना बुढ़िया पर।" माँ ने नेह से झिड़कते हुए कहा।

बिरंची हँसता हुआ खेत की तरफ निकल गया। वापस आ कुएँ पर अभी दातौन ही कर रहा था कि उसने पीछे खेत के रास्ते रतन दास को अपनी ओर

आते देखा। उसे देख बिरंची एक बार तो चौंक ही गया था, लेकिन कुछ ही मिनट में रतन ने जो-जो बातें उसे बताईं उससे तो चौंकते पर चौंकता जा रहा था बिरंची।

"भाग साला तुम। खाली राजनीति बतिया रहा है।" बिरंची ने दातौन फेंकते हुए कहा।

"बिरंची भाई, हम गलत नहीं बोल रहे हैं। झूठ बात निकला तो एक बाप का औलाद नहीं हम।" रतन ने ऊपर खुले दो बटन के पास छाती ठोककर कहा।

बिरंची ने जल्दी-जल्दी दो-तीन बाल्टी पानी देह पर डाला और गमछा पहनकर अपने आँगन आ गया। वही टँगनी पर से खींच कपड़े पहने और झटपट बिना कुछ खाए घर से हड़बड़ाकर निकला। बाहर आ सामने पीपल वाले पेड़ से हटकर जहाँ नेटवर्क आ रहा था, लगातार कहीं कॉल लगाने लगा। उधर से फोन बंद आ रहा था। बिरंची की व्याकुलता और चिंता दोनों बढ़ गई थीं।

रतन दास को आज जगते ही जब पता चला कि फूँकन सिंह ने उसके और पबित्तर के बीच पुश्तैनी जमीन के झगड़े में पबित्तर को उसके दावे वाली जमीन पर कब्जा करने कह दिया है तो वह आगबबूला हो गया था। उसे थोड़े पता था कि एक ही दिन में पबित्तर उससे ज्यादा काम का हो जाएगा फूँकन सिंह के लिए। इसी बौखलाहट में उसने सुबह-सुबह जा बिरंची को पबित्तर और पुरुषोत्तम सिंह के मिलने की बात बता दी थी।

यह सुनकर भी बिरंची को यकीन तो नहीं ही हुआ पर अब वह जल्द-से-जल्द पबित्तर से मिलकर उड़ी अफवाह को शांत कर देना चाहता था। फोन नहीं लगने पर वह पैदल ही दौड़ता पबित्तर के घर गया। दरवाजे पर ही चंपा मिल गई। उसने पूछने पर बताया कि पबित्तर भैया रात एक बजे आए थे और फिर भोरे पाँच बजे ही कहीं निकले हैं।

बिरंची वहाँ से पलटकर निकला, फिर मोबाइल लगाने लगा। तभी पीछे से दौड़कर चंपा ने पुकारा।

"भैया, ऊ चंदन बाबा ठीक है ना? उस दिन बहुत मारपीट हुआ था क्या उसके साथ? कब आएगा वापिस चंदन?" चंपा ने बहुत सकुचाते हुए गर्दन

नीचे किए, धीरे से पूछा।

"अरे बाबू, सब ठीक है। कोई मारपीट नहीं हुआ था। चंदन बस काम से गया है अपने बुआ के यहाँ। आ जाएगा जल्दी। तुम झुट्ठो चिंता न करो। समझी पगली।" बिरंची ने हल्की हँसी के संग कहा।

"हमको काहे का चिंता होगा उसका? हाँ, हमारे से नाम जोड़ के लोग उसको बेज्जत कर दिए, यही सोच खराब तऽ लगेगा ही न बिरंची भैया। आखिर पबित्तर भैया का दोस्त ही तो था चंदन बाबा। दुआर पर आ के बैठता-उठता था। ई कोई गलती है क्या?" बोलकर चंपा झटककर अंदर चली गई।

बिरंची ने इस पर कुछ न कहा। कुछ पल खड़ा रहा और इसके बाद बिरंची झटककर तेजी से पैदल चलते हुए घर आया। उसने अपनी साइकिल निकाली और लखन के यहाँ पहुँचा। पबित्तर वहाँ भी नहीं था। अब वहाँ से भी निकलकर ईंट भट्ठे की तरफ बढ़ा ही था कि जेब में घंटी बजी।

"अरे हेलो। हेलो, अरे भाई कहाँ है तुम भोरे से यार? यहाँ साला रतना क्या-क्या सबको झूठ फैला रहा है। कुछ पता भी है तुमको?" बिरंची ने कॉल उठाते ही थोड़ा जोर से ही भड़कते हुए कहा।

"आप अकबक मत करिए तो पहले। बिरंची जी, शांत होकर बात करिए। क्या पहाड़ टूट गया है?" पबित्तर ने बिना विचलित हुए कहा।

"अरे हद बात है। अरे भाई, रतना सबको बता रहा है कि तुम फूँकन सिंह के घर गए थे। तुमसे बात हो गया चुनाव छोड़ने का?" बिरंची ने रतन के कहे को बताया।

"शांत। शांत होइए आप। इतना काहे गरम रहते हैं आप हरदम! रतना का तऽ खेल बिगड़ गया इसलिए पगला के दौड़बे करेगा इधर-से-उधर। हाँ। लेकिन ऊ झूठ थोड़े बोल रहा है। सही बात है। गाँव के हित में सबको मिलकर ही रहना चाहिए। उ बाहरी नेता भुनेश्वर के चाल में नहीं फँसना है हम लोग को। ऊ हम लोग का इस्तेमाल कर रहा है अपना राजनीति के लिए।" पबित्तर ने उधर से कहा।

जैसे कोई बारूद का गोला घुसा था अभी बिरंची के कान में। शरीर के अंदर जैसे विस्फोट-सा हुआ बिरंची के।

"क्या! ऐ पबित्तर! हट, मजाक मत करो यार। क्या बोल रहे हो?"

एकदम अटकी-सी धीमी आवाज निकली बिरंची की।

"कोई मजाक नहीं है। मजाक तो हमारे साथ हो रहा है। साला, बेमतलब दूसरा का राजनीति में मोहरा बन गए। हार गए तऽ पैसा भी जाएगा और जिंदगीभर का दुश्मनी भी आधा गाँव से। कैसा दोस्त हैं आप जो ई सब नहीं सोचे!" पबित्तर ने गुस्से में कहा उधर से।

"ओ हो। हे भगवान! अरे पबित्तर, यार तुम पागल हो गया है क्या रे! साल्ला ज्यादा गाँजा मार लिया है क्या! साला कुछ-से-कुछ बोले जा रहा है तुम।" बिरंची ने जोर से कहा।

कनपटी की नसें तन गई थीं। एक मुट्ठी क्रोध में बंद थी। मन हो रहा था मोबाइल में घुस के पकड़ ले पबित्तर को और सारी बात पूछे।

"साल्ला कमीनापंती कर रहे हो यार पबित्तर तुम।" बिरंची जैसे रो दिया था इस बार बोलकर।

"ऐ! तमीज से बतियायिए जरा हमसे। गाली हमको भी देना आता है। हम इज्जत कर रहे हैं तऽ माथा पर मूतिए मत। अरे आप क्या भगत सिंह बुझते हैं अपने आपको! क्या दिक्कत है भाई आपको फूँकन बाबू से? अब भी समझा रहे हैं आपको, दस हजार दिलवा रहे हैं। चुपचाप पैसा ले, घर जाकर सुत जाइए। बाकी हम देख लेंगे। ठीक न। अब जरा ठंडा दिमाग करिए अपना। हेल्लो।" पबित्तर ने एक साँस में कहा। बिरंची के लिए पबित्तर के मुँह से यह सुनना अविश्वसनीय था। वह पबित्तर को रग-रग से जानता था। वो जानता था कि पबित्तर ऐसा नहीं कर सकता कि फूँकन सिंह के हाथों बिक जाए। कुछ गड़बड़ी की आशंका बलवती होने लगी। उसे लगा, कुछ तो दिक्कत में पड़ गया है पबित्तर और यह मजबूरी में ऐसे बोल रहा है। बिरंची के ऐसा सोचने के पीछे एक ठोस कारण भी था जो उसे आज ही थोड़ी देर पहले मिला था। इसलिए वह पबित्तर में हुए इस परिवर्तन को लेकर गुस्से से ज्यादा चिंतित हो रहा था। यह सब सोचकर बिरंची फोन पर बिना अपना आपा खोए धैर्य से बात करने की कोशिश में था।

"भाई पबित्तर, तुम कैसा बात बोलने लगे, हमको नहीं बिस्बास हो रहा। तुम सच बताओ कि क्या बात है। अरे फूँकन सिंह का बाप तुम्हारे माँ-बाप को जलाया था, ई बात कैसे भूल सकते हो तुम! उस हरामी से कैसे मिल सकते

हो तुम! हम गोड़ पड़ते हैं तुम्हारे, क्या बात है, बताओ।'' बिरंची ने एकदम छटपटाते मन से कहा।

''चुप रहिए आप। तो का चाहते हैं आप कि हमको भी जला दे कोई!'' पबित्तर ने चीखते हुए कहा।

''किसका माँ दूध पिलाया है जो हमरे रहते तुमको जला देगा! हम तो समझ ही रहे थे कि तुमको कोई धमका दिया है। पबित्तर तुम कहाँ हो? जल्दी बताओ पहले, हम आते हैं। फूँकन सिंह का गर्दन दाब देंगे, एकदम डरना नहीं तुम। अरे वो जमाना गया जब आग में भूँज देता था ई लोग किसी के माय-बाप को।'' बिरंची ने क्रोध में जोर से कहा।

''आप पगलाना छोड़ दीजिए अब। कोई नहीं धमका रहा हमको। क्या सबूत है कि पुरुषोत्तम सिंह जलाए हमरे माय को! खाली झूठ बोलकर गाँव को भड़काना काम रह गया है आपका क्या! अरे सुधर जाइए आप मर्दे। अब भी समय है।'' पबित्तर ने झुँझलाते स्वर में जोर से कहा।

इतना बोलकर रुका ही था कि अब पबित्तर का मोबाइल उसके हाथ में था ही नहीं। बगल में ही खड़े फूँकन सिंह ने झपटकर मोबाइल लिया और अपने कान पर लगाया।

''अरे भोसड़ीवाले, लंगा साले! कौन किसको जलाया रे? यही सब पर उतर आया है तुम! बीस साल का पुराना झूठ फैला के जहर डाल रहा है समाज में! तुम भुनेसर नेता का दलाल बना है रे हरामी। किसी को तो नहीं जलाए हैं लेकिन तुमको भूँजेंगे ईंट भट्ठा में। तुमको देखते हैं हम।'' फूँकन सिंह गुस्से में जोर-जोर से बोला। क्रोध में आग-सा लहक रहा था वह। मोबाइल कट चुका था तब तक। फूँकन सिंह के मुँह से लगातार गाली निकल रही थी। उसने लगभग फेंकते हुए पबित्तर को मोबाइल वापस दिया।

एकदम से तभी फिर मोबाइल की घंटी बजी। इस पर फूँकन सिंह चिल्लाया,

''दूर जा के बतियाओ इससे। तुमको लगता है न ई समझ जाएगा। देख लिए क्या समझा ई! ई हमारे बाप के माथा मर्डर केस खोलेगा भोसड़ीवाला? बताओ, तुम्हारा माँ-बाप का झूठा कहानी बना के तुमको मोहरा बना रहा। इसको सलट लेंगे हम। चुनाव हो जाए बस।''

पबित्तर एकदम चुप था अभी। तभी फिर घंटी बजी। अबकी चार कदम हटकर फोन उठाते ही वह चिल्लाया,

"अरे, सबको बर्बाद करके मानिएगा क्या साल्ला! साल्ला आपके पगलैटी से आप भी भुगतिएगा और हम भी मरेंगे साला।"

"शांत, शांत पबित्तर। हम सारा बात ही समझ गए। हमको को तो शंका था ही। हम क्या जानें कि तुमको फूँकन फँसाकर रखा है! हम तो हरामी का आवाज सुनते ही फोन काट दिए। तब न साला हम सोचे कि तुम कैसे उल्टा-सीधा बोले जा रहा है! हम तो समझ ही गए कि तुमको ब्लैकमेल कर रहा है ई कमीना साला जल्लाद। हमको सब पता चल गया है। किशन को पैसा दे के फूँकन सिंह झूठ फैलवा रहा है तुम्हरे बारे में। हमको किशन दास सुनाया न। हम भगाए साले को। तुम चिंता न करो। किसी तरह निकलो वहाँ से। फिर देखते हैं फूँकन सिंह को।" बिरंची ने सारा माजरा लगभग समझते हुए ही कहा।

"कौन मिला? किशन दास? सुनरी गाँव वाला? ई कहाँ मिला? आसाम से आ गया है क्या?" पबित्तर एकदम से चौंक के बोला उधर से।

"हाँ, वही। बहुत पहले आया है गाँव। लेकिन बोला कि पबित्तर को तो आज ही जाने कि मलखानपुर का है। फिर तुम्हारे बारे में बतियाने लगा साला झुट्ठा। हम तो तब ही तो जाने कि तुमको फूँकन सिंह ब्लैकमेल कर रहा है।"

पबित्तर यह सुनते-सुनते अभी फूँकन सिंह से थोड़ी और दूर आ गया था मोबाइल कान में लगाए।

"अभी कहाँ है किशन?" पबित्तर ने व्याकुल हो पूछा।

"वापस जा रहा था आसाम। बस स्टैंड पर मिला था। यही तो अच्छा हुआ कि हरामी फूँकन से माल लिया और चल भी दिया गाँव से अब आसाम।" बिरंची ने राहत के साथ कहा।

"ओह, साले को पकड़ के पीटने का मन कर रहा है मेरा। खैर सुनिए, अब आप सब बात समझ गए हैं न कि हम किस चक्कर में पड़े हैं! हमको ऐसा फँसाया है कि क्या बताएँ बिरंची जी! देखिए, अभी तो हम फूँकन से दूर हटकर बतिया रहे हैं। हरामी देख रहा है इधरे ही।" पबित्तर का स्वर एकदम

बदल गया था।

"हम तो शुरू से ही जान गए थे। अब खाली ये बताओ जल्दी से कि क्या हुआ तुम्हारे साथ? आगे तब कोई उपाय करें। फूँकन पगला चुका है। हार के डर से कुछ भी करने तैयार है कमीना।"

"बिरंची जी, जगदीश और बैजनाथ ला के फँसा दिया हमको। एक बार तो मिल लिए इन सबका टोह लेने खातिर। बहुत लालच दिया लेकिन हम बिना कुछ बोले घर चले आए। रातभर सोचे। इसी बीच आज सुबह फिर पाँच बजे घर से उठाया है और जान मारने का धमकी, बहन के लिए भी धमकी दिया। और ऊपर से ई किशन को खोज लिया जो हमारे साथ आसाम में रहता था कुछ दिन। उसी को पैसा दे कुछ से कुछ फैलवा रहा जो आप जान ही गए। ई तो अच्छा है कि आप ही जाने हैं और किशन चला गया वापस आसाम। लेकिन फूँकन तो यही बात बोलकर हमको ब्लैकमेल कर रहा है कि अगर चुनाव में नहीं बैठे तो सबके बीच झूठ फैला देगा। हम जीते-जी मर रहे हैं इसके चंगुल में बिरंची जी। कुछ करिए अब।" इस बार पबित्तर अटक-अटककर बोलता हुआ रो दिया था जैसे।

"नहीं। कुछ भी हो जाए, चुनाव में नहीं सरेंडर करना है। उसको झूठ फैलाने दो न। इससे झाँट न कुछ बिगड़ना है। किशन भी जब है ही नहीं तो बिस्वास कौन करेगा फूँकन के बात पर। हम किशन का मोबाइल नंबर ले लिए हैं। उसको समझा देंगे बाद में। और तुम वहाँ से फटाक निकलो। हम भुनेशर नेता को फोन करके बुलाते हैं। धमकी के खिलाफ एफआईआर करवाएँगे और पुरुषोत्तम सिंह के खिलाफ तुम्हारे माई वाला मर्डर केस भी खुलवाएँगे। चिंता न करो। भीतर जाएगा दोनों बाप-बेटा।" बिरंची ने दोस्त को पूरा भरोसा देते हुए कहा।

"बिरंची जी, हम जो भी बदतमीजी किए हैं आपसे, उसको माफ कर दीजिएगा। ई फूँकन सिंह हमको जैसे-जैसे बोल रहा था, वही करना पड़ रहा था।" पबित्तर ने रुआँसे हो पश्चात्ताप में कहा। आवाज में भारीपन आ गया था गले के भर जाने के कारण।

"हट पगला! माफी कैसा! हम तो जानते ही थे कि कुछ गड़बड़ है। अब बस भेंट करो हमसे जल्दी। फूँकन को पट्टी पढ़ा के निकलो जल्दी।" बिरंची

ने कहा।

अब बिरंची अपने मित्र से मिलने को अधीर हो रहा था। सारी परेशानी और तनाव के बाद भी इस बात को लेकर सुकून में था कि पबित्तर की असली मजबूरी पता चल गई। अब उसका सारा ध्यान इस समस्या से निकलने में लगा था। उसने तत्काल मोबाइल निकालकर कहीं कोई नंबर मिलाया। इधर पबित्तर के माथे पर पसीना था, आँखें डबडबा के लाल थीं, अंदर से घुटन भी थी। चेहरे पर डर का भाव और अभी तक भी बिरंची जैसे साथी के होने का भरोसा भी।

पबित्तर मोबाइल जेब में रख वहीं चुपचाप खड़ा, अभी अपने हालात को लेकर एकदम गहन चिंतन में था। तभी पीछे से किसी ने कंधे पर हाथ धरा। पबित्तर पलटा तो ये चेहरे पर अजीब-सी शातिर हँसी लिए फूँकन सिंह था। देह सिहर गई थी पबित्तर की, अचानक पीछे से हुए इस स्पर्श से।

31.

सुबह के साढ़े पाँच-पौने छह बज रहे होंगे। लखन की पत्नी बाल्टी में पानी ले गोबर सानकर घर की देहरी लीप रही थी। सामने दो-चार लोग तेज-तेज कदमों से ठीक उसके ही घर के पीछे वाली गली से होकर निकल रहे थे।

करीब दस मिनट बाद तीन-चार लोग और निकले।

सब आपस में कुछ बुदबुदाते बतियाते जा रहे थे। ठीक उसी समय लखन आँखें मलता, जम्हाई लेता हुआ बाहर आया।

''पता नहीं का बात है! देखिए न ढेर लोग पिछवाड़े से उधर जा रहा है नदी के तरफ।'' पत्नी ने लखन से यूँ ही कहा।

''हाँ, हम भी उहे खुसर-पुसर सुन तऽ उठे। इधर गली में बाँस का टटिया लगा देंगे एक बनाकर तबे आदमी आना-जाना छोड़ेगा इधर से। रोज का रास्ता बना लिया है सब।'' लखन ने बाल्टी में लोटा डालते हुए कहा।

''हाँ। सबको इहे रस्ता सूझता है। सबको भोरे-भोरे टहलना जाना होता है तो हमरे गली पकड़कर जाता है। समूचा पालक और धनिया रोपल धाँग-दाब के चल जाता है अंधा सब।'' पत्नी ने चिड़चिड़ाए स्वर में झाड़ू पटकते हुए कहा। लखन उसकी हाँ में हाँ कहकर लोटे से पानी चेहरे पर मार अब गमझे से मुँह पोंछ रहा था। तभी बगल से गणेशी महतो आता दिखाई पड़ा।

''अरे क्या हुआ है हो काका! आज ढेर लोग सब भोरे नदी काहे जा रहा हैं?'' लखन ने देहरी से उतरकर पूछा।

''अरे चलो-चलो, तुमको नहीं पता क्या! अरे एक लहास पड़ल है वहाँ। अब अपने मरा है कि कोई मारकर फेंक दिया है पता नहीं। मुड़ी बालू में गंथल है। पता नहीं कौन है?'' गणेशी ने झटके से चलते-चलते ही कहा।

''हे भगवान! कहाँ का है? बाहरी आदमी है क्या? चलिए देखते हैं।'' बोलते-बोलते लखन भी संग हो लिया। नदी किनारे भीड़ लगी हुई थी। लाश को अब निकालकर किनारे ले आया गया था। लखन तेजी से लपककर भीड़ के ठीक पीछे था कि एक आदमी ने कहा,

''रे लीजिए, लखन आइए तो गया।''

''के है काका?'' लखन झटके में काँप गया बोलते हुए।

"गाँजा-दारू ले लिया इसका जीवन।" एक बुजुर्ग ने कहा। तब तक तो लखन लाश पर जा गिरा था। छाती पीटकर लगा दहाड़ मारने। नदी का कल-कल स्वर उस हृदयभेदी दहाड़ को सुन कपसने लगा था जैसे।

"नहीं हो दादा, बिरंची दादा हो! नहीं हो! कैसे हो गया दादा? कहाँ चले गए दादा? काहे ऐसा किए हो दादा? ऐ भगवान! आय हो, भगवान हो!" लखन का क्रंदन आसमान की छाती छलनी कर रहा था।

पीछे भीड़ में कोई बुदबुदाया, "नशा में ही डूब गया होगा। रात को नहीं बुझाया होगा।"

यह सुनते ही लखन की बहती हुई आँखों में जैसे कोई लाल लावा फूटा। उसने एक नजर पीछे पलटकर देखा और फिर शव के गाल पर हाथ रखकर रोने लगा।

"नशा में मरा? अरे इससे ज्यादा होश में कोई नहीं था गाँव में। आँय, आप लोग बोल रहे हैं कि डूब के मर गया! बिरंची दा को आज तक नशा में हिलते नहीं देखे थे हम साला। ऐ बिरंची दा, देखिए ना क्या-क्या बोल रहा है सब! उठिए ना दादा, सबको बताइए ना, आप नशा में नहीं थे दादा।" सीने पर सर पटककर बोलने लगा लखन।

बिरंची की लाश में ऊपर से शरीर पर कहीं से कोई खरोंच नहीं दिख रही थी। लोग अपने-अपने हिसाब से मौत के कारण का अंदाजा लगा रहे थे। तीन-चार लोगों ने शुरू में ही नशे को कारण बता दिया तो बाकी भी उसी दिशा में अपनी-अपनी कहने लगे। गाँवभर में हल्ला हो गया था। अब तक नदी के पार सिकंदरपुर से भी लोग दौड़े आ रहे थे। गाँव में अब भी जिंदगी अपना मूल्य रखती थी और उसका खोना आज भी सबसे बड़ा नुकसान था।

गाँव का जवान लड़का मरा था। अभी पिछले दिनों पंचायत में सबसे मिलने-जुलने वाला सबसे सक्रिय आदमी था बिरंची। हड़कंप मचा था मलखानपुर में। पबित्तर बदहवास, गोली की रफ्तार से बाइक उड़ाता पहुँचा। उसे देखते ही लोगों ने रास्ता दिया शव तक जाने का। लखन, बिरंची के माथे के पास बैठा था, उसके सर पर अब भी मित्र का स्नेह बालों में उँगली फेर रहा था, जैसे दोस्त थककर सोया हुआ है और अभी उठ जाएगा। अचानक लखन की उँगली ने बिरंची के सिर पर कुछ फूटा-कटा सा महसूस किया।

लखन सर पकड़कर फिर रोने लगा। पबित्तर चुपचाप, स्तब्ध-सा शव को देख रहा था। पीछे से बैजनाथ और गणेशी कंधा छू के ढाढ़स दे रहे थे। सबसे प्रिय बिरंची ही तो था पबित्तर के लिए। हर सुख-दुख का साथी। चुनाव का सारथी। सबकुछ तो था।

अब तक शव को एकटक देखे जा रहा था पबित्तर। भावनाएँ घनीभूत होने में थोड़ा समय ले रही थीं शायद। करीब पाँच मिनट के बाद अचानक ही फूट के बरसने लगा पबित्तर।

"क्या बिरंची जी, हमको अकेले छोड़कर चले गए! आप ही तो खड़ा किए हमको समाज में, अरे चुनाव में। आपके बिना अब का करेंगे हम! सब खत्म हो गया। कैसे हो गया सब? कैसे हो गया बिरंची जी? ई अनर्थ कैसे हो गया?" पबित्तर अब बिरंची के शव पर गिर के बोले जा रहा था।

"यह चुनाव सब ले लिया पबित्तर जी। रिजल्ट बहुत बर्बादी वाला निकला चुनाव का। जिंदगिए खत्म हो गया हो हमारे दोस्त का।" लखन ने पबित्तर की तरफ मूर्ति की तरह ताकते हुए बस जबान से कहा।

"उठिए लखन भाई, काकी को सँभालना होगा। बेचारी तो बचेगी भी नहीं ई देखकर।" पबित्तर ने भीगी आँखों से कहा। बिरंची की माँ को पता चल चुका था। दूर खेत की मेड़ पर वह बुढ़िया सबको आती दिखाई दी थी। कलेजा काठ हो गया सबका उसे आता देख। माँ ने हाथ में एक बड़ा-सा कटोरा ले रखा था जिसमें ऊपर तक खीर भरी हुई थी।

"हे हमरे बेटा को खीर खाना है। खीर बनाने बोला था बाबू। हमारा बाबू खीर खाएगा। बाबू खीर खाएगा न! ऐ भीड़ हटाइए न सब, बेटा हमरा खीर खाएगा। एतना भीड़ में कैसे खाएगा? ऐ बिरंची रे, बेटा, देखो न हम आ गए खीर ले के।"

दूर से ही बूढ़ी लगातार यही बड़बड़ाते आ रही थी। पीछे-पीछे गाँव की दो और स्त्रियों के साथ मधु चली आ रही थी। बहुत रोका-पकड़ा था उन लोगों ने पर कटोरा भरकर दौड़ पड़ी थी बूढ़ी। बिरंची के शव के पास पहुँचते ही बूढ़ी हँसने लगी और सिर सहलाकर बोलने लगी,

"ही-ही सुतल है अभी तक पगला। काल भी देर तक सुतले था पगला। लखन, जगाओ ना इसको, राते से खीर बनाकर बैठे हैं। इसका यही आदत

खराब है, हरदम बनवा लेता है और आता नहीं है खाने। इसको खीर खिला दो ना बेटा।''

यह दृश्य देखना काल की क्रूरता को निर्लज्ज होकर तांडव करते देखना था। पाषाण हृदय भी फटकर आँखों से पानी गिरा रहा था। बिरंची की माँ अब शव को झकझोरने लगी। चम्मच से खीर लेकर मुँह में डालने लगी।

''ऐ लखन, देखो न। हमसे गुस्सा गया है रे। हमरे गलती था, दिन में खीर बोला था, नहीं बनाए हम। दिन में बनाते तो बेचारा खा लेता न। गुस्सा हो के सो गया। तुम जगाकर खिला दो ना बाबू, तुमरा दोस्त है, बात सुन लेगा। उठाओ न इसको। उठाओ न। आँय हो बेटा! बेटा हो! दादा!'' माँ खीर का कटोरा सीने पर रख अब शव से लिपटकर चीखने लगी थी।

''मत करो काकी, मत करो ऐसे काकी, मत बोलो कुछ। हम मर जाएँगे काकी। हमको मार दो काकी, काकी मेरा दोस्त मर गया ना काकी, बिरंची दा मर गया है काकी।'' लखन पागलों की तरह दहाड़ मारकर रोते हुए बोला।

विधाता भी पता नहीं कैसे इतनी त्रासदी रचता है! देवता अगर देवता है तो वह इतना निष्ठुर कैसे है? क्या मृत्यु इतनी आवारा है? क्या मरण इतना बिगड़ैल है जो देवता के हाथ नहीं? देवों की भी नहीं सुनता? या देवता अपने देवता नहीं होने का प्रमाण दे रहे थे? अगर यही सत्य है तो सत्य कड़वा होता है लेकिन उसे इतना क्रूर तो नहीं होना चाहिए।

वहाँ जमा भीड़ में गेरुआ वस्त्र पहने एक साधु बड़ी देर से झाँक रहा था। उसने नजदीक से शव को देखा तो सहसा चौंक गया।

बिना किसी की तरफ देखे वह बोल उठा,

''अरे, यह तो वही! हे प्रभु! धुन का पक्का। समय का पाबंद। हम ही देर से आए, नहीं मिल पाए। औघड़ था, रुका नहीं। रे माता काहे रोती हो? अरे औघड़ था ई, ये मरा नहीं है, चल दिया है। ई तो पिंजड़ा है माते, पंछी तोड़कर उड़ गया। काहे रोती हो बेजान देह पर माथा पटक! तुमको क्या कष्ट माते! जय राम जय राम।'' एक-दो लोग साधु को ऐसा बोलते देख किनारे ले आए। उसे दिमाग से ढीला ही जान थोड़ी देर चुप हो जाने को समझाने लगे।

साधु लेकिन बोलता रहा,

''अरे बंधु, हम परिचित हैं इससे। महीनों पहले जब मध्यरात्रि में तुम्हारा

गाँव मरघट की तरह चुप और बदहोश सोया था और चारों तरफ मुर्दाही सन्नाटा था, तब यही एक अघोर था जो अँधेरे में भी रोशनी खोजता हमसे मिलने आ गया था। उस कलमुँही अँधेरी रात में भी कहीं कोने में दूर जलती हुई एक मद्धिम-सी ढिबरी के पास मुट्ठीभर उजाला खोजते हुए कोई औघड़ ही आ सकता है।'' लगातार इतना बोलकर साधु खुद किनारे जा अपना झोला-सारंगी रख बैठ गया।

तभी एक साथ दो-तीन गाड़ियों की आवाज सुनाई दी। गाड़ी से उतरकर हुकम सिंह और पुरुषोत्तम सिंह वहाँ पहुँचे। ठीक पीछे बाइक पर जगदीश यादव और काशी साह थे। एक ट्रैक्टर पर सिकंदरपुर से कुछ लोग आए थे। सबके चेहरे पर शोक था। मृत्यु पर दुख व्यक्त करने के अलावा और कोई विकल्प होता भी नहीं है।

''कोई भी हो, किसी नौजवान का असमय मर जाना दुखद है। बहुत दुखद है। अब जल्दी अंतिम संस्कार करना होगा। बूढ़ी माँ के आगे इतना देर लास रखना ठीक नहीं।'' आते ही पुरुषोत्तम सिंह ने समझदारी भरे दुख से कहा।

''हाँ! बेचारी बूढ़ी को सँभालिए कोई। लाश के पास बिठाना ठीक नहीं। हटा लीजिए वहाँ से। कैसे बर्दाश्त करेगी बेचारी? बिरंची का इस तरह जाना, बहुत दुख हुआ। कैसा भी था लेकिन गाँव का ही तो था।'' हुकम सिंह ने भी शोक जताने का दायित्व निभाते हुए कहा।

ठीक तभी दारोगा पारसनाथ की जीप घरघराती हुई वहाँ घुसी।

''अरे पारस बाबू आप? आपको कैसे पता चला?'' फूँकन सिंह ने दारोगा को जीप से उतरता देखते ही कहा।

''लीजिए, अरे पुलिस हैं महाराज। कोनो बराती थोड़े हैं जो न्योता मिलने पर आएँगे। चोरी, हत्या, बलात्कार, ई सब तो सूँघकर पहुँचना पड़ता है हम लोग को। कुकुर तो साला झूठे फेमस है सूँघने में। हम लोग के आगे कुकुर क्या सूँघेगा! और जिस दिन ई सूँघने का शक्ति खतम हुआ पुलिस का, उस दिन से भूखले मरेगा पुलिस प्रसाशन हा-हा-हा।'' दारोगा पारसनाथ ने ठहाका लगाकर कहा। नदी के किनारे पड़े शव के सामने छाई मातमी चुप्पी के बीच यह ठहाका बड़ा फूहड़ और राक्षसी था।

दारोगा पारसनाथ ने आते ही अपनी ड्यूटी का मुस्तैदी से पालन शुरू कर

दिया।

"का है? मडर है कि एक्सीडेंट है? या सुसाइड है? चलिए, हटिए सब लोग लाश के पास से। हटो, हटो पीछे सब।" पारसनाथ ने शव के पास जाकर कहा।

"बीमारी होगा, शरीर से कमजोर शुरू से था। पीता भी बेहिसाब था। ओह काश! हम लोग बचा पाते बेचारा को।" पुरुषोत्तम सिंह ने काम भर का दुख पुनः जताया और मृत्यु का अज्ञात कारण ज्ञात कर बता भी दिया।

"मडर है, मडर हुआ है। कोई बीमारी नहीं था इसको। अब तो दारू-गाँजा भी छोड़ने लगा था बिरंची दा। मडर है मालिक, काहे नहीं समझ रहे हैं आप लोग!" तब से शांत बैठा लखन अचानक से फिर चिल्ला-चिल्लाकर बोलने लगा।

"अच्छा! वह तो पता चल जाएगा। चलो बॉडी का पंचनामा करो जल्दी। पोस्टमार्टम में जाएगा।" दारोगा पारसनाथ ने अपने सिपाही से कहा।

तभी पुरुषोत्तम सिंह के माथे पर थोड़ा-सा बल पड़ता दिखाई दिया। सामने शव से लिपटी बूढ़ी माँ लगभग बेहोश पड़ी हुई थी। शव को पोस्टमार्टम के लिए उठाने को दो सिपाही हरकत में आने लगे। तभी पुरुषोत्तम सिंह ने फूँकन को कुछ इशारा किया। संकेत मिलते ही फूँकन सिंह चार कदम चल दारोगा पारसनाथ के निकट आया और हाथ पकड़कर कुछ दूर चल उन्हें किनारे ले आया। दोनों ने सात-आठ मिनट बात की होगी।

वापस दारोगा पारसनाथ बूट पटकते हुए गंभीर चेहरा लिए शव के पास आकर खड़े हो गए।

"हम्म, मने नशा बहुत करता था क्या? सब लोग जैसा कि बता रहे हैं, दिन-रात वाला हिसाब था इसका क्या, यही ना?" पारसनाथ ने जनता-जनार्दन का मत जानना चाहा था। भीड़ से हाँ, हूँ, हयिए है जैसी आई कई आवाजों ने अनुमोदन किया।

"सर, सर मडर हुआ है। कोई नशा का बात नहीं है। आइए न, आइए, देखिए न माथा पर चोट है। देखिए ना खून लगा है अभियो।" लखन फिर जोर से फफककर बोला।

"चुप यार तुम! साथे गाँजा पीता था तुम क्या रे?" पारसनाथ ने

चिड़चिड़ाए स्वर में कहा।

"सबसे करीबी यही तो था बेचारा। इसी के झोपड़ी में जिंदगिए गुजरा बिरंची का।" भीड़ से किसी से कहा।

"ओ! तब न सबसे जादा सदमा लगा है इसको। दिमाग पर जोर पड़ गया होगा, सोभाविक बात है। ठहरिए इसको शांति से समझाना न होगा जी। अरे बाबू ई नशा में आया, नदी किनारे खा-पीकर गिर गया, पत्थर पर गिरा, कपार में चोट लगा, ब्रेन हेमरेज हो गया, मर गया। इसमें मर्डर कहाँ है!" दारोगा पारसनाथ ने लखन के एकदम पास जा, झुकते हुए उसके कंधे पर हाथ रख कहा।

दारोगा पारसनाथ ने अपने हिसाब से मृत्यु का असली कारण लगभग बता दिया था। अब कोई संशय ही नहीं रहा किसी के लिए। भारत में कोई आदमी मरेगा कैसे, यह योजना बनाने का जिम्मा भले यमराज के पास है, लेकिन कोई आदमी मरा कैसे, यह बताने का अधिकार पुलिस के पास होता है। यमराज ने भले ही आदमी को जिस तरह भी मारा हो, पर यहाँ मान्य वही होता जो दारोगा की रिपोर्ट में लिखा हो। कानून यमराज को नहीं, दारोगा की लिखी स्क्रिप्ट को मान्यता देता था। दारोगा रोड एक्सीडेंट की मौत को खजूर के पेड़ से गिरकर मौत लिख दे, तो नीचे अदालत से लेकर ऊपर चित्रगुप्त तक को वही लिखना पड़ता था। लेकिन वहाँ खड़े कुछ ग्रामीण भी अब लखन के बार-बार कहने पर थोड़ा सोचने लगे और पोस्टमार्टम करवा लेने को कहने लगे।

अब पुरुषोत्तम सिंह से रहा न गया।

"पारस बाबू, इस बूढ़ी माँ को देखिए। एक तो जवान बेटा मर गया, अब क्या लाश का भी दुर्गति कर के दें इसको? क्या बेचारी को बेटा का लाश भी काट-पीटकर मिले? हैवानियत हो जाएगा ई दरोगा साहब। क्या बुढ़िया ई सब बरदाश्त कर पाएगी? अरे दया करिए पारस बाबू। हाथ जोड़ते हैं हम। बूढ़ी माँ पर दया करें आप।" कहते-कहते आँखें भीग गईं पुरुषोत्तम बाबू की।

अब यह सुन तो निर्मोही भी रो देता। दारोगा का भी तो दिल होता ही है, हर समय सबकुछ पत्थर थोड़े होता है। पारसनाथ पसीज गए। कलेजा पिघलकर द्रव से भी ज्यादा पतला हो गया था। बाकी ग्रामीण भी भावुक हो चुके थे।

"आधा घंटा में दाह संस्कार करके हटाइए सब। अब ई दर्दनाक माहौल

देखा नहीं जाएगा हमसे। अपना बीस साल का नौकरी में बहुत कम ही देखे हैं इतना दर्द बाला सीन। ऐ बूढ़ी को सँभालिए भाई आप लोग।'' दारोगा पारसनाथ भरे गले से बोले।

यह सुनते ही, वहाँ खड़ी भीड़ आपस में दारोगा की इस मानवता की चर्चा करने लगी। पुलिस की इंसानियत पर भी लोग आह-वाह करने लगे। सिपाही-दारोगा के साये तक से भागते गाँव को पारसनाथ ने पुलिस का वह मानवीय चेहरा दिखा दिया था जो ग्रामीणों ने सदियों में कभी नहीं देखा था।

तुरंत लकड़ियाँ लाने की जिम्मेदारी लकड़कट्टा काशी साह पर थी। समाज के लिए वह हमेशा दौड़ने को तैयार ही था। तुरंत एक ट्रैक्टर ले वह वहीं से तीन सौ मीटर की दूरी पर बाँसों के झुरमुट के पास गया। वहीं से आनन-फानन में जल्दी-जल्दी लकड़ियाँ लाकर चिता सजाई गई। शव को चिता पर रख अब अग्नि देने की बारी थी।

पबित्तर अपने धर्म निभाने को खड़ा था। एक बार लखन निकलकर आगे आया लेकिन उसने पबित्तर के साथ बिरंची को वापस जीवन जीते हुए देखा था, इसलिए पबित्तर का हक बनता था दोस्त को विदाई देने का। पबित्तर ने ही तो सालों से अवसाद में डूबे नकारा हो चुके बिरंची को वापस जिंदगी दी थी। पबित्तर चिता के पास खड़े होकर फूट-फूटकर रोने लगा। हाथ में अग्नि थी।

"हम एक बात कहना चाहते हैं सबसे। अब तो हमारा दोस्त नहीं रहा। इसी के कारण आज समाज में, चुनाव में, हर जगह खड़ा हुए। अब कुछ नहीं चाहिए हमको, आग लगे चुनाव में। एक बात और, आज हम पुरुषोत्तम बाबू का भी बड़ा दिल देख लिए। ये लोग हमको भी घर बुला के समझाए, इज्जत दिए, हम बेकार में लड़ने चल दिए अपने ही भाई फूँकन भैया से। यही बात हम बिरंची जी को भी बताना चाहते थे। बिरंची जी को इनसे मिलवाने खातिर खोज ही रहे थे कि ई अनर्थ! हे भगवान! अब हम चाहते हैं सारा मन का भेद खत्म कर गाँव में एकता हो। इसी में बिरंची जी की आत्मा को भी शांति मिलेगा। हमारा दोस्त बिरंची आखिर गाँव का भला ही तो चाहता था। आज दोस्त के चिता के सामने कसम खाता हूँ कि कोई चुनाव नहीं लड़ना हमको अब। बिरंची जी हो...।'' पबित्तर ने रोते-रोते कहा और वही थोड़ी दूर हटकर बेसुध बैठ गया।

लोगों ने उसे सँभाला और उठाकर फिर चिता के पास ले आए। पबित्तर ने काँपते हाथों से मुखाग्नि दी दोस्त को।

चिता में आग पकड़ते ही लोकतंत्र में उसका विपक्ष बिरंची के साथ साथ धू-धू कर जलने लगा। पूरा गाँव श्मशान में एक साथ खड़ा था। श्मशान में ही चिता की भस्म से फूँकन सिंह का राजतिलक हो चुका था।

दलित चेतना सामंतवादी सत्ता की माला में गुँथ चुकी थी जिसे वीर फूँकन ने धारण कर लिया था।

चमटोली वहीं रह गई, पबित्तर दास आगे निकल आया था। ठाकुर साब के साथ कुर्सी की बराबरी पर।

कमजोर और दलित की लड़ाई चिता पे जल रही थी, कमजोर का नेता मजबूत होकर निकला था। यही तो थी सामाजिक न्याय की लड़ाई। पहले अगुआ आगे जाएगा, समाज भारी, विशाल चीज है, धीरे-धीरे बढ़ेगा। ठीक वैसे ही, जैसे आजादी के इन सत्तर सालों में बढ़ रहा था। पबित्तर की रफ्तार एक नेता की रफ्तार थी, दबे-कुचले, पिछड़े जन की उतनी भारी आकांक्षा और उम्मीद को साथ लादकर तेजी से कौन दौड़ सकता है भला! पबित्तर ने तत्काल ये बोझा उतार दिया। उम्मीद और संघर्ष की गठरी शव के संग भस्म हुई जा रही थी।

फूँकन सिंह ने चिता के सामने खड़े दोस्त की मौत से शोकाकुल पबित्तर को पीछे से सहानभूति भरा स्पर्श दे उसके कंधे को छुआ। पबित्तर पलटकर फफकता हुआ फूँकन के सीने से लिपट गया। राजनीति कितनी निर्मल है, छुआछूत ऐसे ही धो देती है। राजनीति कितनी धारदार है, एक 56 इंच के ठकुराई फौलादी सीने में भी इतना छेद कर देती है कि एक दलित बड़े प्रेम से उसमें घुस सके। भले टोला समाज वाले दलित वहीं खड़े हैं देहरी के नीचे चप्पल खोल के। राजनीति वाला देहरी से ऊपर दिल तक पहुँच गया।

अब भी लोकतंत्र जिंदाबाद क्यों न कहें हम!

घंटे-दो घंटे के ही बाद नदी अब अकेली थी। उसके किनारे थी धीरे-धीरे राख हो रही एक पागल की अधजली चिता और वहीं एक छोटे-से पत्थर पर बैठा हुआ एक और मतवाला।

तब से दिनभर वहीं बैठा साधु अब नदी में स्नान कर सारंगी ले पुनः पत्थर पर बैठ गया था। पता नहीं उसके अंतर्मन के तार सारंगी के तार से मिल क्या गाने लगे! एक अजब-सी धुन बजाने लगा साधु और गाने लगा,

यही नदी के तीरे रे साधो, यही नदी के तीर/ हमने देखा बहता नीर, देखा बहता नीर/ भरा कटोरा जगत का त्यागा, चल गया मस्त फकीर/ रे साधु यही नदी के तीर/ एक घनघोर अंधेर को चीरे निकला भोर अघोर/ फाँकी मिट्टी पा गया मुक्ति, बिन हल्ला बिन शोर/जो औघड़ को बाँधने पाए, ऐसी ना कोई जंजीर/ रे साधु...।

चिता की आग अब ठंडी हो चुकी थी। साधु ने सारंगी रख थोड़ी-सी राख हाथ से खखोरकर बटोरी और उसे नदी में प्रवाहित किया।

रात आखिर बिरंची के साथ क्या हुआ था—यह काली कहानी उसी राख के साथ बह चुकी थी। बिरंची, पबित्तर से बात करके फिर शाम तक लखन के पास बैठा रहा था। वहाँ से करीब 7:00 बजे वह सिकंदरपुर को निकलने वाला था भुवनेश्वर नेता से मिलने के लिए। अभी वह रास्ते में ही था कि पबित्तर का फोन आया। पबित्तर ने उसे बताया कि फूँकन को हम पर शक हो गया है इसलिए रात को मिलते हैं। उसके बाद ही भुवनेश्वर नेता से हम दोनों मिलने चलेंगे।

बिरंची यह सुनकर भुवनेश्वर नेता के पास नहीं गया। वह सिकंदरपुर में ही किसी और के घर पर बैठकर समय काटता, चुनाव की चर्चा करने लगा।

रात के ठीक नौ बजे पबित्तर ने उसे फोन कर नदी के किनारे बुलाया था। फोन का ही इंतजार कर रहा बिरंची साढ़े नौ बजे के आसपास नदी के पास पहुँचा। लेकिन वहाँ पहुँचते ही उसने देखा कि अँधेरे में सात-आठ लोग खड़े थे। बिरंची को समझते देर न लगी। वह जोर से गाली देकर उल्टे पाँव भागने को मुड़ा। अभी दौड़ा ही था कि पाँव गड्ढे में लगा और वह गिर पड़ा। पीछे से दौड़कर बोगा पहलवान ने पेट पर लात मारी और दो लोगों ने हाथ-पैर पकड़कर घसीटना शुरू किया। इतने में सामने फूँकन आ गया था। उसने छह-सात घूँसे मुँह पर मारे। बिरंची गाली दिए जा रहा था। बिरंची ने एक बार गर्दन घुमाकर फूँकन सिंह से पूछा,

"पबित्तर कहाँ है? साले फूँकन सिंह याद रखना, पबित्तरवा तुमसे बड़ा हरामी है।"

यह सुनकर फूँकन सिंह बिरंची का गला दबाने लगा। फूँकन सिंह ने कहा, "जान मार देंगे तुम्हारा रे हरामी, सुधरेगा कि नहीं? तुम सुधर जाओ भोसड़ीवाले!"

तभी पीछे से आवाज आई, "आप इसको सुधारने बुलाए हैं! अरे समस्या को खत्म करिए फूँकन बाबू। नहीं तो रोज ब्लैकमेल करेगा आपको हमारे ही माय का मर्डर वाला मैटर उठाकर। तब हम भी क्या करेंगे! भुवनेश्वर नेता केस खुलवा देगा तो जीवनभर का हुज्जत रहेगा। देखते क्या हैं आप, खत्म करिए रोज का झंझट! कैंसर है साला!"

तीन लोग बिरंची को पकड़े हुए थे और उसकी गर्दन पर फूँकन सिंह की पकड़ कसी जा रही थी। फूँकन सिंह भी पसीने से नहा चुका था। तभी किसी तरह गों-गों करते हुए बिरंची ने फँसे गले से कहा,

"तुम यही है रे गद्‌दार। बताते हैं सबको तुम्हारा असली रूप। किशना सही ही...।" इतना ही कहा था अभी बिरंची ने कि एक जोर की आवाज के साथ कुछ उसके सिर से टकराया। पीछे पबित्तर हाथ झाड़ रहा था। पत्थर का बड़ा-सा टुकड़ा ठीक बिरंची के आगे पड़ा था। फूँकन सिंह ने महसूस किया कि बिरंची का प्रतिरोध ढीला पड़ रहा है। फूँकन सिंह ने झट गर्दन से हाथ हटाया, बिरंची लुढ़ककर जमीन छू चुका था। फूँकन सिंह ने तो उसके हाथ-पाँव तोड़कर घर बिठा देने की योजना बनाकर बुलवाया था उसे पबित्तर के द्वारा। यहाँ तो अनहोनी हो गई थी। सब पीछे हटे और एक बार तो घबरा ही गए। सिर्फ एक आदमी पबित्तर था जो बिल्कुल स्थिर था और सहज भी। पबित्तर के लिए यह पहला मौका नहीं था जब सामने कोई लाश पड़ी हो और वो शर्ट की बाँह मोड़कर हाथ झाड़ता खड़ा हो। वह तो आज भी इसके लिए तैयार होकर ही आया था।

असम के सोनारी शहर की पुलिस को पिछले डेढ़ साल से रंजीत सिंह नाम के फर्जी पहचान पत्र वाले अपराधी की खोज थी जो अपने ढाबा मालिक की हत्या करके तेरह लाख रुपए और कुछ सोने-चाँदी के जेवर उसके घर से ले भागा था। वह रंजीत सिंह कुछ महीने पुलिस से भागकर गेरुआ चोला पहन

कामाख्या मंदिर के पास साधुओं के संग भी रहा था। वहीं किसी तांत्रिक से उसने सुना था कि मंदिर निर्माण से हत्या का पाप कट जाता है। बिरंची असम जाते किशन से बस स्टैंड पर संयोगवश मिल गया था और उससे यही कहानी जान गया था। पबित्तर दास का यह सच जानने वाला एक आदमी किशन दास असम जा चुका था और दूसरा बिरंची इस दुनिया से ही। सुबह उसकी लाश मिली थी नदी किनारे। अगर गलती से भी बिरंची तनातनी में पबित्तर का आपराधिक इतिहास गाँव-पंचायत के सामने खोल देता तो उसका बना-बनाया जीवन तबाह हो जाता। उसने सालभर में जो भी गाँव में हासिल किया था वो तो लुटता ही, वह जेल भी जाता। यह भान होते ही पबित्तर ने तय कर लिया था कि जिंदगी में इतने कर्म-कुकर्म कर मुश्किल से पाई चीजें यूँ ही नहीं जाने देगा, बिरंची को ही विदा कर देगा।

पबित्तर ने बड़ी चालाकी से इस घटना को फूँकन सिंह की उपस्थिति में ही अंजाम दिया, जिससे अगर कभी बाद में उसका राज खुल भी जाए तो वह फूँकन सिंह को भी बिरंची की हत्या में शामिल होने का डर दिखा, उसे ढाल बनाकर साथ रख सके। तत्काल भी इसी भय के कारण ही तो बाप-बेटे ने खुद लगकर जल्दी से दाह संस्कार करवाया था। उनको डर था कि अगर नेता भुवनेश्वर पहुँच गया तो फिर बखेड़ा खड़ा करेगा और पोस्टमार्टम की माँग करेगा ही।

इधर पूरा मामला जल्दी निपटाने के लिए पूरे पचास हजार लिए थे दारोगा पारसनाथ ने, तब कहीं जाकर हृदय पिघला था उनका। इतने कम रुपए में पुलिस अगर मानवीय हो जाए तो बहुत महँगा सौदा भी नहीं था।

इधर आज की रात मलखानपुर में कई घरों में वास्तव में चूल्हा भी नहीं जला। गाँव के छोर पर सियार हुआँ-हुआँ कर रहे थे। गली में कुत्ते के रोने की आवाज रात को खौफनाक बना रही थी।

रात को ही पता चला कि बिरंची की माँ भी बेटे के पास चली गई है।

आज से तीस-बत्तीस साल पहले एक अकेली जवान माँ गोद में एक बच्चा लिए गाँव आई थी। न जाति का पता था, न उसके खानदान का। आज भी बिना किसी जाति, बिना किसी खानदान के दोनों माँ-बेटे एक साथ गाँव से विदा हो गए थे।

13 दिन बाद

रात के 11:30 बजे थे। पुरुषोत्तम सिंह की पत्नी आँगन में कुछ सामान लेने गई थी। तभी उसे लगा कि हाते के पास कुछ आकृति जैसी दिखी हो। उसने करीब जाकर दीवार के पार झाँका। झाँकते ही वह बदहवास उल्टे पाँव चिल्लाकर दौड़ी। घर के लोग तब तक लगभग सो चुके थे। आवाज सुनकर सबसे पहले पुरुषोत्तम सिंह हड़बड़ाकर जागे।

"अरे क्या हुआ? अरे हुआ क्या, काहे चिल्लाए हैं?" पुरुषोत्तम सिंह ने अपने कमरे से बाहर आकर पूछा।

"अजी बिरंचिया। बिरंचिया को देखे हम। वहाँ है। वहाँ खड़ा है।" क्षणभर में पसीने से नहा चुकी, डर से थर-थर काँप रही पत्नी माला देवी ने बताया।

"का? दिमाग खराब है क्या तुम्हारा माँ!" तब तक उठकर आ चुका फूँकन सिंह अंदर के बरामदे से बोला। बाप-बेटे ने लाठी-टॉर्च लेकर पीछे जाकर देखा।

फूँकन सिंह लपक के दीवार पर चढ़ा और पुरुषोत्तम सिंह एक ऊँचा स्टूल लेकर टॉर्च मारने लगे। एक जगह टार्च जाते ही सिहर उठे दोनों। दीवार का एक कोना भीगा हुआ था। फूँकन सिंह तो देखते ही दीवार से कूदकर आँगन में आ गया था। पुरुषोत्तम सिंह ने काँपते कलेजे को सँभालते हुए एक बार सीधी रेखा में टार्च मारी। उन्हें भी लगा कि कोई आदमी काला कंबल ओढ़े दूर खेतों की ओर से निकल रहा है। पुरुषोत्तम सिंह को भी जो दिखा उस पर खुद भी यकीन नहीं कर पा रहे थे। ...आखिर कौन था वो आदमी? कोई तो था।

बाप-बेटे अंदर से हिल चुके थे। पसीने से तरबतर, एक-दूसरे का मुँह देख रहे थे।

दीवार अब भी खतरे में थी।

जय हो।